ガラスの顔

フランシス・ハーディング

迷路のような地下都市カヴェルナの人々は自分の表情をもたず、《面《おも》》と呼ばれる作られた表情を教わる。そんなカヴェルナに住むチーズ造りの親方が、トンネルで痩せこけた幼子を見つけた。ネヴァフェルと名づけられた幼子は、ある理由から外の世界から隠されて育てられる。一瞬たりともじっとしていられない好奇心いっぱいの少女に成長したネヴァフェルは、ある日トンネルを抜けだし街に出てしまい、そこで奇《く》しくも国全体を揺るがす陰謀のただ中に放り込まれるが……。『嘘の木』の著者が描く、健気な少女が大活躍する冒険譚。カーネギー賞候補作。

登場人物

ネヴァフェル……………グランディブルに拾われた少女
ムーアモス・グランディブル……チーズの匠《たくみ》
アーストワイル……………使い走りの少年
ヴェスペルタ・アペリン………有名な《面細工師《フェイススミス》》
マキシム・チルダーシン………ワイン商一家の家長
ズエル……………………チルダーシン一族の少女
大長官……………………カヴェルナの支配者
トレブル…………………審問官
クレプトマンサー…………泥棒
ボルカス…………………ズエルの友人

ガラスの顔

フランシス・ハーディング
児玉敦子訳

創元推理文庫

A FACE LIKE GLASS

by

Frances Hardinge

First published 2012 by Macmillan Children's Books
an imprint of Pan Macmillan
This book is published in Japan
by TOKYO SOGENSHA Co., Ltd.
Japanese translation published by arrangement
with Macmillan Publishers International Ltd.
through The English Agency(Japan) Ltd.

目次

ガラスの顔

世界を映しだす瞳に不思議とたくさんの驚きをたたえた、一歳の甥アイザックに

プロローグ　チーズのなかの子ども

　とある暗い季節に、グランディブルは自分のチーズ・トンネルのなかに何者かが住んでいるのを確信した。動きまわる音から判断すると、それはネズミよりは大きく、馬よりは小さい。地上の山肌に雨が激しく打ちつけ、《地下都市《カヴェルナ》》の巨大な迷路が、ポツポツ、ポツリポツリ、ポトポトという音に満たされる晩には、侵入者は夜な夜なひとりでうたっていた。だれにも聞かれていないと思ったのだろう。

　グランディブルはすぐさま、犯罪行為を疑った。彼の私設トンネルは何十もの錠前と格子で、外の地下世界から守られている。なんであれ、侵入するのは不可能なはずだった。だが、彼のライバルのチーズ職人たちは、悪徳かつ頭が切れる。連中のうちのだれかが、狂暴な動物をしのびこませたにちがいない。グランディブルを破滅させようとして、いや、もっとひどいことに、彼のチーズをだめにしようとして。あるいは、これは、あの悪名高く謎めいたクレプトマンサーのしわざかもしれない。やつはいつでも、自分の得になるかどうかはおかまいなしに、最大級の騒ぎになりそうなものを盗もうと心に決めているようなのだ。

グランディブルは冷たい天井のパイプに毒のメリングズ・ペリルを塗りつけた。目に見えない生き物が生き延びるために、金属についた結露をなめるにちがいないと考えたからだ。毎日トンネル内を巡回しながら、パイプの下でひげに泡をつけた動物が気を失って丸まっているのが見つかるのを期待した。けれども毎日、落胆するばかりだった。砂糖をつけた鉄線とサソリのとげでつくった罠をしかけたが、生き物はそれにひっかかるほど間抜けではなかった。

グランディブルは、その生き物がトンネル内でそう長くは生き延びられないだろうと踏んでいた。いままで長く生きたものなどいなかったのだ。それでも、獣の存在は、その歯がたいせつなチーズをかじるのと同じように、彼の思考を削っていた。グランディブルはべつの生き物が近くにいるのに慣れていないし、ましてや歓迎などできない。日のささないカヴェルナの都市に暮らす者たちは、その大半が外の世界をあきらめていたが、グランディブルはカヴェルナの自分のトンネル以外の場所すらあきらめていた。五十年以上生きるうちに、これまで以上に人目を避けるようになり、自分のトンネルの外に出ることも、人間の顔を見ることもほとんどなくなっていた。チーズだけが唯一の友であり家族であり、そのにおいをかいで触れることが会話のかわりだった。チーズは、彼の子どもだった。棚の上でまん丸いお月さまのような顔をして、グランディブルが洗ってひっくり返して世話を焼いてやるのを待っている。

それでもとうとう、グランディブルがなにかを見つけ、深いため息をついて罠や毒を片づける日がやってきた。

熟成中だった大きな車輪形のウィザークリームは、ぽつぽつと穴のあいた表面を蜜蝋《みつろう》で保護してあった。このやわらかな蜜蝋が破れ、覆われていた芯に空気が入り、チーズがだめになっていた。だが、グランディブルの心を重くしたのは、だめになったチーズのせいではなかった。蜜蝋に人間の子どもの足型がついていたのだ。

つまり、人間の子どもだったのだ。人間の子どもが、グランディブルの磨きぬかれた独特の技によって生みだされた特別なチーズで命をつなごうとしていた。濃厚なチーズは危険すぎて、貴族でさえも恐れてほんのわずかしか口にしない。胃を守るためにひとかけのパンやひとしずくの水をとることもなく、あれほどぜいたくなものの攻撃を受けているなんて、姿の見えない子どもはルビーをかみ砕き、熔かした金で飲みほしているも同然だ。グランディブルは水を入れた鉢と半斤のパンを置いておくようにしたが、それは手つかずのままだった。どうやら、彼がしかけていた罠で、子どもは疑うことを覚えたらしい。

数週間が過ぎた。子どもの足どりがまったく見えず、グランディブルは眉をさかだて、子どもは死んでしまったにちがいないと考えた。だが、それから二、三日して、ある地下通路にかじりとったチーズの皮が小さな山になっているのを見つけた。子どもはさまよい歩いて新しい隠れ場所にたどりついたのだろう。ここにきてようやく、グランディブルはありえない事実を理解した。子どもは死にかけてはいない。病気でもない。チーズの王国の危険に満ちた宝で生き延びている。

夜、グランディブルは、迷信じみた夢を見て目を覚ますことがあった。彼の前を足の小さな乳清《ホエイ》色の小悪魔がはねていき、スティルトンとセージクリームのチーズにかすかな足跡をつけている。こんな状況がもう一か月つづいたら、グランディブルは魔法にかけられたのだと思いこんだことだろう。けれども、そうなる前に、凝固中のネヴァフェル乳の桶に子どもが落ちてきて、ごくふつうの人間だったことがわかった。

グランディブルの耳には不穏な音は聞こえていなかった。というのも、すでにクリームのように乳が固まりはじめていて、液体が飛びちる音がしなかったのだ。かがんで巨大な桶をのぞきこみ、固まりつつある凝乳《カード》がほんのりと透き通るような輝きを帯びているのを見たときにも、指をつけ根までつっこんで、カードがプリンのようにきれいに割れたときにも、ほれぼれするばかりでなにも気づかなかった。やわらかなカードを切り分けようと長いカードナイフを手に身をのりだしたときにはじめて、表面にぎざぎざの長い穴ができていて、緑っぽく濁ったホエイがたまっているのが目に入った。両手両足を広げた小さな人間のような形で、濃いまん丸の泡が列をなして表面にあがってきては、はじけて落ちていく。

見たこともないような現象を前に、グランディブルは数秒間目をぱちくりしていたが、ようやく事態を理解した。ナイフをわきに置いて大きな木のへらを手にとり、淡い色の液体につっこんで、カードとホエイをすくってはよけすくってはよけるうちに、とうとう重みのあるものにぶつかった。桶に膝を押しつけ、子どものクジラを釣りあげる漁師よろしく柄をもちあげる。重さに体じゅうの関節という関節が引っぱられたが、ようやく人影が表面に現れはじめた。カードにまみれて形ははっきりしていないが、自由になる手足を使ってへらにしがみついている。

それは桶の外にころがり出てきて、くしゃみと咳をしながら薄い乳白色のしぶきを噴きだした。思ってもいなかった重労働に、グランディブルは荒い息をついてその傍らに倒れこんだ。背丈からすると七、八歳といったところだが、鞭のようにやせこけている。

「どうやってここに入った?」息ができるようになると、グランディブルはがなりたてた。

それは返事をせず、ブラマンジェのように震えて申し訳なさそうにすわったまま、カードにまみれた淡い色のまつげ越しにじっと見つめている。

自分のこの姿はどんな子どもにも、恐ろしく見えるだろう、とグランディブルは思った。宮廷で通用するようなきれいで見苦しくないかっこうはとうの昔にやめていた。いまは逆にひどいかっこうをしている。子ども時代にほかのみんなと教わった二百の《面《おも》》のほとんどをわざと忘れた。かたくなにひとりで暮らすあいだ、汚らしい上っ張りでも着るように四六時中同じ表情を顔に貼りつけ、変えようとはしなかった。面四十一番《冬眠中のアナグマ》。たいていの状況に合う不愛想な表情だ。あまりにも長くひとつの表情だけを貼りつけていたため、顔にしわが刻みこまれた。髪は白髪まじりでぼさぼさだ。へらを握りしめている手は、蜜蠟と油で黒く汚れて硬くなり、チーズみたいに外皮《リンド》ができそうだ。

たしかに、子どもが怯えた目で見るだけの理由はあるし、この子はたしかに怖がっているのだろう。でも、これは単なる演技だ。きっと、怯えてみせたほうが、とりいりやすいと判断したのだ。手札から一枚選ぶみたいに、手持ちの《面》のなかでふさわしいと思ったものを選んだのだろう。カヴェルナでは嘘は芸術であり、だれもが芸術家だ。たとえ幼い子どもであっても。

どの《面》だろう？　グランディブルは考えながら、水の入ったバケツに手をのばした。二十九番――《猟犬を前にしたのみこみの悪い小鹿》か？　六十四番――《にわか雨に震えるスミレ》？

「見せてもらおうか」ぶつぶついいながら、丸くなった人影が動きださないうちに、水をかけて顔を覆っているカードを流した。どろどろのなかからみつあみにした長い髪が現れた。女の子なのか？　少女が暴れてグランディブルにかみつこうとしたときに、すきまなくはえそろった乳歯が見えた。ということは、最初に思ったよりは幼い。せいぜい五歳だが、そのわりには背が高い。

少女がくしゃみと咳でしぶきを飛ばしているあいだに、グランディブルは小さなあごをつかみ、重いチーズブラシを使って顔にこびりついているネヴァフェル乳のカードをとりはじめた。それから、虫とりランタンをもちあげて小さな顔に近づけた。

ところが、恐怖の叫びをあげたのは、子どもではなく、ようやくつかまえた者の顔を見たグランディブルのほうだった。思わずあごを放してあとずさり、少女を救いだしたばかりの桶に大きな音をたててぶつかった。ランタンをもつ手が激しく震え、なかで光る小さな「虫とり」の細い歯がいらだたしげにカチカチと鳴っている。沈黙が広がり、子どものみつあみにくっついたカードが蠟色のしずくをたらす音と、押し殺したすすり泣きだけが聞こえた。

驚いた顔がどんなものだったか、グランディブルは忘れていた。表情を変える練習をしていないのだ。でも、その感情はまだわかる。驚き、疑い、恐ろしくもひきつけられる思い……そして、激しく押しよせる哀れみ。

「なんてことだ」小声でつぶやいた。ブラシによってあらわになった顔を見つめるばかりだったが、咳払いをしてやさしく、いや、せめてもの小さな声で話そうとした。「名前は?」

子どもは警戒するように指をしゃぶっていて、なにもいわない。

「家族はどこにいる? お父さんは? お母さんは?」

グランディブルの言葉は、泥に硬貨が落ちたのと同じでまったく響かない。子どもはひたすら目をみはり、身を震わせて、また目をみはっている。

「どこから来た?」

そんな質問が百ほどくりかえされたあとで、子どもはようやくおずおずとすすり泣くようにささやいた。

「わ……わからない」

返ってきたのはそれだけだった。どうやってここに? だれに送りこまれた? どこの子だ?

わからない。

グランディブルは子どもの言葉を信じた。

ひとりきりなのだ、この、風変わりな恐ろしい子どもは。わしと同じでひとりなのだ。いや、自ら進んで身を潜めてきたわし以上に、この年の子どもには理解できないほどに、ひとりなのだろう。

　ふと、この子を自分の子として育てようと思いついた。自問する前に決心がついていた。長年のあいだ、グランディブルは弟子をとるのを断ってきた。弟子など、いずれ自分を裏切り、自分にとってかわろうとするだけだとわかっていたからだ。だが、この子は話がべつだ。

　明日、この変わった幼い子どもの弟子入りの儀式をしよう。この子の素性をでっちあげよう。チーズを焼いている最中にやけどを負ったので、顔に包帯を巻いておかなければならないのだと説明しよう。ペンをもたせて、書類に「ネヴァフェル・グランディブル」と名を書かせよう。

　だが、その前に、今日のうちに小さなベルベットの仮面を注文することにしよう。

1　醜い顔

あの運命の日からおよそ七年後。薄暗い時間帯になると、前かがみになってがなりたてながらトンネルを進むグランディブルのそばを、横っ飛びでついていくやせこけた人影が見られるようになった。グランディブルは縄状に編んだチーズを肩にかけ、輪っかにつけた鍵を握りしめていた。

子どもはもう、白いまつげ越しにチーズの匠《たくみ》グランディブルを見あげて怯えきっていた、チーズまみれのちびではなかった。苦虫をかみつぶしたように恐ろしげで、陰気で強情で、話すのも動くのも慎重な親方とは似ても似つかない。それどころか、どんなに気をつけても、細い骨がからまりあったようにそわそわとせわしなく、足は片時もじっとせず、肘はしょっちゅう棚から物を落としている。赤い髪は顔やチーズにかからないように、ねじりあげて短いつんつんしたおさげに結わえてあった。

七年が過ぎていた。乳の入った桶や熱い蜜蠟《みつろう》の鍋を手にチーズのトンネルをゆらゆらと進んでいく猫背のグランディブルのあとを、必死に追いかけた七年間。チーズをひっくり返し、薄く切った凝乳《カード》を積み重ねて乳清《ホエイ》を抜き、幅広の木製の棚にサルのようによじのぼり、ひしゃくですくったチーズのにおいをかいで熟成具合をたしかめた七年間。チーズの匠グランディブルが虫とりランタンをけちるために、鼻を頼りに暗いトンネルを歩くことを覚えた七年間。棚のあいだに吊りさげたハンモックで眠り、ウィットホイッスル・チーズのエメラルド色の皮が盛りあがって落ちつくときの笛のような音だけを子守唄にした七年間。グランディブルがほかのチーズ職人たちの凶悪な企てから縄張りを守るのを助けた七年間。なにもない時間を埋めるかのように、物を直そうとしては分解し、カード切断機や三重泡だて器を発明し、歯車の歯がかみあう喜びを知った七年間だった。

七年のあいだ、グランディブルは少女に一歩たりとも私設トンネルの外に出るのを許さず、仮面をつけずにだれかに会わせることもなかった。

弟子になる前の五年間、自分がどうしていたのか？　少女はそのころのことをほとんどなにも思いだせなかった。何千回も思いだそうとはしたものの、その時期の記憶の大部分は、なめらかで感覚のない傷跡のようだった。ときおり、ほんとうにときおり、断片的な映像のようなものが浮かんだが、それをきちんと説明したり理解したりはできなかった。

暗闇。自分のまわりで渦を巻いてたちのぼる、輝かしい紫色の煙。舌先に感じる苦み。それが失われた過去の記憶のすべてだった。ほんとうに記憶であるのならば、だが。

ただし、どれだけ気をつけて世間に触れないように隔離したところで、人の心や頭が真っ白でありつづけるわけがない。ネヴァフェルは、頭に浮かんだことをスクラップブックにまとめはじめた。チーズを引きとりに、あるいは乳や材料を届けにくる配達の少年たちと話していてわかったちょっとしたこと、話、噂、報告でスクラップブックをせっせと埋め、そうでないときには、自分の想像を大胆に書きなぐっていた。

おそらく十二歳という不安定な年ごろにさしかかるころには、ネヴァフェルは地下都市《カヴェルナ》についてすべてを知りつくしていた。鋭い耳とすぐれた記憶力と、絶えることのない質問と、過剰なほどの想像力によって手に入れた知識だった。きらびやかな宮廷が、つねに大長官の気まぐれによってどうにでもなる綱渡り状態であることを知っていた。延々とつづくラクダの隊列が、砂漠を横断して荷車いっぱいの物資をカヴェルナまで運んできては、カヴェルナの匠たちがつくった豪華な品々をほんの少しだけもって帰っていくことも知っていた。カヴェルナの品々は同じ重さのダイヤモンド以上の価値があることも。地上世界にもぜいたく品のつくり手はいる。だが、記憶の微妙な部分を書き換えるワイン、幻を見せるチーズ、感覚を研ぎすますスパイス、心をからめとる香水、加齢を押しとどめる香油をつくりだせるのは、カヴェルナの匠だけだった。

とはいえ、噂など、本物の生きた訪問者にはかなわない。

「その女の人、いつ来るの？　あたしがお茶を入れてもいい？　床をはいて、ランタンぜんぶに虫を食べさせたの見たでしょ？　お茶、あたしが出していいよね？　デーツをとってこようか？」ネヴァフェルの頭にはききたいことがあふれんばかりに暴れまわっていて、いつも六個ずつ飛びだしていく。グランディブル親方が質問にうんざりしているのがわかっても、どうにもできない。親方が警告するようにむっつりと押し黙るたびに、その沈黙を埋めなければという気にさせられるのだ。「いいでしょ？」

「だめだ」

ネヴァフェルはひるんでうしろにさがった。いつも、しつこく子犬のように不器用にからんで、まれにグランディブル親方を本気で怒らせてしまうのをひそかに恐れていた。親方の機嫌を察する本能らしきものは育っていたが、動きがない親方の顔は風雨に傷んだドアノッカーのようで、なにも表さない。ところが、かんしゃくを起こすときは一瞬で、ひとたびそうなったら何日も機嫌を直さないのだ。

「この客はだめだ。帰るまで、おまえは屋根裏に隠れているんだ」

こう申しわたされて、ネヴァフェルは殴られたような衝撃を覚えた。単調で厳しい日々の生活のなかで、来客は休暇のようなものだった。光、命、空気、色、新しさに彩られている。来客があると、数日前からネヴァフェルは苦しくなるほど興奮し、期待に胸をふくらませた。来客のあとの何日かは、肺もずっと楽に呼吸ができて、贈り物の包みをあけたばかりの子どものように、頭のなかで新しい記憶や考えをひっくり返して遊んだ。

どんな来客でも、直前になって会ってはいけないといわれるのはつらかったが、ことにこんどの来客に会う機会を奪われたのは耐えがたかった。

「あたし……床をぜんぶはいたのに……」哀れっぽい泣き声がとぎれとぎれに口からこぼれでる。この二日間、とくに念入りに自分の仕事をこなしてきたが、あれでもまだ足りなかったのだ。このままでは、来客が到着する前に、姿が見えないように閉じこめられてしまう。

喉が締めつけられて、目をぱちぱちさせていないと涙で前がぼやけてくる。グランディブル親方はじっとネヴァフェルを見ていたが、顔色は少しも変わらなかった。目の光も動かない。たたかれるかもしれない。でも、もしかしたら、親方はただチェダーチーズのことを考えているだけなのかもしれない。

「行って仮面をつけろ、それから」グランディブルはがみがみいって、廊下の先をにらみつけた。「彼女が来ても、よけいなことをいうんじゃないぞ」

ネヴァフェルはどうして親方の気が変わったのだろうなどと考えて時間をむだにはしなかった。あわてて駆けだすと、ハンモックの下の道具やぼろぼろのカタログや分解した時計の山のなかから黒い仮面を引っぱりだした。何年間も油ぎった手で扱われてきたベルベット地は、毛がぺったりと固まってざらざらしている。

それは、顔をすっぽり覆う仮面で、銀色の眉と、お行儀のいい笑みを浮かべた銀色の口がついている。目も描いてあり、それぞれの真ん中に穴があいていて、そこからのぞけるようになっていた。ネヴァフェルはおさげをうしろに押しやって、すりきれた黒いリボンを結んで仮面をとめた。

何年も前に一度だけ、客が来るときにどうして仮面をつけなければならないのかと尋ねたことがある。グランディブルはそっけなくきつい言葉を返してきた。

傷口にかさぶたができるのと同じ理由だ。

その瞬間、ネヴァフェルは自分がとんでもなく醜いのだと気がついた。二度と尋ねはしなかった。それ以降、銅鍋にぼんやりと映る自分の姿に怯え、ホエイの桶から見つめかえしてくるうっすらとぼやけた影を見てはたじろいだ。あたしは化け物なんだ。そうにちがいない。恐ろしすぎて、親方のトンネルから出してもらえないんだ。

けれども、ネヴァフェルのもつれた意識の奥深いところには、頑固な結び目のように強い好奇心があった。スティルトン・チーズに囲まれたまま一生を終えようなどと思ったことは一度だってない。だから、自信たっぷりにお茶にうかがいますといってきた女性客の正体を知ったとき、胸のうちに小さな希望の泡がわきたった。

ネヴァフェルは革の前かけを放りだし、あわてて上着を着て、ぜんぶではないかもしれないがボタンをかけた。身だしなみを整えている間もなく、ドアにひもでぶらさげたベルが、有名な《面細工師《フェイススミス》》、マダム・ヴェスペルタ・アペリンの到着を告げた。

フェイススミスがいるのはカヴェルナだけだ。外の世界では必要がない。赤ん坊がほほ笑まないのは、迷路のように入り組んだ地下都市カヴェルナだけなのだから。

地上の世界では、赤ん坊は母親の顔を見あげているうちにだんだんと、上に見えるふたつの明るい星が自分の顔にあるのと同じ目で、横に曲線を描いて広がっているのが自分のと同じ口だと理解しはじめる。そう考えるまでもなく、自分の口の端を同じようにもちあげて、小さな口で母親の笑みをまねてみる。怖いとき、いやな思いをしたときには、どうやって顔をくしゃくしゃにして泣けばいいか、すぐにわかる。ところが、カヴェルナの赤ん坊たちはぜったいにそうしないし、その理由はだれにもわかっていない。カヴェルナの赤ん坊は上にある顔をじっと見つめ、目、鼻、口を見るが、その表情をまねることはない。顔の部品ひとつひとつにはなにも悪いところはないのに、どういうわけか魂の鎖の小さな銀のつなぎ目がひとつ欠けているのだ。だから、一度にひとつずつ、時間をかけて苦労して表情を覚えなくてはならない。でないと、卵のようにつるんとした顔のままになってしまう。

このように注意深く教わる表情のことを《面《おも》》という。最下層の子どもの施設では、その立場に見合うわずかな面しか教われない。それ以上教わる必要がないからだ。裕福な家庭では子どもたちをできるだけいい保育施設に預け、二百から三百もの面を身につけさせる。カヴェルナ人のほとんどは、幼いころに習った面だけで間に合わせて生きていくが、とくに裕福なエリート層は、面のデザインをして新しい表情を教えるスペシャリスト、フェイススミスを雇うこともある。流行の先端をいくエリートたちのあいだでは、新しくて美しい、あるいはおもしろい面が、黒いパールのネックレスや奇抜な帽子以上に評判になることもあった。

ネヴァフェルがフェイススミスに会うのはこれがはじめてで、親方のところに走っていくあいだも、興奮で胸が高鳴っていた。

「あたしが鍵をあけてもいい？」欲張りすぎだとわかっていながらきいてみる。

チーズの匠グランディブルはいつも、好奇心旺盛なネヴァフェルの手が届かないところに用心深く玄関の鍵を隠していて、もうすぐ客が来るというときになってとりだしていた。この日もグランディブルはなにもいわずに大きな鍵の輪を放ってきたので、ネヴァフェルはひんやりとした鍵の重さにどきどきしながら、玄関の扉まで走っていった。

「ひとりじゃなかったら、入れるな——それと扉をあける前ににおいをかげ！」グランディブルは廊下の奥からどなりつけてきた。親方は、外から入ってくる者はすべて侵入者になる可能性があると考えている。ただの配達の少年であってもそうだった。

　ネヴァフェルは興奮しすぎて思うように動かない指で、錠のひとつひとつにつめてある防水布を引っぱりだした。毒ガスやグリサーブラインドが入りこまないようにするための詰め物だ。グリサーブラインドは目の見えない小さなヘビで、不気味なほどの嗅覚を使ってかみつける物を探し、岩の裂け目から滑りこむ。ネヴァフェルは七つの錠の鍵をあけ、三十五個のかんぬきのうちの三十四個をはずしたところで、いいつけどおりに手をとめると、つま先立ちになって扉に据えつけの出っ張ったガラスののぞき穴に目をあてた。

　穴のむこうの狭い通路に、ひとりの女性が立っていた。腰は折れそうに細く、深緑色のドレスには銀のビーズの胸衣《ストマッカー》（宝石や刺繍飾りのついた三角形の胸飾り）とレースがあしらわれた立ち襟がついている。マホガニー色の髪は、緑と黒の玉虫色に光る羽根でほとんど覆われ、そのせいでじっさいよりも背が高く見える。きっと、どこかのすてきなパーティからここに来たんだ。ネヴァフェルは真っ先にそう思った。

　マダム・アペリンの喉もとには、黒い絹のスカーフが巻かれ、青白い顔がくっきりと浮かびあがっている。ネヴァフェルはすぐさま、こんなきれいな顔、いままで見たことがないと思った。つるんとしたハート形の顔だ。待っているあいだにも、レディの顔にさまざまな表情が浮かんでは消えていく。グランディブルの永遠のしかめっ面とはおおちがいで、魅力的に変化している。目尻のあがった切れ長の緑色の目、真っ黒な眉。完璧に整った顔になるのを、あごの小さなへこみだけが邪魔をしている。

グランディブルの指示を思いだし、ネヴァフェルは小さな隠し窓をあけてさっと空気のにおいをかいだ。チーズ職人の鋭い鼻がかぎつけたのは、髪粉とせわしなさとかすかなスミレの香りだけだった。このレディは香水をつけている。心地よい香りだが、人の心をとりこにするのに使われる特別な香水ではない。

ネヴァフェルは最後のかんぬきをはずし、大きな鉄の輪をもちあげて扉を引きあけた。ネヴァフェルを見たとたん、レディはためらっていたが、すぐに表情をやわらげ、上品におもしろがって驚いているような、やさしさのにじんだ顔になった。

「チーズの匠ムーアモス・グランディブル親方にお目にかかれるかしら？　わたくしをお待ちだと思うのだけど」

ネヴァフェルはこれまでに覚えがないほどやさしげに見つめられて、すぐに口のなかがからからになった。

「はい……あたし……親……親方は応接間におります」はじめてフェイススミスと言葉を交わせるたいせつな瞬間だったのに、ちゃんとした文のつくりかたを忘れてしまっていた。仮面の下の顔がかっとほてって、あわてて周囲を見まわした。「あ……あたし、おうかがいしたいことが――」

「ネヴァフェル！」応接間からしわがれたどなり声がした。

ネヴァフェルははっとして、師匠の指示を思いだした。よけいなことをいうんじゃないぞ。つまり、いっさいしゃべるなということだろう。

ネヴァフェルはためらってから、小さくきれいにお辞儀をしてうしろにさがり、どうぞお入りくださいと手ぶりで示した。今日は親しげなおしゃべりはなし。このかたはきちんとおもてなしをしなければならないお客さまだが、居心地よくさせて歓迎されていると思わせてはならない相手なのだ。そこでネヴァフェルは、マダム・アペリンが入ってくるのを待って扉を閉め、応接間に案内した。白い目と銀色のほほ笑みのこぎれいなマネキン人形のように。

廊下の照明が薄暗いのは、人が少ないことの証だった。虫とりランタンのなかの食虫植物は、人が吐きだしたよどんだ空気を吸いこんで、新鮮な、呼吸できる空気に換えてくれるのだが、この植物自体が吸いこむ汚れた空気を確保するには人が必要だ。まわりにあまり人がいないと、よどんだ空気が足りなくて、虫とり植物は光を消して眠ってしまう。食虫植物自体は青白いまだら模様のありふれたキノコのような姿をしている。濁った黄色っぽい光で洞窟内の太った蛾をおびきよせようとしているというよりは、退屈して目立たない口であくびをしているように見える。

ありがたいことに、マダム・アペリンはおとなしくネヴァフェルのあとをついてきていて、ふらふらどこかに行ったり、なにかを触ろうとしたりする気はないようだ。グランディブルは訪問客を信用していないため、罠という罠をしかけてある。ドアには鍵がかけられ、念のため把手《とって》にはしびれを起こすポリックウサギのスティルトンが塗ってあった。そうした予防のほかに、チーズ職人の仕事場ならではの障害物もある。まちがってドアをあければ、スピッティング・ジェスの棚が待ちうけている。ハトの羽毛でできたベッドの上で揺れ、外皮の穴から細かな酸のしぶきを噴きだすチーズだ。コケに覆われた大きくて丸いクロークスペックルは、人間の脳をバターみたいに溶かすガスを発する。

グランディブルが応接間として使っている居心地のいい控えの間は、唯一来客が入ることを許されている場所だった。ここでは、グランディブルの所有地のほかの場所に比べると、チーズのにおいがわずかに弱くなっている。ネヴァフェルが案内したとたん、フェイススミスはすっと姿勢を正し、完全に態度を変えた。突如として気どったきらびやかなようすになり、背が何インチかのびたように見えた。

「チーズの匠！　あなたがまだご健在だという噂はかねがね耳にしていましたが、こうしてたしかめることができて、なんと喜ばしいことでしょう！」フェイススミスが優雅に部屋に入るとき、頭につけた羽根の長いところが天井をかすめた。黄色い手袋をはずして、すすめられた来客用の椅子に腰をおろす。椅子はグランディブルのすわる大きな木製の椅子から、注意深く短剣八本分だけ離したところに据えられていた。「あんなに劇的に完全に姿を消されたものですから、わたくしの友人たちの半分は、あなたが人生をはかなんで、ご自身になにか恐ろしいことをされたのではないかと信じこんでいたのですよ」

グランディブルは来客を迎えるとき用の丈の長い灰色の上着の袖口をじっと見つめた。表情は変わっていないが、ほんの一瞬、少しだけ険しくなったようだ。

「お茶を」グランディブルはそれだけいった。袖口が答えなかったのは、指示がネヴァフェルにむけられているとわかっているからだろう。

こんな瞬間にふたりの会話が聞けなくなるのはつらかった。ようやくグランディブルが宮廷を辞した理由がわかりそうだというのに。カヴェルナの貴族は匠だけだ。幻と神業のあいだの目に見えぬ境を超える名品のつくり手たちだった。真のチーズのつくり手、グランディブルは匠の階級に属していたが、宮廷で当然得られる地位を手ばなした理由について、けっして話してはくれなかった。

岩がごつごつした小さな台所で、ネヴァフェルは湯をくもうと壁の把手を引っぱった。どこかずっと上のほうにある炉のなかで、小さなベルが音をたてる。一、二分して、水道管がぶつぶついって震えはじめた。ネヴァフェルは保護用手袋をはめると、灰色の熱い栓をひねって、湯気をたてている湯をいきおいよくティーポットに注いだ。

あわてるあまりやけどをしながらお茶を入れ、ふたたび応接間にもどったときには、客と主人はしきりに話をしていた。ネヴァフェルがペパーミントティーのカップとデーツの皿をそばのテーブルに置くと、マダム・アペリンは話の途中で言葉を切って、「ありがとう」というようにそっとやさしくほほ笑んだ。

「……すばらしいお客さまなんです」フェイススミスは話をつづけた。「同時に親しい友人でもあります。だから、お手伝いを約束したんです。そのかたのご心配はおわかりでしょう？これはとても重要な外交の行事で、その気の毒な若者は大長官やほかの宮廷のかたがたの前で恥をかきたくないのです。正しい《面》をすべて身につけておきたいと望むのを責めることはできません」

「いや」グランディブルはとがっていない爪で椅子の肘をたたいた。すぐそばに隠し部屋を開くボタンがある。「だめだろう。そういう愚か者が《面》市場を動かしているんだ。どんな者でも面は二百もあればじゅうぶんだと、だれもが思っているのに、だ。いや、十で足りるだろう」

「あるいは……ふたつでも?」マダム・アペリンはつり気味の切れ長の目をすがめた。わけ知り顔の笑みを浮かべているが、からかうような表情の奥にあたたかみと共感がほの見える。「チーズの匠、あなたにとっては信条の問題のようなものでしょうけど、来る日も来る日も同じ《面》をつけているのはお気をつけあそばせ。顔つきが固まってしまいます。いつの日か、べつの面を使いたいと思うかもしれない。そのときになって、顔の筋肉が表情を覚えていないことを思い知らされるのです」

グランディブルは絞首台くらいいかめしそうな顔で、じっとフェイススミスを見つめた。

「わしがお目にかかるたいていの状況や人には、この面がいちばん合っているのだ」ため息をつく。「あんたがわしにそんな話をもちかけてくるとは思わなかったよ、フェイススミス。その小童《こわっぱ》があらゆる色合いの緑色に対してちがった反応ができるように百の新しい表情を手に入れたいというのなら、あんたが売ってやればいいじゃないか」

「緑の色合いの問題だったら、おっしゃるとおり、かんたんですわ。どうぞお好きなだけあざけってください。でも、《緑青の黙想》や《リンゴの枝の憂鬱《ゆううつ》》といった面はいま大人気なんですよ。いえ、問題はその晩餐会です。彼がすばらしいものをすべて正しく判断できると証明するには、すべての料理に正しく反応できなければなりません。これでわたしの狙いが少しはおわかりになるかしら、チーズの匠?」

「だいたいはな」

「すでに四種のワイン、鳥の歌のゼリー、スープ、パイ、リキュール、氷菓と砂糖漬けの果物各種に対する正しい面は準備させました。でも、あなたのスタックフォルター・スタートンはこんどが初お目見えでしょう。わたくしも経験したことがないものに対して、どうやって正しい面をつくれて?」

「あの特別なチーズは大長官に注文されたものだ。大長官の所有物なんだよ」

「でも、割れた分くらい、いつだってあるでしょう?」マダム・アペリンが食いさがる。「失敗したものとか? 切れ端? こぼれかす? かけら? わたくしの友人に必要なのは、ほんの小さなかけらです。それすらも、分けてはもらえませんか? いただけたら、どんなにありがたいか」

「だめだ」消えていくろうそくのように、とても静かで決定的な声だった。マダム・アペリンはしばらく黙りこんでいたが、つぎに話しだしたときには、とても深刻そうな口ぶりだった。もの悲しげな笑みを浮かべている。

「チーズの匠、ありえないと思えるかもしれないけれど、いつの日か宮廷にもどりたくなる日が来るかもしれないと、一度たりとも思ったことはなくて？　宮廷にもどる必要が出てくるかもしれないと？　ここに隠れていれば安全に感じるかもしれないけれど、そうではないわ。敵に、あなたを陥れるチャンスを、しかるべき人に耳打ちするチャンスを山ほど与えているんですよ。あなたは危険にさらされる。ここにいたって、暗いときに足を踏みはずしたら安全ではないでしょう。それに跡継ぎのことも——」さっとネヴァフェルのほうを見る。「考えないと」

「あんたがなにをいいたいかはわかっている」グランディブルはせわしなく椅子の肘をいじっている。ネヴァフェルは親方が不安がっていることに、それもいつになく不安そうなことに気がついた。

「つまり、あなたとお弟子さんには、遅かれ早かれ味方が必要になるということよ。あなたは何年ものあいだ、親しげに近づいてくる人たちを追いはらおうとやっきになっていたんですよね。もしまた、宮廷とかかわりあうことになったらどうするんです？　友人もなく、面がふたつだけでどうするおつもり？」

「前回は生き延びた」グランディブルはつぶやいた。

「また生き延びられるかもしれませんね」マダム・アペリンはひどく穏やかに話をつづけた。「あるいは、わたくしに手助けをさせてもらえれば。わたくしは顔が広いから、おおぜいご紹介できますよ。あなたの『新しい姿』をつくってさしあげることもできる。そのほうがずっと物事がかんたんになるわ」マダムはハート形の顔を傾げて、切れ長の緑色の瞳で探るようにグランディブルを見た。「そうね、《きらめき》か《ひねくれた魅力》がよくお似合いかも。でなければ、《世界の憂鬱》に、《悲しみのきざし》と《誠実さの核》。《愉快な抜け目なさ》に《深い知恵の井戸》？　チーズの匠、わたくしの仕事に偏見をおもちなのはわかるけれど、わたくしはいい友人になれるし、知り合いになっておけばとても役に立ちますのよ」

「ビスケットを」グランディブルが不快そうにいった。

ネヴァフェルはあわてるあまり、台所の敷物の端につまずいて椅子の上にばったり倒れ、床からビスケットを拾いあげてゴミを払うのに、腹立たしいほどよけいな時間がかかった。部屋にもどったときには、ちょうど話が終わったところだった。ネヴァフェルは絶望感に胸を痛めながら、フェイススミスが三十五のかんぬきがついた玄関扉にむかって静かに歩いていくのを眺めていた。その顔には、皮肉っぽい笑みと後悔と同情とあきらめが穏やかに輝いている。

ネヴァフェルは息を切らしながら走って追いかけると、深々と頭をさげた。かぶり物の羽根が天井に触れるたびに、フェイススミスのほほ笑みがやさしく虹色に輝いてくすぐってくるような気がする。ネヴァフェルは親方の命令に背くことを思うと、心臓がひっくり返りそうだったが、もう二度とフェイススミスと言葉を交わす機会などないだろうに、その機会がすり抜けていこうとしている。

「奥さま！」必死にささやいた。「お待ちください！　お願いです！　あの……グランディブル親方をよく見せるような《面》をつくれるとおっしゃいましたよね。あたしは知りたいんです……」深く息を吸いこんでから、何か月も悩んできた問いを口にした。「名乗るほどもないような者にも、面をつくれますか？　つまり……隠しておかなければならないほど醜い者にも、ということです」

　少しのあいだ、フェイススミスはネヴァフェルの仮面を見つめていた。表情はまったく動かない。それから、溶けはじめたつららの先にたまったしずくのように、やさしげな笑みがきらめいた。手をのばしてきたのは、仮面をはがそうとしたのだろうが、ネヴァフェルはあわててうしろにさがった。この美しい女性に、仮面の下にあるものをさらす覚悟はできていなかった。

「見せてはくれないの？」マダム・アペリンはささやいた。「そう、そういうことなら、あなたを困らせるつもりはないわ」廊下の先をちらりと見て、耳もとに口を近づけてきた。

「わたくしのもとには、醜いといわれた人たちがおおぜいやってきているのよ。そのたびにわたくしは、その人たちの見た目がよくなるように面をデザインしてきたわ。希望がないなんてことはぜったいにないの。あなたがなにをいわれたのか知らないけれど、だれも醜いままでいる必要はないのよ」

　目がうずいてきて、ネヴァフェルはごくりとつばをのみこんだ。「グランディブル親方が失礼な態度でごめんなさい。もしあたしに任せてもらえていたら……」

「ありがとう」マダム・アペリンの目にはクジャク色の点がぽつぽつと散っている。ふたつの緑色の宝石が何百回も少しずつひび割れていったかのようだ。「わかるわ。お名前はなんといったかしら？　グランディブル親方はネヴァフェルと呼んでいたかしら？」

　ネヴァフェルはうなずいた。

「会えてよかったわ、ネヴァフェル。これでわたくしにも、このチーズ・トンネルに年若いお友だちがひとりできたかもしれないのね。あなたの親方は宮廷の人間はだれひとりとして信じないと決めているみたいだけど」マダム・アペリンは応接間のほうを振りかえった。「親方のこと、たいせつにしてあげてね。あの人は自分で思っている以上に重要な人物なのよ。ひとりで閉じこもって、外のできごとが追えなくなるのは危険だわ」

「あたしが街に出ていって、親方のためにいろいろ見てこられるといいんですけど」ネヴァフェルはささやいた。自分勝手な思いもないわけではなく、あこがれが声ににじむのがわかる。

「親方のトンネルを離れることはぜったいにないの？」マダム・アペリンはネヴァフェルがうなずいたのを見て、黒い眉を優雅につりあげた。かすかにあきれたような声音でいう。「ぜったいに？　でも、いったいどうして？」

ネヴァフェルはかばうように両手を仮面のほうに、その下に隠された愛されることのない顔のほうへと動かした。

「まあ」マダム・アペリンはわかったというように小さくため息をついた。「つまり、親方があなたをここに閉じこめているのは、あなたの見た目のせいだというの？　でも、そんなひどいこと！　あなたが新しい《面》をほしがるのもむりはないわ」マダムが黄色い手袋をはめた手をのばして、ネヴァフェルの仮面の頰の部分をそっとなでると、ベルベットがかすかにこすれる音をたてた。「かわいそうに。でも、どうかあきらめないで。もしかすると、わたくしとあなたはお友だちになれるかもしれないわ。そしていつか、わたくしがあなたの面をつくってあげられるかも。そうなったら、うれしい？」

ネヴァフェルは黙ってうなずいた。胸がいっぱいで張り裂けそうだ。

「それまでは」フェイススミスは先をつづけた。「いつでもメッセージを送ってちょうだい。わたくしのトンネルはサムファイア地区からそう遠くないの。タイスマン・スリンクとハートルズがぶつかるあたりよ」

応接間でベルが鳴り、ネヴァフェルはグランディブルがいらいらしだしているのに気がついた。しかたなく、かんぬきをはずして扉をあけると、マダム・アペリンがするりと外に出た。

「さようなら、ネヴァフェル」

ふたりのあいだで扉が閉まるまでのほんの一瞬垣間見えたものに、ネヴァフェルはどきりとした。マダム・アペリンがネヴァフェルを見つめていた表情は、それまで見たこともない《面》だった。ネヴァフェルが何年もたいせつにしてきたフェイススミスのカタログに出ている面とは似ても似つかないし、訪問中にマダムがたたえていたなめらかで美しい面ともちがう。笑みを浮かべてはいたが、明るさの陰に大いなる憂いを、やさしさのむこうにさびしさをたたえていた。目のまわりも少しやつれたようで、不眠と我慢と痛みがにじんでいた。

つぎの瞬間、その映像は消え、ネヴァフェルは音をたてて閉まった扉を見つめていた。頭のなかは色彩とごちゃごちゃの考えであふれかえっている。かんぬきをぜんぶかけなければならないことを思いだすまでに、少し時間がかかった。

最後の見たこともないような《面》は、ハープの弦を震わせるそよ風のように、ネヴァフェルの魂を揺らした。どうしてだかわからない。胸のなかでなにかが、あの表情に見覚えがあると声をあげている。理由もわからないまま、ネヴァフェルはもう一度扉を大きくあけて、訪問客にすがりついて泣きだしたいような衝動に駆られていた。

2　いかれた娘

ネヴァフェルは仮面をはずした瞬間、まずいことになっているのに気がついた。グランディブルの灰色の瞳がネヴァフェルをとらえたとたん、霜のように凍《い》てついた。

「どうした?」グランディブルが大きながさがさした手でネヴァフェルの顔を包み、もう一方の手でランタンをもちあげると、緑がかった虫とりの灯が頬を照らしだした。「なにか隠しているな!」

親方は不気味なくらいネヴァフェルの考えをいいあてる。またしてもその力を目のあたりにして、ネヴァフェルはしどろもどろになった。

「なにをした?」なにより、怯えたような親方の声に、ネヴァフェルはふいをつかれた。「あの女と話をしたんだな?」グランディブルはかすれた声で問いつめた。

「あの人……」

「仮面をとったのか?」

ネヴァフェルは、グランディブルのたこのできた指にあごをつかまれたまま、せいいっぱい首を横に振った。親方は、そこに答えが刻まれているとでもいうように、ネヴァフェルの顔をしげしげと眺めまわしている。

「自分のことをなにか話したのか？　わしやトンネルのことは？　なにか話したのか？」

「いいえ！」ネヴァフェルは金切り声をあげた。必死に考えて、なにも話していないことを確認する。うん、あの美しいご婦人にはほとんどなにも話していない。質問をして、ときどきうなずいただけだ。「話してない！　ただ……ごめんなさいっていっただけ」

「ごめんなさい？　なんでだ？」

だって、あの人はいい人で、親方は失礼だったから。ネヴァフェルは思った。

「だって、あの人はいい人で、親方は失礼だったから」ネヴァフェルはいった。いってしまってから、ごくりとつばをのんで下唇をかんだ。

一拍おくと、親方は長いため息をついてネヴァフェルのあごを放した。

「どうしてあの人がほしがっていたものをあげなかったの？」ネヴァフェルはきいた。足が行ったり来たり踊りつづけている。おずおずとうしろにさがっては、じりじりと前に進む。「スタックフォルター・スタートンだったら、あたしのこぶしの大きさくらいの余分があるでしょ。大きいのが熟成したときがわかるように、とりわけておいた分。あれをひとかけらかふたかけら、あの人にあげればいいじゃないの？」

「クモの巣から糸を引きぬいて自分の靴下を編んだりしないのと同じ理由だ」グランディブルはぶつぶついった。「糸を引っぱったら、巣ぜんぶを引っぱることになる。そうしたらクモが出てくる……」

グランディブル親方が質問に答えてくれるとき、いつもほしい答えが返ってくるとはかぎらない。

つぎの週、ネヴァフェルは荒れていた。なににも集中できない。トナカイの涙とまちがえてヘラジカの唾液をバークベントにかけたときには、チーズが抵抗していっきに酸性の湯気をたてたので、腕を真っ赤にやけどした。リコリッシュ・ラザルスを冷却パイプ近くの棚からおろしわすれ、チーズが激しく振動して棚にぶつかりだすまで気づかなかった。

マダム・アペリンはネヴァフェルのために醜く見えない《面《おも》》をつくれるかもしれないといっていた。なんて不思議ですばらしいことだろう。考えただけで、希望で胸が熱くなったが、マダムが宮廷について口にした不吉な言葉を思いだすと、こんどは恐ろしくてざわざわと落ちつかず気持ちが悪くなった。グランディブル親方は石のごとく動かないので、親方になにか起きるなんて、頭上に岩だらけの天井がない世界で暮らすことと同じくらい想像できない。けれどもマダムは、宮廷から隠れているがために、親方は自らを危険にさらし、ほかの者が彼を陥れようと策を練るのだとほのめかしていた。ほんとうだろうか？　親方は答えてはくれなかった。難攻不落のチーズの城のなかで、親方に危害を加えられる者などいるのだろうか？

「いったいどうした？」グランディブルがかなった。

ネヴァフェルは答えられなかった。自分でもどうしたのかわからないのだ。けれども、自分のなかでなにかが起きたのはわかる。脳内の鍋で考えが煮えたぎり、興奮が泡のようにわいてきている。思いつき、計画の種みたいなものがある。でも、自分で思いついたといっては嘘になるかもしれない。まるで、その思いにとりつかれたようなのだ。とにかく、心に抱いたぼんやりとした思いをグランディブルに打ち明けなかったのははじめてだった。単純に、それがなんなのか、どういったらいいかわからなかったからだ。

「それ見ろ」グランディブルはぶつぶついっている。「あの女の世界をほんの一瞬見ただけで……伝染病みたいなものなんだ。いまのおまえは熱を出している。それだけですめば運がいいほうだ」そういいながらも、親方はネヴァフェルを病人扱いはせず、それどころか、できるだけ忙しくさせておこうと心に決めたようだった。

マダム・アペリンを信用していいのだろうか？　ネヴァフェルは気がつくと何度となく、最後に見たマダムの面を思いだしていた。愛情深いけれど、疲れていてつやのない表情だった。いくら考えても、あれがただの仮面だとは信じられない。

心からの気持ちがなければ、あんな面をつくれるわけがないでしょ。ネヴァフェルはそう自分にいい聞かせていた。

三日たっても、頭のなかはそんな思いでいっぱいだった。そこにアーストワイルがしぼりたての牛乳の樽をいくつかと、きれいなハトの羽根が入った桶をひとつ、死人の足を洗うのに使われたラベンダー水のびん六本を届けにやってきた。アーストワイルは顔にうっすらとあばたのあるやせっぽちの配達の少年で、グランディブルのトンネルにもっともひんぱんに訪れていた。ネヴァフェルより一歳くらい上だが、背は二インチ低く、しじゅういっしょにいて質問に答えてくれている。といっても、かなりえらそうな態度だったが。アーストワイルは、自分の言葉のひとつひとつにネヴァフェルが熱心に聞き入り、訪ねてくれれば大歓迎されることを喜んでいるのではないか。ネヴァフェルはそう思っていた。

「アーストワイル――マダム・アペリンのこと、なにか知ってる?」アーストワイルが腰をおろすかおろさないかのうちに、質問が飛びだしていた。

アーストワイルは怒りや不快の表情をもっていない。労働者、働き手《ドラッジ》の階級の家では、そういう《面》は必要がないものとされ、教わることがないのだ。それでも、アーストワイルの肩がこわばったのに気がついて、ネヴァフェルはいやな思いをさせてしまったのだと思った。アーストワイルは得意になってなにか話をするつもりでいたのに、べつの人のことをきかれて、出鼻をくじかれたのだ。けれども、ネヴァフェルがしょうが茶のカップをもってくると、少し機嫌を直したようだった。

「ほら、これ見ろよ」アーストワイルはほんの一瞬だけ、ネヴァフェルの顔の前でなにかを振って見せた。地上世界を描いた小さな黄色っぽい絵だということだけがなんとかわかるくらい一瞬で、すぐにコートのなかに隠してしまった。「クランブルズの貿易業者に届けるものだけど、卵三個で見せてやるよ」

ネヴァフェルがまだ殻が青い卵を三個もってくると、アーストワイルは絵をもたせてくれた。せりあがった丘に広がる森を背景に、木々のすきまからひっそりと小さな家がのぞいている。空には白っぽい穴があいていて、そこだけが際立って明るく見えている。

「これ、太陽でしょ?」ネヴァフェルは指をさしてきいた。

「ああ。だから、その絵ではだれも外に出てないんだ。知ってるだろ? 太陽は人間を焼くんだ。おおぜいの人が畑仕事に出なけりゃならないけど、長く出てると、肌が赤く焼けて痛くなって、はがれ落ちるんだぞ。それに、だれも上を見あげちゃいけないんだ。太陽がまぶしすぎて、もし見あげでもしたら、目が焼けて見えなくなっちまう」

アーストワイルは横目でネヴァフェルを見ながら、卵をひとつむいた。キャラメル色の表面に細い雪の結晶のような模様が現れた。

「おまえときたら、病気のネズミみたいにぴりぴりしてるじゃないか。おれが来てもそれじゃ、来なかったら頭がおかしくなるんじゃないか。グランディブルは、おまえをひとりでここに閉じこめたことを、いつか後悔するだろうよ。本気で怒り狂ったおまえに殺されるかもしれないからな」

「そんなこといわないで」ネヴァフェルは金切り声をあげた。嘆きとともに激しい怒りがにじんでいる。これまでにアーストワイルには多くのことを語りすぎた。だから、ネヴァフェルがときどきほんとうに頭がおかしくなることも知られてしまっている。囚われているような絶望的な気持ちになったとき、トンネルがいつも以上に暗く狭苦しく感じられたとき、這いすすんでいて身動きがとれなくなったとき。なんの理由もなくそうなるときもある。恐怖で胸が締めつけられて、心臓が奇妙にはねて、息をするのも苦しくなる……やがて、ふとわれに返ると、体が震えて吐き気がして、周囲は荒れていて、爪が岩の壁や天井をつかもうとしたために割れている。

あとから振りかえっても、発作の最中のことはほとんどなにも思いだせない。ただ、光と空気がほしくてたまらなかったというだけだ。緑がかった虫とりランタンの明かりや、まどろむような熾火《おきび》の鈍い赤ではなく、冷たく刺すように上から見おろしてくる広がりがほしかった。チーズ・トンネルにありがちな、ありふれた酸っぱい空気ではなく、大きさを感じさせるにおい、ほかの場所を感じられる空気を求めていた。激しく動いてうなりをあげる空気を。

アーストワイルは落ちこんでいるネヴァフェルを見て笑いだし、機嫌を直した。

「よし。もうじゅうぶんだろう」絵をとりかえすと、上着のなかに入れてから、卵を半分に割ってなめらかな黒緑色の中身を出した。「マダム・アペリンのことを知りたいって？」

ネヴァフェルはうなずいた。

「いいよ。あの人のことならなんだって知ってる。カヴェルナでいちばん有名な面細工師《フェイススミス》のひとりだ。たしかもう七十歳くらいだが、四十年、年をとっていないんだ。ほかのフェイススミスたちはあの人を忌みきらってる——おたがいを憎みあう以上にきらってるんだ。あの人はほかの人たちのように正規の修行をしてフェイススミスになったわけじゃないからな。七年前まではまったく無名の存在で、表情をぴくつかせてかわいくほほ笑むのをこそこそ教えて小遣い稼ぎをしてた。それがとつぜん《悲劇の連作》を発表したんだ」

「《悲劇の連作》？」ネヴァフェルは、一瞬マダム・アペリンの笑みにのぞいた、やつれた表情を思いだした。

「ああ。ほら、それまではみんな、最新のきらきらした笑顔や、傲慢そうなにらみを身につけたくて、フェイススミスを雇ってたんだ。だけど、《悲劇の連作》はそんなんじゃなかった。悲しい面、傷ついた面、勇敢な面。いつもきれいなわけじゃないけど、その人に深みや興味深いところがあるみたいに、秘密の悲しみを抱えてるみたいに見せてくれる。宮廷の人たちは夢中になった。それで、あの人は有名になったんだ」

「だけど、どういう人なの？　ほら……いい人かってこと？　信用できる人？」

「信用できるかって？」アーストワイルは歯をつついた。「フェイススミスだぞ。なにもかもがつくりものだ。それも商売のためにやってる」

「だけど……《面》ってどこかから来たものでしょ？」ネヴァフェルは食いさがった。「その裏に気持ちがあるってこと。だから……七年前にあの人の身になにかが起きたんだよ。なにか悲劇的なことが。だからあの人は、そういう面を思いついたんじゃないの？」

　アーストワイルは肩をすくめた。マダム・アペリンの話にはもううんざりなのだ。

「おれは一日じゅうおしゃべりしてるわけにいかないんだよ」割れた卵の殻をネヴァフェルの手に落とす。「おまえだって、大きな塊みたいにすわってちゃだめだろ。貴重な晩餐会用のチーズを準備しなきゃならないんだよな？」


　大晩餐会が近づくたびに、カヴェルナのトンネルじゅうがざわめきはじめる。仮面をつけた香師が真珠《しんじゅ》のような液体をひとしずく大きな鳥かごにたらし、何羽のカナリアがガスで気を失うかをたしかめる。べつの場所では、毛皮商が何十匹ものモグラの皮を丁寧《ていねい》にはいで、小さな毛皮で手袋をつくる。おそるおそる幾千もの高級品が試され、宮廷に出すには平凡すぎるものと、残すには繊細《せんさい》すぎるものが選別される。

グランディブルとネヴァフェルにとっては、こんどの晩餐会は偉大なるスタックフォルター・スタートンのお披露目の場でしかない。スタートンは、異様な大きさのチーズで、ネヴァフェルと同じくらいの重さがあり、奇妙な幻を見せることで知られている。人がすでに知っているのに、忘れていたり、目を背けていたりして、あらためて思いだす必要のある真実を見せてくれるというのだ。また、失敗せずにつくるのはむずかしいという評判で、グランディブルとネヴァフェルはたいせつな瞬間のために、スタックフォルター・スタートンの製作に全力を注いできた。婚礼を控えた花嫁に磨きをかけているかのようだった。

毎日、スタックフォルター・スタートンの白とあんず色のまだらの皮には、サクラソウの油と麝香《じゃこう》を混ぜたものを塗りつけ、長くて細いコケに丁寧にブラシをかける。さらに重要なのは、百四十一分ごとにひっくり返さなければならないことだった。なにしろ、直径が肘から指先までの長さの三倍もあるものだから、ふたりがかりでもはあはあと息を切らすような作業だった。そのため、ネヴァフェルとグランディブルは、百四十一分ごとに起きていなければならなかった。

太陽のないカヴェルナでは、昼も夜もないが、合意のもとに共通の二十五時間の時計が使われている。チーズ・トンネルではいつもだれかが起きている必要があったので、グランディブルとネヴァフェルは交替で寝ることにしていた。つまり、それぞれが「ちがう時計で暮らしていた」。グランディブルはたいてい七時から十三時まで寝て、ネヴァフェルは二十一時から四時まで眠った。ところが、ひとりではスタートンをひっくり返すことができない。

一度に二時間以上眠れない日が三日つづくと、ふたりとも元気がなくなってきた。さらにまずいことに、晩餐会直前にはほかの注文がつぎつぎと入ってきた。上流階級の人たちが偉大なるスタートンのお披露目を聞きつけたために、グランディブルの品が突如として注目を集めはじめたのだ。華々しい肩書のおおぜいのご婦人がたから少しずつ注文が来ていた。マダム・アペリンもそのひとりで、ゼフューターズ・フィムを少量頼んできた。マダムはもうスタートンをあきらめたようだったが、ネヴァフェルは溺れた者のように希望にしがみついた。

「スタートンをひとかけらかふたかけら、マダム・アペリンに送ったらだめ？　お願い。いいでしょ？　見本の小さいのを送れるでしょ！」大きなスタートンのそばにはそっくりの小さなチーズが、ぶかっこうな鳥のでこぼこの卵みたいに置いてある。小さいほうは、スタートンを栄光の場へと送りだす前にあけて、やわらかなチーズがあるべき状態になっているかどうかをたしかめるための見本だった。

「だめだ」

やがて、危機的な事態に陥った。ほかのチーズたちが、世話係のえこひいきに気がついて、放っておかれていると文句をいいはじめたのだ。怒りの汁が攻撃的ににじみだす。ポッピング・クインプがとつぜん爆発し、飛んだりはじけたりしてトンネルのなかほどまで移動した。

ネヴァフェルが、湿ったタオルでつかまえて火を消そうとしたが間に合わなかった。すきを見てまどろんでいたグランディブルも、ネヴァフェルの助けを求める悲鳴と、チーズが暴れる音に目を覚ましたほどだった。

「親方、親方、しぼり機を分解してもいい？　大きな板のあいだにチーズをはさんで、クランク・ハンドルみたいなのをつければ、ふたりのうちのどっちかがまわすだけでチーズをひっくり返せるでしょ。そうしたら、ひとりは寝てられる。ねえ、グランディブル親方、やってみてもいい？」

これまでに何度も、非現実的な提案をはねつけてきたグランディブルはためらい、あごをかいた。

「ふむ。もうちょっと聞かせてくれ」

蓋をあけてみれば、しぼり機は無駄死にはならなかった。はじめこそうまくいかなくて、指をはさんだりもしたが、ネヴァフェルのたくさんの工作実験がそうだったように、結局クランク・ハンドル式チーズ返し機は動いたのだ。どうにかこうにかネヴァフェルが実演してみせると、親方は鋭いまなざしでにらみつけていたが、やがてゆっくりとうなずいた。

「寝ろ」グランディブルがいったのはそれだけだった。そして、ネヴァフェルのもつれたおさげをくしゃくしゃにした。大きなごつごつした手だったので、ぶたれたみたいな感じがした。こんどばかりは、親方も喜んでくれている。ネヴァフェルはそう思いながら、よろけてハンモックに倒れこんだ。そして、池にのみこまれる小石のように、眠りに吸いこまれた。

二時間後、ネヴァフェルははたと目を覚まし、ごつごつしたトンネルの天井を見あげた。だれかが顔の前で指を鳴らしたみたいに、鼓膜の奥で音が響く。すぐさま気がついた。二十五時、「ゼロの時間」だ。グランディブルの応接間にある銀色の文字盤の置時計がゼロの時を刻み、カチリと鈍い音をたてた。どういうわけか、ネヴァフェルが目を覚ますのは、ほかの時刻を告げるチャイムではなく、この時刻のこの音なのだ。

疲れきっているのに、またしてもこのカチリという音で目を覚ましてしまった。悩ましそうに小さくうめいて体を丸めてみたが、むだだった。冷たい水に浸かったみたいに目が覚めていて、バッタなみにそわそわしている。

「ひどい」ささやいて、ハンモックからころがり出た。「ひどい。お願いだから時計脱にしないで！　二度とやめてよ！」

カヴェルナには昼も夜もないため、ときに人々は「時計脱」を起こす。眠りと目覚めの周期が崩れて、まったく眠れなくなり、ぼんやりしたみじめな時間を延々と漂うようになるのだ。ネヴァフェルはとくに時計脱になりやすかった。

動いて、動いて、動いて。なにができる？

脳みそがスポンジみたいで、まどろむチーズを点検しようと通路をよろよろと歩きまわっていると、なにもかもが光って見えた。掃き掃除をしようとして、桶につまずき廊下にホエイの足跡を残してばかりいる。結局、足を引きずりながらスタートンの部屋までもどった。きっと、グランディブル親方がなにか仕事を見つけてくれるだろう。

控えの間の隅には虫とりランタンが二個あるだけだ。レモン色の明かりが消えたり光ったりするたびに、大きなチーズがふくらんだり縮んだりして、まるで、眠っている生き物が呼吸をしているように見える。いたずらっぽくちらつく光が、壊れたしぼり機の鉄の角を照らしだした。そのむこうで、親方が壁にもたれて床にすわっていた。目を閉じて、だらりと口をあけている。

肺から空気がなくなったみたいで、ネヴァフェルの口からはかすかな悲鳴しか出てこなかった。一瞬頭に浮かんだのは、親方がなぜかとつぜん死んでしまったということだけだった。チーズはときに裏切ることがある。どんなに穏やかでよく訓練されたチーズでもありうることだ。この職業につきものの危険のひとつだった。それ以外、説明がつかない。ネヴァフェルが知るかぎり、グランディブル親方は一度たりともころんだり、まちがいを犯したり、責任を忘れたりしたことはない。そう、どんなに疲れているときでも……。

親方の口もとがわずかに震え、喉から、井戸のなかの子牛を思わせるいびきが響きだした。ああ、ありえないことが起きたのだ。ぜったいにまちがいを犯さないグランディブル親方が仕事中に眠ってしまった。あと二分でスタートンをひっくり返すというときに。

ネヴァフェルはしのび足で近づき、親方の肩に手をのばそうとしてから、ためらってひっこめた。ううん、どうして起こしたりするの？　親方には睡眠が必要なんだから、眠らせてあげよう。かわりにあたしがチーズをひっくり返して、つぎのときもまだ親方が寝ていたら、それもあたしがやればいい。親方はきっと誇りに思ってくれる。そうにちがいない。

ネヴァフェルは秒数をかぞえてから、そっとハンドルをまわして大きなチーズをひっくり返した。小さいほうのスタートンも手で返しおえると、真新しい、はじめて知った満足感を味わってひとりでにっこりした。

また疲れが襲ってくるまでは、眠ろうとするだけむだだ。ネヴァフェルはふらふらとほかの注文の準備をはじめた。市場のお祭りに出す品、有名なチョコレート職人に納めるラクダのチーズや、マダム・アペリンへの配達品。

つぎにスタートンをひっくり返す予定の十分前に、玄関のベルが鳴った。ネヴァフェルは仮面を曲がったままつけて走っていき、あわてるあまり、グランディブルがしかけた危険な罠にひっかかりそうになった。のぞき穴から見ると、ひとりの従僕が立っていた。あごを細くこわばらせ、ふつうならトカゲにしか見せないような表情をしている。

「用件は?」ネヴァフェルはグランディブルのぞんざいな口ぶりをまねてみた。

従僕は自らの威厳を思いだしたかのように、突如、魅惑的にほほ笑んだ。話しだすと、子音がすべて濁っていた。

「おぞれいりまずが、マダム・アペリンあでの荷物がおありがど存じまず。もじ用意ができでいれば――」

こぶしで打たれたかのように、ネヴァフェルはある考えに襲われた。その衝撃が大きすぎてうしろによろけ、震えながら泣きだしそうになった。いい考え、すばらしい考えだ。いままで思いついたなかではいちばんだし、しぼり機改造のチーズ返し機よりいいくらいだ。でも、いま思いつくなんてあんまりだ。せっかくグランディブル親方に認めてもらえたと思って喜んでいたのに。もう少しだけ、この喜びをかみしめていたっていいじゃないの。でも、だめだ、もう思いついてしまったし、考えのほうがこちらにぶつかってきたんだから。爪をかんでいると、その考えがどんどん食らいついてくるようで、もうそのとおりにするしかなくなった。

「ちょっとお待ちを！」ひと声叫ぶと、スタックフォルター・スタートンが横たわっている部屋へと駆けもどった。

戸口で足をとめ、親方を起こさないように、できるだけ足音をひそめてそろそろとなかに入る。眠っている大きなスタートンから二フィートも離れていないところに、羽のような白いコケがついた見本の赤ちゃんスタートンがある。ネヴァフェルのベルトには円形の鉄製のカッターがぶらさがっていた。チーズの皮に刺して、味見用に小さく円筒形に切りとるためのものだ。ネヴァフェルは息をひそめて手をのばし、人差し指と親指でスタートンの見本をもちあげた。指の下でぱらぱらの雪のようにやわらかなコケがつぶれる。

ネヴァフェルは小さなチーズにカッターを押し入れ、皮がとれたとたん、恐怖と興奮にかすかに身を震わせた。皮とともに熟成した丸いチーズを引きだすと、中身が外気にさらされて、野の花と濡れた犬のにおいが部屋じゅうを満たした。一瞬、そのにおいがグランディブルのよく鍛えられた鼻をくすぐって、起こしてしまうのではないかと恐ろしくなった。ところが、親方はいびきをかきつづけていたので、ネヴァフェルはそっと見本をもとの位置にもどした。犯行がばれないように、においが広がらないように、穴のあいたばかりの面を棚にくっつけて置いた。

これは親方のためでもあるんだから。ネヴァフェルは自分にいい聞かせた。親方には宮廷での友人が必要で、こうすればマダム・アペリンが味方になってくれる。

梱包室にもどり、マダム・アペリンの注文用に用意してあった箱を探しだした。なかには、敷きつめたオリーブの葉の上に灰色がかった真珠色の丸いゼフューターズ・フィムがおさまっている。ネヴァフェルは盗んできたチーズをカッターからはずしてモスリンで包み、ふとひらめいて、ベルベットのリボンで束ねた。こうしておけば、マダム・アペリンが黒いベルベットの仮面を思いだし、だれがやったのか気づいてくれるだろう。

外へ、外へ、外へ。一拍打つごとに心臓がいう。こうしたら外に出られる。マダム・アペリンが新しい《面》をつくってくれて、あたしは外に出られる。

グランディブルはまたしても玄関の鍵をしまいこんでいたが、扉のわきにはかんぬきがかかった小窓があって、小さな配達品を受けとれるようになっている。マダム・アペリン用の箱は細いのでそこを通りぬけられる。

「さあ、ここに署名を！」ネヴァフェルは小窓のかんぬきをはずして、受け取り書を押しだした。従僕が署名をすると、ネヴァフェルは箱を押しだして、ふたたびかんぬきをかけた。「さあ！　もっていって！」男が去っていくのをのぞき穴から見送ると、息を切らして扉にもたれかかった。

これで眠れる、これで……。待って！　スタートンをひっくり返さないと！　ネヴァフェルはスタートンの部屋まで廊下を走り、いきおいよくドアをあけた。空気をひとかぎしただけで、間一髪のところだとわかった。ひっくり返されていないチーズから出るガスは、毒気を帯びはじめていて、ふらつきながらクランクに近づこうとすると、目が痛くなった。グランディブルはすでに床を這っていて、あふれかえる野の花のにおいにむせてあごを震わせている。ネヴァフェルは息をとめて目をつぶると、ハンドルをまわしてゆっくりとスタートンをひっくり返した。チーズはさかさまになり、落ちつきはじめた。

「グランディブル親方！」ネヴァフェルは心配にわれを忘れて親方のそばに駆けよった。親方の呼吸が落ちつくまでには、少し時間がかかった。

「おまえの不眠を許してやらないとな。わしが寝過ごして……このチーズがだめになるところだった」グランディブルにとってはそのほうが、自分が死ぬかもしれないことより恐ろしいのだ。「よかった……よくやったぞ、ネヴァフェル」親方はネヴァフェルの顔を見あげた。「なぜだ……なぜ仮面をつけている？」

「ああ」ネヴァフェルは仮面をはずしながら、肌があわだち顔がほてるのを感じた。「あたし……従僕が品物の受けとりに来たんです。マダム・アペリンの……」

親方の目をのぞきこんだとたん、ネヴァフェルは悟った。自分が口ごもったわけ、ベルトにつけたカッターが汚れているわけを、親方が知ってしまったことを。どういうわけか親方は、ネヴァフェルのことはたちどころに見透かしてしまうのだ。

「親方を守りたかったの！」ごまかすのをあきらめて声をあげた。

「なんてことだ」グランディブルはささやいた。いつものように険しく頑固そうだった顔が、いっきに土気色になった。

3 クモ

「あたし、なにをしちゃった？　なにしちゃったの？　なにか恐ろしいことをしちゃったんだよね？　ただ、手助けしたかっただけなのに！　もし、マダム・アペリンにお望みのものを送ったら、宮廷に親方の仲間ができると思って……親方を守ってあげたかっただけなのに！」

「守る?!」グランディブルの顔は相変わらず彫像のようで、押し殺した感情に凍《い》てついて灰色がかっている。「守るだと?!」どなり声になり、スタックフォルター・スタートンの小さなかけらが眉毛から落ちた。ネヴァフェルは人形のように揺さぶられ、急につき放されて、あやまろうとして言葉にならない声をあげた。

　グランディブルはじっとネヴァフェルを見つめ、たたこうとしたのか片手をあげた。それから震える手をのばしてきて、てのひらでネヴァフェルの肩を押した。ネヴァフェルは震えながらもその場にとどまっていた。親方が出ていってほしいと思っているのか、いまのしぐさが怒りからなのか愛情からなのかわからなかったからだ。

「信用できる人間だと」親方はそれだけいうと、笑い声だとすぐにはわからない、喉をつまらすような小さな音をたてた。「そう思っていた。おまえをホエイから引っぱりだしたときにな。おまえはとても……」ため息をつき、両手を軽く重ねた。まるで、濡れた子ネコがてのひらにのせてきた前足を包むみたいに。「ほかになにができた？　戸に板を打ちつけて、思いつくかぎりの裏切りを遠ざけようとした。だが、ひとつだけ予想もしていないことがあったのだ」黄色がかった爪であごひげをすくと、歯ブラシがきしむような音がした。「はは。まさかわしのために裏切るとはな」

「ど……どういうこと？　あたしはなにをしちゃったの？」

「おまえはクモ《スパイダー》を目覚めさせたんだ」

グランディブル親方はときどき、言葉に新しい意味を与えるような、アクセントがちがう奇妙ないいかたをする。細長い脚をもち糸をつむぐふつうのクモの話をするときは、言葉もふつうに響く。だが、いまは最初の音節だけがよく聞こえて、あとはほとんど聞きとれない。スパイ……ダー。

「干しスモモの酒をとってこい。応接間にもってくるんだ」

ネヴァフェルは酒のびんをとりに走った。顔は燃えるように熱く胃がずきずきする。人助けをしたつもりでまたたくまに裏切り者になりさがり、自分のなかから言葉がすべてこぼれ落ちてしまったみたいだ。応接間に着くと、グランディブル親方は椅子にすわりこんでいた。目を血走らせて、まだ苦しそうに息をしている。ネヴァフェルは小さなつづれ織りの腰かけを運びいれてちょこんとすわると、膝を抱えて顔に近づけた。親方はびんを手にとって少し口にしてから、うつむいた。

「ネヴァフェル――宮廷はどんなところだと思う？」

言葉にすらならない。宮廷は金色、宮廷は輝かしい。きれいな娘たちといくつもの新しい顔が浮かんできて、鼓動が速くなった。宮廷は世界。ここにないもののすべて。

「親方が憎んでるのは知ってる」

グランディブル親方は身をのりだして、大きなあごを両のこぶしに預けた。

「巨大なクモの巣なんだよ、ネヴァフェル。あざやかな羽をしたきらびやかな昆虫がたくさんいる。みなが毒をもっていて、からみあい、生きよう、殺そう、ともがいている。巣をあっちこっちと引っぱっては、気に入られようとしたり、たがいに絞め殺そうとしたりする。なかでひとりでも動けば、ほかのすべての人間にそれが伝わる」

「でも、マダム・アペリンは……」

マダム・アペリンはちがう。ネヴァフェルはそういいたかった。あの《面《おも》》で見たもの。でも、そんなことをいったら、ばかだと思われるだろう。だから、いいかけてやめた。

「いまさらいうのも虫酸《むしず》が走るが」グランディブルは話をつづけた。「若いころ、わしは宮廷で重要な地位にあった」

「そうだったの?」ネヴァフェルは興奮して思わず身をのりだした。親方が望んだ反応でないのはわかっていた。

「この街で、自分の目を失わずに、ウェインプリッチ・ミルクメイドの熟成に成功した者はいなかったんだ」グランディブルは説明した。「だから、わしが熟成させたときには、大長官に直接届けられた。そして大長官はその最初のひとかけらを口に入れたとたん、味がちゃんとわかったのだそうだ」

「それで……あのかたについていわれていることはほんとうなの？　最高級のぜいたく品がなかったら、目が見えず、耳が聞こえず、なにも感じなくなってしまうって？」

「というわけではない。あのかたの目、耳、鼻、肌、舌に悪いところはない。ただ、それらの部分と魂がつながっていないんだな。花を見てそれが青い色だとはわかるが、あのかたにとって青いことはなんの意味もないのだ。舌にフォークで肉をのせれば、それがローストビーフで、何歳のどういう種類の牛だったか、調理にどのくらい時間がかかったか、薪にした木の種類はなにだったかはわかるが、味については、小石を味わっているも同然だ。分析はできるが、感じることができないのだよ。

だが、五百歳の人間になにが期待できる？　あのかたは、山腹に地上世界の都市があり、まだ地下都市《カヴェルルナ》はなく、地上の都市のぜいたく品を貯蔵しておく洞窟や地下室だけがあったころを覚えているのだそうだ。大長官はその都市よりも長く生き、都市が戦争や災害で崩壊し廃墟と化すところを目のあたりにしてきた。その間に、人々はしだいに地中へとしりぞき、下へ下へともぐりこんだのだ。

五百年のうちの四百年と二十年間、あのかたの体は死のうとしてきた。死を遅らせるとして知られる、あらゆる酒、スパイス、軟膏《なんこう》によって命を長らえてきたのだが、あまりにも長く弓を引けば、いずれきしみが出る。あのかたの魂の色はあせ、情熱は星のようにひとつまたひとつと消えていく。だから、この街の職人たちは、何世紀ものあいだ夜も昼もなく、あのかたが感じられる物を盗み、創造し、発明しようと必死になってきたのだ」

「そして、親方が成功した！」

「そうだ。わしは大長官に引きたてられた」

親方の暗い声を聞いて、ネヴァフェルは大長官にひいきを受けた話を知りたくてたまらない気持ちを抑えこんだ。大長官は金でできた帽子とサルをくれたの？　時計ももらったの？　騎士の位は？　真珠《しんじゅ》をコーヒーに溶かして飲んだ？　ネヴァフェルはこうした問いを口に出さずにのみこんだ。

「大長官にひいきを受けるのは、いい面もあれば悪い面もあるという人もいるが、それはちがう。いいことなどないし、だれもがそれを知っている。それでも、廷臣たちはみな起きている時間すべてをかけて、気に入られようと必死になっている。ひとたび頭角を現して寵を受けるやいなや、目に見えぬ何百という敵からねたまれるようになるんだ。

わしはしじゅう攻撃を受けた。あれでは、どんなに引きたてられても見合わない。わしはクモの巣から離れて、このトンネルに身を埋めることにした。たとえ偶然でも、気づいたら宮廷の駆け引きに参加していたということがないようにな。宮廷を去るのはかんたんなことではない。なにしろ、人にはしがらみがある――借金、脅し、秘密、自分の弱点を知る者、自分が弱みを知る者がからみあっている。わしが宮廷を去るときには、さらに複雑な駆け引きの一環として、姿を消すことが求められているのだ、と噂された。最初の一か月で四度、わしは命を狙われた」

たくさんの鍵、来客のたびの警戒……すべて説明がつく。

「やっとのことで連中はわしを放っておいてくれるようになった」親方は先をつづけた。「だがそれは、来る年も来る年も、わしが細心の注意を払って中立の立場をとりつづけたためだ。駆け引きはなし、同盟もなし、偏見もなし。だれに対しても同じルールで臨んだ。例外はなかった」

「ああ……」ネヴァフェルははっきりと理解して、膝を抱えた。「だから親方はマダム・アペリンに頼まれたとき、スタートンをあげたがらなかったんだ。例外をつくることになるから？」

「そうだ」グランディブルはくぐもった声でつぶやいた。「いまとなっては、だれもが、わしが承知のうえでやったと思うだろう。大晩餐会でスタートンがお披露目され、マダム・アペリンの客はそれに対してあつらえられた《面》をもっている。チーズを前もって知らなければ準備できなかったことは明らかだろう。だれもがその《面》を見たとたんに気づく」

「あたし……どうしたらいい？　あたしになんとかできる？」

「むりだな」

そうだろう。ネヴァフェルは胃がひっくり返りそうな気がした。がさつな動きでなにかを倒したり壊したりしてとりかえしがつかない状態にしたことは何度もあった。でもこんどばかりは、もっと大きな、なにをしても替えのきかないものを壊してしまったのだ。自己嫌悪で魂が焼けつきそうで、自分が陶のポットみたいに粉々に割れてしまえばいいのにと思った。顔を膝のあいだに押しつけて、鼻をすする。

「むりだ」親方はもう一度いった。「われわれにできることはない。配達の品をとりもどしに人を送ってはみるが、もう手遅れだろう」

「だけど……みんなにあたしのせいだって、親方はなにも悪いことはしていないっていえばいい。あたしがみんなに、なにがあったか話すよ！　でなきゃ、マダム・アペリンのところに話をしに行かせてくれてもいい！　説明して、スタックフォルター・スタートンを返してくださいってお願いできるかも」

「だめだ！」グランディブルははじめて、心の底から怒り狂ったような声をあげた。ネヴァフェルは飛びあがって逃げだした。


どうすることもできないといわれたものの、ネヴァフェルはそれでおとなしくしていられるような思考の持ち主ではない。黙っていることなどできはしなかった。

哀れなネヴァフェルは過剰に活動する思考によって、閉じこめられた孤独な生活を切りぬけてきたようなものだった。少々おかしくなることで、完全におかしくなるのを免れていた。退屈な一日のくりかえしを打ち破るために、とつぜんべつのことを考えてみたり、新しいことを思いついて半分信じてみたり、もとの考えがさっぱりわからなくなるくらいまで考えを入れ替えたりしてきた。

話し相手が見つかったとしても、相手はほとんどネヴァフェルの話をわかってくれない。それもそのはず、ネヴァフェルはチェスの「ナイトの動き」をしていたのに、ほかのみんなはチエッカー（チェス盤で十二個のコマを使うゲーム）のルールにしたがっていたようなものだったのだ。ネヴァフェルの頭のなかのコマはたいてい、だれも置くわけがないマスに置かれていて、たとえそれがどのマスかわかってくれる人がいたとしても、どうしてそこにいたったかまではぜったいに理解されなかった。

いまネヴァフェルは、噴水が水しぶきを飛ばすように、つぎからつぎへと思いつくまま考えを放りなげていた。ほとんどがあらためて見るとくだらない思いつきで、落ちたとたんに輝きを失っていく。

スタックフォルター・スタートンの見本をみんなにあげたらいい！　宮廷じゅうのみんなに！　そうしたら公平になる！

大晩餐会用のスタートンをべつの巨大なチーズに替える。見た目はそっくりだけど、味がちょっとちがうものと。そうすれば、マダム・アペリンがつくった《面》は味と合わなくなる。

大晩餐会に特別なチーズを送る。割れて部屋じゅうをくさい蒸気でいっぱいにするチーズを。そうしたら、みんな逃げださなきゃならなくて、だれも、マダム・アペリンが用意した《面》を見ることはない。

幸いなことに、ネヴァフェルにもこうした計画の不備に気づくくらいには分別があり、グランディブル親方に提案したりはしなかった。大きなチーズを細かく分けなければ、みんなに配るだけのスタートンはないし、ぴったりの「おとりのチーズ」をつくって熟成させるだけの時間はない。唯一できそうなのは、毒チーズの蒸気で大長官と貴族たちの目を見えなくすることだが、それではグランディブル親方の立場はよくならない。

洪水のように押しよせた思いつきや想像のなかで、ふたつの考えが、何度も何度も浮かびあがってきた。ネヴァフェルが自分でみんなに話して責めを負うといったとき、どうしてグランディブル親方はあんなに怒ったのだろう？　そもそも、マダム・アペリンと話をしたというだけで、ひどく怯えていた。あたしがうっかり口を滑らしてしまいそうな秘密でもあるのだろうか？


ネヴァフェルがふたたび姿を現す気になったころには、グランディブル親方はふらふらしながらスタートンの世話にもどっていて、遠くからでも苦しそうな咳が聞こえた。親方の邪魔をするのは気がひける。けれども、机の上の書類を見ると、親方が恐怖をすべて行動に変えているのが見てとれた。これまで親方がしかけてきた罠や防御設備は、いま計画しているものに比べたらなんでもない。机の上の殴り書きされた地図によれば、親方は重い扉をいくつも設置して、自分の居住区を再分割するつもりでいる。そうすれば、たとえ包囲されたとしても、どんどん退却していけばよくて、仮想の敵は扉また扉と押し入ってこなければならない。

グランディブルのトンネルとそれ以外のカヴェルナの世界とを隔てる扉には、すでにあった錠前に加えて新しい南京錠《なんきんじよう》がいくつもつけられた。例のごとく、鍵は見あたらない。この錠前は、敵を入れないため？　それともあたしを閉じこめるため？　ネヴァフェルは思った。

それから、新しい仕事の一覧表も見つかった。いちばん上にネヴァフェルの名前がある。下へと視線を走らせるうちに、ネヴァフェルは驚いてあんぐりと口をあけた。どうやら、グランディブルは要塞化計画に自分のすべての時間を費やすつもりらしく、日々の日課の大半をネヴァフェルにまわしてきていた。走り書きされた項目「スタックフォルター、ブラシでウサギの乳、一日一回」については、小さな木箱が指定の時間に届いたときに説明された。箱のなかでは、一羽のウサギが目をぎらぎらさせて震えていた。どうやら、機嫌を損ねているようだ。ネヴァフェルがよくわからないまま好奇心に駆られて、箱をあける前に揺すったせいだろう。

ウサギは緊張からか退屈からか自分の毛を引きぬいたとみえ、淡い色の毛がまだらになっていた。ボタン穴のような鼻孔《びこう》をぴくつかせているウサギを見たとたん、ネヴァフェルは孤独な者にしかわからない愛情がわきあがるのを感じた。ところが、抱きしめようとしたら、うしろ足の爪でひっかかれて腕に長い傷ができた。愛情は一方通行らしい。

スタートンはウサギの乳をつけてブラシをかけなくてはならない。ウサギの乳ってどうやってしぼるの？　牛や羊やヤギの乳しぼりなら多少は知っている。ウサギはどうちがうのだろう？

「だめ――じっとして――ねえ、そんなピンク色の目で文句をいったって……ねえ、もどってきて、かわいこちゃん！　痛い思いをさせるつもりじゃなかったんだから！」

ネヴァフェルは石の床に膝をつき、通路の壁につくりつけの長い木製の棚の下をのぞきこんだ。棚のいちばん上には、真っ赤な網目模様の入ったパルプ・チェダーが並んで上品に汗をかいている。棚の下に、床に落ちたスフレみたいにぺったりした淡い色の塊が見える。長い耳が背中にくっついて、ピンク色の目は恐怖で暗く虚《うつ》ろになっている。

ネヴァフェルはウサギの乳しぼりに関してはほとんどなにもわかっていないが、やらないほうがよさそうなことはわかった。たとえば、ウサギの腹は床につきそうなくらいだらりとたれさがっていて、もちあげてその下に桶を滑りこませるのはむずかしそうだ。それに、いまでは、ウサギがどれだけ跳べて、どんなに爪が鋭くて、脚からは想像がつかないくらい速く走れることもわかっている。

まずいことに、こうした教訓を残しながら、ウサギはチーズ・トンネルのなかで野放しになり、逃げていく道筋に毛やノミを落とし、怖がりなネズミを震えあがらせ、慎重に育てられたチーズを目覚めさせてだめにしつつある。

「こっち……だいじょうぶだから……」

ネヴァフェルはウサギの歯で胴衣《ダブレット》の肩に穴をあけられたのものともせずに、とっさに手をのばしてつかまえようとした。ウサギは爪音をたてて逃げていき、ネヴァフェルはひるんで飛びのいた拍子に棚のざらざらしたところで指の節をすりむいた。

「やめて……」どうにかしてウサギをなだめてつかまえなければ。親方に気づかれる前に。

「あたしの顔? ほら――だいじょうぶ、見えなくするからね」ベルベットの仮面で顔を覆う。

「ほら! 見て! ひどい顔はもう見えないよ」ウサギはただ背中を丸めて跳ねだして、廊下を行ってしまった。「もう、あんたって子は……」ネヴァフェルはあわてて立ちあがり、腕に小さな桶をぶらさげたままあとを追った。

　ウサギは最初の角を左に曲がってホイッスルプラッチのある廊下に入ると、骨がないみたいに樽のあいだを通りぬけて、そのむこうに姿を現した。ネヴァフェルはほうきの柄でつついて引きずりだそうとした。ウサギはクリームの桶を蹴っていたので、しばらくのあいだは大きな長いうしろ脚がつけていく白い跡を追うことができた。ネヴァフェルがいっぱいいっぱいに身を投げだして、手で床に押さえつけると、ウサギはまたぺったりとして、震えるだけのおとなしそうな塊になった。ところが、もちあげようとしたとたん、白く輝く毛皮と爪と歯をもつ乱暴者に豹変《ひょうへん》した。ネヴァフェルは十か所以上傷を負って血を流し、毒づきながら、もう一度追跡をはじめた。

　ウサギは廊下がふたつに分かれるたびに、のぼり斜面になっているほうを選んだ。上へ、上へ、上へ、血迷って考えなしのウサギの心臓がうたう。上は外の意味。なぜかネヴァフェルにもそれが聞こえて、追いかけるうちに自分の心臓が同じ歌をうたいだした。

　とうとう行きどまりにぶつかった。強そうなチーズプレス機が並び、牛の舌みたいにざらざらの大きなグラヴェルハイドからホエイをしぼりだしている。

「ほおら！」ネヴァフェルはうしろのドアをばたんと閉めると、グラヴェルハイドの並ぶ廊下を見まわした。ほら――白い耳がふたつ。ウサギはプレス機のうしろにもぐりこんでいる。

「さあ……もうこんなことさせないで」ひっかく音。沈黙。ひっかく音。沈黙。沈黙。「わかった、わかった！」ネヴァフェルは髪をうしろになでつけると、いちばん手前のプレス機をゆっくりと前に引っぱりはじめた。

ひとつめのプレス機が、耳障りな音をたててやっとのことで壁から離れた。ウサギはいない。

二台目。ウサギはいない。

三台目。ウサギはいない。そして……壁もない。

大きなプレス機に隠れていた壁の一部に、長さ四フィートほどのひびが縦に走っていた。その下に三角形の穴があき、半分にがれきが埋まっている。長く忘れ去られていたあいだに、岩の塊が動いたにちがいない。壁が割れて細い裂け目ができていたのに、ずらりと並んだ大きなプレス機が隠していたのだ。

周辺に落ちた漆喰《しっくい》の粉にウサギの足跡がくっきりと残っていて、穴へとつづいている。ネヴァフェルは目を凝らした。腹ばいになり、邪魔な石の塊をつかんでとりのぞき、のぞきこむ。

床に頬を押しつけてみると、岩にあいた穴は三ヤードほどつづいていて、その先に大きく開けた場所が見えた。さらに先に、光らしきものが見える。とつぜん血がめぐりはじめて、ネヴァフェルはグランディブル親方の居住区のはずれにいることに気がついた。もし穴のむこうにべつのトンネルがあるとしたら、いままで見たことがないトンネルだ。チーズ職人として鍛えられた鼻は、微妙に異なる幾千もの、なじみのない香りをかぎつけた。

従順な弟子としては、防御の壁に裂け目ができていることを親方に知らせなくてはならない。けれども、すぐに面とむかって知らせたら、親方はこの美しい穴をふさいでしまうだろう。ネヴァフェルはまだその気にはなれなかった。思いだせるかぎりではじめて道が開かれ、グランディブルの扉の鍵に行く手を阻まれることもなくなったのだ。

ネヴァフェルはこそこそとグランディブルの書斎にもどると、紙とペンを見つけて、短い手紙を走り書きした。


グラヴェルハイドのプレス機のうしろの穴からウサギが逃げました。探しに行きます。


親方の机にこのメモを残すと、ネヴァフェルは急ぎ足で穴にもどった。逃げたウサギをとりもどさなければならないのはほんとうだ。でも、自分がこの穴を通りぬけようとしているいちばんの理由はウサギではない。

マダム・アペリンを見つけよう。スタックフォルター・スタートンを返してくれと頼んでみよう。あたしがなんとかしてみせる。

マダム・アペリンが自分の話を聞き入れてくれると信じるだけの確固たる理由はなかったが、ネヴァフェルは本気でそう信じていた。あの女性が浮かべていた、悲しげで、不思議と見覚えのある《面》の記憶をどうしても振りはらうことができないのだ。ふたりのあいだには目に見えぬ糸があって、それに引っぱられているような気がした。

たいへんな思いをして穴をすり抜けむこう側に出たネヴァフェルは、おさげの髪から石の粉を払いながら、興奮と恐ろしさとで気持ちが悪くなりかけた。目の前にあるのは埃っぽい通路だけだが、通路は新しく、埃はちがった味がして、壁はネヴァフェルの手のぬくもりを知らない。なんてすてきなんだろう。ネヴァフェルは身を震わせながら、遠い洞穴の光を目指してがれきを踏みこえていった。

外へ。鼓動がうたう。外へ、外へ、外へ。

4　道が交わるところ

体の隅々で命が脈打っているようだった。なにもかもが新しく、新しいことは麻薬のように癖になる。

ネヴァフェルはがれきをいくつか積みあげて穴を隠すと、ゆっくりと前に進みだした。たこのできた指で波形にうねる壁の表面を探りながら。きれいに削りとられた新しい岩で、年月を経てざらざらになってもいなければコケがはえてもいない。割れた石が靴底の下でころがる。遠くのほうで、反響してごちゃごちゃになった音が聞こえる。いままでの世界で背景に流れていた音楽だ。この瞬間までは、あいだの厚い石壁のせいで、くぐもってぼんやりとしたつぶやきでしかなかった。いまはまるで、耳栓を引きだされたみたいにはっきりと聞こえる。

けれども、なによりも混乱しているのは鼻だった。七年のあいだ、ネヴァフェルの鼻は圧倒的なチーズのにおいをかぎわけられるよう精密に調整されていた。たとえ目隠しをされていても、通路にあるチーズひとつひとつの、知りつくしたやわらかで眠気を誘うにおいをかぎわけて、グランディブルのトンネルをたどることができた。

ところがいま、その鼻が不気味なくらい沈黙していたかと思ったら、めまいがしそうないきおいで迫ってきたのは……チーズではないにおいだった。割れたばかりの岩の、濡れた石灰の冷たいにおい。目には見えないが、したたかに生き延びている植物の湿っぽい香り。あたたかなにおい、動物のにおい。人のにおい。足、汗、整髪剤、脂っこい石けん……それぞれに香りがあってひとつひとつちがう。強烈な香りに、ネヴァフェルは仮面をつけていてよかったと思った。慣れ親しんだ、かびくさいベルベットのにおいがありがたかった。

そうした香りのむこうに、ネヴァフェルは怯えたウサギのにおいをかぎつけた。においをたどっていくと、トンネルのちょっと先に、湿った茶色い落とし物の小さなピラミッドが見つかった。逃亡者がこちらに来たのはまちがいない。

ネヴァフェルは足音をしのばせて狭い通路のつきあたりまで近づくと、かがみこんで、見たこともないような大きな洞穴をのぞきこんだ。

高さは五十フィートほどで、明かりがついていて、丸屋根を半分にしたような形をしている。ぐるりと丸い壁には自然にできた出っ張りがあり、そこからたれさがった桃色の鍾乳石《しょうにゅうせき》に、ネヴァフェルの頭ほどもある大きな野生の食虫植物がくっついている。ランみたいな斑点《はんてん》があり、細い歯のはえた口が開くと乳白色に光る。こんな虫とりが生き延びているということは、多くの人が通る洞穴にちがいない。明るく輝いているのは、少し前に、動いたものか、吐きだされた息を察知したということだ。

ネヴァフェルの正面は一面大きなごつごつした壁で、幅の広い岩棚がいくつもあって、そこが道になっているようだ。いちばん上には金属の軌道が敷かれていて、ときおり黒いトンネルの口から人の背丈ほどの黒い鉄製のトロッコが現れて、ゴトゴトと音をたてて線路を走っている。カーブでは車輪から火花が飛び、小さな煙突が震えながら目に見えない煙を吐きだして、ふたたび暗がりにつっこんでいく。狭い岩棚は、手すりがあるところからすると歩道になっているらしく、縄ばしごがぶらさがっていて、岩棚から岩棚へと渡れるようになっている。埃っぽい地面には、轍《わだち》の跡で縞模様ができている。隔離されてきて世間知らずのネヴァフェルにも、この洞穴がたくさんの通路が合流する交差点なのだとわかった。

ネヴァフェルが身を潜めている場所と道が走っている壁とのあいだのなかほどに、十フィートの穴があいていて、縁が盛りあがり、なかに水がたまっている。すぐそばの岩にはさびた輪がずらりと並んで打ちこまれていて、そのひとつにネヴァフェルと同じくらいの背丈の、灰色の鼻の長い四つ足の獣がつないである。アーストワイルから聞いた話からすると、これは目の見えない坑内用ポニーにちがいない。トンネル内で運搬作業のほとんどをしている動物だ。馬は鼻づらを冷たい水につっこんで、鼻をかすかにすぼめて震わせながら水を飲んでいる。ネヴァフェルは、馬の鼻孔《びこう》のあいだのきれいな灰色の毛や斑点、水面に広がる波紋、馬具に花綱でつけてある銀色の鈴を、うっとりと見つめていた。

たくましい色白の腕がのびてきて、ポニーの埃っぽいわき腹をぴしゃりとたたいたときになって、ネヴァフェルははじめて、ポニーのうしろに人が立っていたのに気がついた。壁に浮かんだ影からすると、小柄でやせている。体格も年齢もネヴァフェルと同じくらいだろう。

ネヴァフェルの心臓はぴくんとはねあがったが、体は正反対に動いていた。思わず、地面に腹ばいになり両腕で頭を守るように覆っていたのだ。見られてしまう。大いなる外の世界があたしの存在に気づいてしまう。まだ準備ができていないのに。できていると思っていたけど、まだむりだ。

「おい！」

ネヴァフェルがあわてて六フィートほどうしろに這ってさがったところで、大きな声が答えるのが聞こえた。さっきの呼びかけは、自分にむけられたのではなかったのだ。もう一度そろそろと前進して、洞穴のなかをのぞきこむ。

三人の人がいた。いちばん近くにいるのは、ネヴァフェルと同じ年ごろの茶色い髪の少年で、重そうなブラシでポニーの分厚い毛をすこうとしている。命令を聞いているみたいな、特徴のない顔が警戒したようにかたまっている。むこうをむいたときでさえ、岩、馬、ランタン、そこにいるすべてのものに指示を出されてでもいるかのように、その表情がぶらさがっていた。力仕事ばかりの働き手階級《ドラッジ》の使用人にすすめられている《面《おも》》だ。

ちょっと離れたところに色が塗られていない、幅の狭い木の荷馬車があって、なかにふたりの少女がすわっていた。ひとりは背が高く、ひとりは低い。ふたりは話をしていたが、聞こえているのが言葉だとネヴァフェルがわかるまでには少し時間がかかった。少女たちは小川のせせらぎのようにぺちゃくちゃと早口でしゃべりあっていて、盗み聞きに慣れない耳では、ばらばらに飛びさっていく言葉をつかまえるのがやっとだった。グランディブルのぶっきらぼうで耳障りな声とは程遠い。アーストワイルより早口だ。

「……そうね、それについては早くどうにかしないと。でないと、ふたりとも縄なしで井戸におろされちゃう。わたし、自分ひとりでどうにかしたかったけど、こんどばかりはどうにもならなくって。どうしてもあなたの助けが必要なの」

年上の少女の自信にあふれた高い声は、連れの少女の声より大きかった。十五歳くらいだろうか、長い金色の髪を編んで、灰色のモスリンの服の肩にたらしている。お気に入りのほほ笑みが三つあり、それが得意でたまらないようすだ。話していないときには、まるで当番をまわすみたいに、笑顔をなめらかに切り替えている。打ち明け話をするようなあたたかな笑み。考えこむような笑み。首を傾げて、おもしろがって期待するような笑み。グランディブルの居住区を訪ねてくるドラッジや使い走りの少年たちはたいてい、ひとつしか笑顔をもっていない。この少女は明らかに上の階級の家の娘だ。

もうひとりの少女のほうは背が低くて丸く、おどおどしていて、髪を白い頭巾にたくしこんでいる。その娘が振りかえったとき、丸みを帯びた子どもっぽい顔つきがちらりと見えた。口の端が不自然にさがり、片方の眉はあがっていて、顔の筋肉が綱引きでもしているみたいだ。

そのあいだに少年は馬をもう一度荷馬車につないで、ゆったりとした歩調でネヴァフェルのいる通路の方向に引っぱりはじめたが、通りすぎて、つぎの通りに消えていった。

近い、すごく近かった！　ネヴァフェルは見とれるくらい見入っていた。金髪の少女の袖の星形のスパンコール。ポニーを引く少年の首の、タフィ色のほくろ。小太りの少女の、かんで短くなったピンク色の爪。三人とも目新しくて大きくて本物だった。三人が自分の人生から消えていく。そう思ったとたん、ネヴァフェルは気分が悪くなった。

ところが、小さな荷馬車を追って角からのぞき見たとたん、もっと気分が悪くなりそうなことに気がついた。荷馬車のうしろには、荷物用の浅いカートがついていて、大小の箱のあいだから白いウサギの耳が二本つきでているのが見えたのだ。

あたしにはやるべきことがある。だけどもちろん、遅かれ早かれ、グランディブル親方のもとにもどらなくてはならない。そのときには、ウサギを連れていなければ、親方の顔を見られない。

移動している三人は、黒ずくめの人影ががれきの暗がりから現れて、通りをじりじりと追ってくるのに気づかなかった。黒い仮面のうしろに見えるのは、ぼんやりとした赤いおさげ髪だけだ。

小さな荷馬車は大きな音をたてながら、つぎつぎと広い通りを走っていったが、やがて粗いつくりの狭いトンネルに消えていった。唯一の明かりは少年のもつ棒からぶらさがった虫とりランタンだけだ。荷馬車の進みはゆっくりになり、少年がときおりかがんでは落ちた石を片づけて道を通れるようにしている。ネヴァフェルは闇にまぎれて、少女たちの会話が反響していてもいくらかは聞きとれるくらいまで、思いきって近づいた。

「ボルカス、話をしているあいだ、その奇妙な顔をしていなければならないの？」年上の少女がきいた。「すごく気が散るんだけど」

「そうよ。今日オーディションがあるっていったでしょ？　筋肉を動かしておかないと」小さいほうの少女が声をあげた。少なくともそういったのだろうと、ネヴァフェルは推測した。少女の言葉はちょっと間延びしていて聞きとりにくい。片側の口の端をさげているためだろう。じっさいには「しょうよお。きょおアーディシューンがあるうっていったでしょお？　きんにくうをうごかすれんしゅしとかないとお」のように聞こえた。

「あなたがいま、動かしておくべきなのは脳みそじゃないの」背の高いほうの少女がいいかえす。いらついているだろうに、どういうわけか、その表情も口調もやさしげなままだ。「どうにもできなかったら、わたしたちがどんな困ったことになるか忘れたの？　マダム・アペリンに、わたしが彼女の荷物を探っているところを見られたのよ。わたしたちが親しいのがばれたら、そもそもパーティにわたしをもぐりこませたのがだれかもわかってしまう。ボルカス、マダム・アペリンは毎年、パテ・ガールとして訓練する女の子をアカデミーからひとりしか選ばない。もしあなたが信用できないとなったら、選んではもらえないのよ。オーディションでいくらうまくやったって関係ないの」

年下の少女ボルカスは、心配そうに小さく鼻を鳴らした。

「あなたがやくしょくしてくれたでしょお、なんとかするってえ」非難がましく答える。「いったじゃないのお、あのひとがぜーんぶわしゅれるよおにできるってえ――」

「できるはずだったのよ」金髪の少女がさらりとさえぎる。「それができるワインでもなんでももってたんだから。だけど、その計画がうまくいくのは、あの人がうちの家族にワインを注文してくれた場合だけで、注文してくれないから、わたしにもどうにもできないの。だから、オーディションのときに、あなたがあの人にワインをあげるしかないのよ。みんな、審査をする面細工師《フェイススミス》に贈り物をするでしょう?」

ここまでネヴァフェルは一心に聞き入っていた。どのフェイススミスも顧客候補に《面》を披露するための「パテ・ガール」を何人も雇う。パテ・ガールと呼ばれるのは、塑像用の粘土よろしく顔を自在に変えられるように訓練を受けるからだ。運のいい子はやがてフェイススミスになる。

それより聞き捨てならないのは、このふたりの少女が確実にマダム・アペリンを知っているということだった。もしかしたら助けてもらえるかもしれない、どこに行けばマダムに会えるか教えてもらえるかもしれない。もちろん、そのためにはふたりと話をしなければならない。

びくびくしながら、ネヴァフェルは荷馬車のほうに這っていった。ふたりに話しかけるのになにか穏やかで感じのいい話題はないかと考えてみたが、頭のなかは落書きだらけみたいになっている。やがて、ランタンの明かりに照らしだされたふたりの少女の頭の影がはっきり見えるところまで近づいた。明かりが年上の少女の長い優美な首を雪花石膏《アラバスター》のように彩り、ボルカスのおくれ毛を輝かせている。ふたりはあたたかで、天使のようで、はかなげに見える。

「震えないの」年上の少女が秘密を打ち明けようとするようなあたたかな笑みをまとい、やさしげでかぎりなく思慮深そうな声で話しかけている。「計画どおりにしていればだいじょうぶだから。なにも心配しなくていいの。あなたがなにかを決める必要もないのよ。それはわたしがやってあげる。いつでもあなたの面倒を見てあげるから」

すばらしく頼もしいお姉さんらしく聞こえたので、ネヴァフェルは期待で胸がいっぱいになった。うかうかしているうちに、とくんと心臓がはねたかと思うと、気づいたときにはふたりの少女がたまらなく好きになっていた。清潔な肌と賢そうな声をした少女たち。きっとなにもかもうまくいく。あたしが話しかけることができれば、親切にしてくれる。ふたりはあたしの友だちだ。もちろん、まだふたりはそのことを知らないけれど、あとをつけていってふたりの話を聞いて、好きなことや癖や秘密をつきとめて、そういう話をすれば、きっとふたりもあたしを好きになってくれる……。

そう考えてうきうきしだしていたら、ボルカスがかすかに身をこわばらせたのが見えた。

「ズエル！　こえなに？」年下の少女が不安そうに押し殺した声できいた。

「なに？」

感づかれた？　見つかった？

「にゃんか……においがしゅる」

「なに？　待って……ああ、わかる。腐ったみたいな……チーズかしら？」

ネヴァフェルはにおいをかいでみてとまどった。このトンネルは、これまで自分がいたどこよりもチーズのにおいがしないところなのに。理由がわかるまでには、少し時間がかかった。

「ボルカス……」年上の少女ズエルが、はじめて自信のなさそうな声を出した。「あなたのいうとおり。うしろのほうになにかいるみたい……くんくんかいでる音がした」

……急いで！　なにか音をたてないと……馬の鳴き声！

ネヴァフェルは馬がどんな声で鳴くのか見当もつかなかった。見た目のような声をだすのだろうとしか思えない。あわてて出したのは、あくびと悲鳴の中間のような声で、それがすぐにトンネルじゅうにこだました。ふたりの少女が悲鳴をあげた。

ポニーを引く少年がみごとな落ちつきぶりで小石を小道のほうに投げたものだから、ネヴァフェルのすぐうしろで、眠っていた大きな虫とりが目を覚ました。それはぎらぎらした光を放ち、エサを探して細い歯を鳴らしている。ネヴァフェルは突如として背後から照らしだされ、先が細くなった影が目の前のトンネルまでのびた。

「ほら！　見て――あしょこ！」

「顔がない！」

「ああ！　髪が赤いミミジュ」

ポニーと荷馬車は、ランタンを激しく揺らしながら、それまでにない速度で動きだした。

「待って！　お願い！　行かないで！」ネヴァフェルの言葉は仮面の下でくぐもり、悲鳴とひづめの音がこだまするなかで消えていった。いっきに走りだしたが、踏みつけた石がころがって砕けてすねがすりむけ、思うように進めない。ふたりの少女はすわったまま身をよじり、口を大きくあけて悲鳴をあげている。顔なしの怪物がよろよろと追ってきて、荷馬車のうしろをつかまえようと片手を大きく開いてのばしてきているのだ。ズエルの顔にはまだ笑みの残骸があり、ボルカスは「練習中の」ゆがんだ《面》のままだ。ショックのあまり、ふたりとも表情を変えるのを忘れている。

ネヴァフェルは荷馬車のうしろをつかんでカートによじのぼろうとして、首に一撃を受けた。

あわてふためいたズエルが鞭の先をつかんで振りまわし、柄のほうがネヴァフェルのあごの下にあたったのだ。ネヴァフェルは驚いたのと痛いのとで手を放して足を滑らせ、地面にころげ落ちてあごをぶつけた。そのあとは、荷馬車がごとごと走り去り、ランタンの明かりが消えていくのを、あえぎながらただ見ているしかできなかった。

「お願い……お願い……行かないで……」

荷馬車が遠ざかると、目覚めたばかりの虫とりは結局エサはないものと見定めて、ゆっくりと暗くなっていった。闇が落ち、仮面のなかですすり泣く人影の気配を、したたる水の音がかき消した。

ずっと心を占めていた大いなる外界はネヴァフェルに気づき、彼女を裁いた。ここにはふさわしくないと断じたのだ。いや、もっとひどい。恐れ忌みきらい、悲鳴をあげながら逃げていった。ネヴァフェルの首にはあざができていたが、それよりも、やさしげなお姉さんのズエルにたたかれたのがつらかった。

ネヴァフェルはちょっと顔をしかめて立ちあがると、こぶや傷をたしかめた。それから、みじめな思いと痛みにすすり泣きながら、足を引きずって荷馬車を追いはじめた。拒絶されたことがまだ受けいれられないのだ。これまでにいろいろな訓練を受けてきたけれど、こんなときにどうするかは学んでこなかった。それになにより、ウサギをとりもどさなくてはならない。

数分後、ネヴァフェルの執念は、耳をつんざくような衝突音によって報われた。

ほとんど光がないなかで、ネヴァフェルはぶつけたところの痛みに耐えながら、できるだけ急いで音のするほうに駆けつけた。曲がり角からのぞくと、ようやく追っていた人たちのランタンが見え、騒ぎの原因がわかった。

駆けだす前に荷馬車がのろのろと動いていたのには、もっともな理由があったのだ。通りには大小の岩が散らばり、ところどころに足ひとつ分くらいの深さの穴があいていて、うっかり車輪がはまるのを待ちかまえていた。荷馬車の傾き加減からすると、あわてて逃げだしたせいで、左側の車輪がそうした穴のひとつにすっぽりはまってしまったようだ。

ふたりの少女は馬車からおりていた。ズエルが押し殺した声で指示を出し、ポニーの少年が馬車を穴からもちあげようとしているようだ。ボルカスは見張り役をしているが、べそをかいて手をもみしぼりながら、自分たちが来た方向をじっと見ている。

ネヴァフェルは脚を震わせながら前に出て、危害を加えるつもりはないことを示すために両手をあげた。だが、ボルカスは悲鳴をあげて指をさした。

「悪魔だ！　ついてきた！　わたしゅたちを追いかけてきた！」

「ぎゃあ！」

やみくもに投げつけられた石がネヴァフェルのまわりに音をたてて降りそそぎ、壁が削れて破片が飛びちった。

「や……めて！　これじゃもう——ちょっと！　あたしはなんにもしない！　そんなつもりじゃ——」

もっと詳しく説明できるところだったのに、ちょうどこのとき、ウサギがもう悲鳴はたくさんと思ったのか、壁の裂け目を目指して走りだした。ネヴァフェルは和解をあきらめて荷馬車に突進し、乗客を震えあがらせながら、そのまま通りすぎ、目いっぱい手脚をのばしてウサギに飛びかかろうとした。体は岩にぶつかってとまったが、両手は毛皮に触れている。つかまえたのだ。ウサギは地面にぺったりくっついていた。怯えて腹を立て、ぴりぴりして動きだしそうなのにじっとしている。ネヴァフェルは這っていってしゃがむと、ウサギを膝のあいだにはさんで押さえ、すばやく胴衣《ダブレット》を脱いだ。そして、血走った目で脚をばたつかせているウサギを包みこんで抱きかかえた。

「ごめんなさい」なすすべもなくつぶやいた。「ごめんなさい、あたしどうしても……これが桶をひっくり返して行っちゃったから、あたしは穴を抜けてここに……」

少女たちの声に比べると、とても不快で耳慣れない声だ。こみあげてくる涙が、事態をまずくしている。

「あなたたちにはなにもしないから」ふらふらと立ちあがり、足を引きずって荷馬車のほうに数歩踏みだした。

「なにが狙いなの?」ズエルの甲高い声が震え、ネヴァフェルに鞭をむけている手もわなないている。

「あたしはただ……ただ……チーズが少し必要だっただけ……」ネヴァフェルは思わずすすり泣いていた。

三人は身をこわばらせてネヴァフェルを見つめ、ちらちらと横目で見かわしあっている。

「チーズをもってる？」ズエルがほかのふたりにささやいた。「チーズをあげたら、いなくなってくれるんじゃない？」

「ちがう……ただのチーズじゃない。あの……」ネヴァフェルは膝をついて、かみつこうとしているウサギを抱きしめた。会話がおかしな方向に行ってしまった。過ってマダム・アペリンにチーズを送ってしまったこと、それをどうしてもとりもどしたいことを説明しようとしたけれど、自分の耳にも言葉がぶざまで愚かしく聞こえてくる。話しおえたとき、三人がまだ聞いていてくれるとは思えなかった。ネヴァフェルは自己嫌悪の地獄に落ちていて、荷馬車から聞こえるささやき声をほとんど聞いていなかった。

「ううん」ズエルがきつい口調でささやいた。「聞いて。これならぴったり、ぴったりよ。この子はマダム・アペリンを探しにいきたい。わたしたちはマダムにワインを渡してくれる人がほしい。だからあなたは、あの子がもぐりこめるよう手助けしてあげて。招待状を盗むかなんかして。それで、あの子にわたしたちの手伝いをしてもらうの。ぐずぐず泣かないで。すっきりした《面》をつけて。わたしがあの子に話すから」

ネヴァフェルは、足もとの砂利音を聞きつけて、はっとして意識をもどした。顔をあげると、ズエルがこちらにむかって歩いてきている。野生の動物を驚かせまいとしているみたいな、慎重な足どりだ。金髪の少女はおもしろがるような笑みを浮かべて、期待に目を輝かせている。

「だいじょうぶよ」ネヴァフェルがウサギに声をかけたときとそっくりな口調でいった。「なにもかもうまくいく。わたしたちがあなたを助けてあげる」
ネヴァフェルは少女の笑顔を見あげて、天使にそっくりだと思った。

5　なりすまし

　一日さんざんな目にあったあとだったので、自分のために計画を立ててくれる人がいるとわかってネヴァフェルはうれしかった。自分のかわりにその計画を理解している人がいるということも。というのも、どんなにがんばっても、ズエルの説明はフルートの調べのようで、ネヴァフェルにはついていけなかったのだ。なにかオーディションと関係があって、誤解があり、前の日にふたりの少女になにかが起きたようなのだが、説明があまりにも早口で、ネヴァフェルの呆然とした脳でつかまえようとしても砂のようにこぼれ落ちてしまう。

「わかる?」年上の少女がもう一度、こんどはゆっくりとかんでふくめるように尋ねた。ネヴァフェルはもう一度、首を動かして答えようとしたが、最初はたてにうなずいていたのに最後は横に振っていた。

「いいわ」少女は世界一やさしそうな声でいった。「あなたがしなきゃならないことだけ覚えておいてくれればいいから」意味ありげにぽっちゃりした連れをちらりと見てから、もう一度ネヴァフェルに視線をもどす。「じゃあ……わたしたちであなたに新しい服を着せるから。いい?　その仮面をはずしてくれる?」

　ネヴァフェルはくぐもった悲鳴をあげ、苦しそうに仮面をつかんで顔に押しつけた。醜い顔を見られたら、また逃げられてふりだしにもどってしまう。

「心配しないで」ズエルが甘い声でなだめるようにいう。「いいわ……そのままつけといて。やけどかなにかあるの？　いいの、いわなくていいから。もしだれかに、なんで仮面をつけているかきかれたら、肌を守るためだっていうのよ。いい、あなたはマダム・アペリンのところに行って、だれかが出てきたら、ボーモロウ・アカデミーから派遣されて、パテ・ガールのオーディションを受けに来ました、って答えるの。覚えられる？」

　ネヴァフェルはうなずいた。

「そうそう、その調子」美しい笑みが浮かぶ。「そうしたら、あなたはマダム・アペリンの地所に通されることになる。じゃあ、これを見て」ネヴァフェルの目の前で、紫色の泡だつ液体が入った小さなカットグラスのびんが振られた。もう十回目だ。「これをどうするか覚えてる？」

「召使に渡します」

「そのとおり。マダム・アペリンへの贈り物、オーディションのお礼だというのよ。わたしたちがあなたにしてもらいたいのはそれだけ。それが終わったら、オーディションに参加するほかの子たちからこっそり離れて、倉庫かなにか、マダムが配達の品をしまっているところを見つけて、あなたのチーズをとりもどせばいい。盗むわけじゃないのよね？」

「マダム・アペリンに正直にお話ししなくていいの？」ネヴァフェルが計画でどうしても気になっているのはここだった。「マダムはすてきな《面《おも》》――」

「だめ、それはできないの」ズエルはやさしくいった。「もしそんなことをしたら、計画がうまくいかなくなっちゃう。マダムはチーズを返してはくれないわよ、ネヴァフェル。あの人がなんで返さなくちゃならないの？　役に立つのに。それに、あなたがオーディション参加者じゃないってわかったら、ワインを飲んではくれないでしょう」

ネヴァフェルは小さなびんを見おろした。「マダムに悪いものじゃないのよね？」

「まさか、そんなわけないでしょう！」ズエルが大きな声をあげた。「ただのワインよ。マダム・アペリンはなにかを忘れるためのワインをしじゅう注文しているの。そういう人がいるのは知っているわよね。このワインは、余分な記憶を忘れる手助けをしてくれるだけ。マダムが心乱されるような記憶をね」

ズエルがそういうふうにいうと、あやしいことなどなにもないように聞こえる。ネヴァフェルも、特定の事柄や時を忘れさせてくれる特別なワインが調合されていて、あらゆることを見聞きしてきて退屈している金持ちのあいだで人気があるのは知っていた。割れた陶器を投げ捨てるみたいに、役に立たない醜い記憶を消し去って、人の頭が長年の記憶の重みで壊れてしまわないようにしているのだ。

「とにかく、チーズをとりもどしたら、こっそりほかの子たちのところにもどって、いっしょに帰るのよ。できるわよね？」

ネヴァフェルは背の高いほうの少女がつけている氷のようにきらめくブローチに、ついつい目を奪われていた。砂糖みたいで、どんな味がするのだろうと思ってしまう。言葉にしたい思いがありすぎて、口から出かかっているのに入口でつまっている。もちろん、そうします。そう答えたかった。あなたはいままでに会った人のなかでいちばん親切な人、穏やかですばらしくて。ああ、あたし、いまにもすごくばかなことをいいだしそう……。

「手袋が縞模様」じっさいに口にしたのはこれだった。

「そ、う。そう、そうなのよ」ズエルが唇をなめた。「でも、あなたがしなきゃならないこと、わかったわよね?」ネヴァフェルがためらってから、ゆっくりと深くうなずくと、ズエルは少しだけ肩の力を抜いた。

「どうするの、あれ……」背の低いほうの少女はネヴァフェルをちらっと見てから、意味ありげに自分の鼻をつついた。「みんな気づくでしょ」

「クローブよ」ズエルはすかさず答えた。「クローブの油なら、みんなこの子がにきびの治療をしていると思うでしょう。香りが強いから……ごまかせるはず。

それと、いちばんだいじなことだけど」背の高い少女は前に身をのりだして、ネヴァフェルの目をじっと見つめた。「いちばんだいじなことはね、もしわたしたちふたりをどこかで見たとしても、知らないふりをしなきゃならないってことよ。なにが起ころうと、あなたはわたしたちを知らない。でないと……だれにとっても困ったことになるの。わかるわよね?」

いまこの瞬間、ネヴァフェルは新しいふたりの友人に世界をあげてもいいとさえ思っていた。ボタンも、グランディブル親方のウサギも、玉虫色の舞踏室も、山ほどのイチジクも。でも、ふたりが望んでいるのは、ネヴァフェルがうなずくことだけらしい。だから、そのとおりにした。

荷馬車のうしろの荷物のあいだで、ほんとうは毛布にすっぽりくるまれていなければならないのはわかっていた。でもネヴァフェルは、ちょっとだけ毛布をもちあげて、大きなトランクのあいだに矢のような細いすきまをつくって外をのぞき見た。道また道、小道また小道と進むにつれて、世界の境界がどんどん広がっていく。

しばらくすると、ポニーの引く荷車がはねたり揺れたりしなくなり、いつのまにか、なめらかな石が敷きつめられた道に出ていた。ひと目見ただけで、このトンネルが天然の洞窟の一部ではなく、注意深く掘られたものだとわかる。壁は均一で隅が角ばっていて、木製の支柱が天井を支えている。張りだした棚で黒い鉄製の虫とりランタンが光り、壁の上には頑丈な水道管が走っていて、温水と冷水を流している。

それから一行はにぎやかな大通りに入っていった。人の声、車輪の振動、鳴き声、足音が響いて混じりあい、急流のようにとどろいている。使い走りの少年たちが両腕を広げてバランスをとりながら一輪車ですばやく追い越していく。埃っぽい鉱山の荷車ががれきを積んでごろごろと通りすぎる。たくましい男たちが真珠《しんじゅ》色の飛び輿《こし》の大きなハンドルをまわして、天井を通る立て坑に押しあげようとしている。大きめの洞穴のひとつでは、岩壁にとりつけられた巨大な時計のまわりに貸し出し用のポニーの荷馬車が集まり、灰色の塊に見える。時計はとても古くて、石灰の塊がこびりつき、鍾乳石《しょうにゅうせき》が細くてもろい房になってたれさがっている。灰褐色の亜麻布に身を包んだかご負いが、険しい顔をして飛ぶように通りすぎていったときには、頭につけた油と爪にはさまった土のにおいがした。

荷馬車は緑色の明かりに照らされた静かな小道に入り、金メッキの把手《とって》のついた扉の前でようやくとまった。扉の上の枠には、青い背景に銀色のサギが描かれている。

ささやき声でいい争いがはじまった。

「どうしてわたしが招待状を盗まなきゃならないの?」ボルカスがきつい口調で尋ねる。

「だって、あなたはもう自分の分をもってるじゃないの」ズエルが我慢づよく応じている。

「だからだれもあなたを疑う人はいないし、わたしよりあなたのほうがほかの候補者をよく知っているから、近づきやすいでしょ。ねえ、あんまり時間がないんだから」

ボルカスは扉のなかに消えた。ネヴァフェルが不安で気が変になりそうになり、ウサギが膝の上にやわらかな落とし物をしてしまうくらい時間が過ぎたころ、ようやくボルカスが真っ赤な顔をしてもどってきた。片腕で包みを抱え、もう一方の手にカードをもっている。

「よかった」ズエルがにっこりした。「マーデン——出して!」荷馬車はふたたびがたごとと走りだした。「トゥワール・ステアにむかって」

つぎに車輪の低い音がやんで毛布がはがされると、そこは幅が十フィートほどの小さな洞穴だった。天井に粗く削りとった幅広の立て坑が走り、その真ん中から黒い鉄製のらせん階段がのびている。

ボルカスの包みがあけられ、つぎの瞬間には、白いモスリンのドレスがネヴァフェルの普段着の上にかぶせられていた。腰には、銀のサギが刺繡《ししゅう》された青い飾り帯が巻かれている。さっき扉の上に見えたサギとよく似ていた。その下には、《ボーモロウ・アカデミー》という語が刺繡してある。ネヴァフェルのぞんざいに編んだおさげは薄布の帽子のなかにたくしこまれ、首、手、手首に軟膏《なんこう》を塗りつけられたために、あたりにクローブのつんとしたにおいがあふれかえった。

ボルカスがもちだしてきたカードが、ネヴァフェルの手にのせられた。金色の縁どりのついた招待状で、「顔面運動と芸術のオーディション」への参加証になっている。

「ほら」ズエルがネヴァフェルの帽子を直して、おくれ毛をたくしこんだ。「さてと、みんな準備はいい？　階段を上までのぼりきったら、左に二十ヤードほど行ったところに扉があるから。幸運を祈ってる、ふたりともね」

「え、え――あなたは来ないの？」ボルカスはネヴァフェルと同じくらいおののいている。

「わたし？　行かないわよ！　昨日の今日であそこに顔を出せるわけがないでしょ？」ズエルは荷馬車に乗りこんでいる。「でもわたしはここでふたりを待って、ウサギを見ててあげる。いったとおりにやってくれれば、なにもかもうまくいくはずだから」

なんとなくがっかりして、ネヴァフェルはボルカスといっしょに階段の下に出た。ボルカスはまだ奇妙なゆがんだ顔をしているが、心なしかウサギが追いつめられたときのようなにおいがする。

「あなた、あたしのウサギみたいなにおいがする」ネヴァフェルはささやいた。

「あら、あなたは死んだ人の食品庫みたいなにおいだけど」ボルカスはぴしゃりといった。

「礼儀正しいからいわない人もいるのよ」

「さあ、ボルカス」ズエルが呼んだ。「あなたが先に行って、ネヴァフェルは二、三分してからついていって。いっしょに着いたらだめでしょ?」

ネヴァフェルはいわれたとおりにボルカスを先に行かせ、彼女が階段の細いらせんに浮かぶ黒いしみくらいにしか見えなくなってから、自分もあがりはじめた。ネヴァフェルは生まれつきすばしっこかったが、長いスカートには慣れていなかったし、興奮で脚が震えている。立坑自体は不思議な突風と空気のあえぎに満ちていて、ときおり明るいしずくがぽつりぽつりとまたたきながら下の闇に消えていく。

階段を上までのぼりきったところには、左から右へと長い廊下がのびていた。ボルカスは見あたらない。左手に、壁にしっかりおさまった重そうな扉が見えた。緑のツタに金色と紫色の鳥がとまっている精巧なトレサリーで飾られている。これを見たとたん、ネヴァフェルの胃のなかでかたまっていた興奮が恐怖に変わりはじめた。頭のなかは気のふれた蛾みたいになっていて、ネヴァフェルはやっとの思いでズエルの指示を思いだし、扉の前に立ってベルのついた赤いひもを引っぱった。

扉に描かれた鳥のひとつは大きなフクロウで、ネヴァフェルをまっすぐに見つめている。なんの前触れもなく、その目がシュッという音とともにひっこんで、かわりにふたつの丸い穴が現れたので、ネヴァフェルは飛びあがった。数秒後、その穴から、人間のものらしい目がのぞいた。

「どんなご用でしょう？」

「あの……ボモスクールから来ました。その……パテ・ガールのオーディションのためです」

フクロウののぞき穴の前で、盗まれた招待状をおずおずと振って見せた。

「名前は？」

ネヴァフェルは仮面の内側で口をぱくぱくさせた。作戦の説明が思いだせない。

「名前？　あの……あの……思いだせなくて！」あわてるあまり、とり乱したさえずりみたいに、とんでもない言葉を口にしていた。

間があった。

「オモダセナ」まるでなにかを書き留めるみたいに、ゆっくりと慎重につぶやく声が聞こえた。

「オモダセナね。ボーモロウ・アカデミーの。運がよかったわね。オーディションはまだはじまっていませんよ」

人間の目が暗闇に消え、ふたたび指定の場所にフクロウの目が現れた。何度かカチッという音やカサカサという音がして、扉が開いた。ネヴァフェルはひどく動揺していたのに、なぜかはったりをきかせて堂々と入っていった。

扉のむこうにはきれいな広間があった。床にはさまざまな水晶がモザイク模様にはめこまれ、壁には森の場面を描いた華やかなタペストリーがかかっていて、色とりどりの動物たちが恥ずかしそうに顔をのぞかせている。不気味なことに、たったいま話をした人の姿は見えず、とり残されたネヴァフェルはひとり足音をしのばせて廊下をたどっていった。刺繍された青いリスと紫のシャモア（ヨーロッパの高山に生息するヤギに似た動物）に見守られながら。

つきあたりで二枚の木の扉が大きく開き、ネヴァフェルが見たこともないような部屋が現れた。天井からは大きな虫とりランタンのシャンデリアがぶらさがっている。大きすぎて、その上にしゃがみこんでいる小さな黒ずくめの少年の姿はほとんど見えない。ランタンの明かりが消えないように、一生懸命息を吹きかけているのだ。その下の窮屈そうな壁には、田園風景のタペストリーと額に入った絵が並んでいる。

部屋の真ん中には長いテーブルがあり、白と金色の布、凝ったつくりの銀の茶器がのっていた。テーブルに沿って、十人あまりの少女が背筋をのばしてすわっていて、不安そうに膝の上で両手をひねっている。そのうちのひとりがボルカスだった。ネヴァフェルの目を見ても、関心のなさそうな冷ややかなまなざしをむけただけで、かすかに咳ばらいをして、意味ありげに部屋の奥に視線を移した。ネヴァフェルはその視線をたどっていって、小さなサイドテーブルのそばに召使の女性が立っているのに気がついた。テーブルには包装されてリボンをかけられた箱が集まっている。

ここにいる少女たちが面細工師《フェイススミス》にもってきた贈り物にちがいない。ネヴァフェルはそう気がつくと、おずおずと召使に近づいてお辞儀をし、ほかの贈り物に加えてもらうように、無言でびんをさしだした。役目を終えてほっとすると、慎重に中央のテーブルに近づき、あいていた腰かけにすわった。

少女たちのほとんどはおしゃべりどころではないようで、小さな手鏡をてのひらにのせて表情をたしかめている。ボルカスのように、わざと不気味に、あるいは不自然に顔をゆがめている者もいれば、けいれんを起こしたみたいにつぎつぎとさまざまな表情をくりかえす者もいる。だが、ネヴァフェルの風変わりな見た目は、しだいに注目を集めはじめた。同じボーモロウの制服を着ている少女たちが、とくに好奇心を募らせている。

ネヴァフェルは約束したとおりにワインを届けた。ズエルの計画にしたがうのなら、あとはほかの女の子たちのいるところからするりと抜けて、スタックフォルター・スタートンのかけらを探しに行く時間だ。でも、こんなにみんなに見られていて、どうやって抜けだせばいいのだろう?

右にいる背の高いとび色の髪の少女は、しばらくネヴァフェルをじろじろ見ていたが、ようやく口を開いた。

「仮面をとったほうがいいんじゃないかしら」

「あたし……」頭は空っぽで、口のなかはからからだ。「あたし……にきびがあって」

「ここの人は気にしないわよ。顔を覆ったままで、どうやってオーディションを受ける気?」

ネヴァフェルは答えなかった。どうやってもなにも、そもそもオーディションでなにをするかもわかっていないのに。仮面の下で真っ赤になってうつむくと、お茶の入った陶のカップにジャムを入れてカチャカチャとかきまぜた。

このやりとりがきっかけで、噂話と憶測が小さな山火事のように燃えひろがった。ネヴァフエルの耳に、まわりでかわされているささやきの断片が入ってきた。

「……早くに準備した特別な《面》があって、わたしたちには見せたくないのよ……」

「……きっと顔を見たら知ってる人なのよ……高位の職人の家の出の……」

「……私生児だったりして……」

「……クローブのにおいがするけど？　香水を使って隠そうとしてるのがばればれ」

もうひとつの扉があいたときには、ネヴァフェルはほっとした。マダム・アペリンが、ひだのついたエメラルド色のサテン地のドレスに身を包み、トンボのように華麗に入ってきたのだ。フェイススミスが笑みを浮かべて、席についた少女たちをさっと見わたしたときになって、ネヴァフェルはマダムに自分の仮面を見られたことがあるのを思いだした。

そもそもはどんなことをしてでもマダム・アペリンと話がしたかったのだが、いまは状況がまるでちがってしまっている。ネヴァフェルはなりすましで、嘘をついてこの家に入りこんでいる。恐怖と混乱に押しつぶされそうになりながら、咳の発作を抑えるふりをして身を折り曲げ、両手にのせたナプキンにそっと顔を埋めて仮面を隠した。

「みなさん、こんなに若々しくきれいで柔軟なお顔をいくつも見ることができて、うれしく思います」マダム・アペリンの声はネヴァフェルの記憶どおりにあたたかでやさしかった。「とくに優秀な候補者として学校から選ばれて、みなさんは今日ここにいます。まずは、みなさんがどんなことができるかを見せてもらいましょう。すぐに、あの扉を抜けて光のあたるところに案内されます」マダムは自分が入ってきたばかりの戸口のほうに手を振った。「なにかが見えます……とても変わったものです。カヴェルナでは珍しいものだと思います。あなたがたは三十分間、そこで見つけたものを観察し、それに対する反応としてふさわしい《面》をご自分のレパートリーのなかから五つ用意してください」

扉が開き、少女たちが一列になって入ってきた。みな、席についている少女たちより二、三歳年上で、飾りのない素朴な白いガウンを身にまとい、髪をうしろで結って、慎重で穏やかそうな顔全体を見せている。ほとんどがそろって、あいだの離れた大きな目、高い頬骨、幅広でよく動きそうな口の持ち主で、同じ大家族の一員であるかのような奇妙な印象を与えている。マダム・アペリンのパテ・ガールたちにちがいない。扉から、シャンデリアも恥じいりそうなまばゆい光が注ぎこんでいる。

マダム・アペリンは最後にもう一度ほほ笑んで部屋を出ていった。ネヴァフェルとほかの候補者たちは、おずおずと光のほうに移動した。少女たちはひとりまたひとりと光のなかに出ていって、雷に打たれたように足をとめた。前の光景に目が慣れると、溺れるウサギのように激しく動いていたネヴァフェルの心臓が、一拍分とまった。

ネヴァフェルは小さな森のなかに立っていた。絵のなかでしか森を見たことはなかったが、それでもわかった、いま見ているこれを自分は知っている。高いがっしりした木々のあいだを縫うように一本の小道が走り、木々のざらざらした樹皮に小さな露のしずくが光っている。上からのまばゆい黄金色の光を浴びて、緑の炎に燃える刃のように木の葉が揺れる。風に頬をくすぐられ、ふとどこまでもつづく広がりを感じてめまいがした。

小さな森。カヴェルナの都市を走る、日のささないトンネルの奥深くに森がある。

よろよろと二、三歩うしろにさがってから、ネヴァフェルはいま自分が目にしているのは奇跡ではなく、ひとつの傑作なのだと気がついた。緑はあざやかだが、足もとのやわらかなものはじゅうたんだ。本物の森の苔むした地面ならば、体重をかけたら滑ったりつぶれたりするはずだと、どういうわけかネヴァフェルは知っていた。頭上の葉が風を受けてかすかにざわめいているのは、ガラスでできているからにちがいない。うっとりとして手をのばし、露のしずくのひとつに触れてみると、クリスタルのビーズだった。樹皮の表面を指でなぞりながら、本物だったら緑の綿毛のようなコケを感じ、触れたとたんに樹皮がはがれてなかの薄い色の木肌と昆虫が見えるはずだと思った。どういうわけか知っているのだ。洞窟のずっと上のほうの目には見えない天井に、数百もの強力な虫とりランタンがぶらさがっているにちがいない。まばゆい光はそこから来ている。

大きな木の幹はいちばんの見どころだった。これらは本物の木々にちがいない……少なくとも、数えきれないほど何千年も昔には本物の木だったはずだ。岩の奥深くで化石化した森が見つかることがある。大地が生きた木々を溺れさせてのみこみ、何千年ものあいだに、樹液に満ちた命ある木々を少しずつ水晶と色とりどりの宝石に変えてきたのだ。

ここの場合は、美しいピンク、金色、緑色の水晶を木々から掘りだすかわりに、周囲の岩だけをとりのぞいて、木々は手つかずで残したのだろう。この宝石の木々の森は腐敗していない。限りなく木の節という節が、年輪という年輪が、貴石さながらにたいせつに保存されている。

貴重で、完全に死んでいる。

数分間、オーディションの候補者たちはぽかんと口をあけているだけだった。それから、いっせいにおたがいをちらちら見ながら、手鏡を手に散らばっていった。だれも、ほかの候補者に見られてアイデアを盗まれるかもしれないところで、《面》を試したくはないのだ。ほんの数秒のうちに、ネヴァフェルはひとりきりになっていた。そこではたと気がついた。これこそ、まさに望んでいたことではないか。

ひとりでいられる時間はそう長くはない。スタートンのかけらを探すなら、いましかない。

ネヴァフェルは目を閉じると、深く息を吸いこんで、においに意識を集中させた。十個以上の石けんと香水、体臭、ドライフラワー、そしてもちろん、自分に塗りつけてあるクローブのオイルのにおいがする。でもほら、人ごみの喧騒のなかに聞こえる耳慣れた声のように、かすかにつんとするチーズの気配がある。視界にだれもいないのを確認してから、仮面をゆるめてほんの少し顔から離すと、もっと楽ににおいがかげるようになった。

ブラッドハウンドよろしく鼻を使いながら、ネヴァフェルは水晶の森のなかを進みはじめた。やがて、飛びはねる魚の彫刻がふんだんに施された、白い石づくりの小屋の前に出た。かすかな香りはそのなかから来ているようだったので、ネヴァフェルはドアをあけようとした。鍵がついていたが、グランディブルがよく使っている騙し鍵だったので、すぐにあけることができた。

なかは風変わりだが優雅な食品庫になっていた。幅の広い棚にたくさんの木箱、小さな布袋、びんや広口びんがのっている。高い棚の上に、ネヴァフェルがマダム・アペリンあてに梱包した箱があった。椅子によじのぼり、箱を手にとる。あけられたようすはなく、蓋をこじあけてみると、小さなスタートンのかけらがまだひっそりと入っていた。チーズをとりだして急いで箱をもとの場所につっこみ、椅子から飛びおりたちょうどそのとき、外から鍵をあける音がした。

作戦を立てる時間はなかった。ドアがあきはじめたとたん、ネヴァフェルは前かがみになってドアのすきまをめがけて身を投げだした。入ってきた人の脚を押しのけて出ていくつもりだった。じっさい、やぶれかぶれの思いつきがもう少しでうまくいくところだった。前に突進して、戸口に立っている従僕の太ももに頭からぶつかり、いきおいで通りぬけられそうだった。従僕がとっさに手をのばしてきて、ネヴァフェルの襟首をつかまえなければ、うまくいっていただろう。

ネヴァフェルは腕を振りまわして抵抗したが、男があいている腕を腰にまわしてきて、気がつくと地面から足が浮いていた。ゆるめてあった仮面が地面に落ちる。つかまってしまった。もうおしまいだ。

だが、とっぴなことを思いついた。まだグランディブル親方を助けることはできる。まだ、失敗をとりもどせる。

ネヴァフェルは両腕を押さえつけられる前に、スタートンのかけらを口に押しこんだ。チーズが舌の上でぽろぽろと崩れて溶けていく。そう感じたとたんに、世界が爆発した。

爆発して割れてみると、そこはいつも音楽でできているところだった。耳に聞こえる音楽ではなく、純粋な魂と忘れられない記憶の音だ。ネヴァフェルに肉体はなく、それなのに、鼻は聖歌隊の歌声が響きわたる大聖堂で、口は驚くほどの美しい歴史と伝説を抱く国家だと感じられた。

それから、ふたたび肉体がもどってきて、いや、もどってきたかのようで、ネヴァフェルはやわらかな樹液を流してささやく木々のあいだをふらふらと歩いていた。ハチミツのようにたまった光。腰までの高さにのびた青い花の、みずみずしい茎《くき》と露が足首にまとわりつく。そのあいだじゅうずっと、そばになにかあたたかな存在が感じられた。

やがて、幻が消えた。ネヴァフェルはまた、マダム・アペリンの小さな森にもどっていた。偽の森で、彼女をつかまえた従僕の腕にだらりとぶらさがっている。仮面は足もとに落ちていた。ほかのオーディション候補者、パテ・ガールたち、マダム・アペリンが彼女のまわりをとりまいていた。みなさまざまな表情を浮かべているが、なにか意味のある表情はひとつもない。ネヴァフェルのむきだしになった顔をじっと見つめるばかりで、自分たちの《面》は凍りついたまま、忘れ去られていた。

6　嘘とむきだしの顔

耐えられない。こんなにおおぜいに見られているなんて。ネヴァフェルは人に見られるのに、それも一度にこんなにたくさんの目にさらされるのに、慣れていなかった。ぎゅっと目をつぶったが、まだじろじろ見られているのがわかる。肌に触れたときの大理石の壁みたいに、冷たく硬いまなざしだ。驚きのあまり静まりかえっていたのがゆるみはじめて、四方八方から驚きの声や、せっぱつまって怯えた問いかけの声が聞こえてきた。

「顔を覆って」悲鳴があがった。「あれをやめさせて！」

「ありえない」だれかが心底絶望したようにしわがれた声でいう。マダム・アペリンの声に少し似ている。

周囲から恐怖の酸っぱいにおいが漂ってきて、ガスのようにネヴァフェルを満たし、自制心を焼きはらっていく。必死につかまえようとしたあのウサギのように、ネヴァフェルも捕獲者の手のなかで一瞬ぐったりとした。けれどもつぎの瞬間に、なにも考えずやみくもに手足をばたつかせて抵抗をはじめた。恐怖の霧のむこうに、驚きの悲鳴が聞こえ、自分の爪が皮膚をひっかくのを感じた。

「早く、これで包んで！」脚をばたばたさせているうちに床に組みふせられ、ネヴァフェルは息もできなくなった。やわらかくて重いものが頭の上からぱさりと落ちてきて、顔を覆われ、腕を押さえつけられた。逆上した頭ではすぐにはわからなかったが、小さな森の床を覆っていたコケのじゅうたんでぐるぐる巻きにされている。容赦ない視線への恐怖が、たちまち、窒息するかもしれないという、より現実的な恐怖に替わった。

ネヴァフェルは頼みこんで、あやまって、やめてと叫びたかったが、言葉にさえならなかったし、口いっぱいにじゅうたんを押しつけられていたので、声を聞きつけてくれる者もいなかった。手荒くもちあげられて、だらりと体を折り曲げた状態で、なにか、おそらくはだれかの肩にかつぎあげられた。言葉の断片だけが聞こえてくる。

「……いったいどういう?」

「……どうやって入ったの?」

「……どうやってやっていたの?」

「……審問所が――」

「……審問で解き明かされるでしょう――」

だれかはわからないが、運び手は走っていて、一歩進むごとにその肩が胃にぶつかってきて、ネヴァフェルは吐きそうになった。やがてなにか平たい物の上に放りだされたが、それは馬のひづめの音に合わせてガタガタと揺れた。ネヴァフェルは悲鳴をあげ、すすり泣き、やみくもに暴れ、もう少し空気が入るように首をうしろにのばそうとした。命が、呼吸が、意識が、いまにも押しつぶされそうで、恐怖が黒い噴水のようにわきあがり、ネヴァフェルをまるごとのみこんだ。

　しばらくのあいだ、考えるどころか正気さえ失われていて、あるのは喉につまった荒々しい悲鳴と、血液中を流れる白い炎のような恐怖だけだった。やがて周囲に鈍い闇が落ちた。意識をとりもどしたとき、ネヴァフェルは手足を投げだして横たわり、なにか冷たくて固い物に頬を押しつけていた。恐怖のあまり、頭のなかは実をこそげだされたヒョウタンのように空っぽになっていた。

　なにが起きたの？　どうして？　ここはどこ？　思いだせない。チーズを割ってしまったのだったかも。グランディブル親方に怒られるかもしれない。

　ふらつきながら体を起こしたネヴァフェルは、なにか縁が鋭い物に頭をぶつけた。手で押さえてたしかめると、暗い明かりをたたえた虫とりランタンがゆっくりと揺れている。何度か息を吹きかけてやると、ぱっと明るくなり、あたりが見えるようになった。

　そこは、幅五フィートほどのタマネギ形をした黒い鉄製の檻のなかだった。外側にふくらんだ格子がてっぺんでまとまっている。そばに、ブリキ製のおまると水の入った木の鉢が置いてある。虫とりランタンは檻の天井からぶらさがっていて、檻自体は、滑車装置らしきものから太くて長い鎖で吊りさげられている。鉄格子の床から二フィートほど下に、波ひとつ立たない水が黒く光って見える。檻はふたつの高い壁のあいだを流れる地下運河の上にぶらさがっているのだ。ネヴァフェルのいるところから遠いほうの壁に沿って、水面から一フィートほどの高さに木製の桟橋がある。

とんでもないことになっている。ネヴァフェルはぼんやりと自覚した。牢屋に入れられたのだ。いったいなにをしてここに連れてこられたのだろう？　胸のうちに意地っ張りな思いが燃えあがり、なにをしたにせよ、こんな目にあうほど悪いことではなかったと訴えてくる。

檻がネヴァフェルの動きにあわせてゆっくり回転すると、左手にも右手にも、水の上に吊りさげられている檻が見えた。ほとんどは空だが、二つ、三つ、布と命の塊がうごめいているのが見える。ひとりは、かろうじて人間とわかるくらいの低い絶望した声で延々と泣いている。もうひとりはふてくされたような背中と乱れた髪の丸い塊だ。桟橋のどちらの端を見ても、紫ずくめの見張りが斧槍を手に気をつけの姿勢で立っている。

「こんにちは」ネヴァフェルの声は小さくかすれていた。「こんにちは」

つぶやくような会話が聞こえたかと思うと、壁にはまっている扉があいて、三人の人が桟橋にあがってきた。そろって濃いアメジスト色の服に身を包んでいる。ふたりは男だったが、先頭にいるのは鋼のような灰色の髪の女性だった。口もとをきつく引きしめ、驚くほどきびきびした足どりで、厳しさと権威と冷徹な監視とが組みあわさった《面《おも》》をしている。すべてを見通すこの目はなにひとつとして見逃さない、といっているような《面》だ。ネヴァフェルはあわてて頭をさげた。

「わたくしがだれか知っているか？」チーズワイヤーのような声だった。ネヴァフェルは首を振ったが、両手はあげたままで自分の醜い顔を隠していた。「審問官のトレブルだ。おまえは審問にかけられた。わかるか？」

ようやく不運なできごとの記憶がもどってきて、ネヴァフェルはすすり泣いた。これはふつうの逮捕とはちがう。審問官は大長官の法執政官で、特殊な、あるいは危険な事件を手がける人だ。

「おまえが生きたいと望むなら、生きたいと望みたいと望むなら――われわれの質問に正直に答えなさい。さて――おまえはどうやって入ってきた？　ほかにもいるのか？」

「ほかに……」ほかにってなんの？「いえ……わたしだけです。わたしはただオーディションに行っただけです。ドレスをもらって――」

「ドレスをもらった？　だれに？」

ネヴァフェルの肌がかっと熱くなった。ズエルの美しいほほ笑みとボルカスの不安そうなやわらかいピンク色の顔を思いだす。あのふたりを裏切るわけにはいかない。でも、どうやって嘘をついたらいいかもわからない。ネヴァフェルは両手で顔を覆った。

「さあ！　おまえが何者でどこから来たかは明らかだ。主人はだれだ？」

それも明かすことはできない。もしいったら、グランディブル親方にどれだけの危険をもたらすことになるか。

「いえ！　だれがおまえをカヴェルナに入れた？　おまえたちは何人いるのだ？　どうしておまえはマダム・アペリンのオーディションに潜入した？　名前は？　だれの殺し屋だ？」

ネヴァフェルは呆然として首を振りつづけた。質問の半分はわけがわからなかったが、殺し屋という言葉を聞いて息がとまった。恐怖と怒りに駆られてぱっと立ちあがり格子をつかむ。もう顔を隠すことなど気にしていられない。

「殺し屋なんかじゃない！　だれかを傷つけたいと思ったことなんてない！　ぜったいにない！」

審問官はとたんに激しい反応を見せた。表情は変わらなかったが、いきおいよくうしろに飛びのき、壁にぶつかった。少しのあいだ、硬直したようにネヴァフェルを見つめていたかと思うと、ポケットから紫色のハンカチーフをごそごそとりだして額を拭きはじめた。

「よくもそんな？」審問官は声をはりあげた。「それをやめろ！　なにかもっと適切なものをつけろ！　早く！」

「なんのこと？」

「それをやめろ！」審問官はいまにも爆発しそうな声を出した。

「やめるってなにを？」ネヴァフェルはなすすべもなくききかえした。

トレブル審問官はかっとなって、それから合図をした。いっしょに入ってきた男のひとりが壁に近づいた。ネヴァフェルからはかろうじて大きなL字形のハンドルが見える。男がハンドルをまわしはじめると、たちまち檻ががくんとさがりだした。

「協力しないのなら——」

「やめて！」ネヴァフェルは悲鳴をあげた。檻の底が運河の水面につかって、格子のあいだから水が入ってきた。水から逃れようと、ランタンの鎖をよじのぼり、檻の上のほうにしがみつく。

だが檻はぐいっと運河へと落ちていき、ネヴァフェルがどんなにしがみついていてもどうにもならない。氷のような水が、足を、ふくらはぎを、膝を、太ももをのみこんでいく。ようやく降下がとまったときには、檻はすっかり水浸しになっていた。天井に頭を押しつけていても、あとほんの少しであごが水につかりそうだ。

「このハンドルがあと一回転したら――」審問官が声をあげる。

「わからない」ネヴァフェルはどうしようもなくて思わず口にしていた。「あなたがなんの話をしているのかわからない！　どうして自分がここにいるのかも！　自分がなにをしたのか、なにをしているのかも！　やめろって、なにをやめればいいの？」

ネヴァフェルは震えてすすり泣いていたが、桟橋でぶつぶつ交わされている議論の一部はなんとか聞きとれた。

「……いったいどうやってまともな尋問ができるのか、あんなものを相手に……」

「……まるでガラスのような顔……」

「……仮面をもう一度つけさせては？」

「……いや、覆われていてはきちんと調べられない……」

しばらくたってから、ふたたびL字形のハンドルがまわる音が聞こえてきた。だが、こんどは檻はさがらず、もとの位置まで引きあげられて、水が格子のあいだから流れだした。ネヴァフェルはほっとした。

トレブル審問官は近くの扉から姿を消したかと思うと、こんどは柄が九フィートはあるフライパンのような物を握りしめていきおいよく走りでてきた。

「さあ、これを」審問官はネヴァフェルを直接見ようとはせず、「フライパン」が檻の格子に届くようにさしだした。見ると、「フライパン」になにか黒っぽくて四角い物がのっている。

ネヴァフェルは濡れた手を震わせながら注意深くそれをもちあげた。「時間をやるから整えろ。見られるような《面》に合わせたころに、もどってきて話をしよう」

フライパンがひっこんで、審問官はまた扉のむこうに消えた。ネヴァフェルはひとり残されて、濡れた手のなかの物を見つめた。木の枠がついている。いま上をむいている側はこげ茶色のフェルトで覆われているが、裏側はひんやりとなめらかなガラスの手触りだ。なにを与えられたかに気がついて、指が震えはじめた。

いま手のなかにあるのは鏡だ。ひっくり返したら、グランディブル親方が世間から隠そうと決意した恐ろしいものを目にすることになる。人々が見ただけで汗をかいて逃げだしたくなる顔だ。

桟橋でつぶやかれていた言葉を思いだす。ガラスのような顔、といっていた。どういう意味？　もしかしたら、肌が透き通っているの？　もしかしたら、だれの目にも、あたしの脈打つ血管や頭蓋骨《ずがいこつ》のにたにた笑いやまぶたの奥の眼球が見えるのかもしれない。だからみんな、逃げだすのかも。

見られない。見るもんか。けれども、なすすべもなくとりつかれたようになって、ネヴァフェルは自分の震える手がゆっくりと鏡をひっくり返し、はじめて自分の姿を映しだすのを眺めていた。

少しのあいだ、ガラスに映った像を見つめて立ちつくしていた。傍らの飢えた虫とり灯が明るくなったが、浅い息をしていた自分が大きく呼吸をしたせいだとようやく気づいた。ガラスに映った像が少し動くと、ネヴァフェルは頭のてっぺんから足のつま先まですくみあがった。それから、爪が草の葉を裂くように全身を引きさきそうな悲鳴をあげた。

鏡は床に落ちて粉々に砕けたが、それだけでは終わらなかった。ランタンが格子にぶつかって火花を散らし、それから激しく揺れた。光と影がめまぐるしく回転し、小さな食虫植物は世界が傾くたびにやみくもに空気に食いつこうとした。格子の扉が、何度も蹴りつけられてがたがたとはねる。

ネヴァフェルが疲れはててとうとう膝をついたときには、水たまりのできた床に小さなガラスのかけらが散らばって、虫とり灯が揺れるたびにきらめいていた。

鏡で見た顔の皮膚は青白く、手にあるのと同じようなそばかすがうっすらと浮いていた。長い顔に、震えだしそうなふっくらとした下唇、ほやほやの淡い赤色の眉、光の色をたたえた大きな瞳。この顔が《面》をまとっていたのだ。ネヴァフェルは想像もしていなかった。なにしろ、ひとつも習った覚えがないのだから。見覚えのない《面》だが、自分が感じているとおりに見えた。それから、鏡に映った《面》が変化したのだが、妙な変わりかただった。新しい表情に変わるとき、いままで見たことがない、不思議な流れるような動きを見せたのだ。だが、ネヴァフェルが鏡を壊したのは、この奇妙な感覚のせいではなかった。新しい《面》を見つめるうちに、その背後にある考えが読みとれた。いまもその考えが、頭のなかでこだましている。

あなたはあたしを閉じこめた。その表情はいっていた。あたしを七年間も閉じこめていたんだ、グランディブル親方は。なんの理由もなく。

鏡のなかの顔は美しくはなかったが、醜くもなかった。傷もなければ、崩れてもいない。不思議そうにつぎつぎと《面》が変化する以外は、なにもおかしなところはなかったのだ。

ネヴァフェルは、審問官たちがこの騒ぎを聞いて駆けつけてくるだろうと思っていた。きっと、こん棒と鎖をもって。ところがだれも出てこなかった。それどころか、ネヴァフェルは身を震わせながら暗くなった檻のなかにひとり放置されていた。檻はきしんだ音をたててゆっくりと前後に揺れ、ネヴァフェルが動くたびに足もとで砕けたガラスのかけらがぽとぽとと下の運河に落ちていく。

呼びかけようとしたが、ネヴァフェルの声は暗い井戸のなかで鳴くちっぽけなネズミの声ほどにしか聞こえない。いくつもききたいことがあるのに、答えてくれる人がいない。この顔に問題がないのなら、どうしてみんな逃げていくの？　どうしてあたしはここにいるの？　あたしは、そもそも送られるべきじゃなかった小さなチーズのかけらを盗っただけ。どうして審問にかけられるの？

ネヴァフェルは震えるうちにある種の麻痺《まひ》状態に陥り、その後は手足の冷たさもろくに感じなくなった。それでもいつしかうとうとまどろんでしまい、つぎに人がやってきたときには、どのくらい時間がたったのかわからなくなっていた。

夢うつつでぼんやりしながら、もう一度扉があいて閉まり、慎重な足どりで桟橋がきしむ音を耳にした。だが、どうでもよかった。鈍い恐怖は引いていき、かわりにいまはあたたかくて眠たくて、幸せで守られているような感じがする。だれか信用できる人が来たのだ。同時に、心地よい香りのかすかな名残が意識のなかにしみこんできて、ローズマリーと銀と甘い眠りをささやいてくる。香りがいう。さあ、力を抜いて、まどろむがいい。

香りがクジャクの羽根のように意識と魂じゅうに広がるのを感じて……ネヴァフェルはたじろいで頭を格子にぶつけた。なにかが、人の意識にこんなふうに触れてくるのはおかしいと訴えている。はっとして目を覚ますと、訓練された鼻がにおいの底になにかまちがった醜いものをかぎつけた。

とたんに、グランディブルが客を自分のトンネルに通す前に通気口からにおいをかげと何度も何度もいっていたのを思いだした。意識をとりこにする香水が使われていないかを確認するためだ。

かげばわかる。おまえはチーズ職人だ。わしらには腐ったものをかぎわける鼻がある。たとえほかのだれにもわからなくてもな。

ネヴァフェルが鼻をつまんでふさぐと、たちまち、信頼できるという感覚が流れでていった。

だれかが桟橋に立っている。はっきり見分けられなくて、ランタンに覆いがかぶせてあるのに気がついた。人影が壁に近づくと、またしてもL字形ハンドルの抵抗するような金属音が聞こえてきて、ネヴァフェルは血が凍りつきそうになった。

「いや！」声をかぎりに叫んだ。「やめて！　やめて！」悲鳴は、煙突のなかで暴れる鳥みたいに、壁と壁のあいだをこだまする。激しく揺れて檻は水につっこみ、こんどは水しぶきをあげて数秒のうちに沈んでいった。ネヴァフェルを道連れにして。凍えるような黒い水のなかに引きずりこまれる直前に深く息を吸いこむだけの冷静さはあったが、暴れると濡れた衣類が手足にまとわりついてきた。檻が岩でできた運河の底にガチャンとぶつかる音が、水のなかでくぐもって聞こえた。

これは死だ。それしか考えられなかった。これが死、冷たくて、ひとりぼっちで、囚われの身で、だれかに助けを求めるすべもない。

肺が空気を求めて痛みはじめた、ちょうどそのとき、しがみついていた檻がまっすぐにもどった。水中で、金属から金属へと伝わるカチャカチャという音がして、それからネヴァフェルの顔がもう一度水面に出て、波のむこうに桟橋が傾いて見えた。ふたたび檻が水から引きあげられている。ランタンの覆いははずされていた。トレブルが桟橋に立っている。ほかの審問官もいっしょで、ひとりが壁のハンドルをできるだけ早くまわそうとしている。耳からちろちろと水が流れでると、トレブルが叫んでいるのがわかった。

「いったいなにが起きたのだ？　だれが檻を落とした？」トレブルは桟橋の端まで歩いてきて、

ネヴァフェルのほうをにらみつけた。「だれだか見えたか？　装置を解除した者を見たか？」

ようやく事態がのみこめてきて、ネヴァフェルは呆然と首を振るしかできなかった。だれかがあたしを殺そうとしたのだ。審問官の命令ではなく。


それ以降は、物陰から看守がひとりネヴァフェルの檻の見張りをつづけた。時計がなく、光の変化もないので、食事と水がくることでしか時間の経過がわからない。食事はフライパンにのせて檻に届けられた。どのくらい檻のなかでうとうとしていたのだろうか。ネヴァフェルは小さな控えめな咳で目を覚ました。

桟橋に見慣れないひょろっとした人影が立っていて、じっとネヴァフェルのほうを見つめている。権威ある者の堅苦しさはなく、散歩の途中で休んでいるみたいな風情で壁にもたれかかっている。手にランタンをぶらさげていて、ネヴァフェルからは男の靴だけが見えた。

「さてと、見せてもらおう」男の声は不親切そうではなかった。

ネヴァフェルはおとなしく自分のランタンに息を吹きかけて燃えあがらせ、顔をちゃんと見せた。見知らぬ男は長いあいだ、じっとネヴァフェルを見つめていた。ほっそりした体は震えてはいない。

「なるほど、ほんとうなんだな」男はしばらくたってから静かにいった。「これは……ひじょうに珍しい。ああ──ちょっと待って──これでは不公平だな？　ちょっと待って」男はランタンをもちあげて顔に近づけると、息を吹きかけて光らせ、自分の姿を照らしだした。「これでちょっとは公平になるだろう？」

ランタンの光が、黒くて細いあごひげをはやした長い顔を映しだした。まるで絵の具で描いたみたいなひげだ。深みのある油断のなさそうな目、ほほ笑みを隠しているような、表情の読めない口もと。自信にあふれ、おもしろがりながらわずかに哀れんでもいるような、そんな《面》をまとっている。つかまってから見たなかでは、もっとも親しげな表情だ。

男は平均より背が高く異様にやせているが、身に着けているもののどれもが、いっそう長身で細く見せていた。手袋はじっさいの指よりも長めで先に詰め物がしてあって、指がより長くより優美に見える。赤紫色のモグラの毛皮でできた裾の長いコートは、縦長のひだが縦縞模様になっている。

「怖がっているのだな」男はネヴァフェルを注意深く観察していった。「とまどっていて、不公平で裏切られたという思いと闘っている。それに、なにが起きているのかまったくわかっていないのだろう？」首を振って、恐ろしげな笑みを浮かべる。「ばかどもがこそこそ隠れて、きみがどんなふうに『ひどい《面《おも》》をつくりつづけている』かをぺちゃくちゃしゃべっている。連中はきみをどうする気なのか？　こんなふうに《ラス・ディセント《襲い来る天罰》》の上に吊りさげておいて」

「あたしは《面》をつくってなんかない！」ネヴァフェルはやけになって叫んだ。「どうして自分が《面》をもってるかもわからないのに――習ったことなんてないんだから！　それに、どうしてあんなふうに変わるのかもわからない！　ここに来るまで鏡を見たことも一度だってなかった！　いま、ここのだれかがあたしを殺そうとしてるのに、その理由もわからない！　ほんとうなの！」

「ああ、ああ、きみのいいぶんを信じるしかないんだろう」男はまた、かすかな暗い笑みを浮かべた。「さてと、きみのことをなんとかしなくちゃならないな」考えこむようにかかとで壁を蹴る。「きみはここを出たいか？」

ネヴァフェルは格子を握りしめて必死にうなずき、世界一小さな弱々しい声で「はい」といった。

「では、なにができるか考えてみよう。だが、きみはわたしを信用してくれなくてはいけないよ。ここまで、審問官にはなにを話した？」

ネヴァフェルは必死に思いだそうとした。「ほとんどなにも——渡された鏡を壊してからは、ほとんどなにもきかれていません」

「ふむ、きみは自分の経歴について審問官に話す必要がある」男は片手をあげて、反論しかけたネヴァフェルをとめた。「きみはだれかをかばおうとしているんだろう。見ればわかる。だが、審問官がすでに知っていることを教えてあげよう。

きみの名前がネヴァフェルで、チーズの匠《たくみ》グランディブルの弟子だということはわかっている。運河の水でクローブのオイルが洗い流されたとたん、チーズのにおいを隠すものがなくなって、ひとかぎでどの業界の人間か推測できた。そこまで来たら、あちこちのチーズ・トンネルに行ったことのある配達人にきいて、黒いベルベットの仮面の持ち主をつきとめるのは時間の問題だった」

「グランディブル親方に迷惑がかかるの？」ネヴァフェルは落ちこんだ。親方を守りたくてがんばったのに、自分の服と肌にしみついたにおいで親方を密告する形になってしまった。

「残念ながら」

「でも、こんどのことは親方のせいじゃない！　親方は、あたしがトンネルの外に出たことさえ知らないの！」鏡を見たときはつらかったが、自分のせいで親方が責められるのは耐えられない。

「問題はそこじゃない。グランディブルは長年きみを匿《かくま》ってきたことで逮捕されようとしている」

「どうして？」ネヴァフェルがぎゅっとしがみついたので、冷たい鉄の格子が指に食いこんだ。それから、いちばん重要な問いが口をついて飛びだした。「あたしのなにがいけないの？」

「きみはほんとうに知らないんだな？」見知らぬ男が首を傾げてじっと見つめてきたので、ネヴァフェルは答えを聞くのがじわじわと恐ろしくなってきた。「知りたいか？」

ネヴァフェルはうなずいた。

「きみにはなにも悪いところはない。ただ、きみが《面》をつくっていないというだけだ。きみの頭の前面にはふつうの目と鼻と口、そういったものがついているが、表情はまるで……窓のようだ。きみの考えていること、感じていることがそのまま表れている。細かいところまで。

カヴェルナの人間はそんなふうに見えるはずがないんだ。ありえない。よそ者でもたいていはいくつかできの悪い《面》をつくれるようになる。多少、感情が漏れてしまいがちだが。だが、きみはどうだ？　脳裏になにか考えがよぎるたびに、野生のポニーのようなすばやさで顔にも表れる。だから審問官たちはきみを見ていられなかったんだ。いまのきみは、動揺しすぎて壊れかかっているから、表情があまりにも痛々しくて見るに堪えないのだ」

「じゃあ……あの人たちはあたしをよそ者だと思ってるの？」

「ああ、そのとおりだ。じっさい、そうなんだろう？」

「わ……わからない」ネヴァフェルはすべてのよりどころを失っていた。あたしはよそ者なの？　忘れられた最初の数年間は、べつの世界で生きていたの？　幾千もの小さなできごとと言葉にならない思いがいっしょになってうたいだし、ネヴァフェルの耳に押しよせてきた。

「覚えてないの。グランディブル親方のトンネルに現れる前のことは。七年くらい前」

「なにも覚えていないのか？　それ以前の生活や、どうやってカヴェルナに来たか、だれに手引きされたかも？」

ネヴァフェルはのろのろと首を振った。ほんとうなの？　あたしがよそ者だなんてありえる？

ふと、スタックフォルター・スタートンが見せてくれた奇妙な幻のことを思いだした。まだらになった森のなかの光景だ。

花は腰の高さほどもあって、まるであたしがとても小さいみたいだった。スタートンは、知っているけれど、聞かされる必要があることを教えてくれるという。人がむきあおうとしていないこと、あるいは忘れてしまっていることを。あたしが昔、まだずっと小さかったころに、あの森を歩いた可能性はある？　それともあれはただの夢で、あたしの過去とはなんの関係もないの？

　たしかなことはわからないが、チーズの匠グランディブルが七年のあいだ、ネヴァフェルを世間から隠してきたのはわかっている。もしネヴァフェルがよそ者だとしたら、そしてグランディブルがずっとそれを知っていたのだとしたら、親方が弟子の顔を隠そうとやっきになっていたのも説明がつくかもしれない。でも、親方はいったいだれを守ろうとしていたのだろう？ネヴァフェル、それとも親方自身だろうか？

「グランディブル親方はどうなるんでしょう？」ネヴァフェルはきいた。

「いまのところ、いい状況ではなさそうだ。よそ者を招き入れること、匿うことについては厳しい規則がある。病気や人口過密の恐れがあるからね。親方はひと目できみが何者かわかったはずだ。たとえきみがわかっていなかったとしても。審問所は親方を追放することはできない。なにしろじゅうぶんな訓練を受けたチーズ職人で、酪《らく》の術にまつわる百の儀式にも通じている。カヴェルナは秘儀を守らなければならないからな。だから……おそらくは投獄されるだろう。あるいは、労役。もしかすると処刑もありうる」

「処刑？」ネヴァフェルはぎょっとして金切り声をあげた。

「きみは本気で親方を守りたいのだね？」

ネヴァフェルはためらってから、力強くうなずいた。

「わかった。なんらかの道があるだろう。きみがやるべきことはこうだ。審問官に、自分がカヴェルナに存在している責任はすべて自分で負うと話すんだ。仮面と侵入法第一四九条のもとで罰せられるべきは、ほかのだれでもない自分だけだと。それから、過去についても思いだせることをすべて話せ。どうやってマダム・アペリンのもとに入りこんだかについても。ただ、きみに手を貸した共犯の正体については明かすな。たまたま知りあった人たちで、すべての責任は自分にあると説明するんだ。全員を――そしてきみ自身を守るには、それしかない」

「あたしひとりの責任にしてくれる？」ネヴァフェルは希望を抱く気にもなれずにきいた。

「この特殊な件では、そうしてくれると思う」見知らぬ男は答えた。「審問官はチーズの匠のグランディブルを逮捕したがっているわけではないだろう。どうせ親方は、出てきて逮捕されようとはしないだろうから、そうなると親方の住まいを包囲しなくてはならず……面倒だ。それに比べて、きみにすべての罰を科すとなれば、かわりにきみを年季奉公人として売りに出せるから、もうけにもなる」

「でも、あたしは売りに出されたくない！」年季奉公人なんて奴隷とさしてちがわない。それに、とんでもないワインや危険な香油の被験者として使われるという恐ろしい話もある。

「心配するな。売りに出されたら、わたしが買おう。わたしはマキシム・チルダーシン、チルダーシン・ワイン商一家の家長だ。わたしと競りあおうとする者がいたら気の毒に思うよ」

チルダーシン。ネヴァフェルも知っている名だ。それどころか、カヴェルナじゅうでその名を知らぬ者はいないだろう。チルダーシン帝国は三百年以上もワインを製造してきて、地上世界のあちこちにブドウ畑を所有している。彼らは記憶の喪失と復元の匠だった。死んでしまった愛する人の顔を、まつげの数までかぞえられるくらいはっきりと思いださせてくれるワイン、あるいは読みおわった本をもう一度楽しめるように、特定の章を忘れさせてくれるワインを醸《じょう》造《ぞう》することができる。

ネヴァフェルはほっとして希望で胸がいっぱいになった。ワイン商の一家に所有されるほうが、檻に入って吊りさげられて、殺されるのを待っているよりぜったいにましだ。でも、この計画にはまだのみこめない部分がたくさんある。

「だけど……ワインをつくっているおうちが、どうしてチーズ職人の弟子を買うの?」

「きみほど興味深い存在に出会ったのは、久しぶりだからだよ。牢屋で腐らせたり地上の砂漠をさまよわせたりしたら、可能性のとんでもないむだづかいになる。そういう意味では、長年輝かしいチーズ工房にきみを閉じこめてきたのはまぎれもない犯罪だ。二度と同じことは起こさせない。わたしのいっている意味がわかるかね? グランディブル親方には、きみがぶじだと手紙を書こう。ただし、彼の庇護下にきみを帰すことはできないよ。申し訳ないがね」

あたしは家に帰れない。ネヴァフェルにもその言葉だけはわかった。ようやく少しずつ、事態がのみこめてきた。さようなら、銀色の時計。さようなら、棚のあいだのハンモック。さようなら、目をつぶっていてもわかる通路たち。さようなら、殴り書きした帳簿。

さようなら、グランディブル親方。

けれども、最後のひとつは大きすぎて、ネヴァフェルの頭では理解しきれなかった。この瞬間にチーズの匠グランディブルの目の前に引きずりだされたとして、自分の顔にいったいどんな表情が浮かぶのか、想像もつかなかった。

7　一　族

蓋をあけてみると、すべてがマキシム・チルダーシンのいったとおりになった。半時間のうちに、ネヴァフェルはがたがたと揺れるチルダーシンの馬車の後部座席にすわって、前方で上下する二頭の栗色のポニーの広い背中を眺めていた。ネヴァフェルの両手はついつい上へとあがってきて顔に触れようとする。どうなっているかたしかめたいのだ。いまは、口が横にのびてにっこり笑っているのがわかる。いつにもまして、移ろいやすい気持ちが抑えきれずに泡のように湧きあがってきている。この取引にどんな意味があるにせよ、とにかくもう檻にいなくていい。それに、ズエルとボルカスをやっかいな目にあわせずにすんだし、グランディブルは断頭台を免れた。

見るもの聞くものが多すぎて、ネヴァフェルは酒に酔ったような気分になった。大通りを行く馬車はどれも、トンネルの低い天井でつかえないように屋根がないつくりになっており、すれちがう馬車に乗った身なりのいい人々の姿が容易に見てとれた。馬車は砂岩づくりの柱廊に沿って揺れていたかと思うと、ラズベリーアイスクリームを思わせるバラ色のまだら模様の街路に入った。行きかう馬車はずっとりっぱになり、乗客のいでたちもいっそう華やかになった。ネヴァフェルは乗客たちの多くが長身なのに驚いた。ふつうの通りで見かける人々や、まわりの召使たちより背が高い。ついさっきネヴァフェルが逃げてきたばかりの威圧的な審問官たちに比べても少し大きいようだ。宮廷に仕える人々なのはまちがいない。ネヴァフェルは思わず身をのりだしていた。

もうひとつ急な角を曲がると、目の前に幅五十フィートの奇妙な通りがまっすぐのびていた。三十フィートほどの高さの壁に、豪華な家並みに似せた絵が描かれている。絵画で見たことのあるような家々だ。「家々」のパステル画はやわらかく砂糖菓子のようにきらめいている。あちこちに扉や明るい窓があり、木のバルコニーまで備わっていて、そこからぶらさがった紙のランタンが色とりどりの月のようにも見える。

「着いたぞ」チルダーシンがいった。ネヴァフェルは手を借りて馬車をおり、あんぐりと口をあけて「通り」に立ちつくした。足もとは石畳。天井はなめらかな漆喰《しっくい》仕上げで、夜空のような深い青に塗られている。そう遠くないところに、従者に日よけを差しかけられてそぞろ歩く人々や、房飾りのついた木の揺り椅子でくつろぐ人々が見える。

「あたたかい!」ネヴァフェルは口をあけてゆっくりと息を吐いてみたが、わずかにも白く曇ることはなかった。「どうしてこんなにあたたかいの?」チルダーシンが床下の熾火《おきび》のことを説明しはじめたが、ネヴァフェルはほとんど聞いていなかった。

ネヴァフェルが人ごみに飛びこんでいくと、何人もの歩行者がはっと身をすくめ、香りつきのハンカチーフをつかんで鼻にあててから、魅入られたようにまじまじと彼女を見つめはじめた。ネヴァフェルは、自分が完璧な飾り文字のページのなかでひとつだけにじんで汚くなった文字のような気がしたが、まわりのなにもかもがあまりにも美しいので、自分のことはどうでもよくなった。突如としていつものネヴァフェルに、一度にいろいろなところに行きたくなる手足と指のついた、やせこけた落ちつきのない塊にもどっていた。

「見て！　サルよ！」

「あ、いや、ネヴァフェル、あれは背中が曲がった背の低い召使だ」

「あの人の口ひげは偽の黄色！」

「すてきだな。さてと、ネヴァフェル、こちらに――」

「どうして家が砂糖に覆われてるみたいなのかしら?」

「それは……ネヴァフェル、そこはのぼるところじゃない。いや、だめだ、ネヴァフェル！壁をなめるんじゃない！　こっちだ」

興味津々で人ごみを縫って走りだすところを、襟首をつかまれてとめられ、家のほうに引っぱられていった。チルダーシンが近づくと扉が開き、ネヴァフェルがとまどっているうちに、つぎつぎと召使が出てきて世話を焼きはじめた。てきぱきとブーツを脱がされ、かわりにスリッパが用意された。ふたりがなかに入ると扉が閉まり、虫とりランタンがいっきに息を吹きかえした。チルダーシンはコートを脱がされ、ふたりの手に砂糖入りのあたたかなシードルのカップがのせられた。ネヴァフェルもチルダーシンも一度も足をとめないうちに、これだけのことが起きていた。

そもそもネヴァフェルはどんなふうに出迎えられるか予測がつかず、入ってきたとたんにほうきを押しつけられて、仕事をいいつけられるのではないかと身構えていた。けれども、スパイスのきいたシードルを口にしながら、年季奉公人の生活もそう悪くはなさそうだと思いはじめた。

「まずはここからだ」チルダーシンが口を開いたが、ネヴァフェルはまだ周囲を見まわしていた。じゅうたんが敷かれた部屋はきっちりとした四角形で、ごつごつした壁や鍾乳石《しょうにゅうせき》や砂利は見あたらない。「きみに会えたら喜ぶ人がいるんだ、ネヴァフェル」チルダーシンに連れられてもうひとつのドアを抜けたネヴァフェルは、歓声をあげた。

「ズエル!」

ほんとうに、あの謎めいた金髪の少女がいた。ネヴァフェルの目には前にもまして天使のように見える。しかも少女は、ネヴァフェルが預けたウサギの世話をしてくれていたようだ。ウサギは体を洗われて、てっぺんに把手《とって》がついた小さな檻に入れられていた。首にはピンク色のリボンが結んであったが、ウサギがうしろ足の爪でずたずたにしている最中だった。

駆けよってきたズエルはためらってから、ネヴァフェルの濡れそぼって乱れた服もかまわずにそっと抱きしめた。ほかの人たちと同じく、ズエルもネヴァフェルの顔から目が離せなかったが、貼りつけた笑みはそのままだった。《ほほ笑み一番》あたたかで自信に満ちた笑顔だ。

「ズエル・パラクタカ・チルダーシン、わたしのお気に入りの姪のひとりだ」チルダーシンが紹介した。「ズエル――ネヴァフェルのことは知っているね」

年上の少女は、勇敢そうな《面《おも》》のわりにひどく青ざめている。ふいにネヴァフェルは、ズエルの計画で自分が果たすはずだった役割と、それが失敗に終わったことを思いだした。つぎの瞬間には、なにがあってもズエルとボルカスを知っていることは認めないと約束したこともよみがえってきた。

「いえ！　あたしはただ……？」最後までいったところで、事態がよくなるとは思えず、言葉を切った。「だいじょうぶ？　その、あなたは困ったことになってないよね？」

「もうだいじょうぶだ」チルダーシンがすかさず答えた。「きみがあの書類に署名してくれたおかげで、この子は救われたんだ。わたしが積極的にきみを助けようと思ったのも、ひとつにはこのことがあったからなんだよ。きみがたったひとりで、ろくに知らない女の子を守ろうとしたのなら、せめてその恩は返さなければと思ってね」

ネヴァフェルはみんなににっこり笑いかけ、ウサギにまで指をつきつけてかまれそうになった。

「ああ――でも、このウサギはグランディブル親方のなの！　親方に送りかえしてもらえませんか？　手紙をつけてもいい？　あたしがどこにいて、なにもかもだいじょうぶだって知らせるために」

「いいだろう」マキシム・チルダーシンは笑顔で同意した。「さてと、わたしはいくつかズエルと話しあうことがあるが、きみのことはちゃんと頼んでおくよ。ミス・ハウリック！」この呼びかけに応じて、中年の女性が戸口に現れた。「話していた若いレディだよ。これからわれわれといっしょに暮らす予定だ。彼女は前の保護者に手紙を書くために、ペンと紙をご所望だ。

そのあとは、きみに頼もう。この娘さんはこの二日ほどひどくつらい目にあった。熱いお風呂と新しい服が必要だ。いまから二十五時間後に、最上流の集まりにも出られるくらいにしてほしい。最上流だよ」

ネヴァフェルはだれもが愛おしくてめまいがしそうだった。汚れたおさげをうしろに押しやり、ミス・ハウリックの汗ばんだ丸い顔、注意深く冷静を装った顔にほほ笑みかけた。

「あなたの顔、大きな丸パンみたい!」ネヴァフェルは楽しげにいった。

チルダーシンとミス・ハウリックは目を見かわした。

「お手並み拝見だ」チルダーシンはミス・ハウリックにすべてをゆだねた。


ズエルはいつでも計画を思いつけることが自慢だった。災難に襲われても、仲間より少しだけ冷静で、あっというまに問題を逆手《さかて》にとって優位に立つことができた。

ところがいまのズエルは冷静とは程遠かった。おじの屋敷のなかをあとからついていきながら、頭のなかで笑顔のレパートリーを数えあげて、あせりを募らせていた。いまの時点でおじがどれだけ腹を立てているかはわからないが、たしかなことは、おもしろがったりふざけたりしているように見えてはいけないということだ。子どもっぽく、のんきそうでもだめだ。いまさら愛嬌を振りまくわけにもいかない。いままでとちがった手が必要なのに、ズエルにはそのための《面》がなかった。

「おじ」といっても、じっさいにはおじのそのまたおじのおじだった。同じ立場の人間の多くがそうであるように、マキシム・チルダーシンも自分の体が老齢に屈するのを防ぐためにあらゆる対策を講じていた。チルダーシンは若々しい雰囲気で、人をくつろがせる能力に長けているが、ズエルはいつもおじが遠い昔を知る者のまなざしで世界を観察し、あらゆることに目を光らせているのに気がついていた。ズエルには一族のなかに敵がいるが、これまではマキシム・チルダーシンの承認と期待という目に見えない冠をかぶって、堂々とふるまってきた。いま、その冠がたたき落とされてしまったのかどうか、よくわからない。

「わたしの実験室に来い。邪魔をされたくはないからな」

実験室はいつものように薄暗かった。反応しやすいワインに刺激を与えないためだ。ところせましと並んだテーブルの上にはガラスびん、はかり、毒ガス発生時には密封される防毒の仮面がのっていて、ズエルはそのあいだを慎重に進んだ。

一定の年齢に達してワインを扱えるだけの技術があれば、一族のだれでも自分の実験室をもてることになっていて、ズエルの実験室もある。真のワインの調合は危険な作業で、とくに性質の相反するワインの調合はむずかしい。マキシム・チルダーシンの実験室では、片隅にある神秘的な印に覆われた白い樽のなかでスモッグリースがため息をつき、真ん中の塩で描いた魔法円の結界がアドルミューのぎしぎしいう桶を封印している。このふたつのワインは、まだ調合する段階には達していない。アドルミューはバニラの隠し味を引きだす必要があるし、スモッグリースは見知らぬ人への恐怖を克服できていない。どちらも、邪魔が入ったときに、木の皮をはぐように人の魂をはぎとるだけの力をもっている。

チルダーシンは大きなすわり心地のよい椅子に腰をおろし、姪の姪のまた姪をしばし観察した。ズエルは六十五番に落ちついていた——使えるなかでもっともあたりさわりのない《面》、《熱心に指示を待つ生徒》だ。

「ほうほう、ずいぶんと大人に見えるな。自分としてはなかなかいいおじだと思いたいところだが、どうやらひいきの姪っこをちゃんと見ていなかったらしい。わたしがちょっと目を離していたあいだに、大人になろうとするとはな」

ほめ言葉に聞こえなくもなかったが、ズエルの不安は小さくなるどころかますます大きくなった。ズエルは、おじの穏やかな発言のなかに不吉な落石を知らせる最初の音を察知する能力を培っていた。

「わたしには才能と潜在能力を見極める目がある」おじは話をつづけた。「おまえにはじゅうぶんな素質があると思ってきた。おまえをボーモロウ・アカデミーにやったのはどうしてだかわかるか？　経験を積む機会になると思ったのだ。あそこに来る名家の娘たちはみな、野心があって賢いから、いい競争相手になる……陰謀やごまかしの技を磨くのに完璧な遊び場だ。年がいったときに、宮廷での大きなゲームに参戦する備えができる。

だがおまえは待ちきれなかったのだな？」

ズエルはごくりとつばをのんでうなだれた。

「おまえは大人のゲームに加わりたかった」チルダーシンは話をつづけた。「マダム・アペリンがアカデミーを訪ねて校長にパテ・ガールの候補の話をしたとき、おまえはマダムのかばんに入っていた書類を盗みみようとした」

「わたし……あの、ごめんなさい」ズエルは落ちついた声を出そうとした。「わたしはうぬぼれていました……お手伝いできたらと思ったんです。マダム・アペリンがうちの一族と親しくないことは知っていました。だから、なにか罪に問われるようなことが見つかれば役に立つんじゃないかって……」

「役に立つ?」チルダーシンがやさしくきいた。「見つかっておいて、なんの役に立つというんだ? そのうえ、起きたことを家族に報告もせず、自分で隠蔽しようとした。あの面細工師《フェイススミス》をだまして、直前一か月間の記憶を忘れさせるワインを飲ませようと決心した。そうすれば、おまえがかばんをあさっていたところをマダムが思いだすことはなくなるからな。そして、目の前にネヴァフェルがうっかり飛びこんでくると、あの子を計画に引きずりこんだ。そうだろう?」

ズエルは穏やかで礼儀正しい表情を保っていた。震えるわけにはいかない。おどおどと情けを請うたりしたら、目の前の男を失望させてしまう。ズエルはただうなずいた。口のなかはからからだった。

「おまえはすこぶる目が利く、ズエル。目の前のテーブルの上のびんを見てみろ。なにがわかる?」

ズエルは咳払いをして、手の震えを鎮めてから、ラベルを調べた。

「ペルモニャック――六十二年もので、あと一年ほどで飲みごろです。ひじょうに珍しくて、

「ひじょうに貴重なものです」

「それで、もしわたしがこのボトルとおまえと、どちらをたいせつに思っているかきかれたら、どう答えると思う？」

ズエルは心臓が沈みこむようだった。おじはどんな答えを期待しているのだろう？「これはひじょうに貴重なワインです。わたしは……」

チルダーシンはくっくと笑った。「ばかをいうな。なにがたいせつかという点でいえば、比較なんてありえない。わたしにとって家族以上にたいせつなものはないんだ。どんなワインも、おまえほどの価値はない」

ズエルはまだ気を張っていた。話はまだ終わっていない。それが感じられる。

「では、ふたつめの質問に答えてもらおう。いまわたしはおまえを助けるか、このボトルを助けるか、ふたつにひとつを選ばなくてはならないと仮定しよう。わたしはどちらを選ぶだろうか？」

ズエルは世界でだれよりも尊敬している男の顔を見あげたが、声が出てこない。口を動かして答えようとしているのに、自信がなくて音にならないのだ。

わたし？

チルダーシンは身をのりだして、膝に肘を預けた。「二、三日前だったらかんたんに答えられる質問だった。だが、今日はむずかしいな。いったとおり、わたしにとって、この一族ほどたいせつなものはない。なにもない。わたしはつねに、この一族の力、安全、将来をたしかなものにすることだけを考えて動いている。このボトルは——」コルクをやさしくたたく。「それを助けてくれる財産だ。われわれの地位を高め、みなを守ってくれる。二、三日前は、おまえのことも財産だと考えていた。輝かしい未来の種子だと。だがね、おまえのちょっとしたお遊びが一族を危険にさらした。ここにいるほかのみなを危険に陥れるような者を、わたしはほんとうに守るべきなんだろうか?」

ズエルは首を振った。がんばっても、体が震えてしまう。おじのおじのそのまたおじの声音はやさしいのに、順番に一枚一枚よろいと皮膚をはがれているような感じがする。「もし、事態をよくするために、わたしにできることがあるのなら……」

「ほお。べつの計画があるのかね? われわれを強盗、詐欺、記憶窃盗《せっとう》未遂、よそ者との交流の罪に巻きこんだ計画のほかに?」

「審問所は——」

「おまえのことをいっていたか? いや、ネヴァフェルはわたしが到着したとき、なにも有効な情報は伝えていなかった。もちろん、あのまま連中の手のうちにあったら、遅かれ早かれ、むりやり真実をいわされていただろうがね。それを阻止するには、ネヴァフェルを年季奉公人にして、かなりの金額を払って買いとるしかなかった。マダム・アペリンを口どめするほうが難題で高くつくが、連絡をとってみたところ、少なくともその件で話しあいに応じてくれる気はあるようだ」

少しずつ、ズエルの胸の重荷がおろされていく。計画が失敗に終わって以来、審問官に連行されて黒い広間で尋問され、どこかのコウモリがすみついた檻で朽ち果てていく自分の姿が頭から離れなくなっていた。おじが救ってくれた。つまり、面倒を起こしたにもかかわらず、おじはまだ、わたしをたいせつに思ってくれているということだ。

「ありがとうございます」ズエルはささやいた。「二度と宮廷の問題に首をつっこまないと約束します」

「いやいや、つっこんでもらうよ」

ズエルが顔をあげると、おじが悲しげな笑みを浮かべて見つめていた。

「おまえは、自分が大がかりなゲームをひっかきまわせると思ったのだろう。その判断が正しかったことを願うよ、ズエル。なぜなら、一度はじめたら、やめることはできないのだからね。おまえはもうゲームをはじめてしまったんだ。引きかえすことはできない」


ネヴァフェルはこれまで熱いお湯と泡のお風呂などというぜいたくをしたことはなかったが、それからの六時間で確実にその分をとりもどした。おさげはびっしりともつれあって木のようになっていたが、ミス・ハウリックが油を使って格闘し錘《つむ》ですくと、つるつるとまとわりつくような髪がもどってきて、深紅の絵の具のようにネヴァフェルの目に入り、湯に浮かび、肩を滑りおちた。

長くしみこんだチーズのにおいは最大の敵だった。ミス・ハウリックはタイムのオイルを使い、さらにはサフラン、サンダルウッド、軽石を使って闘った。なによりもの武器は、鍋また鍋に煮たたせたお湯で、ネヴァフェルの指はしわくちゃに、足の裏は白くなった。ようやく残っているのがかすかなスティルトンの名残だけになり、よほど鼻が利く者でなければかぎつけられないくらいになると、ミス・ハウリックは給仕係の娘に「ミス・メテラ」を呼びにいかせた。

やってきたミス・メテラをひと目見たとたん、ネヴァフェルは石けんの泡にもぐりこんで隠れようとした。ミス・メテラはリンゴのような頰をした穏やかな声の年配の女性だったが、そのせっかくの声も、肌の色に似た絹の眼帯のせいで台無しだった。というのも、両方の目の部分に幅広の青い目が刺繡《ししゆう》されているのだ。

ミス・メテラが香師なのはひと目でわかった。香師はみな、弟子入りすると同時に目をくりぬかれてしまうのだ。香師のチーズ職人嫌いは有名だった。その悪臭が香師の上品な鼻の敵なのだ。そうでなくても香師は、ほかの人にはわからない香水までかぎつけてしまうやっかいな能力をもっている。けれども、ミス・メテラの穏やかで良識的な雰囲気に誘いだされるように、ネヴァフェルはお湯からあがった。

「心配しないの」ミス・メテラはにっこりすると、ピペットから小さな小さなしずくをお湯に落とした。「わたしたちはふたりともチルダーシン一家の友だちなんだから、なんにも争いあうようなことはないのよ」

七時間後、ネヴァフェルが鏡のなかで対面した自分自身はまったくの別人だった。じっさい、何分間かペンギンのように腕をぱたぱたしてみて、ようやくほんとうに自分自身を見ているのだと納得したほどだ。

新生ネヴァフェルはつややかな深みのある赤い髪を肩まで垂らし、襟と袖に白い毛皮の縁どりのあるシンプルな緑色のドレスをまとっていた。クロッシェ編みの手袋には、ついついいじりたくなるような小さな毛糸玉の飾りがついている。緑色のブーツも毛皮の縁どりがあった。そばかすの浮いた顔が、驚きとうれしさとで紅潮している。

顔をつねったり引っぱったりしてどう動くか実験をはじめた、ちょうどそのとき、鏡のなかの自分のうしろにズエルがいるのに気がついた。年上の少女が前に出てきて、ぱっと鏡を閉じたので、ネヴァフェルはびっくりした。

「ミス・ハウリックったら、こんなものを与えなきゃよかったのに」ズエルはちょっと意地悪くいった。「わたしから話しておくから」

「なに？　どうして？」ネヴァフェルは閉じた鏡を呆然と見つめた。

「そんなふうにじろじろ見てばかりいたら、顔がだめになってしまうわよ。とにかく、いま見たものを覚えていられるなら、鏡はもう必要ないでしょ？」ズエルの口調は自信たっぷりでお姉さん風にもどっている。笑顔も落ちついていた。

「なにがいけないの？」ネヴァフェルは一瞬、自分とズエルのあいだに目に見えないワイヤーがぴんと張られていて、緊張が音をたてているみたいに感じた。うっかり近づいたりしたら、ワイヤーがぷっつり切れるか、自分がけがをしてしまいそうだ。それでも、半分はそうなってくれたらと願ってしまう。それなら少なくとも、ワイヤーがどこにあるかがわかる。「あたしがしたことのなにか？」

「審問官になにを話した?」ズエルはまだあたたかで自信に満ちた《面《おも》》をまとっているのに、目だけが合っていない。血走ってネヴァフェルの顔を探っている。「マキシムおじさまは、あなたがなにもいわなかったといっている。でも、ほんとうじゃないでしょ?」

「ほんとうよ! あたし……あなたの計画のことはちょっと話したけど、計画にかかわっていた人のことはいってない。自分のことだけ。あなたのことはいってないよ」

「そんなのおかしい」ズエルはどの《面》を使ったらいいかわからないのか、自信のある笑みとお行儀のいい心配顔とのあいだを行ったり来たりしている。「話したにきまってる。話さないわけがないもの」

ネヴァフェルはじっとズエルを見つめた。「それじゃ、あなたまであたしのみたいな檻に入れられちゃうでしょ。そんなことさせるわけにいかないよ。だって、あなたはあたしを助けてくれようとしただけじゃない? あたしの友だちでしょ」

こんどは、ズエルがまじまじと見る番だった。少なくとも目だけはじっと見つめているように見えた。顔のほかの部分は、相変わらずお行儀よく心配している。それからズエルはふいっと目を背けたかと思うと、心から楽しそうな笑い声をあげた。

「そのとおり」ふつうの口調でいった。「わたしはあなたの友だちよ。だから、わたしが面倒を見てあげるからね、ネヴァフェル。おじさまに、どんなことでもあなたを助けてあげなさいっていわれたの。着るもの、話しかた、お仲間といるときのふるまいかた。おじさまには……あなたのための大きな計画があるのよ」

ネヴァフェルはまたわくわくしだした。「じゃあ、なにもかも問題なしね？」

「そうよ、ネヴァフェル。ぜんぶ順調」

もちろん、そうにきまってる。あたしはただ不安になって、ばかなことを考えてただけだ。いまならそれがわかる。ネヴァフェルが抱きしめても、ズエルはいやがらなかった。でも、抱きしめかえしてきたときはどこかぎこちなく、その手は冷たく感じられた。

8 朝の間

たいへんな一日のあとでめまいがしそうなほどへとへとになっていたネヴァフェルは、チルダーシンの邸宅のなかの美しい小部屋に案内されて、好きに使っていいと申しわたされた。ネヴァフェルは部屋がたいそう気に入ったが、その後の八時間、眠ろうとしても眠れなかった。小さな四柱式のベッドには金色の覆いと手触りのいいカーテンがかかっていたが、ざらざらしたハンモックに慣れているネヴァフェルは、平らなマットレスの上で身をよじりつづけた。室内は眠気を誘うチーズのにおいではなく乾燥させたスミレの香りがして、周囲のかすかな物音には違和感を覚えた。それに、一日のうちに新たに考えたり見たりしたことが多すぎて頭が痛くなっていたし、いまも脳がぐるぐる回転していてとまりそうになかった。

それから、化粧台にオンドリの形の時計があった。文字盤には奇妙なことに数字が十二までしか書かれていなくて、カチカチというなじみのない大きな音がする。なにより困ったことに、チャイムが鳴らないのだ。毎時間、針が時刻を刻むたびに、チャイムが鳴らないので驚いてしまう。とうとうネヴァフェルは起きあがり、オンドリを抱えてすわりこむと、いつも「時計脱」になったときにしていたことをした。そうして、気持ちを落ちつけなければならなかった。

いつのまにか、化粧台の前で眠りに落ちていたらしい。鋭いノックの音に起こされたとき、ネヴァフェルは化粧台にもたれかかり頬を歯車の山に押しつけていた。はっと目を覚ましてよろけながらドアをあけると、白いドレスを着たズエルが待っていた。

「着替えてないの！　オンドリが一時間前に起こしてくれなかった？」ズエルはネヴァフェルの肩越しにのぞきこみ、半分分解されて光っている物体に目をとめた。くちばしのついた頭がとれて、歯車がいくつかテーブルクロスの上に散らばっている。「ネヴァフェル！　オンドリ時計を分解しちゃったの？」

「直そうとしてたの！」ネヴァフェルは口ごもった。「チャイムを鳴らしたくて！　ここのものはぜんぶあたしのものだっていわれたから、だれも気にしないと――」

「だからって、分解しちゃだめでしょ！　この部屋のものはぜんぶ、正しく使うなら、あなたが使っていい。だけど、なんでも好き勝手にしていいわけじゃない」ズエルは深く息を吸いこんで、片手で髪をなでつけた。「まあ、いいわ、ネヴァフェル。早く着替えて、でないと朝食に遅れちゃう」

着替えをして廊下でズエルと合流したネヴァフェルは、一家全員が起きてきているのに驚いた。

「どうしてみんな、同じ時間に起きるの？」ネヴァフェルはささやいた。「全員が同じ時間を守ってるわけじゃないでしょ？　交替で眠って、いつでもだれかしらが起きているようにしてないの？」こんな実用的ではないやりかたをしているなんて不思議だった。

ズエルは首を振った。「わたしたちはみんないっしょに《朝の間》で朝食をとるの。マキシムおじさまがぜったいそうするっていうものだから。おじさまは一族のなかでも強い信念をもっている人で、毎日一回は一族全員いっしょに席について食事をするべきだというのよ。どうも地上世界の人たちはそうしているらしくて、おじさまは同じようにするって決めてるの。マキシムおじさまは地上世界に強いあこがれをもっていてね。おじさまにいわれて、わたしたちは地上世界の時計にしたがって暮らしているくらいなのよ」

ズエルが壁のほうを指したので、ネヴァフェルはまたべつの奇妙な十二時間の時計に気がついた。オンドリの時計と同じだ。わずかな数字しか書かれていない文字盤は、ひどくのっぺりして見える。

「だけど……じゃあ……あなたたちの時計は四六時中、よその人とはまるでちがう時間を教えてくれるってこと？」生活がややこしくなったような感じがする。

「ああ、そうね」ズエルが答えた。「だけど、だれもマキシムおじさまには反対しないのよ。たいていはどんなことでもおじさまが正しいから。地上世界の時間で暮らしはじめたのは、わたしが七歳のときだった。それでね、いいこと、それ以来、一族のだれも『時計脱』を起こしていないのよ」

チルダーシン家の人たちがみな輝くばかりに健康そうで生き生きとしているのは、そのせいなのだろうか、とネヴァフェルは考えた。しじゅう「時計脱」を起こしている人は一目でわかる。ほとんどが太っていて、石けんみたいに顔色が悪くて、不健康そうに見えるのだ。それに対してチルダーシン一家はみな、肌がきれいで、目が生き生きしている。

やがて、《朝の間》は屋敷のなかにないことがわかった。一家は裏口を出て、半時間も私設トンネルを歩かなくてはならなかった。チルダーシンの大家族が断固とした態度で歩いていくようすは奇妙な光景だった。女の人たちは洞窟からしたたり落ちてくる水滴を避けるための房つきの傘――しずくよけをもち、赤ん坊たちは絹の車で運ばれていく。一家の人々はみなとりわけ背が高く彫像のように威厳があるので、堂々とした行列になっていた。湯気のたつ壺やクロワッサンをのせた銀のトレイをもってうしろからついていく召使たちは、それに比べると成長がとまったかのように見える。

「マキシムおじさまが、べつの地区に気に入った部屋を見つけたの」ズエルが小声で説明する。「さわやかな雰囲気だって、おじさまが。それでその部屋を壁で囲って、わたしたちの家からの通路をつくったの。いつもそういうふうなのよ。なにか気に入ったものを見つけると、とにかく手に入れて、わたしたちはそれに合わせるというわけ」

「あたしにしたのもそういうこと？」ネヴァフェルはささやいたが、ズエルには聞こえなかったようだった。

《朝の間》はきれいな四角い部屋で、真ん中にくるみ材のテーブルがあった。壁のへこんだところで二羽のぜんまい仕掛けの鳥がぎくしゃくとうたいながら首を前後にひねっている。天井の真ん中には、大きなガラス製の球体がしつらえられていた。ある種のランタンのようなものらしく、そこから室内に光が注がれている。だが、ふつうの黄色や緑がかった明かりではなく、青白い光だ。

光の青さに刺激を受けて、ネヴァフェルは生きかえったような気分になった。まるで、澄みきった冷たい水を浴びたみたいに。なぜだかはわからない。けれども、チルダーシン一家の人人はなんとも思っていないようすで、テーブルのまわりに腰をおろした。一度に一族全員をまのあたりにして、ネヴァフェルはまたしても、この家の人たちがいままで出会ったどんな人たちよりもはつらつとして健康そうで、背も高く、優雅そうに見えるのに衝撃を受けた。少なくとも、自分自身がひょろ長くて育ちすぎだと感じないのは、はじめてのことだった。

「おお、ネヴァフェル」マキシム・チルダーシンが手招きをして、ズエルと自分のあいだにすわらせてくれたので、ネヴァフェルはほっとした。「みんな、こちらがネヴァフェルだ。どうかやさしく扱ってほしい。買ったばかりで、ひじょうに高価だったのでね」

ネヴァフェルにとっての食事とは、仕事と仕事の合間にひとりでかきこむだけのものだった。それがどうやら、ここでは決まりがあるらしい。卵でさえ、小さな陶のカップにおさまっているし、人々は濁った色の殻をむくのではなく、卵のてっぺんをたたいて割っている。ネヴァフェルは感心してほかの人たちを観察しながら、パンを膝で割り、ひと切れひと切れ泥棒のようにこっそり口に運んだ。みなはいつどんなふうに笑えばいいか、いつやめればいいかを心得ているらしく、だれかが気のきいたことをいうたびにそろって笑い声があがり、ネヴァフェル以外の全員が、まったく同時に笑うのをやめるのだ。ただ、食事のあいだじゅうネヴァフェルをじろじろ見る人はいなくて、ときおりほほ笑みながらちらりと見るだけなのはありがたかった。

「ズエル——あちらがあなたのご両親?」ネヴァフェルはズエルのむこうにすわっているふた

りの大人のほうを見てささやいた。

「ううん、あれはおじさまのひとりとその奥さん」ズエルがささやきかえす。「両親はわたしが二歳のときに、コルク栓をしたシャルドネのボトルにのみこまれたの」どうでもよさそうなぶっきらぼうな口ぶりに、ネヴァフェルはお悔やみの言葉を口にするのをためらった。間が抜けたように聞こえるかと気になったのだ。

一族の人たちは静かに噂話をしている。ほとんどが、最近起きた、悪名高い正体不明のクレプトマンサーによる盗みの話題だった。例のごとく大胆で理解しがたい事件で、とにかく世間を騒がすことを目的にしているように見える。いちばん最近の事件では、地下を流れる川のひとつを動力とする巨大な水車が盗まれた。あとから廃墟となっている採石用の洞窟に横倒しになっているのが発見されたが、巨大なテーブルクロスがかけられて、十七人分の夕食の席が用意されていたという。

ネヴァフェルはきらきらと軽やかな会話に集中できなかった。青が邪魔をするのだ。青が、脳内の感覚のない場所を超えた、未開の広い空間について訴えてくる。ネヴァフェルはカップに手をのばしたが、陶器の輝きに目をしばたたいた。ほんの一瞬、頭のなかが明るすぎる水場の光景でいっぱいになった。まるで、ダイヤモンドといっしょに燃えているかのようだった。もう少しで見えそうだったのに。見たかったのに。

水！　水がほしい！　すぐ手が届くところの大きな水差しにいくらか入っている。それに……あそこ！　鉢がある。そこから洋ナシとリンゴをとりだすのはすぐだ。あれを水でいっぱいにしよう。ううん、それでもまだちがう。でも、水をまきちらしたら、表面がきらきら光って……

「ネヴァフェル」ズエルが唇を動かさずにきつい声で呼んだ。「なにしてるの？」

ネヴァフェルは大きな鉢からのろのろと指をひっこめた。全員がじっと見つめている。なかには、水がかかってシャツの前が濡れてしみになっている人もいる。

「あたし……」ネヴァフェルは自分の濡れた指を見て恥ずかしくなった。「水がある。たくさんの水が。あたしが縁まで水を……光があたって。明るい光。青い光、まるで……」天井のガラス球を見あげる。「よく思いだす青に似てる」

ネヴァフェルはゆっくりと腰をおろし、チルダーシン家の人たちがためらいがちに会話を再開してくれたことに、心の底から感謝した。だが、つぎの瞬間、マキシム・チルダーシンがまだ自分を観察しているのに気がついた。少しも動かずに、スプーンで卵を破壊しながら。

「『よく思いだす青』」チルダーシンは小声でくりかえした。それから卵の青い中身がべったりついたスプーンをおろした。「わたしは矛盾がきらいなんだよ、ネヴァフェル。最後にきみの記憶について話をしたとき、幼いころのことはなにも覚えていないといっていた」チルダーシンの声にはそれまでになかった響きがあった。場合によっては、もっと険しくなりそうな響きだ。

「でも、ほんとうになにも覚えてないんです」ネヴァフェルはあわてて声をあげた。「ときどき、ほんのわずかな断片だけ。感覚とか。それに、それがほんとうの記憶なのか、自分の妄想なのかもわからない。朝目覚めたら夢を思いだせないのに、頭のなかにまだなにかが残ってるみたいな感じ」

「なにかとは、どんなものだ?」

ネヴァフェルは肩をすくめた。「なんというか……しみみたいな、言葉にできない感覚なの。なにひとつちゃんとは覚えていないのに、ときどきなにかがちがうとわかる。たとえば、あその鳥みたいに」ネヴァフェルはくちばしをくいっと動かしている青銅の鳥を振りかえった。「あれはおかしい。きれいなオルゴールみたいにうたってるけど、本物の鳥はちがう。それはわかるの」

「おもしろい」チルダーシンは、気味が悪くなるほどじろじろ見つめてくる。

「それと……記憶かもしれないと思ってることがあるんです。ちがうかもしれないけど」ネヴァフェルはおずおずと、スタックフォルター・スタートンが見せた青い花の森の話をしてから、口ごもり、唇をかんだ。「チルダーシンさま、ききたいことがあります。記憶を消すために真のワインが使われたかどうか、どうしてわかるんでしょう? 見分けかたがあるんですか?」

「そうだよ、ネヴァフェル。あるしるしがあるんだ」マキシム・チルダーシンはナプキンをたたんだ。「この話題は時間をかけてふたりだけで話しあったほうがいいだろう。食事が終わったらわたしの書斎に来るように」

「ここの絵を見てみるんだ、ネヴァフェル」チルダーシンは骨ばった体を書斎の大きなダマスク織の肘かけ椅子に落ちつけると、腕を組んでネヴァフェルを見つめた。「ここにある絵を見て感じたことを話してみてくれ。記憶がかき乱されるかどうか」

ネヴァフェルはゆっくりと室内を歩きまわり、壁じゅうを覆いつくしている金箔《きんぱく》の額縁の渦巻き模様に指を走らせた。半分は、おいしそうに実ったブドウの木を詳細に写実的に描いた絵だった。もちろんカヴェルナに新鮮なブドウはないわけだが、ネヴァフェルはこれらがなにかわかるくらいにはたくさんの絵を目にしてきた。残り半分は風景画だった。なめらかだったりぎざぎざだったりの地平線とその上に広がる空の絵が何枚も並んでいて、なかには淡い色の薄いしみのような太陽を描いたものもある。ネヴァフェルはこんなにたくさんの地上世界の風景画を一度に見るのははじめてだった。

「これはみんなどこ?」ネヴァフェルはすぐそばの絵をのぞきこんだ。

「わたしの土地だ」チルダーシンは答えた。「地上世界にもっているブドウ畑だ。ヴロンコテイ、シャトー・ベラメーレ、そのほか十か国以上にある」

「これは?」目の前にあるのは、灰色の綿雲の下に荒涼とした黄色い丘が描かれた小さな絵だ。

「タダラカにあるわたしの地所だ」チルダーシンは歩いてきてネヴァフェルと並んで立った。

「見覚えがあるか?」

「いえ、ただこれがなにか知っておいたほうがいい気がして」ネヴァフェルは絵のなかの空に点々で描かれたV字形のものをおずおずと指さした。わかっていそうで思いだせないのがつらい。ネヴァフェルは肩をすくめてから、チルダーシンを見あげた。「なんなんですか?」

「さあな」チルダーシンはとまどっているネヴァフェルを見てほほ笑んだ。「わたしは空を一度も見たことがないのだよ、ネヴァフェル。カヴェルナを離れたことがないのだ。最高の画家を雇って自分のブドウ畑やブドウを描かせているのは、どうしてだと思う?」

チルダーシンは、薄い金色の房がたわわに実ったブドウの木が美しく描かれた絵を指ししめした。果実はつまみとれそうなほど実物そっくりで、影が差して黒く見えるものもあれば、日の光を浴びてハチミツ色に輝くものもある。葉についた玉のようなしずくが冷たく光っている。

「ここに入りこんで、ブドウを食べちゃえそう」ネヴァフェルは思ったことを口にした。

「頼むから、やめてくれ」チルダーシンは声をあげて笑ってから、悩ましそうにため息をついた。「地上世界のワイン商人は自分のブドウ畑に出ていって、実をつまんでふくらみ具合を調べ、太陽のもとで熟れていくにおいをかぐことができる。それなのに、わたしときたら、絵と詳しい報告書、地図、土壌の標本、干しブドウを使って作業して、ブドウ園に事細かに指示を送らなければならない」

「でも、あなたには力があるのに! ほんとうにそこに行きたいのなら、どうにかできるのでは?」

「だれもカヴェルナを離れることは許されていないのだ。とりわけ、なんらかの技をもつ匠《たくみ》たちはね。それにはもっともな理由がある。われわれの業界の秘密は保護されなくてはならない。もし地上世界の人々がわれわれのように真の名品のつくりかたを覚えたら、われわれは世界で力を失い、ラクダの隊商が砂漠をはるばる渡って物資を運んでくることもなくなってしまう」

チルダーシンは首を振り、ネヴァフェルにむかって複雑そうな笑みをちらりと見せた。「それに、たとえ一時的にカヴェルナを離れられるとしても、わたしは行かない。危険すぎるのだ。宮廷での勝負は動きが速くとらえにくい。もししばらく留守にしていたら、動きがわからなくなってしまうだろう。おそらく、もどってきたときには家族が殺されているかもしれない、見知らぬ人間がこの家に住み、わたしのワイン貯蔵庫はライバルの手に渡っているかもしれないんだ。

それからどうなる？　わたしの本拠地は破壊され、ほかのワイン商の一家がわたしのブドウ畑や遠くの城を乗っとるだろう。タダラカの地所をこの目で見ることは、それらを失うことを意味するのだ……ほかのすべてとともに」

「でも、一度も見られないのに所有していることに意味があるのかしら？」ネヴァフェルは思わず口にしていた。まばたきをすると、一瞬、絵のなかのV字を描いたそばかすがかすかに揺れて、そのままの形で震えたように見えた。

「所有していないのに見ることになんの意味がある？」チルダーシンはこう応じた。

ネヴァフェルはろくに聞いていなかった。まだ、自分が失ってしまった世界の絵に目を奪われていたのだ。「チルダーシンさま、あたしの記憶をとりもどすことはできますか？　ワインが思いださせてくれるんでしょう？」

「できるかもしれない。だが、それがきみの望みなのかね？」ネヴァフェルがあわててそうだといおうとしたのを、チルダーシンは警告するように片手で制した。「いや、よく考えてから答えなさい。慣れていない者には真のワインがひじょうに危険だということ以外に、ほかにも危険があることを考えたかね？

もし、きみの古い記憶が真のワインを使ってとりのぞかれていたのだとしたら、何者かが相当な手間と費用をかけて秘密を守ろうとしたということだ。あんなぜいたく品を使えるのは宮廷の人間くらいだから、つまりは、権力と影響力をもつ人物だ。記憶をなくしたおかげで、きみは彼らの脅威ではなくなった。だが、記憶をとりもどしかけていると思われたら、かなりの危険にさらされるだろう。きみは考えていることが顔に出てしまう。犯人を思いだせたときには、そのことを敵から隠せないだろう」

「だけど、もうだれかがあたしを殺そうとした！」ネヴァフェルは審問の檻で溺れかけた話をまくしたてた。「だれが命令したのかわからないけど、あたしの記憶を消した人と同じ人物かもしれないでしょ？　その人たちは、とっくにあたしに死んでほしいと思ってる。それなら、敵がだれかわかったほうが安全じゃないかしら？」

「必ずしもそうとはいえないな」チルダーシンは両手の指先を合わせてのばし、考えこんだ。「それに、忘れているのは恵みだと考えたほうがいい。きみの過去には暗いことが――思いだしたら幸せになれないようなことがあったのだと思う」

ネヴァフェルはなにもいわなかった。喉が締めつけられるようだ。とつぜん、ズエルが鏡をぱちんと閉じたときの情景で、頭のなかがいっぱいになった。

「震えているじゃないか」チルダーシンが指摘した。

「はい」両手をからめあわせたが、震えはとまらない。「どうしてかわからないけど」

「わたしにはわかる。いま、ほんの一瞬きみの顔にちらりと浮かんだのがなにか知りたいか？　激しい怒りだ。今朝、鉢に水を入れようとしていたときにも、一瞬その表情がよぎった。震えているのは、きみがひどく、ほんとうにひどく腹を立てているからだよ」

「でも、ちがう！　あたしは怒ってなんかない！　怒ってるの？」

「うーん、そうだな、だれかが怒っている」少しのあいだチルダーシンは、ひとりで考えこんでいたので、つぎに質問をされてネヴァフェルはびっくりした。「教えてくれ、ネヴァフェル、これまでに理由もわからないままなにかしたことがあるか？」

「ああ、あります――しょっちゅうです！　だけど……それはあたしがちょっとおかしいから」

「ちがうかもしれないぞ。もしかすると、きみの記憶はしまいこまれてはいるが、破壊されてはいないのかもしれない。幼いきみがいまだに奥深いところに囚われていて、すべてを覚えていて、ときどきふいに、ある方向へとつついてくるのかもしれない。そういうことがあるのは知っている。

きみのなかにはもうひとりのネヴァフェルが閉じこめられていて、激しい怒りに燃えている。おそらく、なにか覚えていることに対して怒っているのだろう。長いあいだ閉じこめられていることに対しても。自分に対しても腹を立てているのかもしれない」

ネヴァフェルは両手をあげて胸にあててみた。隠された自分自身の鼓動がわかるだろうか？　そう考えると怖くなる。まるで、ふつうのネヴァフェルは卵で、それがぐしゃっと割れるともっと強いものが出てくるみたいだ。

あたしは過去についてなにも知らないまま、七年間を生きてきた。ほんとうに記憶が必要なの？　なくてもうまくやっていけるんじゃないの？

「むり！」ネヴァフェルは爆発した。「このままずっとなんていられない！　頭のうしろに穴があいたまま走りまわってるみたいだもの。そこからなにか落っこちたり、勝手に入りこんできたり。自分がだれかわからなければ、あたしはずっと、ああ、ネヴァフェルのことは気にしなくていいよ、ちょっと頭がおかしいだけだからっていわれつづけて、なにひとつわけがわからないままで終わってしまう。知らなきゃならないんです、チルダーシンさま！　知りたいの」

「わかった」チルダーシンは急にてきぱきと事務的な口調になった。「危険があることを指摘せざるをえなかったのだ。だが、わたし自身は、何者かがここまでしてどうしても隠したかった秘密がなんなのか、ひじょうに興味がある。ここで待っていてくれ」

チルダーシンは短い時間姿を消していたが、片手にガラスのゴブレットをもってもどってきた。底にほんの少しだけワインが入っている。

「わたしのワイン貯蔵庫でもっとも強力な再現ワインだ」チルダーシンはネヴァフェルの手にゴブレットをのせた。「再現」のワインは、消えてしまった記憶に刺激を与えて呼びさまし、もう一度同じことを経験させてくれるといわれている。「これで閉じこめられた記憶をこじあけられなければ、なにを使ってもむりだろう。とにかくこれを飲んでみれば、きみの記憶が失われてしまったかどうかがわかる」

なじみのない、濃厚で魅惑的な香りが鼻腔《びくう》をくすぐる。ネヴァフェルは一瞬ためらった。強すぎるワインを飲んで気がふれた者、誕生日以外すべて忘れてしまった者たちの話を思いだす。それから、襲ってきた恐怖をねじふせ、口をつけてワインを飲んだ。

少しのあいだ、体が浮きあがったか、世界が落ちていっているような感じがした。部屋もなく、腰かけもない。檻にいたときみたいになにもないところの上に吊るされているようだが、下に広がる穴は闇ではなく光に満ちている。蛾がつぎつぎといきおいよくあがってきては通りすぎ、ワイン色の羽のはばたきで風が起こる。味は味でなく、ルビー色と紫色の光となってまわりで輝いている。

それから落下したような衝撃とともに、気がつくと、暗闇のなかでふたつの方向に引っぱられていた。体の大きいほうが腕をまわしてきて引きずっていこうとしたが、ネヴァフェルは手に、自分の二倍の大きさの手にしがみついた。これを放すわけにはいかない。放させてなるものか。ぜったいに放さない。その手もネヴァフェルの手を必死につかんでいる。いますがれるのはこの手だけ、たいせつなのはこれだけだった。だが、あまりにもたくさんの暗い影がふたりを引き離そうとする。どれも大きくて力が強い。ネヴァフェルの指がもうひとつの手から滑りおち、手の持ち主の悲鳴が聞こえた。その音がネヴァフェルを引きさく。あたしのせいだ。あたしがぜんぶ悪いんだ。つかまっていられなかった。指の力がなくなってしまった。

場面が消えた。ネヴァフェルはふたたびルビー色の光のなかに浮いていて、心臓がひとつ打つごとに暗い波動が広がる。大きな紫色の声がまわりじゅうでとどろくように質問を浴びせてきて、ネヴァフェルは答えようとしているのに、自分の声すら聞こえない。

「ほかには？」赤みを帯びたもやが引いていき、声がずっと人間らしく、聞きやすくなった。

「ほかになにを思いだした？」

ネヴァフェルは目をあけた。まだ椅子にすわっていて、震える手でゴブレットをつかんでいる。チルダーシンはそばに立っていて、そのようすから、必死で異常なほど集中しているのがわかる。なにかがネヴァフェルの頰を伝っていて、拭おうとして手をあげてみて、涙だと気がついた。

「なにも。さっきの記憶だけ。引き離されそうに……だれかから」どんなに考えても、記憶を閉じこめた大きな扉が見つめかえしてくるだけだ。「ほかにはなにも」チルダーシンは長いあいだネヴァフェルを観察していたが、やがてゆっくりと息を吐いた。

「わかった」チルダーシンの声は穏やかでやさしそうだった。「残念だな、ネヴァフェル。どうやらきみの記憶を奪ったワインは強力すぎて、その効き目を安全にとりのぞくのはむずかしいようだ」

「でも……過去のなにかが見えたの！」ネヴァフェルはがっかりしていまにも泣きだしそうで、それはまちがいなく顔に表れているはずだった。「もう一度やってみたら……」

「たとえ百回試したところで、これ以上はなにも得られないだろう」チルダーシンが考えこむようにいった。「それに、これだけ強いワインは、記憶をとりもどす前にきみの体を壊してしまう。だめだ、その記憶だけが垣間見えたのは、それが特別強力な記憶で、脳裏に刻まれているからだ。

きみの記憶を見つけだすには、べつの方法を試すしかない。きみの言葉を信じよう、ネヴァフェル。どんなことをしても真実を知りたいといったね。ならば、ある計画がある。危険な計画だ。

明日、わが一族は大長官の晩餐会に出席する。きみは、年季奉公人としてわたしに譲りわたされたわけだが、手続きをすれば被後見人にすることもできるんだ。わたしがきみをわが一族の特別な一員だと主張すれば、わたしの権限において晩餐会に連れていくことができる」

ネヴァフェルは自分の顔がどう反応しているかわからなかったが、交互に熱くなったり冷たくなったりしているのが感じられる。

「一般大衆に対しては」チルダーシンは話をつづけた。「きみを連れていくのは、人の目を集めるための見世物としてだということにしておこう。抜け目ない連中には、きみがそこにいるのは優秀なチーズ職人の鼻を使うためだと説明しよう。わたしや一族の者に香を使おうとする者をかぎわけるためだと。

きみがそこにいるほんとうの理由は、きみとわたしだけが知っている。晩餐会にはそれなりの身分の者が来るから、その目で彼らを観察し、失った記憶をだれかにかき乱されないかをたしかめられる、またとない機会になる。記憶が深く埋もれていて過去に知っていただれかを見極められなかったとしても、だれかがきみに気づいて反応する可能性はある。

やってみるだけの度胸はあるかね？　人が多いところには慣れていないだろうし、宮廷はわたし以上に勇敢な男でも怖気づくようなところだ。安全な場所ではない。うっかり目を合わせてしまっただけで、あるいは無神経に顔色を変えてしまっただけで、宿敵をつくってしまうかもしれない」

「フォークを正しくもって、生きた魚の入っている氷のゴブレットから飲まないといけないの?」

チルダーシンは小さく笑った。「それは、はい、ということかな?」

ネヴァフェルは一瞬考えた。「はい、はい、そうです」

「よしよし。きみをこんなに早くデビューさせるつもりはなかったが、逃すにはもったいない、いい機会だ。ただし、覚えておくんだ——この計画の危険がおよぶのはきみひとりじゃない。きみのふるまいに、わたしはわが一族の家名と安全を賭けることになる。そして、わたしが一族以上にたいせつに思っているものはない。

きみは晩餐会に出席して、見ると同時に見られる。よけいなことは……しないように気をつけてくれ」

「気をつけます、チルダーシンさま」

「いいぞ、ネヴァフェル」

あと一日もしないうちにスタックフォルター・スタートンが宮廷にデビューする。どうやらネヴァフェルもいっしょにデビューすることになりそうだ。

9　晩餐会の死

　翌朝目を覚ましたネヴァフェルは、九時間ぐっすり眠ったおかげで、もう時計脱の感じはしなくなっていた。何週間ぶりかで、頭がすっきりしている。

　すぐに、チルダーシンの屋敷の雰囲気が変わっているのに気がついた。なにが変わったのか、どうしてなのかはわからなかったが、ぴりぴりと空気が張りつめていて、ネヴァフェルが部屋に入ったとたんに会話がとぎれた。ズエルがすぐに気づいて、ネヴァフェルの腕をとった。「こっちよ!」きっぱりという。「やることはいっぱいで、時間はあまりないの」魅力的で母親らしい笑みを浮かべながら、手はネヴァフェルの腕を万力のようにきつく握りしめている。

　ネヴァフェルはわけがわからないまま、基本の礼儀作法短期特訓コースに引きずりこまれていた。脳が、おおぜいの人々の顔を前にしてけいれんしている。人々はネヴァフェルの顔の前で優雅な拷問器具らしきものを振りながら、ゆっくりとしんぼう強く、どれでどの食べ物を切ればいいか説明している。ネヴァフェルがいくらがんばっても、オタマジャクシのパテ用のスプーンとタマリンドのジャム用のスプーンとの見分けがつかない。膝にナプキンを広げる方法を二十回以上見せられて、できるだけ動きをまねしてみたのに、だれもが引きつったようすで顔を見あわせるばかりだ。

集中すればするほど、不安が高まり、動きがぶざまになっていく。ネヴァフェルが、どうしてみんなは落ちついていられるのだろうと思った、ちょうどそのとき、ズエルが喉で言葉にならない音をたてて部屋から出ていってしまった。

「ズエル？」ネヴァフェルはぱたぱたとあとを追っていき、壁にもたれかかっているズエルを見つけた。両手をこぶしに握り、必死に自分を抑えこもうとしているが、うまくいっていないようだ。

「わかっているの？」ズエルは引きつった小さな声できいた。「もしあなたがまずいことをしたら、わたしたちみんながどんな危険な立場に立たされるか？　ほんのわずかな失敗でも大長官を怒らせてしまうかもしれないし、ほかの家と戦争状態になるかもしれないのよ！」目を閉じて、震える手で頬に触れる。「こういう晩餐会に行く人は、みんな何年も訓練を受けてきた人なの。なかには、立てるようになったころから、はじめての晩餐会の練習をしてきた人もいるのよ」

「ご……ごめんなさい！」ネヴァフェルは口ごもった。「知らなかった！」それから、ズエルの言葉のほんとうの意味がわかってきた。「それって…あなたもこれがはじめての晩餐会ってこと？」

ズエルはまだ完璧にやさしげで励ますような笑みを浮かべていたが、その顔のまま長く苦しげにため息をついた。「わたしのデビューの予定だった。それをいま……」

あなたがすべて台無しにしたのよ。

「それなら、あたしは行かない」ネヴァフェルはあわてていった。「チルダーシンさまに気が変わったって話す——具合が悪くなったって……」

「だめよ！」ズエルの声が警戒したように鋭くなった。「わたしと話をしたあとでやめたりしたら、責められるのはわたし！　おじさまがなにかこうと決めたら、もう手遅れなの。それに、わたしはおじさまからあなたを任されているのだから、あなたが晩餐会で失敗したら、ぜんぶわたしのせいになるのよ」

ネヴァフェルは不安な気持ちで手をのばし、ズエルの片手をぎゅっと握った。その手はネヴァフェルの手のなかで、まるで石けんのように冷たく動かない。

「晩餐会であなたを困らせないようにする——とにかくずっと、あなたのまねをするから。でなきゃ、じっとしたまま、まわりの人を見てるだけにする。なにもしない。かごのなかのオウムみたいにね。かんだり、鳴いたりはなしで。あなたにいわれたことだけするから、約束する」数秒のあいだ、ズエルは陶でできた天使の人形みたいに穏やかな顔をして、握られた手をじっと見おろしていた。

「それなら、いいわ」ようやくそういったときには、また落ちついたようで、退屈しているようにも聞こえた。「とにかくあなたが……なにもしなければ、どうにか切りぬけさせてあげられる。さあ、もどろう。ナプキンのことはもう忘れて。ほかにたくさん教えておくことがあるから……」

禁止事項のリストが延々とつづいた。くしゃみをするな、だれかを指でさすな、左の眉をひっかくな、ナイフに光が反射してほかの人の目にあたらないよう角度に気をつけろ、そうしていいのは決闘を挑むときだけだから……。

もっと不安になるような事柄にまつわる話もあった。経験するかもしれない奇妙な、あるいは一見なんの問題もなく見えるさまざまな症状と、その原因となる毒物について、まとめて説明を受けた。指にはいくつも指輪をはめられたが、そのひとつひとつには秘密の穴があって種類のちがう解毒剤がつめてあった。

「それから、だいじなのは、マキシムおじさまが緊急の合図のどれかを送ってきたときに、どうするかわかっていることよ。覚えておいて、暗殺者から守ってもらうために、従者や護衛を晩餐会の会場に連れていくことはできないの。命を奪われるかもしれないと恐れおののいているのを認めるのは、ひどくぶざまなことなのよ。だけど、正気の人間なら、宮廷の晩餐会に用心しないで行く人なんていない。正しい衣装、正しい《面《おも》》を身につけて、少なくとも八十二通りの暗殺阻止の方法を用意しておかなければいけないの」

ネヴァフェルはまわりを見まわした。急に、八十二通りの方法で暗殺されるかもしれないと思いはじめたような顔をして。指輪がずっしりと重く感じられた。

なにもかもがちがうものの振りをしている。もちろん、あたしも例外じゃない。だれもがあたしのことを、チルダーシンの新しいお気に入りか、香検知人だと思うだろう。だれも、自分の過去を盗んだ人物を探しにきているとは思わないはずだ。

いよいよ出発というころになると、ネヴァフェルは吐き気がしてきて、もう一度考えなおしては苦しんでいた。もう一度どころか、三度も四度も五度も気持ちが変わった。しかし、もう賽《さい》は投げられてしまったのだ。たとえ逃げたいと思ったところで、緑色のサテンの靴のかかとがそうさせてはくれないだろう。ありがたいことに緑色のドレスはシンプルなもので、髪には絹でできたツタの葉のリースがからめてある。ズエルはこの晩餐会のために練習を重ねてきてとっておいた、新しいほほ笑みをたたえていた。銀のきらめきを思わせる笑みで、金髪の少女が身につけている優雅な宝石とよく似あっている。

ふたりとも短い毛皮のケープをはおっていたが、ネヴァフェルはそれでも震えていた。通りを歩いているときに、ズエルが気がついて、手をネヴァフェルの手に滑りこませてきた。あたたかい手でしっかりと握られて、まっすぐに見つめられても、ネヴァフェルにはズエルのほほ笑みの意味がわからなかった。

つきあたりにとまっていた飛び輿《こし》は美しく飾りつけられた箱で、上下の暗い立て坑にロープでぶらさがっている。たくましそうな男たちが大きなハンドルのそばに立ち、要望に応じて、輿を天井の上にもちあげたり、床から下におろしたりしている。

チルダーシンは、さしだされた手に硬貨を落とした。「下へ」指示を出す。「ラグーンだ」召使から離れ、チルダーシンは待機していたダマスク織の覆いのついた輿に乗りこんだ。ネヴァフェルはおとなしく、ズエルの隣に腰をおろした。輿が息を吹きかえしたかのように震えだし、がたがたとさがりはじめると、ネヴァフェルはぐらりと席から飛びだした。

「ネヴァフェル！」

扉から身をのりださずにはいられなかった。立て坑を見あげると、ロープが引っぱられて震えているのが見える。それがどこで滑車に巻きこまれ、どこがどう歯車や軸につながっているか、仕組みがようやくわかりはじめたところで、ズエルの手で席に引きもどされた。

「ごめんなさい」ネヴァフェルはすまなそうにささやいて、ふたたび腰をおろした。「ちょっと……どうやって動いているか見たくって」

ズエルはため息をつき、声に出さずに口だけ動かした。なにも。しないで。覚えてる？

ネヴァフェルはうなだれて、しばらくじっとしていた。やがて輿が目的地に到着すると、頭からほかの考えはすべて消え去った。

目の前の洞穴は、天井は高くはないが、いままで見たどの洞穴よりも幅が広い。ランタンがところどころにとりつけられた天井はごつごつと粗削りで、大聖堂の丸屋根のように高いところもあれば、釘のようにぎざぎざと恐ろしげにさがっているところもある。最初は地面も、同じように釘と谷だらけの危険な地形に見えた。だが、つぎの瞬間、小さなさざ波が広がりその光景が消えた。ネヴァフェルの目に見えているのは地面ではなく、大きな暗い池の鏡のようになめらかな水面に映る天井だったのだ。

一行は、さらに下へとつづく立て坑に落ちないように気をつけながら、輿からおりた。いちばん近い岸辺に、白いゴンドラの一団が待機していて、へさきに白ずくめの船頭《ゴンドリエ》たちが立っていた。みなそろって、詩でも思いうかべているような《面》をまとっている。

ゴンドラの小船団がチルダーシン一家を運んでいく。ネヴァフェルは一族の会話に集中できなかった。そこここで水につかりそうなくらい天井が低くなっている洞穴のなか、ゴンドリエは櫂をひっかけることなく船を滑らせていく。そのさまを、ネヴァフェルはうっとりと眺めていた。一度、水がはねる音が聞こえたと思ったら、黒っぽいネズミの頭が遠ざかっていくところだった。

とうとう、天井が高くなり、洞穴が広くなった。外へ、外へ、外へ。ネヴァフェルはあんぐりと口をあけ、首をのばして、いままで見たなかで最大の洞穴を見まわした。

幅二百フィートほどのほぼ円形の洞穴で、天井は高い丸屋根のようになっていて、いちばん上は闇にまぎれて見えない。壁面からは小さな銀色の滝が無数に流れ落ち、ちろちろと池に流れこんでいる。洞穴の真ん中に、横に長く低い島が浮かんでいて、ゴンドラはその島を目指して進んでいた。島の四隅からのびたアーチ形の四柱が高い天井を支え、洞穴の崩落を防いでいるようだ。

ゴンドラが水中の砂利にこすれて音をたてながら岸にとまると、乗客たちはおりたった。踏みしめたとたんに足もとがかすかに沈むのを感じてネヴァフェルが見おろすと、地面は白い細かい粉でできていて、靴にそれがかかっていた。

砂だ。遠い土地について読んだことを思いだす。ううん、砂じゃない。強情な本能が告げている。細かすぎるし、白すぎる。

なにもかもが白すぎる。ふと思ったとたん、心臓が激しく打ちつけた。なにもかもが、あたしに汚されるか壊されるのを待っている。

見まわすと、大きなテーブルがいくつか島の端に沿って並べられている。だが、どれも、薄布に似た塀に囲まれている。内側にすわっている人影ははっきり見えるのに、薄いかすみの幕越しに見ているようなのだ。それぞれのテーブルの中心に金属で形づくった小さな木が立っていて、枝のあいだに桃色とクリーム色の虫とりランタンが見え隠れしている。遠くのほうに、島から洞穴の壁までを結ぶ小さな木の橋がかかっていて、その先に開き扉がある。その扉から、給仕係がナプキンや水のグラスをもってつぎつぎと出てきていた。

従僕がふたり、同じ白の胴衣《ダブレット》を着て、悲しみに沈んでいるような《面》で現れた。ふたりはチルダーシン家一行を、だれもすわっていないテーブルに案内した。従僕が客をなかに入れようとして薄布をもちあげたとき、かすかにチリンと音がした。薄布らしきものは、細い金属の輪が無数につながってできていて、透き通った鎖かたびらのようになっている。これも、客をべつの客から守るための防御策なのだろう。

ネヴァフェルはそわそわとズエルの隣の椅子に腰をおろした。両側に、風変わりなナイフやフォークが恐ろしげに並んでいる。七種類のグラス、それから蛾の形をした白い羽のようなビスケットがぎっしり入った鉢がある。

なにもするな、なにもするななにもするなにもするな。人の目が気になって顔がほてり、手足をじっとさせておくのは苦行のようだった。でも、これはまたとないチャンスなのだ。あたしは見られて……見るために、ここに来ているのだから。

手を動かさないように椅子をつかむと、ネヴァフェルは大胆にもほかのテーブルを見やり、見慣れない顔や人の姿をうっとりと眺めまわした。いまだに、こんなにたくさんの背の高い人たちを見るのにには慣れない。宮廷に出入りしている人々は、ネヴァフェルがこれまで見てきた召使や働き手《ドラッジ》の配達人たちのだれよりも背が高く健康そうだ。けれども、チルダーシン一族はほかの人たちよりもさらに長身で、肌が白く、明るい目をしている。とくに、一族のなかでも若いメンバーは、ほかのテーブルの同年代の人たちより、明らかに身長が高い。

かすかな風が銀色の薄布を波打たせ、離れたテーブルで食事をしている人たちの姿がゆらゆらと視界を出たり入ったりする。むこうのほうに、見覚えのある優美なまでに細い腰の人影がちらりと見えたような気がした。髪飾りのあざやかな緑の羽根が揺れている。

「あれはマダム・アペリンみたい！」ネヴァフェルは考えなしに手をあげかけたが、ズエルが手首をつかんで押しとどめた。

「やめて！」小声で叱りつける。「ネヴァフェル、なにをしてるの？　手を振ったりしたら、あの人をからかっているみたいに見えちゃうのよ！　そういうことを考えてくれないと！」

常識的なズエルの言葉が、パチンコのようにネヴァフェルを打った。最後にマダム・アペリンの前に現れたとき、ネヴァフェルは捕らえられた泥棒で、マダムは当局に彼女をさしだしたのだ。仮にふたりのあいだに友情があったとしても、ネヴァフェルの行動が台無しにしてしまったのだろう。

「それに」ズエルは話をつづけた。「うちの一族はできるかぎりマダム・アペリンとかかわらないようにしているの」

「ほんとう？」ネヴァフェルはますますわけがわからなくなって、額をこすった。「どうして？　あの人がなにかまちがったことをしたの？」

「じつは、わたしも詳しいことは知らないの」ズエルは正直に打ち明けた。「でも、おじさまはいつも、あの人はわたしたちの友人ではないとはっきりいっているのよ」

ネヴァフェルはがっかりして、遠くの人影を見つめた。もう一度マダム・アペリンと話せたら、すべてを説明できたら、とひそかに願っていたのだ。それなのに、気づいたら晩餐会で遠くの席にすわっているだけではなく、まずいことに、彼女の敵の一族にとり囲まれている。

けれども、落ちこんでいる間もなく、ネヴァフェルの高度に訓練された鼻はおいしそうなにおいに刺激され、飢えが胃をそっとひっかきはじめた。数分後、白ずくめの召使たちが手早く最初の料理を運んできた。クジャクの照り焼きにパイナップルのオレンジ・ブランデー漬けがつめてある。わざわざ、鳥の頭と首に詰め物をしたあとで、あぶった体につなぎなおしてあり、背中に豪華な羽が開いている。銀色がかったガラスのような目に呆然と見つめられて、ネヴァフェルの脳内はたちまち戦場になった。

生きてるみたい……あの目、ぐしゃっとなるのかな、あたしがつついたら……ううん、なにもしちゃだめ。だけど、あの肉、まるでニスをかけたみたいじゃないの――この手をのばして――ううん、なにもしちゃだめ。いいにおいがするけど、もう食べていいの？　いまはどう？　ううん！　なにもしちゃだめだってば！　椅子の上ではねているのを自覚したのは、チルダーシンの視線が自分にむけられているのに気づいたときだった。

　大長官の晩餐会は、客がじっさいに死ぬことなしに、できるだけ多くの真の美味を楽しめるよう、細心の注意を払って用意されている。そのため、単にすばらしい料理と、危険なほどに珍しい料理が交互に供される。クジャク料理はすばらしい料理のほうだ。

　ほかの人たちはみな、召使が目に見えないかのようにふるまっているが、ネヴァフェルは一団となって立ち働く彼らの静かで優雅な動きに目をみはらずにはいられなかった。ひとつひとつのグラスにぴったり同じ高さまで飲み物をつぎ、羽のような軽やかさで皿を並べている。

「すばらしいネズミみたい！」ネヴァフェルはズエルにささやいた。

「きまってるでしょ」ズエルがほほ笑んだままの口の端でひそひそと返してきた。「こういう晩餐会で給仕できるのは最高レベルの人だけなのよ。たいへんな名誉でたいへんな責任を負うの。ほんのささいな失敗でも大長官の顔に泥を塗ることになって、自分たちの命だけでは償いきれないくらいなのよ」

「それで、どの人が大長官なの？」ネヴァフェルはテーブルを見わたして、ほかの人たちより大きくてりっぱそうな人がいないか探そうとした。思えば、どんな姿なのかまったく知らないのだ。

「ああ、大長官はここにはいらっしゃらないのよ」ズエルがいった。「いつもどこかべつのところにいるの。人からは見られずに、わたしたちを見られるところに。たぶんあのへん」一瞬ちらりと目をあげて、巨大な洞窟の奥の壁のなかほどあたりを示した。ネヴァフェルがその視線の先を追うと、ほかより大きな滝が銀の幕のように流れ落ちており、その奥に暗くひっこんだ場所があった。

「いまはとくに用心しているんでしょう。三日前にあんなことがあったのだから、当然ね」

「なにがあったの？」

「ああ、また毒見係が死んだの」ズエルはナプキンをかんたんな花の形にたたんでから、隅を使って口の端を押さえた。「こんどはお気に入りのひとりでね。毒はまちがいなく大長官自身を狙ったものだった。四六時中、狙われているのよ。もう審問官が毒殺犯をつかまえたという話だけど、大長官は警戒しているでしょうね」

晩餐会がひどく危険なものに思えてきて、ネヴァフェルはどうして参加したがる人がいるのだろうと不思議に思いはじめた。それから、ひと口クジャクを食べてみて、危険を冒してみるだけの理由が少なくともひとつはわかった。けれども、ひと口またひと口と食べるあいだに、いつしか身をのりだしてズエルに質問していた。

「あの人たちは？」中心の集まりからは離れた小さな島に、テーブルがしつらえられている。そこにすわっているうるさそうな男女の一団は、この場にふさわしい装いではないようだ。それどころか、ふさわしい場などすぐには思いつけないような姿だった。何人かはランタン帽をかぶっている。虫とりがほとんど光らない、人気《ひとけ》のない奥深い洞窟を歩くときに、多くの人がかぶるような帽子だ。ふたり組がフォークやナイフをわきに押しやり、ブンブン音の鳴るダイヤルがついた巨大な安っぽい鉄製の装置を置いている。悲しいことに、ネヴァフェルのいる場所からは遠すぎて、気になる装置がなんのためのものかは判断がつかない。だが、風変わりな男たちが必死になって金づちでたたいているところを見ると、本来の役目を果たしていないようだ。「あの人たちどうしたのかしら？　なんでお作法を守ってないの？」

「ああ、あの人たちの規則はちがうのよ」ズエルが答えた。「あの人たちは地図《カートグラファー》つくりなの」

「ちょっと変わってるね」ネヴァフェルはささやいた。

「ちがうちがう」ズエルが訂正する。「すごく変わってるの。カートグラファーはみんなそう」

「なんで？」

「ええと、おじさまがいうには、地図をつくる仕事は、地上世界の地形みたいに平らなところだったらたいていうまくいくんですって。カヴェルナの問題は、平らじゃないってこと。のぼったりくだったり、斜めになったり狭くなったりぐるぐるまわっていたり、とつぜん巨大な洞窟に出たり、べつの方向にむいていたりする。だから――くるみの内側のしわくちゃのところわかる？　ああいう面を平らな絵に描かなくちゃならないのを想像してみて」

少しのあいだ思いうかべようとしただけで、ネヴァフェルはより目になった。

「そうしたら」ズエラは容赦なく先をつづける。「世界最大のしわだらけの複雑きわまりないくるみを考えてみて。それがカヴェルナよ。カートグラファーたちはその一部を理解するためだけで、脳みそをひねったような状態になって、終わってからももとにはもどらないのよ。いちばんおかしな人たちは、半分は洞窟探検をして、残りの時間はコウモリみたいに鳴いているの。なかには、ほんの少しまともで話ができる人が二、三人いるけど、話すのはやめておいたほうがいいわ」

「どうして？」

「長く話していると、あの人たちのことがわかりはじめて、それから少しすると、ほかのことがなにもわからなくなってしまうの。自分もカートグラファーになろうとして逃げだして、つぎに気づいたときにはコウモリみたいに鳴いているんですって」

「頭がおかしくて危険なのに、なんでここにいるの？」

「大長官が重要な人たちを全員晩餐会に呼んだから。カートグラファーは重要なのよ。絶対的といってもいい。ある場所に新しいトンネルを掘っても安全かどうか、掘ったときにどこで終わりにするか、いま存在しているトンネルが崩落の危機にあるかどうか、そういうことをわかっているのはあの人たちだけなんだから。さあ、ちゃんとすわって、ネヴァフェル。みんなが見てる」

ズエルの視線の先をたどると、人が集まったテーブルのそこここで、かすかに光がまたたいている。オペラグラスや柄つきメガネに虫とりの明かりが反射しているのだと気がついて、ネヴァフェルはぞくっとした。ぜんぶ、自分にむけられているようだ。どういうわけか、注目を集めてしまったらしい。

「急いで、つぎのお料理が来るから」ズエルがいった。「こんどのは本物のお料理、真の美味よ。先に蛾のビスケットを食べて、前の料理の味を消して」

蛾のビスケットは埃っぽくて蛾の感じがして、ネヴァフェルはくしゃみをしたくてたまらなかったが、ナプキンで覆った手で鼻をぎゅっとつまんで押しとどめた。そのあとは、なんの味もしなくなった。

新たにやってきた真の美味は、小さな城の形をした淡い金色のゼリーで、小塔までついていた。城には、宝石の色をした羽と長いくちばしのある小さな鳥をかたどった工芸品らしきものがはめこまれている。そのうちのひとつがぴくりと動いてゼリーを震わせたので、ネヴァフェルは前のめりになってのぞきこんだ。

「ズエル！」びっくりして息をのんだ。「あれ、生きてる！」つぎつぎと小さな翼がはばたこうとすると、テーブルの上のゼリーが上から下まで震えはじめた。「わあ、みんな生きてる！出してあげないと！」ネヴァフェルはズエルの手に押さえつけられて、椅子に引きもどされた。「やめて！　すぐに出てくるから、ほんとうよ！　すくいだしたりしたら、目覚めが早すぎて窒息しちゃうの。見てて――だいじょうぶだから」

ネヴァフェルは席にとどまっているのがやっとだった。頭のなかでは、目と耳とくちばしがゼリーまみれだなんて、わけもわからず翼が動かないなんて、どんなに恐ろしいだろうとしか考えられない。けれども、見ているうちに、ゼリーの城でなにかが変わりはじめた。やわらかくなって沈みはじめ、翼のはばたきがより強くなったかと思うと、小さな鳥たちは震える塊にぎざぎざの穴を残し、翼にねばねばした金色の粒をつけたまま、いっせいに飛びたっていった。

ネヴァフェルはその行方を目で追った。「外に出られるといいけど。虫とりランタンに食べられないでほしい」

小さじ一杯分のゼリーが皿に盛られた。ネヴァフェルはおそるおそる舌の先をつけてみた。音の味がする。青銀色の細いリボンの音がひとつの旋律に溶けこんで、大きくあざやかに響いてくる。ネヴァフェルはオーケストラがいるのではないかと見まわした。こんなに心を囚われるような調べは聞いたことがない。喪失と困惑と思い出の空の歌が聞こえる。

一族の人たちがゼリーについて話している。

「……すばらしい、どうやって鳥を傷つけずに残しておけたのか……」

「……一年と一日、ゼリーにつけておいて、鳥の歌をしみこませ、さらに一年かけて音符を記録して本物の音楽に……」

くちばしの長い小さな鳥の姿がちらりと見える。洞窟の隅々で飛びまわっていて、翼が音をたて、壁面に大きな影が揺れる。さえずりも歌声も悲鳴も聞こえない。ネヴァフェルの手のなかでさじが震えた。

このときになって、ネヴァフェルはべつのテーブルの身なりのいい白髪頭の男性が奇妙なふるまいを見せているのに気がついた。会話の途中でおどけたように頭を振り、大きく口をあける。まるで、テーブルのむこうにあるなにかをのみこもうとでもするように。ところが、かわりに頭をうしろに揺らしたかと思うと、決然とゼリーに顔をつっこもうとした。だが、ぎりぎりのところで邪魔が入った。隣にすわっていたふたりの客が男の肩をつかんで、ひげが皿をかすめる直前にとめたのだ。

こっけいなできごとだったので、ネヴァフェルは鼻で笑ってしまった。幸いなことに、同じほうを見ていたマキシム・チルダーシンがそれより大きな声で笑いだしたので、聞かれずにすんだ。

「ああ、ひじょうに美しい。名人芸だ。あのようなことが起こるのではないかと思っていたのだ」

男性は椅子から引きあげられて、両腕を連れの肩にまわされてボートまで運ばれていった。頭が前に揺れ、つま先が引きずられて砂に跡がついている。ネヴァフェルのなかの笑いは消えた。

「あの人はだいじょうぶなの?」

「まさか。倒れる前に鳥が耳の近くをぱたぱたしているの見た? 前もってゼリー料理について知っていただれかが、晩餐会前に同じ種類の鳥を買って訓練して、料理の途中で放したのね。特定の人物を見つけだして、くちばしで突くように用意されたのよ。あんなにたくさん鳥が飛びまわっていたら、余分にいてもだれも気がつかないし、くちばしに毒をもっているなんて思わないでしょ?」

「だれかがあの《飼育係》《ズーキーパー》を雇ったということか?」チルダーシン家のおじのひとりがいった。

「どう見ても、彼のしわざだ」マキシム・チルダーシンが同意した。「動物を訓練して毒を……そうだ、わたしもそう思う。ひじょうに優雅じゃないか」

こんな殺人を表現するなら、ほかにいくらでもいいかたがあるでしょうに。ネヴァフェルはそんな思いが顔じゅうに表れているのではないかと恐ろしくなった。頭では、たったいま目の前で人が死ぬのを見たとわかっているのに、ほんとうとは思えなかった。パントマイムでも見ていたみたいで、まわりの人たちもあわてることなくおもしろがっている。

「あの人のお友だちはどうしてなにもしないの？　どうして黙って運んでいったの？」ネヴァフェルはささやいた。

「騒ぎを起こしたら、もっと悲惨なことになるからよ。あの死にかたは心臓発作に見えるから、そうじゃないとはいいだせない。騒いだら、大長官の鳥を非難することになってしまうでしょ」

ネヴァフェルは話をのみこもうとしているうちに、自分の反応が人目をひいていたことを悟った。ふたつほど先のテーブルに、桃色と金色のブロケード地のりっぱなドレスを着た女性がふたりすわっている。ひとりはスケッチブックを手に、熱心にネヴァフェルを見つめている。もうひとりはなにやら発作でも起こしているみたいだ。

「ズエル、あの人たちはだれ？」

「面細工師《フェイススミス》よ」ズエルはささやき、内緒話をするようにほくそえんだ。「気の毒に。一度も見たことがないんでしょうよ、こんなことができる人――あ！　ネヴァフェル！　膝に手をおいて、背筋をまっすぐ。つぎの料理が来る！」

料理はつぎまたつぎ、さらにまたつぎつぎとやってきて、それぞれべつべつのうっとりするような香りがした。ウズラとクランベリーのパイのあとは雲とエルダーベリーのリキュール、それから巨大な深皿に入ったカメとタイムのスープがつづいた。ネヴァフェルはいよいよスタックフォルター・スタートンお披露目のときが近づいているのに気がついて、不安でたまらなくなった。自分自身が宮廷にお披露目されていることこそ心配するべきなのだろうが、偉大なるチーズに費やしてきた苦労を思いだすと、何百人もの観客の前で舞台にあがろうとしている子どもをもつ母親のような気分だった。

「あれに合う真のワインが出てくるのよ。味覚を整えるために」ズエルはもう一枚、蛾のビスケットをつまみながらひそひそいった。「残念ながら、うちのではないの。ガンダーブラック家のなにかね。あそこの一家、まったくわたしたちと目を合わせようとしていない。それに、ガンダーブラックのワインはいつでも不安定で攻撃的なの」

小さなクリスタルのゴブレットがひとりひとりの前に置かれ、料理を切り分ける人がたちまちボトルをもつ係に交替した。ボトルのなかの液体は嵐を思わせる濃い藤色だ。コルクが抜かれたときになって、ようやくネヴァフェルはズエルの言葉の意味を理解した。ワインはふつうの液体のように飛びちらず、煙のようにひそやかにボトルの内側でらせんを描きながらあがってくると、うねって縁を越えようとした。給仕係は驚くほどすばやい動きでひねったり引っぱったり傾けたり腕を揺すったりして、なんとかワインをボトルのなかに押しとどめた。ゴブレットに注がれたとたん、ワインはおとなしくなった。

ネヴァフェルが、こそこそとうごめくワインをゴブレットに注いでくれた若い男性給仕の技にただただ見とれていたとき、ことは起きた。一滴だけ、反抗的にボトルの口から滑りでて、首を伝いおりたのだ。真っ白なクロスにぽとりと落ちて、あざやかな紫色のしみができた。

若い給仕はしみを見つめて凍りついた。あたりさわりのない礼儀正しい表情は揺らいでいないが、心の底から怯えて死を恐れ、ぎょっとしたように小さな声を漏らした。ネヴァフェルはすぐに、ズエルがほんのわずかな失敗も給仕の命では償いきれないといっていたのを思いだした。

決意をするまでもなかった。ただやるべきことがあり、ネヴァフェルはそれを実行した。手の甲でさっとゴブレットをはたいて倒したのだ。ワインがあふれてテーブルクロスに広がり、ほかのだれもが気づかぬうちに、さっきのしみをのみこんで隠した。

ゴブレットがテーブルにぶつかる「ガタッ」という音は、くぐもってはいたが、それでも恐ろしいほど大きく響いた。まだクリスタルの冷たさで指の関節がずきずきしているうちに、沈黙が会場じゅうに広がっていく。紫の波がクロスを覆っていったのと同じように。つぎの瞬間ネヴァフェルは、バケツいっぱいの氷水を浴びたみたいに、たったいま自分がしたことの意味を悟った。

ズエルとほかのチルダーシン家の人々の顔を盗み見る。みな凍りつき、広がっていくしみを麻痺《まひ》したように見つめている。半数は、見るからに息をするのも忘れている。召使たちが動きをとめ、それからいっせいにテーブルから離れていった。

島じゅうで会話がとまり、不気味な静けさが広がった。値のつけられない貴重なワインがテーブルの端からしたたり落ちているのを、すべてのテーブルの凍りついた《面》また《面》が魅入られたように見つめている。フォークは忘れ去られ、あけた口に運ばれる途中でぽかんと浮いている。

みな、知っているのだ。事故ではないということを。あたしの顔を見ればわかる。

ネヴァフェルはおそるおそる、テーブルのむかいのマキシム・チルダーシンを見た。まだ、苦笑まじりのやさしそうな笑みを浮かべているが、表情にはなんの意味もない。ネヴァフェルのほうは見ていなかった。まばたきもせず、大長官がいると聞かされている遠くの滝のほうを警戒するように凝視している。マキシムの視線の先をたどったネヴァフェルは、水の幕の裏に一瞬わずかな動きが見えたと思った。もしかしたら人の影かもしれない。

「ネヴァフェル、ゴンドラで輿までもどれ。召使たちが送ってくれる」チルダーシンの命令は、あまりにも静かで穏やかで、一瞬たりとも口ははさめなかった。

ショックと悔しさに震えながら、ネヴァフェルは立ちあがったが、ズエルを見る勇気はなかった。うなだれて、偽の砂の上で緑色のサテンの靴をぶざまに引きずり、ボートまで逃げた。ゴンドラで運ばれていくあいだも、鍾乳石《しょうにゅうせき》で犯行現場が見えなくなるまでは振りかえることができなかった。

そんなわけで、ネヴァフェルはこのあとに起きたことを見ていなかった。召使たちはすぐに声もなく動きはじめた。変わった娘の行動が美しく織りあげられた晩餐会という布地に穴をあけた。いくつもの会話に穴をあけた。穴は埋めなくてはならない。スタックフォルター・スタートンを早めに出す必要があった。六人が、偉大なるチーズを運びだそうと小さな氷室《ひむろ》に駆けていった。チーズの見張りに立っていたふたりの番兵は、やってきた召使たちを見て混乱し、無言のまま目をぱちくりさせたが、説明の時間はなかった。扉があけられ、覆いをした大きな皿が手押し車にのせられて、小さな橋を渡って晩餐会の島へと運ばれた。

手押し車が登場し、幅四フィートの銀の蓋が照らしだされると、宮廷に集まった数十人の客が身構えた。名品にふさわしいと思われる《面》をつくろうとしたのだ。ひそかにチーズの一部が盗まれそうになったという噂が広まっており、そのおかげでいっそうその名声が高まっていた。

一拍待ってから、ひょいと大きな蓋がとりのぞかれた。

真のチーズからなにが期待できるのか、確実にわかっている者はいなかった。ただ、頭から足まで金属のうろこに覆われた、背の低いずんぐりした者が、ゴーグルをつけた顔をあげ、皿から飛びおりて島を逃げていこうとは、ぜったいにだれも予期していなかった。番兵はこの重要な瞬間にただただショックで凍りつき、ようやく奇妙な人影を阻止しようと走りだしたときには、人影はきれいに池の水に飛びこんでいた。水面には泡もたたず、変わった人物もあがってこなかった。

数秒後、見ていた者たちの大半は、いくら真のチーズとはいえ、あんなことをするわけがないと気がついた。その後ゴンドラで捜索が行われたが、奇妙な人影の行方はわからなかった。さらに、スタートンも跡形もなく消えていた。外皮のかけらが少しと糸状のコケだけを残して。ようやく真実がわかってきた。

またしてもクレプトマンサーがやったのだ。それもこんどは、大長官その人から盗みを働いたのだった。

10　決死の行動

ネヴァフェルがチルダーシンの屋敷にもどっても、叱りつける者はいなかったが、どの召使もほんの一瞬あっけにとられてためらってから、コートや手袋を受けとりに駆けよってきた。まだ帰ってこないはずだったのだから、早い帰宅は、不名誉なことがあったという意味しかありえない。

ネヴァフェルは自分の部屋に逃げこんだが、なかを見たとたん、チルダーシン一家の親切を思いだし、責められているような気になった。しかたなくこそこそと階下におりて、正面玄関のすぐ近くにある小さな物置に隠れた。そこでほうきや布袋に囲まれて身を縮め、自己嫌悪に打ちひしがれていた。だれも探しにこないのは、きっとまだ部屋にいると思われているのだろう。だから、ひとりでつらいもの思いに浸っていた。

ばか、ほんとうにばかなんだから！　あんなに、なにもしないと約束したのに。だいたい、チルダーシン一家に髪をとかしてきれいな服を着せてもらったくらいで、ほんとうに新しい自分になれると思っていたの？　まさか、あたしはまだネヴァフェルのままだ。ガガンボみたいにみっともなく動きまわって、なにもかもぶち壊してしまう。自分の過去についてなにかわかるどころか、手を貸してくれようとした人たちに迷惑をかけてしまった。

ネヴァフェルが唯一知っている不名誉とは、グランディブルの怒りだったが、それは長いあいだ隠れているか、親方を勝手に怒らせておけば、いつしかおさまるものだった。けれども今回の危機は、自然に燃え尽きたり、スティルトンに気をとられて忘れられたりするようなものではない。さらに困ったことに、ネヴァフェルは自分がなにをしてしまったのかも、それがなにを意味するのかもまだわかっていなかった。いったいどれだけのやっかいごとを引き起こしてしまったのだろう？　自分自身にとっても、ズエルにとっても、チルダーシン一族にとっても。

物置の戸のすきまからは玄関が見えたので、二時間後、チルダーシン一行がもどってきたときもよく見えた。ズエルの金色のおさげ髪と青白い顔が通りすぎるのがちらりと見えたが、ネヴァフェルはどんな顔をして会えばいいのかわからなかった。けれども、それ以上に、マキシム・チルダーシンに申し開きをしなければならないと考えただけでぞっとした。

隠れた場所で身構えて、マキシムが通りすぎるのを待つ。彼のしぐさからなにか、なんでもいいから読みとれればと願っていた。けれども、顔また顔が通りすぎ、そのうち顔がひとつも見えなくなって、恐怖がじわじわとしのびよってきた。マキシムがきびきびと、あるいは大股で、あるいはむっつりと、あるいは上機嫌なふりをして恐ろしげに現れるのを見る覚悟はできていた。まさか姿が見えないとは思っていなかったのだ。チルダーシン一族は家長ぬきでもどってきた。

あたしはなにをしちゃったの？　ああ、やだ、いったいなにをしちゃったの？

どうやらネヴァフェルが見つけた隠れ場所は、その疑問に対する答えを聞くのにちょうどいい場所だったようだ。

玄関の扉が閉まるやいなや、決まっていた合図に反応するかのように、チルダーシン家の人人がいっせいにいい争いをはじめた。みんなまだ晩餐会用の衣装とお行儀のいい晩餐用の《面《おも》》をまとったままだが、声は無作法でとげとげしく、ネヴァフェルにはだれの声だかわからないほどだった。

「静かに！」一瞬、ひとりの声が優勢になった。マキシム・チルダーシンの甥のなかで最年長の人物のようだ。「いますぐに計画を立てなくてはならない。ほんとうにマキシムはあの『大長官との個人的な謁見』からもどってくると思うか？　もどらないだろう。おじ上は行ってしまった。すばやく動かなければ、つぎに刃を受けるのは残ったわれわれになる。覚えているか？　イチジクを床に落として、大長官のもてなしを台無しにした人物のことを？　あれがジエラベアム一族の終わりだった」

「だからどうするの？」ズエルのおばのひとりがぴしゃりといった。「あの小さなチーズ娘が自分の意思でガンダーブラック・ワインをこぼしたなんて、だれも信じてはくれないでしょう。もし信じてもらえたとしたって、わたくしたちにはあの子の行動に責任がある」がやがやと、賛成、反対、非難の声があがった。

「みんな、静かに！」また最年長の甥が声をはりあげた。「いいか！　なにか大胆な手を打たなければ、チルダーシン帝国は今夜で終わりだ。だから、たったいま大長官とガンダーブラック家に使いを出した。ガンダーブラック家が補償としてチルダーシンの財産すべてを譲りうけることにしてはどうかという提案だ」

「なんですって？」いっせいに怒りの声があがった。

「わが一族の財産を分割されずにすむ唯一の方法だ。事業は隷属的な扱いを受けることになるが、生きてはいられる」考えこむような沈黙が広がった。

ネヴァフェルは聞いている話のすべてが理解できるわけではなかったが、重要な部分はわかりすぎるほどわかった。マキシム・チルダーシンは帰ってこない。ネヴァフェルの単純で愚かな行動があの人を死なせてしまったのだ。そしていま、彼の甥のひとりが一族をライバルのワイン商の一家に売りわたそうとしている。

「ガンダーブラック家は素直に受けいれてはくれないんじゃないかしら」べつのズエルのおばが不安そうにいう。「あの家はわたくしたちを憎んでいる──むりな要求をしてくるでしょう」

「いけにえの子羊がほしいというのなら、くれてやるまでだ」甥はとりすましてはいるが悪意に満ちた口ぶりでいった。「マキシムの腹立たしいペットはどうだ？　ぜんぶあの娘のせいじゃないか」

ネヴァフェルは音をたてずに息をのんだ。そうだ、なにもかもあたしのせいだけど、だれかがそういっているのを聞くのはまたべつだ。しかも、あんなに冷ややかな毒をもった口調で。さらに悪いことに、ほかの人たちが同意するつぶやきが聞こえてくる。

「では、きまりだ」最年長の甥が宣言した。「クラッパーフランド、愚かな金髪の小娘を部屋に閉じこめろ。われわれの子羊を見失っては困る」

耳にしたことをネヴァフェルが理解したのは、心臓が二度三度と打ったあとだった。あの人たちが話してるのはあたしのことじゃない。ズエルのことだ。あの魅力的で賢くて美しいズエルがみんなから愛されていないかもしれないなんて、ネヴァフェルには思いもつかないことだった。ましてや、善良でりっぱなチルダーシン家の人々が心の底ではおたがいをよく思っていなかったなんて。

抵抗する小さな悲鳴が聞こえてきた。物置の戸をもう少しあけて外をのぞき見ると、ズエルがおじのひとりに乱暴に引っぱられて廊下を行くのが見えた。

「待って」きつい声のおばがもう一度いった。「ガンダーブラック家への手紙には、彼らの支配下で、だれがチルダーシン家の事業を経営するといったの？　まさか、あなたじゃないでしょうね？」

束の間の休戦状態は崩壊した。チルダーシン家のほとんどの人間が、蝶番《ちょうつがい》を壊しそうになりながら大あわてで玄関から飛びだして、一目散にガンダーブラック家へとむかっていった。だれもが、われ先にと権利を主張するつもりなのだ。少しすると、通りからどなり声、馬のいななき、刃のぶつかる音が聞こえてきた。大声で聞こえる言葉からすると、使える馬をとりあっているらしい。

戸を中途半端にあけたまま、片手で勇気を、もう一方の手で桶をつかんだネヴァフェルが、隠れ場所から飛びだしたのはこのときだった。

廊下でズエルを引きずっていたおじは、まさか後頭部を桶でたたかれるとは思っていなかった。さほどの力はなく、狙いもはずれていたが、おじはびっくりしてズエルの手首を放した。ネヴァフェルはこのすきをつき、金髪の少女を引っぱって開いた扉から通りへと飛びだした。

「ちょっと！」

どのおじとおばが追ってきているのか、振りむいてたしかめたりはしなかった。ネヴァフェルはうしろにいるズエルの荒い息遣いを聞きながら走りつづけた。サテンの靴ではなくもとのブーツをはいていればよかった、と思いながら。

少しして、そばを使い走りの少年が走っているのに気がついた。はだしなのに、楽についてきている。

「左に曲がれ」聞き覚えのある声に命じられて、ネヴァフェルはいわれたとおりにした。「こんどは右だ！　かがんで、すきまを通りぬけろ！」十回以上曲がったあげく、少年はようやく速度を落として小さな岩だらけの路地に入ると、足をとめて耳をすました。

「まけたようだな」つぶやくと、とうとう振りかえってネヴァフェルを見た。

使い走りの少年はアーストワイルだった。

いったいどうしてアーストワイルが、よりにもよってこの華やかな通りにいあわせたのか？真実はこうだ。アーストワイルは少し前から、そこを行ったり来たりしていたのだ。自分がうろついていても見とがめられないのはわかっていた。上の階級の人たちは作業服や配達用の袋、毛針の小袋しか見ないし、ただの使い走りとしか見ていない。それ以外なにも気づかなかったのだ。

アーストワイルはネヴァフェルが屋敷のなかにいるのを知っていて、ようやく通りに飛びだしてきたときには、髪の毛の赤い色とすばやいがみっともない走りかたですぐにわかった。だが、ネヴァフェルをまじまじと見たのは、野生の虫とりランタンのそばで息を整えているときだった。

仮面をつけていない。まったくつけていない。噂は聞いていたものの、アーストワイルは心の準備ができていなかった。目は大きすぎる。そばかすも多すぎる。それが最初に思ったことだ。それからネヴァフェルの表情があれこれ変化して、めまぐるしく動きまわるのを見て、アーストワイルは驚きすぎて卒倒しかけた。

不安、決意、後悔が広がっていた顔は、はっと気がついたとたん、愛着と驚きにのみこまれた。ネヴァフェルのほほ笑みを見るのは、大きな金色のどらにぶつかったような衝撃だった。それからすぐに、そのほほ笑みがちょっと薄れて、苦痛と混じりあった。ネヴァフェルはアーストワイルの顔になんらかの反応を、自分と同じように会えて喜んでいるしるしを探しているのだ。

アーストワイルはきっかり五つの表情しかもっていない。礼儀正しいが石のように落ちつきはらって目を伏せた顔は、上位の者とすれちがうとき用。うやうやしく丁寧《ていねい》な顔は命令を受けるとき用。抜け目なく警戒するような顔は命令を待つとき用。心から悔やんで恐れている顔は批判や罰を受けるとき用。そして、たったひとつの笑顔は、雇い主に感謝の気持ちを見せるためのものだ。

いまは笑顔の出番ではないし、ほかのどの顔も合わないだろう。だから、アーストワイルはじっとネヴァフェルを見つめていた。のっぺりとしたうやうやしく丁寧な《面》で。ほかにはなにも見せられないのだ。アーストワイルは自分がみじめで愚かに思えて、腹立たしくなった。

ネヴァフェルの金髪の連れは石の上にすわりこみ、震える手で顔を覆っている。アーストワイルはワイン色のドレスに疑わしげな視線を投げてから、ネヴァフェルの腕をつかんで、もうひとりの少女には聞こえないところまで引っぱっていった。

「そうか。ほんとうだったんだな」非難がましい口調だった。「おまえの顔だよ」アーストワイルはネヴァフェルを見ていられなかった。表情があまりにもすばやく変わるので、吐き気がしてくる。揺れて動いているあいだに輝きだすのだ。こいつは壊れている、まちがっている。

それに、ネヴァフェルが自分を見るときの絶対的な信頼と尊敬のこもったまなざしに、うぬぼれてしまいそうになる。ほんとうの自分からはみだして、どこもかしこも巨人のように大きくなった自身の影を見ているみたいだ。つまり、ネヴァフェルの世界では、おれはああ見えてるのか。巨人なのか。

「そう……あたし……ねえ、アーストワイル――」

「おまえ、自分の顔でそんなことができるなんて、一度もいわなかったじゃないか」きつい口調でつぶやいた。「おまえのおしゃべりを何時間も聞いてやったのによ。何年もだぞ。それなのに、おまえのおもしろいところは、話してくれなかったんだな。ただの一度もだ。おれを信用してなかったのか?」アーストワイルは自分が本気で腹を立てているのに気がついた。ネヴァフェルが《面》をもってるなんて思わなかった! あのベルベットの仮面のせいで、いつだって、たった五つしかない自分のほうがえらいような気になっていた。

「知らなかったの!」ネヴァフェルはいいかえした。「グランディブル親方が教えてくれなかったし――鏡もなかった――自分が仮面をつけてるのが醜いせいじゃないなんて、わかるわけないじゃない?」

「だけど、すっごくあっさりとおれを見捨てたじゃないか。おれはこの何年かずっと、ほかの用事に遅れながら、おまえの居間でぶらぶらして、くだらない質問に答えてやってたんだぞ。おまえがかわいそうだと思ったからだ。ひとりでさびしがってて、ちょっとばかし頭がおかしいのがわかってたからな。だけど、ほかの職人の友だちができたとたん、おれとは二分と話す時間をとれなくなるとはな。こっちは緊急の伝言があるっていうのによ。なんだよ、『残念ながら、ミス・ネヴァフェルは約束があって身づくろいに忙しいとのことです』ってさ」

「なに? あたしに会いにあの家に来たの?」

「きいてないのか?」アーストワイルはため息をついた。「そうか、おれもそのくらいわかりそうなもんだったのに」

万華鏡《まんげきょう》のように変化するネヴァフェルの顔のなかでは、彼女の思ったことが驚くようなあざやかさで躍る。チルダーシン一家はあたしに隠し事をしてたんだ。まさか、そんなことできるわけない。もしかしたら、伝えわすれたんじゃ——だけど、あの人たちみんな、あたしが思ってたのとはちがってた……もしかしたらほんとうに……ううん、そんな、信じられない……

「おい、黙って信じろ！」アーストワイルはきつい口調で、言葉にされなかった思いに答えた。「あいつらはおまえを箱にしまいこんで、ぜったいにグランディブルじいさんからの伝言を受けとらせたくなかったんだよ！　だから、おれを何度も追いはらったんだ！」

「伝言をもってきてくれたの——」

「ああ、グランディブル親方は病気になりそうなくらいおまえのことを心配してるよ。審問官に手紙を書いて、年季奉公の契約を反故《ほご》にして、自分の弟子として返してほしいと頼んでるんだ」

「だめ！」ネヴァフェルは両手をねじりあわせた。「親方に、それはできないっていって！　あたし、晩餐会で恐ろしいことをしてしまったから、あたしを預かる人には迷惑をかけるだけなんだ！　マキシム・チルダーシンは親切にしてくれたのに、たぶんいまは処刑されてて、あそこのズエルもいけにえの子羊にされかけて、一族の残りの人たちがおたがいに争いあってる。アーストワイル、あたしは助けてもらわなくていい！　みんなが、あたしの被害にあわないように助けないと！」

「やめろ！」アーストワイルはネヴァフェルの肩をつかんで、なんとか目を合わせた。そのあいだも、ネヴァフェルの表情は炎のように動いている。「よく聞け。ほんとうに起きたのはこういうことだ。カヴェルナじゅうのだれもが、おまえがワインをひっくり返したことを知ってていて、だれがおまえにそうさせたかあてようとしてる。大半は、クレプトマンサーがスタックフォルター・スタートンを盗むのを助けるための、めくらましだったと思ってる」

「はあ?」

「知らなかったのか? そうだよ、やつはチーズのかけらというかけらをすっかり盗んでいったんだ。だが、だれもおまえを責めちゃいないよ。そんなの、帽子を責めるようなもんじゃないか。でなきゃ、棒か。チーズのかけらか。あいつらにとって、おまえはただの物だ。みんなが話題にする新しい物。わかるか? いま、宮廷の半分がもめている。チルダーシンが失脚したあと、だれがおまえを買いとるかって」

「だけど、あたしのせいなんだよ」またしても、ネヴァフェルの顔は見るのも痛々しいほどになった。狂った回転木馬のように、思いが出たり入ったりをくりかえしている。《面》があんなふうになるのはおかしい。アーストワイルは腹立ちまぎれに思った。《面》は目に映るものであって、感じるものじゃない。「だれもあたしにワインをこぼせなんていってない。ぜんぶあたしがやったことなんだ。あたしひとりで」

「ほんとうか? おまえ、宮廷の連中がどんなだかわかってないだろう」アーストワイルはあきらめて視線を落とした。ネヴァフェルを見ているのはとにかく落ちつかない。「やつらは人人を操り人形のように扱ってる。とくに、年配の連中だ。百五十歳以上の人間はだれも信じちゃだめだぞ、そいつらが三十歳くらいに見えるならなおさらだ。カヴェルナでそこまで年をとった人間は、だれでもなにかを失っていて、とりもどすことはできない。もう、まともに感じることができないんだ。中身は空っぽで、残ってるのは飢えだけ――飢えしか感じられないんだよ。あいつらは……巨大な虫とりランタンみたいなもんだ。あるのは目には見えない欲求と無数の歯だけで、何十年も罠や策略をめぐらしてきた。

それは、おまえのたいせつなチルダーシンさまも同じだ。あいつがおまえを親切心から引きとったと思ってるのか？　そうじゃないぞ。やつの狙いはわからないが、駆け引きなんだよ。いいか、忘れるなよ。ここの人間でおまえに親切なやつなんてひとりもいない。ひとりもだ」

アーストワイルは、聞こえないところにいる金髪の少女をちらりと見ずにはいられなかった。「あいつらから離れるんだ。全員切り捨てて逃げろ。グランディブルのところにもどるんだ。でなきゃ、どこかに隠れとけ。まずいことになったら、おれに伝言をよこせ。サロウズ・エルボウにいる」

「アーストワイル」ネヴァフェルの声はとても小さかった。「できないよ。あたし……宮殿に行かないと。チルダーシンさまを助けないと」

「おまえ、地図つくり《カートグラファー》にでもなったのか？」アーストワイルが声を荒らげた。「宮殿になんか行ってみろ、首を切られるぞ！　だれがそんな計画を思いついた？　チルダーシンの娘か？」

「ちがう。あたしが考えた」ネヴァフェルの声はどことなく震えている。「聞いて――チルダーシンさまはあたしがワインをこぼしたのとはなんの関係もないって、大長官に話す。そうしたら、みんなあたしを信じるしかないでしょ？　だって、あたしの顔は思ってることがそのまま出ちゃうから。嘘はつけない。そうしたらチルダーシンさまは家に帰れて、一族がおたがいに争いあうのをとめられる――」

「やめろ!」アーストワイルが吐きだすようにいう。「おまえはこのチルダーシン家になんの義理もない、わからないのか? やつらの問題はやつらの責任だ。おれのいったこと聞いてなかったのか? どうしちまったんだよ? おれが信じられないのか?」

「し……信じてる……あんたがあたしに嘘をつかないのはわかってる」ネヴァフェルは情けなさそうな、苦しそうな声を出した。「この何年かずっと……あんたはあたしの親友だった。たったひとりの友だちだった」

アーストワイルは悲しげな押し殺したような告白を聞いて、てのひらに爪が食いこむほど両手をぎゅっと握りしめた。

「しっかりしろよ」ぴしゃりという。「おれはおまえに嘘をついてた。何度もだ。おれが知りもしないことを聞くから、でっちあげてやったんだよ。自分のこともでっちあげた。何百回もだ。だけどおまえは、どれが嘘だったかわかっちゃいないんだろう?

おまえに嘘をつくのはかんたんだったよ。おまえはだれがなにをいっても信じるからな。みんなおまえに嘘をついてるんだよ、ネヴァフェル。みんなだ。だけどおまえにはわからない、おまえが人のこととなると鈍いからだ。しっかりしろ、でないとやられちまうぞ」

アーストワイルはネヴァフェルを見ていない。見る必要はなかった。この数年のあいだに、ネヴァフェルは心のなかにアーストワイルのための特別な宮殿を築いてきて、彼自身もレンガを積むのを手伝ってきた。いまその黄金色の壁が崩れていくのが感じられる。ネヴァフェルの顔をのぞきこんだら、傷つき、とまどい、痛ましくも生まれて当然の疑念にさいなまれているのがありありと見えることだろう。

アーストワイルはネヴァフェルが答えないうちに背をむけて、トンネルの迷路を走っていってしまった。使い走りの少年が走っていく。おとなしそうに目を伏せて。

もちろん、おれは何年も嘘をついてきた。アーストワイルは、頭のなかでネヴァフェルに語りかけていた。同じ理由で、いまはほんとうのことをいうしかなかったんだ。おまえはおれの唯一の友だちだった。ばかで小さなメンドリめ。


カヴェルナの中心まで来ると、人の多い通りからようやく大理石の広い街路に出た。両側は警備の厳重な柱廊にはさまれている。つきあたりに、巨大な扉とそろいの落とし格子がちらりと見える。大長官の宮殿への唯一の入口だ。その奥は、選びぬかれた人々のための中庭や遊戯室が迷路のように連なっている。

この落とし格子にむかって、ふたりの少女が歩いていく。ひとりは背筋をまっすぐのばした金髪の少女で、破けたワイン色のドレスを着ている。もうひとりは赤毛で落ちつきがなく、しきりに緑色の絹の袖をいじっている。

「覚悟はできた？」ズエルが小声できいた。ネヴァフェルと目が合わせられないようだ。

「もし、大長官にお目通りさせてもらえたら？」ネヴァフェルがささやいた。

「ありえないから」ズエルはきっぱりといってからためらった。「もし、そうなったら……あの人のことは『閣下』と呼ぶのよ。覚えておいて、もし大長官の右目があいていたら、冷たいけど公平よ。だけど、もし左目があいていたら、そのときは気に入られるか、きらわれるかのどっちかなの。両目があいていたら、大長官が特別あなたに関心を抱いてるってこと」

白ずくめの衛兵に近づいていきながら、ネヴァフェルの膝はカスタードみたいで、心臓は早鐘のように鳴っていた。衛兵は冷ややかで不快そうな《面》をネヴァフェルにむけた。

「あの……すみません。ネヴァフェルと申します。わたし……あの、晩餐会でガンダーブラックのワインを倒してしまって。そのことを証明したくて——出頭してきました」

11 半身

大長官は死にかけていた。

どことい って、体に悪いところがあるわけではない。それどころか、異様なほど健康で丈夫だったが、時とともにおかしくなってきていた。心臓は強くなり、鼓動はゆっくりと落ちついている。注意深く選ばれた百種もの薬草のジュースが血管を流れているおかげだ。問題は心にあった、いや、より正確にいうならば魂だろうか。どんなにがんばっても、魂からじょじょに命がしみだして、どんよりとなにも感じなくなっていた。

感覚が年齢とともに弱くなっているわけではない。それどころか、特殊なスパイスのおかげで、年とともに研ぎすまされてきた。特別に深みのある緑色をじっと見つめただけで、その色の色調のひとつひとつを見分けることができる。ゼルッピアン・ファーン・グリーン。脳がそう教えてくれる。

灰色だ。魂がいう。灰色の影に緑っぽい名がついているだけじゃないか。

よく鍛えられた舌は、砂糖菓子のどんな風味も識別できた。キバナノクリンザクラの蜜だけで育ったハチの蜜。脳がそう教えてくれる。桃とサフランのブランデーに二十一年漬けこんだサクランボ添え。

灰だ。魂がいう。灰と塵《ちり》だ。

生きつづけるため、飢えて野心に満ちた連中による暗殺を避けるために絶えまなく戦っていても、かつて感じていた生きているという実感はない。危険もいまでは興奮を与えてはくれない。知恵を闘わせても、血が騒ぐことはない。いまあるのは、冷たく重い恐怖だけだ。死は解放ではなく、さらに大きな退屈を永遠にもたらすだけなのではないか。塵がひとつまたひとつと積もるように心がしだいに消えていき、灰色の行進に対して、見えず、聞こえず、口もきけず、感じることもなにもできない、命のない体に閉じこめられてしまうのではないか。

ところが昨日、大長官はなにかを感じかけた。滝の内側の水晶の幕の裏にすわり、鋭い耳でそれぞれのテーブルのあさましいささやきの一言一句をとらえていたが、どれも脳内の大理石に退屈な走り書きを残すばかりだった。すると、単調な時間が打ち破られて、ゴブレットが倒された。大長官は、ひとりの少女の姿に目を奪われた。紫色のワインがこぼれたテーブルの前に立ちあがっている。いまとなっては、少女がどんな姿だったか思いだせないが、その顔じゅうで燃えたち、痛み、揺らいでいた感情の奔流は覚えている。衝撃、やましさ、後悔、恐怖、自意識——一瞬、大長官もそうした感情がどんなものだったかを思いだしそうになった。本物の炎に心がひるんだ。

そしていま、審問官から、当の少女が門に出頭してきたと告げられた。わたしは娘を呼びにやるのだろう。そして、あの顔の異様な動きがすべて、どこかのやり手の面細工師《フェイススミス》がみなを驚かせ欺くために用意した巧妙な芝居であり、自然に見える《面《おも》》の寄せ集めだったと知らされるのだろう。そうだ、きっとそうだ。カヴェルナで、自然なことや、計画によらないことなど起きるはずがない。

それでも、大長官は大理石を敷きつめた謁見の間で待ちながら、魂のなかでなにかが鈍くうごめくのを感じた。ほかの者の心のなかでなら、希望といわれるかもしれないものを。


衛兵にはさまれて、ネヴァフェルは宮殿のクジャク石敷きの廊下を歩いていった。何時間も控えの間にとめおかれ、頭のなかが雪嵐のようになったあげく、ようやくなんの説明もなく呼びだされた。恐れていいのか、ほっとしていいのかもわからない。

前日のできごとがネヴァフェルの脳内の大きな扉をあけ放ったため、四方八方から強風のようにさまざまな考えが吹きこんできて、すべてが混沌としている。奇妙なことに、なによりも気になっているのは、感情のない顔で走り去っていったアーストワイルと、くさいトンネルのなかにひとりですわっているグランディブル親方の姿だった。

廊下のつきあたりに対になった二枚の扉があり、両側に黒と深緑色の服を着たふたりの人物が立っていた。黒い絹の目隠しから香師だとわかる。ネヴァフェルは、それぞれのベルトについているそろいの剣に目をとめてとまどった。近づいていくと、ふたりは片手をあげて制し、ゆっくりと注意深くにおいをかいだ。それから、見るからに満足したようすでうしろにさがり、扉を引きあけた。ネヴァフェルがなかに入ると、うしろで音をたてて扉が閉まった。

入っていった部屋は薄暗く、じっさい以上に大きく見えた。青白い二本の柱から、凝った彫刻を施したアーチが立ちあがるように高い丸天井へとつながっている。天井の頂点は暗くて見えない。唯一の明かりは、部屋の奥の机の上にぶらさがっているシャンデリアの光だった。机のむこうに三人の人物がすわっている。女性がひとりと男性がふたりだ。顔のほとんどは陰になっているが、上にあるランタンの明かりが額と頰の上部を明るく照らしだしている。

「前へ」

ネヴァフェルには、三人のうちのだれが声を出したのかさえわからなかった。待ちうける三人とのあいだの床で、つやつやとした光が揺れ、靴底をかすめる。柱の青白い石には真珠《しんじゅ》貝の象嵌《ぞうがん》細工が施され、通りすぎると、怯えたように震える光に照らしだされた。柱が投げかける影のなかに、ぴったりと壁に張りつき、じっと彼女の一挙手一投足を見張っている人影が見えたような気がした。

机に近づくと、自分の息が霧のように白くなるのが見えた。頭上ではシャンデリアの虫とりのふたつが、絶えまない飢えにうごめき、おたがいにかみつこうとしてちらちらと光っている。三人の背後の暗がりには、壁に巨大な幕がだらりとぶらさがっている。その下にひっそりと白い大理石の玉座があって、青灰色の男の彫像が、物思わしげな目を半ば背けるようにしてすわっていた。

「完璧なカードルスプレイ・ワインを準備するのにどれだけかかるか知っているのか?」

ネヴァフェルは飛びあがり、わずかばかりの知恵をかき集めようとした。凍りつきそうな沈黙のなかにいると、この部屋で生きているのは自分だけという気がしてくる。口を開いたのは真ん中にいる男だった。目はひし形のくぼみの奥深くでまたたく小さな光でしかなく、髪は薄くなってとかしつけられたひと握りのわらにしか見えない。この人が大長官なの？　いらいらとした辛辣《しんらつ》な声は、まるで、ネヴァフェルが歯にはさまった邪魔な食べかすだとでもいわんばかりだ。

「あの……いえ……」

「百と三年」女性の声は溶けたチョコレートのように暗くあたたかだったが、そこにはなんの感情もこめられていなかった。「ブドウは騒音にさらされるとだめになるため、修道士が沈黙の規律にしたがって世話をする。その土地の鳥はすべて殺される。果実を収穫するのは、新月のあいだの夜だけで、孤児の足で踏みつぶさなければならない。樽は地中深くに保管して、もっともやわらかで甘い音楽だけを演奏して聞かせる。一世紀以上にわたってずっと。それがすべてすむと、ようやくワインが飲める状態になる……だれかがテーブルにこぼさなければの話だが」

「わたし……」ネヴァフェルにはなにもいえなかった。自分がブドウを収穫し、月明かりのもとで踏みつけてワインにし、一世紀にわたってハープを演奏して聞かせる、などという約束はできない。

「なぜ破壊する者が泥棒より悪いか知っているか？」右にいる男が、小さくうなるように尋ねた。「泥棒は持ち主から宝を盗む。破壊者は世界から盗むのだ」

「わたしは……」言葉がとぎれた。そんなつもりじゃなかった。でも、そのつもりだったのだ。

「おまえの主人はだれだ?」真ん中の男がきいた。「だれの命令にしたがったのだ?」

「だれでもありません! 命令なんてありませんでした!」

氷のような沈黙のなかで、質問が黒い雲をついて弧を描きながら、矢継ぎ早に自分にむかってくるのが見える気がした。つぎの瞬間に、それらがつぎつぎと矢になって落ちてきた。

「おまえがああしたら、なにをしてくれるとチルダーシン家は約束したのだ?」

「なにもありません! 約束なんてしてない……あの人たちは――」

「あとはどういう計画だった?」

「なにも――計画なんて立てていません――だれも、わたしも立ててない――ただ――」

「ただ、なんだ? なぜだ? おまえはカードルスプレイをわざとこぼしたではないか。なぜだ?」

ネヴァフェルはぽかんと口をあけたが、息ができない。目と喉の痛みは、涙が出かかっているせいだろう。どう答えても陪審団は嘘を見抜くだろうし、これは唯一ネヴァフェルが正直に答えられない質問なのだ。すべてを危険にさらしてまで隠そうとした給仕係の失敗を、明かすわけにはいかない。

ワインをこぼして唯一よかったのは、あの人を助けてあげられたことだ。もしいまそのことをこの人たちに話してしまったら、それすらもなくなってしまう。

「ごめんなさい」ネヴァフェルはごくりとつばをのんだ。目が熱くなって、どうしようもなく涙が頬を伝うのがわかる。

「なんだ？　もっと大きな声で！」

「ご……ごめんなさい。でも、お話しできません」

「なんだと？」

　堰を切ったように、三人の尋問者が立ちあがってわめきはじめた。切りつけられるようにどなり声の質問を浴びながら、ネヴァフェルはたじろぎびくついていた。木の葉のように震えているのを落ちつかせようと、両手でぎゅっと頭の横を押さえつける。あと何呼吸かで、狂気じみた発作がはじまってしまいそうだ。

「勘違いです！」ネヴァフェルは絶望感からやけになって絶叫した。「みんな勘違いをしています！　だれもわたしにやれなんていってない――だれもなにもしてない、わたしだけです！それに、計画してたわけじゃない――ただ、ああなったんです。なぜかなんていえない！　とにかくいえないんです！」

　あえぎながら立っているあいだに、玉座にすわっている彫像の頭がかすかに動き、眉の下の暗がりで人間の目が霜のような光を放った。

　彫像じゃない。生きている人だ。じっとしていて色味もなかったので、ネヴァフェルは石の像だと思いこんでいた。見ていると、尋問者の真ん中の男が、指示を求めるようにちらりと振りかえった。すると、玉座の男の左手がかすかに動き、小指がなにか小さく指示を出すのが見えた。尋問者の顔つきが変わり、ネヴァフェルにむきなおったときには、穏やかで謎めいた顔になっていた。

「こちらへ」男はいった。

ネヴァフェルの目の前のすべてが変わった。机の前の三人は相変わらず近よりがたく恐ろしいが、三人の正体がわかったのだ。彼らは手先、代弁者であり、真の権力者とネヴァフェルを隔てる幕なのだ。机に近づくにつれ、どうしても視線が玉座の人物に引き寄せられていく。

肌はなめらかでしわがなく青白いが、遠くからでも顔じゅうにきらきら光る薄い網目が走っているのがわかる。まるで、柱の真珠の象嵌細工のようだ。遠くからは長い髪が白く見えたが、近づいてみると、一本一本がガラスの糸のようになっていた。爪は玉虫色で真珠のようにつやつやしている。

体と顔の左側が部屋のほうをむいている。霜で凍てついたかのように、まばたきもせずにじっとネヴァフェルを見ているのは左の目だ。顔は、眠たげでやさしそうな表情で固まっている。巧みに奏でられる美しい音楽に耳を傾けているような表情だ。

反対側をむいている顔と体の右半分は、ほとんど陰になっていて見えない。だが、右眉の下の暗がりに、うっすらと閉じたまぶたの曲線が見てとれた。右目は閉じられている。

もし左目があいていたら。ズエルはいった。そのときは気に入られるか、きらわれるかのどっちかなの。

これもまやかしなのか？

大長官はハープの弦のように震えている赤毛の少女に目を凝らした。少女は叫んだ衝撃からまだ顔を真っ赤にしている。

その顔には恐怖が見える。いい逃れ。抵抗。怒り。絶望。少女は大長官を見ていて、その緑色の鏡のような目に、大長官自身の銀色がかった奇妙な姿、すさまじいほどの生気のなさが映しだされている。恐怖。好奇心。ためらい。

ほんとうに何者かがこの娘に、こんな表情でまごまごとうろつくように教えたのだろうか？　子犬の前足についた泥みたいに、人にいやがられそうなぶざまな状態で？　ほんとうにどこかのフェイススミスが、激流のようにめまぐるしく変わる《面》を教えこめたのだろうか？

大長官は片目と半分の頭で娘を見た。策略と陰謀に包囲されてきた大長官は、警戒をゆるめる余裕はなく、もう百年も前に眠るのをあきらめていた。以来、頭の右側と左側を交互にまどろませるだけにしている。

今日は、頭の右半分が目覚めている日だ。この場合、いまだに自分でもとまどってしまう不思議な秘術によって、感じたり動いたりできるのは体の左半分、目の前の珍妙な物にむけられるのは左目となる。もちろん、部下の大半はこの微妙なちがいを理解していない。ただ、大長官にはふたつの面があると知っているだけで、それぞれを《左目》《右目》とひそかに呼んでいる。

今日の大長官は《左目》なので、少女の名前を思いだせず、目にしたものを文章にすることもできない。言語をほんとうの意味で操れるのは《右目》だけで、《右目》が眠っているあいだに言葉はばらばらになり、ちぎれたネックレスのビーズのように文字が散らばってしまうのだ。だが《左目》は物事の背後に潜むパターンを見抜くことができる。《面》の裏にある表情、音符の裏にある音楽、奇妙なできごとや偶然の裏にある陰謀が見えるのだ。

そしていまも、ここには陰謀が見えた。今日目の前にこの娘をもたらしたすべては、だれかの策略の一部なのだ。娘の背後に、毒をふくんだ虹のように弧が描かれているのが見えるようだ。

だが、この娘は知っているのか？　真実を告げているのか、嘘なのか？　大長官は合図を出しておいた。いずれわかるだろう。


ネヴァフェルは身を固くした。どこかうしろのほうで、かすかな物音が聞こえたような気がする。ガラスの床を急ぎ足で歩くような甲高い音だ。ぱっと振りかえる。うしろにはだれもいない。だが、人影がすぐそばの柱の陰にするりとまぎれるのが見えたと思った。

数メートル先にべっ甲色の木の櫃《ひつ》があり、留め金がこちらをむいている。

ネヴァフェルはもう一度、指示をあおぐように机のほうを振りかえったが、三人は不気味なほどじっとしていて、そろって同じ、無表情で動きのない《面》をまとっている。またしても、この部屋で生きているのは自分だけだという、気味の悪い感覚がよみがえってきた。

「わたしにあけてほしいんですか？」

答えはない。ネヴァフェルはそろそろとつま先立ちで櫃に近づき、膝をついた。指で触れてみると掛け金は冷たかった。櫃の蓋にネヴァフェルの影がだらりとかぶさる。わかっている、こういうことはいつでもわかるのだ。気が進まなくても、自分があけるしかないのだと。いまこの瞬間も、暗い長方形の箱のなかのなんだかわからないものに、両手を引っぱられているようだった。

カチリと掛け金をはずして櫃をあける。なかは暗かったが、空っぽに見えた。それから、なにかが、黒っぽくて細いものがさっと動くのがちらりと見えた。片側によけて、背後からの明かりが箱にあたるようにすると、縁にまつげほどの細さの二本の長い房が現れて、探るように獲物を狙うように揺れるのが見えた。つぎの瞬間、房の持ち主がネヴァフェルの手の甲に飛びのってきた。

「うわっ！」敵意をもった一撃で手首に痛みが走った。それは育ちきった洞窟のクモで、脚を広げるとネヴァフェルの手の幅くらいあった。そのクモが手袋と腕の境目あたりをかんだのだ。とっさにもう一方の手で払いおとしたが、二本の折れた脚が残っているのを見てぎょっとした。襟がちくちくしだして首と肩をはたいているうちに、こんどは足首をかまれた。スカートに一匹、右腕に一匹、さらに櫃から這いだしてくる。

ネヴァフェルはたたいたり払ったり、体を揺すったりしながら、よろよろと櫃から離れた。クモが服のなかにもぐりこんで皮膚にかみつくたびに、悲鳴をあげる。五分ほどして、柱のひとつの下にぐったりとすわりこんだときには、体じゅうかみ跡だらけになっていたが、ようやく脚の多い攻撃者から逃れられてほっとしていた。

息をつきながら、すわっている三人と、そのうしろのものいわぬ人物を見あげる。

女性の前の机に、なにかがのった陶製の皿がある。大理石のように白くてずんぐりと丸く、ピンク色の糖衣でひだや羽飾りがついている。

「ケーキは好きか?」女が、相変わらずの深みのある溶けたような声できいた。「これにはラズベリーが入っている」

ネヴァフェルは不安と恐れを抱きながら、じっと見つめた。どうしてだか、クモよりもケーキのほうが不可解で恐ろしく思える。はい、ラズベリーケーキは好きです。ただ、毒やサソリが入っていないほうがもっと好きです。

「ただのケーキだ」女は安心させるようにいった。「とるがいい。あるいは……」

あるいは……。

ネヴァフェルがゆっくり振りかえると、クモの檻はなくなっていた。走りまわるクモから逃れようとしていたあいだに、檻はとりのぞかれ、ジグザグ模様が彫りこまれた赤いチーク材の小さな箱に替わっていた。

もしほんとうにただのケーキなら、安全だ。あの女の人が嘘をつく必要はある? あたしに死んでほしいなら、ただ処刑すればいいだけのこと。だからあたしはケーキをとればいい。

それなのにネヴァフェルは、気がつくとじりじりと箱に近づいていた。ドレスで手をこすっててのひらの汗を拭きとってから、震える指で謎の箱をあける。

蓋がぱっとあくと、銀色のヘビが優雅に恐ろしげに這いだしてきた。ネヴァフェルははねるように立ちあがって走りだした。部屋の暗い一角から低い口笛の音がすると、脱走者は方向転換をして音のしたほうに静かに体をくねらせていった。

ヘビがもどってくるようすを見せなかったので、ネヴァフェルは隠れていた柱の陰から思いきって顔を出した。

ラズベリーケーキはまだ、不動の尋問者たちの前にあった。ヘビの箱があった場所には、精巧な彫刻が施された象牙《ぞうげ》の樽が置かれている。だれもなにもいわない。問いかけが宙に浮いている。

ケーキ……あるいは……。

なかになにがあるか見たくない、見たくない、見たくない、あたしは……ああ。

三つめの樽には灰色がかった水晶が並んでいて、ネヴァフェルがあけたとたんにいきおいよく燃えあがり、酸っぱい、息苦しくなるような煙があがった。喉がざらざらして、それから十分ほど目が見えなくなった。

四つめの箱には人間の目に似た物が入っていた。

五つめの箱は空だったが、ぎらぎらとべたつくベニヤ板に覆われていて、触れたとたんに液体が手袋を濡らしてしみこんできて皮膚を焼いた。指は手袋をはぎとったあとも腫れていた。

六つめはオルゴールで、あけると音楽を奏ではじめた。ひとつひとつの音に一本一本の歯が痛いくらい震え、歯が割れるのではないかと思うほどだった。

一時間後、ネヴァフェルは床の上で丸くなっていた。涙を流し、刺され、かまれ、皮膚を焼かれ、吐き気を催し、肩を揺すってすすり泣いている。まだ目はよく見えない、とくに右目はだめだ。またしても、箱と箱のあいだの恐ろしい沈黙のなかにいた。すぐにまた、勇気を奮いおこして顔をあげたら、つぎの箱が……。

箱がない。机の上のケーキも消えている。三人の尋問者はそろって振りかえり、玉座の上の表情のない人物を見つめていた。いまや沈黙が、待ちうけるような空気を帯びている。はねる前に伸縮するクモの脚のように。

あの娘は本物だ。大長官はもう疑っていなかった。

箱に手をのばすたびに、消え入りそうなためらい、恐怖と楽観のせめぎあい、衝動の震え、そして満たされることのない好奇心が見えた。どんなフェイススミスでも、ケーキを出されているときにスルスルクサリヘビをよけるのにふさわしい表情など、教えこめるものではないだろう。

けれども、娘の顔はそれ以上のものを見せてくれた。その表情からは、サテンの靴の底からしみこむタイルの冷たさまでが感じられるようだった。控えの間を不安そうに見まわすまなざしから、大長官は百年ぶりに自分が所有する真珠の象嵌模様の壁画に気づき、新鮮な目で見なおした。空中を漂う香が突如としてにおいをもち、娘が部屋じゅうを眺めまわすと、一瞬灰色から色彩が花開いた。

大長官の心に希望があふれた。もしこの娘をそばにおいたら、あの目、あの耳、あの舌を通して、どれだけのものを見て、聞き、味わうことができるだろう?

これこそが、何者かが大長官に思わせ、感じさせたかったことなのだろう。あまりにも魅力的だ。あまりにも都合がよすぎる。お気に入りの毒見係が死んだわずか数日後に、この奇妙な生き物が目の前に現れるとは。何者かは、大長官が抗えなくなるのをいまかいまかと待っている。冷たいほどに論理的な《右目》なら、疑惑をまのあたりにしてためらいはしなかっただろう。衛兵に小さくひとつ合図するだけで、娘の物語は数秒でもみ消されて終わりを告げる。

だが、この瞬間に目覚めているのは《左目》で、大長官は決断を遅らせる理由を見つけた。数世紀のあいだに、何度か箱のテストをしてきた。人があきらめて箱をあけるのをやめるところを見れば、その人物について多くのことがわかる。ふつうの人は最初の箱はあけても、それ以上はあけなかった。楽天的で覚えが悪い人は三つか四つあけるかもしれない。忍耐力を試されているのかもしれないと考えた人は、五つか六つあけることもある。だがだれもが、結局はあけるのをやめるのだ。やめなかったのはひとりだけだった。

箱がなくなるまであけつづけるのは、どういう類《たぐい》の人間なのだろう？　愚か者なのはまちがいないが、特別な種類の愚か者だ。

娘は、目に見えない天秤が自分の運命をぶらさげて揺れているのを感じているようだった。その姿を見ているのは苦痛だったし、苦痛を覚えたのは久しぶりだった。世界がピンや針でつついてきて、血が逆流していくかのようだ。娘が黙ったまま恐ろしそうに見ているうちに、大長官はつづけて小さく合図を出した。すると衛兵たちがてきぱきと前に出て娘を連れさった。

大長官は決定をくだしたとたんに、疑念の痛みを覚えた。一瞬、なにか苦くて甘いものを舌で味わったみたいな気がした。おいしいのに毒を含んだものを口にしてしまったかのようだった。

「どこに行くの？」

衛兵は問いかけに答えようとはせず、廊下からまた廊下へと引っぱっていく。ネヴァフェルは目も頭もぼんやりしていて、廊下の装飾を楽しむどころではなかった。まだ死んではいないけれど、きっと特別な処刑場があるのだろう。大長官のケーキを断った人むけの。

あたし、どうしちゃったの？　どうしてケーキをとらなかったの？

それは、ここを生きて出るためには、奇跡が必要だとわかっていたから。ケーキはいいけど、奇跡じゃない。だから、あの箱のゲームが正解のない残酷なおふざけではないことを願うしかなかった。そして、もしかしたら、ほんとうにもしかしたら、あの箱のひとつに奇跡があるのではないか、出口があるのではないかと思ったのだ。そう祈るしかなかった。

前方で、衛兵が金箔《きんぱく》を張った扉をたたくと、疲れた表情の女性があけてくれた。

「毒見係の居住区だな？」衛兵が巻物を手渡すと、女は礼儀正しい驚きの《面》を浮かべて読んだ。「新入りだ」

会話はまわりで起きていて、自分に関する発言さえあるのに、鳥のさえずりみたいに意味がわからない。考えられるのは、たったいま耳にした言葉だけだった。

新入り。新入りというからには、殺されるわけではないということだ。それしかわからなかったし、それでじゅうぶんだった。ネヴァフェルは呆然として、さしだされた手を握り、宮殿の白ずくめの召使に案内されて、狭い通路をたどり小さな箱のような部屋に着いた。そこには、小さな天蓋つきのベッドが待ちうけていた。

部屋にひとりになると、ネヴァフェルはベッドに手足をのばして横になり、思っていたほど寝心地がよくないのに気がついた。掛布の下になにか角ばったものがある。掛布をひっくり返しながら、なにが出てくるかはわかっていた。

シーツの上にあったのは、象牙と黒檀《こくたん》のタイル貼りの小さな箱だった。ネヴァフェルは顔をくしゃくしゃにして枕に埋め、身を震わせてすすり泣いた。

ぜんぶ罠だったんだ。絶望的な気分だった。処刑をしないことにしたと思わせておいて、箱のテストはつづいていて、いつまでもつぎつぎと箱が出てくるんだ。どれかがあたしを殺すか、あたしの気が変になるまで、でなきゃ……。

ネヴァフェルは体を起こして箱を手にとった。放り投げるつもりだったが、あけたいという衝動が強すぎた。こんどはヘビじゃないかもしれない。じゅうぶんな数の箱をあけたら、ひとつくらいはちがうのかもしれない……。

掛け金は小さなカチッという音をたててはずれた。なかにはなにも入っていないように見えたが、小さな巻紙がシーツの上にころがり落ちた。ネヴァフェルは巻紙を開いて、手紙を読んだ。

きみは《左目》に気に入られたが《右目》はもっと手ごわい。《右目》のときはふざけてはだめだ。むだ口もきくな。嘘をつこうなどとは思わないこと。ばかだと思われないように。幸運を祈る。

友だちより

12　好奇心とこそ泥

午前一時に、つねに論理的な《右目》の大長官が目を覚まし、自分が眠っているあいだに、片割れの《左目》が三人の相談役を反逆罪で処刑し、新しい鯉《こい》の池の造成を命じ、五行戯詩《リメリック》を禁じていたことを知った。さらによくないことに、クレプトマンサー追跡はなんの進展もしておらず、共犯者と思われるふたりの人物が拘束を解かれ、そのうちひとりは大長官の毒見係に任命されていた。《右目》はおもしろくなかった。何世紀ものあいだに、自分自身以外だれも信じられないことは身にしみていた。だがいまは真剣に、自分自身さえ疑いはじめている。《左目》の大長官がなにかをするのにはつねに理由があり、《右目》はふだんはどんな理由かまで覚えていたが、どれも意味のないものばかりだった。気のふれた男が殴り描きした絵を解読するようなものなのだ。この娘ネヴァフェルが毒見係にされたのは……毒の虹と関係がある？　花火？　クモの巣が裏返しになった？　大長官の頭の半分ずつは時とともにどんどん離れていって、おたがいを理解できなくなっていた。最近、ごくまれに両方が目覚めているときには、ひとつの頭蓋骨《ずがいこつ》にふたりの人間がつめこまれているようで、ときおり左手がなんの説明もなく奇妙な動きを見せる。

大長官は諜報部門の長を呼び、スタックフォルター・スタートン盗難の捜査に関する報告を求めたが、結果を聞いて落胆した。厨房《ちゅうぼう》と晩餐会会場のあいだのどこかで、チーズは銀の蓋の下で姿を消した。まわりを武装した衛兵でかためていたにもかかわらずだ。

「すぐにさらなる情報をおもちします」というのが約束だった。

「いつだ？　そちのあごからひげが盗まれたとしよう。すぐに情報をもってくるのだろう？　いまが『すぐ』ではないのか。すぐに『のちほど』になってしまうぞ」

これでも、大長官は相当なしんぼうをしていた。このまじめくさった顔をした者どもを震えあがらせるのはたやすいが、そんなことをしてなにになる？　他人の失敗はつまらない。言葉にする価値もない。最近の大長官はほとんど口をきかず、すわったまま部下が失敗に失敗を重ねるのを冷ややかに観察しているが、やがて心底うんざりして処刑したい衝動に駆られるのだ。

自分が捜査に加わる必要がありそうだ。これまで、この泥棒は大長官自身から盗みを働いたり、大長官の敷地内に足を踏み入れるまでのことはなかった。宮廷の人々にとってはいい気晴らしであり、退屈しのぎの余興のようなものだった。直近の盗難事件ですべてが変わった。クレプトマンサーはまんまと大晩餐会の警備をかいくぐって侵入し、大長官個人の貯蔵庫から料理を盗みだして、自らの力をこれでもかと見せつけたのだ。

クレプトマンサーを見つけださなくてはならない、それもすぐに。そうしないと、いつの日かやつは宮殿内にまで侵入してくるかもしれない。つぎは暗殺者として。それに、大長官が愚か者や弱い者に見られるわけにはいかなかった。そんなことを許していたら、宮廷じゅうが血のにおいを追う猟犬のようにあちこちかぎまわりはじめるだろう。

「今日の謁見はすべて中止だ。予定を変更する。輿《こし》を用意せよ。旅行用の仮面と衛兵二十人、カルムナス親方と毒見係をひとり」大長官はためらった。汚れてゆがんだガラス越しに見る映像のように、前日の記憶がぼんやりと漂ってきた。「いちばん新しい毒見係を」

とどろくような音で戸をたたかれて、ネヴァフェルはあわててベッドからころがり出た。一時間くらいしか眠っていない気がする。慣れないベッド、慣れない部屋。なじみのない服を頭からかぶってから、よろよろと戸口にむかう。見慣れない廊下に出ると、見慣れない、元気な人々がおおぜいいた。

「起きてる！」見知らぬ人の手がネヴァフェルの服の襟をつかんで、天井の低い奥行きのある朝食の間へと引きずっていき、前にレンズマメのスープの鉢を置いた。ほかのだれかがブラシで乱暴に髪をすきはじめる。

「大長官のお呼びよ。五分で準備を整えなければ」ベンチでネヴァフェルの隣にすわっているのは、やせて目がくぼんだ、うっすらと口ひげのある女性で、煙のにおいがした。ネヴァフェルは、前の日に毒見係長のレオドーラと紹介されたのをぼんやりと思いだした。「あなたがこんなにすぐに同行することになるとは思っていなかった。大急ぎで規則を教えなければならない。聞いている？」

ネヴァフェルはうなずいた。ただし、ブラシ係が頑固なもつれと格闘していたので、斜めにだったが。前の日の断片が、ショックのせいで回転の鈍った脳に流れこんでくる。あたしは毒見係の居住区にいる。急いであたしの足に靴をはかせ、係を表す茶色い腰帯をきつく巻いて結んでくれているのは、同僚たちだ。ほとんどが、慎重だが無関心な《面《おも》》をまとっているが、仕事をせかされているせいでボロが出て、何度も何度もネヴァフェルのほうに目を泳がせている。

あたしは処刑されないんだ。ぼおっとした頭で驚いていた。ほら、見て見て。あたしの手足、ぜんぶくっついてる。

「大長官の御前では、問いかけられて許可を与えられないかぎり話をしないこと。話しかけるときには、『閣下』とお呼びすること。目は伏せておくこと。毒見をするときには小さなかけらをとること。けっして自分の指は使わず、つねに与えられたピンかフォークを使うこと。口に入れたことが確実にわかるようにするためだ。

ふらふらどこかに行ったり、人に話しかけたりしないこと。毒見係以外の人とは友人になるのを避けること。宮廷の多くの人々があなたを味方に引きいれようとするだろうが、どちらかの側についたように見えてはいけない。

ここからが、覚えておかなくてはならない、いちばん重要なことだ。われわれが食堂で受けとる食べ物は安全庁によって調べがすんでいる。勤務中に大長官のために毒見をする食べ物と飲み物以外は、この食堂で出される物しか飲食してはならない。噴水の水すら口にしてはならない」

ネヴァフェルは口にふくんだスープをのみこんだ。「それは……毒が入っているかもしれないからですか?」思いきってきいてみた。

レオドーラは首を振った。「解毒剤が入っているかもしれないから。昔ながらのやりかたで、ほんとうは安全ではない食べ物を安全だと君主に思いこませるための方法だ。毒見係が食べて悪影響がないからと、君主が食べて……命を落とす」年上の女性は手をのばしてきて、ネヴァフェルの手を口から離し、不安そうに指先をかむのをやめさせた。「爪をかまないこと。敵は、わたしたちが手を洗う水に解毒剤をまぎれこませてくることもある」

目の前に、新しい任務が大きな穴をあけて広がったようだった。生と死。ネヴァフェルは、ずらりと並んだほかの毒見係たちを見わたしてみて気がついた。みんなかなり不健康そうで、年老いて見える者はひとりもいない。


大急ぎでアーチをくぐりぬけて柱廊に出ると、また不安で胸がざわざわしはじめた。六人の担ぎ手と十二人の護衛兵にはさまれて、大きな輿が待っていた。

自分は輿のそばを歩いていくのだと思いこんでいたら、扉があけられた。ネヴァフェルはおそるおそる乗りこんで、なかにいる人物が人間の大きさなのに驚きそうになった。ひと晩のうちに想像のなかの大長官の姿はゆがみ、ネヴァフェルの記憶のなかで、冷たい銀色のまなざしをした、とてつもなく大きな影となっていた。

またしてもネヴァフェルは大長官の目の氷のような光にとらえられていた。だが今日、こちらを見つめているのは右の目だ。大長官の顔はきれいに真ん中でふたつに分かれていて、左側はぴったりしたベルベットの仮面で覆われていた。ガラスの髪が、クマの毛皮のコートの襟にかかっている。

ネヴァフェルははっとして、前夜に読んだ謎の手紙の警告を思いだした。《右目》のときはふざけてはだめだ。むだ口もきくな。嘘をつこうなどとは思わないこと。ばかだと思われないように。

いうのはかんたんだけど。この指示にしたがうには黙っているしかないと結論をくだしたところで、大長官が話しかけてきて、計画はすべてぶち壊しになった。

「景色を見るとうんざりする」低い声にはきしむような響きがあって、ひどく苦労して発せられている感じがした。まるで、巨大な鐘を引っぱって揺らして鳴らしたみたいだ。「かわりに見ていろ。通りすぎるあいだになにかおもしろいものがあったら報告せよ」

大長官はネヴァフェルの左側にすわって、あいた目をこちらにむけている。大長官の側の窓はしっかりと戸がおろされているが、ネヴァフェルの側はあいていた。

輿がぎこちなく動きだし、ネヴァフェルは名前を知らないもののときには口ごもりながらも、目に映るものを説明しようとした。説明は、いつでもわかりやすくなるように努めた。むだ口もきくな、だ。けれども時間がたつうちに、大長官が聞いているのかどうかわからなくなってきた。

ネヴァフェルは理解しはじめていた。自分が景色なのだ。自分が世界にむかう窓なのだ。大長官はネヴァフェルを通して、いっしょになって外を見ていた。地下水が流れる石畳の浅瀬、数千もの人骨で飾られた納骨堂の扉、足をとめてコートについた石粉を払う女たちを。ネヴァフェルにはわかっていた。自分が黄金を輝かせ、影を黒くし、赤をあざやかにしている。大長官のまなざしがすきま風のように感じられる。

「そちの質問はうるさい」あるとき、大長官はぴしゃりといった。

「質問なんてしてません!」ネヴァフェルはあわてふためいて声をあげた。

「していない。だが、扉のむこうの行商人のようにうろついているのが見えるのだ。きくならきいて終わりにしろ。早くだ!」

「チルダーシンさまはどうなったのでしょう?」真っ先に頭に浮かんだ質問だった。

「そちの証言によって晩餐会を故意に混乱させた容疑は晴れた。だが、破壊的な人間を一連のできごとに招き入れた件は有罪。そちの所有権をわたしに譲渡することで危機を免れる機会を与えたところ、やつはすぐに飛びついた。いまは釈放されて家に帰された。首には縄がかかっているから、つまずいたらきつく絞まるぞといってある」

ネヴァフェルは不安が安堵と溶けあっていくのを感じた。自分の無鉄砲でやぶれかぶれの賭けもまったくむだではなかったのだ。「あの人の一族は――まだ困った状況でしょうか?」ズエルの真っ青な顔はまだ記憶に新しい。

「家名に大きな汚点がついた」大長官は冷ややかに答えた。「もう一度少しでも過ちを犯せばおしまいだろう。だが、愚か者でなければぶじでいられる」

「ガンダーブラック家に乗っとられてはいないんですよね?」

「ちがう。つぎの質問！」

チルダーシン家は目の前の危機を脱し、マキシムは一族のもとにもどった。それならきっと、ズエルが迫害を受けることもないだろう。ネヴァフェルは息をついた。これでようやく、自分自身の状況に意識をむけることができる。

「どこにむかっているのですか？」

「今日はクレプトマンサー狩りだ。やつを見つける手助けをしてくれる者を探す。質問はもうじゅうぶんだろう。着いたぞ」

窓から外を見ると、晩餐会が行われた長い池のある洞窟にもどってきていた。輿は細心の注意を払ってボートにおろされ、ボートが島へと渡っていく。対岸には何人かの人が待っていて、審問官とわかる紫色の衣を見つけたとたん、ネヴァフェルは肌がむずむずしだした。代表者が報告をしようと輿に駆けよってきたとき、それがトレブル審問官だとわかってぞっとした。吊るされた檻にいたときに尋問をした人物だ。今日の審問官の《面》は三一二番の《灰色の門の門番》だった。重々しい威厳に満ちた表情で、恐ろしげでありながら信頼でき、礼儀正しそうに見える。

「犯行の状況がだいぶわかってきました。閣下」

トレブル審問官はみごとにネヴァフェルに視線をむけないようにしていて、ネヴァフェルにはありがたかった。「スタックフォルター・スタートンをだれも見ていなかったのは、この洞穴からわずか数ヤード離れた氷室《ひむろ》に保管されていたときだけです。そこで、給仕の際に完璧な温度になるよう冷やしていたのです。扉には番兵がついていたので、安全なはずでした。

どうやらあの泥棒は、すぐ上のほとんど使われていない貯蔵用の洞穴から氷室に通じるトンネルを掘ったようです。貯蔵室でこれを見つけました」審問官は汚れたビーカーと、小さな、いまにも壊れそうな薬種屋用の天秤を掲げて見せた。「盗んだのがだれであれ、食用錬成術の心得がある人間です。われわれは、吸血性ワイン、熱狂コショウ、膀胱《ぼうこう》刺激チーズを巧妙に混ぜあわせたものと見ています。なんにせよ、熱湯でチョコレートを溶かすように、二ヤード分の岩を溶かしています。

それから、氷室でこれを見つけました」ほっそりした金属の道具は、一方の先が二股に分かれてとがり、もう一方には四フィートの長さの柄がついている。「犯人はまずスタートンを切り分け、このフォークで岩の穴を通して上にあげようとしていたようです。ことがすんだら、こんどは自分が岩をのぼってもどり、戦利品をもって逃げる計画だったのでしょう」

「では、どうして計画を変えたのだ?」

「選択肢がなかったのだと思います」審問官はちらりとネヴァフェルに視線をむけた。「だれかが……ガンダーブラック・ワインをこぼしたために、召使たちはあわてふためいて、予定より三十分早くスタートンを出すことにしました。泥棒はだれかが扉の鍵をあける音を聞きつけ、自分が隠れられるのはスタートンの蓋の下しかないと気がついた」

「それなら……あたしのせいじゃない！」ネヴァフェルはうれしそうに口をはさんだ。「あたしはクレプトマンサーの計画を助けたんじゃなくて――邪魔したわけでしょ！」

「そのように見えます」トレブル審問官は、しかたなさそうに認めた。

「そもそもこの泥棒がどうやって貯蔵室に侵入したかわかったのか？」大長官が尋ねた。「あるいは、さらにいうと、池に飛びこんだあとどうやって逃げたかも？」

「地図つくりたち《カートグラファー》が調べています」トレブルはすぐさま答えた。「それから、カートグラファーが発見したことについて説明させるために、ハープシカリアン親方を呼んでありますす。あの者は……安全とはいえませんが、ほかの大半よりはましです。お声がかかるのを待っております」

「連れてまいれ」

ガタガタという音がして、べつの輿がよろめきながらもちあげられて運ばれてきた。ネヴァフェルがすわっている輿とは、すべてにおいてちがっている。まず、窓がなく、扉には重そうなかんぬきと錠前がついていて、乗り物というよりも巨大な金庫に見える。暗い色の木材でできているのも、つややかで堅牢そうな印象を与えている。さらに興味深いことに、扉の枠と担ぎ棒が交わる部分に砂時計がくっついていた。

「まだ質問があるのだな」大長官がうながした。傍らで、部下がかんぬきを引きぬいている。

「この箱のなかにはだれが？」ネヴァフェルは必死に爪をかむのをこらえていた。

「カートグラファーだ」

ネヴァフェルは晩餐会のときにズエルが警告していたのを思いだした。カートグラファーたちは伝染性の狂気にさいなまれている。役に立つ人たちで、優秀な人も多いが、彼らと話をするのはとんでもなく頭がおかしくなるかもしれない危険をはらんでいる。

扉があくと、衛兵はすぐさま片側に寄って、砂時計を回転させた。砂が管の真ん中の狭くなったところを落ちはじめた。

男がひとりおりてきて、上下左右に揺れながらあわただしくお辞儀をした。たちまち、この男のどこかおかしな気配が漂ってきて、ネヴァフェルは身をこわばらせた。衛兵たちもそろって緊張している。男のお茶の色をした目は異様に大きく、眼窩《がんか》のなかでかすかに揺れているように見える。ベルトには奇妙な道具がびっしりとくっついていて、頭にくくりつけた機器が十秒ごとに大きな音をたて、そのたびに男がぴくりと動く。

三十三番《礼儀への感謝》の《面》をまとっている。重要な集まりで砂糖をまわしてもらったときにふさわしい穏やかなほほ笑みだ。この場には似つかわしくなく、そのせいでネヴァフェルは落ちつかない気分になった。たとえば、男が上着を後ろ前に着ていたり、靴下を手にはめていたりするような感じがする。

「ハープシカリオン親方、あそこの貯蔵室への最近の侵入についてわかったことをすべて知りたい」まえおきもなく大長官がいった。「侵入者がどうやって入りこんだか、どこからやってきて、どこに逃げていったのか」砂時計を見て、あらためてせっぱつまったようにいう。「手短に話せ！」

「あああ」風変わりな人物は長く息を吐きだし、長く息を吸いこむと、驚くほどきびきびとした、まともそうな口ぶりで話しはじめた。「もちろん、熟練の同僚たちが見つけたことをまとめて報告いたしますが、ペックレターからしばらくのあいだ――」ぴくり。「花崗岩の通りに航行不能になった水路があったと理解しております……」

男の話しぶりはすばらしく明快だった。声のあがりさがりにつられて、存在を知らなかったらせん階段をあがったかと思うと、とつぜん出現した坑道をおりて、思いがけない通路に入りこみ、いつしか時を忘れてしまう――

「……コウモリのようにばたばた動きまわる黒いもので、われわれとしては肘で命令する人ときちんと決着をつける時間がなく、反響や地球のしゃっくりを測定するには――」

「時間切れだ！」砂時計の最後のひと粒が底に落ちたとたんに、衛兵が声をあげた。衛兵はまだ話している途中のカートグラファーを輿のなかへと押しこんで、扉を閉めた。

十八人が息を整え脳のねじれをほどくという、奇妙な痛みをともなう作業にかかるまでに、少し間があった。

カートグラファーは五分間、話をした。ネヴァフェルがあとから思いだしてみると、後半の三分は、ふつうに意味が通るようなことはほとんどいっていなかった。心配なことに、話を聞いているあいだは、完璧に理解しているように感じていたのだ。意識がカートグラファーの言葉の波に引きずられて正気の岸辺から離れ、自分自身で引きもどすのはひどく苦痛だった。

いまも、一瞬だけでもなにかすばらしいもの、世界を解明し理解するのを助けてくれる、大きなパズルのヒントを見せられたような、そんな感覚が見え隠れしている。まだ、岩の感触や、血管に銀と銅が流れている意味がわかる気がする。目に見えない洞穴に呼ばれているような、まだ人が足を踏み入れたことのない洞穴に自分の足跡を残したくてたまらないような、そんな感じがする……。

いまとなっては、カートグラファーの扉の外に砂時計があった理由がよくわかる。あの人物と五分以上会話をするのは、危険すぎるのだ。

「それで」大長官の声にネヴァフェルははっとしてもの思いから引きもどされた。「あれをどこまで理解できた?」

ネヴァフェルはなんとかして答えようとしたが、「ばかだと思われてはいけない」というだいじな忠告を思いだしてしまった。聞いているときにはとてもわかりやすく思えたカートグラファーの言葉の多くが、いま、正気の冷たい明かりにさらされてまったく意味をなさないものになりさがっている。もはや「憂鬱《ゆううつ》な玄武岩《げんぶがん》」がなんだったのか、「三段階の銀をうたう」のがなぜ重要なのかわからない。それなのに、あの男の演説は尾を引いていて、ネヴァフェルを混乱させていた。

「あの……カートグラファーは捜索をして……イタチとさじ測定器を使って……」眉をひそめる。「いま侵入者が入りこんだ方法として唯一考えられるのは……ダストシュートをあがって?」

「わたしもハープシカリアン親方の言葉をそのように理解しました」トレブル審問官は、頭の中身を落ちつかせようとするかのように、指先で額を押さえている。

「わたしもだ」大長官がぶつぶついった。まるで、クレプトマンサーがティーポットの注ぎ口から這いだしてきたとでもいうくらい、非難がましい口ぶりだった。「つまりだ。われらが泥棒は二百フィートもある立て坑をよじのぼったというのか。あらゆる種類の腐敗物や汚物で滑りやすくなっているうえに、何者であれ何であれ、まさにそのようなことをする輩が出ないよう、下向きの金属の釘がいたるところにしかけてあるというのに。ああした場所のガスは虫とりランタンも光らないくらい有毒だから、犯人は呼吸をせずに動いたということになる」

「申し訳ありません、閣下」トレブル審問官は出すぎたまねにならないよう警戒している。「ですが、カートグラファーはほかに犯人が入りこんだ経路を見つけられなかったようです」

「脱出も同様に信じがたいものだ」大長官は話をつづけた。「わたしがハープシカリアン親方のおしゃべりを理解したとするならば、犯人は池からつづいている地下水のトンネルを通って逃げたということだ。その経路では、十分間は息をとめておいてから、その後に四十フィートの滝を抜けて、流れの速い川に飛びこまなければならないのだぞ」

長い間があった。

「その男が川で溺れたと真剣に考えている者は、ここにはひとりもいないだろう」大長官はいった。

「あとで犯人の幽霊が貯蔵室に隠しておいた忘れ物をとりに現れでもしないかぎりは」トレブル審問官が答えた。「いまのところ、その兆しはありません。溺れるかどうかですが、われわれは犯人の衣類が気密性のあるもので、空気を供給できる装置がついていたのではないかと見ています。水没した洞窟を探検するためにそのような衣類を開発したカートグラファーがおりますので」

「それは興味深い」大長官の片目は表情を変えたわけではなかったが、淡い色の炎のなかでなにかが明るく強くなった。「トレブル、犯人はカートグラファーなのかもしれない。隠された道を知っているのも、それで説明がつく。慎重に調査を進めてくれ。カートグラファーたちに、われわれの疑いを知られてはならない。われらが泥棒にまで伝わってしまうかもしれないからな」

トレブルがお辞儀をして、指令を伝えるために席をはずしたあと、ネヴァフェルは少しのあいだ質問を我慢していたが、結局いつものように言葉が口をついて出た。

「あのカートグラファーはどこか悪かったんでしょうか？　なにか困っていたようでしたよね？　かゆいのにかけないみたいな」

大長官は冷たい視線をむけてきたが、短くうなずいた。「カートグラファーたちは最近落ちつきがないのだ。興奮しやすく、予測がつかない動きをする。《未発見の道》の騒ぎ以来、こんなにひどいことはなかったのだが」

「《未発見の道》？」

「連中の妄想だ。知っているだろうが、わざわざコウモリのように鳴き、コウモリのように聞こうとするカートグラファーがいる――鳴き声のこだまのしかたで、周囲のトンネルの形を判別できると信じているからだ。コウモリのやりかただが、もっとずっと正確にできると。七年ほど前、そういうコウモリ鳴きをする連中が、それまで発見されていなかった新しいトンネルの存在を察知した。

連中は信じていたようだ。そのトンネルはカヴェルナの中心部の奥深いところを走っていて、まだどの地図にものっていない。肘から下までの長さふたつ分の幅しかなくて、ハープの弦のようにまっすぐで長く長くのびている、と。連中は、そのトンネルにはどこかおかしなところがある——片方にしか出口がない、と主張していた。その後、その出口がどこかつきとめる前に、トンネルは消えてしまった。戸の下のすきまから入りこんでくる煙のように、妄想はほかのカートグラファーたちにも伝わっていった。そうして連中はしばらくのあいだ、とりつかれたようにそのトンネルを探しつづけた。だいぶたって落ちついたが、まだ完全にあきらめたわけではない」

「その道が、クレプトマンサーがひそかに出入りしている通り道なんでしょうか？」

「連中はそうは考えていない。そもそも、その道は連中の妄想のなかにしかないのだ」

「そのトンネルの新しい形跡が見つかったのでないのなら、どうしてカートグラファーたちは落ちつきがないんでしょう？」

「さあ。自分たちでもわかっていないのではないか」

ネヴァフェルが考えこんでいるあいだ、大長官はトレブル審問官と話をつづけていた。

「では、その男についてほかにわかっていることは？」

「背は低いですが、子どもではありません——活動しはじめてからだいぶたっていますから。最初に活動が報告されたのは十年前ですが、有名になったのは七年前、その男の首にかなりの額の懸賞金がかけられたときからです。懸賞金は匿名だったようです。やつがかかわったと思われる盗難事件のリストもあります。手口に……これといったパターンはないようです。閣下」

「懸賞金を出したのがだれか調べてくれ」大長官は指示を出した。「その者についてほかに導きだせることは？　スタックフォルター・スタートンを盗むために命をかけるような泥棒だ。そこからなにがわかる？」

「チーズがほんとうに好き？」ネヴァフェルはいってしまってから、みなににらみつけられて、あわてて両手で口を覆った。

「いかにもチーズつくりらしいことを」審問官が軽蔑したように応じた。

「でも……」ネヴァフェルは黙っていられなかった。「でも、その人はちょっとはチーズの知識があったはずです。でなければ、少なくとも、このチーズのことだけは。スタートンが熟成していくときにだいじなのは、しじゅうひっくり返すことです。でも、熟成して切り分けたあとは、定期的に金の針でつついて通気をよくしてやらなくてはなりません。その人は少なくとも、それをやっていたはずなんです」

「どうしてそう確信できる？」審問官がぴしゃりときいた。

「それは……ええと、もしそうしていなかったら、だれかが爆発音を聞いたはずだからです」

ネヴァフェルはおずおずと説明した。

「野生のトンネルで、だれにも聞こえないところで、爆発させたのだろう」審問官は冷ややかに応じた。「記録によると、クレプトマンサーは盗んだ物について関心が薄い。たいていは、手に入れたとたんに破壊するか、捨ててしまう。盗むことだけが重要なのだ。それによって分裂が起き、自分の悪名が高まること。挑戦することが」

「それなら、その人になにか盗めとけしかけてみたらいいのに。待ちぶせしてつかまえるとかできるでしょう」周囲を見まわすと、大長官の冷たい右の目がネヴァフェルに注がれていた。

「ああ！　あの……だから……その人になにか盗んでみろといってみてはどうでしょうか、閣下」

審問官はうんざりして軽蔑しきったようなまなざしでネヴァフェルをにらみつけた。「もしその男が自分の頭を吹きとばさずに高価な品を混ぜあわせることができるほど賢いのなら、あからさまな罠などすぐに見抜くのではないか？」

「それはそうでしょう」ネヴァフェルは一拍おいてから、リスのように踊りまわる考えをまとめようとした。「でも、人は罠にかかるものでしょう？　正しいエサをつけておけば。避けられないんです。たとえ罠だとわかっていても」

「みながみな、目の前で爆発するとわかっていて箱をあけるわけではない」審問官が冷たくいったので、ネヴァフェルは赤くなった。

「それはちがうぞ、トレブル」大長官がネヴァフェルを見つめたまま、考えこむようにいった。「だれにでも、それが罠だとわかっていて、あけずにはいられぬ箱がある。抗えぬものがある。問題はそれぞれにとっての正しい箱、正しいエサを見つけられるかどうかだ。この泥棒に対しては、やつの劇場感を刺激するくらい風変わりなもの、唯一無二のものをエサにせねばならぬ。

「これから、《珍品の棚》に行くとしよう」

　大長官の輿は、岩壁で化石になった古代の魚が細い口をあけて歯を見せて笑っている《不思議の通り《アベニュー・オブ・マーベルズ》》から、しずく形の水晶がひとつずつ目に見えない糸で吊るされている《乾いた涙の通り《ストリート・オブ・ドライ・ティアーズ》》へと運ばれていった。最後にたどりついたのは二枚の緑色の扉で、開くと、輿を運びいれられるくらいの幅があった。

《珍品の棚》とは、世界の不思議がつまった一連の部屋だった。大長官が退屈を打破してくれるものに飢えていることは、地上世界でもよく知られており、探検家たちは遠くの土地まで行っては恐ろしい危険を冒して、大長官をいっときでも楽しませるような変わった品々を持ち帰っていた。なにしろ、大長官が目にとめるような珍しい品を持ち帰った者には、大金が与えられたのだ。

　納められているひとつひとつの品は、一時は大長官の頭に好奇心の火花を散らし、一瞬、世界は不思議に満ちていて、つねに予測がつくわけではないのだと思わせてくれた。だが、いつのときでも、興味は燃え尽き、味気ない退屈という灰色の灰だけが残り、新たな珍品は《珍品の棚》の仲間に加わった。じっさいのところ、この棚は、大長官の圧倒的破壊的な退屈の証明以外のなにものでもなく、大長官が最後に足を踏み入れてから五十年以上たっていた。

　ところがいまは、すべてが変わっていた。大長官は傍らに若い毒見係を連れている。毒見係はこれまで一度もこんな不思議を見たことがなく、その目を通して、大長官の好奇心がふたたびよみがえったのだ。大長官は新たな目でアルペット王のミイラを見た。王の眼窩にはハトの卵大の宝石がおさめられている。巨大なイッカクの角。琥珀《こはく》にはまりこんだ人間の腕ほどの長さのトンボ。頭が三つある子牛のはく製。肩から小さな翼がはえているあまりにも尊い男の骸骨。雷石だといわれる焦げた丸い石。毒見係はとくに、淡い色の漆喰《しっくい》でできた有名な詩人たちのデスマスクに魅せられたようだった。詩人たちの目は閉じていて、頬はたるんでいる。毒見係の好奇心はどんどん募っていき、いまにも間欠泉のように噴きだしそうだ。

珍品の棚の管理人は、もう少しでけがをしそうなくらい大あわてで大長官を出迎え、震えながらお辞儀をした。

「ああ、ああ」大長官はつまらなそうに応じている。「その娘をわたしから遠ざけて、質問に答えてやってくれないか?」

少女は飽くことなく、気のふれたサルのようにはねまわり、巨大な鳥ロックの卵やサイの皮の棚に見入っている。足をとめたかと思うと、あんぐりと口をあけ、ゆっくりと移動して、十八フィートほどの高さにそびえたつ、ほっそりした動物のはく製の前に立った。黄褐色の毛皮やべっ甲模様の斑点《はんてん》、やわらかな角の切り跡、ハンドルのような耳、竹馬のような脚、望遠鏡みたいな首のうしろのたてがみをうっとりと眺めている。

「この馬になにをしたの?」部屋の反対側にいる大長官の耳に、少女の声が聞こえた。「首をのばされて死んだの?」

「いえいえ、お嬢さん、これはラクダヒョウといいまして、ここにいちばん最近加わった品です。日差しの強い平原に住む、きわめて珍しい生物でございます……」管理人は説明をはじめたが、ネヴァフェルはちっとも聞いていないようだった。しゃがみこんで、ラクダヒョウの足首のカブみたいなこぶをのぞきこんだり、二股に分かれた幅広の黒っぽいひづめのにおいをかいだりしている。大長官はふと、少女が動物の足についた草のにおいをたしかめているのだと気がついた。

「じゃあ、どうしてこんなに背が高いの？」ネヴァフェルの声が暗い屋根裏のような部屋じゅうに絶えまなく漂う。「太陽が動物を成長させるの？　植物を育てるように？　これくらい背の高い生き物はほかにもいるのかしら？　人は？　太陽は人も大きくするの？　あたしが年のわりに大きいほうなのもそのせい？」

「あの……」管理人の声がどこか深いところから響いてきた。「いえいえ、そういうことではないと思います……なんといっても日の光というものは、物をしおれさせる危険なものです。わ……わたくしが思いますに、ラクダヒョウの首が長くなったのは、高いところの葉をとろうとしたからではないかと……」

「じゃあ、生まれたときは短い首で、のばしているうちに長くなったの？　あたしも葉っぱにかみつこうとのびをしてたら、首が長くなるかしら？　いつも右手で物をとろうとしてるのに、右腕が左より長くないのはどうして？　つじつまがあわない」

管理人の願いとはうらはらに、少女の質問が尽きる気配はなかった。それどころか、こんどは遠くの土地からやってきた、そびえたつような甲冑《かっちゅう》のいくつかを見ようと駆けだして、ときには腕をのばしてほうろうびきの籠手《こて》と長さ比べをしている。

「見て！　これほんとうに巨人用につくられたみたい。やっぱり太陽のおかげで、地上世界の人たちは特別大きくなったんだね」

大長官はやっとのことで、浮かれさわぐ新しい毒見係から目をそらした。自分がここにいるのには、理由があるのだ。

「筆記を」書記係のひとりがペンと紙をもって駆けよってきた。「カヴェルナの大長官職がいわゆるクレプトマンサーに挑むことを知らしめよ。その技と勇気を、大長官の珍品のひとつを盗むことで示せと。期限は三日が過ぎるまでとする。同時に、クレプトマンサーなる者の遺体のはく製を展示する場所を用意したことも知らしめよ。さすれば、逮捕されて処刑されたあとのクレプトマンサーの姿を、宮廷の者たちが呆然と眺めることができよう」

しかし、クレプトマンサーにどの珍品を盗めと挑むべきか？　どうやって罠にエサをつけるか？　大長官の視線は、ネヴァフェルを魅了したラクダヒョウへともどっていった。背が高くぶかっこうで、泥棒が短い時間でシュートに流すのはむずかしい……。

「少々変更を」書記係にもごもご呼びかけた。「『珍品のひとつ』のかわりに『最近、大長官の所有物に加わった最大の珍品』とせよ」

クレプトマンサーは、どれが最近、《棚》に加わった品かをたしかめるためにきいてまわらなくてはならないだろう。そのさなかにつかまるかもしれない。それに、たとえその罠がうまくいかなくても、謎に包まれた泥棒は、がっしりした十八フィートの高さの奇怪な動物を盗むという課題に直面するだろう。
大長官は、氷のような魂のなかにかすかに喜びがざわめくのを感じた。

13　必要なものすべて

毒見係の居住区にもどるころには、ネヴァフェルはおなかをすかせていた。五時間のあいだで大長官が口にしたのは小皿に盛られたオリーブ、ザクロの砂糖漬け、ウズラの卵だけだった。当然のことながら、ネヴァフェルはそれぞれ、ほんのひとかけらしか与えられていない。毒見係をすることのよくない点のひとつがわかってきた。最初は、毒で死ぬのを心配していた。でもいまは、飢えのほうが心配だ。さらによくないことに、ザクロには視野を広げるスパイスが含まれていたため、フクロウになったみたいで、とにかく落ちつかない。

ネヴァフェルがあっさりしたふつうのポリッジをがつがつとつめこんで、吐きそうな空腹感や、目の奥のめまいがするような痛みがなくなると、レオドーラは朝より落ちついたようすで、毒見係の居住区を案内しながら規則の説明をはじめた。

「この区域全体がわたしたち専用になっているの」レオドーラは説明した。「入口はひとつ、厳重な警備がついていて、毒見係と宮廷の使用人以外は入れない」たしかに、軽快な足どりの使用人がとぎれることなく行きかっている。みな宮殿の白いお仕着せを着て、礼儀正しい夢遊病者みたいな《面《おも》》をまとっている。

「勤務時間以外の大半はここで過ごすことになる」レオドーラが扉をあけると、そこは気持ちのよさそうな小部屋だった。五、六人がクッションにもたれかかって本を読んだり、噂話をしたり、ボードゲームをしたりしている。ふたつめの扉がさっと開くと、狭くて、深紅の壁掛けがかかった暗い部屋が現れた。数人がマットレスに横たわり、ネヴァフェルの背丈ほどもある大きくてぎらぎらした水ギセルを吸っている。室内は、いつもレオドーラにつきまっているのと同じにおいの煙に満ちている。なにかが喉の奥にひっかかって、ネヴァフェルはあわてて鼻をつまんだ。

「香水！　空気中に香水が！」

「だいじょうぶ」レオドーラが安心させるようにいった。「水ギセルの煙にほんの少し加えてあるだけ。穏やかな気持ちになれるというだけだから。最初はよく眠れない人もいて、そういうときはキセルがきくの」

ネヴァフェルはかたくなに鼻を押さえつづけて、扉が閉まってから、ようやく手を放した。穏やかな気持ちになるのはいいけれど、むりやりさせられたくはない。それからふと思った。毒見係の人たちは、あたしには想像もつかないほど長いあいだ、恐怖のなかで生きてきたんだ。

扉が閉まってからも、空気中にはそれとなく煙の香りが漂っている。ネヴァフェルはレオドーラの淡い色の爪ときらきらしたまなざしを見て、急にもっと清らかな空気を吸いたくなった。休憩室はきれいで居心地がよかったが、どこかよどんだ空気があった。けっして出ることを許されない、ペットの檻に似ている。

「外には出られますか？」

「外に？」レオドーラはぎょっとしたような声を出した。「それは、ええ、理屈上はね。これらの部屋は宮殿内にあるのよ。規則上は、宮廷内の公開になっている中庭と娯楽棟の大部分は歩きまわっていいことになっているし、どこが立ち入り禁止かはかなりはっきりしているの。でも、なぜそんなことをしたいと思うの？　ここには必要なものはすべてそろっているし、ずっとずっと安全よ」

「でも、出たいと思ったら出かけられますよね？」ネヴァフェルは食いさがった。「自分の当番の時間までにもどれば」

レオドーラはちょっとためらってからうなずいた。「それはできるわよ。でもね、ネヴァフェル？　やめておいたほうがいい。とくにあなたの場合はね。ふつうの危険だけではないから。あまり多くを見たくはないはずよ」

ネヴァフェルがわけがわからないというようにぽかんと口をあけたので、レオドーラはため息をついて話をつづけた。「ネヴァフェル、その顔はあなたの財産よ。あなたにまだ命があるのは、その顔のおかげだとわかっている？」

ネヴァフェルは真剣な面持ちでうなずいた。

「では、あなたが忘れられないものを見たとき、その顔になにが起きると思う？　考えかたを変えてしまうような恐ろしい光景を見たとして、それが永遠に顔に表れてしまったら？」レオドーラは身をのりだして、低いやさしい声音でいった。「あなたの顔は損なわれてしまう。そうなったら、あなたの価値はなくなってしまうのよ。ごめんなさいね、でも、あなたはひどく危うい立場にいるの。そのことを理解しておかないと」

そういう考えかたもあるのかとネヴァフェルは驚き、ようやく頭がまわるようになったときには、レオドーラはもう歩きだしていた。

「待って——レオドーラさま——せめて、紙とインクをいただけませんか？　チーズ職人のグランディブル親方とワイン商のチルダーシンさまに手紙を書きたいのです」

「それはあまりおすすめできないわね」レオドーラはやんわりといった。「仕事がら、わたしたちが手紙を書くのは喜ばれないの」

「でも、グランディブル親方がぶじにやっているかたしかめたいんです」ネヴァフェルは不満をのみこもうとしたが、うまくいかなかった。「それに、友だちのズエル・チルダーシンが……なにか困ったことになっていないかも——」

「ネヴァフェル」レオドーラはため息をついてさえぎった。「きくけど、審問官に自分の手紙や、自分あてにきた返信を読まれたい？　なぜこんなことをきくかというと、審問官はそうするから」ネヴァフェルは思わずうなだれた。審問官と聞くと、いまだに体の芯まで冷たい震えが走る。「心配しないで。あなたの所有権を主張した人たちには、あなたの新しい立場を知らせる通知が送られている。グランディブル親方もチルダーシン家もマダム・アペリンも、あなたが生きていて元気で、閣下にお仕えしていることはご存じよ」

ネヴァフェルの心臓が、翼の折れた鳥のはばたきのようにほんの少しはねあがった。グランディブル親方がまだ自分をとりもどそうとしてくれていると思うと、胸が熱くなった。アーストワイルのいっていたとおりだった。それからふと、レオドーラのいったことに気がついた。

「マダム・アペリンといいましたか？　マダム・アペリンもあたしをほしがったの？」

「知らなかった？　ええ、どうやら、あなたが最初に逮捕されたときから、マダムはあなたを自分のところで雇いたいと申し入れていたようよ。でも、そのときには手遅れで、あなたはすでにマキシム・チルダーシンに仕えることになっていた。晩餐会のあとにもマダムから申し入れがあったけれど、却下されたの」

「でも――」

「駆け引きよ。なんでもそうなの。できるだけかかわらないほうがいい。悪いことはいわないから。休んで、ゆったり過ごして、ぜんぶ忘れておしまいなさい」

ネヴァフェルはふらふらと休憩室までもどり、何度もチェスをして負けながら、考えをまとめようとした。結局最後にはあきらめて、ひとりになりたくて自分の部屋にもどった。

マダム・アペリンがあたしを自分の保護下におくために動いていた。でも、保護下なのか管理下なのか？　あたしをつかまえたかったのか、守りたかったのか？

「あたしを溺れさせようとした人がいる」ネヴァフェルは思いだし、脳内で飛びまわる考えを抑えるように両のてのひらをこめかみに押しあてた。あたしが審問官の檻にいたのを知っていたのはだれ？　審問官はもちろん知っていた。それから、チルダーシン一家とマダム・アペリンだ。

ネヴァフェルの脳裏にマダム・アペリンのずるそうな顔が浮かんだ。ガラス玉のようにきらりと光るつりあがった緑の目、完璧で冷たい宝石のような口。つぎの瞬間、その姿は押しやられ、はじめて会ったときに垣間見えた、悲しげで愛おしげな《面》をまとったマダムの記憶がよみがえる。マダム・アペリンに対する思いは折れた木切れの寄せ集めみたいで、ぴったりくっつくものはない。

マダムと自分には通じあうものがある。それはわかっている。あの疲れた、やさしげな《面》を見たときから感じていた。あの表情は魂に語りかけてきたのだ。ほかのどんなものもできなかったようなやりかたで。信頼と同情とあこがれ、そして痛いほどのなつかしさでネヴァフェルをいっぱいにした。まるでだれかが、心にまっすぐ手をのばしてきたかのようだった。奇妙な偶然が、ネヴァフェルの脳内で騒ぎだしていた。

マダム・アペリンの《悲劇の連作》は七年前に発表された。あたしがどこからともなくチーズ・トンネルに現れたのはちょうどそのころだった。当時、なにか恐ろしい、悲しいできごとがマダム・アペリンの身に起きたのでは？　それで、マダムのつくった新しい《面》はどれも苦しみに満ちているのでは？　そして、そのこととあたしとはなにか関係がある？

マダム・アペリンが、ネヴァフェルの失われた過去にかかわる人物という可能性はあるだろうか？　はじめて会ったとき、マダムになにか気づいたようすはなかったが、思えばあのときはネヴァフェルの顔は覆われていた。そして、ネヴァフェルが仮面をはずして情けない思いをしていたとき、マダムがひどくうろたえて声をあげたのがたしかに聞こえた。「ありえない」それだけだった。「ありえない」と。

マダムがそういったのは、あたしの顔があまりにも奇妙で恐ろしかったから？　それとも、あたしがだれだか気づいたから？　だからあんなにうろたえていたの？

またしてもネヴァフェルは、チーズ・トンネルの戸口でちらりと見た《面》を思いだした。疲れたようなやさしさをたたえたエメラルドグリーンの瞳……。

マダム・アペリンの目は緑。あたしのもそう。このことになにか意味はある？

すべての疑問の答えになるかもしれない説明がひとつある。けれども、それを考えだすと、胃がぐらりとあがって落ちていく。まるで、怪物じみた波の上を揺れる小さなボートみたいだ。揺れ、暗い水、見おろす恐怖。

マキシム・チルダーシンはネヴァフェルが過去を調べるのに手を貸すと約束してくれたが、いまはもう彼の手の届かないところに来てしまった。自信に満ちた力あるワイン商の家長が、もう少しで汚名を着せられ処刑されるところだった。すべてはネヴァフェルの行動のせいだ。もうあの人がこれ以上自分のために危険を冒してくれるとは思えない。仮にまだその気持ちがあったとしても。

もし自分の過去の秘密を見つけたければ、マキシム・チルダーシンの力を借りずにやるしかない。あたしはひとりだ。でも？　とつぜん、前日の謎めいた手紙を思いだした。

急に楽観的な気持ちになって、ネヴァフェルはベッドに駆けより、上掛けをめくった。前日に見つけた小さな箱はない。かわりに、インクのびんと、きれいな紙五枚が隠してあった。手紙もある。

インクを隠し、紙をだいじに使い、書きあげた手紙はマットレスの下に入れておくこと。手紙は開封されずにぶじに配達される。返事がきたら、同じ場所に置いておく。
外出しなければならないときは、シギの中庭、メラモースの柱廊、ハープのホールは避けろ。この三つは、暗殺者の徘徊《はいかい》コースだ。
われわれは見張っているが、見張るしかできない。

ネヴァフェルは最初、どう感じていいかわからなかった。こんなにすぐに紙とインクが用意されるなんて、偶然のわけがない。レオドーラの気が変わったか、ふたりの会話が盗み聞きされ、どうにかして名前もわからない協力者にネヴァフェルの望みが伝わったかのどちらかだろう。だれかに見張られているみたいな気分だ。気味が悪いようで、それでいて安心できるような、まるでつまずきかけて、目に見えない手に受けとめられたような感じがした。

最初の謎の手紙には「友だち」と署名があった。こんどの手紙は「われわれ」といっている。だれかはわからないが、ひとりではなさそうだ。

罠かもしれないというのもわかっている。でも、機会をむだにしたくない。ネヴァフェルはばらになった紙を手にとり、長い、ごちゃごちゃした手紙をグランディブル親方とチルダーシンあてに書いた。自分の身に起きたことをすべて伝えた。唯一、書かなかったのは、クレプトマンサーにしかける罠のことだけ。まちがいなく、命にかかわる重大な秘密だからだ。手紙を折りたたんでから、ためらって、もう一通短い手紙を書いた。

親愛なる友へ
ありがとう
あなたはだれ?

三通を指示どおりマットレスの下にたくしこみ、ベッドにすわって前後に揺れながら、浮かんでくる疑問をじっと見つめてみた。

「ああ、ここにいたらなにも見つからない。じっとすわって殺されるのを待ってるなんていや」ネヴァフェルは声に出していった。「だれかがあたしに死んでほしいと思ってる。その理由を見つけなければ、いつか目が覚めたときには死んでいるかもしれない」

毒見係の区域につながるアーチの入口に立つ番兵は、細かな指示を受けていた。そのほとんどが、毒見係以外の者を区域に入れないための指示だった。そのため、最年少の新入りの毒見係が番兵のわきを通りすぎて宮殿の公開されている中庭に出ていったときに、反応した者はいなかった。中庭は、長官に気に入られた精鋭たちが会い、交じりあい、陰謀をめぐらす場所だ。

ネヴァフェルは見張られていないわけではなかった。思いきって外に出ていったネヴァフェルを、わざと関心のないふりを装いながらじっと見つめている目があった。その目の持ち主は振りかえりもせずに、ネヴァフェルが視界の外に出るのを待ってから、冷静にきびすを返してあとを追いはじめた。

14　美女と野獣たち

毒見係の部屋を離れるのは夢に入っていくのに似ていて、何歩か中庭に踏みだしてあたりを見まわしたときには、夢見心地で恐ろしさは感じなかった。夜を思わせる深い青のベルベットに覆われて真珠《しんじゅ》が星のようにまたたく廊下は、夜明け前のぼんやりとしたスミレ色に包まれた広いトンネルへとつながっていた。そこから、天井がピンクや金色の縞模様に染まった、夜明けを思わせる部屋をいくつも通って、金箔《きんぱく》と石英と小さな水晶の鏡がきらめく中庭に出た。金色に塗られた何百ものランタンが太陽のように飾りつけられ、あたりを照らしている。大長官は太陽だ。そういっているみたいだった。宮殿の中心にむかって歩くのは、昼にむかって歩くということなのだ。

中庭に足を踏みだしたとたん、なにかが肩に飛びのってきた。毛が顔をくすぐり、ざらざらだけれどほっそりしたしっぽが喉もとに巻きついた。ネヴァフェルがびっくりして悲鳴をあげて振りむくと、白いもさもさの毛に縁どられたピンク色っぽい小さな平たい顔に鼻がぶつかりそうになった。

「サル！」驚いたのとうれしいのとで声をあげる。「本物のサル！」小さなネコくらいの大きさで、青いスパンコールの飾りのついた上着を着て、青い羽根がたなびく黒い小さなベルベットの帽子をかぶっている。器用そうな黒い指と、悲しげにしわの寄った淡い色のおでこの、なんてかわいいこと。サルが帽子を脱ぎ、恐れを知らないように唇を広げてにっと笑ったので、ネヴァフェルも笑いだした。

「びっくりするじゃないの！　ああ、ねえ、ちょっと待って！」ネヴァフェルは手をあげて、サルがあいた手でメレンゲの半欠けを口に押しこんでこようとするのをとめた。「だめ、だめなんだってば！　素性のわからないケーキは食べちゃいけないことになってるの。あなたはどこから来たの？」見まわしたが、飼い主らしき人は見あたらない。肩にのった小さな客は、ネヴァフェルが気をとられている瞬間を絶好の機会ととらえたらしく、顔をよじのぼってきた。

「やめて！」ネヴァフェルは毛に覆われて半分笑いながら叱りつけた。「あたしには秘密の使命があって、たくさんの人に見張られてるの。サルにメレンゲを耳につっこまれたりしなくても……ちょっと！」

サルはネヴァフェルの肩から飛びおりて、暗闇のなかにはねていった。その手に、いきなりネヴァフェルの頭からむしりとった赤い毛を握りしめたままで。

「いいよ！」ネヴァフェルは呼びかけた。「もう二度と肩にのせてあげないから！」

驚くことでもないが返事はなく、ネヴァフェルは足を速めた。もうほかのなにかに飛びつかれて髪をむしられるのはごめんだった。

そこは、風変わりで高貴で華やかな住人たちの世界だった。貴婦人たちはオコジョの毛皮に身を包み、六フィートもあるダマスク織の裾を引きずってそぞろ歩いている。ふたりの地図《カートグラ》つくり《ファー》が耳あてと鍵つきのさるぐつわをはめて、落ちつきなくはねまわり、ときおりおたがいのまねをしたり、針金でできた奇妙な道具を振りまわしたりしている。優美な貴婦人や貴族がかすかな香水の香りをたなびかせて通りすぎるたびに、ネヴァフェルは鼻をぎゅっとつまんだ。きらびやかな貴婦人のひとりが小さなブンブンという音を漏らしていて、ネヴァフェルは不思議に思ったが、黒と金色の髪飾りが生きたハチでできているのがわかった。針はとりのぞかれている。

宮廷に出入りする人の多くが自分のサルを連れているのもわかった。たいていはその家のお仕着せを着せられている。背中の白いサルが小さなケーキののった銀のトレイをもってよろよろしているのを見て、ズエルが教えてくれた話を思いだした。暗殺者や兵士が入りこむのを避けるため、宮廷では召使をそばにおくことができない。かわりにサルをしつけて、小さな毛むくじゃらの従者として連れているのだという。

ネヴァフェルは自分がクモの糸のように人の視線を集めていることに、気づいていないわけではなかった。何人もの華やかに装った人たちが平然と滑るように通りすぎていってから、何歩か進んだところで、足音と衣ずれの音が一瞬とまる。そのたびにネヴァフェルはうなじがぞわぞわした。人々は足をとめて、彼女が歩きさるのを見ているのだ。ひだ襟とひだ襟をすりあわせるようにして、頭を寄せてささやきあっている。ネヴァフェルは、仮面があればよかったと思っている自分に驚いた。それでも、気をつけて、すれちがう人たちの美しくつくられた《面《おも》》をのぞきこんでいた。

そのうちに、心を妙にかき乱される《面》に出会うだろう。マダム・アペリンの憔悴しきった笑みに心をつかまれたときのように。《悲劇の連作》のどれかの《面》をまとっている人はマダム・アペリンの客かもしれず、どこに行けばマダムに会えるか知っているかもしれない。

ネヴァフェルのあとをつけるのはかんたんなはずだった。目立つし、変装もしていなければ企みもなく、宮廷の不思議なものに見とれて振りかえってばかりいるので、追手は疑われることなく、ネヴァフェルの顔いっぱいに表れている考えや意図を存分に観察できた。

だがじきに、男は重要な教訓を思い知らされることになる。だれかの考えを読めるのはいい。でも、その相手が夏に酔いしれた羽虫なみにあちこちに目がいくようだとしたら、考えが読めたところでつぎの動きを予測できるとはかぎらないのだ。

ネヴァフェルの顔を見ているのは本を読んでいるようだった。たとえばこんなふうに。

この廊下はどこにつづいてるの……危険がないか、目を光らせておかないと……わあ、あのリヤマを見て！　走っていってあの膝を見てみよう！　でも、リヤマは怖いから、やめておこう――みんながあたしを見てるから、あそこのぎすぎすでいぼのある女の人と話をしにいこうか――待って、あのテーブルの上にあるのはデーツ？　うう、デーツ。でも食べちゃいけないんだ。だから、かわりにこのバルコニーにのぼってみよう！

ネヴァフェルの行ったり来たりにはじりじりさせられた。もっと人気《ひとけ》のない廊下に入っていきそうなときもあった。そこなら、口を覆って悲鳴が聞こえないようにするのもかんたんなんだ。

ところが、一瞬後には、ネヴァフェルは人だかりのほうに走っていってしまう。それでも男は警戒しながらあとを追いつづけた。経験から、機会はとつぜんめぐってくること、しんぼうすればたいていは報われることを知っていた。

ネヴァフェルは、一見したところ巨人ばかりが集まっているように見える中庭に出た。大きな人たちは均等にあいだをあけていて、背丈は十二フィートほどあり、頭を垂れて肩で天井の重みを受けとめている。近づいてみると、その人たちは、床から天井まである柱に施された精巧な彫刻だった。その顔は、何トンもの岩をもちあげようとほんとうに格闘しているみたいにゆがんでいる。

彫刻のあいだを背の低い人間たちが歩きまわり、壁にたてかけてある絵画に見とれたり、隅で音楽家たちがそっと楽器を奏でているのに耳を傾けたり、そこここで詩人の朗読を聞いたりしている。ネヴァフェルは知らなかったが、ここは絵や音楽、さらにはほかの興味深い作品を提供する人たちが、有力な支援者を求めて集う場所だった。

ネヴァフェルが急に走りだすと、二十あまりの頭が振りかえった。全身銀色の貴婦人の前で足をとめたときには、婦人の連れの男性がふたりとも剣の柄に手をかけた。

「ごめんなさい！　たったいま、とてもすてきな《面》をしてらしたので。悲しげで、見たことがない……月かなにかの絵画みたいで」婦人の肩に入っていた力がちょっとゆるみ、その目が好奇心に駆られてすばやくネヴァフェルの顔を探った。「どこで手に入れたか知りたかったんです。マダム・アペリンのデザインでしょうか?」

「よくおわかりだこと!」婦人の銀色に塗られた口がほころんだ。婦人が前に踏みだすと、動きとともに鎖かたびらの長いドレスがチリンと音をたてた。髪に差したピンが光る。「ええ、《悲劇の連作》のなかの愛らしい小さな《面》よ。わたくしに合うようにちょっと調整してもらったの。手直しをしていない連作の《面》は使いたくないから」婦人は近づいてきて、灰色の手袋をした手を親しげに、だがしっかりとネヴァフェルの腕にからめた。「閣下の新しい毒見係ね、そうでしょう?」

ネヴァフェルはうなずいた。自分がそんなに有名になっているとは、少し恐ろしい。

「では、ちょっといっしょに歩きましょう。わたくしは自分の《面》をどこで手に入れたかお話しするから、お返しにあなたの《面》の秘密について聞かせてちょうだい」婦人はしずくよけをもちあげて、ネヴァフェルと自分が入れるように開いた。「どうやってそんなありえないような効果が出せるの? よそ者だというのはほんとう?」

「そう……なんだと思います」ネヴァフェルはためらいがちに答えた。「ほんとうは覚えていないんです。ごめんなさい、《面》の秘密なんてなくて、ただ勝手にこうなってしまうんです。自分ではどうにもできなくて。でも、ほんとうにマダム・アペリンとお話がしたいんです。どこに行けば会えるかご存じですか?」

「いいえ」連れの女性は考えこむように銀の口をほころばせた。「いいえ、でも、面細工師《フェイススミス》を探しているのなら、お役に立てるわよ」

ネヴァフェルは、黒曜石の噴水のそばにすわっているふたりの女性のところに連れていかれた。噴水から噴きだされるバラ水がきらきらした弧を描いて星形の池に落ちている。ふたりはネヴァフェルたちが近づいてくるのに気がつくと、そろって立ちあがり、ひとりはスケッチブックをとり落とした。ネヴァフェルはすぐに、晩餐会の最中に自分をじろじろ見ていたフェイススミスたちだと気がついた。

それぞれが引きあわされた。銀色の貴婦人、レディ・アダマントは有名なチョコレート商の家の人だった。ふたりのフェイススミスは姉妹で、シムプリアとスニア・デ・メイナといった。銀色の貴婦人は去りぎわに、姉妹に意味ありげにほほ笑みかけ、姉妹も同じくらい意味ありげにうなずいた。

「あなたにお目にかかれるなんて、うれしいこと！」スニアのほうがシムプリアよりずんぐりしていて、横に長い目は潤み、くぐもった声はファッジを思わせた。つややかで高価そうに見える《面》をまとっていて、あたたかそうな笑みに高貴な夢見心地の風情をたたえている。

「ちょうど、あなたのことを話していたところで……」

「……だれを買収すればあなたに会わせてもらえるかしらって……」赤い顔をした背の高いシムプリアがかすれた声で笑いながらいった。明らかに最高級の《面》をまとっているが、スニアより冒険していて、寛大さと狡猾《こうかつ》そうな自信と怒りっぽさを大胆に混ぜあわせている。

「……でも、あなたがここに現れた。ねえ、あなたは気づかなかったでしょうけど、わたしたち、このあいだの晩餐会で……」

「はい！」ネヴァフェルはにっこりした。「おふたりはあたしを見てましたよね！　そして、あなたはあたしの絵をたくさん描いて、あなたは顔を紫にしてひっくり返った！」

姉妹の顔はほんの一瞬凍りつき、それからなんとか甘やかすような笑い声をあげた。

「そう、絵の話が出たので、どうかしら、その、もしわたしが……」スニアは落ちていたスケッチブックを拾いあげ、期待するようにその上で鉛筆を揺らした。「お話ししているあいだだけでも」

「かまいません」

スニアの鉛筆がすごいいきおいでページを走りはじめ、潤んだ目がネヴァフェルの顔をさっとかすめていく。

「それで」シムプリアが会話を引きついだ。「レディ・アダマントはあなたがフェイススミスと話をしたがっているとおっしゃっていたけれど」

「ええ、そうです」ネヴァフェルは正直にいった。「マダム・アペリンについてお尋ねしたんです」

「ヴェスペルタ・アペリン？　どうしてあの人と話がしたいの？」

シムプリアの声にはとげがあり、ネヴァフェルはアーストワイルが、フェイススミスたちはみなマダム・アペリンを憎んでいると話していたのを思いだした。

「えーと……」ネヴァフェルはたっぷり一秒かけて、もっともらしい話をでっちあげようとしたが、すぐにあきらめた。「チーズ・トンネルでお会いして、親切そうなかただと思ったのですが、それからあのかたのお宅に侵入してしまったので、いまは怒ってらっしゃるかどうかもわかりません。それで、もっとよくあのかたについて知りたいと思ったんです。あなたがた、ほかのフェイススミスのみなさんが、マダムを憎んでいるというのはほんとうですか？」

「まあ、まあ、なんてこと！」シムプリアがやけに明るく笑いだした。「憎んでるって、まあ！　なんて言葉でしょう。いいえ、まさか。あんな成り上がり者、憎しみをむけるのももったいない。結局ね、どこからともなく現れた得体の知れない人なのよ。あの人が自分の過去について話さないのは、その過去を語るのが耐えられないからでしょう」わけ知り顔でうなずく。「察しはつくわ」

ネヴァフェルは興奮に胸がはずんだ。「あのかたの過去についてなにかご存じなんですか？」

隣では、スニアがときどき舌打ちしていて、ネヴァフェルは自分たちの足もとに描きかけては破り捨てられたスケッチが何枚も散らばっているのにぼんやりと気がついた。

「あの人に不利な話はなにひとつ証明されていないのよ」シムプリアは正直に認めた。「でも、ひとつふたつは、わたしでもわかるわよ。あの人は昔、ドルドラム地区に暮らしていたの。虫干し人、化石磨き、低級のカートグラファーなんかがうようよしていたおぞましい地区よ。あそこのことを尋ねたがる人なんていない」身をのりだして、赤い顔に打ち明け話をするような笑みを浮かべる。

「いいこと、《悲劇の連作》を出してくる前の年、あの人は借金を重ねていたの。おかしな話なのよ。ひとつには、あの人が自分とひとりのパテ・ガールが必要とする以上の食べ物を買いこんでいたの。それから、試食用のぜいたく品をつぎつぎ買いつづけていた——とくにワインね」

ネヴァフェルはふと思った。マダム・シムプリアは相当足を使って商人たちにきいて歩いたにちがいない。でなければ、「とるに足らない」はずの人物について、こんなに知っているはずがない。

「それからドレスもあったわ」

「ドレス?」

「そう。女の子用の小さなドレス、このくらいの背丈の」シムプリアは手を出して、床から三フィート半くらいのところを示した。「パテ・ガールのにしては小さすぎるの。どういうことかわかる?」

ネヴァフェルが目を大きく見開いて見つめると、長身のフェイススミスは内緒話をするように身をのりだした。

「あの人のモグラの穴のようなみすぼらしい住まいのどこかに」シムプリアはささやく。「子どもを隠していたってことよ」

ネヴァフェルは世界が爆発したような気がした。またしても、とっぴな説明、ありえない可能性が闇のなかで輝きだしたが、こんどは前よりも光を増している。

「……隠していたということは」シムプリアは話をつづけた。「なにかやましいことがあったにちがいないわ。きっと、表沙汰にできない禁断の関係、秘密の結婚から生まれた子どもだったんでしょうよ。父親は犯罪者か、最下層の働き手《ドラッジ》だったんじゃないかしら。でなければ、もっとまずいことに、その子どもが醜かったか」シムプリアの口が広がって笑みが浮かんだ。「それがどんな不名誉かわかる？　フェイススミスの子どもが、自分の技術で救えないような顔だなんて」

スニアは苦悶と絶望の声を押し殺し、また一枚、スケッチブックのページを破りとった。「ねえ、お嬢ちゃん」歯を食いしばっていう。「半秒でいいから同じ表情のままでいられないかしら？」

ネヴァフェルはほとんど聞いていなかった。「小さな女の子はどうしたんでしょう？」「だれにもわからないのよ」シムプリアは眉をつりあげた。「ヴェスペルタ・アペリンが宮殿近くの新しい豪華なアパートメントに移ったときには、家にそんな子どもはいなかったの。でも、わたしが思うに、そのかわいそうな子はインフルエンザの大流行で死んだのではないかしら」

「インフルエンザ？　でも、それって病気ですよね？」ネヴァフェルはとまどった。「カヴェルナではわたしたちは病気にかからないことになっていますよね？　よそ者が入ってくるのが許されないのもそのためでは？」

「そう、そのとおりよ！」シムプリアはいきおいこんだ。「その後、インフルエンザがどうやって入ってきたかについて、さんざん調査が行われたけれど、答えは見つからなかった。最後には、地区全体を壁で囲って、なかに病人を閉じこめた。いまにいたるまで、だれもドルドラム地区に入ることは許されていないの。まだなかに病気が潜んでいたらいけないから」

インフルエンザに苦しんだ人たちを思いうかべると、ネヴァフェルは恐ろしくなって吐き気を覚えた。患者たちは家に閉じこめられ、やがて水が出なくなり、虫とりランタンが消えていくのを待つばかりになり、そのままそこが墓所になったのだ。

「ドルドラム地区の住人のなかでぶじだった人たちは隔離された」シムプリアは話しつづけている。「全員が感染していないことがはっきりするまでね。でも、そのころにはたくさんの人が死んでいた。ヴェスペルタ・アペリンのパテ・ガールも最初に亡くなったひとりだった。あぁ！　きれいな子だったのよ。まだ十六歳だった。緑の目でね。マダム・アペリンはできるだけ、自分と同じ緑の目をした子をパテ・ガールに選ぶのよ」

緑の目、自分と同じ緑の目。あたしと同じ緑の目。そんなことがありうる？　マダム・アペリンがあたしの……？

でも、あたしはよそ者で、マダムはちがう！　それじゃ筋が通らない。もしかして……。

「マダム・アペリンはどこからともなく現れた、とおっしゃいましたよね？　マダムが……カヴェルナの外から来た可能性はあるでしょうか？」

ネヴァフェルが振りかえると、姉妹はもう話を聞いていなかった。ふたりともかがんで散らばったスケッチを見ながら、ときおりさっとこちらをうかがっている。

「だめ、だめ、ぜんぜんだめよ、変化が速すぎてつかまえられないの……」

「……まるで蝶の羽……」

「……そうなの、とどめておくのがたいへんなのはおんなじ……」

ふたりは同じことを思いついたらしくはっとして、数秒間見つめあった。それからゆっくりとネヴァフェルを振りかえった。そろって同じ、母親のような、安心させるような笑みを浮かべている。

「そうよ」シムプリアが喉を鳴らす。「できるんじゃないかしら……」背筋をのばし、うずうずしたようすで手をのばしてきて、ネヴァフェルのあごに触れた。「これでどう？」

「気をつけないとだめよ」スニアが小声でいう。まるで、ネヴァフェルが動物かなにかで、怯えさせて逃げられるのを心配しているみたいだ。スニアの声音にネヴァフェルは脚までぞくっとして、逃げだしたくて頭がぼおっとなった。「コルクボードにとめるのよね？」

「そうして、どんなふうに機能しているか調べるの」シムプリアはつぶやくと、長い首を傾げてネヴァフェルの額を見た。

「どうしてこんなにちがうのか。どうしてこんなにめまぐるしく変化するのか……」

ネヴァフェルはのびてくる指から身をかわし、ぱっと立ちあがった。

「あたしの顔をはがして、どうなってるか調べるつもりなんだ！」金切り声をあげる。

姉妹はゆっくりと慎重に立ちあがった。まだ、ネヴァフェルをなだめて隣にすわらせられるかもしれないと思っているのだろう。ネヴァフェルは急にスニアの首のカエルのようなしわと、シムプリアの強そうな大きな手を意識した。

「まあまあ、ちょっとずつね」シムプリアが小さくあえぐ。「まだよ。使い道があるうちはそんなことしない。生きているうちはね」
「近よらないで!」ネヴァフェルはうしろにさがり、大きな男の姿をした柱の陰に隠れた。
「わたしたちならいろいろしてあげられるのに」スニアがじりじりと前に出てきながら甘くささやく。「そのかわり、紙きれに署名してくれるだけでいいの。死んだときに遺体をわたしたちに託すって。全身じゃなくていいのよ。小さな頭だけで……」

柱の陰からのぞき見ていると、さっきの叫び声を聞きつけて、レディ・アダマントとふたりの男性の連れが滑るようにこちらにむかってきた。貴婦人のドレスが、小さなシンバルのようににぎやかな音をたてている。

ネヴァフェルは走った。柱から柱へと、大きく右に左に折れながら進んでいく。追手が方向を変えようとしてなめらかな敷石で足を滑らせ、毒づくのが聞こえた。ネヴァフェルは突進してはよけ、横滑りをしてから、まっすぐアーチにむかって走った。サルたちがとまどって悲鳴をあげるのもおかまいなしだ。アーチにたどりついた、ちょうどそのとき、左手でシューシューという音がした。ネヴァフェルがよけると同時に、レディ・アダマントがコブラなみのスピードで飛びかかってきて袖をつかもうとした。だが、銀色の手袋は空《くう》をつかみ、ネヴァフェルはアーチをくぐりぬけた。

いちばん近い廊下をいきおいよく走るうちに、噴水に気づかずに、それもくぐりぬけていた。そのまま水をしたたらせて大きな跡を残しながら走りつづける。これではかんたんに跡をつけられてしまう。そう思ったときには、遅すぎた。あわてふためいてさらに急いで、もっとひどいことになった。

「ああ！　ごめんなさい！　ほんとうにごめんなさい！」すれちがった召使に激しくぶつかり、召使が運んでいた干しスモモの鉢が床に飛んだ。ネヴァフェルはためらったが、とまれない。二、三歩先でよろめき、敷物にひっかかってつまずきかけた。つぎのアーチではいくつもある風鈴を鳴らしてしまい、檻に入ったバタンインコがぎゃあぎゃあ騒ぎはじめた。

それでも、とまってどうにかすることはできなかった。時間がない。ネヴァフェルは走りつづけた。心臓の鼓動が、追手の足音のように頭のなかに響きわたっていた。


ネヴァフェルは知らなかったが、通りすぎたあとに奇跡が起きていた。三十秒後、レディ・アダマントと連れがやってきたときには、ネヴァフェルが引き起こした混乱は跡形もなく消え去っていた。モザイクの床は乾き、こぼれた食べ物はきれいさっぱり片づけられていた。敷物は汚れひとつない。風鈴は静かで、バタンインコは黙々と満足そうにラスクをかんでいる。聞こえるのは噴水の水が穏やかに水面をたたく音だけだ。さらに、廊下は行きどまりに見えた。つきあたりのアーチには幕がかかり、その前に食べ物ののったテーブルが二脚置かれていた。

レディ・アダマントは威厳たっぷりに銀の指を振って、白ずくめの召使を呼んだ。「友人を探しているの」説明しながら、顔つきをするすると九十六番の《面》にしていく。《蜜のガラス越しにゆっくりと訪れる夜明け》。「毒見係の飾り帯をつけた若い赤毛の女の子が、たったいまここを走っていかなかったかしら？　迷子になっているのではないかと心配なの」

「申し訳ありません、奥さま、ですが、そのような姿の者はこちらにはいませんでした。ほかになにかお手伝いできることはありますでしょうか？」召使は同僚たちとおそろいの《面》でレディを見あげた。きれいなナプキンのようになんの個性もない虚《うつ》ろな顔だ。レディ・アダマントは手を振って召使を追いはらい、大股でどすどすと歩きさった。その荒々しい足の運びだけが、レディのいらだちを表していた。

少しして、べつのひと組の足が同じ通路を歩いていた。レディ・アダマントより、ゆっくりで慎重な足どりだ。そのひと組の目は詳細を見てとり、水の動き、檻のなかに落ちたバタンインコの羽、あわててしつらえられたテーブルがかすかに曲がっているのに気がついた。

あの少女はここを通っていった。そしてどういうわけか、通りすぎたあと、道が閉ざされたのだ。問題ない。あの少女からある物を盗むよう手配はしておいた、近づく手段になる物を。少女はなくしたことを、すでに忘れてしまっている。

15　狩《ハント》り

宮廷をジャングルと呼ぶ人は多いが、それにはもっともな理由がある。ジャングルのみずみずしいきらきらした美しさがある。そこに住む人々も、ジャングルの生き物と似ていなくはない。虹色の鳥や色あざやかな長い後翅《こうし》をもつ蝶に似て、ぜいたくでわがままで美しい人々がいる。かさばる荷物を負って葉に覆われた地面を横断する大きなアリのように、人知れず疲れを知らず勤勉に働く人々もいる。枝にしがみつき、夜に目を丸くしてすべてを見ているブッシュベイビーやキツネザルもいる。

ジャングルには危険がいっぱいだが、なかでも最大の危険は、ハンター自身がハンターは自分ひとりではなく、自分がいちばん強いわけでもないことを忘れてしまうことだ。

毒見係の区画の番兵は、最年少の毒見係が駆けこんできて通りすぎるのを見ても、なにもいわなかった。走ってきたせいで飾り帯はゆるみ、顔は髪と同じくらい赤くなっていた。

ネヴァフェルは自分の部屋に飛びこむと、鍵をかけて閉じこもり、椅子にすわりこんで長い息をついた。グランディブルとチルダーシンへの手紙を思いだしてマットレスをめくってみると、なくなっていたのでほっとした。残されていたのは、折りたたまれた一通の手紙で、ネヴアフェルはわくわくしながら開いてみた。

われわれが何者かはいえません。もしいったら、あなたの顔からほかのみんなにばれてしまい、われわれが危うくなるかもしれません。
気をつけて。今日、歩いているあいだ、つけられていましたよ。あの男はきっと殺し屋です。

ネヴァフェルはたっぷり一分間、「殺し屋」という言葉を見つめていた。自分では中庭にいるあいだ気をつけていたつもりだったし、だれかにつけられていないか目を光らせていた。たくさんの人に見られているのはわかっていたが、あとをついてきている人など見なかった。いまになって、自分の通ったあとをたどる殺し屋の足どりを感じたかのように、足の裏がつんと冷たくなった。

さらに困ったことに、なぜその殺し屋が自分のあとをつけてきたのかも、はっきりとはわからないのだ。もしかしたら、ネヴァフェルがなにか恐ろしい秘密を思いだすのを恐れている、過去にかかわりのあった何者かが送りこんできたのかもしれない。でも、彼女がこぼしたワインの一家に雇われた者か、知らず知らずのうちに怒らせてしまっただれかとも考えられる。ネヴァフェルがなにかするたびに、新たな危険が見えてくるようだ。見知らぬ人と話しても殺されるかもしれない。テーブルマナーを覚えていられなくても殺されるかもしれない。なにも知らないために殺されるかもしれない。そしていまは、毒見係の部屋から散歩に出て殺されかけたらしい。

でも、殺されなかったじゃない。ネヴァフェルのなかに新たに芽生えた反抗的な部分が答える。調べに出てみて、いくつかのことがわかった。はじめて、自分で——自分だけで——思いついたことをして、うまくいったのだ。

ネヴァフェルはすわりなおして、外に出てわかったことのすべてについて、考えてみた。もしシムプリアとスニアの話が信じられるものだとしたら、およそ七年前、マダム・アペリンは小さな女の子用の服を買っていた。もしかしたらその子は、姪っ子か、友だちの娘かもしれない。でも、それなら、どうしてそんなにこそこそしていたの？　自分の子ども、秘密が隠された娘でもないのに、自分で払いきれないほどのお金をかけて上等なドレスを買ったりするだろうか？

きっとその子がとてもだいじだったにちがいない。デ・メイナ姉妹はドレスの話をして、ネヴァフェルに自分たちのライバルを悪く思わせたかったのだろうが、逆効果だった。あの話でネヴァフェルは同情に駆られたし、好奇心や希望でいっぱいになった。

恐ろしい気持ちはあるけれど、ネヴァフェルの足はサテンの靴のなかでうずうずと動きだし、興奮した銀色のイモムシがおなかのなかでのたうちまわるのを感じた。指で自分の顔をなぞってみる。鏡に映った自分の顔はまだ覚えている。あたし、マダム・アペリンに似ている？　うん、あんまり。正直に思う。あたしはマダムみたいにきれいじゃない。あたしは年のわりに背が高いけど、マダムは低いほうだ。でも、ふたりとも緑の目をしている。

インフルエンザの大流行があった。もしかしたら、よそ者がどうやってかカヴェルナに入りこみ、病気をもちこんだのかもしれない。もしかしたら、その人があたしの父親で、ドルドラム地区にやってきて、マダム・アペリンと出会って恋に落ちて、そして……。

ネヴァフェルの想像は、駆けだしそうになったところでつまずいた。ううん、それじゃ筋が通らない。それなら、小さな女の子はインフルエンザの流行のあとに生まれるはずだ。でも、そうじゃなかった。流行のころには、その子はもう五歳になっていて、ドレスを買ってもらっていた。ということは……もしかしたらマダム・アペリンがこっそりカヴェルナを抜けだして、ひそかに結婚をして赤ん坊を生んで、それからまたこっそり娘を連れてもどってきたのかも……でも、どうやって？

ネヴァフェルはためらい、顔をしかめ、唇をかんだ。どうにかして自分の理論を筋が通るものにしようとしたが、なにかしらやっかいな事実が出てきて邪魔をする。組み合わせのちがうジグソーパズルをむりやり合わせようとしているみたいだ。

もっと情報が必要だ。もし中庭に殺し屋が待ちかまえているのなら、またひとりで出ていくのは狂気の沙汰だ。早く味方を見つけなければ。ネヴァフェルは白い紙を手にとると、すわってもう一通手紙を書いた。

親愛なるズエル

お願いだから手紙をください。元気でいるか、あなたのご家族がおたがいに傷つけあったり、

あなたを閉じこめたりをやめたかどうか知らせてください。あたしは元気だし、いまのところ、だれもあたしをつかまえようとはしていないようで、これはよい変化です。
宮殿に来られませんか？　マダム・アペリンについてわかったことで、どうしてもお話ししたいのです。あなたのほうが宮廷のことをよく知ってるし、計画を立てるのも得意だから。それと、ドルドラムという場所についてなにか知っていますか？
手紙をくれるときは、必ずこの配達人を通してください。でないと、審問官に手紙を奪われてしまいます。

ネヴァフェル

手紙をマットレスの下にしまいこむと、ネヴァフェルはまた膝を抱えて考えはじめた。頭のなかに、新しい考えと新しい感情がある。隅に身を潜めているのでもなく、つぎつぎと襲いくる緊急事態から逃げているのでもない状況ははじめてだった。こんどはあたしがハンターで、過去を追いつめていくのだ……マダム・アペリンも。

いうまでもなく、カヴェルナじゅうで話題になっているのは、まったくべつの狩り《ハント》だった。クレプトマンサーが大胆にもスタックフォルター・スタートンを盗み、大長官が反撃に出たことは、迷路のようなこの都市のあらゆる階層で噂の種になっていた。香師は新しい香水「心泥棒」と「ネコのしのび足」を売りだした。画家たちはクレプトマンサーを思いうかべて百もの姿絵を描いた。ほとんどが長身にケープをはおった上品そうな姿で、最近チーズの皿から池に飛びこんだところを目撃された、ゴーグルと金属製のスーツを身につけた、ずんぐりした姿とは似ても似つかなかった。

そのあいだにも、スタックフォルターをかっさらった下品な男をつかまえるために、百もの作戦が進行していた。あれほど強力で巨大なチーズはふつう、強力で破壊的なにおいを発する。このチーズも例外ではない。審問官のもとで働く香師たちは、かすかでもかびくさい芳香がしないかと空気のにおいをかぎながら、洞窟を捜索していた。小さな目の見えないヘビ、グリサーブラインドの驚異的な嗅覚が、香師さえ気づかないにおいをかぎあてるかもしれないと期待して、ヘビに引き具をつけてトンネルを探索する者もいた。

《珍品の棚》はかつてないほどの注目を集めていた。おおぜいの人がそこにある珍しい物、とくにやせこけたラクダヒョウを見にやってきた。来訪客は衛兵の数が増えたのに気づいたが、それ以外にも傍目にはわからない警戒措置が新たにとられていた。来訪客には見えないように壁の隠し穴から監視係がのぞいていた。スパイスで感覚を鋭くされた者たちだ。

盗難がどのように起きるかを解明しようとして、ある審問官はチーズに頼った。警告をものともせずに危険を冒し、悪評高いウィスパーモール・マンブルチェダーというチーズのかけらをいくつも口にしたのだ。このチーズは、未来を垣間見せてくれることで有名だが、腐ったなめくじの汁を火にかけたような味がする。一方で、チーズはおとなしくいいなりになるものではなく、望んだとおりにビジョンを見せてくれるわけではない。じっさいのところ、審問官には自身の未来がちらりと見えたが、わかったのは二番めの息子が斜視で生まれること、自分の鼻がいつかペンギン形の紙押さえで折れること、ぜいたくな食事のせいで病気になって残りの人生をみじめに過ごすことだけだった。

そのあいだも、大長官は細心の注意を払って珍品の棚の防御態勢を整えていた。自分の力のおよぶかぎりのあらゆる手段を使って、周囲からほぼ侵入できないようにしたのだ。ほぼ。じつをいえば、この「ほぼ」というのが重要だった。防御システムに一か所だけ、鋭い頭のきれる泥棒でなければ気づかないような、ほんとうに小さな抜け穴をつくっておいたのだ。宮殿の水道管を通りぬけるルートで、そんなところを通ろうとするのは、頭のおかしい人間かよほど無鉄砲な王子くらいだろう。大長官は、クレプトマンサーならまちがいなく防御の欠陥を見抜くだろうと確信していた。そして、衛兵が見落としていると勘違いしてくれることを願った。この作戦がうまくいけば、しかけられた抜け穴をクレプトマンサーが這いすすんできたところで、大長官の軍が待ちかまえていることになる。

もし罠がうまくいかなかったら？　大長官はほほ笑んだ。うまくいかなかったとしても、ほかの罠が用意してある。クレプトマンサーの全身を覆う奇妙な金属製のスーツは投げ矢や毒ガス、香からは守ってくれるのだろうが、大長官は今回のために特別な仕掛けをつくらせていた。はく製のラクダヒョウは、ネヴァフェルが抱きついたときのように安全なものではなくなっていた。なかのおがくずに数種類の危険な粉が混ぜてあり、ラクダヒョウが動かされたり運ばれたりしたら、いつでも蒸気を発するようになっている。

その蒸気は、窒息させたり意識を混濁させたりはしないが、驚異的な速さで金属をさびつかせる。いったいどんなふうになるのか、大長官は科学的な興味から早く見てみたくてうずうずしていた。クレプトマンサーも身を守る鎧がぜんぶさびついてしまったら、さすがにあれほど元気よく機敏には動けないだろう。

部屋のむこうでは、冒険好きなクモが光る糸からぶらさがり、脚を手指のように縮めてはからみあわせていて、そのさまがすぐ下のけばけばしい緑色の光に照らしだされている。下で光るやわらかな虫とりにかかった、つやつやのビーズのようなハエの死骸に引き寄せられて、一インチ、また一インチとおりていく。が、もう一インチおりたところで、とつぜん姿を消した。待ちかまえていた虫とりランタンの口に閉じこめられ、細い歯にとらえられて、逃げられなくなったのだ。

忌まわしいハープのホールで、小さな影がさえずるようにつぶやきながら、ふんぞり返って歩いていた。あたりを見まわすときに、賢そうでさびしげなココア色の目の端に白目がのぞいたが、とくに警戒しているようすはない。とがったピンク色の口にメレンゲの食べかすがくっついている。ホールの中心には思いがけず小さな光が集まっていたが、その影はくつろいだようすでしゃがみこむと、器用そうな小さな手に握っていた赤い毛のにおいをかいで、糸車で毛糸をすくように、つまんだり引っぱったりした。

やがて、スープを飲む老人のように唇をつきだして立ちあがると、のんきにはねてむこうの壁に近づいた。タペストリーの端をめくると、小さな縄ばしごが現れた。はしごをのぼりはじめてからは、タペストリーの裏側をのぼっていくふくらみでしか、それがどこにいるのかわからなくなった。はしごをのぼりきったところに、タペストリーに覆われた小さなアーチ形の窓があり、そこから外に這いだした。

壁のむこう側の部屋はやや明るくて、ハープのホールとはかなりちがう音があふれていた。ほとんどはいびきと鳴き声だ。サルは背筋をのばし気難しい侯爵夫人ばりに両手をあげて広げ、優雅な足どりでテーブルの上を横断していった。いびきをかいているクズリの檻、穴グモのガラスケースのわきを通りすぎる。ハッカアメのような深紅とクリーム色の縞模様をした魚の水槽では、背骨に似たヒレが何十と集まって光のなかを漂っている。サルはどれにも目もくれず、一本の腕に飛びのって肩まであがると、恥ずかしそうに口をすぼめて、あごのそばの毛を指でひっかいた。

「よくやった、マルセル！」こぶしに握られていた髪がそっととりのぞかれ、明かりにかざされた。マルセルは殻をむいたブラジルナッツを受けとり、小さな手で何度かひっくり返してから、頰張ってかみはじめた。「よくやったぞ」

そのあいだに、マルセルの主人はわずかばかりの赤毛をランタンのそばの箱にもっていった。箱はひじょうに細かい網目でできている。というのも、なかの住人がたいていの穴は楽にすり抜けてしまうからだ。いまなかに見えるのは、なめらかな石板色の塊だけで、ときおり、長く忘れられた結び目がほどけようとするかのように、けだるげに小さく動いている。

マルセルの主人はコショウ挽きに似た木の物体を手にとった。それを檻の上にかざすと、熟練の料理人がシチューに味つけをするときのようなたしかな手つきで何回かまわし、細かいピンクがかった粉を落とした。だがこれはコショウではなく、細かく挽いたトミーリークだった。嗅覚を研ぎすますことで有名なスパイスだ。たちまち、檻のなかの結び目がぴくりと動いた。目の見えないヘビは先が細くなった頭をもたげ、空気を味わうように口をあけた。

男はトングで髪の毛をつかむと、下におろして、網目からさしいれた。箱のなかの目の見えない塊はせっせと身をよじりはじめ、先へと競いあううちに、つややかでほっそりした体に青い稲妻《いなずま》のように震えが走った。一本の髪の毛がトングを離れ、十数個のぱくぱくする小さな口に奪われた。口はすぐに、もっともっとというように、ふたたび開いた。

マルセルは唇を黄色いファスナーのように引き結び、にやりと笑った。

16　死　角

ジャングルをぶじに通りぬけるには、ひっそりと、でなければ堂々と歩くべし。

ズエルはおじのマキシムの呪文をくりかえしながら、宮殿の複雑に組み合わさったモザイクの道をはじめて歩いていた。デビューを果たし、大長官の晩餐会に一度招待されて、ようやく宮殿の公道を歩ける権利を勝ち得たのだ。だが、権利があるだけでは、ぶじでいられる保証はない。ひるんだり、不安そうな素振りを見せたりしたが最後、すぐに気づかれて、餌食にされるか利用されるかだ。

三人の衛兵につきそわれて一定の歩幅を保ちながら、顔にはとりすまして期待しているような輝くばかりの笑みを貼りつけていた。頭のなかで数をかぞえて、むりやりゆっくり呼吸している。一、二、三、吸って、四、五、六、吐いて。わたしはチルダーシン家の人間だ。自分にいい聞かせる。わたしはチルダーシン家の人間だ。偉大なるライオンのひげの一本だ。人がわたしを見るときには、ライオンを見ている。わたしにはできる。ぜんぶやってみせる。わたしはボーモロウ・アカデミー一優秀な女優なんだから。

毒見係の居住区の入口らしいアーチ形の扉の前に出ると、不安がおさまるどころか募ってきて、ズエルはあわてた。

ばかげてる！　ネヴァフェルよ、覚えてるでしょ？　ただのネヴァフェル！　だけど……たくさんのことが起きたあとだから、なんて話しかければいいんだろう？　ほかの人たちはあの子にどう話したのかしら？　ネヴァフェルは自分が宮廷で話題になっているのを知っているのかしら？

いまや、宮廷にいる多くの人々は大長官の有名で魅惑的な新しい毒見係に紹介してもらおうと、駆け引きをして先を争っているのだろう。ネヴァフェルは出世しただけでなく、時の人になっていて、彼女といっしょにいるところを見られるだけで優位に立てるのだ。ズエルはその点、もともとネヴァフェルから友だちと思われている分、ライバルたちの一歩先を行っている。けれども、ここでその有利な立場をたしかなものにしておかなければ、すぐにネヴァフェルのあたたかで感じやすい心にとりいろうとするほかの人たちに押しのけられて、その他大勢にされてしまうだろう。

ズエルがネヴァフェルからの手紙を見せたとき、マキシムおじはこの有利な立場を利用するべきだとはっきりいった。そうだ、ネヴァフェルに会いにいけ。でないと、あの娘はほかの人たちを頼って、悩みを打ち明けるようになる。あの子の友だちでいろ。相談相手になるんだ。あの子が頼れる人を探しているのなら、わたしたちのところに来てもらおう。ズエルはおじがそういった理由を理解していた。チルダーシン一族は最近、土台が揺らぎ、もう少しで転覆するところだった。いまは、一族の影響力を強化するときで、新しい地位についたネヴァフェルは強力なコネになる。

「お待ちいただけますでしょうか、マイ・レディ」すぐそばの衛兵がもごもごいった。ズエルがわかったというように小さくうなずくと、衛兵はあとのふたりにズエルを任せて扉のむこうに消えていった。なるほどわたしは「マイ・レディ」で「ミス」じゃないんだ。ずっとこう呼ばれたかったんじゃないの？　なんでぞっとしているの？　うしろで音をたてて閉まった扉のように、どことなく冷たくてつき放されたような感じがした。子ども時代はもう終わり、マキシムおじにどんな役目を割りふられるかはわからないけれど、これからは宮廷の「偉大なるゲーム」のなかにしか居場所がなくなるのだ。もう、あともどりはできない。

一分もせずに、目の前の扉がいきおいよく開いた。

「ズエル！」

金色の髪の少女は、ものすごい速さで赤毛の少女に抱きつかれて、うしろに倒れかけた。

「生きていて、どこにも閉じこめられていないのね！　ご家族のみなさんはぶじ？　ここに来てるの？」どうやらネヴァフェルのマナー訓練の成果はこの程度ということらしい。一度再会できただけで、教えこまれたはずの正しい挨拶のしかたは、完全に頭からこぼれ落ちてしまっている。走っていく荷車にいいかげんに積みこまれたトランクみたいに。

「落ちついて！　ううん、ここにはわたしだけ」ズエルはどうにかこうにか体を離すと、腕をのばしてネヴァフェルの両肩をつかんで顔を見た。「マキシムおじさまがよろしくですって。おじさまは、わたしがひとりで来たほうがあやしまれないと考えたのよ。心配しないで、家族はみんなぶじよ。みんな……ぶじ。あなたの計画がうまくいったの」ネヴァフェルがチルダーシン家を救うために死を覚悟してすさまじいいきおいで出頭していったことを思いだし、ズエルは一瞬目を伏せた。「それであなたは、どんなふう？」ネヴァフェルがはじけるような笑顔を見せたので、最初はそれ以外なにも見えなかった。けれども、上から下まで見てみると、腫れや打ち身、赤くなったひっかき傷が目にとまった。

「それ……ひどい目にあったの？ 尋問されたとき、なにをされたの？ 痛めつけられた？」

「ああ」ネヴァフェルは悲しそうに、首についたクモのかみ痕をさすって肩をすくめた。「ちょっとクモとヘビをけしかけられて攻撃されて、それから恐ろしいケーキがあって、でももうだいたいだいじょうぶだと思う。もうケーキは食べたくないけど。見て！」ネヴァフェルは両手をあげて、それぞれの指にはまっている鉄の指ぬきを見せた。「爪をかまないように、これをつけてないといけないの。べつにいいんだけど、歯にあたるんだよね」

「だけど、大長官は？」ズエルはあらぬ方向に流れていってしまいそうな話を必死に引きもどそうとした。「気に入ってくれた？ 守ってもらえてる？」

「まあね」ネヴァフェルは唇をかみ、身をのりだしてズエルの耳にささやいた。「とにかく左目はあたしを気に入ってるみたい」

「よかった」ズエルはあたりを見まわした。宮廷では多くの人が盗み聞きをするためにパプリックルのスパイスを摂取しているのを思いだしたのだ。「どこか静かなところですわって話しましょう」

ズエルは毒見係の居住区の主要部分には入れなかったが、来客用のちょっとした客間があることがわかったので、そこでふたりきりで話をすることにした。ネヴァフェルが近づいていくと、いたるところにいる召使が扉をあけてくれた。ズエルは、衛兵たちが自分と同じようにネヴァフェルのことも「マイ・レディ」と呼びかけるのだろうと思い、急に胸が痛くなった。その称号が、子犬や子豚の首につける金ぴかのひもみたいにいっきに安っぽく思えてきた。

ふたりきりになると、ズエルはすぐに本題に入った。

「ネヴァフェル、《左目》にひいきされてるだけじゃ足りない。大急ぎで《右目》も味方につけないと」

「大急ぎで？　どうして？」

「どうしてって、《右目》は審問所に対して好意的なの。審問所はあなたを支持していないでしょ。トレブル審問官があなたを信用していないのは事実だし、何度となく閣下にあなたへの尋問を許可してほしいと提案している。ネヴァフェル、なにがあろうと、審問所の手に落ちてはだめ。そうなったら、拷問されて、ありとあらゆることを自白させられる」

「でも、あの人たちはもう、あたしには用がないんだと思ってた」ネヴァフェルはひどく動揺していた。「どうしてあなたはそんなことを知ってるの？」

「審問官のなかにうちの一族のスパイがいるからよ」ズエルはさらりと答え、ネヴァフェルの表情を見て笑った。「そんなにショックを受けないで。宮廷に出ている人ならだれでも、審問官のなかにスパイを送りこんでいるものよ。審問所は潜入者ばっかり。だから、審問所の檻にいたあなたを殺そうとしたのがだれなのか、なかなかわからないのよ。たぶん、審問官のひとりだろうけど、彼らがひそかに仕えているのがだれであってもおかしくないわけだから」

ネヴァフェルがチルダーシン家についていろいろききたがったので、ズエルは急いでこれまでのことを説明した。ネヴァフェルが大長官のもとに出頭してから何時間もしないうちに、マキシム・チルダーシンは屋敷に帰ってきた。少しやつれてはいたが無傷だった。マキシムは難なく一族の手綱を握りなおし、親族が争いあって分裂するのをすんでのところでとめた。

「それ以来、みんななにもなかったようなふりをしているの」ズエルが小さくかすれた笑い声をあげたので、ネヴァフェルはびっくりしてその顔を見つめた。「そうでもしなきゃ、毎日朝食の席で顔を合わせていられないでしょ？　マキシムおじさまは、自分が死んだと思われていたあいだに、一族の何人かがしたことについては罰したけれど、表沙汰にはしていないし、これからもするつもりはないみたい。みんな知っているけれどね」

ズエルが予想していたとおり、ネヴァフェルの顔に、驚きと困惑と不信感がぐるぐるまわりはじめた。けれどもこんどは、いつものように、それがじょじょに薄らいで、混乱しながらも受けとめたようにはならなかった。ネヴァフェルは、サルがナッツを与えられて目の前にかざしたり殻をかじったりするみたいに、ある考えを何度も頭のなかでひっくり返している。ズエルは、ネヴァフェルがマキシム・チルダーシンのことを考えているのだろうと思った。黄金色に輝く忠誠心や感謝の気持ちをすかして、はじめて本物のマキシムを見つめようとしているのだろう。

「あなた、変わったわね」ズエルはうっかり、思っていたことを口に出してしまった。

「そうかな?」

「そう思う。少しね。表情が……大胆になった。それに前ほど……」ズエルは「ばかそう」という言葉をのみこんだ。「ぼおっとしていないように見える」

「そうかもしれない。自分でもちがう感じがする」

「それで、いったいどうしたの? 手紙を受けとったけど——マダム・アペリンがどうしてそんなに気になるの?」本音をいえば、ズエルがいちばんしたくない話題だった。オーディションの計画が大失敗に終わったのはつい先日のことだ。マダムの名前を聞けば自分の過ちを思いだす。マキシムおじは口ではなにもいわず不満そうにしているだけだが、おそらく、マダムにあのときのことを追及されないよう、相当な額を支払っているはずだった。

それなのに、ズエルはネヴァフェルの支離滅裂な、後先もよくわからない説明を聞かされる羽目になっていた。ネヴァフェルは、マダム・アペリンに奇妙なつながりを感じていること、謎めいた《面《おも》》に心をつかまれてしまったこと、マダムが自分に気がついたようだと思った瞬間やマキシム・チルダーシンのワインを飲んだあとに見た幻、それから最後に、デ・メイナ姉妹から引きだした情報についても話した。ズエルは、ネヴァフェルがまくしたてる話を聞くのがどんなに疲れることかすっかり忘れていたが、感嘆符に打ち負かされているみたいな気分になった。

「宮殿の公道にひとりで出ていったの? ネヴァフェル、それがどんなに危険かわかる?」ズエルはネヴァフェルがあまりに無防備なので恐ろしくなると同時に、不公平だと強く感じた。

ネヴァフェルみたいに不器用で無知な人間が、宮廷内をうろうろするべきではないし、無傷で逃げられるはずもないのだ。ところがネヴァフェルは人間というよりは若い獣のようにさんざん暴れまわったあげく、ほかの人だったら死んでしまったような状況を生き延びていた。

好意的に考えれば、宮廷内のだれかがネヴァフェルと知り合いになろうとして、やりかたをまちがえたようにも聞こえる。運がよければ、これでネヴァフェルもそうした動きを警戒するようになって、もっとチルダーシン家を頼るようになるかもしれない。

「だけど、マダム・アペリンのことをもっと調べなければならなかったの！」ネヴァフェルはいいかえた。「あたし……あの人とつながりがあるんじゃないかと思う。かなり……近いつながりが」まだ口にできない言葉があったが、それはすでに空中に書かれたも同然だった。

「まあ」ズエルはネヴァフェルの哀れな期待にため息をつかずにはいられなかった。「ネヴァフェル、じっくり考えてみなさいよ。そりゃあ、あの面細工師《フェイススミス》とチーズ・トンネルで会ったとき、特別なつながりを感じたでしょうよ。感じるのがあたり前なんだから。《悲劇の連作》にはいくつか母親らしい《面》があって、マダム・アペリンはパテ・ガールの指導をするときにはいつもそういう面をしているの。そのほうが、女の子たちを味方につけて、慕ってもらえるからよ。あの人はあなたを味方にしたかった。だからその面を使ったのよ。

それにね、あなたが見たのはすべて、あの人がまとっている《面》なのよ、ネヴァフェル。あの人自身じゃなくて《面》。七年前、《悲劇の連作》は大流行した。たくさんの人があのシリーズの面をまとっていたの。もしかしたら、あなたが小さかったときに、あなたにやさしくしてくれただれかが、あの面をしていたのかもしれない。でも、だからといって、それがマダム・アペリンだったとはかぎらないの」

ネヴァフェルはがっかりしたような顔をしたが、そのままではいなかった。眉根を寄せて強情そうに唇をつきだした。さっきまではそんな素振りもなかったのに、かたくなな鍋がふつふつとたぎりはじめている。ズエルがそう思って見ているうちに、その鍋の底で一瞬、小さなダイヤモンドのような怒りのかけらがきらめいた。

「つながりはある」ネヴァフェルはいいわけがましくいい募った。「あたしとマダム・アペリンのあいだにはつながりがある。わかってる、説明がつかないってことくらい。でも、あの人を見たとたん、あたしのなかでなにかが目を覚ましたんだよ。なにもかもが動きだして、開きだした。この何年か、なにかが起こるのを待ちうけてたみたいに。だれかがレバーを引いてくれるのを待ってた機械みたいに。わかるんだ、ズエル。その理由が見つかるまで、あたしは進むしかないんだよ」

赤毛の少女はこれ以上ないほど気を張りつめていた。さっきまで、そわそわいらいらと見え隠れしていた不安なエネルギーが、いまは一点に集中しているように見える。この少女は、よりおとなしく見えるときのほうが、扱いづらいのだ。

ズエルは深く息を吸いこんで吐きだした。「そういうことなら、わかった。手助けする」反論しようと身構えていたネヴァフェルは、驚いたようにズエルを見た。ズエルは優雅にそっと肩をすくめた。「だって、そのほうがいいでしょ。あなたがひとりで宮殿を走りまわるのをとめられるなら」五十七番《風の前のヤナギのお辞儀》を選んでほほ笑んだ。

ネヴァフェルの顔にまたまばゆいほどの笑みが浮かび、つぎの瞬間にズエルは強く強く抱きしめられていた。放してくれと頼まなければならないほどだった。

「とにかく、あなたが興味があるみたいだったから、ドルドラム地区についてきいてきた」ズエルは息をつけるようになると、話をつづけた。「どうやら、いまもその地区全体が壁に囲われて封鎖されているみたい。もう何年もたつのに。だれにきいても、病気がはやる前はスラムのようなところだったみたいよ。みすぼらしくて哀れなところ。最悪なのは、七年前にその周辺でたくさんの掘削作業が行われていたことよ——当時はまだ、サムファイア地区やオクトパス地区になるトンネルを掘っているところだったから。掘削作業の音は耳をつんざくようで、地位のある人はだれもそこに住もうとはしなかった」

ネヴァフェルはこめかみをさすった。

「思いだせない。あたしがそういうことを思いだすんじゃないかと思ってるんだよね？」

「どういうことかというと」ズエルはしんぼう強くいった。「そこではなにが起きてもおかしくなくて、近所の人にはなにも聞こえなかっただろうってこと」

「マダム・アペリンについては？　なにか知ってる？　あなたの一族はマダム・アペリンとはうまくいってないっていってたけど、どうして？」

「わたしもよく知らないの。何年か前に、マダムとマキシムおじさまがもめたんだと思う」ズエルは肩をすくめた。「うちの一族と不仲なのと、あのかばんの件で、疑われずにマダムに近づくのはすごくたいへんなのよ。でも、心配しないで。いい考えがあるの。ボルカスを覚えてる？　じつはあの子がオーディションに合格して、いまマダム・アペリンのところで働いてるの。マダムはどうやら、あの子がわたしの親しい友だちということに気づかなかったみたい。気づいていたら、あの子を雇うわけがないから。もちろん、ボルカスはわたしとの関係を知られたら困るから、オーディション以来、わたしのことを疫病みたいに避けてるけど、協力するように説得してみる」

「あたしは？」ネヴァフェルはきいた。「あたしにできることは？」

ズエルはネヴァフェルの両方の手を握り、まっすぐに目をのぞきこんだ。

「ぶじでいること」とびきりしっかりしたお姉さんのような声でいう。「ああ、ネヴァフェル、あなたは隠密行動にはむいていないの。嘘がつけないでしょ。でも、わたしならつける。マダム・アペリンとドルドラム地区のことはわたしに任せて。ここでおとなしくしてててちょうだい」

「あたし……それで役に立てるのかわからない」ネヴァフェルはためらうようにいった。「ここにいたって……いつも見張られてる気がする」

「ネヴァフェル、あなたは見張られてるの。四六時中、みんなに。気づかなかった？　あなたは最近ではいちばんの見ものなのよ」

「でも、この手紙が教えてくれて……」

ズエルは年下の少女がなにかをいいかけて迷っているのに気がついた。ズエルは信用できる、顔にはっきりそう書いてある。ああ、でも、だれにもいっちゃいけないのかも。秘密にしておいても問題ないし。どうやらネヴァフェルは、またしてもだれかをかばおうとしているらしい。むりやり本音をいわせようとするだけむだだ。時がくればわかるだろう。

「待って！」新たになにか思いつき、ネヴァフェルは凍りついた。「もしあたしの過去を探られたくない殺し屋がいるとしたら……調べることであなたが危ない目にあうんじゃ？」

「心配しないで。わたしはチルダーシン家の人間よ。足跡を隠すのはお手のもの。もし失敗したら、そのときはとりのぞく」

「とりのぞく？」

「失敗を覚えている人がいなければ、それは起きなかったということよ。だからわたしは、どこに行くにもこれをもち歩いてるの」ズエルはポケットを探ってコルク栓のついた小さなガラスびんをとりだした。「もし後悔するようなことをいったりしたりしちゃって、目撃者がいたときには、これを飲み物にそっと混ぜるの。そうすると、飲んだ人はその前の一時間のことは忘れてしまう。もう何十回も使ってるのよ」

年下の少女は納得していないような顔をしている。「でも、気をつけて」ネヴァフェルはいった。

「もちろん！　すぐもどってくる、なにか新しいことがわかりしだい」

ズエルは毒見係の居住区を出て、緊張しながら宮殿の出口へとむかったが、脳裏には、不安そうに目を大きく見開いたネヴァフェルの姿がとどまっていた。ネヴァフェルは、殺し屋の狙いがズエルではなく自分自身だということをつぎの瞬間まで覚えていられるだろうか？　あの子はどじな子犬みたいで、危険にも気づいていないし、自分が一歩動くたびに人をいらいらさせているのもわかっていない。

だめだ、だれもネヴァフェルを「マイ・レディ」なんて呼ぶわけがない。あの子はまだ「ミス」だ。わからず屋で失敗《ミス》ばかりで、災難に飛びこんでいく。思いがけずわきあがってきた嫉妬心をのみこんで、ズエルは自分の心に集中して、チルダーシン家の人間らしく考えようとした。

さっきはうまくいった。ネヴァフェルはまだほかのだれよりもわたしを信用している。宮廷のほかの派閥の人間は、まだネヴァフェルを味方にできていない。わたしはいま、大物と敵対するゲームをしている。敵はわたしの存在に気づいたら、なにかしかけてくるだろう。でもいまのところは、わたしがリードしている。

わたしにはできる。ぜんぶやってみせる。わたしはボーモロウ・アカデミー一優秀な女優なんだから。


カヴェルナじゅうで、時を刻む時計がいつも以上に注目を集めていた。もしクレプトマンサーが大長官の挑戦を受けて立つのなら、あとわずか三時間しか残されていない。宮廷でこんなにわくわくするできごとが起きるのは、数十年ぶりだった。

クレプトマンサーが成功するか失敗するか、ひそかに賭けが行われていた。使い走りの少年たちは、大胆な盗みが行われたかどうかを報告するために、《珍品の棚》まで行ったり来たりして金をもうけている。過去一世紀のあいだ退屈しきっていた貴族のなかには、寝ずの番を決めこんだ者もいて、近くの中庭に輿《こし》を運ばせてピクニックを楽しんでいる。貴族たちのサルは、果物の砂糖漬けののった銀の皿を抱えて走りまわっていた。

大長官はそこに加わろうとはしなかった。警備隊が天才的で悪名高い泥棒の逮捕に集中しているときに、そんなことをしたら殺し屋に狙われる機会が増えるだけだ。それに、大長官が姿を現したりすれば、クレプトマンサーの評判とうぬぼれがふくれあがるばかりだろう。

毒見係のほとんどは周囲の騒ぎには影響を受けていなかった。長いパイプで鎮静効果のある煙を吸っているからだ。けれどもネヴァフェルは、ベッドで横になっても苦しいくらいに覚醒していた。しばらくは虫とりランタンが、廊下の新しい桶からもってこられたひとつかみの虫をむっつりとかみつづけていたが、それが静まったあとも、ネヴァフェルの思いはまだぐるぐるまわってはじけていた。

とにかく、どうしても眠らなくてはならない。前の晩はよく眠れなかったし、明日は八時間も気まぐれな大長官のお供をしなくてはならないのだ。どちらの大長官なのだろう？　ネヴァフェルが粗相をするのを容赦なく待ちかまえている《右目》？　それとも、とっぴで無口で予想がつかない《左目》？　どちらにしても、できるかぎり神経を研ぎすましておかなければならない。同時に、自分を狙っている殺し屋にも目を光らせておく必要がある。

ネヴァフェルは横たわったまま目をつぶった。眠りは恥ずかしがりの生き物で、死んでいるふりをしていたら出てきてくれるかもしれない。でも、近づいてくるかと思いきや、そのたびにやっかいな考えごとが下生えから出てきてはぶつかって、眠りを震えあがらせている。

それに、クレプトマンサーのこともある。大長官の出した挑戦の期限まであと二時間だ。計画はうまくいくだろうか？　もしだめだったら、あたしはどうなるんだろう？　結局あれは、あたしの思いつきでもあるわけだから。

疲れきっていて、泣きだしそうだった。ネヴァフェルはとうとう体を起こし、どこまでも平べったいマットレスをにらみつけた。どうしてみんな、こんな物の上で寝られるんだろう？　やわらかすぎるし、硬すぎる。なにかに額をくすぐられて、ネヴァフェルははっとした。顔をあげたが、なんのことはない、上の枠からぶらさがっている飾り房だった。布製の天蓋が、ベッドの上の小さな天井のように見える。

そのとき、ある考えがひらめいた。きっとすべてうまくいく。ようやく眠ることができそうだった。

○時まであと四十分。
毒見係の居住区からそう遠くない石畳の広場で、大時計がもったいぶったようすで一分また一分と時を刻んでいる。時計の下に、人目をひきそうにない男がひとり、ひっそりと立っていた。背はわりと高く、中年といっていい年ごろだが、手にしているブリーフケースが重たいせいか、年寄りのようにかすかに腰を曲げている。どっしりした下あごを震わせて鼻をかみ、九十二番の《面》で目をすがめてあたりを見ている。《刃の前の子羊》、訴えるような表情だ。だれかが広場を通りすぎるたびに、男は震える声で呼びかけて、ふらふらと二、三歩近づいていく。

「ああ、偉大なるご婦人がた、あなたさまのおやさしいお手をお借りするわけにはいかないでしょうか……でなければ、あなた、そこの殿方、大長官さまにお届けしたい嘆願書があるのです……」貴婦人たちはピストルを撃つようにさっと扇《おうぎ》を開き、見知らぬ男を視界からさえぎった。殿方たちはきまって、手持ちのなかでいちばんお高くとまった《面》に切り替え、頭をさげている男を残して、きびきびとした足どりで通りすぎていった。どうやら、ただの情けなく落ちぶれた廷臣のひとりが、どうにかもう一度大長官のごひいきに与《あずか》れるよう、助けてくれる友人を必死に探しているようだ。だれも、そんな男に目をむけようとはしない。男が受けている冷遇が自分にまで飛び火するのを恐れているのだ。

ある意味、これは残念なことだった。もしだれかが面倒を承知でこの男に注意をむけていたならば、いくつもの不審な点に気づいたことだろう。まずなによりも、男は見込みのありそうな人たちにしじゅうブリーフケースをさしだしていたが、一度もあけることはなかった。ふたつめに、男は数分おきに背後の時計にちらちら目をやっていた。三つめに、男がふらふらと前に出てくるとき、モザイクの床にかすかな音さえもたたなかった。

ちらほらと通りすぎる人の波もまばらになって、ほとんどだれもいなくなった。気がつけば、〇時まであと三十分だ。《珍品の棚》の外には、人の群れがふくれあがっていたが、広場には、嘆願する男と二、三人の衛兵以外だれもいない。物音もろくにせず、聞こえる音といえば、時計が時を刻む音と、棚のほうから聞こえてくる声のこだまばかりだ。それと、つねにカヴェルナに存在するかすかな音がした。はるか下のほうでぼんやりと反響するどらの音、水道管のちろちろという音、そして、その背後に、地上で姿の見えない風が山と戯れて吹きあれる、フルートのようなくぐもった音が聞こえた。

とつぜん、ほんの一瞬だけ、広場の奥の片隅が暗くなってまたたき、明るくなったかと思うと、またさっと暗くなった。紙がこすれるようなかすかな音が聞こえてきたが、隅の虫とりランタンがたてた音だった。虫とりは大きく口をあけていて、なにかの発作に苦しんでいるようだ。細かな白い雪らしきもので覆われていて、収縮するたびに白い粉がはがれ落ち、あらわになった黒い斑点《はんてん》から湯気がたちのぼる。

衛兵のひとりが剣を引きぬいて、苦しんでいる虫とりに近づき、刃の先でランタンをつつこうとした。そのとたん、虫とりがぱっと口を閉じた。プシュッ。フェルトの裏打ちのある扉が閉まったような音とともに、ランタンが爆発し、その一角が闇に沈んだ。衛兵は目をしばたたき咳きこみながら、よろよろとうしろにさがった。顔も服も細かな白い粉にまみれている。さらに、小麦粉のような粉がすぐそばの壁に飛びちり、かすかなシューッという音とともに、磨かれた床や飾り、ほかのランタン、いたるところに降りそそいだ。

衛兵はよく訓練されており、毒性のものを吸いこんではいけないと、あわててハンカチーフで鼻と口を覆った。

「いったいなにごと――」

またしても、中庭の人気《ひとけ》のないほうでかすかな音がした。さっきと同じカサカサという紙の音だが、こんどはもっと大きくて、長くつづいた。ほかの三つの虫とりランタンに爆発した白い粉が降りそそぎ、なかの虫とりが激しく震えだした。白い粉雪に覆われて凍りつき、光が弱くなっていく。

プシュッ、プシュッ、プシュッ。三つがつぎつぎと静かに爆発し、それにつれて、飢えた闇に中庭がどんどんのみこまれていった。いま、明かりがついているのは中庭の半分だけで、そこにも細かな粉が漂ってきてかすみがかかったようになっている。粉は、呆然としている衛兵や残りのランタンの上にゆっくりと落ちて積もっていく……。

「ランプを覆え！」ほかより頭のまわる衛兵がいきおいよく前に出て、すぐそばのランタンに自分のマントを投げ、降ってくる粉から守ろうとした。だが、手遅れだった。ほかの衛兵たちも彼にならったが、ちっぽけな虫とりたちは震えだし、歯をガタガタ鳴らして泡をふいた。

プシューッ、プシューッ、プシューッ。広場はすっかり陰になった。プシュ、プシュ、プシュ、プシュ。闇は毒見係の居住区につづく廊下にまで追ってきて、虫とりがつぎつぎと爆発した。

最後のランタンが消えたとき、ひとりの衛兵が猫背の男のそばに立っていた。明かりの最後のまたたきのあいだに、衛兵は男が猫背だった背中をぴんとのばして、嘆願の姿勢をかなぐり捨てるのを見た。男はもう目を細めてはおらず、虹彩は真っ黒で完全に光を失っていた。衛兵が見たのはそこまでで、すべては闇にのみこまれた。同僚に警戒を呼びかける間はなかった。

唯一伝わったのは、命を奪われた体が床にたたきつけられる、くぐもった音だけだった。

衛兵たちはわが身を守ろうとしたが、こちらは目が見えないのに対して、敵は闇のなかでも目がきいた。逃げようとしても、敵のほうがすばやく、しかも音もなく走れる。

われわれは攻撃を受けています。衛兵たちは声をあげようとして、切り倒されていった。援軍を、明かりを、虫とりランタンを……。

衛兵たちの叫びは短くはかなく、聞こえるところにはだれもいなかった。虫とりという言葉だけが、人気のない瑠璃《るり》色のホールに虚しくもの悲しく響きわたり、毒見係の居住区につづく扉の下を、細かい霧のような粉が漏れだして広がっていった。


毒見係の居住区の中央の通路にはだれもいなかった。壁からぶらさがった虫とりが震えはじめて白い泡をふいたのを見た者もいなかった。虫とりはふけのような白い粉を流し、明かりは青白くなり、ぼんやりした爆発音がつづいたかと思うと、飛びちった胞子が空中に充満した。

あまりにも静かな音だったので、喫煙室で幸せな妄想にふける人々や、個室で眠る人々の邪魔をすることはなかった。だが、娯楽室では何人かがチェス盤やカードゲームから顔をあげ、不思議そうに扉を見て、空中に苦い味がするのに気がついた。ひとりが立ちあがって扉をあけ、わけがわからないままむこうの空間を見て呆然とした。

室内のランプが震えて泡をふいて消えたときになって、ようやく毒見係たちは自分たちに迫った危険に気がついた。たいていの場合がそうであるように、気づくのが遅すぎた。

闇、闇に包まれている！　カヴェルナのだれもがもっとも恐れる事態だ。闇のなかにいるということは、虫とりランタンがないということ。虫とりがいないということは、遅かれ早かれ、よどんだ空気で窒息することを意味する。毒見係たちは恐怖につき動かされて、室内の新鮮な空気がまだ数時間はもつことを忘れてしまった。肺に塵《ちり》でも入ったみたいに胸が痛くなり、喉がつまるような気がした。早く出なければ、宮殿を駆けぬけて明かりを見つけなければ。思ったのはそれだけだった。

個室や喫煙室にいる同僚のことには、まったく頭がまわらなかった。たがいを乗りこえるように争って、どうにかこうにか宮殿のほかの区域に出られる扉まで来ると、外界から守ってくれていたかんぬきを引っぱった。むせながら声をあげていっきに中庭に飛びだすと、召使も何人か、音の出所を追ってわれさきにと駆けてきた。そのうちのだれひとりとして、反対方向へ、毒見係の居住区へとすり抜けていった者には気づかなかった。

喫煙室にいた者たちは外の騒ぎに目を覚まし、寒々とした闇を見あげて正気にもどりかけた。けれども、水ギセルの煙に含まれた香水が、ふたたび夢うつつへと引きもどす。なにも心配することはない。そうささやきかけてくる。光などいらない。息もしなくていい。おまえたちに必要なのはこのわたしだけ。毒見係たちはふたたび長椅子にだらりともたれ、もう一度、香水が黄金の上掛けのように夢を包みこんでくれるのに任せた。

同じころ、だれにも見られることのなかった侵入者が、空《から》になった廊下の真ん中で足をとめた。男の真夜中の色をした目に、闇などない。壁や床など命のない物質はどんよりとして色はないが、目には見える。命あるものは光っている。スパイスで研ぎすまされた視覚には、自身の体が人間の形をした輝く幻のように映った。目の前が死んだばかりの虫とりから出た粉でやわらかく光ったかと思うと、命が消えていくにつれて粉の輝きもあせていく。

殺し屋はほほ笑んだ。謎のクレプトマンサーのおかげで、この区域の警備が手薄になっていた。いま、宮殿内の武装部隊の大半は《珍品の棚》で大泥棒を待ちぶせしている。

殺し屋は通路の真ん中にブリーフケースをおろしてあけた。彼の目にその中身は、ちらちらとうごめく光に見える。しなやかで細長い光が真ん中の塊からほぐれ、ケースから床へと這いだした。目が見えないまま、本能と抜群の嗅覚を頼りに、廊下を波打つように滑っていく。

ほら！　探しもとめていたにおいの足跡を見つけて、つぎからつぎへと合図する。小石がぶつかったような冷たい音が響く。見えない足跡の上でとぐろを巻いたりのたうちまわったりするうちに、殺し屋には輪郭《りんかく》がわかるようになった。二、三本の筋が先に進んでいき、またべつの足跡を見つける。またひとつ、またひとつ。そうして、ある扉の下に集まった。

なるほど、ここが獲物の部屋か。男は足をとめると、手袋をはめた手でくねくねとからみあう塊をもちあげ、鍵穴からなかに通した。

のたうつ細長いものたちは扉の反対側の床にころげ落ち、落下の衝撃で縮こまってとぐろを巻いてから、ふたたび小さな口をあけて空気の味をたしかめはじめた。

闇に邪魔されることはない。生まれつき、それ以外知らないからだ。世界はあざやかに色づいたようなにおいと、腹部から伝わる地面の振動の音と、こすれあう仲間のしなやかなうろこの感触でできている。数時間前、細い口は髪の束をかんでいた。若そうな生き生きしたにおいのする髪だ。いまはもう、そのにおいのことしか考えられない。そのにおいが脳内でさびて赤みを帯びた黄金色に燃えさかり、彼らをひきつける。わきたつ思いはなく、あるのはただ冷やかで容赦ない飢えだけだった。

じゅうたんの上を静かに波打ちながら、最近足が残したけば立った跡を見つけては、ひきつけられるように先へ先へとたどっていく。先頭の鼻先がやわらかでつるつるした物、赤みがかった黄金色に香る物に触れた。放りだされたサテンの靴で、小さな細長いものたちはなかに入りこみ、においに酔いしれた。細い口が探しもとめてはかみ、しなやかな体がひとかたまりになって暴れ、一瞬のうちに靴は底だけを残して跡形もなくなった。散らばった絹の残骸は、やわらかな生地にしみこんだ毒でシューッと音をたてて溶けた。

細長いものたちはふたたび動きだした。一匹がベッドの木彫りの脚を見つけて、すばやく三度チッチッと音をたてる。それを聞きつけた仲間たちは、集まってきて脚にからみつき、精巧な彫刻の出っ張りや溝を這いあがった。

小さな体は枕をへこませることもなく、真ん中のへこんだ部分を探索しはじめた。ところどころに細い髪が散らばっている。枕の傾斜に沿っておりていくと、しわくちゃの毛布の端に行きあたり、動物のぬくもりを求めて、さらにそのなかへともぐりこむ。

なにもいない。ひんやりしたシーツとざらざらの毛布だけだ。獲物のにおいはいたるところにある。それなのに獲物はいない。どこに行った?

その上では、ネヴァフェルがベッドの枠にかかった分厚い朱子織《しゅすおり》の天蓋の上に横たわり、暗がりで息をひそめていた。

天蓋の上で寝ることは、急な思いつきだった。なつかしくてたまらない大好きなハンモックのように見えたのだ。そこで、柱の凝った彫刻を足掛かりにしてよじのぼった。ほんとうに、眠りはそこで待っていてくれた。天蓋の上で手足をのばしたとたん、まぶたが重くなり、意識は甘い霧に包みこまれた。

ネヴァフェルにチーズ職人のよくきく鼻がなかったら、そのままそうしていただろう。だが、細かな粉が扉の下から這いこんでくると、眠っていても鼻がうごめきだし、部屋の虫とりが爆発したとたん、ぱっと目が覚めた。音ではなくにおいのせいだった。そのまま暗闇を見あげて、遠ざかっていく悲鳴に耳を傾けていると、なにかが、いやたくさんのなにかが、鍵穴をこするようにして這いこんでくる音が聞こえた。この部屋に異質なものがいる。冷たい石に触れたときのようなにおいがする。圧倒的な闇のなかで、どこにいるかはチッチッという音からしかわからない。

チッ、チッ、チッ。真下にいる。ベッドのなかだ。

それらの正体もぴんときた。あんなふうに音をたてるのはグリサーブラインドだけ、それも群れで狩りをするときだけだ。耳をすまして、チッチッという音が近づいてくるのをたしかめようとする。とてもじゃないが、動けない。ベッドの枠をきしませてしまうかもしれない。聴覚はあっちのほうが上だし、嗅覚もずっと鋭い。もちろん目は見えないが、いまはネヴァフェルも同じだ。

しばらく耳をすましているうちに、分厚い朱子織の生地が慣れない重みに耐えかねてか、ほとんどわからないほどかすかに動いてのびはじめた。

ネヴァフェルの足の先のほうで、鋭いプツッという音がした。まちがいない、糸が切れる音だ。

一瞬の沈黙のあと、下でチッという音の嵐がわきおこった。チッチッという音が答え、あがってきて、近づいてくる。やつらにも聞こえたのだ。わかったのだ。やつらはネヴァフェルをつかまえようと、身をよじりながらベッドの柱をのぼってきている。

ネヴァフェルがあわててすわりなおすと、ベッドの枠がきしんだ。プツッ、プツッ、プツッという音とともに、どこかの縫い目がほどけて天蓋が揺れ、ネヴァフェルはバランスを崩した。あわてて体を起こそうとしたとたん、脚が枠の外に投げだされた。飛びおりようと身構えた、ちょうどそのとき、魚のように冷たいものが手の甲を這いあがってきた。

恐ろしくなって悲鳴をあげ、激しく手を動かして振りはらう。目に見えないなにかは、部屋のむこうのどこだかわからないところに飛んでいった。それからネヴァフェルは、待ちかまえている闇にむかって身を投げだした。

床をたしかめる間もなく、ドスンと音をたてておりると、膝が顔にぶつかった。ぶつけた腰やひねった足首が痛くても、泣いている暇はない。グリサーブラインドも、着地の衝撃音を聞いただろう。いまこの瞬間にも、柱を滑りおり、あるいは天蓋からじゅうたんへと、土砂降りの雨のごとく降りそそいでくるだろう。

ネヴァフェルはどうにかこうにか立ちあがり、痛む足を引きずって、テーブルがあると思う方向にむかってできるだけ急いだ。痛いほど腰をぶつけてテーブルの角を見つけ、必死に手さぐりして鍵をつかんだ。いまにも足もとにまとわりつかれてかまれるのではないかと恐れながら、手で壁を伝って扉にたどりついた。

鍵穴を見つけ、なんとか鍵をさしこんでまわす。すぐうしろで、チッという音がした。扉をいきおいよくあけて飛びだしたが、うしろで扉が閉まりきらないうちに、痛めた足首が音をあげた。

いきなり床に崩れ落ちた。そのおかげで、この直後に、ほんとうならネヴァフェルの身に起きるはずだったことが、頭の一インチ上のところで起こった。

すぐ上で空《くう》を切るなめらかでかすかな音がして、それから、金属が木をたたくようなカツンという音がした。ネヴァフェルの胃がいっきにうずきだした。まるで、目に見えない刃に狙われていたのを察知したかのように。目の前のどこかで、だれかが息をしている。

ネヴァフェルは力いっぱいうしろむきにころがり、それからよろよろと立ちあがった。くるりときびすを返し、足を引きずりながら走れるかぎりの速さで通路を突進した。

殺し屋は、少女が生きて扉まで来ようとは思っていなかった。悲鳴を聞いたときには、グリサーブラインドたちが仕事を終えたのだと思いこんでいた。そのため、鍵がまわる音がしたときには通路を半分ほどもどっていて、ふいをつかれた。そのうえ、あわてて剣を振りだしたものの、目測をあやまり、壁の木の羽目板に突き刺した。

引っぱると、剣は抜けた。男は、足音をたてずに逃げていく少女を追った。前方に、蛾のように壁に張りついて、よろよろと逃げる少女の体が光って見える。男はすばやく近づいた。

少女は燃えさし捨て場《エンバーシュート》を通りすぎたときに、死んでうつ伏せに倒れている衛兵の体につまずき、鋭い声をあげながら手足を投げだして倒れこんだ。

いまだ。男は剣を振りあげて突進した。たしかに、いまだったのだ。この瞬間に、もうひとつの光る体が、いきなり真っ暗なエンバーシュートから飛びだしてさえこなければ。

それは殺し屋より一インチ背が低く、驚くほどすばやかった。振りおろした刃を払いのけられた殺し屋は、苦痛の悲鳴ではなく金属がぶつかる音を聞いて驚いた。つぎの瞬間、この奇妙な人影は、信じられないような力でまっすぐに殺し屋の顔を殴ってきた。殺し屋は、相手も闇のなかで目がきくことに気がついた。

殴られて二フィートほどうしろに飛ばされてから、ずんぐりした影が片腕をあげて狙ってくるのが見えた。その手から、なにか分厚いものがつきでている。殺し屋はとっさに剣を掲げて突きだした。

突いている長いあいだ、殺し屋は自分の体と新たな敵の体が明るく輝いているのが見えたと思った。最後の致命的な瞬間に、両者がいっそう激しく命を燃やしているかのようだった。剣が空を切る前に、胸のなかで星がはじけ、殺し屋はもうこれ以上前に跳べないことを知った。背中が激しく床にぶつかった。世界と、光のない光が静かに消え去り、男は死にゆく虫とりランタンのように闇にゆだねられた。

ずんぐりした影は、倒れた敵をかえりみることもなく、幅広の金属で覆った腕をなんとか立ちあがろうとしている少女の体にまわし、少女ともども真っ暗なエンバーシュートにうしろむきにころがりこんだ。

エンバーシュートから、下へと落ちて遠ざかっていく悲鳴が聞こえた。シュートの戸は蝶《ちょう》番《つがい》でゆっくりと閉まっていって、ぴたりと閉じた。ちょうどそのとき、カヴェルナじゅうで、時計が鐘を鳴らすことなく、歯車のくしゃみのような音で〇時を告げた。

17　ひとしずくの狂気

意識をとりもどしたとき、ネヴァフェルは震えていた。どこか硬くて平たいところに寝ていて、なぜか濡れているようだ。髪がぺったりと顔に張りつき、冷たいしずくがパジャマの襟に落ちている。

兵士の一軍が霧のなかから行進してきたみたいに、誘拐されたときの記憶が押しよせてきた。グリサーブラインド、闇のなかの追跡、周囲の混沌とした物音、腹部をつかまれて、灰のにおいのする息もつまりそうな闇に落とされたこと……用心してほんの少し目をあけて、まとわりつく濡れた髪のあいだから外をのぞく。

どうやら、大きなテーブルの上に寝ているようだ。テーブルは、ある程度の広さのある洞穴の壁にくっつけてある。低い天井から鉤《かぎ》がぶらさがり、さまざまな道具がかかっている。フラスコ、かご、袋。そのせいでむこうの壁が見えない。ひとつの鉤には、小さなひし形のうろこでできた甲冑《かっちゅう》がかかっていて、そのむこうに、太い毛糸と麻布でできたぼろぼろのハンモックが揺れている。そう遠くないところにあるもうひとつのテーブルには、錬金術師の道具らしきものがのっていた。真ん中がふくらんだガラスのフラスコがひとかたまりに置いてあり、金と深紅の粉をかぶった薄いうろこもある。

部屋のべつの方向から、かすかな金切り声ときしむ音が聞こえた。ネヴァフェルは寒くて歯をカチカチ鳴らしていたが、それでも好奇心が勝った。できるだけ静かにテーブルからおりると、音のするほうに這っていった。ぶらさがっている道具や袋にぶつからないよう、痛めた足首に体重をかけすぎないよう、気をつけながら。

すぐ前の地面に、ランタンが置いてあるのが見えた。そばにだれか立っている。ずらりとぶらさがっている穀物袋と鍋で、上半身は隠れている。ネヴァフェルに見えるのは、金属のスーツの留め金をはずしている手袋の手だけだ。その手が甲冑を引きはがして床に落とすと、びっくりするほどさえない、茶色のありふれた服が現れた。それから、なにか大きな丸いものが地面に落とされ、どらに似た音をたてて少しころがった。しずくのついたゴーグルがネヴァフェルを見あげている。

ひと目見てわかった。クレプトマンサーのヘルメットだ。

男は手袋を脱いだ手を震わせながら、あわてててポケットからなにかをとりだした。それは手紙で、風変わりな凝ったデザインの紫色の封蠟《ふうろう》で封がしてあった。男はしゃがみこんで手紙をランタンにかざした。このときはじめて、ネヴァフェルはクレプトマンサーをまともに見た。

頭のない男かもしれないとさえ思っていた。だから、たとえ焼けつくような激しいまなざしや、ばかにしたようなかぎ鼻や、ぴくぴくと正気でないようすを見たとしても、驚かなかっただろう。ふつう以外のどんなことにも覚悟はできていた。

上をむいて、わずかな虫とりに照らされた顔は、あごが大きく、ひげはきれいにそってあり、額が高いせいで、目と鼻と口が顔の下のほうに集まっているように見えた。目は小さく、鼻は短くて丸く、木の実と同じ茶色の髪は短く刈ってある。人ごみのなかで目をひくような顔ではない。それどころか、背丈を考えると、どんな人の群れにもすっぽりとのみこまれてしまいそうだ。

顔にはまったく表情がない。もしかしたら、口を結んだ線は少しまっすぐすぎるかもしれない。凹凸《おうとつ》もなく口の端があがるでもさがるでもなく、完璧な一直線だ。残酷そうでも厳しそうでもないが、凪《な》いだ水面のように平坦だ。

目立つ特徴といえば、目だけだ。虹彩が真っ黒で光がない。ネヴァフェルが見ているうちに、男は目をすがめて手紙を見、手の甲でごしごしと目をこすった。

生気のない黒い虹彩は、この男が暗闇でも目がきくようにノクテリックを摂取していたことを意味する。ネヴァフェルは一度も使ったことがないが、少しは知っている。あとから出てくる影響として多いのは、雪のような斑点《はんてん》だ。目に白い斑点が出て、一時間かそこらは視界が半分覆われてしまうといわれている。もしそのとおりなら、クレプトマンサーが目をすがめていたのは、斑点が見えはじめたからではないか。もしかしたら、これはネヴァフェルに有利に働くかもしれない。

ランタンがつくりだす光の輪に入らないよう気をつけながら、ネヴァフェルはこっそり近づいていった。見ていると、男は三角形の色つきレンズのメガネをとりだしてかけ、手紙に目を凝らしていたが、いらだって小さく声をあげた。手紙を床にたたきつけ、片手をあげてぶらさがっている道具をよけながら、不安そうに闇に足を踏み入れた。ネヴァフェルがかがんでのぞきこむと、ちょうど男が遠くにあった袋を探って、おもしろそうなゴーグルをいくつか引っぱりだすところだった。

ネヴァフェルは、クレプトマンサーの目がもっと見えなくなるのを待つ予定でいたが、放りだされた手紙が目に入ると、いてもたってもいられなくなった。息をひそめて音をたてずに前に進むと、手紙を拾いあげ、こそこそと暗がりにもどった。

数秒後、なにかがぶつかる音がした。それから、大あわてであちこちつまずきながら走る足音や道具がガチャガチャいう不協和音が聞こえてきた。人が急いで道具を押しのけていったような音だ。

ネヴァフェルが間一髪のところでハンモックにあがって静かに横になると、そのわきをクレプトマンサーが通りすぎ、彼女を寝かせていたテーブルのほうに走っていった。つぎの瞬間、クレプトマンサーの声がはじめて聞こえた。

「どこだ?」叫び声だが、奇妙に冷めている。使い道のない綿毛を集めたみたいにがさついた声だった。「おれの手紙をもっているだろう」

ネヴァフェルは待つしかなかった。待ってさえいれば、クレプトマンサーの視界がさらにぼやけて、逃げだせる可能性が出てくる。

横たわっているところの明かりは暗かったが、ネヴァフェルはどうにかこうにか、封筒に書かれた文字を読みとった。

作戦M三三一を完遂したらあけること。

ネヴァフェルはこっそり封をあけ、目が痛くなるほど中身をにらみつけた。

ただちにブレンド4ZZを飲みほして一七六七〇日から一七六九一日を消し、ブレンド8HHを飲んで三五八三九日を復元すること。物《ぶつ》からわかることはすべて見つけよ。裂け目を二日間観察。すべての情報が集まったら、物《ぶつ》をもとどおりにもどせ。つぎの手紙は三日のうちに届く。

同じ部屋のどこかで、クレプトマンサーがあちこちぶつかりながら、ネヴァフェルを探す音がする。だが、聞いていると、どんどん動きがのろく、散漫になっていくのがわかる。もしかしたら、クレプトマンサーはあきらめるかもしれない。雪の斑点が積もっているのだろう。いまが脱出のときなのかもしれない。

ネヴァフェルはそろそろとハンモックからおり、出口を探して壁づたいにちょっとずつ進んでいった。少しすると、二枚戸の開き戸が見えてきた。そのむこうから、一定の間隔で無機質なうなりが聞こえる。二枚の戸のあいだからぴんと張った太いワイヤーが入ってきていて、斜めにのびた先端が床に固定された鉄の輪にくくりつけられている。そのまわりに、水たまりができて光っている。

いまか、あきらめるかだ。ネヴァフェルは戸を引きあけた。うなりが耳をつんざくほどになり、細かいしずくが霧のように顔にまとわりつく。ネヴァフェルの心は沈んだ。目の前には、白い水の奔流が壁となってそびえていて、カバに踏みつけられるアリのように、いまにも滝にたたきつぶされてしまいそうだ。ここからは逃げられない。

ネヴァフェルが戸を閉めて振りかえると、背後のぶらさがった道具の陰からクレプトマンサーが現れたところだった。きっと、戸があいたとたん、滝のうなりが急に大きくなったのを聞きつけたのだろう。

「手紙をよこせ」まっすぐな口の線と同じく、凪いだ水のように平坦な声だ。凪いだ水は残酷ではないがやさしくもない。人が泳ごうが溺れようがおかまいなしだ。

「命令されたんでしょ?」ネヴァフェルは知恵と勇気を必死にとりもどそうとしていた。「だれかに命令されたんでしょ! だれかに送りこまれてきたんだよね、ヘビであたしを殺せって——でなきゃ、盗め、誘拐しろって! なにが起きてるのか教えてくれなきゃ、手紙を食べるから!」

クレプトマンサーが一歩前に踏みだしたので、ネヴァフェルは口に手紙をつめこんだ。

「さがって!」ネヴァフェルはもごもごと叫んだ。「がむよ!」一拍おいて、クレプトマンサーが何歩かさがったので、ネヴァフェルは心底ほっとした。心臓をばくばくさせて、少し湿った手紙をのろのろと口からつまみだす。泥棒の顔は相変わらず新しい石板のように無表情だ。

ふいに自分がどれだけ危険な立場にいるかに気がついて、ネヴァフェルの世界はぐらりと揺れた。あたしはクレプトマンサーが秘密にしている素の顔を見てしまった。いいふらすかもしれないあたしを、クレプトマンサーが生かしておくだろうか？

そのときとつぜん、手紙のなかの奇妙な一節が意味を成しはじめた。

「物《ぶつ》をもとどおりにもどせ。手紙には、物《ぶつ》をもとどおりにもどせ、と書いてあった。物《ぶつ》ってあたしのことでしょ？　見つけたときの状態でもどさないと。つまり、もしあたしを傷つけたら、あなたはやっかいなことになる！」クレプトマンサーが急に手をのばしてきたのをよけて、ネヴァフェルは猛スピードではねて逃げだした。そうだ、もう敵の狙いどおりにはならない。

「きみを傷つけるつもりはない！」うしろから呼びかけられた。「おれはきみの命を助けたんだぞ！　さあ、やめろ……逃げるな！」

ネヴァフェルが振りかえると、クレプトマンサーがランタンの光のなかに立っていた。相変わらず新しい石板のように無表情で、困惑したように片手で首のうしろをさすっている。ふとネヴァフェルは気がついた。もしかしたらこの泥棒は、はじめて盗品を扱いかねているのかもしれない。自分が置いた場所にじっとしていないばかりか、叫んだり、走りまわったり、手紙を食べると脅したりする盗品だ。もしかしたら、そもそも人をどう扱っていいのかわかっていないのかもしれない。

「あたしの部屋の鍵穴からグリサーブラインドを入れたでしょ！」ネヴァフェルは金切り声をあげた。「なにが助けたよ？」

「それは殺し屋だ、おれじゃない。やつはきみを殺すところだった――おれがきみを盗まなければ」

ネヴァフェルは考えてみて、シュートに引きずりこまれる前のとっくみあいを思いだした。たしか、ふたりの人が争っていたようだった。

「証明して！」ネヴァフェルは鋭い声をあげた。

「考えてもみろ！」男はどなりかえした。「おれがきみに死んでほしいと思ってたなら、なんできみはまだ生きてるんだ？　いくらでもきみを殺すチャンスはあったのに」

たしかにそのとおりだ。ネヴァフェルはそれでもまだためらっていた。クレプトマンサーのぞっとするほどの無表情にひるんでいたが、やがて頭がはっきりしてきて気がついた。この無表情は、ばかにしたり威嚇《いかく》したりを狙っているわけではない。いままで何十回もそっくり同じ《面《おも》》を見てきたじゃないの。それはいつも、静かだが忙しく動くほうき、お辞儀、やさしくて慎重な足どり、硬貨をとろうとさしだされた手と結びついていた。

ネヴァフェルははじめて、驚きの声をのみこもうとした。有名なクレプトマンサー、たくさんの絵画や詩の題材となった大泥棒は、働き手《ドラッジ》だった。恐ろしいほどの無表情をまとっているのは、この階級に許されたわずかな《面》のひとつだからだ。

「どうして殺し屋があたしのところに来ると知ってたの？」まだ近づくのをためらいながらきいた。

「二日前、きみは宮殿内を散歩した」クレプトマンサーは影を見て、ネヴァフェルがどこにいるか割りだそうとしている。「おれはあとをつけてたんだよ。やつもだ。おれはやつを見たが、あっちは気づいていなかった。それで、やつとサルをつけたんだよ。きみに近づくいい案をもってるんじゃないかと思ってね。案の定だった。だから……先にやつを行かせたんだ。やつは明かりを消して、衛兵を倒し、邪魔者をすべて排除してくれた」

「あたしはもうちょっとで殺されるとこだったんだよ！」ネヴァフェルは叫んだ。「あなたが着いたときに、殺されてるとは思わなかったの？」

クレプトマンサーは小さく肩をすくめた。「生きているほうが望ましい。死んでいたら……運ぶのが楽になる。うるさくならないし」最後に本音をのぞかせた。

ネヴァフェルは安心できなかった。「どうしてあたしを盗んだの？　だれにいわれたの？」

「手紙を読みあげてくれ」泥棒は冷静に応じた。「なんて書いてあるか知る必要があるんだ。気をつけてくれよ、もし言葉を変えたら、わかるからな。でも、正確に読んでくれたら、おたがいに質問しあうことにしようじゃないか。きみがききたいことにはすべて答えるよ。手紙に、さっききみがいったとおりのことが書いてあるのなら、当然そのとおりにする」

ネヴァフェルはためらった。「じゃあ、あたしを返すって約束するのね。手紙のいうとおりに。傷つけたり、殺したりしないで」

「約束する」

泥棒の言葉を信じるのは気が進まなかったが、手紙をくわえて走りまわるのにも限界がある。

「わかった、じゃあ」

ネヴァフェルは手紙を正確に読みあげ、クレプトマンサーは熱心に聞き入り、小声で数字をくりかえした。それから泥棒はきびすを返して手さぐりで部屋の隅まで行き、金庫の鍵をあけた。なかは小さなガラスびんでいっぱいだった。小声で数をかぞえながらびんからびんへと指を走らせ、そのうちの二本を引っぱりだした。手紙がただちに「飲みほせ」といっていた「ブレンド」だろう。

クレプトマンサーが栓を抜くと、なかの液体がひっそりとくすぶるように動きだすのが見えた。真のワインである証拠だ。クレプトマンサーは、一本、そしてもう一本と飲みほした。

ネヴァフェルは手紙の奇妙な言葉を思いだした。ブレンドのひとつは何日かを消すためで、もうひとつはある日を復元するため……理由はさっぱりわからないが、クレプトマンサーは自分の記憶を調整している。妙に整然とした方法で、一部の記憶を押し殺し、べつの記憶をとりもどしている。

何秒間か、クレプトマンサーは空《くう》を見つめていて、ゆっくりとまばたきをした。ワインの複雑な香りがそっと室内を満たしている。

「うーん」ようやく、男が声を出した。「おもしろい」壁に背中を預けてしゃがみこみ、空《くう》を見つめたまま、親指の爪でガラスびんをはじく。

「さあ、あたしの質問に答えて——約束したでしょ!」

ネヴァフェルはランタンの光が届くぎりぎりのところまで近づいた。「だれにいわれてやったの? あの手紙を書いたのはだれ?」

「うーん。手紙か」ネヴァフェルが身をのりだしてのぞきこむと、泥棒の目にほんとうに白い斑点が見えた。「おれが書いた。いつ、どうして書いたかは覚えていないが、理由があってのことなのはわかっている。おれが自分できみを盗みにいった。自分で指示を出したんだ」

「は？」

ネヴァフェルはずっと、つねに自分がその場でいちばん頭のおかしな人間だという、なんとなく情けない思いに苦しんできた。こっけいなことだが、いま、そうではないのかもしれないとわかってきても、少しもいい気分にはならなかった。

「さっききみは、なんでおれがきみを盗んだのかときいた。いまワインを飲むまでは、大長官の挑戦に応えるためだと思っていた。だが、ちがったようだ。そのときはそう思いたかっただけで、それがほんとうの理由であるかのように行動していた」

「挑戦？」ネヴァフェルは必死に理解しようとしていた。「だけど……あたしはラクダヒョウじゃない！」

「ちがう」クレプトマンサーはほほ笑んだわけではなかったが、一瞬、ほほ笑みたがっているように聞こえた。「でも、きみが大長官の最新かつ最大の珍品であるのはほぼまちがいないだろう。だからおれはきみを盗んだと、みんなは思うだろうな」

「でも、ちがう？」

「ああ。おれは自分にほんとうの理由を忘れさせていたが、ワインの力を借りて思いだした。おれはきみを盗んだ。きみの存在理由を解明するために」

「あたしの存在理由？」なぜかだれもが、ネヴァフェルが物であるかのように話をする。

「ああ」男は首を傾げてじっとネヴァフェルを観察している。そのしぐさを見たネヴァフェルは、夢中になって新しい時計を調べるときの自分を思いだした。ふと、この人はあたしがどう動くかを調べるために、分解するのではないかと怖くなった。「カヴェルナでは物事が動きだしている。大きな動きだ。ひとつひとつは関連がなさそうに見えるが、ぜったいにつながっているんだ。おれは、不思議の糸をたぐりつづけて、その多くから……きみに行きついた。勝負をしている者たちがいて、きみは彼らにとってもっとも重要なコマなんだ。きみを操って適切な地位につけようとする者もいる。おれはその理由を知りたい。

こんどはおれが質問する番だ。なぜきみは晩餐会でガンダーブラック・ワインをひっくり返した？　おれの計画の邪魔になるとわかっていたのか？　それとも、ただ、大長官の目をひくためだったのか？」

「ちがう。どっちでもない！　そんなわけない！」これから一生、猟犬みたいにこういう質問がつきまとってくるのだろうか。「計画でもないし指示でもない！　考えるより先にやってたの！　あたしはそうなの！　ほかの人はそういうことないの？」

「ないな」

「とにかく……あたしはやっちゃうの。たいそうな計画なんてないし、顔でばれるかもしれないから、だれもあたしにはなにもいわない。なにかを解明したかったんなら、あいにくだけど、あたしを誘拐したのはまちがいだったってことよ」

「そうは思わないよ」

「どういうこと？」

沈黙がおりた。ネヴァフェルが見まわすと、泥棒は壁に頭をもたせかけ、斑点が現れた目を閉じて休んでいる。一瞬、眠ってしまったのかと思った。

「アリ塚を見たことがあるか？」ようやく男がいった。「行進する小さな者たちがひとつの機械になっている。あまりにも動いているところが多すぎて、機械の狙いはわからない。だが、アリ塚からなにかひとつ――石ころ、葉っぱ、イモムシの死骸――でもとり去ると、アリどもはあわてだす。とり去ったことでどこの動きが妨げられ、どこが混乱しているか、どこにあわてて代わりになにかを入れようとしているかがわかるようになる。

おれがやっているのはそういうことだ。それがクレプトマンシー、盗みによる予知だ。重要なもの、多くの計画に欠かせないと思われるものを見つけて、とりのぞく。そして、じっと見守る。だから、きみを盗んだことは役に立つんだ。たとえ、きみがなにも知らなくてもだ。いまは、きみを利用したい人たちときみに死んでもらいたいと思っている人たちが、先を争ってきみを見つけようとしている。あわてる者は往々にして、うっかり手のうちを明かしてしまうものだ」

どうかしている。それなのに、ある意味筋が通っている。少なくとも、物を分解してどう動くか、どう組みたてればいいかを調べるのが好きなネヴァフェルには理解できた。

「おれの質問の番だ」泥棒は話をつづけた。「どうして殺し屋に追われてる？」

「よくわからないの」ネヴァフェルは、怯えた羊みたいにもやもやとした疑いの群れをかき集めた。「あたしの過去と関係があるんだと思う。あたしは五歳のとき、記憶をなくしてチーズの樽のなかに現れたの。記憶は埋もれていて、それを思いだされると困る人がいるんじゃないかってあたしたちは思ってる」気がつくと、幼いころの生活とうっすらととりもどした記憶を断片的に語っていた。ときどき、狂気に駆られたような発作を起こすことまでも。「とにかく、だれかに殺されかけたのは、これがはじめてじゃない。審問所の吊りさげられた檻にいたとき、檻が水に落ちて、もし看守がもどってきてくれなかったら、溺れ死ぬところだった」

「部屋にグリサーブラインドが入ってきたときは、どうやって生き延びたんだ？」

「え？　ああ、あのときは、ベッドで寝ていなかったから。天蓋の上にあがってたの……眠れないことがよくあって……あそこが気持ちよさそうに見えたから……」じろじろ見られてきまりがわるくなり、言葉を切った。「とにかく、あたしはやっちゃうの」くりかえした。「それがあたし。ちょっとおかしいの」もっとひどい人たちもいるけど。そう考えてから、聞き手の視界がまだらでよかったと思った。顔の表情から考えを読まれなくてすんだからだ。「こんどはあたしの番。どうしてあなたはこんなことをしてるの？　どうして滝の裏側に隠れたり、記憶に穴をあけたり、自分にメモを残したり……」

……頭がおかしいの？　心のなかでつけ加えた。

「十歳のとき」泥棒は答えた。「地図つくり《カートグラファー》と六分間話をした。それで家族を忘れ、大きな巻きひもとチョークを手に逃げだして、地図にのっていないトンネルで暮らすようになった。ネズミを食べて、黄目病とほふく膝で半死の目にあった。コウモリがトンネルの形を探知する鳴きかたを覚え、パプリックルをのみこんで耳を皿のように大きくもした」

「どんな感じだったの?」質問の番ではなかったが、きかずにはいられなかった。

「地図つくりか?」クレプトマンサーはほほ笑んだ。ただのドラッジの笑み、「ありがとうございます、ミス。お役に立ててうれしいです」という笑みだが、その背後にべつの笑みがあるのが感じられた。この人は思う存分話ができる機会がほとんどなかったのだろう。ネヴァフェルはその気持ちを感じとって胸が痛くなった。孤独と、話したいという欲求なら理解できる。

「ああ、ききたいなら、話してやるよ。まず、理解してもらわなければならないことがある。ふつうの地図はカヴェルナでは役に立たない。それは都市が平坦でないという理由だけではない。方角がつねに本来の意味をもつとはかぎらないのだ。コンパスはぐるぐるまわったり、小刻みに振れつづけるだけだったりする。いくつかそういう場所があるんだ。多くはないが、たしかに存在する。三十分はしごをのぼりつづけたあげく、のぼりはじめたところに出るような場所だ。物がありえないつながりかたをしていて、裏返しになっていたり、折りかえしていたりする。

そして人はひきこまれる。思考をねじまげて新しい形をつくりだす。カヴェルナを理解しはじめ、恋に落ちてしまう。世界でいちばん美しい女を思いうかべてみろ。ただし、その女の長くもつれたヘビのような髪はトンネルなんだ。肌は、熱帯のカエルみたいに、虫とりランタンの金色とやわらかな黒でまだら模様になっている。目はカヴェルナの池だ。底なしで、飢えに満ちている。ほほ笑むと、ダイヤモンドとサファイヤでできた歯が見える。何千本もあって針のように細い歯だ」

「それって怪物みたいじゃない！」

「そうだ。カヴェルナは恐ろしい。これは愛で、ただの好きとはちがう。彼女を恐れているのに、考えられるのは彼女のことだけ。それがカートグラファーなんだよ。おれはそうやって十五年間生きてきた。

そしてある日、すべてを捨てた。ほら、自分の心のなかのトンネルを探っているうちに、すばらしいことを思いついたんだ」

「なんなの？」ネヴァフェルは夢中になっていた。

「知らない」クレプトマンサーはこれ以上ないほど冷静に答えた。「だけど、しかるべきときがきたら、きっと自分が教えてくれる。ほら、計画を追う者はだれでも、いくらひそかに遠回しにやっていても、どこかでしっぽを見せてしまう。しばらくすると、予測がついて、なにを求めているか知られてしまうんだ。それを避けるには、自分自身でも計画がなにか知らずにいるしかない。おれはそう判断したんだ。たとえ一部であっても、必要になるまでは知らずにいたほうがいい。おれ自身が予測できなければ、ほかのだれにもできないだろう。おれがなにを求めているかも、おれ自身が知らないんだから、ほかの人にわかるわけがない。

すべてに計画が必要だった。何年にもわたる綿密な計画だ。だからおれは正気でいなくてはならなかった。狂気の流れを泳いで渡り、新たなよりよい正気の岸にあがったんだ」

きまりの悪い間があいて、ネヴァフェルは口をつぐんでいようとがんばったがむだだった。「失礼なことはいいたくないんだけど……あの、自分がまだおかしいんじゃないかって思ったことはない？　ずっとおかしなままなんじゃないかって？　この都市でだれよりもおかしな人間かもしれないって？」

「まあな」クレプトマンサーは答えた。「だけど、そうは思わない」斑点の出た目でネヴァフェルをじっと見つめる。「きみは、自分が正気かもしれないと思ったことはあるのか？　自分がずっと正気だったと？　自分がこの都市でだれよりも正気だと？」

「そうじゃないほうがいい」ネヴァフェルはささやいた。「だって、もしあたしが正気なら、カヴェルナがどこかまちがってて、恐ろしくて病気なのに、だれも気づいてないことになる。もしあたしが正気だったら、すわって話しこんでる場合じゃないでしょ。なるたけ早く、這いださないと」

「ああ、そういうの彼女はお気に召さないだろうなあ」クレプトマンサーがどこか愛おしげにいった。「彼女はわれわれを必要としている。われわれがいなければ、結局彼女もいないんだ。彼女はトンネルではなくて都市だ。われわれをここにとどめておくためなら、なんでもするだろう。ときどき思うんだ。真の名品がここでしかつくられないのは、われわれがここを離れないように、カヴェルナが賄賂がわりに力を与えてくれてるんじゃないかって。大長官が、何人《なんぴと》もこの都市を出入りしてはならぬと宣言したとき、あの人は彼女の愛する者として選ばれたのだと思ったよ。証明はできないが、まだほかにも話すことがある。都市は成長する。つるはしやシャベルの仕事を通してだけじゃない。彼女は拡大し、広がり、ゆがんで、われわれすべてのための場所をつくろうとする。だからもはや地理学が意味をなさなくなっているんだと思う」

泥棒は、カヴェルナのことを話すときは声音が変わる。ネヴァフェルは、凪いだ水の下に潜む大きな影のようなものが垣間見えた気がした。

「まだカートグラファーみたいな口ぶり」思ったことを口にした。

「おれはもう、やつらの一員ではない」クレプトマンサーは答えた。誇りと決意と喪失感が奇妙に入り混じったような声音だった。「もう地図は書かない。地図はカートグラファーがカヴェルナにあてたラブレターだ。カートグラファーはそうやって彼女に仕え、崇めている。彼女のことはつねに想っているが、おれはもう彼女のしもべではない」

「じゃあ、まだ愛してるの……彼女を？」ネヴァフェルはやっとの思いで話にどうにかしてついていこうとしていた。

「いままで以上にね」相手はやさしく答えた。

ネヴァフェルはふと、クレプトマンサーに地理の話をさせないほうがいいのではないかと思った。このままではこちらの正気が危ない。

「カヴェルナで大きなことが起きていて、その手がかりがあたしに通じているといったけど、どういう意味？」

「何本かの糸がある」クレプトマンサーは答えた。「まだ、どうからみあっているかは見えていない。下層都市《アンダーシティ》で連続殺人が起きている。ドラッジたちが身近な親しい人間をいきなり殺しているんだ。親、子ども、夫、妻を、まともな理由もなく。

宮廷での派閥が動きつつある。審問官は《右目》のひいきを受け、権力を築きあげてきた。だが、反対勢力が静かに形成されつつある。大きくてゆるやかな同盟で、はっきりした首謀者はいない。

ある毒見係が死に、三日後にきみが晩餐会に現れてみなの注目を集め、おりよく前任者の後釜におさまった。

それから……カートグラファーが不穏な動きを見せている。ふつうなら連中は未発見の道以外は気にしないのに、いまは多くのカートグラファーがカヴェルナ自身が成長しふたたび動きはじめようとしているのを信じている。つまり、なにもかもが変化しようとしているということだ。いまおれが追っている糸は以上だが、だれにもそのことを知られるわけにはいかない」

「でも……」ネヴァフェルは黙ろうとしたが、言葉が口をついて出てしまった。「でも、秘密なんだったら、どうしてあたしにぜんぶ話したの？」

「それは問題ない」という答えが返ってきた。「おれはきみをもとどおりの状態で返すことになっている……となれば、きみの過去三時間の記憶を消す。真のワインが手に入りしだいすぐに」

18　からくり

「え？」ネヴァフェルは恐ろしくなり、同時にかなり傷ついていた。質問と答えの応酬をしているうちに、風変わりな誘拐犯に奇妙な仲間意識を感じはじめていたのだ。カヴェルナのなかで、自分と同じくらいよそ者なのは、この人だけかもしれない、と。

それなのに、とつぜん思い知らされた。自分にはなんの権利もないということを。あたしは大長官の所有物。記憶でさえ、自分自身のものではないのだ。記憶は借り物についた汚れにすぎず、拭い去るべきものなのだ。

「きみが知っていることをそのままにして、返すわけにはいかない。それに、知らないほうが、きみのためだ。知りすぎていたら、顔に出てしまうだろう。知らなければ知らないほど、長く生きられる」

「でも……この話をしたことは覚えておきたい！　理解したい！　おもちゃになりたくない！　物になりたくない！　すべてがどう動いているか知りたいの！　だいたい、あたしはなにも飲んだり食べたりしちゃいけないことになってるんだよ。そのワインを飲んだら、やっかいなことになる！」

クレプトマンサーは石のように無表情な働き手《ドラッジ》の顔で、まばたきもせずにネヴァフェルを見つめている。同情しているのか軽蔑しているのかもわからない。話を聞いていたのかさえも。彼はそれ以上なにもいわずに、金属のスーツのところにもどり、順番に身につけはじめた。甲冑《かっちゅう》姿になると、ヘルメットを手に大股で歩いていって二枚扉をあけた。そのむこうに、うなりをあげる滝が現れた。

クレプトマンサーはネヴァフェルの抗議を無視して、ベルトのクリップをワイヤーにつなぐと、小さなクランク式のハンドルをとりだしてクリップの前面にとりつけ、何分間か力いっぱいまわした。それからいきおいよくうしろにさがり、ベルトでワイヤーからぶらさがるかっこうになって、ネヴァフェルのほうを見た。

「逃げようと考えているだろう」質問ではなく、事実を述べるようにいう。「そんな考えは捨てておけ。たとえ滝で死ななくても、働き手地区《ドラジャリー》で迷子になる。あそこは知識のない者にとって安全な場所ではないし、きみに死んでほしいと願う人たちが真っ先にきみを探す場所でもある。もどってきたら、おれがかならずきみを安全な場所に連れていく」

そういいおくと、クレプトマンサーはヘルメットの留め金をとめ、床を蹴って飛びあがり、ハンドルのレバーを引いた。とたんに、ブワージジーという雑音がしだして、男はのぼり斜面をものともせずに、ワイヤーを伝ってうしろむきに部屋から飛びだしていった。滝にぶつかると、たたきつけてくる水が雨傘のような形に広がり、つぎの瞬間、男の姿は消えていた。

ネヴァフェルは巨大な滝を見つめて、落ちこんだ。顔と手にかかる水は冷たく、耳を聾するような音がする。だが、クレプトマンサーはあそこを通りすぎて生きているのだ。どうやってワイヤーを伝って滑るように出ていけたのかはわからない。ただ、あの人ができたのなら、自分にもきっとできるはずだ。

あの人のみたいなベルトのクリップがあればいいんだ。あのスーツはもう一着あったはず。ネヴァフェルは、もう一着の甲冑がぶらさがっているのを見かけた場所まで走っていった。魚の形のうろこがちらちら光って薄く軽く見えたが、天井からとりはずしたとたん、重みで腕が折れそうになった。内側が革で裏打ちされており、油と蠟《ろう》のにおいがする。

そのそばにぶらさがっているのは、そろいのゴーグルつきのヘルメットで、管が仮面の口の部分から背負い袋へとつながっている。興味をそそられて袋をあけると、眠った状態の鈍い灰色の虫とりランタンがひとつ入っていた。空気が触れたとたんにランタンは目を覚まし、希望を思わせる琥珀《こはく》色の輝きを放った。

「こんにちは、小さな黄色ちゃん」ネヴァフェルがささやきかけると、虫とりは風を感じてパチパチと音をたてた。「なるほど、これであの人は晩餐会のあと長い時間水中を泳いでいられたんだ！　気密性の袋にあなたを入れてたんでしょ？　あなたから空気をもらってたのね」

うれしいことに、こちらの甲冑にもベルトにクリップがついていて、前部には穴があいていた。クレプトマンサーが飛びたつ前にまわしていたクランク式のハンドルを通す穴だ。けれども、ハンドル自体は見あたらなくて、ネヴァフェルはまたがっかりした。だいたい、あの泥棒がネヴァフェルのそばにやすやすと脱出手段を置いたままで行くわけがない。

たいして期待もせずに室内を調べたが、やはりハンドルは見あたらない。もしかしたら、ひとつしかもっていないのかも。でなきゃ、ふたつもっているけど、両方とももっていってしまったか。

ネヴァフェルは虫を一匹見つけて、袋のなかの小さな虫とりに食べさせてやった。「たいへんだけどやるっきゃないってことよね？」ネヴァフェルは虫とりにささやきかけた。徒弟生活でなにかを学んだとすれば、非常時とあらば不眠で間に合わせのものをつくって切りぬける方法だ。

この部屋は道具には事欠かない。事欠かないどころか、ネヴァフェルがいままでもっていたどの道具よりも上等な物ばかりそろっている。ベルトクリップの外側は溶接されて閉じてあり、開いてなかの仕組みを調べることはできない。だが、ハンドルを入れる口からのぞいて、棒でつついてみただけで、かなりのことがわかった。あとは、間に合わせのクランク形ハンドルになる、ちょうどいい形の物をつくればいい。一時間かけてつついたり、たたいたり、縫ったりして試行錯誤をくりかえしたあげく、一本の椅子の脚の片端から何本か釘がつきでたぶかっこうな物体をつくりあげた。ちょうど穴におさまって、横軸を使ってまわすことができる。一回転するごとに、装置のなかからカチャカチャ、カチャカチャという期待できそうな音がする。

息が切れて、これ以上まわせなくなったところで、手をとめた。スーツは重たすぎて、身につけるのにひどく苦労したが、地面に広げたところにもぐりこんで留め金をとめた。着てから立ちあがると、なにもかもがだいぶ楽になった。幸い、クレプトマンサーはネヴァフェルよりちょっと背が高いだけだったので、二、三か所、うろこがコンサーティーナ（アコーディオンに似た六角形または八角形の楽器）のひだみたいになっただけですんだ。なんとか両手をてこのようにして大きな革手袋に入れたが、指が思うように動かない。

ちょうどネヴァフェルがヘルメットをかぶろうとしていたときに、滝のむこうから聞き覚えのある音が聞こえてきた。金属がうなる甲高い音で、ベルトのクリップとワイヤーがこすれるブーンという音がはっきりわかる。思っていたよりずっと早く、クレプトマンサーがもどってきたのだ。

ネヴァフェルはつんのめるように前に出て、入口近くの壁に体を投げだすように飛びついた。そこなら、扉が開けば隠れて見えなくなる。息をつめて見ていると、見慣れたゴーグルの人物が水をしたたらせながら戸口におりたち、ベルトをワイヤーからはずした。ネヴァフェルは男が二歩分室内に入るのを待ってから、片腕で重いはさみを抱えて飛びだし、ごそごそとクリップをワイヤーにとりつけると、クレプトマンサーがやったように、ワイヤーにぶらさがっていきおいよく体を振りだした。

「おい！」

クレプトマンサーが振りかえったときには、ネヴァフェルがクリップのレバーをぐいっと引いたところだった。つぎの瞬間、クリップが激しくこすれるような鋭い音をたてたかと思うと、足もとから地面が消えた。泥棒はネヴァフェルの足首をつかもうとしたが、指が甲冑のつま先をかすめただけだった。たちまち氷のような滝の水が降りそそいできて、ネヴァフェルは気を失いそうになった。滝のむこう側に出て、まだあがりつづけながらも、衝撃で耳が半分聞こえず、目は濡れた髪でふさがれたままあえいでいた。

下を見て、水が百フィート以上も雪崩落ちて煙るような水しぶきがあがっているのを目にしたとたん、心臓が口から飛びだしそうになった。そのまま、大きな立て坑の反対側の壁にむかって滑るようにあがっていき、ようやくそこで震えながら岩棚に足をついた。ベルトの仕掛けをはずすと、ワイヤーがぴんとのびきって鋭い音をたてた。

クレプトマンサーはすぐに追ってくるだろう。川の上に渡された太いワイヤーをはさみで切りにかかると、やがてビシッという音とともに切れて、いきおいよくはね返り、滝のむこうにそびえる崖にぶつかった。

あの人があっちに永遠に足どめされて、飢え死にしないことを祈ろう。ううん、あの人はあんなに賢いんだから、きっとなにか手立てを見つけるはずだ。

すぐそばにくぐりぬけ用の小さなトンネルがあったので、ネヴァフェルはそこにもぐりこんで必死に這い進んだ。甲冑のうろこが砂利の床にこすれて傷つき、水がなかに入りこんでくる。大きなトンネルまで出たところで、留め金をはずして重い甲冑を脱ぎすてた。それを暗がりに立てて置き、おいしい食事を楽しんだあとみたいに両腕で腹を抱きかかえるようなかっこうにした。

足首は焼けつくように痛かったが、ネヴァフェルはむりやり走りつづけた。ゆっくりと足を引きずってもいいと思えたのは、とどろくような滝の音が遠くかすかになってからだが、こんどはべつの物音が聞こえてきた。地面が一定の間隔でドスン、ガタガタと揺れている。巨大な機械の音が、こだまになってゆがんだような音だ。ときおり、どらが鳴りわたり、金属音が彗星の尾のようにあとを引いて響く。ネヴァフェルはふらふらと音のほうにむかっていった。音がするところには、人がいる。

どこもかしこも地面が灰色の埃に厚く覆われていて、すぐにネヴァフェルの足もネズミの毛にまみれたようになり、喉がざらざらしだした。ここの通路はぜんぶ天井が低く、かごのなかのウナギのようにのたうちまわってたがいにからみあっている。よろよろとたどるうちに、とつぜん広いところに出た。その一インチか二インチ手前でなんとか足をとめたのは幸運だった。

通路のつきあたりは、崖のような壁面にあいたアーチ形の穴だった。そこから、地面が大きく割れた裂け目が見おろせた。ずっと下のほうで、荒れ狂う川が恐ろしげに白い水しぶきをあげている。水面に半分浮かんでいるのは数台の巨大な黒い木製の水車だ。それぞれ、男十人分くらいの高さで、羽根板が水からあがってはひっきりなしに動いている。軸は両側の壁の裂け目に入りこんでいて、ネヴァフェルからは大きな石臼の端が苦しそうに一インチ、また一インチと回転しているのが見えるだけだが、姿の見えない粉ひき機が奴隷になった巨人のようにうめいたりうなったりしている。

裂け目の両側の大きな壁面には、無数のアーチ形の穴が見える。ちょうどいま、ネヴァフェルが通ってきたような通路につながっているのだろう。そのひとつひとつから縄ばしごがぶらさがっている。壁自体には、片手を広げた幅くらいの出っ張りができていて、金属のスポークが足場と手がかりになっていた。その助けを借りて、たくさんの人々が険しさをものともせずに、崖をよじのぼったりおりたりしている。

のぼっている多くの人々は木製の天秤棒に袋か桶をぶらさげているが、荷物の重さでよろめくこともないようだ。大きくふくらんだ粗い麻布の小麦袋もあれば、織目の細かいかぎタバコの袋、裁断したての真新しい巻紙もある。そんな荷を背負って苦労して崖をのぼっているなかには、ネヴァフェルと同じ年ごろやもっと幼そうな子どもたちがいた。遠くからでも、背が低いのがわかる。大人でさえ、ネヴァフェルとさしてちがわない背丈だ。多くのアーチ形の口の前で、荷車や坑内用のポニーが品物を運んでいこうと待機している。

裂け目全体は驚くほど明るかった。何百もの緑がかった野生の虫とりランタンが輝いて、崖の表面でまたたいている。虫とりは、のぼってくる群衆が吐きだす空気で生きているのだ。なかには、牛をのみこめそうなくらい大きいものもある。ネヴァフェルはよく考えもせずに、ずっとドラジャリーはどんよりと暗いところだと思いこんでいたが、そんなはずはなかったのだ。人が密集していれば、虫とりも多く、明るい光がある。

ネヴァフェルはうっとりと見とれていた。頭では、自分が見ているものが骨の折れる危険な仕事だとわかっていたが、それでもドラッジたちに対してなにかを感じるのはむずかしかった。だれもが、ただしんぼう強く穏やかでおとなしく見え、何百もの頭に同じ《面《おも》》がついているようにしか思えないのだ。見ているだけでは、ひとりひとりちがった考えや感情を抱いているとも、彼らが下でまわる水車の部品のような、巨大な機械の歯車とはちがうとも、とうてい思えない。

見ているうちに、歯車のひとつが遅れをとって、ひと刻み分ずれた。むこうの壁で、九歳か十歳くらいの女の子が一瞬、足を踏みはずしたのだ。つぎの瞬間には遅れをとりもどしたが、天秤棒は危険なほど揺れて、かぎタバコの袋が桶から落ちた。ようやく少女がいちばん上までたどりつくと、深紅のコートを着た男が桶から袋を出してかぞえてから、振りむいて少女を叱りつけた。男が叫んでいるのは明らかだったが、水と機械のとどろきにその声はかき消され、無音のショーを見ているようだった。背が高く、えらそうな《面》を使っていることからすると、男はドラッジではなく、現場監督のような立場の人間なのだろう。

男が裂け目を指さすと、少女は完璧に穏やかな顔のまま身をのりだしてのぞきこんだ。その視線の先にあるのは、落ちた袋らしい濃い青のしみだった。白いたてがみのような川の流れにちらりとのぞく、とがった岩にひっかかっている。ネヴァフェルは少女がおりはじめたのをじっと見ながら、恐ろしくなった。少女の顔は相変わらず無表情だが、脚がかすかに震えている。

少女がいちばん下の岩棚にたどりつき、濡れて色が濃くなった、もっと危なそうな岩へとおりていこうとしているのには、崖をのぼっているほかの者たちも気づいていた。すばやく、監督のいる岩棚までよじのぼっていった者もいた。すぐに監督のまわりに馬蹄形の人垣ができ、少女を指さして、いっせいに話しはじめた。監督はどなって、ごつごつした杖を乱暴に振りまわしている。一瞬、監督が見おろしているドラッジがひとりかふたり、はむかおうとしたように見えたが、たがいに目を見かわすと、あきらめて首を垂れ、少しずつうしろにさがっていった。

下にいる少女は張りだした岩から下にむかって手をのばし、袋をつかもうとしている。だめ、やめて！　ネヴァフェルは胸のうちで祈った。少女の体がどんどん前のめりになっていく。だめ！　お願いだからやめて！　ただのかぎタバコの袋じゃないの！　そんなもの、どうでもいい！

まばたきをしているあいだに、決定的な瞬間を見逃した。まぶたを閉じたときには、少女はたしかに岩棚にいて、指先がもう少しで袋に触れそうだった。それなのに、目をあけたときには、岩棚にはだれもいなかった。水中にも少女の姿は見あたらない。川は白いオオカミのごとく少女をのみこみ、そのまま流れていってしまったのだ。

ほかのドラッジたちはなんの感情も見せていない。長いあいだ、無情な水路を見おろしていたが、たがいに顔を見あわせると、天秤棒を拾いあげて仕事にもどっていった。監督は長い柄付きの木づちをもちあげて、楽器のシロフォンに似た物をたたきはじめた。一枚一枚の板が異なる音を奏でる楽器だが、木ではなく大きな石でできている。監督が単純な旋律を何度かくりかえすうちに、新たに現れた少年が少女の天秤棒を拾って崖をおりはじめた。

「みんな、どうしちゃったの？」ネヴァフェルは声に出してむせび泣いたが、聞いている者はいない。「みんな、見てたでしょ！　どうして気にならないの？」

そのとき突如として、目の前の光景ががらりと変わった。崖に張りついた影はアリではなく、人になった。急に、彼らの肩の張り、割れた爪、水しぶきの冷たさ、足もとの断崖絶壁を意識したときの胃がよじれるような感覚が、わがことのように感じられた。あの人たちが悲しんだり、冷たい思いをしたり、疲れたり、怒ったりしてないと思うなんて、あたしはなんて愚かだったんだろう？　ただ、そういう思いを表す《面》をもたないだけなのに。あの人たちは、ずっとそういう表情を与えられずに生きてきたのだ。いま、ようやく、ネヴァフェルはその理由がわかるような気がしはじめていた。

ドラッジたちがどうやって、監督のするようないじめに対して立ちあがれるというのだろう？　反逆者になるには、たがいの顔に自分の怒りが映しだされているのを見て、自分の感情が大きな流れの一部だと知る必要がある。けれどもドラッジたちは、どの仲間を見ても、指示を待つだけの穏やかで従順な《面》しか見えないのだ。

ネヴァフェルは自分の顔の筋肉が引きつって動くのを感じた。肌にはぴりぴりした感覚が、胸にはざわざわした感情がある。そう、あたしはこれがなんだか知っている。チルダーシンが話しかけてきたときのことを思いだす。きみは……怒っているのだ、と伝えてくれたときのことを。

ネヴァフェルは濡れた大きな麻布を一枚見つけ、体に巻きつけてパジャマを隠し、顔と髪を覆った。そこでようやく思いきって細いトンネルに入ってみたが、汚れたままでせかせかと行きかう人の群れにぶつかって息苦しくなり、体が痛くなった。

腐敗物とおまるの強烈なにおいが漂ってきて、すぐにその理由がわかった。ところどころ足もとに鉄格子がはまっていて、見おろすとあらゆる類《たぐい》のゴミが山となっている洞穴が見えた。顔を覆ったドラッジたちがシャベルでゴミをかき集めて、ほかの川と合流する谷に放りこんでいる。そうやってカヴェルナの外へと運ばれていくのだろう。ゴミの山のなかに人の背丈ほどの細かい網目の檻が立っていて、そのなかでなにかがうようよと激しく動きまわっている。何千という蛾と地虫が糞をがつがつむさぼって肥えているのだ。カヴェルナのランタンのエサにされる運命だとも知らずに。

狭いアーチのむこうの背の低い長屋では人々がぎゅうぎゅうづめで眠っていて、覆いのない虫とりランタンのぎらつく緑色の光に照らされている。赤ん坊がいる保育所がちらりと見えた。一台のベッドに十人あまりの赤ん坊が寝かされていて、そのあいだをおとなしい《面》の仮面をつけた保育師が歩きまわっている。幼子たちが覚えるのを許されている《面》だ。まわりの人々はみな背が低い。大人の多くは、ネヴァフェルほど大きくないのだ。子どもたちの歩きかたは奇妙で、脚が内側に曲がっていて膝がぶつかってしまうし、子どもにしては激しすぎる咳をして体を震わせている。

世の中の仕組みを知りたかったんでしょ。ネヴァフェルの頭のなかで、容赦ない声がいう。わかったじゃないの。

まるで、川を見ているようだった。茶色と灰色の服の洪水のなかで、似たような青白い顔が渦巻いている。これこそが、ほかの人たちが見ているドラッジの姿なのだ。知性のない大いなる自然の力のひとつで、足踏み車をまわさせ、ゴミを運ばせ、都市じゅうを健やかに保つために利用する存在だ。

それでも、この下層都市《アンダーシティ》にも暮らしがあるのだ、とネヴァフェルは悟った。露出した岩と表情のない顔からなる、くすんだ単調な光景の陰に隠された生活が。臼が粉をひき、ポンプが上下し、足踏み車がまわる轟音で空気が震える。ときおり、くりかえされる音に合わせて、歌の一節が聞こえてくる。まるで、長い歩幅で歩く巨人たちのあいだをちょこまかついていく、人間の小さな足音みたいだ。ネヴァフェルは合図を出している石のシロフォンの調べのちがいがわかるようになってきた。せっぱつまった調子、ゆったりした調子もあれば、からかうようなものもある。ドラッジたちが騒々しい音越しに身振りでやりとりをしているのもわかってきた。両手を握りあわせて挨拶するときも、たがいの動きのない顔は見ようともしない。

ドラッジたちの灰色の川のなかに、紫色がきらめいた。ネヴァフェルはとっさに岩壁に張りつき、人ごみを透かして見た。そうだ、前方にいる人影は、審問官の色をまとっている。その男は人の流れを二分するように通路の真ん中に立ち、通りすぎていく人々をじっと観察している。ときおりひょいと手をのばしては腕をつかんで、むりやりとまらせる。とめられているのは、ネヴァフェルと同じ背かっこうの少女ばかりだ。

言葉が切れ切れに聞こえてきた。

「……赤毛の少女……ガラスのような顔……」

審問所は早くも動きだしていた。ネヴァフェルが燃えさし捨て場《エンバーシュート》を使って連れさられたと気づき、ドラジャリーの捜索をはじめたのだ。

ネヴァフェルは指をからめあわせて、一生懸命考えた。このまま前に進んでいって、審問所の手に身をゆだね、大長官の宮殿に連れ帰ってほしいと要求するのをとめるものはなにもない。なにもないはずなのに、審問所の檻で氷のような水に浸かった記憶と、ズエルの警告がよみがえってきた。

ネヴァフェル、なにがあろうと、審問所の手に落ちてはだめ。そうなったら、拷問されて、ありとあらゆることを自白させられる。

審問所のだれかがネヴァフェルを殺そうとした。もしかしたら目の前の男かもしれない。ここドラジャリーであの男を頼ったら、あっというまに始末されて証拠を消されてしまうかもしれない。たとえ生きたまま上官に引きわたされたとしても、それでどうなる？　トレブル審問官のもとに送られるのが関の山だ。トレブルはネヴァフェルに不信感を抱き、拷問で「真実」を引きだしたいと考えている。

目立たないように壁に張りついたまま、ネヴァフェルはきびすを返して通路をもどりはじめた。へこんで捨てられた手桶を見つけて手にとった。これをもっていれば、どこかに行こうとしている使い走りに見えるかもしれない。手桶にはよどんだ水の名残の緑がかった泥がいっぱい入っていたので、ネヴァフェルは手ですくいだし、髪に塗りつけて明るい髪色を隠した。

どこに行けばいい？　いま、頼れるのはだれ？

アーストワイルだ。アーストワイルを探さなければ。

アーストワイルは、サロウズ・エルボウにいるといっていた。道路標識も道案内もなかったので、審問官からじゅうぶん離れると、ネヴァフェルは思いきって道を尋ねることにした。そんなことをしたら、アンダーシティに不案内なのがばれてしまうかもしれないが、ほかに手立てはない。そこで、ある女の人の袖を引っぱった。

「サロウズ・エルボウ？」わざと声を変えて、かすれたささやき声を出した。

「三つめの道を左に曲がって交差点に出て、はしごをまっすぐあがって、そのまま進んで三つめの橋を越えたら、急斜面と閘門《こうもん》をわたって」ささやき声が返ってきた。女はネヴァフェルを見なかったが、さっと二回、親しげに腕をたたいてから通りすぎていった。

　サロウズ・エルボウを見つけたときには、すぐにわかった。エルボウ《肘》の名のとおり、通りが広がったかと思うと、ある地点で鋭く曲がって折りかえしている。肘のくぼみにあたるところの壁に、三、四フィート幅の穴がいくつかあいていて、それぞれの穴は毛布や一枚布でカーテンのようにざっくりと覆われている。布の下から、ごつごつした手やはだしの足がだらんと出ているところもあった。

　ネヴァフェルがエルボウに着いたとき、カーテンの一枚が開いて、同じ年ごろの少年がひとり、ころがり出てきた。

「すいません！」少年が人の波にまぎれてしまわないうちにと、ネヴァフェルは袖をつかんだ。

「アーストワイルを探してるの」

　少年はくるりと振りかえると、穴のひとつにかかっている黒と白の格子柄の布切れをたたいた。

「起きろよ、アーストワイル。ガールフレンドがオペラに誘いに来てるぞ」少年は呼びかけると、トンネルに消えていった。

布がさっとめくれて、アーストワイルがじっとネヴァフェルを見あげた。顔は眠気のせいか赤らみ、襟があたっていたところに跡がついている。表情が消え、多くのドラッジがまとっている礼儀正しい虚《うつ》ろな顔が浮かんだのを見て、ネヴァフェルは落ちこんだ。

「いったいぜんたい、なんでここにいる?」

「あんたが来いっていったんじゃない！　困ったことがあったら来ていいって——」

「伝言をよこせといったんだ、来いとはいってない！　ここはおまえが来るところじゃないんだよ！」アーストワイルはあわてて出てくると、覆いでさえぎられた部屋を守るようにその前に立ち、なかが見えないように布切れをそっと引っぱった。だが、そんなことをしても意味はなく、アーストワイルはあきらめて布をめくりあげた。「いい、なら、入れよ。よく見るがいい！　ドラジャリー観光を楽しんでるんだろう?」

布のむこうの穴は二フィートくらいしか奥行きがなかった。なかには、錫《すず》のカップ、使い古されたぶかっこうな布袋、たたんで枕にしている衣類、たいせつな一輪車があるだけだ。ネヴァフェルはこのときになってようやく、アーストワイルがかたくなな怒りを見せた理由を察した。こんな暮らしぶりを知られたくなかったのだ。光虫さながらに壁の穴で暮らしていることを。

ネヴァフェルはわっと泣きだしたくなった。「来ようと思って来たわけじゃない！　クレプトマンサーに誘拐されて、あの人のスーツを着て逃げなくちゃならなくて。ドラジャリーには審問官がうようよしてて、つかまったら、審問所のえらい人に拷問にかけられる。見つかるわけにいかないんだよ、アーストワイル！

あんたを探しに来たのは、そうするか、あきらめるしかなかったから。ドラジャリーで信用できるのはあんただけなの。カヴェルナじゅうで信頼できるほんのひと握りのなかのひとりだから」

アーストワイルの表情がはっとしたように鋭くなった。まるで、もっといってくれと訴えているように見える。アーストワイルのほんとうの気持ちとはちがうだろうが、できるだけ近い表情を選んでいるはずだ。とにかく、さっきまでのように地面をにらみつけてばかりではなくなった。

「ばかなメンドリめ」アーストワイルはぶつぶついった。「おまえはわかってないっていっただろう。宮廷なんかに行ったら、困ったことになるっていわなかったか？　クレプトマンサーに誘拐されただと――どうすればそんなことになるんだ？」

「ああ……あの人は頭がおかしくて、すべては裂け目と糸とアリの問題で……みんなはラクダヒョウだと思ってたけど……」

「相変わらず、リスみたいにむちゃくちゃだな」アーストワイルはトンネルのほうにちらりと目をやって、「枕」からぼろ切れを一枚引っぱりだしてネヴァフェルに手渡した。「それを頭に巻いて、顔の前に垂らしておけ。さあ、来い、ついてくるんだ。早く！」

アーストワイルのあとを追いながら、ネヴァフェルはあまりちゃんと食べていなくてよかったと思った。アーストワイルは、ネヴァフェルがさっきまで気づいていなかったようなすきまにいともかんたんに分け入り、これ以上ないほど狭い穴を魚のようにすり抜けていく。

「これはおれがアンダーシティを出るときに、いつも通る道だ。おっと、気をつけろよ！」アーストワイルはいきなり足をとめた。「さがれ！　そのすきまに入って！　はしごの下に審問官がいる」ふたりは紫が見えなくなるまで来た道を這ってもどった。

「ほかにドラジャリーを出る道はあるの？」ネヴァフェルはささやいた。

「ほんの少ししかない。連中がこの道をふさいでるなら、ほかの道も同じだろう。だめだ、連中はドラジャリーへの出入りを遮断してる。おまえを見つけるためにこんなことをやってるのか？」

「だと思う。でなきゃ、クレプトマンサーを探すためか」

「ドラジャリーに審問官。いつもろくなことがないんだ」アーストワイルは横目でさっとネヴァフェルを見た。「連中がここに現れるのは、追っている人間がここに隠れていると思ってるときだけだ。やつらはおれたちが尋ね人を探しだしてさしだすように、やれることはなんでもする。鞭で打ったり、消したり。それでもうまくいかないと……みんなの卵《エッグ》を切る」

ネヴァフェルはぽかんと口をあけた。「脚《レッグ》を切るの？」

「ちがう！　エッグ！　卵だよ！」ほっとして鼻を鳴らしたネヴァフェルを、アーストワイルはちらりと見た。みるみる表情が冷たくなっていく。「おまえにはなんでもないことだからそんな顔ができるんだ。いつだってほしいだけ卵が手に入るだろうからな。知らないだろう? ここでじゅうぶんな卵が食べられないと、脚が曲がったまま成長がとまって、肺も古い靴下くらいにしか役に立たなくなるんだ」

ネヴァフェルはびっくりした。そういえばアーストワイルは何度も、親切にしてくれた見返りに卵を求めていた。ネヴァフェルは、好物なのだろうと思っていた。

「知らなかった」静かにいった。

「ここは上の世界とはちがうんだ」アーストワイルは苦々しそうな口調でつづけた。「審問官がドラジャリーに現れるのは、おれたちを守るためじゃない。廷臣や職人を脅かす者を追っているときには、やってきてしらみつぶしに探してまわる。だけど、ドラッジが殺されたってそんなことはしちゃくれない。おれたちはどうなってもいいんだ。『予行演習』のあと、あいつらが通りをうろついてるのを見たことなんてないからな」

「予行演習?」退屈なあたりさわりのない言葉に、どこかとげがある。

「おれたちはそう呼んでる。ちょっとしたジョークだよ」アーストワイルの声は落石の話でもするみたいで、ちっともおもしろがってはいない。「ほら、宮廷での暗殺は大きな商売なんだ。本番でしくじりたくないじゃないか? だから宮廷のやつらはここにおりてきて練習するんだ。ドラッジがいなくなったところでだれも気にしないってわかってるんだよ。ほかのドラッジが気にしたって関係ない。新しい毒薬を試したり、殺し屋候補に力試しをさせたり、剣さばきやグループ作戦の予行演習もできる」

「人を殺すの？　ただ殺すの？　罪もない人たちを？」

「ドラッジだけだ」アーストワイルはいった。どうでもよさそうに装っているが、その声音は二トンの鐘ぐらい重く虚ろに響く。「おれたちにはだいたいわかる。よく似た奇妙な殺人や自殺や事故がつづくんだ。ときどきは『病気の流行』もある。みんなが同じように死んでいく。書類上はそう処理されるけど、おれたちは知ってる。

つい最近も、また起きたんだ。『内輪の殺人』、ドラッジがドラッジを殺す――記録上はそうなってる。だけどおれは、だれかが予行演習をしてるんだと思う。直感でわかるんだ」

ネヴァフェルは答えられなかった。心のなかで、からまりあったアンダーシティの光景を思いだしても、麻痺《まひ》したようになるだけだ。強く感じることがありすぎて、心がのびきって薄くなり、もうなにも感じられないような気がした。

虫とりランタンのそばを通りすぎたとき、ネヴァフェルをちらりと見たアーストワイルは、足をとめてじっとのぞきこんだ。

「おまえはもう、ふわふわのひよっこじゃなくなったみたいだな」しわがれた声でいう。「頭のなかになにか入れたんだろう？　なにかを見たんだな？」

ネヴァフェルはうなずいた。「わかる？　あたし……変わった？　ひどい？」

「ああ、変わった、いいじゃないか。目に深みがある。それが悪いことか？　おれは悪いことじゃないと思うよ。おまえの持ち主がいいと思うかはわからないけどな。やつらのところにもどるつもりなんだろう？　グランディブルのところじゃなくて？」

ネヴァフェルは少しおいてから、ゆっくりうなずいた。「そうしなきゃならないと思う。知らなきゃならないことがある、あたし自身のこと、過去のこと。それに、グランディブルとのあの生活にはもどれない。あれは、赤ちゃん用の靴みたいなものだった。もうあたしには合わない。それどころか、ほんとうは長いあいだずっと合ってなくて、そのなかでどんどん縮こまっていったのかもしれない」

アーストワイルは否定するようにかすかに喉を鳴らしたが、反論はしなかった。「あそこにおまえを帰すのは、ノミみたいにやっかいだぞ。審問官を突破しなきゃならないからな」ぶつぶついう。「でも、考えてみよう」

話しあううちに、ドラジャリーを出ていくより、入ってくるほうがずっとかんたんだということがわかってきた。カヴェルナの上層階から燃えさしあるいはゴミ捨て場のシュートを落下するのは、そうむずかしくない。だが、そこをのぼっていくのは不可能に近い。クレプトマンサーでもないかぎりは。

「立て坑は何十とある」アーストワイルがつぶやいた。「だけど、ぜんぶ下り用だ。ドラジャリーから上にあがることは想定されていないんだよ。ドラッジ以外はな。ドラッジも手を洗ってからだけど」

「ああ」ネヴァフェルは自分の目が大きく見開かれたのを感じた。「アーストワイル……カヴェルナの水はぜんぶ、ドラジャリーの川から引いてるよね？　地表近くの大きな槽にとりこまれて、半分はあたためて、それからお湯用と水用のパイプに注ぎこまれて、みんなが使えるようになる。そうだったよね？」

「そうだ。どうして？」

「水はどうやって川から水槽にあがってくるの？」

「この計画、十通りの意味でどうかしてるよ」アーストワイルがささやいた。ふたりはらせんを描く長く暗い道をたどって、丸屋根の貯蔵庫に出た。そこには木箱や樽がいっぱいあって、そばに水のよどんだ狭い運河がある。目の前で、運河が最後の水門に到達し、そのむこうに運河が流れこもうとしている川が見える。ところがこの川は、うなりをあげる白いひげの怪物でもなければ、泥がたまった小川でもない。川幅は広く水面は穏やかで、澄んだ水がとうとうと流れている。上にある野生の虫とりが水面に反射して、震えたりのびたりして見える。

少し上流にはハムスターのまわし車を大きくしたみたいな巨大な足踏み車があり、十人あまりのドラッジがなかで走って回転させている。この足踏み車が大きなベルト車を動かしているらしい。ベルトは天井の立て坑から滑車へと走り、また立て坑へともどっている。ベルトには一定の間隔をおいて、幅四フィートの楕円形の桶がくっつけてある。足踏み車が回転してベルトが滑車のまわりをまわると、空の桶が順番に川に沈み、それから立て坑までもちあげられる。

「準備はいいか？」アーストワイルががなった。「どらが鳴るのを待て！」

どらが作業の交替時間を告げた。短いあいだだが、伝票が配られたり、勤務表に印がつけられたりして、監督も作業員も気をとられている。車の回転がとぎれないよう気をつけながら、作業員の交替がはじまった。

「いまだ!」アーストワイルが鋭い声でいい、ネヴァフェルの背中を乱暴に押した。

ネヴァフェルは人々の気がそれているすきをついて、川の端までふらっと出ていった。

クレプトマンサーのいうとおりだ。ネヴァフェルは川にのみこまれて半秒もしないうちに思った。まともな人間なら試そうともしないことをするのを、とめようとする人はいない。それがむちゃくちゃなこと、たとえば、川に飛びこんで、すぐそばの桶につかまり、ほんとうは人間が運ばれるはずではない立て坑までもちあげてもらおうとするようなことであっても。

水は氷のように冷たくて、文字どおり息がとまりそうになった。あっというまに服は水を含んで重くなり、足にまとわりついてきた。必死に手で水をかいて、岸にしがみつく。桶がいきおいよくすねにぶつかった。ネヴァフェルは水面にあがってきた桶に突進し、どうにかこうにか上半身だけなかに入れた。水をしたたらせながらあがっていく桶に、上半身だけひっかかったかっこうでのっかって、脚をばたばたまわしている。

もしだれかが上を見たら、ネヴァフェルに気がついて足踏み車をとめるだろう。けれども、桶が文句をいうようにきしんだ音をたてても、気にとめる者はいない。ネヴァフェルは身をよじって前進し、水しぶきをあげて桶にころがりこんだ。そうして、ベルトによって立て坑の闇へと運ばれていった。

冷たくてぐらぐら揺れる桶のなかにしゃがみこんで、何時間もたったと思われるころ、光らしきものがちらりと見えた。立て坑でときおり光る虫とりの明かりよりずっと大きい。どうやら、四角い開口部らしきものが待ちうけているようだ。あそこを目指して飛べばいいのかも。もうじゅうぶんな高さまであがってきたから、ドラジャリーの外に出ているはずだ。ネヴァフェルは感覚が麻痺した手足を震わせながら身構えた。

ネヴァフェルが桶の縁に両手両足をついたとたん、桶が怒ったように傾いて、飛びおりると、がくんとはねた。ころがりながら立て坑の開口部を通りぬけて着地し、濡れそぼったまま手足を投げだした。そこは粗造りの壁の小さな工房で、つなぎ姿の男がふたり、びっくりして凍りつきネヴァフェルを見おろしている。彼女が髪を払って顔を見せると、ふたりはさらに恐れおののいた。

「こんにちは！　あの……水たまりができちゃってごめんなさい。あたしは毒見係のネヴァフェルで、大長官の持ち物です。大長官は……あたしがどこにいるか知りたがっていると思います。ああ！　もしかしたら、たったいま通っていったばかりの桶の水は飲まないように、みなさんにいったほうがいいかもしれません。ずっとあたしがなかにすわっていたので……」

19 失った顔

その後の二時間はめまぐるしく過ぎ、ネヴァフェルの足はほとんど片時も地面におろされることがないようだった。ネヴァフェルは宮廷の使用人に引きわたされ、クレプトマンサーとその隠れ家について頭が痛くなるまで尋問された。最後には、謎の泥棒について知っていることはあらいざらい話していた。クレプトマンサーと話をするうちに、奇妙な仲間意識めいたものを感じていたものの、記憶を消すといわれて落胆し、裏切られたような気持ちになっていた。それに、大長官がだれよりもつかまるところを見たがっている泥棒を擁護するようなまねをするのは、さすがに危険だろうとも思った。そんなことをしたら、大長官はネヴァフェルを審問官に引きわたして、答えを引きずりだそうとするだろう。

尋問のあとは、入浴し、清潔な衣類と新しい指ぬきを与えられ、下層都市《アンダーシティ》で拾ったノミやダニがいないかを調べられてから、けがをした足首の手当を受けた。

最後に、医師と香師の一団の念を入れた診察を受け、毒や解毒剤を口にした痕跡がないかも調べられた。最終的には、ネヴァフェルがいっさいなにも食べたり飲んだりしていないという主張が重視されたようだった。彼女には嘘がつけないという事実を、受けいれる人が増えてきているのだ。けれども、念のためにということで、苦い味のする飲み物を与えられて嘔吐させられ、それまでよりいっそう不安でみじめな気持ちになった。

それがすむと、書類に判子が押されて、ネヴァフェルは「無傷で宮廷にもどる準備ができた」と宣言された。

無傷なんかじゃない。ネヴァフェルはわかっていた。たしかに食べ物や飲み物は口にしていないけれど、深い真実をのみこんでしまったのだ。もはや苦い酒で体内から押し流すこともできなければ、肌から洗い流すことも、髪の毛からつまみとることもできない。せきたてられるように毒見係の居住区にもどされたときには、疑いの念がすっかり顔に表れていて、監視役のレオドーラはたちまち真っ青になった。

「まあ、やだ」ぶつぶついいながら、ネヴァフェルのあごをつかんで顔をのぞきこんだ。「ああ、とんでもないことに！　困った、ほんとうに困った」

ほかの毒見係が集まってきて、首をのばしてのぞきこもうとしたので、目をみはった顔の寄せ集めがピンク色の大きなコラージュになってネヴァフェルの視界をふさいだ。アーストワイルのいったとおりだった。あたしは変わったんだ。見てきたことが心に刻まれて、顔に表れてしまっている。

「たわしを！　磨き粉を！」

「むだよ！」おおぜいが掃除用具を求めて駆けだそうとするのを、レオドーラがとめた。「これは汚れではない——知識だ。この子はあまりにも多くのことを見てしまった。ああ！　それを片づけて！　目をこすったところでどうにもならない！」

ネヴァフェルの頭のなかは、働き手《ドラッジ》たちの惨状でいっぱいだったが、ふと自分もきわめて危険な立場に立たされていることを思いだした。

「あの……あたしはどんなふうに見えてますか？　なにが見えます？」

「幻滅ね」レオドーラは小声で舌打ちした。「顔に大きな泥がついているみたい。眉にも口の端にもべったり……これは内から表れたものではないわね。どこからもってきたの？」

「アンダーシティから……働き手地区《ドラジャリー》で迷子になって……ドラッジがどんな仕打ちを受けているかをこの目で見たんです」

「ねえ、目を閉じてはいられなかったの？」レオドーラはひどくいらだってネヴァフェルの両手をぐっとつかみ、目をのぞきこんだ。「いいこと――大長官は、宮廷用の支度ができしだい御前に出るようにとのお達しよ。アンダーシティでなにを見たとしても、あなたはそれを頭から消さないといけないの。そういうことを気にかけないようにならなくては、それもすぐに。そこで見てきたことをすべて頭のなかのどこかの部屋にしまいなさい。扉を閉めて鍵をかけるの」

ネヴァフェルは熱心にうなずいた。もとのドレスに着替えて飾り帯をつけ、宮殿内を白ずくめの従者につきそわれて歩きながら、ネヴァフェルはアンダーシティの記憶の扉を閉めるところを思いうかべていた。グランディブルが外界を締めだすのに使っていたような、オーク材に金属を張った重い扉だ。ところが、謁見の間に足を踏み入れて大長官を見たとたん、想像のなかの扉はゆがんで粉々に砕けてしまった。

大長官の右目があいていて、いまこの瞬間も、ネヴァフェルの顔をじっと見つめている。恥ずかしいほどに変わってしまった顔を。なにより恐ろしいのは、自分ではそのことを恥じていないことだった。なにをいうべきなのかもわからないし、さらに困ったことに、自分がなにをいいだすかもわからない。頭のなかはひとつの考えでいっぱいだった。この人がカヴェルナを支配してきた人、この人が何世紀ものあいだ都市の最高級のぜいたく品をほしいままにしてきた人だ。下の世界では何千という人が汗水たらして石の入った袋を担ぎ、市中のコケのはえた下水道を歩き、捨てられた卵の殻のように重なりあって寝ていたというのに。頭からランタンの傘をかぶりでもしないかぎり、この感情を隠しておけるわけがない。

大長官が長いあいだ見つめてくるので、ネヴァフェルも見つめかえさずにはいられなかった。胸のなかでは、なにかが重いひづめの音をたてて肋骨のあいだを走りまわっている。

ネヴァフェルの表情はまるで鏡で、大長官の《右目》には、彼女の目に映ったとおりの自分の姿がはっきりと見えた。

自身が奇妙で老いているのが見えた。自身から時とともに命と色がしみだしてきたのが見えた。残っているのは、幹が石英と化した珪化木《けいかぼく》のように、希少だが死んだものだけだ。冷たさゆえの残忍さで口の片端がさがっているのが見えた。開いた片目が虚《うつ》ろなのが見えた。自分は宝石が散らばった浜辺で、生きた波は去ってしまって二度ともどってこない。とうの昔に死んだ生き物の残骸、真珠《しんじゅ》の殻だ。

四百年のあいだに、これほどの失望と悲しげな怒りをたたえて大長官を見つめた者はいなかった。この娘が反撃も受けずに堂々とこの顔をしているのを廷臣たちに見られたら、大長官が弱く見えるのではないか。弱く見られるのは、ピラニアが出没する水中に血を流すようなものだ。この娘がクレプトマンサーの正体を知る唯一の人間でなければ、もう一度燃えさし捨て場《エンバーシュート》に放りこめと命じるところなのだが。

「これは」ようやく大長官はしわがれた声を出した。「だれかの悪ふざけか？　だれがこのようなことをした？」十二人が完全に沈黙した。全員が、質問はほかのだれかにむけられたものであればいいのにと願っている。「娘！　その《面《おも》》はなんだ？　申し開きをせよ！」大長官は失望とともに、少女が恐れおののいて凍りつくのを見ていた。「マキシム・チルダーシンを呼べ！」

やせたワイン商が急いでやってくると、大長官はいらだたしげに手を振ってネヴァフェルのほうを指ししめした。チルダーシンは少女の顔を見まわして、歯を食いしばり息を吸いこんだ。「まちがいなく幻滅しています」チルダーシンは答えた。「ドラジャリーでなにかを目にしたにちがいありません」

「時計師を呼ぶときは」大長官は冷ややかにいった。「時計の仕組みについて説明を受けたいわけではない。時計を動かしてもらいたいのだ。これは」大長官はネヴァフェルのほうに手を振った。「いま、壊れている。修理せよ。もしこの娘が失望しているのなら、もう一度幻想を抱かせろ。なにを見てこのような表情になったのかつきとめ、ワインを使ってその記憶を消すのだ」

「やめて！」ネヴァフェルが怯えて真っ青な顔で叫んだ。「忘れたくない！　みんな、ドラッジのことを忘れてしまう！」己れの大胆な言葉におののいて震えながら、自分のせいでしんと静まりかえった周囲を見まわした。

「都市のからくりを見たの」ネヴァフェルはささやいた。「燃えさしがどうやってころがり落ちていくか、水がどうつりあげられ、ゴミがどう流されていくか、蛾がどこからやってくるのか、ほかのこともみんな。とてもうまくできていた。カヴェルナは驚くべき機械だった……でも、いま思いだすのは、巨大な水車とそれをまわす川が、ドラッジの汗と血でできているということだけ。ぎゅっと目をつぶっても、聞こえてくるし、におってくる。

あの人たちはみんな、汚れた洗濯物みたいに重なりあって眠り、子どもたちは曲がった脚をしてて、重い袋を背負って崖をのぼり、トンネルはいつも落石の下にいるみたいに窮屈で、なにもかもが病気のようなよどんだにおいがして、女の子が川に落ちて溺れるのを見たのに、だれも死体を探しにいこうともしなくて、あの人たちはちゃんとした《面》をもってないから気持ちを表すことすらできなくて、つぎの仕事のことしか気にしてないみたいなしょうもない顔しかできない。そして、ときどき上からやってきた人たちが、なんの理由もなくあの人たちを殺してる！　宮廷の人たちはここでの本番前に、こっそりおりてって毒を試したり、殺しの練習をしたり――」

「なんだと？」《右目》が口をはさんだ。

「ほんとうよ！ ドラッジたちは『予行演習』って呼んでる。つい最近も一件起きたばかりだけど、だれもちゃんと調べようとしないから、ただのドラッジどうしの殺しあいとして記録されてる。だけど、パターンがあるのに、だれも気にもとめてない！」

嘘だ。《右目》は少女の一言一句に集中していた。大長官は何世紀ものあいだ、宮廷内で暗殺が行われそうな兆候がないかどうか目を光らせてきた。だが、その間に一度たりとも、アンダーシティを調べようとは思わなかった。もしこの娘のいっていることがほんとうならば、今後はドラジャリーを調べることであらかじめ警戒態勢をとれるかもしれない。つまり、計画段階のうちに、自分に対する暗殺計画を見つけられる水晶玉となりうるのだ。

「そうなのか？」大長官はつぶやいた。「事情は変わりつつある。それらの殺人について調査をせよ。ただちにだ」

ネヴァフェルの顔の雲が晴れ、太陽のように笑みが現れた。大長官にはネヴァフェルの考えを読みとれるが、彼女に大長官の考えは読みとれない。大長官の決断の背後にどんな計算が働いているか、ネヴァフェルはわかっていなかった。彼女の顔からは、大長官が状況の不当さに圧倒され、即座にそれを正そうとしたと信じているのが見てとれる。大長官は衝撃を覚えた。少女の信念が金の斧さながらに、埃まみれの大長官の心臓を貫いたかのようだった。だが、心臓が血を流すことはなく、つぎの瞬間には、乾いた繊維がよりあわさってふたたび閉じた。

「閣下」チルダーシンがすばやく割って入った。「この子どものドラジャリーでの記憶だけを消すワインを調合するのは可能ですが、それには時間がかかります、じつをいえば何週間か。

うまいやりかたではありませんが、一定の時間の記憶を確実に消せるワインを与えて問題に対処することもできます。ですが、それをするとこの娘のクレプトマンサーについての記憶まで消し去ってしまう恐れがあります。結局のところ、この娘が誘拐犯の隠れ家を去った正確な時間がわからないのです。わたしから申しあげられることがあるとすれば、この娘の表情をどうにかするのは面細工師《フェイススミス》の仕事だろうということです」

《右目》は急に、チルダーシンの丁寧《ていねい》で落ちついた説明にうんざりしはじめた。「この娘の顔を直すのに七時間やる。ふさわしいと思うどんな方法をとってもかまわない。十九時に、御前試食会用の最高の菓子、デザートが完成して、わたしのもとに届く、そのときまでに、この娘の顔が直っていなければ……」言葉にされなかった脅しが、凍《い》てつく霧のように空中にたれこめていた。

ネヴァフェルが部屋から連れていかれると、《右目》は命の波がふたたび去っていき、死んだ宝石の浜にとり残されたような気になった。

こんなにはっきり目が覚めているように感じるのは久しぶりだった。少女の心からの尊敬や喜びは、数世紀のあいだに丹念につくりあげられてきたお世辞やお追従があふれる闇に投げこまれた。苦痛を感じるほど退屈したら、もう一度あの少女の顔にあの表情を呼びもどすために、なにかすればいいのかもしれない。少しばかり、ドラッジにやさしくしてやればいいのだろう？　ときどき、余分に食べ物を配給してやるとか？　でなければ、崖をのぼる年少のドラッジ用に、安全ロープを支給するとか？

大長官がそんなことを考えているあいだに、トレブル審問官が到着した。自負と無関心と、ブルドッグなみの警戒とが入り混じった《面》で、クレプトマンサー事件でわかったばかりのことを報告しようとしている。

「部下が、あの娘の説明していた隠れ家を見つけました。だれもいませんでした」大泥棒が逃亡していたのには、トレブルも大長官も驚くふりさえしなかった。「少なくとも、あの男の頭の働きを洞察できるようになったわけです……ネヴァフェルの話がほんとうだとすれば、ですが」宮廷のだれもがそう思っているように、審問所も当初からネヴァフェルが盗まれたのは、大長官の挑戦への答えだったと考えていた。彼らはまだ、「盗みによる予知」の考えかたを把握しきれていない。

「あの娘の話は筋が通っているのか?」

「いまのところは。毒見係の居住区内と周辺で発見されたものの説明はつきます。死んだ衛兵のほかに、エンバーシュートの近くに死体がありました。やせた男で、目にはノクテリックの斑点《はんてん》が出ていて、胸を大きな石弓の矢で射抜かれていました。おそらく、ネヴァフェルが話していた、グリサーブラインドの殺し屋でしょう。男は、ティボルト・プレーンという人物だとわかりました。ある界隈ではまたの名を……《飼育係《ズーキーパー》》として知られています」

「雇われた殺し屋か」《右目》がつぶやいた。「だれにせよ、雇い主はまだ生きている。何者かがあの娘の死を願っているということだ。わたしはあの娘が死ぬのを許さない。クレプトマンサーの正体を知る唯一の目撃者であるあいだはな。そうだ、とにかくいまのところは何者もあの娘の命を終わらせることは許されない、たとえそれがわたしであってもだ。トレブル、前に話をしたのを覚えているか……わたしの片割れについて」

「はい、閣下」

《右目》はトレブルを気に入っているとまではいえなかったが、きらっているわけでもなかった。トレブルのなかに、自身が感じるのと同じ失敗へのいらだちを感じたし、無慈悲でよく整理された思考が際立っているのも見ていた。荒々しいまでの野心にはどこか健全でまっすぐなものがある。トレブルの宮廷内での地位は、《左目》が支配しているときはいつもずっと低くなる。

「わたしの片割れは……予測がつかない」大長官はベルトにつけていた小袋をはずし、審問官に渡した。中身は無害だが、香りがさわやかすぎて、死者でもなければ目を覚まさずにはいられないようなものだった。「もし、そちから見て、わたしが決定に関与したいと望むであろう事柄について、わが片割れが決断をくだそうとするような非常事態になったときには、この袋を床に放ってくれ。そうすれば、わたしが目を覚ます。たとえば、やつが衝動的にあの子ども、ネヴァフェルを処刑すると決めたようなときだ。わたしにはあの子を生かしておかなければならないじゅうぶんな理由があるのだから、起こしてもらわなければならない。わかったか？」

「ご安心ください、閣下」トレブルは答えてお辞儀をした。顔をあげて、眠りこけている主人の左半分を見る気にはなれなかった。その左半分は陰になってよく見えなかったが、はかり知れない悪意ある意図をもって耳を傾けているような、不気味な感じがした。

ネヴァフェルは疲れていた、とても疲れていた。部屋で自分の運命がどうなるか知らされるのを待ちながらも、まばたきをするいとまもない刹那に、幾度となく意識が遠のいていく。そしてすぐ、思考に揺さぶられて目を覚ます。思考は、巨大な水車みたいに激しく動いてぶつかって音をたて、終わりも目的もないまままただまわりつづけている。ネヴァフェルははっとして目をみはり、自分がどこにいるのかもろくにわからなくなる。夢の断片が氷山のかけらのように、半分目覚めた意識を横切っていく。

ネヴァフェルはどうにかこうにか、ただの疲労だけを感じる対岸へとたどりついたが、こんどは疲れすぎていてちゃんと眠れない。時計脱を起こしている、それもいままでにないほどひどい状態だ。意識が編み物のようにほどけ、人工的な日々のきれいな縫い目がほつれ、切れた糸の山になる。

ようやくドアがノックされたときにはほっとした。ズエル・チルダーシンが話があるといって応接間で待っているという。

ネヴァフェルが入っていくと、ズエルはすぐに立ちあがり、腕をまわしてお姉さんらしく抱きしめてくれた。そのしぐさがやさしすぎて、ネヴァフェルは泣きたくなった。でも、それまでに起きたことが大きな塊になって喉をふさいでいて、出てきたのは小さなカエルのような声だけだった。ようやくふつうの声にもどったときには、いつのまにか、なにからなにまでぺらぺらとしゃべっていた。グリサーブラインドに殺されかけ、クレプトマンサーに誘拐され、アンダーシティで冒険したことを。ズエルはそのあいだずっと聞き入っていた。あたたかで励ますような三三四番の《家の暖炉の穏やかな火》の《面》を浮かべて。

「それで、あたしの顔がだめになっちゃったの、ズエル！」ネヴァフェルは話を終えた。「もしだれも直してくれなかったら、大長官はあたしたちみんなを処刑する！　どうしたらいいかわからない！　記憶を奪われるのはいや――」

「シーッ」ズエルはネヴァフェルの手を握りしめた。「ねえ、よく聞いて。だれもあなたの記憶を奪ったりしないから。顔の調節のしかたを教わるだけよ。幻滅の表情をならして目立たなくするの。マキシムおじさまから、あなたをだれかフェイススミスのところに連れていくようにいわれたから、だれを選ぶかはわたしに決めさせてって頼みこんだのよ。

できるだけ早く支度して。マダム・アペリンに会いにいくわよ」

十三時半。謁見の間は、緊迫した沈黙に包まれていた。大長官はゆったりと大きな玉座にもどり、右目をあちこちに走らせ、広間を最後にもう一度点検した。やがて、しかたなさそうにゆっくりと、右のまぶたがさがりはじめた。

上まぶたと下まぶたがくっついたとたん、左目がぱっと開いた。召使たちは訓練されていてたじろぐこともなかったが、多くの者は大長官の内なる番人が交替するのを目のあたりにするたびに、心臓が凍りつくような気がした。大長官は左肩をかすかに動かして、十二時間半動かしていなかった分の凝りをほぐすと、左腕をのばし、左手の指を曲げてみた。

周囲では、部屋じゅうがせわしなく動きだしていた。《右目》が重用する相談役たちがさがっていく。その多くが、くだされたばかりの命令が記された巻物を抱えている。戸口でいれちがいに入ってくるのは《左目》のお気に入りの従者たちだ。何十年ものあいだ、大長官のかすかな合図を読みとることに専念してきた者と、大長官独自の説明のつかない奇妙な理由から選ばれた者たちだった。

《右目》はもうひとりの自分のために、考えたことと結論を意識の前のほうにきれいに並べていた。丁寧に記されたノートのページのようだ。いつものように《左目》は、それらのほとんどを的はずれなものとしてそよ風のように吹きとばして捨て去り、興味をもてた二、三だけを追いかけた。

「予行演習」については、右目ほど気にならなかった。興味をひかれたのは、クレプトマンサーにまつわる新しい情報だけだ。

《左目》には、人の秘密の企てをかぎあてる不気味な才能がある。幾千もの小さな兆候と本人自らの暴露に目をとめ、背後にあるパターンを見抜く。お茶の葉が描く形を読む占い師のように。

だが、あの少女の話を信じるとすれば、クレプトマンサーはそんな茶の葉占いを混乱させる技を編みだしたということになる。偽のパターンをつくりだし、誤解を招くような鍵をばらまいた。他人を欺くために、自分自身をも欺いている。パターンの逆をいかれたら、どうやって察知できるだろう？　そう考えて《左目》はひるんだが、クレプトマンサーを理解するために、むりやりちがう考えかたをしてみることにした。

クレプトマンサー、クレプトマンサー。《左目》の頭は、同じところを何度も何度も縫う縫い針のように、もつれたりからんだりする問題と格闘していた。

べつの洞穴の部屋では、隠されたポケットに一通の手紙がすっぽりおさまっていた。すでに何度も何度も読みかえされた手紙だ。

親愛なる同志へ

またこの話をするのは不本意だが、それもこれが最後になるだろう。どうか、若いネヴァフエルの命を狙う企てをすべて即座にやめてもらいたい。否定の言葉や説明は聞かせないでほしい。ただ、やめることだ。きみもよくわかっているだろう。わたしがあの若者を評価していることや、彼女が殺されたら計画が危うくなることを。安心してほしい、彼女の幼い日の記憶はあまりにも深く埋もれているため、表面に現れてきみを脅かすことはない。

話しあうべきことがたくさんある。逃すには惜しいチャンスが、われわれの計画すべての扉をあけてくれるであろうチャンスがめぐってきたのだ。だが、そのチャンスを生かすには、きみの助けが必要だ。ぐずぐずしている余裕はない。ドラジャリーで起きたいくつかの興味深い殺人事件について、捜査が開始された。ゆっくりしていて重大な事実が発覚すれば、都合の悪いことになるだろう。

忠実な友より

カヴェルナについて考えるのは危険だが、男はどうしても考えずにはいられなかった。握りあわせた両手を頭のうしろにあてて今夜のベッドがわりの岩棚に横たわり、集めた情報をすべて並べていると、カヴェルナが闇のなかで針のような歯を出してほほ笑んでいるのが見えるような気がした。

「なんのために準備をしているんだ、おまえは？」声に出してきいてみる。「おまえはなにを知っている？　なにかが起きる。わくわくしている。それはわかる」

そばには、番兵のようにゴーグルつきのスーツがあって、ときどき目をやっては自分が何者かを思いだしている。カヴェルナを理解しようとすれば、狂気へと導かれていくことになる。抗うにはあらゆる力をかき集めなくてはならない。何度も何度も地図つくり《カートグラファー》としての考えかたが波のように意識にぶつかってきて、防御の弱点を見つけてなかに入りこもうとしている。

男は三時間、寝ている洞穴の奥の壁を見つめつづけていた。見た目の変化はあまりにもゆっくりで、ふつうの人間なら見逃してしまうところだったが、男にはわかった。真ん中の裂け目が大きくなり、天井がもちあがり、鍾乳石《しょうにゅうせき》が小さくなっている。鋭いかぎ爪がひっこんで、おとなしいネコの前足になったみたいだ。

カートグラファーのいったとおりだ。カヴェルナは自ら動き、成長しようとしている。

ならば、地図にしてくれ。頭のなかでしつこく呼びかける声がある。輝かしい変化をすべて描きだしてくれ。われを敬え。

だめだ、愛しいものよ。男は声を出さずに答えた。おれはおまえのしていることをつきとめてやろう。地面におれの思考をばらまいて、おまえに踏みにじらせるようなまねはさせない。おれはおまえに屈しはしない。

20　雪花石膏《アラバスター》の涙

ズエルとネヴァフェルは案内されて宮殿の大きな門の外に出ると、車台の低いしゃれた小型の馬車に乗せられた。馬車を引くのは背丈は低いががっしりした二頭の白馬で、鈴と飾り房がついている。ズエルはネヴァフェルの肩に白い毛皮のショールをかけてくれた。

「蛾の羽みたいに時計脱を起こしてるじゃないの」馬車が走りだしたとたんに、ズエルがいった。

「あたし、時計脱を起こしてて」ネヴァフェルは説明した。「そうなるとだいたい、寒くなるの――どうしてかはわからないけど。それにおなかもすく」見るものすべてに現実味がなく、ときどき声までもが耳から頭に入ってくるのではなく、わきをふわふわと過ぎていくような感じがする。上下する馬の頭を見ていると、催眠術にかかってしまいそうだ。「こんなふうになったことある?」

「いいえ」ズエルがきっぱりといった。「わたしはチルダーシン家の人間よ。うちの一族はぜったいに時計脱にはならないの。知ってるでしょ?」

「だけど、あたし、きっと怖いのもあるんだと思う」ネヴァフェルは話しつづけた。「マダム・アペリンになにを話していいかわからない。あの人の倉庫にしのびこんだりして、怒ってるんじゃないかしら?」

「そんなことないでしょ」ズエルは考えこむように目を細めた。「カヴェルナの面細工師《フェイススミス》ならみんな、あなたの顔を自由に研究するためなら百の《面》をさしだしてもいいと思うはず。そうよ、きっとわたしたちを歓迎してくれるでしょう……つまり、顔を直してもらっているあいだ、あの人や女の子たちと話ができるから、あの人についてもっといろいろわかるってことよ」

マダム・アペリンの居住区の入口に到着したときには、ネヴァフェルは胃のなかでいくつかの不安がはばたいているような感じがした。疲れているのがありがたいくらいだった。おかげで心配が少しやわらぐようだ。

ふたりが到着することはわかっていたらしい。近づくと扉がいきおいよく開いた。なかには、ズエルより少し年上のパテ・ガールがいて、やさしげだがありきたりの笑みを見せている。少女はふたりのショールを受けとり、テーブルとシャンデリアのある応接間に通し、さらに奥の扉から小さな森へと案内した。

まばゆさに、ネヴァフェルは目が痛くなった。一瞬、感覚が揺れ、虫の羽音が聞こえて、ふきだしたばかりの樹液のにおいを感じた。よく見えるようにまばたきをすると、目の前にマダム・アペリンが立っていた。

フェイススミスは春を思わせるやわらかな緑色の、流れるような長い袖がついたドレスをまとい、薄布のショールで頭と肩を覆っている。まばゆい光を放つ宝石はなく、腰回りは木切れより細く見える。いつもは凝った形に結いあげてある髪はほどかれ、なめらかだがきちんと整えられたウエーブが顔を縁どるようにおろされて、マダムを若く、人魚姫のように見せていた。

マダム・アペリンはネヴァフェルを上から下まで見まわすと、ハート形の顔をほころばせ、唇を弓形にして小さくほほ笑んだ。

「ネヴァフェル。ほんとうにあなたなの？　小さなチーズつくりの女の子。仮面をつけていた女の子よね。いらっしゃい、ふたりとも、こちらにすわって」

ふたりはいわれたとおりに腰をおろし、偽の日の光を締めだすように目をしばたたいた。

「さてと……そう、たしかに問題があるようね。求めていない感情がなかから外に押しだされてきて、表情を汚している、そうでしょう？　そうね、わたくしのふだんの仕事からはかなりはずれるし、どう考えてもふつうの意味であなたに《面《おも》》を教えることはできないけれど、表情をやわらげる助けになる訓練ならできるかもしれない」

ネヴァフェルは感謝しているのが伝わるように願いながら、もごもごとつぶやいた。

「ニーリア！」マダム・アペリンが呼ぶと、ズエルより少し年上のパテ・ガールが木々のあいだから姿を現した。三〇一番《希望の魂に宿るしずく》という、とても美しい《面》をまとっている。

「ミス・チルダーシンに飲み物とお菓子をお出しして、それから、話していた最新の《面》を見せてあげてちょうだい」

「ご親切にありがとうございます。ですが、どうぞおかまいなく」ズエルはすかさずいった。

「それに、知らない人ばかりのところだと、ネヴァフェルが人見知りをしますので」

「あら、でも、ネヴァフェルとわたくしは知らないどうしじゃないのよ。会うのは……三度めになるかしら？」

　二度めに会ったときの恥ずかしいできごとを思いだし、ネヴァフェルは情けなくて真っ赤になった。

「ネヴァフェルと約束したんです、ずっとそばについていると」ズエルが落ちついて答えた。

「なんてやさしいこと！」マダム・アペリンのほほ笑みが、急にとてつもなくずるそうに見えてきた。「あなたに会っていなければ、ネヴァフェルはいまごろどこにいたかしら？」そばにいるふたりは競いあうように甘ったるい笑顔を浮かべているが、ネヴァフェルは空気が凍りついていくのをはっきりと感じていた。「どうしてもお願いするわ！　わたくしたちが《面》の話をしているあいだ、あなたはここでひどく退屈してしまうわよ」短い沈黙がおり、ネヴァフエルは自分だけが、この意地の張り合いの勝者を見極められないことにいらだちを覚えた。

「おわかりかしら、ミス・チルダーシン」マダム・アペリンがゆっくりと話しつづける。「あなたにはちょっと揺らめきの傾向があるようね。ふたつ以上の《面》のあいだですばやく揺れ動いてしまうの。それはね、どの面もほんとうにあなたが求めている、必要としているものではないからよ」

　ズエルは答えられないようだった。そういわれてみてネヴァフェルも気がついたが、たしかにズエルは何度かそういう表情を見せていた。それだけではなく、いまも、自信ありそうな笑顔となさそうな笑顔、ふたつの面のあいだをどうすることもできずに揺れ動いている。

「どういうことか、わたくしにはわかる」マダム・アペリンはアイスクリームを思わせる笑みを浮かべながら、つりあがった目をかすかに細めた。「心の奥底に、ある感情があるのよね。それにいつも煩わされている。あなたにはそれがなんだかはっきりとはわからない、あるいはどう説明していいかわからない。その感情を表す《面》をもっていない。だから、《面》のカタログをざっと見て、誕生日ごとに新しい《面》を注文する。もしかしたら、ほんとうにもしかしたらだけど、正しい《面》が見つかれば、その気持ちを理解できるかもしれないから。だから、あなたは《面》を見つけなくてはならない」マダムは少しだけ身をのりだした。「行って、わたくしたちの展示室を見てらっしゃい、ミス・チルダーシン」

「ズエル、だいじょうぶだよ」ネヴァフェルは空気の冷たさに耐えられなかった。「あたしはだいじょうぶ」

しばらくして、目を伏せたのはズエルだった。おずおずとしたようすで立ちあがる。

「近くにいるから」そうささやいてきびすを返すと、ニーリアのあとについて木々のあいだに消えていった。ネヴァフェルは去っていくズエルを見送りながら、すぐに、行っていいといったことを後悔しはじめた。これからあたしはどうしたらいいんだろう？　ネヴァフェルはほとんど考えていなくて、ズエルがうまく話をしてくれるものとあてにしていた。

三人のパテ・ガールがすぐ近くで見ていて、彼女たちの緑色の目がネヴァフェルの顔に注がれている。三人ともずいぶん困ったような心配そうな顔をしている。ネヴァフェルは心を動かされかけたが、じきに三人がそこにいるのは自分の表情を観察してまねするためなのだと気がついた。あとからフェイススミスが参考にするのだろう。いま見えている三人の表情は、あたしの顔を映しているんだ。

ネヴァフェルはごくりとつばをのんだ。「マダム・アペリン？　あの……少しのあいだ、ふたりきりでお話しできませんか？」ふたりだけになると、ネヴァフェルは観念して、口から先に深みへと飛びこんだ。

「ごめんなさい！」いっきにしゃべりだす。「このあいだ起きたことぜんぶ、申し訳ありませんでした！　あたし、注文されていたほかの品といっしょに、スタックフォルター・スタートンのかけらを入れたんです。マダムのお役に立てるんじゃないか、そうすればグランディブル親方の助けにもなるんじゃないかと思って。だけど、やっかいなことになるだけだとわかって、とりもどそうとしたんです。ほんとうは、ただマダムを見つけてお話しするつもりだったんですけど……いろんなことがいっぺんに起きて、気がついたら、変装して記憶抹消ワインをもってここにいて、チーズを盗んでとりもどそうとしてました……それからつかまって、説明もできなくて」

「ああ……」マダム・アペリンは頭をのけぞらせ、警戒するように緑の目を細めてネヴァフェルを見まわした。「なるほどね。あなたはだれかほかの人の計画に巻きこまれてしまったんでしょう？」ちらりとズエルが去った方向に目を走らせる。

ネヴァフェルは自分が真っ赤になるのがわかった。自分の顔がズエルを裏切ってしまったのに、見返りになにも得ていないのだ。マダムの大理石のようになめらかな顔にはなにも手がかりが見つからない。魂までのぞけるようなひびがないのだ。

「あなたが怒っているかどうかわからない」ネヴァフェルはなすすべもなく声をあげた。「あたしはただ、すべてを話せばわかってもらえるかもしれないと期待していたけど、なにをしてもうまくいかない。だれかがなにかを感じていても、あたしには見分けられない」

「怒ってはいないわ。とにかく、あなたに対してはね。でも、あなたはもっと気をつけて友だちを選ぶべきよ」ネヴァフェルは眉間にしわが寄るのを感じた。マダム・アペリンはほほ笑んだ。「まあ、こんどはわたくしがいやな思いをさせてしまったかしら。あなたは楽しくなるくらい忠実だこと……でも、自分がまちがった扱いを受けたり利用されたりしても、ちっともわからないのね。まだグランディブル親方に恩を感じているのでしょう？　あなたを閉じこめて、嘘をついていた人なのに？」

「ちがう！　ええ、はい……あの……そんなふうにいわないで！」フェイススミスの言葉が大きなさじになって、ネヴァフェルの胃のなかの気持ち悪い、うずくような感情をかきまぜてくるようだ。

「あなたがそういうならそれでいいわ」

「マダム・アペリン」ネヴァフェルは思わず口走っていた。「もし友だちを選べるとしたら、あなたを選んでもいいですか？　はじめてチーズ・トンネルでお会いしたとき……」急に怖くなる。「あなたとお友だちになれたらって思ったんです」弱々しく締めくくった。

「まあ、わたくしもよ」マダム・アペリンはまばゆいばかりの笑みを浮かべた。「会った瞬間にわかりあえた気がしたの。ごく自然に信頼できるとでもいうのかしらね」

「はい！　じつはあたしも、あの……あたしたちが似ていると感じたことはありますか？」

「どういう意味で？」

ネヴァフェルは、ききかえされてはっとした。どうつづければいいかわからない。「わかりません」恐ろしくて混乱していて、情けない思いでいった。「ただ、つながりみたいなものがあるかなって。前から知り合いだったみたいな」

「そういうことってあるものでしょう」マダム・アペリンが答えた。「共感できるような人と会ったときにはね」あたたかな口調だが、心の底からのあたたかさは感じられない。ネヴァフェルは、自分がまちがったことをいってしまったとしか思えなかったが、なにがいけなかったのかはわからなかった。

つながりがあるという感覚は、どこに行ってしまったの？

「《悲劇の連作》を見せていただけますか？」やぶれかぶれになって、最初に思いついたことをきいてみた。

「え？」その瞬間をネヴァフェルは見逃さなかった。マダム・アペリンの美しく繊細《せんさい》で、流れるように動く表情が、ほんの一瞬凍りつき、話しだしたときには少しせかせかしていた。「どうして《悲劇の連作》を？　あれは、あなたのような若い人むけのシリーズじゃないの。そうね、《羊の尾の連作》か《小川の源》だったら――」

「お願いです！　《悲劇の連作》を身につけたいわけじゃないんです！　ただ、見たいんです！」ネヴァフェルは思わず、長い、宝石で飾られたフェイススミスの手に手をのばしていた。

ところがその手を、まるでイバラにでも触れたかのように振りはらわれて、ネヴァフェルは傷ついた。「ごめんなさい！　あたし、なにをしたんでしょう？」

「べつに」マダム・アペリンは一瞬目を伏せ、つぎに顔をあげたときにはふたたび一分のすきもない顔になっていた。わざとらしく手をのばしてきて、ネヴァフェルの手をぽんぽんとたたく。「《悲劇の連作》を見たいのなら、どうぞごらんなさい。展示室で見るほうがいいかしら、それとも、女の子たちに《面》を見せてもらうほうがいい？」

「えーと……どちらがいいと思いますか？」

「展示室のほうがかんたんだし、時間もかからずにすむわ。いらっしゃい！」

マダム・アペリンは立ちあがり、ネヴァフェルを連れて小さな森を離れると、天井がアーチ形になった細長い部屋へと入っていった。ドアのそばのランタンがふたりの呼吸を察知して生きかえるのに二、三秒かかった。ゆっくりと室内が見えるようになると、ネヴァフェルの心臓がとくんとはねた。

真っ先に目に飛びこんできたのは、宙に浮いた二十四の雪のように白い顔だ。部屋の左右の壁に二列に分かれ、むきあうように並べられている。虫とりがさらに明るく光りだすと、アラバスターの仮面を黒い台が支えているのがわかったが、黒く塗られた壁にまぎれている。どの仮面もハート形の顔で、髪の毛と首はない。つり気味の緑色の瞳に高い頬骨。二十四人のマダム・アペリンが宙に浮いていて、ひとつひとつちがう表情をたたえている。どれもが悲しみとおごそかな力を感じさせる表情だ。

ネヴァフェルはゆっくりと室内を歩いていきながら、あんぐりと口をあけた。通りすぎていく顔のひとつひとつが、魂に雪崩を引き起こす。ひとつめは遠い目をしている。まるで、だれかにおやすみの物語をするあいだだけ、つらすぎる思いを心の奥底に埋めているみたいに。ふたつめは警戒し苦しみながらもくじけてはいない顔。なにか恐ろしいものが待ちうける、長く暗いトンネルを見ながらも、けっしてひるんだり下をむいたりするまいとしているような表情だ。三つめはほほ笑んではいるが、涙まじりの笑み。なにか信じられないほど貴重ではかないもの、たとえば、イバラの茂みに潜む鳥の卵を見つめているときのような。

ネヴァフェルは頬になにかが伝うのを感じた。手をあげて触れてみて、涙を流しているのに気がついた。ほらこれよ、前に感じたつながり。すぐそばの仮面に抱きついて、慰めてあげたくてたまらなくなる。頬の涙を拭おうとするかのように、手をのばす。

てのひらが触れたのは、冷たくて硬いアラバスターで、ネヴァフェルの手は自ら意思をもつようにさっと離れた。これはまちがっている。ネヴァフェルの血流で、頭のなかの鍵をかけた扉のむこうで、声があがる。これはまちがっている。なにもかもがまちがっている。

「さわってはいけないのよ」マダム・アペリンがすぐうしろから声をかけてきた。「かんたんに跡がつくから」

急に恐ろしくてどうしていいかわからなくなって、ネヴァフェルはうしろの女性を振りかえった。フェイススミスの笑みはしんぼう強くてやさしそうなのに、けっして見通すことのできない壁のようだ。

「あなたは……きっととても不幸せだったんですね。これをデザインしたとき。そうでしょう？」どうしてズエルはここにいないの？　こういうのが得意なのは、どんなときでもいうべきことを思いつくのは、ズエルなのに。「つまり……きっと、こういう気持ちを感じていたんだろうなって」ネヴァフェルは腕をひらひらさせて、宙に浮いている仮面をたたくまねをした。「そうですよね？」

「どうしてそんなことをいうの？　それって、チーズの気持ちがわかるからいいチーズがつくれる、といっているのと同じよ。いいえ。チーズをつくるのに必要なことさえ知っていればいいはずでしょう。あなたがつくるものなんだもの」

「でも、《面》はチーズとはちがいます！　同じわけがない！」踏みこみすぎてしまったが、もうとまることはできなかった。「あなたは不幸せだった、あたしにはわかります！　ドルドラム、あなたはドルドラム地区にいたんですよね。そして、子どもがいた……」

やりすぎだ。目の表情こそ変わっていなかったが、マダム・アペリンは突如として千マイルもかなたにひっこんでしまったようだった。じっさいに離れていくのが見えるような気がして、マダムを追って洞窟の空気が抜けていったかのように冷たい突風を感じた。

「子どもがいた」ネヴァフェルは指を痛くなるほどきつくからめあわせてささやいた。「あなたは子どもを失った。そうですよね？」

マダム・アペリンはなにもいわずにきびすを返すと、扉を抜けて部屋の外へと消えていった。ネヴァフェルはとり残されて、マダムの背中をじっと見つめていた。そのあいだにも、壁のランタンが陰り、仮面はいっそう不気味さを増した。

数分後、ズエルが、涙に濡れた頬を仮面のひとつにこすりつけているネヴァフェルを見つけた。

「ネヴァフェル！」戸口できつい声をあげる。ネヴァフェルはあわてて離れたが、仮面の頬をしずくが伝っていた。

「なにもかも台無しにしちゃった！」ネヴァフェルは泣きわめいた。「あなたがいなくて、なにをいったらいいかわからなくて、それで……すごくばかなことをしちゃった！　うっかり、ドルドラムのことや、あの人に子どもがいたかどうかきいちゃって……そしたら、マダムはなにもいわずに出てっちゃったの！」

「そうなの?」ズエルの声には心配ではなく興奮がにじんでいる。「それなら、やっぱりあの人はドルドラムに秘密があったってことじゃないの」

「もう二度と、あたしとは口をきいてくれないと思う」

「まさか、そんなことないでしょ！　とにかくいまは気にしないで。パテ・ガールと話してわかったことを教えてあげる。どうやらあの子たちは、マダム・アペリンのトンネル内のぜんぶの部屋や展示室に入れるんですって。掃除をしたり、虫とりにエサをやったりするためにね。ただ、ひとつだけ入れない部屋があるの。ここのどこかに隠された扉があって、見つからないように上から色を塗ってあるそうよ。そこはいつも鍵がかかっていて、マダム以外はだれも入ることを許されていないの。パテ・ガールたちはその話をするのもだめなんですって」

好奇心が痛みのようにネヴァフェルの脳内を満たした。思考に、だれかの燃える指先が押しつけられているみたいだ。それでもまだ頭の霧は晴れない。まばたきをしてぱっと目をあけたとたんふらついて、ズエルが腕に手をかけて支えてくれた。

「ネヴァフェル、あなた、ほんとうにくたくたじゃないの？」ズエルは心配そうに目を大きく見開いた。「こんな状態で顔を落ちつかせる技なんか覚えられないでしょ。眠ったほうがいい、一時間でもいいから。来客用のお部屋があるかどうかきいてみよう」

ネヴァフェルはいっきにほっとしたが、すぐにズエルが両肩をつかんで、目をじっとのぞきこんできた。

「でも、休めることになったら、鍵かかんぬきがかかる部屋かどうかたしかめて、中からしっかりと鍵を閉めるのよ。わたしたちは秘密の巣にいるんだから。ぜったいに警戒をゆるめてはだめ」

来客用の部屋は小さくて丸く、半球形ともいえる部屋で、真ん中に柱のないベッドがあった。サイドテーブルにカットガラス製のランタンがのっている。ネヴァフェルはズエルの指示どおり、部屋に入るとかんぬきをかけ、ドアの前に椅子を置いた。ほんとうにこんなことが必要？わからない。

靴を脱ぐのも忘れていた。ベッドはやわらかく沈みこみ、はじめてハンモックでないのもどうでもいいと思えた。ネヴァフェルの意識は、まるで網から放たれた魚のように、緊張状態から気持ちよく解き放たれて滑りおちていった。

あとから夢を思いだそうとするのは、闇のなかをさまよったり、顔の上をかすめる破けたカーテンの切れ端を感じたりするのに似ている。あるのは断片、ヒントだけだ。

ネヴァフェルは黒いブドウの木でできたはしごをのぼり、金色のバルコニーに出て、隠された扉を探した。恐ろしかったけれど、道案内をしてくれるサルがいっしょだった。

お供のサルが扉をあけたとたん、ネヴァフェルはたったひとりで暗いホールにいた。目の前には、緑の目をした白い仮面がひとつ。手をのばして触れると、仮面は震えだしてひび割れ、苦痛と恐怖の表情に変わった。

「彼女になにをしたの？」仮面が叫ぶと、唇がぶるぶる震えて口がぎざぎざの穴になる。「どうしてなにが起きるかだれも話してくれなかったの？」若い声、顔よりも若い声だ。目がクモの巣のように細かくひび割れて粉々になり、暗い眼窩《がんか》だけが残っている。「知っていたら、ぜったいに……わたしはぜったいに……」

ネヴァフェルは仮面が壊れないように押さえておこうとしたが、仮面はさらに割れていき、悲鳴はひどく耳障りな音になっていった。最後には、恐怖と哀れみで錯乱して仮面をたたきはじめ、悲鳴をとめるためならばと、粉々になるまでこぶしと腕で打ちつづけた。やがて、しわがれ声を最後に声は消え、指のあいだをこぼれ落ちるぽろぽろの陶器の粉だけが残った。

大きなくしゃみとともにネヴァフェルは目を覚まし、腕を振りまわすのをやめた。知らないベッドの上で、一瞬呆然とする。鼓動が落ちついてからも、恐ろしい仮面をたたきつづけていたせいで、こぶしと腕が痛むような気がした。

だれかがドアをたたいている。ネヴァフェルは指で髪をすき、なんとか指ぬきひとつ以外はぜんぶ見つけて、靴をはいた。ドアのかんぬきをはずすと、外にパテ・ガールがいた。礼儀正しく心配しているような《面》をまとっている。

「目を覚ましておられてよかったです。マダム・アペリンのところにご案内します。どうぞ、ついてきてください――急いで！」

小さな森のなかで、まぎれもないパテ・ガールの一団が待っていた。その真ん中に立っているのはマダム・アペリンで、ほっそりとくびれた腰や完璧に結いあげた髪からは、動揺や混乱の気配はみじんも感じられない。一、二ヤード先にズエルがすわっていた。ネヴァフェルが近づいても、下をむいたままだ。

「あら！」マダム・アペリンが声をあげた。「ネヴァフェル、この椅子におすわりなさい。さあ、もうあまり時間がないので、早くこの手法を試してみないと。ポピヤ、作用点を試してみてちょうだい」

ネヴァフェルが縮みあがりそうになるのをこらえているあいだに、パテ・ガールのひとりが顔の何か所かを、ひどくほっそりした銀の槌でそっとたたいては、反応をじっと観察した。それから、軟膏《なんこう》の鉢をもった少女が、ホースラディッシュのにおいのするものを額にすりこんだ。

つぎに、ベルベットで裏打ちされた金属製のヘッドバンドをかぶせられてひもで固定され、額の皮膚が少し引っぱられた。「しわをのばすため」だという。こうした方法がすぐに却下されたところを見ると、どれも望んだ効果は得られなかったらしい。

「恐れていたとおり、問題は内面にあるということね」マダム・アペリンはため息をついた。「心のほうにもどりましょう」

六冊の本が急いで開かれて、物語や詩の読み聞かせがはじまった。ネヴァフェルはとまどいながら耳を傾けていた。非現実的な話もあれば、悲しい話、楽しい話もある。ひじょうに美しくて、とてもいい話なのだろうと思われるものもあったが、集中するのはむずかしく、ネヴァフェルにはそれらがなにとどう関係するのかわからなかった。

「もっと明るい雰囲気にしたほうがいいのかもしれない。ソルフェ、メリマム、ジェベレス——明かりが弱くなってきている。上に行って、ほかの人たちといっしょに虫とりに息を吹きかけてきて」

ほんの一瞬、この指示を出しているあいだだけ、マダム・アペリンは母親らしい《面》を見せた。チーズ・トンネルではじめて会ったときに見かけた顔だ。ネヴァフェルは、マダムがあの顔をほかのだれかにむけるのを見ようとは思っていなくて、本物の嫉妬が熱い針のように胸に突き刺さるのを感じて、われながら驚いた。さらにいやだったのは、マダムの表情でパテ・ガールたちの足どりにいきおいが増したように見えたことだ。少女たちは、クモの糸のようなほっそりした錬鉄《れんてつ》製のらせん階段をあがって消えていった。偽の木立にまぎれていて、ネヴァフェルが気づいていなかった階段だ。少しすると、上の「天空」が前より生き生きと輝きはじめた。

「あなたのやりかたはまちがっていると思います、マダム・アペリン」ズエルが唐突にいった。

「そうかしら?」フェイススミスは信じられないという声を出した。

「はい」長い虚《うつ》ろな間があった。ネヴァフェルは顔から顔へと見比べたが、どちらの表情も読みとれない。「わたしはネヴァフェルのことを理解しています。ネヴァフェルは、ほかの人のことを自分自身のように感じています。ほかの人たちが痛い思いをしていると思えば、ネヴァフェルも痛みを覚える。偽の手足に傷を負ったみたいなものです。いまネヴァフェルは、下層《アンダー》都市《シティ》で見た人々の痛みを感じているんですよ」

また間があいた。マダム・アペリンとパテ・ガールたちの顔は、いぶかしげに不安そうに、つぎつぎと表情を変えている。まるで、予想外の考えかたを、ためつすがめつしているかのようだ。

「では……どうやってその偽の手足をとりのぞくの?」フェイススミスがゆっくりと尋ねた。

「どうやって痛みを感じるのをとめるの?」

「それはできません」ズエルはさらりと答えた。「ネヴァフェルもとめられません。どうやら自分の意識をコントロールすることがまったくできないようなんです。ですから、わたしたちはネヴァフェルを元気づけてあげるしかないんです。働き手《ドラッジ》たちのことを考えてもいい気分になれるようにしてあげるしか」

「なるほどね」マダム・アペリンはため息をついた。手をのばしてネヴァフェルの手をとり、さびしげにほほ笑みかける。「ネヴァフェル……下の世界で見てきたすべてにひどく動揺したのはわかるわ。でも、わかってほしいことがあるの。ドラッジはわたくしたちとはちがうのよ。あの者たちは毎日同じ重労働をくりかえして生きていて、ぜいたくや慰めはあの者たちにはたいした意味をもたないの。痛みや恐怖を感じるわけでもなくて、削られた石が血を流したり震えたりするようなものなのよ。人間性があるように装っている人もなかにはいるけれど、ふりにしかすぎない。サルが踊るのと同じよ」

「でも……でも、そうじゃない！」ネヴァフェルは、アーストワイルが言葉にせずにためこんできた怒りを思った。「みんな、そう思いたいだけです。ドラッジたちだって感じるんです――ただ、それを示す《面》をもっていないだけ。すごくいや。あの人たちが穏やかで熱心で、人を喜ばせようとしているようにしか見えないってこと。おたがいが死んでいくのを見てるときまで、そうだなんて。恐ろしい。あの人たちにもっとたくさんの《面》を教えないわけもわかっています。そうしておけば、ドラッジはほんとうの人間じゃないということにしておけるから。そうなんでしょう？」

「ドラッジに対する《面》の訓練は慎重に考えなくてはならないの」マダム・アペリンがそそくさと答えた。「ドラッジの子どもたちが不幸せな《面》を教わったらどうなる？　自分たちが不幸せかもしれないと思いながら育つようになる。周囲を見まわして、おたがいの不幸せな顔を見て、ますます不幸せになっていく。逆に、もし長いあいだ幸せそうな顔をまとっていれば、結局、自分たちはほんとうに幸せなんだと信じられる可能性が高くなる。幸せなのと、自分は幸せだと信じるのとのあいだには、そう大きなちがいはないでしょう？」

ネヴァフェルは頭のなかでこの話を解きほぐそうとしたが、つかもうとしても、グリサーブラインドのように手のなかでのたうちまわるばかりだった。

「ううん！」ネヴァフェルは思わず声に出していた。「ちがう、ちがいはある！　あるの！」

「受けいれがたいのはよくわかるけれど、そうするしかないのよ。ドラッジたち自身がこの状況をすべて受けいれているのだから。そして、なにをしても変えることはできないの」

「あなたなら変えられる」ズエルがいきなり、高らかに宣言した。「できますよね、マダム・アペリン？　パテ・ガールを送りこんで無料で《面》の訓練をすること、できるでしょう？」

間があいた。

「なんですって？」

「できますよね、ちがいますか？　ドラッジたちが感情を顔に表せるようになったら、ほかの人たちも彼らを動く人形のように扱うことはできなくなる、そうじゃないですか？」

ネヴァフェルは自分の表情が晴れていくのを感じた。頭のなかで、巨大な絶望の水車の動きがゆっくりになってがたがたと震えだし、夜明けの光のなかで羽根が水しぶきを浴びてきらめいた。

「できますか？」ささやき声でいう。「そういうことできますか？」小さなことかもしれないが、意味はある。ズエルのいったとおりだ。もしだれもがドラッジたちを人間として認められるようになれば、すべてが変わっていく可能性がある。ネヴァフェルの胸のうちで、希望がいつもの子犬のようにはねはじめた。

「ミス・チルダーシン」マダム・アペリンはやんわりと不快そうな声音で応じた。「あなたが心から善意でいっているのはわかるけれど、ドラッジたちが教わることのできる《面》を規制する厳しい規則があって――」

「ネヴァフェルは気に入っているようです」ズエルは口をはさんだ。

マダム・アペリンはさっとネヴァフェルを見やって、もう一度ちらりと見かえした。ネヴァフェルは、いまや小さな森にいる全員の視線が自分の顔に注がれているのに気がついた。

「もっといい解決策が見つかるまでに、どのくらいかかるのかしら?」ズエルが甘ったるい声で尋ねる。何人かが音をたてて、懐中時計に手をのばした。

「三十分」マダム・アペリンがつぶやいた。ズエルにむけた視線には、恩着せがましさと一抹の敬意と、うっすらと光る針金のようないらだちが混じっていた。ネヴァフェルのところに歩いていくと、片手であごをつかんで細かく顔を観察した。「たしかに――まだ汚れが完全に消えてはいないけれど、ずいぶんよくなっているわね」しばらく黙って目をつぶり、ため息をつく。「わかったわ。それしか手がないのなら、なんとかして訓練の手配をしましょう。でも、このことをいってはだめよ。ああ、ネヴァフェル、ほんとうに変わった子ね。ドラッジたちにそんなに夢中になるなんて!」

「あの人たちに悲しい《面》を教えてくれるんですか? 怒った顔も? 失礼な顔も?」

「一度に一歩ずつね！」マダム・アペリンはいかにも親切そうに笑い、ネヴァフェルの手を握りしめた。「まずは、不満からはじめましょう。わかりやすくしていかないと、あの人たちは表情がこんがらがって、一日じゅうしかめっ面をすることになってしまうでしょうから。さあ、ネヴァフェル、少しだけふたりきりでお話しできるかしら？」

ネヴァフェルはほかの人たちから離れ、フェイススミスのあとについて森の奥へ、きらめく木々のなかへと入っていった。

「ネヴァフェル……あやまりたかったの」マダム・アペリンのほほ笑みは甘く悲しげで、急に何歳も若がえったように見えた。「展示室に置き去りにしてしまって。とても失礼だったわ」

「いいんです——あたしがいけないんです。動揺させてしまって。そんなつもりじゃなかった——」

「子どもはいたの」とても小さな声で、ほとんどつぶやきのようだった。「あの子の思い出がいつもつきまとって。女の子だったけど……死んだのよ」

「ああ」ネヴァフェルは頭をさげた。小さな希望の船が静かに、騒ぎたてることもなく沈んでいく。《悲劇の連作》はマダム・アペリンの亡くした子どもに対する悲しみだったのだ。死んだ子ども。ネヴァフェルではない子ども。「お気の毒に」

「わたくしたちのあいだにつながりを感じるといっていたわね」フェイススミスは話をつづけた。「それは、ふたりとも喪失を経験しているからではないかしら。わたくしはその子を亡くした。あなたは……ご両親？」

「はい」ネヴァフェルは顔の前にかかった髪をすかして、そっとマダム・アペリンをのぞき見た。「あたしは両親のことを覚えてすらいないんです。でも、《悲劇の連作》の面を見たとき……お母さんがあたしを見かえしているような感じがしました。もし……あんな顔で見てくれていたなら、きっとあたしのことたいせつに思っていたはずですよね？」

「そうよ」マダム・アペリンの顔は静かで雪のように白い。「言葉にできないくらいの熱い想いがあったはずよ」ふたりはぐるりとまわってもどってきて、ズエルやパテ・ガールたちに近づいた。「もしかしたら、わたくしたちが出会えたのは幸運なことだったのかもしれないわ。おたがいに慰めあえるでしょう。また来てくれるかしら？　ときどきお話をしましょうよ。わたくしは昔亡くした娘を、あなたは秘密の母親を見つけたつもりになって……」

「はい――はい！　喜んで！」ネヴァフェルはもう少しでフェイススミスに抱きつくところだったが、ズエルに痛くなるほどきつく腕を引っぱられた。

「ネヴァフェルを宮殿に送っていかなければならないので」そういったズエルの声には、ネヴァフェルにはわからない奇妙なとげがあった。「ゼリーの御前試食会の準備がありますから」

「そうだったわね。さようなら、ネヴァフェル。またすぐにお目にかかれるでしょう」

ネヴァフェルはきちんとお別れの挨拶もできないまま、小さな森を出て応接間に入り、そこから廊下へとズエルに引っぱられていった。金髪の少女の指が腕に食いこむのを感じながら、急を要する状況だったことを思いだす。

フェイススミスの家の外に出ると、ズエルは時間をかけてふうっと息を吐きだした。

「ズエル、すごいよ！　ドラッジたちを助けるように説得してくれて――あたしもあなたみたいにできたらいいのに」ネヴァフェルはズエルに飛びついた。

「やめて！」ズエルに押しのけられて、ネヴァフェルはショックを受けた。ズエルの声は怯えきったように引きつっている。

「どうしたの？」ネヴァフェルはズエルを見つめた。

「なんでもない」つぎの瞬間には、ズエルは明るいやさしい笑みを浮かべていた。二一八番《ペパーミントに捧げる歌》。「なんでもない。ごめんね、ネヴァフェル、フェイススミスに会うと緊張しちゃって」

「なにかあったんだね！」ネヴァフェルは友だちの顔を探ったが、ヒントは見つからなかった。

「ほかになにか見つけた？　扉を探しているところを見つかったの？　そうなの？」

「ちがう。そういうことじゃない。なんでもないの。もう行こう。お願い」

ズエルがまとっている《面》は、なにも問題はないと訴えている。心配するなんてばかね、といっているようだ。

ズエルはたいせつな友だちのひとりなのに。ネヴァフェルは思った。この子の頭のなかでなにが起きているか、あたしはほとんどずっと知ることもできないんだ。

21 分　裂

馬車でもどるあいだ、ネヴァフェルはくたびれておなかがすいて喉が渇いて泣きだしたいくらいだった。せっかくがんばったのに、疲れきっていて顔がくしゃくしゃになっているのがわかる。ズエルが話しているが、その声はブンブンというハチの羽音にときおり言葉が混じっているみたいに聞こえた。ネヴァフェルの意識は、本のようにぱたりと閉じてしまっている。

「ネヴァフェル！」ぼおっとしていたネヴァフェルは、名前を呼ばれてはっとした。「宮殿よ！　ほら――早く帰ってこられた。大長官に呼びだされる前に食事をしてらっしゃいな」

「あたしの顔――」

「だいじょうぶ。ほんとうよ。ずっとよくなった。ぜんぶ直ってるから。心配しないで」ズエルはまぶしくなるほど自信たっぷりの笑顔を見せた。

ネヴァフェルは自分の表情を隠すように、さっとズエルを抱きしめた。嘘をついてるよね。あたしのために嘘をついてくれてるんだよね。だからあたしも、心配を顔に出さないようにしないと。

ネヴァフェルは毒見係の居住区に連れもどされ、レオドーラの厳しい目による調べを受けた。「よくなった」レオドーラはつぶやいた。「よくなったと思う。これでじゅうぶんだと思うことにしましょう。さあ、食べて！　早く！　三十分しかないのよ！」

　ネヴァフェルは食堂で水差し何杯分かの水とともに、フェンネルのキャセロールのライス添えを流しこんだ。食べ終わったか終わらないかのうちに、護衛がやってきて、大長官の毒見に連れていかれた。護衛はいままで以上に大人数で、重装備になっている。大長官が、もっとも珍重している毒見係を二度とさらわれたくないと思っているのは明らかだ。たとえ馬が暴走したとしても、背後の厩舎《きゅうしゃ》の戸は厳重に閉められているというわけだ。

　とにかくあと三時間乗りきればいい。ネヴァフェルは自分にいい聞かせた。そのあとは好きなだけ眠れるんだから。三時間はぎざぎざの砂利だらけの場所で、足を引きずってでも通りぬけなくてはならないけれど、そのむこうには、豪華でふかふかのじゅうたんが待っていてくれる。ネヴァフェルはそう想像した。

《左目》は、豪華なデザートが輿《こし》にのせられて運びこまれるのを眺めていた。その華やかなようすは、東方の女王たちの壮麗な行列を思わせる。大長官は、左の指でゆっくりと大理石の玉座の肘かけをたたき、奇妙なガラスのまつげについたパンくずを払おうと、長く時間をかけてまばたきをした。

　片方の目で、自分を喜ばせるために供されたきらびやかな菓子をさっと眺めまわす。ひとつめは円錐形の大きな緑色のゼリーで、そのてっぺんから砂糖漬けの花が咲いている。透明なゼリーを透かして、砂糖にくるまれた植物の根がうねうねと下にのびているのが見える。ふたつめは砂糖と果物の砂糖漬けだけでつくられた高さ三フィートの城だ。糸状のアメでできた落とし格子までついている。三つめは本物の金の葉に覆われた巨大なケーキで、木の実のなかにかりかりした真珠《しんじゅ》も混じっている。

灰だ。長官の心がいう。灰とつやのない羊毛。新しい毒見係が必要だ。これらの極上品も、あの毒見係が味見しているところを見るまでは、自分にとって現実のものにはならないのだ。ようやくあの娘がやってきた。護衛に埋もれて小さく見える。戸口の暗がりから近づいてきた娘の顔に、明かりがあたった。

大長官は魂の奥底が不快感と嫌悪感で震えるのを感じた。毒見係の表情についた汚れは薄くなってはいたものの、完全に消えてはいない。じゅうぶんにとりのぞかれてはいないのだ。落胆は大きく、頭がおかしくなりそうだった。あんな不愉快そうな顔を通して、なにかを楽しめるものだろうか？　ごちそうを汚れたスプーンで食べるようなものではないか。

大長官が娘とその顔の修復に失敗した者たちを葬り去ろうと、合図を出そうとした、ちょうどそのとき、娘の眉間のしわが消えて表情がちょっと明るくなった。

大長官は手をとめた。汚れは、思っていたほどひどくはなかったのかもしれない。この娘、少なくとも当座の役には立つだろう。

《左目》だ！　いつもあたしを気に入ってくれていたほうだ！

ぎりぎりのところでネヴァフェルは気がつき、ほっとする気持ちがあふれて表情が明るくなった。自分のほほ笑みのおかげで処刑を免れたとは夢にも思わなかった。大長官が承知したというように小さくうなずいたので、ネヴァフェルは信じられない思いで、玉座から二、三フィート離れた小さなベルベットの椅子に腰をおろした。

ひとつめのゼリーが運ばれてきて、つくり手の熱のこもった詳しい説明を聞かされて、ネヴァフェルはもしかするとこのお菓子にお辞儀をするべきなんじゃないだろうかとうっすら思った。小さな銀のナイフを使って、緑のゼリーと砂糖漬けの花が切り分けられ、大長官用のひとかけらと、さらに小さなネヴァフェル用のかけらが用意された。ゼリーのちいちゃな塊を舌の上で溶かすと、とつぜん、風を浴びながらあざやかな緑の谷を駆けおりていくような気分になった。どこかで囚われた花がうたっている。囚われの姫の美しさと悲哀をこめて。

ネヴァフェルは必死に自分を落ちつかせ、どうにか腰かけから滑りおちないようにがんばっていた。蛾のビスケットの入った小鉢がまわってきたので、小さなかけらをひとつつまんで舌にのせると、すべての風味が薄れていった。鼻をきつくつまんで、くしゃみを抑えこむ。

顔はあげなかった。すべての目が自分に注がれているのがわかっていたからだ。たくさんのスプーンでがりがりとこそげとられる果物の皮みたいな気分だった。

うたうランのゼリー、キャラメルの城、王室風パイナップルゼリーを試食しおえたときになって、《左目》は脳の裏側をなにかにくすぐられているのに気がついた。正直にいえば、自分の脳に裏側があったこと自体が驚きだった。大長官の思考はやわらかくゆるく、すっかり丸まっていたからだ。まごまごして鬱陶《うっとう》しい感覚は、ランプにひっかかったコウモリみたいで、ちゃんとは見えない。

パタ。パタッ、パタパタ。なんだ？

なにかがおかしい。クレプトマンサーはまだ、デザートを盗むとは宣言していない。もちろん、試食のあとで奪うこともできるだろうが、そんなつまらない挑戦をしたところで、なんの意味があるだろう？　デザートはたしかに比類なきものかもしれないが、すぐに盛りは過ぎてしまう。最高の状態で大長官の前にお披露目されるように、何か月も前から計算して準備されているのだ。

もしクレプトマンサーが盗みを働く目的が、破壊を引き起こし、その状態を観察して他者の計画を把握することなのだとしたら、混乱状態を招くのに大長官の権威を揺るがす以上の方法があるだろうか？　たてつづけに大胆不敵な盗みを働く以上の方法が？　こんな危険な状況でデザートを盗もうとするのだとしたら、大胆というより狂気の沙汰だ。だからこそ《左目》は確信しはじめていた。クレプトマンサーはその誘惑に抗えないはずだ、と。ということは、自分はなにか単純な大きなことを見逃しているにちがいない。

大長官は指でたたくのをやめた。わかった、わかったぞ。ちょっと合図をすると、すべてのゼリーがもう一度運ばれてきて、味見ができるようになった。

まちがっているわけがない。クレプトマンサーはこれらのゼリーが最高の状態のときに盗む機会を見逃さないはずだ。それなのに、試食自体はつつがなく終了した。ということはつまり、クレプトマンサーはすでに貴重なデザートを盗みだし、そっくりな偽物と入れ替えていたのではないか。

わかりきったことなのに、どうしてだれもこの真実に気づかないのか、大長官は不思議だった。だが、ほかの者たちの思考は一列に並んでのろのろ進んでいくだけで、邪魔でしかない。あるいは、もしかしたら感づいた者がいたのかもしれない。それどころか、とっくに知っていて、変化に気づいていたか、あるいは、盗みの手引きをした者がいたのかもしれない。それはだれだ？　そして、偽物のゼリーはどれだ？

毒を盛られている可能性はあるのか？　大長官はそばにすわっている赤毛の少女をちらりと見やった。眠そうにしているが、どう見ても生きている。大長官に危害がおよぶほどの毒だとすれば、この娘なら唇に触れただけで死に至るだろう。少女の顔はくみたての水のごとく澄んでいる。陰謀を企てたのはこの娘ではなさそうだが、この部屋にいるほかのだれかかもしれない。

どのゼリーだ？　急に、エメラルド色のゼリーについていた砂糖漬けの花のメロディが、少しばかり人をからかう調子だったような気がしてきた。ああ、まちがいない、あれが偽物だ。どうやって盗んだ？　つくり手が怠慢だったか、最悪の場合は共犯者だったのか？

大長官が小さく手で合図をすると、衛兵が動きだした。

ネヴァフェルはその瞬間を見逃した。目をこすっていたあいだに、張りつめた静けさが突如として血と混沌のるつぼと化していた。短い恐ろしげな音がした。悲鳴ですらなく、悲鳴を薄く切りとったような音と、小さなドサッという音だった。ネヴァフェルが目をあけると、花のゼリーを誇らしげに運んできた男たちが床に崩れ落ちていた。胸に暗い斜めの傷が走っている。輿が傾いで倒れて大音響をあげ、横に滑った銀の皿の縁が床にあたってけたたましい音をたて、ゼリーが井戸に沈みゆくオルゴールのような、湿っぽいつぶやきじみた旋律とともにひっくり返り、花の根が空中で揺れた。

ネヴァフェルは衛兵のもつ赤く染まった刃を見て途方に暮れ、ただただぎょっとして見つめていた。なにが起きたのか理解できない。つぎの瞬間、衛兵たちは大長官の陶器のように白い左手がさらなる指示を出すのを待ちうけていた。

ネヴァフェルがわれに返る前に、その手がもう一度動いた。

《左目》はすばやく行動しなければならないことを知っていた。クレプトマンサーが入れ替えを決行するには、多くの協力者がいたにちがいない。衛兵、菓子職人、さらには審問官のなかにも。なぜ、ひとつ偽物と入れ替えるために、そこまでの手間をかけるのか？　答えはひとつしかない。クレプトマンサーは、入れ替えに気づかせたかったのだ。そうやってふいをつき、とまどわせ、怒らせ、大長官の世界観を混乱に陥れようとしたのだ。

だが、なぜそんなことをする？　だれがそんなことをしたがる？　《左目》はすべての説明がつく答えを求め……ひとつ見つけた。

クレプトマンサーはだれかの手先にすぎないのだ。いまわかった。あの泥棒は何者かの手先で、その何者かは自身の計画が《左目》に気づかれないように、《左目》を混乱させ執着させ困らせようとしているのだ。そして、クレプトマンサーのゲームが《左目》にこれほどの影響を与えるとわかっているのはだれか？　ひとりしかいない。

《左目》はつぎつぎとすばやく合図を出して、まだ残っていた《右目》の相談役を処刑する命令をくだした。

《右目》は何年も前から《左目》を陥れようと計画を練っていたにちがいない。脳の半分で暗い怒りに満ちた想念を育ててきたのだ。《左目》がきちんと調べようとも思わない、つまらない考えや予定のつまった退屈な領域に、そうした計略を隠していたにちがいない。いま《右目》は《左目》を弱らせ、攻撃をしかける準備をしている。となれば、《左目》は先にしかけるしかない。

ひとりめの相談役は、だれも気づかぬうちに、きれいに首をはねられていた。ふたりめは悲鳴とともに悲しげに手をあげたところを切り倒された。ところが、大長官の左手が三度めに合図を出したとき、それはトレブル審問官にむけられていた。審問官は飛びのいて剣を抜き、切りかかってきた刃をはねかえした。

「待て！　命令だ！」威厳に満ちた声に衛兵はたじろぎ混乱し、一瞬トレブルが自分たちに指示を出せる立場にないことも、《左目》の覚醒中には力をもたないことも忘れかけた。トレブルはそのすきをつき、ベルトにつけていた小袋をむしりとって床に放った。袋は爆発し、タイルに白い粉が飛びちった。

衛兵ははっとして飛びのき、攻撃されるものと身構えた。一瞬おいて全員の目から涙が流れはじめた。

「閣下!」トレブルが声をあげた。「あなたの相談役から訴えがございます!」

飛びちった粉の刺激臭は玉座にも届き、長官の右目がぱっと開いた。


いつもの、意識が手袋のように体を包み、ゆるやかに覚醒していくのとはちがった。《右目》は突如として乱暴に起こされ、攻撃にさらされていることに気がついた。自身の頭蓋骨《ずがいこつ》のなかにいるのはひとりではない、いっしょにいるのは、もはや自分の一部とは認識できないものだった。逆上した巨大なコウモリが混沌の黒い羽をたたきつけてきて、《右目》の思考をかぎ爪でひっかいているかのようだ。

衛兵たちは、必死に抵抗するトレブルを攻撃している。やつらはなにをしているのだ?

「やめろ!」

衛兵たちは動きをとめた。心から困惑した顔をして、大長官の左手のほうを見つめている。なるほど、左手が合図をして命令を出していたにちがいない。下を見て、いつもながらに自分の右側しか見えない、左の動きは見えないという事実にいきりたった。体を抱くように右手をのばして左手をつかみ、合図をするのをとめた。

「引け！　全員だ！　トレブル審問官、報告を……」

だが、トレブル審問官は報告をする機会を与えられなかった。だれもなにもできないうちに、大長官の左手が右手から逃れ、つぎの瞬間、大長官の右のこぶしが切りつけられた。左手が指輪にしこんであった秘密の仕掛けを動かして、飛びだした針で右手を攻撃したのだ。《右目》は一拍おいて、そのことに気がついた。

大長官の皮膚は何世紀もかけて丁寧《ていねい》に油を塗りこんできて、竜のうろこのように硬くなっていたが、針はその皮膚を貫ける数少ない武器のひとつだった。大長官は針の先についていた毒には免疫があり、痛みもなんともなかった。とうの昔に、痛みに気をとられるようなことはなくなっている。ただ、ねじれた真実を突如として思い知らされたのは衝撃だった。《左目》が完全に気がふれてしまっていて、破壊しなければならない、ということを。

「衛兵！　弓を！　わたしの左側を狙え！　左目だ！　わたしの喉の左側だぞ！」

ネヴァフェルは腰かけからうしろむきにころげ落ち、ぼんやりと大長官を見つめた。肌をなにかが這っているような、いや、走っているような感じがする。大長官のなにもかもがおかしくなっている。顔の半分ずつがちがう《面《おも》》を見せようとしていて、口はゆがんであいているし、目はそれぞれべつの方向を見ようとしている。ネヴァフェルが見ているうちに、大長官の左手が玉座の肘かけについている秘密のパネルを指でこじあけ、薄い色の金でできたらしい短剣を引っぱりだした。すぐに、陶器のように白い両の手が短剣の柄をつかみ、半身がたがいに争って、発作を起こしたみたいに玉座の上で身をよじりはじめた。

謁見の間の人々は数秒間あっけにとられていたが、たちまち大混乱に陥った。大長官個人の護衛と相談役の一団の真ん中にはつねに亀裂《きれつ》が走っていたが、いまはごく自然に、宮廷じゅうがきれいに真っ二つに分かれていた。トレブル審問官を攻撃した衛兵たちは動きをとめていたが、すぐに、なおも《左目》の直近の命令にしたがおうとしているべつの衛兵三人が攻撃をしかけてきて、彼らから審問官を守らなければならなくなった。《右目》のお気に入りの相談役はブレスレットから違法な絞首刑具をとりだし、果敢に《左目》の通訳のひとりの首を絞めようとした。不穏な同盟関係が突如として崩壊した。いまこそ、不満を解消するときなのだ。

だれもが声をあげて命令をくだし、それに対する反対の命令がくだされるなか、大長官の左肩に石弓の矢があたった。深く刺さりはしなかったが、大長官は玉座からはねるようにころげ落ちた。すぐに、さらに二本の矢があたった。こんどは右足と右の鎖骨のすぐ下だ。

「やめい！」トレブルが叫んだ。「みな気でもちがったか？　長官を射るのをやめるのだ！」

「どちらのです？」ひとりの衛兵が矢をつがえた震える弓をつかんで尋ねた。

「どちらもだ！」トレブルががなる。「弓を上にあげよ！　全員だ！　全員、だれも殺してはならぬ！」

大長官は崩れたゼリーにまみれ、床をころげまわって自分自身と戦っていた。何世紀もかけて攻撃に対する防御を築きあげてきて、だれよりもよくわかっていた。自分の戦術も、自分の甲冑《かっちゅう》の弱点も、硬くなった皮膚のなかでどこがしわになっていて刃で切れやすいかも、すべてわかっている。とうとう短剣が手から落ちて飛んでいってしまうと、大長官は自分自身を殴りはじめた。それぞれの手が反対側の顔をひっかき、ガラスの髪を引きちぎる。

「とめよ！」トレブルの叫びは、ほかの無数の叫びとこだました。

だが、大長官をとめられる者はいなかった。だれも近づけないのだ。もはやだれもが、だれも信じられなくなっていた。大長官に近づこうとすれば、ただちに十あまりの弓に狙われ、光る剣先を突きつけられることになる。そのうえ、大長官がばたばた手足を振ると、六個の仕掛けが起動した。どれも、玉座とその主《あるじ》に敵が接近するのを防ぐためにつくられたものだ。混乱する人々と大長官とのあいだに、薄い金属の網がおりてきた。毒を含んだとげが真珠のような光のなかで輝いている。床の一部が抜けて、光り輝くタイルが下の暗がりへと落ちていく。絹が裂けるような音とともに鉄の振り子が左右に揺れ、毒矢が片方の壁から飛びだしてもう一方の壁にぶつかった。

大長官の足もとに水たまりが広がりはじめたが、最初はだれも血だとは思わなかった。透明でガラスのように光っていたのだ。とうとう大長官がうしろむきに倒れ、動きが鈍くなった。霜に似た目でじっと天井を見つめ、なにか発作を起こしかけているみたいに、がたがたと震えている。ふたつの半身が肉体による戦いをあきらめて、脳内に退却して戦いをつづけようとしているかのようだ。

「医師を！　医師を呼べ！」だが、大長官の半身はそれぞれひいきの医師がいるため、どちらが信頼できるかという論争になり、ふたたび剣が抜かれて戦いがはじまった。

この混乱のさなかに大長官に近づいたのはひとりだけだった。彼女だけが振り子の仕掛けのあたらない場所にいて、さらに左右のどちらの味方でもなかったからだ。

灰にまみれた迷宮のような大長官の脳内では、激しい戦いがつづいていた。一方にとっての敵は、冷酷で論理的な恐ろしい怪物で、大蛇のボアコンストリクターさながらに首を絞めつけてくる。醜いうろこで鎖のような鈍い音をたてながら。もう半身は、影と狂気の怪人と戦っていることしかわかっていなかった。実体がなく、つかまえたと思うと溶けていってしまう。

そしてとつぜん、《右目》と《左目》両方でもあり、どちらでもない深い核のところで、大長官は自分が死につつあるのを悟った。長いあいだつきあってきた肉体が冷えて麻痺《まひ》して、いうことをきかなくなってきている。負け戦のあと、士気をなくした軍が夜陰にまぎれて三々五五逃亡していくかのように。だめだ。大いなる魂はため息をついた。自分のふたつの半身が、憎しみに駆られて気がふれたように戦っている。いまでなければならないのか？　これが永遠につづくのか？　死にゆく脳内で、じわじわと麻痺するように延々とつづくのか？

両目にはまだ視力が残っていたが、なにもかもがかすんで見える。目をあげれば、天井の優美な彫刻が見えるはずなのに、なにかさえぎるものがある。赤い髪と青ざめた細い顔だ。

小さな手が、大長官の傷の出血をとめようとしている。うまくはいっていない。毒見係の飾り帯を丸めて、わき腹のいちばんひどい傷に押しつけている。

少女の顔はさかさまに見えるが、それでも表情はわかる。大長官は好奇心で胸がうずいた。

そんな表情を見るのは久しぶりすぎて、それが哀れみを表しているとわかるのにちょっと時間がかかった。そうだ、これは純粋な哀れみだ。優越感や軽蔑などない。ただ、痛みに対して痛みを感じている顔だ。なんと不思議な光景だろう。

一瞬、大長官は少女に対して同じ痛みを感じた。痛みに対する痛みを。自分が死んだあと、この少女の身にまちがいなく降りかかるだろうすべてに対する哀れみを。

目の前の世界は霧に包まれて消えたが、脳内の迷路はさっきより明るくなっていた。大長官ははじめて、そこにいるのが自分だけではないと感じた。そばでなにかがサルのように飛びはねている。自分のなかでたがいにかぎ爪を立てあって弱りつつある、二頭の大きな獣とはちがう。その何者かはぺちゃくちゃしゃべり、顔を炎のように変化させながら、大長官を試される部屋へと導いた。

そこは大きな謁見の間で、大長官は空《から》の大理石の玉座の前に立っていた。見おろすと、あけてみろというように箱が置いてある。長年の経験から、そういう箱には恐ろしいものしか入っていないのはわかっていたが、そばではねまわる連れが、もしかしたら奇跡が待っているかもしれないとささやいてくる。大長官はひざまずいて箱をもちあげると、小さな音をたてて蓋をあけ、なかをのぞきこんだ。

細いすきまから見えたのは、こそこそ逃げ隠れするつまらない悪夢ではなく、青い永遠だった。とつぜん、囚われた花の歌が耳によみがえった。こんどは悲しげにも拘束されているようにも聞こえず、自由で喜びに満ちている。

一瞬、生きてきた五百年の歳月の幻が見えた。大長官は箱のなかをのぞいているのではなく、箱から外を見ていた。何世紀ものあいだ、大長官の頭と体、その世界は恐怖の箱だったのだ。大長官は最後の息を吸いこむと、自分を閉じこめていた牢獄の蓋を押しあけて逃げだした。

22　略　奪

暗い水たまりのように、室内に沈黙が広がった。頭という頭が振りかえり、動かない人を見つめている。まるで、これまでの生涯をゆだねてきた、危険だが疲れを知らぬ海が、一瞬にして静まり消えてしまったかのようだ。あとには無情な亀裂《きれつ》だけが残され、そこから落ちていく深い淵には、死にかけて暴れまわる海の獣があふれている。玉座は空席で、それが象徴する力の主がいなくても、人々は目を離すことができなかった。

ネヴァフェルは大長官のそばにしゃがみこんで震えていた。わかっているのは、触れている胸に鼓動が感じられないということだけだ。大長官は最後にかすかにほほ笑みかけてくれたような気がする。その笑みがまだ顔にまつわっている。

この沈黙のさなかに、謁見の間の扉が開き、紫色が流れこんできた。六人の審問官が入ってきて、最後尾には絹の目隠しをされた香師がふたりついていた。人々が彼らを通そうと道をあけると、大長官の死体と、その上におおいかぶさるようにかがみこんでいる小さな人影が見えた。ネヴァフェルはふと、ガラスのように透き通った血が、自分の手と指ぬきに張りついてにかわのように光っているのに気がついた。審問官たちはよろめいたり足をとめたり、目をみはったりしたあげく、トレブル審問官を見た。

「息をしてないの」ネヴァフェルはささやいた。声が小さくなって消えていきそうだ。「脈もなくて――血をとめようとしたんだけど……」

トレブルはつかつかと前に出て、到着した同僚たちを迎えた。だれもトレブルをとめようとするものはいなかった。さっきまで息を切らして剣を掲げ孤軍奮闘していた女は、いまや援軍を得て権力者となった。

「だれか、その振り子をとめよ」トレブルがぴしゃりといった。混沌を制するように叫んでいたせいで声がかすれている。白ずくめの召使が数人、秘密の留め金に駆けよると、鋭く空《くう》を切っていた振り子がとまった。「医師を！　すぐに閣下の手当を！」ふたりの医師は、おたがいの護衛を不安そうに見てためらっている。「もうっ、いらいらする！　早く閣下の診察を――ふたりとも！　たがいにもう一方がおかしなこと、不適切なことをしているのを見つけたら、ただちにわたしに報告を。護衛たち！　武器を医師にむけ、わたしの指示があれば発射せよ。それから、だれもこの部屋を出入りさせてはならない！　ほかの者はいまいるところから動かないこと。じきに全員から話をきく」

彫像のように動けなくなっていた護衛と医師ははっとして、不安そうなようすで命令にしたがった。医師が近づいてきたので、ネヴァフェルは膝立ちでよろよろとうしろにさがったが、倒れた人物から目を離すことはできなかった。ガラスの髪が寄木細工の上に広がって、扇《おうぎ》のように輝いている。ネヴァフェルはハンカチーフで指をこすったが、真珠《しんじゅ》のようなつやのあるねばねばした液体はとれなかった。だれも声をかけてはこないが、ときおり、注意深く表情を消したまなざしがむけられている。

あたしのせいなの？　あたしのせいで悪くなったの？

医師たちは診察をはじめたくないようだった。すぐそばにいたネヴァフェルには、ふたりの手が震えているのが見えた。

「閣下――失礼いたします……」医師のひとりがつぶやいた。誉れ高い患者に許可なく触れるのを恐れているようだ。

「急いだほうがいいのではないか」トレブルが冷ややかにいった。「いずれにせよ、大長官は自分の死に際して、すべての医師と毒見係を処刑せよと命令を残しておられる。それを聞いたら、少しは大長官を生かしておきたいという気になるのではないか」トレブルはまだ息を切らしていて、袖で額を拭った。

トレブルの指摘は望んだ効果をもたらしたようだった。医師たちはいきおいこんで革のかばんをあけると、真珠色の軟膏《なんこう》を大長官の鼻孔《びこう》と唇に塗り、火をつけた吊り香炉を顔の上にかざし、どぎつい黄色の練粉で両のてのひらに印を描いた。

疲れと動揺でぼおっとしていたネヴァフェルも、審問官の言葉に衝撃を受けていた。大長官の毒見係は、その死後処刑されることになっているという。トレブルは大長官を救う話をしていたが、ネヴァフェルはたしかに大長官が死んでいくのをこの目で見たのだ。どうやらこのまま道連れにされるらしい。

「扉を閉めよ！」トレブルが剣を手にしたまま、歩きまわって指示を出している。「だれも出てはならぬ。大長官が回復されたら、この瞬間に軽率な行動をした者すべてに沙汰をくだされる。医師よ、報告を！　なにか進展は？」

医師たちはうしろめたそうにぴくりとした。どちらのかばんもほとんど空になり、ふたりは先の細くなった貝殻を使って大長官の耳になにかを注ぎこんでいたが、震えかたから相当あわてているのがわかる。

「ああ……いえ、そうですね」ひとりがしどろもどろで答えた。「ああ、いくらか見込みのありそうな方法が……もっと時間を、お願いです、もっと時間をいただきたい！」

時間は与えられ、一秒一秒が体を引きずる重い足音とともに過ぎていった。だが、依然として患者に動きは見られない。とうとう医師たちは大長官の生気のない体から震える手を離した。

「審問官……」ひとりが怯えきった弱々しい声で話しだした。「わたくしどもはできるかぎりのことをいたしました……不死鳥の血を含めあらゆる強壮剤を処方しました……わたくしどもの器具は生命ある存在の名残をわずかでも感知することはなく……アリの足音ほどの脈すらも……」

不気味なほど静まりかえったかと思うと、信じられない、恐ろしいというつぶやきがつづいた。

トレブル審問官の足がふらついた。審問官は長いあいだ、決心がつかないようすで浅い息をつきながら剣を握りしめて立っていた。まるで、空中から医師の言葉を切りとりたいとでもいうように。やがて、剣の先がゆっくりと下をむいた。

「安らかにお眠りくださいい、その功績が長く残りますように」トレブルはつぶやくようにいって、自分を奮いたたせた。「全員その場にとどまれ！　大長官は暗殺された。これから、ひとり残らず審問にかける」

「暗殺された？」衛兵隊長の声が、部屋じゅうのほかの声と反響した。「ですが、閣下はご自身を刺して死に至ったのです」

「そうだ、なんの前触れもなく完全に気がふれてから」トレブルがいいかえす。「そこにはなにか悪意が働いている――毒か香か――わたしが暴いてみせよう。審問官よ、こちらへ！」

依然として張りつめた空気のなかで、審問所による審問がはじまった。供述がとられ、審問所の香師がゆっくりと室内を歩きまわり、大きくて敏感な鼻いっぱいに深く息を吸いこんで、萎縮《いしゅく》している証人ひとりひとりのにおいをかいだ。ポケットや小袋はひっくり返されて中身を出され、衣服は隠し穴まで探られ、残っていた食べ物と飲み物は、自発的か強制されたかにかかわらず有志の者によって毒見が行われた。

香師は、室内で使われた香は、《右目》を起こすのに投げつけられた粉だけだと断言したが、その粉には人を狂気に駆りたてるようなものはなにも入っていなかった。デザートを試食した人のなかで、自分自身を突き刺そうとした者もひとりもいなかった。

「香ではないとすると、毒にちがいない」トレブル審問官は小声でつぶやきつづけた。「ぜったいにそうだ。デザートのなかでなければ……ほかのなにかということになる、ぜんぶ食べられていて試食しようにもかけらも残っていないもの――ああ！　わかった！　味を消すための蛾のビスケットだ。あれはほとんどひと口で大長官が食べてしまったが、ほんの小さなかけらだけ口にした者がいる……おまえだ」

最後のひとことにはやんわりとした脅しがこめられていた。壁にもたれかかってぼおっとしていたネヴァフェルが目をあけると、ひと組のブーツが目の前でとまった。上に目を走らせると、紫の衣が見え、トレブル審問官が冷たい、不快そうな表情で見おろしていた。

「いつもおまえだ。何度も何度も、なにもかもがおまえに結びつく。どうしてなんだ?」審問官は、ネヴァフェルと目の高さが同じになるように、ゆっくりとしゃがみこんだ。ほかの人だったら、相手を怖がらせないようにという親しみのこもった動きに思えたかもしれないが、この人の場合は、頭をさげてネズミの穴をのぞきこむネコを思わせた。「おまえはこの試食の前になにか解毒剤を飲んだのだろう。ちがうか?」

「あたしが? いえ! ちがいます! 飲んでいません……」ネヴァフェルはうっかり解毒剤を飲んでしまったのだろうかと、必死に思いだそうとした。「いえ、口にしていけない物はなにも食べていません——試食係の食堂で出された物と、大長官が食べた物だけです! ああ——それと、吐きだすために飲んだ物が。飲まされたんです、下層都市《アンダーシティ》から帰ってきたあとで——」

「ああ、浄化剤だな。となると、解毒剤はその後に飲んだことになる。娘よ——それ以後に起きたことをすべて話せ。ひとつ残らずだ!」

ネヴァフェルはのろのろとまとまらないまま、アンダーシティからもどって以降に起きたことをすべて話しはじめた。ズエルやマダム・アペリンとの会話の中身以外はぜんぶ話した。ネヴァフェルが毒見係の居住区の外で眠ったことにふれると、審問官は食いついてきて、眠っているあいだに薬を盛られた可能性がないかどうか尋ねた。昼寝をしたのが、なかからかんぬきをかけた部屋だったとわかると、審問官は見るからに落胆した。

ネヴァフェルが最後まで話しおわると、トレブルは不満そうな音をたて、何度も何度も最初からくりかえさせて、ときおり質問をぶつけてきた。ネヴァフェルはどこまで話したか忘れてしまったり、つっかえたり、うっかり審問官と目を合わせてしまうたびに頭のなかが真っ白になったりした。

お願い、あたしはただ眠りたいだけ。分厚い眠りのじゅうたんはもうほとんど見えなくなり、見わたすかぎりどこまでも砂利が広がっている。ネヴァフェルは、解毒剤を飲んだと嘘をついたら、眠らせてもらえるだろうか、とまで考えはじめた。

「もうよい！」トレブルがとうとうどなった。「この娘を拘束せよ」ネヴァフェルがぎょっとしてあえいだのもおかまいなしだ。「これ以上遅らすわけにはいかない」傍らの審問官にむかってつぶやく。「行動を起こさなくては。この部屋が封鎖されているというだけで、すぐに噂が野火のごとく広まるだろう。大長官の死を発表しなければならない。するのはわたしたちだ。ほかのだれかが権力を手に入れようと動きだす前に。宮廷じゅうに《高位の間》に集まるようふれを出せ」

扉のかんぬきがはずされて、伝令が駆けだしていった。部屋から連れだされたネヴァフェルは、立って歩くのがやっとだった。部屋の外には人だかりがしていて、みながネヴァフェルや血まみれの謁見の間のなかを見ようと首をのばしている。どの顔も、自分がもっていない《面《おも》》を必死に探してぴくぴくしている。通路の先へと運ばれていく直前、ネヴァフェルはほんの一瞬、人ごみのなかに、引きつって青ざめた顔のズエル・チルダーシンを見たような気がした。

まわりをぐるりと審問官にとり囲まれて、ネヴァフェルは手首を縛られくらくらしながら《高位の間》に引きずりこまれた。立っている薄暗がりはランタンに照らされているが、光虫ほどのわずかな光しか届いていない。ランタンはずっと遠くにあり、ネヴァフェルはいままで見たこともないような巨大な洞窟の中心にいた。混乱した声ががやがやと反響し、ランタンが新たに急ぎ運びこまれている。室内は人が満員というほどではなかったが、審問官の急な召喚に応じて宮廷じゅうの人々が押しよせていた。

ネヴァフェルには、集まった人々の最前列がぼんやりと見えた。ほとんどが目に双眼鏡をあてている。みんなが自分のことを子細に観察しているのかと思ったら、そのまなざしの重みにいっきに気持ちが沈んだ。

「高位のみなさま、職人のみなさま、カヴェルナの選ばれた民よ！」トレブルの声が巨大な室内に響きわたり、ざわついていた人々が静まりかえった。「今日は悲しいお知らせがあります。カヴェルナの長、われらが都市の父である大長官閣下が殺害されました！」

人々の驚き仰天した声が波のようにわきおこり悲鳴になったが、トレブルがふたたび話しだすと引いていった。トレブルは大長官のとつぜんの痛ましい崩御のようすを語った。

「審問所ではすでに、大長官が毒によって誘導されて自殺したとの判断をくだしました」トレブルはそういいきった。「そして、毒見係のネヴァフェルに裏切られたものと見ています。ネヴァフェルはよそ者で、すでに拘束されており、これから尋問にかけられます。閣下は、もし自分が死ぬことがあった場合には、審問所が一時的にカヴェルナを支配下に置き、徹底した捜査を行い、犯人を処罰するようにという厳格な指示をくだしておいででした。そのため、現時点ではわれわれがこの都市の統治者ということになります」

「失礼ながら、それについて異議を唱えます」

トレブルとネヴァフェルが立っている台のほうにむかって、背の高い人々が列になって決然と歩いてきていた。彼らは棒につけたランタンを掲げていて、濃紫色の衣が部屋じゅうによく見える。先頭を歩いてきたのは、よく知っている、ひょろりとした人物だった。言葉を発した口もとには笑みを含んでいるが、いまはぜったいにこぼれないように隠されている。

「自分の席にもどりなさい、チルダーシン」トレブルが背筋をのばした。

「名誉ある審問官どの、あなたがたが閣下は殺されたと信じたい理由は明らかです。自分たちがこの都市を乗っとるのに体のいい、いいわけができるからでしょう。ですが、われわれの多くが納得してあなたがたの『一時的な』統治に屈するには、ほんのわずかでも不正の証拠を見せていただく必要があります」

「この緊急時にほかのだれがカヴェルナを統治するべきだというのだ？　審問所以外で？」トレブルが鋭く切りかえす。「自分だといいたいのだろうな」

「評議会です」チルダーシンがさらりと答えた。「各職人の代表と、都市のすべての部門の関係者から成る評議会です」

「そなたは閣下がわたしに授けた力に異議を申したてるのか？」トレブルがつめよる。「大長官ご自身の権威に異を唱えようというのか？」

マキシム・チルダーシンが長い息を吐きだすと、突如として、そこに笑みがあったことなど想像もできないような顔が現れた。

「そうです」マキシムはいった。「大長官の権威に異を唱えているのです。その男は死にました。気がふれて、デザートのなかに身を投げだし、自分自身を刺して死んだのです。そのようなことがあったあとで、その人の権威に異を唱えるのは当然のことだと思いますが」

部屋じゅうの人々が息をのんだので、少しばかり呼吸をするのが苦しくなるくらい、空気が薄くなったようだった。

延々とにらみあいがつづいた。どちらもぴくりともせず、それぞれが相手のどんな弱点を探しているのかもわからない。ネヴァフェルは頭をはっきりさせているのもやっとだったが、自分の頭上に剣がぶらさがっているも同然なのはわかっていた。マキシム・チルダーシンが危険を冒してその剣が落ちるのをとめようとしていることも。

「宮廷のみなさまに決めてもらいましょう」とうとうチルダーシンが声をあげた。「そちらのご意見をどうぞ、審問官、その後にわたしの考えをお話しします。われわれのいいぶんを聞いて、みなさまに判断してもらうのです」

「よろしい」トレブル審問官は目の前のよく見えない巨大な人だかりを見すえると、話をはじめた。

トレブルは、過去十年間にあった大長官に対する暗殺未遂計画のすべてを長々と事細かに紹介した。しずくよけの先端についていた毒、弱くなっていた洞窟の支柱、耳から血が出るような音を出す笛。とがった石をのみこみたい気にさせる香、はねるヒョウクモ、上掛けにしこまれた毒のあるとげ、攻撃するように訓練されたコウモリ。

「これだけのことがあったあとで、あのようなとつぜんの死が暗殺によるものではないなどと信じられるでしょうか？　大長官の敵は、つぎつぎと策を弄してきていました。閣下はつねにわかりやすいというわけではなかったが、概して用心深く、賢くて有能で、五百年ものあいだこの都市の平和を保ってこられた。そのような人物が、とつぜんデザートのなかに身を投げだして死ぬようなことをするでしょうか？」

目に見えない聴衆から賛成の声が聞こえてきて、ネヴァフェルは不安になった。

「そしてなにより、この娘の周辺では奇妙なことばかり起きています。この娘はよそ者で、だれによってどうやって連れてこられたかもわかっていない。大長官のお気に入りの毒見係が死んだ直後に晩餐会に現れ、後継者に選ばれました。四六時中、奇怪で説明のつかないふるまいばかりしてきました。この者が今回の事件の鍵であり、わたしはどんな手段を使ってでも、この鍵をあけてみせる所存です」

ネヴァフェルは、いったいどんな手段が使われるのだろうかと考えて身を震わせた。長い沈黙がおり、一瞬、チルダーシンが答えないつもりではないかと恐ろしくなった。

「その子どもを前に」ようやくチルダーシンがいった。「明かりを。宮廷じゅうに彼女を見せよ」

ネヴァフェルは前に連れだされ、顔の前につきだされた何十ものランタンに目がくらんだ。

「解毒剤を飲んだのか、ネヴァフェル?」チルダーシンの声は穏やかだった。「飲んだかもしれない可能性は? よく考えてみるんだ」

ネヴァフェルは首を振った。「いいえ」すすり泣く。「自分でも考えてみたけれど、でも……ありません」

「この子を見てください」チルダーシンはむこうをむいて、聴衆に語りかけた。「この子を見て、嘘をいっていると思いますか?

もし審問所にこの子を拘束させたら、きっと明日にはちがう話をはじめるでしょう。証人からは、真実と同じくらいかんたんに嘘を引きだせるものなのです。ええ、審問所で二、三時間も過ごせば……道具を使われたら、彼女は解毒剤を飲んだと自分から証言するにちがいありません。あるいは、月に飛んでいったことがあるといいだすかもしれません。それで苦痛がとめられるなら。ですが、いまここでなら、彼女が真実を話しているのを『見る』ことができます。裏切りなどありませんでした。毒もなかった。殺人などなかったのです」

ランタンがおろされて、ネヴァフェルはふたたび薄暗がりで目をしばたたいた。

「わが友よ」しばらくおいて、チルダーシンが話しだした。「わたしは大長官の偉大さを否定するものではありません。カヴェルナは大長官を中心に、アルマジロの甲羅のように形成され、われわれは大長官なくしてどのようにそれを身にまとったらいいかもわからないほどです。大長官は都市の頭脳であり魂で、過去であると同時に運命でもあったようです。

大長官を貶《おとし》めることなく、どうやっていうべきことを語ればいいのか？　おそらくそれは不可能でしょう。ここにおられる審問官は、大長官が『とつぜん気がふれた』といいました。けれども、われわれは心の奥底で、とつぜんのことではなかったのを知っています。わが友よ、大長官はもう何か月も、何年も前から気がふれつつありました。もしかしたら百年以上前からだったかもしれません。われわれは、恐れ敬うあまり床に額をこすりつけるのに忙しく、じわじわとまることのない歩みで狂気へと進んでいることに気づかなかったのです。

人間というものは眠るようにできています。だから人は眠るのです。時計脱を経験したことがある人なら、眠れないことが思考にどのような影響をおよぼすか覚えているでしょう。大長官がどれだけ長いあいだ、そうした休息をとることなく過ごしてきたか、考えてもみてください。

それにみなさんは、大長官のふたつの半身がたがいをだしぬこうと争っていたのを、見て見ぬふりをしていたのではないですか？　ふたつがたがいを妨害し邪魔するためにどんな手はずを整えていたか？　片割れのもう片割れへの不信感たるや、もう一方が愚かなことをしそうになったときに、自分に粉を投げつけてすぐに起こせというほどでした。そうです、最後のときはあっけなくやってきました。もしかしたらわれわれは、幸運に感謝すべきなのかもしれません。もし、カヴェルナが内戦状態になって、敵どうしのふたりの将がひとつの体に住まっているとなったら、いったいどうなっていたでしょう？

われわれにとって、大長官は永続の象徴でした。大長官が存在しつづけていたからこそ、われわれはゲームに興じ、すべてがいまのまま永遠につづくと思っていられたのです。でも、それはありえません。今日のできごとが教えてくれました。物事が変化するのを押しとどめていたら、なにが起きるかということを。遅かれ早かれ、不眠は体をむしばみ、恐ろしいことが起こるかもしれないという猜疑心に囚われて、たとえ体は動いても頭と心がいうことをきかなくなっていきます。

変化は必要で、どんなに否定しようとも、結局避けることはできないのです。いまは審問所に頼りたいのでしょう？　審問所は大長官の思い出を尊重してくれる。大長官の命令を実行してくれる。すべてをいままでどおりにして、審問所は大長官の幽霊を生かしつづけ、われわれを支配し、恐れさせ、安心させてくれるでしょう。われわれは、なにも変わらなかったふりができるのです。

ですが、世界はすでに変わり、われわれも変わっていかなくてはなりません。カヴェルナもそれに合わせて変わらなくてはなりません。われわれが身を縮めてカヴェルナの殻におさまるのではないのです。何世紀ものあいだ、すべてが大長官の意思と希望のもとに考えられてきました。外の世界に目をむけるのを恥ずべきこととしてきました。外にはわれわれの目をひくような価値のあるものはなにもない、ただ日に焼けた野蛮人とハリケーンで壊れそうな小屋ばかりの荒野が広がっているだけだ、そう自分たちにいい聞かせてきたのです。

じつは、外には豊かで多様性に富んだ魅惑的な世界が広がっており、それをわれわれのものにすることもできるのです。世界のほかの地域が、カヴェルナをどう見ているか知っていますか？　ここは謎めいた小国で、世界の魔法がつくられるところと思われています。外の世界では、ここではじめての晩餐会に出席する若い令嬢が手首にひと吹きする程度の、ごくわずかな香水に、喜んで大金を支払うでしょう。パプリックルひとさじで、一連隊の一年分の給与を支払えるだけの黄金をかき集めることができる。そうです、われらの商品のほんの少しだけで、外の世界でほしいと思うものはなんでも買える。それなのに、わが友よ、われわれは達成できるはずのことをまったくといっていいほどしていないのです。

なぜ使節に香をすりこんで世界の強国に送りこみ、王や大臣や有力者をとりこにしないのでしょう？　なぜ軍を所有して、自分たちのための土地を征服しようとしないのでしょう？　われわれなら、かんたんに黄金を見つけられます。われらのスパイスをかいだ斥候の右に出る者などありません。将軍たちはチーズのビジョンの力を借りて作戦を立てることができるでしょう。それなのになぜ、内部ばかり見なくてはならないのでしょう？　まるで、空がはじまっているところが世界の終わりだとでも思っているかのようです。

なぜでしょう？　それは、いまだに大長官の幽霊に囚われているからです。われわれは自由になるべきなのです、わが友よ。審問所は、大長官の支配下でカヴェルナが五百年間繁栄してきたといっています。真実をいえば、栄えていたのは四百年で、最後の百年間はなにもかもが崩壊していたのです。われらの統治者その人も。大長官の死はこの娘のせいではない。大長官は、長い長い、とても長い時間をかけて死にむかい、その生涯がすべての時代と同じように終わりを迎えたのです」

ゆっくりと拍手がわきおこり、しだいに音が大きくなって、ネヴァフェルも呆然自失の状態からようやく目を覚ました。時間をかけて票が集められて集計され、結果が出た。審問所は敗北した。審問所はカヴェルナの統治を引きつがない。大長官の死について詳しく捜査して、二か月後の《高位の間》での聴聞会で証拠を提示する許しは得たが、非常時の特権は与えられなかった。いっぽう、カヴェルナの支配は評議会にゆだねられた。

どれもこれも、ネヴァフェルにはほとんど意味のないことだった。わかったのは、マキシム・チルダーシンが安心させるように一瞬ほほ笑みかけてきたことだけだった。もう頭の上に、目に見えない剣が浮かんではいない。チルダーシンは堂々とやってきて、拷問や処刑を受けるかもしれない危険を冒して、剣の下からネヴァフェルを救いだしてくれたのだ。

23　ホームシック

ネヴァフェルは小さな四柱式ベッドで目を覚ました。やわらかな金色のカバーがかかり、なめらかなカーテンに囲まれている。そこは、見覚えのある小さな部屋でスミレの香りがした。そう、チルダーシン邸のネヴァフェルの寝室だった。部屋を見わたすと、前に分解して一部だけ組みたてなおしたオンドリ時計らしきものが見えた。新しい時計は用意してもらえなかったわけだが、そのことでこの家の人たちを責める気にはなれない。

椅子には着替えが用意されていて、ネヴァフェルは見たとたんに既視感を覚えてどきりとした。緑色のドレス。緑色のサテンの靴。毛糸玉のついた白いかぎ針編みの手袋。もしかしたら、はじめてチルダーシン家に着いた日以降に起こったことは、ぜんぶ夢だったのかもしれない。もしかしたら晩餐会でワインをこぼしたりしていなくて、毒見係として仕えてもいなくて、クレプトマンサーに誘拐されてもいなくて、大長官の死に際にそばにひざまずいてもいなくて……。

オンドリのそばに水差しと洗面用の水入れがある。体を起こすと全身が痛んだが、顔を洗いにいった。指で水をかきまわす前にふと手をとめて、自分の姿が見えないかと目を凝らす。ううん、夢じゃなかった。すべて現実に起きたことで、それが顔に表れている。水に映った像は震えていてはっきりしないものの、目の表情は見てとれて、それだけでじゅうぶんだった。ほかにもけがの跡があり、前腕や手のわきに並んだ青緑色のあざが目立ちはじめている。ちょっとのあいだ、なんだったろうと考えたが、いつのどの災難でできたものかつきとめるのはあきらめた。

服を着ると、扉をあけて部屋の外に出た。

「おお、ネヴァフェル！」マキシム・チルダーシンがほほ笑んだ。一族はまた歩くとき用の服に着替えていて、よちよち歩きの子どもも頭を保護する詰め物の入った帽子をかぶっている。「朝食の時間に間にあったな。おいで、《朝の間》にむかおう」

《朝の間》は変わりなく、またしても青い光が、窓ガラスの汚れを拭きとるようにネヴァフェルの頭のもやを拭いさってくれるようだった。この数日間のなかではいちばん頭がすっきりしているのに、まわりのなにもかもが遠く、自分とはかかわりなく感じられる。

あらゆるものが同じで、なにひとつとして同じではない。なぜなら、ネヴァフェルが同じではないからだ。チルダーシン一族は変わっていない。相変わらず、背が高く明るく賢い。ジョークは新しくなっても、みんないつどんなふうに笑えばいいか、いつぴたりととめればいいかを心得ている。

ズエルだけが、少しばかりほかの家族とずれているようだった。金髪の少女はいつもより青ざめていて、会話もどこか機械的だ。いちはやく食事を終えると、個人的なプロジェクトでルーン文字を変更する必要があるからといって、先にテーブルを離れた。

あたしはとにかく、好きな物を食べられるんだから。ネヴァフェルは自分にいい聞かせたが、いざ食べようと思うと食べられない。大長官のことを思いだしてしまうのだ。テーブルにのっているなにを見ても同じだった。とろりとしたマーマレードを見れば、玉座の前でぐちゃぐちゃにされたゼリーを思いだすし、はては砂糖の結晶までもが、表情の読めない虚《うつ》ろなまなざしで見つめかえしてくるような気がした。

「ネヴァフェル、どうした？」チルダーシンが尋ねた。「気もそぞろで不安そうな顔をしている。まだ時計脱が治らないのか？」

「ごめんなさい。きっとそう。歯車がうまくかみあってない感じがするの」わかりにくいことをいったのに気づいて、あわてて説明した。「機械みたいにってこと。どこもかしこもうまくいかなくて」

「きみには時間が必要なんだ」チルダーシンはやさしくいいながら、トーストにマーマレードを塗り、紅茶に砂糖を入れた。「なにもせずにたっぷり眠る時間がね」

だれかがテーブルをぐいっと動かしたので、ネヴァフェルのグラスのなかの水がゆらゆらと揺れた。とつぜん、ネヴァフェルの心の目に、またしてもうつ伏せの死体が浮かんだ。窓ガラスが溶けたみたいに、透明な血がまわりにたまっている。ネヴァフェルはナプキンをグラスにかぶせ、その映像を頭のなかから追いはらった。

「チルダーシンさま」とっさに呼びかけていた。「外に出て行くことはできますか？」

「もちろんだとも！　馬車をどれか借りて、どこへでも好きなところに行くといい。ただし、かならず護衛を連れていくこと。審問所がいまだにきみに対してよからぬことを企んでいるかもしれないからな」

「ちがうんです！　あの、ありがとうございます。でも、カヴェルナのどこかに出かける話ではなくて。チルダーシンさまは、地上世界に人を派遣するつもりなんですよね？　あたしもいっしょに行ってはいけませんか？　ただ……空が見たくって……」

チルダーシンは長いあいだネヴァフェルを見つめ、半分驚いて半分おもしろがっているような《面《おも》》の眉をつりあげた。

「いったいなんだってそんなことを思ったんだ？　わたしがカヴェルナ人を地上世界に送るだなんて。匠《たくみ》の技の秘密を地上世界にもちだすのも、愚民どもが惑星上のありとあらゆる病気をもちこんでくるのも論外だ」

「でも、昨日の演説！　あなたはいったじゃないですか……豊かで多様性に満ちた世界……それをわれわれのものにできる……」

「ああ」チルダーシンはやさしく諭《さと》すようにいった。「だが、征服するためにわれわれが出むく必要はないだろう？　われわれの富をもってすれば、軍隊を雇うのはかんたんだ……」

軍隊。そうだ、この人は軍隊についても話していた。

「そういう意味じゃないでしょう！」でも、この人はそのつもりだったのだ。この人は、自分が所有してさえいれば、地上の「豊かで多様性に満ちた世界」を一度も見なくてかまわないのだ。

「われわれは地上にとってもいいことをしてやるのだ」チルダーシンはティーカップに視線をもどしながら答えた。「いま、地上世界はつぎつぎと王朝が替わるちっぽけな王国の寄せ集めにすぎず、何世紀も支配してきた経験のある世界的な統治者を求めている」

「宮廷の確執を終わらせるのにもいい方法だろう」チルダーシンの甥のひとりがいった。「地上世界の戦場で決着をつけられる。上でやるなら、なんの問題もないでしょう」

「問題が……ない」ネヴァフェルはショックも怒りも感じなかった。ひとりごとのようにこの言葉をくりかえし、ほかのみなにとっても自分と同じ意味をもつのだろうかと考えた。

「カヴェルナがより大きな世界の首都になったら、カヴェルナを拡大していけばいい。もっと掘りさげて……」

ネヴァフェルは吐きそうになって、ふらふらと立ちあがった。クレプトマンサーの言葉を思いだす。

……いまはカヴェルナ自身が成長し動きはじめようとしている、つまり、なにもかもが変化しようとしている……。

一瞬だけ、ネヴァフェルにもクレプトマンサーの目に映るカヴェルナが見えるような気がした。秘密めいた恐ろしげな美女が細い牙を見せてほほ笑みながら、長くのびたトンネルを束にして振りまわし、もっと先へとのびて成長しようとしている。もしかしたらカヴェルナは、そういう可能性が開かれていることをとっくに知っていたのかもしれない。カヴェルナが遊びあきたおもちゃのように大長官を放りだし、自分の帝国を拡大して新たな力をもたらしてくれる新しい男に手をのばす姿が目に浮かぶ。その男が、マキシム・チルダーシンなのだ。

「ネヴァフェル!」

名前を呼ばれているのも無視して、ネヴァフェルは部屋から駆けだした。

「まだ少しおかしいようだな……」背後で扉が閉まるときにそう聞こえた。

母屋までの通路を走ってもどるうちに、ネヴァフェルは呼吸がうまくできなくなってきた。走っているせいではない。カヴェルナでの自分の生活を思いだすたびに、囚われたような、上から山に押さえつけられているような気がしていた。それでも、心まで押しつぶされたことはなかった。それは、いつも心の奥底でいずれ逃げだせると信じていたからなのだと、いまはじめてわかった。外へ。胸の鼓動はいつもそういっていた。上へ、外へ。

もしチルダーシンの計画が進んだら、真の意味での「外へ」はなくなる。ネヴァフェルの心の目には、いつかアーストワイルに見せてもらった絵のなかの小さな風景が映っていたが、大地に影がしのびより太陽を消そうとしている。もちろん、地上世界がじっさいに闇に閉ざされることはないが、カヴェルナの一地方になってしまうのだ。人々は土地を耕し、下層都市《アンダーシティ》の働《ドラ》き手《ッジ》たちのように税をとり立てられ、自由を奪われ、地下の大都市の利益のためだけに働かされるようになるだろう。地上の人々は宮廷軍を養い、チェスのポーンのように陰謀に巻きこまれて死んでいく。

ネヴァフェルの頭のなかははちきれんばかりだった。中身をこぼせなければ、割れてしまう。ズエルを見つけて、話をしなければ。そう思ったとたん、前方に金髪の少女が見えた。布張りの扉をあけて通りぬけようとしている。

「ズエル――」

「ごめんなさい、ネヴァフェル」ズエルは戸口で足をとめて目を伏せ、ためらいがちに感じのいい笑みを浮かべた。「家族のための新しい仕事が増えて、ほんとうに時間がなくって。もし困ったことがあったら、きっとミス・ハウリックが助けてくれると思う」

「ズエル!」ネヴァフェルはベルベットにくるまれた扉が目の前できっちり閉じられたように感じた。「あたしは……あなたと話がしたいの」

「いまいったこと、聞こえなかった?」ズエルは食ってかかってきた。まだ笑顔はそのままだ。口調も計算されたように穏やかなのに、言葉だけがちがう。「わからないの? もう、なにもかもがあなた中心じゃないの。すごくたいせつなことが進んでいるのよ。世界を変えるようなことが。わたしたちは忙しいの。ただ人の前で顔を動かすんじゃなくて、生きつづけるために考えなくちゃならないんだから」

「どうしたの?」ネヴァフェルは、ズエルとはじめて会ったときから、何度もこの問いをくりかえしてきて、金髪の少女が一度も答えてはくれなかったことを思いだした。「なにがあったの?」

「そりゃあもちろん、なにかは起きたでしょうけど」ズエルの穏やかな口調が崩れはじめ、皮肉がちらりとにじんだ。「あなたがほんとうに鬱陶《うっとう》しくて、もううんざりだってだけじゃ理由にならない? ずっと、あなたがうろうろしたり、ぽけっと見とれたり、べらべらおしゃべりしたりするのを我慢してきたのよ。いまはもう、あなたはわたしのお仕事じゃなくなったの」

ネヴァフェルはとっさに信じられなくてひるみ、ズエルの言葉の攻撃からしっぽを巻いて逃げだしそうになった。けれども、二度息をついて、なんとかその場に踏みとどまった。

「そんなの信じるもんですか」震える声でいう。「嘘でしょ。とにかくぜんぶが本音じゃない。あなたは友だちよ、ズエル。そして……あなたのことが少しだけわかってきたような気がしてる。あなたはあわてると顔がばたつくでしょ。いまはそうならないように必死だから、《面》が貼りついたみたいになってる。あたしがうるさいのはわかるよ。そりゃあ、そうだよね。だけど、あなたはうんざりしてるんじゃない、怖がってるんでしょ」

「そうね、もしかしたら、あなたが怖いのかも」ズエルがどうしようもなく裏返った声でいいかえす。「行く先々で問題を起こしたあなたが、いまあたうちにいる。あなたがここにいることを、うちの人たちが望んでいると思う？　どうしてわたしたちを放っておいてくれないの？」

「なにが問題なのか、どうして話してくれないの？」ネヴァフェルは必死に尋ねた。「あたしが秘密を守れないから？　だったら、問題がなにかはいわなくていい――あたしがどうすれば力になれるかだけ教えて！」

「もう、やめて！　あなたはいつだって……そうやって目を大きく見開いて箱をあけるんだから！　あけた箱はどれも毒ばかり。ぜんぶね！」そういい捨てると、ズエルはなかに入りドアをぴしゃりと閉めた。

ネヴァフェルはドアをじっと見つめた。泣きそうで目がうずいているのに、混乱しすぎていて涙すら落ちてこない。ズエルが手をのばしてふたりの友情を目の前で断ち切ったように思えて、その衝撃で思うように息もできない。

でも、あたしたち、昨日は友だちだったのに。考えるのはそんなことばかりだ。ほんの昨日のことだ、ズエルはあたしを助けてくれて、世話を焼いてくれていた。なにが変わったの？あたしはなにをしちゃったの？

考えているあいだも、ズエルの言葉がよみがえってきて、胸が痛くなった。

もうあなたはわたしのお仕事じゃないんだから。

やっぱりズエルは、本気でいったのかもしれない。一族からネヴァフェルの面倒を見るようにという命令を受けていて、それはズエルにとって仕事、退屈でやっかいで恥ずかしい仕事だったのかもしれない。その仕事が終わったいま、ズエルはこれ以上ごめんだとばかりに、そそくさとネヴァフェルを放りだしたのだ。ぐっしょり濡れた手袋か泥だらけのブーツみたいに。

急に、屋敷が狭苦しく思えてきた。部屋がきれいすぎる。遠くのほうから聞こえるチルダーシン家の子どもたちのにぎやかな声が癇に障る。部屋から部屋へと走りまわり、マキシムからお土産にもらったおもちゃで遊んでいるのだ。ここはあたしの家じゃない。

マキシム・チルダーシンは一家の馬車を借りて、どこでも好きなところに行っていいといった。ネヴァフェルが邸宅の正面玄関から出ていくのをとめる者はいなかったが、すぐに四人の護衛がついてきた。御者はネヴァフェルに声をかけられて、馬車の支度をはじめた。

「どちらへ、お嬢さん？」

ネヴァフェルは急に精も根も尽き果てたような気がした。グランディブルが宮廷に背をむけたときの気持ちが、はじめてわかった。なにがあろうとチーズ・トンネルにもどりたいとは思わないだろうと確信していたのに、心の奥でうずく思いがある。家に帰りたい。目を閉じると、薄暗くてくさい通路にいる自分の姿が浮かんでくる。

目の前には、ネヴァフェルがビネガーを塗りつけたチーズの外皮がある。ずっと掃き掃除をしてきた床。火を消して、暴れるチーズをなだめてきた場所。空っぽの、中身がなくなって久しい卵の殻みたいなトンネルを、散らかしながら過ごした幾千もの日々が目に浮かぶようだ。あのころ感じていた不安が、ヒョウのようにしのびよってきて、首筋に息がかかる。

もうあそこは家じゃない。家はどこ？

はっとひらめいて、ネヴァフェルは目をあけた。

「マダム・アペリンのトンネルに連れていってもらえるかしら？」

マダム・アペリン。あの面細工師《フェイススミス》のところなら安らげるかもしれない。最後に会ったとき、あんなにやさしく話しかけてくれた。いっきに元気がみなぎってきて、マダム・アペリンの特徴ある玄関扉が視界に入ってきたときには、ポンチ酒に酔ったみたいに浮かれだしそうだった。

馬車をおり、護衛につきそわれて、玄関で名前を告げる。またしても、絵に描かれたフクロウの目ののぞき穴から、じろじろ見られた。

「申し訳ありません」しばらくして、フクロウがパテ・ガールのきびきびした上品な声でいった。「マダム・アペリンは今日はひじょうにお忙しいのです。お名前を残しておいていただけたら、あとからご予約の連絡をさしあげますが」

どう答えていいかわからない。どういうわけか、マダム・アペリンなら、自分がどれだけ話をしたがっているか察してくれると思っていたのだ。

「あの……なかに入って待つことはできませんか？　あたしが来ていると知らせて」

一拍おいて、扉が開いた。そろいのしゃれた笑みを浮かべたふたりのパテ・ガールが扉をはさんで立ち、ネヴァフェルを迎えいれた。護衛はネヴァフェルがひとりで入っていくのを喜んではいなかったが、アペリン家が責任をもって彼女を守るとうけおったので同意した。

「ここでお待ちください」ネヴァフェルは、壁に美しい彫刻が施された小さな客間に通された。

「マダムはしばらく手があきませんので――なにかお飲み物はいかがですか？」

ネヴァフェルは断りかけたが、いまはもう好きに食べたり飲んだりしていいのだと思いだした。うなずいて腰をおろすと、銀のトレイでお茶が運ばれてきた。三十分ほどそわそわと待っていると、ドアがあいた。だが、そのむこうに立っていたのはマダム・アペリンではなかった。ズエルの友だちのボルカスで、ネヴァフェルは失望が顔じゅうに表れているにちがいないと思い真っ赤になった。

驚いたことに、ボルカスはそっと入ってくると、トレイからカップをひとつとって自分の分のお茶を注ぎ、ネヴァフェルのむかいの椅子にすわった。落ちつきはらった、うぬぼれたような表情をしている。

ボルカスは砂糖を入れてかきまぜながらいった。「マダム・アペリンはいま、しかめっ面にもの思いの表情を加えるのに忙しいの。でも、おかげであなたとふたりきりで話す時間ができた」

ネヴァフェルは小柄な少女が前とはちがって自信たっぷりなのにとまどいを覚えた。じっさい、ボルカスは前の姿とは似ても似つかない。それは、痛々しいようなしかめっ面をやめたせいばかりではない。ほかのパテ・ガールと同じく、ひっつめてお団子にまとめた髪、コールで濃くした眉。自信がなくて鈍そうなようすは影を潜め、背筋をのばしてお茶を飲む姿は小さな女王さま然としている。

「それは新しい《面》?」ネヴァフェルはどこから話していいかわからずにきいた。「似合ってる。それだとあまりふと……ずっとほっそりして見える」

「あなたも元気そうね」ボルカスはさらりと応じた。「状況のわりには」にっこりしてから、さらにふたつの《面》にするりと切り替えて見せた。どちらも傲慢そうで抜け目なく、かなり高飛車に見える。専任のパテ・ガールになると、どこか生意気になるものなのだろう。「みんな噂しているわ。あなたが大長官の死後、もう少しで処刑されるところだったって。あなたが《高位の間》でいったことも。だから、あなたとお話ししなければと思ったの」

「まあ」ネヴァフェルは少しとまどいながら、ボルカスを見つめた。「あの、ありがとう」

「あのね、ずっと心にのしかかっていることがあるの」ボルカスはそういいながらも、悩みを抱えている人とは思えない笑みを浮かべた。「昨日ある物を見つけたの。ちょうどあなたが帰ったあとよ。それで、ほかのだれかに話すより前に、あなたが聞きたいんじゃないかと思ったのよ」ボルカスは何度も区切りながら話す。ネヴァフェルは、その区切りになにか意味があるのではないかという思いを振りはらうことができなかった。いちばん長く意味ありげに区切りをおいたあとで、ボルカスは手提げ袋から小さな銀色の物を引っぱりだして、てのひらにのせた。ネヴァフェルはぽかんと見ていて、ようやく気がついた。

「まあ――あたしの指ぬき。ここに来たときになくしたやつだ！　ありがとう。来客用の部屋のどこかにあった？」

「いいえ」ボルカスは気のきいた冗談に落ちをつけるかのようにいった。「なかったわ」

沈黙がじわじわと広がっていく。ネヴァフェルは、いつものようにまた自分がなにかを見落としているのだろうかと思った。

「まあ」ようやくいった。「じゃあ、どこにあったの？」

「そこがおもしろいところなの。あなたが寝ていた部屋にも、小さな森にも、展示室にも、どの応接間にもなかったのよ。上の階にあったの。小さな森の上の回廊よ。問題は、ここではぜったいにお客さまをあそこには案内しないってことなの。マダム・アペリンが、『日の光』の効果を出すのに使っている虫とりをお客さまには見せたくないからよ。種明かしをしたら神秘的な雰囲気が壊れてしまうっていってね。でも、これは――」ボルカスが指ぬきをひっくり返すと、上のくぼみに光があたってきらめいた。「――そこの床にころがっていたの。となると、答えはひとつしかない」

ネヴァフェルは必死に考えをめぐらせた。「つまり、それはだれかべつの人の指ぬきだったってこと?」一か八かいってみた。

「ちがうわ!」ボルカスが反論する。一瞬だけ、すました顔にひびが入った。「大長官の家臣のしるしが入っているのよ。それに、あの部屋は毎日掃き掃除をしているの」

「じゃあ……」ネヴァフェルはまた、ルールも知らずにゲームに巻きこまれてしまったと思った。「たぶん、あたしのなんでしょう。つまり、だれかが……見つけてくれて……上にもってったのよ」

「自分でわかってるんでしょう。なんであそこにあったのか」ボルカスがさも満足そうにほほ笑んだ。

「どういうこと?」ネヴァフェルは混乱してボルカスを見つめた。

「わからないの?」ボルカスは両手を握りあわせて、二十三番《小川を飛びこえようとするガゼル》の真剣そうな《面》を浮かべた。

「あなたはわたしの友だちだけど、いっぽうで、わたしには考えるべき義務もある。このことを報告しなくていいのかしら?」

「するの?」ネヴァフェルは途方に暮れてきいた。

「そうねえ、もっと楽しい話をしましょうよ」ボルカスはさらりと話を進めていく。「このごろ、自分の将来についてよく考えるの。ほとんどのパテ・ガールは一生ただのパテ・ガールのままなの、知ってた? フェイススミスになれるのはほんのひと握りなのよ。だけど、わたしもだれか、ふつうにはない有名な顔をもっている人、無数の表情をもっている人に、個人的に教えてもらえたら――」

「ああーっ!」とつぜんひらめいた。

「あたしがばかだった。あなた、あたしを脅してるんだ?」

ボルカスはすぐに落ちつきを失い、扇《おうぎ》をとり落とし、カップのお茶を半分こぼした。

「え? わたし――そんな――ちがう! わたしは……」

「いままで脅されたことなんてなかったのに」ネヴァフェルはちょっとだけわくわくしたが、すぐに、腹に酸っぱいくしゃくしゃの感情だけが残った。「つまり、あなたはあたしが指ぬきを回廊に落としたと思ってて、あたしの表情をまねさせてあげなかったら、マダム・アペリンに告げ口するといってるのよね。あたしが許可も得ずにうろうろしてたって。そういうことでしょ? ボルカス、あたしの《面》をまねしたいなら、そういってくれたらよかったのに」

「マダム・アペリンに告げ口するなんていってない」ボルカスがぴしゃりといった。「審問所のほうが興味をもつだろうと思って」

「え?」ネヴァフェルはみぞおちがすっと冷たくなるのを感じた。

「あなたがマダム・アペリンとも、わたしたちのだれかともいっしょにいなかったときが一度だけあったでしょう」ボルカスは先をつづけた。「そのときあなたは『眠り』に行ったのよね。わたしたちが見ていないときに、だれにも見られずに抜けだしてこっそり回廊にあがって、見つかる前にこっそり部屋にもどったんでしょう。でもそれは、あなたが審問所に話したことと食いちがう。あなたは、二、三時間客用寝室で眠っただけだといったのよね」

ネヴァフェルはようやく、ボルカスの言葉のやんわりとした波の下に潜む岩が見えてきた。審問所はネヴァフェルの説明にほんのわずかでもほころびがないかと探していた。ボルカスの話と手のなかの指ぬきは、ネヴァフェルを牢獄に引きたてて「尋問」するのに、かっこうの口実になるだろう。

「ねえ、そんな、なにも知らなくてショックを受けてるみたいな顔やめてよ」ボルカスはおおげさにため息をついた。「わたしには通用しないから。あなたがいま牢獄にいないのは、あなたは嘘がつけない、ついたら顔に出るからわかるとだれもが信じているからでしょう。だけどこれは――」指ぬきを掲げて見せる。「あなたが嘘をつける、ついたという証拠になる」

「でも……」

ボルカスは立ちあがり、マダム・アペリンを思わせる上品な手つきできらきら光るピンを髪にとめなおした。

「まだここにいたいのはやまやまだけど、このあときらいな物用のしかめっ面を手直しするお手伝いがあるのよ。あのね、明日はわたし、一日お休みなの。もしかして、あなたもお休みじゃないかしら。ちょうどいいでしょ？　八時にチルダーシンの家まで迎えにいくから、一日いっしょに過ごしましょう」

ボルカスが部屋を出ていくときになって、ネヴァフェルはようやくわれに返った。

「ボルカス！　あの……階段はどんなふう？　あなたが指ぬきを見つけた回廊にあがっていく階段。黒いんじゃない？」

「黒の錬鉄《れんてつ》製よ」ボルカスはかすかにいらだちをにじませて答えた。「ツタの模様とブドウの房の装飾があるわ。なにか思いだした？」そういい残して部屋を出ていった。まっすぐにのばしたままの姿勢のせいで、ずっと大人びて別人のように見えた。

ネヴァフェルは身じろぎもせずに立ちつくし、じゅうたんにしみこんだお茶のしみを見るともなく見つめていた。審問所には正直に話をしたが、まったく思いいたらなくて、ひとつだけふれなかったことがある。マダム・アペリンの客用寝室で眠ったあいだに見た夢の話だ。いまネヴァフェルは、あのときのまどろみにつきまとっていた霧のなかから、必死に細部を思いだそうとしていた。

夢のなかでネヴァフェルは、一段また一段と、黒いブドウの木の階段をあがり、金色のバルコニーに出た……もしかしたら、葉の装飾のある錬鉄製の階段から、数百もの虫とりに照らされた回廊に出たのだったかもしれない。あの夢は、ゆがんだガラスを通して真実を見せていたのだろうか？　夢で見たとおりに、自分で部屋を抜けだして回廊にあがり、指ぬきを落とした可能性はあるだろうか？

少し前からずっと、なにかがまちがっているというちくちくする感覚があったのを思いだす。ただ、ほかの不安や心配ごとにかき消されていた。強い感覚ではなくて、ささいなものだった。小さいけれどたいせつなことを忘れているような、なにかをまちがった順番でしてしまったような、はじめたことを終わらせていないような、そんな感覚だ。歯車がきっちりかみあっていない感じ。まぶたの下に、抜けたまつげが張りついていていらいらする感じだ。

わかった。とつぜん、その感覚がいつどうしてはじまったかがわかったのだ。ゆっくりと手を下にのばし、小さなサテンの靴の片方を脱いで、まじまじと見つめてみた。

昨日、マダム・アペリンのトンネルを訪れたとき、ネヴァフェルは疲れきっていた。小さな休憩室に通されて、靴を脱ぎもせずにベッドに倒れこんだ。なかなか目が覚めずにやっと起きたときに、靴をはいた……。

そうだ。ずっと頭の奥のほうで気になっていたのはそれだった。靴をはいたのははっきり覚えているのに、ほんとうははく必要などなかったはずなのだ。だって、靴は脱いでいなかったのだから。

これはなにを意味するのだろう？　わからない。審問所は、ネヴァフェルが下層都市《アンダーシティ》からもどって以降大長官が死ぬまでのあいだの行動についての説明を、何度も何度もくりかえさせた。わずかでも矛盾がないか探そうとしたが、なにも出てこなかった。でも、ずっと矛盾はあったのだ。なにかがおかしいことを示す小さな鍵が。それはちいちゃな裂け目だったが、ネヴァフェルははじめてそこから疑念という冷たいすきま風が吹きつけてくるのを感じた。

24 夢のなかの悲鳴

「ズエル！」

チルダーシンの家にもどると、ネヴァフェルはもう一度金髪の少女の実験室の布張りのドアをたたいた。そこに立っていると、真のワインがあるときにつきまとってくるぞくっとする感覚が、ふだん以上に強く伝わってくる。ドアのむこうのなにかがネヴァフェルに気づいていて、飲まれてなるものか、おまえの記憶を飲みほしてやると身構えているようだ。時が酸っぱく感じられ、空気は紫の味がする。

部屋のなかから、足音やグラスがぶつかる音がする。それに混じって、くりかえし聞こえる音がある。とても静かでやわらかく、一定のリズムでとぎれるので、小声でうたっているようにも聞こえる。

「ズエル、あなたがあたしと話したくないのはわかってる。でも、すごくだいじなことなの！」せわしなくドアをたたきつづける。

やわらかな音がしゃっくりらしきものでとぎれたときになって、ネヴァフェルははじめてそれがなんの音だったのかを察した。足音が近づいてきて、ドアがあき、いらいらしたようすのズエルが顔をのぞかせた。黒いエプロン姿で、上のポケットにルーン文字の入った金属のブローチをとめ、両手にはずっしりと指輪をはめている。

ズエルの目は腫れたり、赤くなったりはしていない。あの音、あたしの勘違いだったんだ。ネヴァフェルは思った。ズエルはきっと、ワインにむかって呪文を唱えるかなにかしていたんだろう。

「それで?」

ネヴァフェルはごくりとつばをのみこむと、いきなり肝心な話をはじめた。

「あたし、マダム・アペリンのところで、眠ってるあいだに歩きまわってたみたい。自分で覚えてないようなことをしてたんだと思う」

「どういうこと?」ズエルが身をこわばらせてネヴァフェルを見つめた。

「ボルカスが、上の回廊であたしがなくした指ぬきを見つけてて――」

ネヴァフェルがそれ以上いわないうちに、ズエルが襟首をつかんで実験室に引きずりこみ、ばたんとドアを閉めた。

「なにも考えてないの?」金髪の少女がきつい口調でいう。「声をはりあげてそんな話をするなんて!」

ネヴァフェルはほとんど聞いていなかった。入ったばかりの部屋に圧倒されていたのだ。埃をかぶった樽やびんのあいだにいくつかはかりがある、そんな地下室を想像していた。ところが、目の前にあるのは、アーチのついた奥行きのある部屋で、紫色と銀色の象形文字が刺繡《ししゅう》された豪華な掛け布で装飾されている。つややかな黒曜石の敷石には白や薄黄色のチョークで円や記号がびっしり描かれている。それぞれの円の真ん中に、布のかかった樽が置いてあった。飢えが麝香《じゃこう》のように、ひそやかに襲いかかってくる、こんな部屋だとは夢にも思っていなかった。目に見えないなにかがいくつも宙を漂いながら飢えをうたっていて、まるで自分が口ずさんでいるみたいに感じられる。一歩まちがえば、ひとつ文字をまちがえば、ひとつ言葉が合わなければ、おまえはわれらのものだ。そううたっている。

「わからない?」ズエルは引きつった真っ青な顔で話しつづけている。「いまさら疑問をもちはじめたって、証言を変えようたって手遅れなのよ。あなたは審問所に証言をすませ、マキシムおじさまはそれにすべてを賭けた。あなたが逮捕されないように力を尽くして、いまやおじさまが審問所と対立する立場にあるのも、評議会を設立するよう訴えたのも、すべてあなたの証言と、あなたは嘘がつけないという認識があればこそなのよ。もしあなたがいまになって、証言は真実でなかったかもしれないなんていってるのを聞かれたら、おじさまの計画を狂わすことになる。おじさまを破滅させるかもしれないのよ、わたしたちみんなを!」

「でも、もしあたしが眠ったまま歩きまわっていたとしたら? ほかのだれかにかぎつけられる前に、なにがあったかつきとめるべきじゃない? ボルカスは——」

「ボルカスがどんな駆け引きをはじめたのかはわからない。わたしが知るかぎりでは、ボルカスは審問所の手先で、あなたの頭に疑念を植えつけようとしているのよ」

「ボルカスだけじゃないの」ネヴァフェルはズエルの激しい反応に気おされていたが、気をとりなおしていった。「客用の部屋のベッドに倒れこんだとき、疲れきっていて靴を脱がなかったのに、起きたときには、靴がベッドのそばにあった。ボルカスがでっちあげてるとは思えない。あなただってほんとうはちがうって思ってるんでしょう。それに、あたしが眠ってたあいだにもうひとつ変わっていたことがあった。あなたよ。あなたはあのときから、それまでとちがった動きをするようになった。

ズエル、なにか知ってるんでしょう。あたしが眠ったまま歩いてるのを見たの？　もうそばにいるのは耐えられないと思うようなことを、あたしがしたの？　あたしはなにをしたの？　お願い……話して！」

「なにも見てないわ。こんなのばかげてる。ネヴァフェル、あなたは神経がまいっているのよ」ズエルはまたお姉さんらしいいいかたでごまかそうとしたが、もうネヴァフェルはだまされなかった。

「ばかげてなんてない。ほかにもあるの。ある夢を見たの。それは、あたしがじっさいにしたことの影みたいなものなんだと思う――」

「やめて！」ズエルは思いがけない激しさで声を荒らげた。「やめて！　聞きたくない！」

「だけど、だいじなことなんだよ！　あたしは回廊にあがったの。夢のなかでそうしてるのを見たけど、そのときはそれがどこなのかわかってなかった。サルがいっしょにいて、道案内をしてくれた。秘密のドアを見つけてあけたら――」

「あなたのくだらない夢の話なんて聞きたくない！」ズエルは爆発した。「あなたのばかそうなおかしな声なんて二度と聞きたくない！　この家にいられるのもいや！　出てって、わたしをひとりにして！　出てって！」

　こんな激しい反応を予想していなかったネヴァフェルは、最初に押しのけられてふらついたが、二度めは手をあげてはねかえそうとした。ズエルの手が前腕のあざにあたったとたん、夢がいっきによみがえり、冷たい水の桶に熱い石炭を落としたような衝撃が走った。悲鳴をあげる仮面をたたいていたことを思いだす。やみくもにたたきつづけて、自分の手や腕にあざをつくったことも。だが、たたいていたのは夢のなかのはずなのに、現実にあざが残ったのだ。さわると痛い、鳥の卵みたいな青いあざが。

　ようやく歯車がかみあって、まわりはじめた。ネヴァフェルはかばうように腕をあげたまま、ズエルから離れてうしろむきにドアまでさがった。

「夢のなかで、あたしは仮面をたたき割ってた」ネヴァフェルはささやいた。「そのせいで手と腕に本物のあざが残ってるの。ということは、ほんとうになにかを強くたたいてたってことでしょ。それなら、目が覚めてもおかしくなかった。子どものころのあたしは、眠ったまま歩きまわっていても、ぶつかったりこすれたりするといつも目を覚ました。

だけど、あのときは起きなかった。それは、あたしが眠ってなかったから、そうでしょ？」

またしても、ズエルの表情がぱたぱたしはじめた。ちょっと不快そうな顔と、お姉さんのような笑顔のあいだを行ったり来たりしている。

「あたしは起きていた」ネヴァフェルは、驚きながらもきっぱりした自分の声を聞いていた。

「こっそり歩きまわってから部屋にもどって、ドアに鍵をかけてベッドに入ったのに、そのどれひとつとして覚えていない。つまり、記憶を消すワインを飲んだにちがいないの。だれかがあたしにワインをくれた。その人のくれるワインなら飲んでもいいと思うくらいあたしが信頼してるだれかが。その人は失敗したときに帳消しにできるように、いつもワインの小びんをもち歩いているのかも。

あなたなんでしょう? あなたが夢のなかのサルで、あたしを秘密の部屋に案内してくれた。あなたがあたしにワインをくれた。そのことを忘れさせようとして」

ネヴァフェルは責める気持ちより不思議に思う気持ちのほうが強かったが、ズエルは嵐を避けるように離れていった。くるりと背をむけて、細長い部屋を走りだす。床にチョークで描かれた複雑な図形や記号がないところを探して、不安そうに右左と進んでいく。おさげに編んだ金色の髪が背中でぱたぱたと揺れ、小さなかぎ爪のような紫の炎が足もとではねる。ズエルは部屋の奥のマホガニーのテーブルの前で足をとめた。テーブルの真ん中には銀のゴブレットがあり、小さなびんがまわりをぐるりと囲んでいる。

「ひとりにして!」金髪の少女は叫んだ。

「ズエル!」ネヴァフェルはあわてて一歩前に出て、そこで足をとめた。部屋のなかでなにかが変わっているのがわかる。下を見て気がついた。ズエルがあわてて一歩うしろにさがったときに、円のひとつを少しだけ踏んでしまったのだ。チョークの線からぼんやりと光る紫の煙が渦を巻いてたちのぼり、真ん中の樽がシューッという音を出している。煙の巻きひげが、舌のようにのびてきてつま先にあたり、ワインがネヴァフェルの思いを、もっとも新しい記憶を味わっているのがわかる。ネヴァフェルはあわてて身を引いた。

空気がパチパチとはぜる。騒ぎに室内のほかのワインが目覚めたのだ。革がしなるような音を出しつづけるもの、静かに黄色っぽい悲鳴をあげるもの、目の前のできごとをじっと見つめすぎて、甘ったるく沈黙するもの。どのワインも若い侵入者に注目している。せわしなく動きまわる、か弱い生き物は、防御のお守りも伝説の指輪ももたず、ワインをどう御すべきかもわかっていない。

まともに考えれば、廊下に出る以外の選択肢はない。だが幸いにも、ネヴァフェルはまともに考えて思いとどまったことなど、これまで一度もなかった。

「あっちへ行って!」ズエルは小びんのひとつをひったくると、片手でもちあげて投げようとした。リボンが落ちておさげがほどけ、長いつややかな髪がねじれて波打っている。「ここから出てって、でないと……」

「そ、それで、秘密の扉のむこうには仮面があったの」ネヴァフェルはつっかえながらもしつこく話をつづけた。「壊れかけてる仮面。『彼女になにをしたの?』って叫びつづけてた。それから、もし知っていたら、なにかをしなかったのに、って――」

ズエルはすすり泣きのような声を漏らして、部屋のむこうからネヴァフェルの頭めがけて小びんを投げてきた。間一髪でネヴァフェルがよけると、ガラスが割れる音がして、ささやきのようなかすかな悲鳴がクモの脚のように広がって消えた。

「……最初はその声がわからなかったの、ずっとね」ネヴァフェルは話しつづけた。「たったいま、あなたがあたしにむかって叫んだときにわかった。あの仮面の声はあなたの声だったのよ、ズエル。だれにむかって叫んでいたのか、いつ、どうして、なんのことをいってたのかはわからない。でも、あなただってことはわかる。あたしがノックする前、ここであなたが泣いてたのを知ってるのと同じ。自分がしたことで泣いてたんでしょ。ぜんぶわかってたら、ぜったいにしなかったこと。ワインでもとり消すことのできない失敗」

「失敗はあなたよ！」ズエルは叫んだ。「最初にあなたに話しかけたのが、いままでで最悪の失敗だった。でも、それはとりのぞける。わたしはチルダーシン家の人間よ。失敗はとり消せるし、二度と考えなくていい。あなたはわたしの頭のなかの汚れにすぎない――消し去れる――そうしたらもうなんにも思いださなくなる！　ぜんぶ消えるんだから！」ネヴァフェルが見ている前で、ズエルはテーブルの真ん中のゴブレットに手をのばした。

「だめ！　やめて！」

ネヴァフェルはあわてて飛びだしたが、慣れていなくてうまく動けない。ズエルの足が敷石のどこに触れたか覚えていなかったので、円に触れずに着地できるところを探した。印を飛びこえたとき、淡い紫色の巻きひげがすばやく動いてネヴァフェルをつかまえようとした。目に見えない牙がドレスの裾と記憶の端にかみついてくる。悲鳴をあげて足で払いのけると、生地が破ける音が聞こえ、頭が裂けていくつもの言葉がちぎりとられて永遠に失われてしまったような気がした。数インチの差でネヴァフェルをつかまえそこねた口が、悔しそうに閉じるのがわかる。

部屋の奥にたどりついたのは、ちょうどズエルがゴブレットを唇に近づけたときだった。ネヴァフェルはズエルにむかって頭からつっこみ、その手からゴブレットをたたき落とした。それは宙を飛んで何度も何度もひっくり返り、真のワインのしずくが暗い藤色の真珠《しんじゅ》のように四方八方に飛びちった。しずくが床に散らばると、ヴァイオリンの弦が金属たわしでこすられているような、落胆した小さな悲鳴の合唱がわきおこった。ふっくらしたしずくが一粒ズエルの手の甲に落ちて、ほんの一瞬、彼女がそれを口にもっていくのではないかと思われた。それからしずくが揺れて貪欲そうに煙を出しはじめると、ズエルは喉がつまったような音をたて、サソリにでもするようにあわてて払いのけた。

少しのあいだ、ズエルはしずくがあった場所を見つめて震えていたが、やがて膝から崩れ落ちて顔を覆うと、涙は見せないまま、こらえきれないようにしゃくりあげはじめた。ネヴァフェルはズエルの傍らにしゃがみこみ、両肩をつかんで激しく揺さぶった。

「だめよ！　だめ！　ぜったいにしちゃだめ！　どんなだかわかる？　自分の頭のなかに思いだせない大きな穴ができるんだよ。どうやってもくっつかない継ぎ目ができるの。気が変になるよ。あたしみたいに」

「ほんとうは飲みたくなかった」ズエルの声は突如として、大人っぽくもなければ、お姉さんのようでもなくなった。「でも、記憶に耐えられなかったの。頭のなかの絵に。ぜんぶ消えてなくなってほしかった……」

「だけど、ワインはなにもかも消してくれるわけじゃないんだよ！　大きな記憶を埋めたところで、それはいつもそこにあるの。かきたくてもかけない、骨のなかのかゆみみたいに。一歩うしろを歩いているのに、振りかえって見られないだれかみたいに。それに……しなかったらよかったと思うことを覚えていなかったら、あたしたちはまた逃げだして同じことをするんじゃない？」

「あなたはわかってないのよ――」

ネヴァフェルは年上の少女に腕をまわしてぎゅっと抱きしめた。

「わかってないって、なにを？　あなたがあたしに嘘をついてたのは知ってる。きっとたくさんのことについてね。それから、計画のなかに計画があってそのなかにも計画があって、あたしはただのポーンで、ずっとそうだったこともわかってる。あなたにはじめて会ったときからそうだった。でもそんなことはどうでもいい。だってあなたはあたしの友だちだもの。友だちのあなたが困ってる。ずっとみじめな思いをしてたのに、あたしはばかだから気づいてなかった。だからお願い、お願いよ、話して！　なにが起きてるの？」

「話せないの！　話したらもっとまずいことになるのよ、あなたにとってもあたしにとっても」ズエルは青白い顔をあげた。「あなたの顔――」

「どうでもいい！」ネヴァフェルの叫びが響きわたったとたん、部屋じゅうで樽のワインが波打ちシューッという音をたてた。「あたしの顔のことはどうでもいい！　ばかでいるのはもううんざり、みんながあたしの顔のためだといってあたしをばかなままでいさせようとするのも。もし逃げだして未開の洞窟で頭から袋をかぶって暮らさなきゃならなかったとしても、なにが起きているか知りたい。知らなきゃならないの」

ズエルはじっとネヴァフェルを見つめている。その顔は青ざめて、石灰岩の崖なみに表情が読めない。

「お芝居みたいなものなの」ようやくささやき声でいった。「場面とセリフがあるの。わたし……演技はうまいから。

どうやってあなたがマダム・アペリンの隠し部屋に興味をもつようにしむけたか、覚えてる？　あなたのいうとおりよ。あなたが客用寝室で眠っているときにドアをノックして、隠し部屋を見つけた、鍵を盗んできたっていったの。あなたはすぐに出てきて、ついてきた。小さな森から階段をあがって、回廊に出た。そして……あの部屋に。

あなたがなかにいるあいだ、わたしは外で見張りに立っていた。でも、あなたは急に暴れだして物を壊しはじめたの。だからわたしもなかに入って、あなたが落ちつくまで押さえていなければならなかった。わたし……あなたがあんな反応をするなんて知らなかったのよ」

「なにがあったの？」ネヴァフェルの核の部分に好奇心が食いついてくる。

「わからない。わたしが入ったときには、もっていった虫とりランタンはあなたが壊してしまっていたから。部屋は真っ暗だった。仮面があったんだと思う。よくは見なかった。

だけど、なにを見たのか知らないけど、あなたはそれで壊れてしまった。明るいところに出てきたとき、あなたの顔は炎とナイフと吠え声と痛みでいっぱいで……見ていられなかった。それからあなたは鏡で自分の顔を見て、パニックを起こした。

あなたの記憶を少し消さなきゃならなかったっていったでしょ。そうしなければ、マダム・アペリンがあなたをひと目見たとたん、秘密の部屋を見たことがばれて、わたしたちのどちらも生きて出られなくなるところだった。あそこを出られたところで、あんな破壊された顔のあなたを連れて帰ったら、わたしたちみんなが大長官に処刑されていたと思う。そんなわけで、わたしのワインの小びんを渡して、起きたときに口にワインの味が残っていないように蛾のビスケットもあげた。どこにびんを捨てておけばいいかまでいったのよ。あとから回収するからって」

「だけど、それならあなたはなんにもまちがったことはしてないじゃないの！」ネヴァフェルはとっさにズエルの話のなかでいちばん喜ばしいところに飛びついた。「あたしが真実を探る手伝いをしてくれて、そのあと守ってくれただけでしょ？」それからべつの部分に気がついた。「ああ、やだ、秘密の部屋でなにか壊したって――ということは、マダム・アペリンはあたしたちがそこにいたのをもう知ってるにきまってるじゃないの！」

ズエルは目をみはり、それから発作を起こしたみたいに激しく笑いはじめた。

「もう、ネヴァフェル！」あえぎながらいう。「あなたはけっこう頭がいいのよね！　それでそんなにお人よしじゃなかったらよかったのに。まだどういうことかわからないの？

わたしに秘密の部屋の扉を教えてくれたのはだれだと思う？　だれが鍵をくれたと思うの？わたしたちがだれにも見られずにこっそりしのびこんでもどってこられるように、パテ・ガールを遠ざけておいてくれたのはだれだと思うの？　マダム・アペリンはもちろん、わたしたちがあの部屋に入ったのを知ってるわよ。あの人がお膳立てしたんだもの。

こそこそかぎまわったのも、あの茶番劇も、あの人をだますためじゃない。あなたをだますためだったのよ」

「あたしを？」

「そう、あなたよ。あなたはあの部屋に連れていかれて、恐ろしいものを見せられた。あなたの心に下層都市《アンダーシティ》で見たものの何百倍も深い傷を負わせるようなものを。そのときに感じた恐怖が顔に表れて、表情を台無しにしてしまうようなものを」

「だけど、どうして？」ネヴァフェルはきかずにはいられなかった。「どうしてマダム・アペリンはそんなことをしたの？」信じたくなかった。

「それは」ズエルは考えながら答えた。「自分の顔が壊れたと気づいたとたん、あなたがパニックを起こすとわかっていたからよ。そして――」

「あなたのワインを飲むだろうって」浮きあがって方向がわからなくなったような奇妙な感じがした。まるで足もとの床が落ちて、ひとりとり残されて浮いているみたいだ。「なにもかもワインのためってこと？　今回のできごとのすべてが、わたしがあのワインを飲んで、飲んだことを覚えていないようにするためだった」

ネヴァフェルは、トレブル審問官が目の前に立ちはだかり、揺るぎなく挑むように責めたてきたときのことを思いだした。

おまえはこの試食の前になにか解毒剤を飲んだのだろう。ちがうか？

「ああ、まさか」ネヴァフェルはささやいた。「ちがうっていって！　あなたがくれたワインに解毒剤は入ってなかったって」

「知らなかったの、なにが起きるのか！」ズエルは泣いている。「ただ命令を受けただけ、わたしが演じる役をもらっただけなの。解毒剤に気づいたのは、ゼリーの試食のあとだった。だけど、もう手遅れだった。大長官は死んで、謁見の間には血まみれの死体がいくつもあって。あの……死んだ人を見たことは前にもあるの。ほんの少しだけど。でも、自分のせいでとなったら、ちがって見える。あの人たちはわたしのせいだと知っているみたいだったし、目を閉じていても浮かんでくるの」

「でも、あなたのせいじゃないでしょ。知らなかったんだから。ねえ、ズエル、このことだれかに話さないと。マダム・アペリンがほんとうに大長官に毒を盛ったのなら、それを知ってるのがあなただけなんだとしたら、あなたは恐ろしい危険にさらされてることになる。あなたのおじさまに話して――」

「シッ！」ズエルは警告するように手をあげた。廊下でかすかな音がして、ドアがノックされた。

「ズエル？」マキシム・チルダーシンの声だった。ネヴァフェルの心臓はほっとして大きく揺らぎ、口を開いて返事をしようとしたが、ズエルが腕をつかんで激しく首を振った。

どうしたの？　ネヴァフェルは声を出さずにきいた。

ズエルは黙ってというように唇に指を一本押しあて、すがるように小さくほほ笑んだ。一四四番《殻から出たひなのささやかな訴え》。壁際の樽の陰に隠れるように合図されて、ネヴァフェルはしぶしぶしたがった。

「どうぞ」ズエルが声をあげた。ドアがあいて、ひょろっとしたマキシム・チルダーシンが、一歩一歩、細心の注意を払いながら部屋に入ってきた。マキシムもまた、黒と銀のエプロンに、指輪とルーン文字が刻まれたお守りを身に着けている。室内を見まわして、ワインがざわついているのと、ガラスの破片が床に散らばっているのを見て眉をつりあげた。

「愛しい姪よ。われわれはみな、失敗した実験の結果を床にぶちまけたいと思うものだが、なんとか思いとどまろうとするのだよ。だいたい、きみの実験中のワインはなんだってこんなに暴れだしたのだ？　これ以上うるさくなったら、おたがいに気づきはじめるかもしれない。そうなったら、われわれはどうなる？」

「ごめんなさい、マキシムおじさま」一瞬にしてズエルの態度は完全に変化して、ぴりぴりして震えていたようすは、投げ捨てたショールみたいに消え去っていた。いまは、丁寧《ていねい》ではきはきとした口調が、よく稽古をして詩を朗読する女生徒を思わせる。「お話ししていたブレンドができあがったんですけど、最後の瞬間にわたし……考えなおして、投げ捨てたんです。そうしたら割れて、ほかのワインを目覚めさせてしまって。それで、落ちつくまで壁際で待っていようと思っていたところです」

「なるほど、では自分の記憶を消し去るのは思いとどまったんだな。それを聞いてうれしいよ」マキシム・チルダーシンはお気に入りの姪にむかって笑いかけながら、慎重に室内を進んできた。ところどころで足をとめ、ワインの方向にむかって小声で呪文を唱える。「r」を巻き舌で発音するので、喉を鳴らしてなだめているみたいに聞こえる。「わたしはおまえがそうしたいというので賛成したし、望むなら、あと数年ボーモロウ・アカデミーにもどってゲームを楽しむのを許してもいいと思っていたが、そうなったらがっかりしていただろう」

ズエルは穏やかにほほ笑みながら、ほつれたおさげ髪をこっそり結びなおした。ネヴァフェルのほうにはほとんど目をむけようとしない。あまりにも完璧な変わりように、またしても気味が悪くなってくる。

「必要なのはちょっとした勇気だ」マキシムはやさしくつけ足した。「起きたことから逃げずにのみこむ術を身につければ、ほかになにをするのもむずかしくなくなる。殺人は恋愛と似ている。押しつぶされそうになるのは最初だけだ。二度めからは楽になる。それに、二度とわれらがフェイススミスの友人といっしょに仕事をさせるようなことはしないと約束するよ」

ネヴァフェルは呆然と口をあけた。とうとう最後の熱く焼けたコインが落ちたのだ。どうしてマダム・アペリンだけが計画の首謀者だと思っていたのだろう？　どうしてズエルが、大きらいなフェイススミスの命令にしたがうと思ったのだろう？　解毒剤を巧妙に混ぜあわせた強力な忘却ワインをマダム・アペリンがどこで手に入れたか、どうして不思議に思わなかったのだろう？

自分が薄暗い部屋にいて、周囲のランタンというランタンがひとつまたひとつと消えていくのを見ているような気分だった。そうしてひとり、息がつまるような暗闇と孤独のなかに置き去りにされるのだ。だれも信じられない。あたしを罠にかけた計画は、保護者であるマキシム・チルダーシンの発案だったのだ。

25 技の匠《たくみ》

頭が引きのばされていく感じがする。まるで、ディナー皿をのみこもうとするカエルのようだ。だけど、あの人たちは敵どうしでしょ。愚かしくも考える。チルダーシンさまとマダム・アペリンがたがいに憎みあっているのは、だれもが知っていることだ。

ううん。ネヴァフェルの頭のなかの賢くて冷静な部分が答える。それはあの人たちがみんなにそう思わせようとしてただけ。秘密の同盟を隠すのに、それ以上の手がある？

マキシム・チルダーシン。あの人はいつ、半分いかれた嘘のつけない少女の利用価値に気づいたのだろう？　はじめて審問所の檻に訪ねてきたとき、本気で哀れむ気持ちがあったのだろうか？　それともあのときでさえ、ネヴァフェルに利用価値を見いだしていて、計画の最初の一歩を踏みだそうとしていたのだろうか？

檻の格子越しに、マキシムはガラスのような顔に目をとめた。嘘をついたらたちどころにわかってしまう者に。そして彼は大いなる嘘をつくために、その事実を利用する方法を見いだしたのだ。

そうでしょうとも。頭のなかで真実が広がっていく。あからさまな方法で大長官を殺すことはできない。それでは、審問所があとを引きついでしまう。死は自然に見せかけなければならない。大長官は毒を盛られていないと断言できて、だれもが信じずにはいられない証言者が必要だった。

「ネヴァフェルのことを話したかったんです」ズエルが話している。ネヴァフェルは自分の名前を聞いて、ふっとわれに返った。

「そうなのか?」

「少しのあいだどこかべつの場所にいることはできないかしらと思ったんです」ズエルは落ちつきはらっていった。「もう一度チーズの匠グランディブルのところで修業をするとか? うちの一族はいま戦いを控えて、話しあわなければならない極秘事項が山ほどあるでしょう。ネヴァフェルは悪気はないけれど、秘密を隠しておけないから。それに、どんどん不安定になっているみたいなんです」

「そうだな」チルダーシンは割れたびんをハンカチーフで覆い、死んでしまった愛するペットに対するようなやさしくてうやうやしい態度を見せた。「それは気づいていた。だが、あの子をわれわれの目が届かないところに出すわけにはいかない。それに、いったんグランディブルの庇護下にもどしたら、あの男がまた手ばなすようなまねをするだろうか。いいか、二か月のうちに審問所は大長官の死に関する調査を終わらせる。全宮廷の前で聴聞会が開かれ、またネヴァフェルに証言してもらわなければならない。それまでに、あの子が誘拐されたり暗殺されたりわれわれの手の届かないところに行かれたりしては困るのだよ」

聴聞会のあとなら、あたしが暗殺されても困らないのではないかしら? ネヴァフェルは疑いだすと吐き気がしてきて、答えを聞きたくないと思った。

「だが」チルダーシンは考えこんでいる。「おまえのいうとおり、あの娘が不安定なのは問題だ。自分が牢獄にいるわけではないと感じられるような気晴らしが必要だな。馬車でちょっと出かけて地元の名所を見たり、同僚の毒見係にお別れをいいにいくのはどうだろう？　なにか手配しておこう。いまのところは失礼するよ。おまえがワインを鎮められるようにな」

チルダーシンが部屋を出ていき足音が聞こえなくなると、ズエルはようやく目を閉じてドアに背中を預けた。

「だいじょうぶ？」ネヴァフェルは尋ねた。

「マキシムおじさまに……嘘をついた」ズエルがかすれた声を出した。呆然として怯えているのがはっきりとわかる。「おじさまに嘘をついた。前はそんなことぜったいにしようと思わなかった。ぜったいに気づかれると思ってた。もしかしたらおじさまは気づいていたのかもしれない。わかっていて、わたしを泳がせようとしたのかも」

「それか、ほかの駆け引きに忙しすぎて、あなたを疑っていられなかったのかも」ネヴァフェルは力づけるようにいった。「それで、チルダーシンさまはずっとマダム・アペリンと協力してきたってことなんだ？　いつから？」

「何年も前からだと思う」ズエルはゆっくりと首を振った。「わたしは知らなかったの。あの人と協力してあなたにワインを飲ませるようにっていわれるまで。あのふたりは……ただ協力しあっている以上の関係だと思う。でも、うちの一族のだれも知らないの。おじさまが話してくれたのはわたしだけ。それだけ信用してるのがわたしだけだから……。

おじさまに引きたててもらえなくなったら、どうしていいかわからないのよ、ネヴァフェル！　何年も前から、おじさまはわたしのために計画を立ててくれていたの。みんなそのことを知っていた。だから一族の大半が、わたしに腹をたてていたの。でもいま、おじさまはじっさいに、わたしを後継者にする話をこっそりしてくれるようになったのよ。一年、二年、五年のうちに、家業のどの部分をわたしに引きつがせたいか。どのブドウ畑を管理させたいか、地上世界のどの地域をわが一族のものとするか。長く生きて頭の回転を速くするために、どの軟《なん》膏《こう》やスパイスを使えばいいか。邪魔にならないように、いつだれを排除するか。おじさまはわたしを気に入っていて、わたしを第二のおじさまにしたがっている」

「でも、あなたはそんなこと望んでない！」ネヴァフェルはぞっとして、ズエルをぽかんと見つめた。「なれないもの！」

「だれもが望むことなのよ。わたしもうまくやれると思う。まだ心構えができていないかもしれないけれど、これから学んで変わっていけば、おじさまの望むようになれるはず。自分でもわかるの、わたしにはできるって」ズエルの顔は例のごとくぱたぱたしはじめて、レパートリーにない、表現がむずかしい《面》を探している。「ううん、ネヴァフェル！　わたしはなりたくない！　なりたくないの！　望んでいると、望むべきだと思っていたけど、でも望んでない。いまはちがうの。もしかしたら望んだことなんてなかったのかも」

「じゃあ、ならなければいい！」ネヴァフェルは声をあげた。

「でも、ほかにどうしたらいいの？　マキシムおじさまの引きたてがなかったら、一族のほかの人たちに引きさかれてしまう。おじさまが死んだと思ったとき、みんながわたしになにをしたか見たでしょう？　それに、わたしを弟子にしてくれる人なんていない。チルダーシンのスパイとしか見てもらえないから。

それに、おじさまに見つかってしまう。いまのあなたの顔、幻滅と苦痛と裏切りとでぐちゃぐちゃよ。秘密の部屋に入ったときほどひどくはないけど、たしかに変わったし、マキシムおじさまなら気づくでしょうね。あなたがなにを知っているかわかるし、あなたがわたしをちらりとでも見たとたんに、わたしが話したということもわかってしまう。そうなったら、わたしたちふたりともおしまいよ。あなたに話すべきじゃなかった……自分でもどうしてなのかわからない。ただ……だれかに話したかった」

「もし話してなかったら、あなたは自分の知ってることで気が変になって、あたしは自分が知らないことで気が変になって、ふたりともひとりぼっちだったろうね。いまは、たしかに動揺してるけど、あたしは……」ネヴァフェルはためらった。折れているかもしれないと思っている脚をのばそうとするみたいに。「だいじょうぶ。いままでよりはずっとだいじょうぶだと思う。なにもわからない大きな穴があいてるのが、いちばんやなの。前は、なにかがおかしいことすらわかってなかったけど、知らなかったわけでもなかった。うまく伝わるかわからないけど。そんなふうだと、頭がおかしくなるかもしれないんだよ。もしいま、あたしの顔が完全にだめになってるとしたら、それはつまり、もう顔のことは二度と気にしなくていいってことでしょ」

「ネヴァフェル」ズエルはささやいた。「わたし……なんにも思いつかない。いつだって計画を立てるのはお手のものだったのに、いまはだめなの。わたしたち、どうしたらいい?」

もっともな問いかけだったが、ズエルが口にしたとたん、ネヴァフェルは頭のなかで扉が開くのを感じた。音もなく浮かんでいた大きな素朴な扉が、優雅にするりと開いたのだ。

「逃げよう」ネヴァフェルは答えた。

「逃げるってどこに? 働き手地区《ドラジャリー》や未開のトンネルで暮らすのは耐えられない……」

「ううん、そこじゃない。ほんとうに逃げるの。外へ。上へ、外へ。地上世界へ」

「そんなのむちゃくちゃよ」

「そう、だからだれもそんなこと思いつかないでしょ」ネヴァフェルは興奮してにっこり笑いかけ、友だちの両手をぎゅっと握った。「だれもむちゃくちゃなことをするとは思わない――クレプトマンサーはそれがわかってた。だれも、あたしたちが逃げだして、病気がうじゃうじゃしてる、肌がはげ落ちるほどお日さまに焼かれるようなところに行くとは思わないでしょ?」

「肌がはげ落ちるのはいやよ!」

「でも、ほんとうはそんなじゃないんだよ、ズエル。思いだせないけど、それでもときどき覚えてるような気がするんだ。だれかに記憶を壊されて断片を奪われたけど、それでもちっぽけなかけらが、小さな星になって光を受けてまたたいてるみたいなの。地上世界は明るくて、ことはぜんぜんちがう。青くて、真っ青で、頭の蓋がはずれてクモの巣が吹きとばされて、どこまでも見えるようになる。そして、走って走って、走りつづけられる土地が広がってる。空はただただなにもなくて、上へ上へとつづいてる――色が、美しい色があって、その上で鳥たちが泳いでるのが見える。においもある……希望と、はじめての驚きのにおい。

この地下都市にあるのは、どれも本物を描いた絵にすぎないんだよ、ズエル。残りかす。記憶。あたしはいつも、息をひそめてるような気がしてる。いつ肺が音をあげるかけっしてわからないまま。あたしたちが吸いこむはずの空気は上にある――あたしにはわかる」

「ネヴァフェル、そうできたらいいけど、いまわたしたちに逃げ道はないのよ。たとえ見つけたとしても、役に立たない。マキシムおじさまが自分のやりかたを通すなら、外の王国はすべて、ひとつまたひとつと倒されて、カヴェルナの支配下に置かれる――おじさまの支配下に。わたしたちが千マイル歩けたところで、おじさまが追手をさしむけてくる。わたしたちは知りすぎている。おじさまに選択肢はない。わたしたちを滅ぼさないかぎり、おじさまはけっして安全ではないんだもの。

ただ逃げるだけじゃだめ。中途半端はだめ。それじゃうまくいかないの。おじさまと戦うなら、おじさまを倒さないかぎり、わたしたちはぶじではいられない」

「倒す?」ネヴァフェルは鞭で打たれたような衝撃を覚えた。「あなたのおじさまを倒したいの?」

「ううん、そんなことしたくない。おじさまはずっと、わたしのいちばんの友だちだったんだもの。だけど、おじさまのことはわかっているから、はむかうなら、勝つか負けるかなの。どっちみち、おじさまを倒すしかない。だけど、審問所に出むいて、知っていることを話すわけにはいかない。逮捕されて、おじさまが審問所に潜ませているスパイに殺されるだけ。ほかの方法を考えないと。

でもいまはまず、あなたをここから出さないと。一族のほかのだれかにその顔を見られて、あなたがどこまで知ってるか気づかれる前に。もしばれたら、ふたりともおしまいよ」

二時間もしないうちに、ズエル・チルダーシンは屋敷のバルコニーのひとつに立って、馬車の準備が進められているのを見守っていた。一見しただけでは、いまのズエルの頭のなかが激しい不安でいっぱいになっているとはだれも思わないだろう。

もしわたしがこの件にかかわっていることをマキシムおじさまが気づいたら、こんどはぜったいに許されないだろう。ネヴァフェルの地上世界に逃げたとしても、ほんとうにおじさまから逃れられるのだろうか？

ズエルにとって、地上世界はいまだに不穏で謎めいた存在だった。ネヴァフェルが説明しようとしてくれたが、ズエルにはまだ、詩や風景画から得た印象しかなく、はっきりとは思い描けないのだ。空という存在が理解できなくて恐ろしかった。空気の上に空気が、その上にも空気がと想像してみたが、頭のなかでどうしてもその上に屋根をのせてしまう。けれどもネヴァフェルの顔を見ていると、空を知らないまま生きているのは、ずっと息をとめているようなものなのだと、思ってしまいそうになる。

ズエルは、ほっそりした人影が階下の玄関から出てきたのを見て、もの思いからはっと現実に引きもどされた。その人影は濃紫色のドレスにヴェールをつけていて、不安そうに馬車にむかって歩いていく。護衛としていつものチルダーシン家の召使がついている。

皮肉なことに、ネヴァフェルにヴェールをつけさせるといいだしたのはチルダーシン家の人だった。そうすれば、宮殿に潜んでいるかもしれない暗殺者も、彼女の正体に気づかないだろうというのだ。それこそが、若い客の顔に浮かぶ反逆の印を彼らに見せずにすむ唯一の方法になろうとは、考えもしないようだった。目立ちすぎる髪はまとめて濃紫色のターバンで覆い、やせこけた体には服を余分に重ねさせた。細い体をふっくら見せて、チルダーシン家の若い娘のひとりに見せかけようという考えだ。

ズエルが見ていると、ほっそりした人影は顔をあげ、片手をあげておずおずと振ってきた。ズエルはいちばんおとなしそうな笑みを浮かべると、小さく答えるようにうなずいた。ただの挨拶ではない。ネヴァフェルにズエルの任務がぶじ完了したことを知らせる合図だった。アーストワイルを探しだし、ネヴァフェルの手紙を届けたのだ。

……チルダーシン家の馬車で宮殿にむかうあいだに、あたしは馬車から飛びおりて逃げてみる。もしあたしがあんたのところに現れなかったら、つかまったということで、ズエルとあたしはもうおしまい。そうなったときには、審問所に伝えてほしい。大長官は毒殺されて、あたしはだまされて解毒剤を飲まされてたって……

幸運を、ネヴァフェル。ズエルは急に弱って疲れきったように感じた。

ネヴァフェルはズエルの合図を見て、胸が痛くなるほどほっとした。少なくとももう、アーストワイルがあたしの計画を知っていてくれる。

ヴェールを透かすと、ところどころに刺繍《ししゅう》の花が散っているとはいえ、周囲のなにもかもがワイン色にかすんで見える。あまりにも薄弱なバリアで、ネヴァフェルは恐ろしかった。いまにもだれかがヴェール越しに自分に気づくのではないか、鼓動するたびに心臓が、まるで足枷を引きちぎろうとする囚人のように大きく張りつめているのがわかるのではないか。

ネヴァフェルは震えをこらえて馬車に乗りこんだ。カヴェルナの大半の馬車と同じく、屋根はない。屋根があると、斜面や鍾乳石《しょうにゅうせき》にぶつかったときに押しつぶされるかもしれないからだ。従僕ふたりが前にいて馬を御し、護衛ふたりが最後尾にすわって背後を見張る。真ん中がネヴァフェルの席だった。

飛びおりることはできるかもしれない。うまくすきをついて、ほかの人に気づかれないうちに数秒間でも時間を稼げれば。

ネヴァフェルがもう一度、ちらりとバルコニーを見あげると、ちょうどズエルが小さく手を振っているところだった。だが金髪の少女はすぐに身をこわばらせ、振っていた手が凍りついた。ズエルの視線の先をたどると、マキシム・チルダーシンが玄関から出てくるのが見えた。ネヴァフェルが声も出せずにおののいているうちに、マキシムが近づいてきて、馬車に乗りこみ隣にすわった。

「宮廷から参内を求められているのだよ」マキシムは先の細くなった手袋に包まれた長い指をぎゅっと握りあわせた。「きみとちょっと話をするのにいい機会になると思ってね、ネヴァフェル」

この人は知ってる、ううん知らない、知ってたらあたしを外に出そうとはしなかったはず、それとも、知ってて泳がせようとしてるのかも……。

馬車が動きだしても、ネヴァフェルはなにもいわずに下をむき、自分の息でかすかに揺れるヴェールを見つめていた。

「さてと、機嫌を損ねないでほしいのだが」マキシムはほんの少しだけたしなめるような口ぶりで話しだした。「いわせてもらうなら、素直でおおらかなところはきみの欠点を補うに足るいちばんの美点だろう。だが、きみの頭のなかでなにが起きているかがわかってしまう」

ネヴァフェルはぎゅっと目をつぶり、どうかこの人に知られていませんようにと強く願った。

「きみはまだ、朝食の席での会話に動揺しているのだろう?」

ネヴァフェルはふうっと息をついて目をあけると、おずおずと小さくうなずいて見せた。

「きみは本気で、未開の地上世界に逃げだそうなんて、非現実的なことを考えていたのかね?」チルダーシンの声は悲しいほどにやさしい。こんなやさしい声をかけられて、この人を信じずにいるのはむずかしい。「きみはまだここではよそ者のような気分なんだろう。それで、あちらに行けば『同類』が見つかると妄想したのだろう?　壁をなめるのが好きな赤毛の種族がいるのではないかと。わたしはちょっと傷ついたよ、ネヴァフェル。わたしたちはきみの家族になったつもりでいたからね」

大通りは往来が増えていた。ときおり馬車が速度を落としてほかの荷車とすれちがい、アーチの壁にわき腹がこすれて馬が鼻を鳴らす。ネヴァフェルはまわりを見まわして、いまがそのときだろうかと考えた。だが、そのたびに、いま飛びおりてもすぐにつかまってしまうと、冷静に考えなおした。

「心配するな」チルダーシンがぽんぽんとネヴァフェルの手をたたく。ネヴァフェルは驚くほど強い意志の力で、手をひっこめずに耐えていた。「こういうことにしようじゃないか。わが一族が地上世界のかなりの部分を治めるようになったら、きみの分をとっておいてやろう。小さな島国はどうだろう。どんなところかきみにも見られるように、最高の画家に絵を描かせよう。住民からは貢物と手紙を送らせよう。すべてがきみのものだ。きみが統治者を選び、好きなように法律を変えられるんだぞ」

ネヴァフェルは衝撃を受けて聞き入っていた。目の前で、マキシムとのあいだの裂け目が深くなり、巨大な峡谷のようにふたりを隔てていくのが見えるようだ。ネヴァフェルには驚きだった。知恵と才覚があり手管に長けているチルダーシンなのに、ネヴァフェルがそんなことでは喜ばない理由もわからないのだ。前に、ブドウ畑の絵を見ながら話をしたのを思いだす。でも、一度も見られないのに所有していることに意味があるのかしら?

所有していないのに見ることになんの意味がある?

血がどくどくいいだして、ネヴァフェルは馬車がフェヌグリーク・サークルからそう遠くない通りを走っているのに気がついた。フェヌグリークは丸い洞窟で、さまざまな通りが交差しており、どの馬車も自分の曲がるところを探してゆっくりまわるため、いつも大混雑している。もしネヴァフェルがどこかで飛びおりて大群衆にまぎれるとしたら、このサークルだろう。

「どこにむかっている?」マキシム・チルダーシンが外を見まわす。「いや、ここで左に曲がって遠まわりしてくれ。サークルは避けて――暗殺者にとってこんなに狙いやすいところはないからな」

ネヴァフェルはまたしても落胆した。マキシム・チルダーシンはあたしの計画をすべて知っていて、もてあそんでいるのではないか。馬車が速度を落とすたび、ネヴァフェルは逃げられるチャンスを必死にうかがった。けれども、逃げこめる曲がり角がなかったり、先が渋滞していたりで、ためらっているうちに過ぎてしまった。このあたりの通りはどこも知らないから、袋小路に駆けこんでせっかくのチャンスを棒に振ってしまうかもしれない。

ざらざらした敷石が見つめかえしてくるようで、自分のきゃしゃな靴の底の薄さを意識せずにはいられない。この靴は、あたしが逃げたくなくなるようにわざと選ばれたのだろうかと、はじめて疑問に思った。

とうとう目の前に宮殿につづく大きな道が見えてきた。きらびやかな輿《こし》があふれ、しずくよけがけばけばしい色のキノコの群れのようにぶつかりあっている。前日から降りつづけた雨がひびや裂け目に入りこみ、いまでは削れた天井から水滴がわびしげにしたたっている。海と空に帰る運命の旅の途中で、迷いこんできた雨が古い岩によって真珠《しんじゅ》のような色に染まり、壁をつやめかせ、地面を鏡に変えていく。

時間切れだ。最後のチャンスは潰えてしまった。馬車は宮殿の大きな門の前でとまった。

マキシムが馬車からおりて、ネヴァフェルをおろそうと手をさしだした。ふたりの両わきには護衛が立っている。もしかしたら、振りきって逃げられるかもしれない。でも、静々と滑るように進んでいく群衆のなかでは目立ってしまう。きれいに目がそろったタペストリーのなかで一本だけほつれた糸のように。

考えがまとまらないうちに、静々と進む人の流れがとつぜんとまった。すさまじい音がとどろき、大通りの片側の壁からもう片方へとこだました。空中に砂埃が雲のように立ちこめ、叫び声がした。

「落石だ！」

直後はだれもが正気を失った。カヴェルナじゅうで、これほど恐れられている言葉はない。闇よりも恐ろしく、グリサーブラインドより残酷だ。地上にある山の冷たくどっしりとした重みを、ひどく意識させる言葉だった。山は作法も仕組みも、美しさも力もおかまいなしだ。

威厳は失われた。何千トンもの岩に対して、威厳を保ったところでなんになる？　頭の回転が遅かった者たちが身動きできずに見あげているうちに、岩の天井に黒い血管のようなひびが広がった。知恵がまわった者は、降りそそぐ石つぶてをよけられそうなところにとっくに飛びこんでいる。輿に乗っていた者は、扉からいっきに流れこんできた侵入者に襲われ、ほかの者たちは荷車の下にころがりこんだり、身を伏せたりした。賢い者は、石工の技術が守ってくれることを祈りながら、アーチの下へと駆けこんだ。

そのような動きをいっさい見せなかったのはただひとり、不似合いな濃紫色のドレスと薄いワイン色のヴェールをつけた少女だけだった。気がついたときには、そばにいたふたりの護衛はうつ伏せに倒れていた。少女はあたりをうかがうことすらせず、巨大な雲のようになった白っぽい砂埃にむかってまっすぐ駆けこんでいった。

26　逃亡者

ネヴァフェルはやみくもに走りだしていた。がれきを踏むたびに靴の下で音をたてころがり、足の裏に痛みが走る。割れたばかりの石灰と、火をつけたばかりの火打石のにおいがした。足が滑った拍子に片膝をすりむいたが、すぐにまた立ちあがった。もし壁が崩れたのなら、通りぬけられるような新しい穴ができているかもしれない。少なくとも、おつきの人たちは崩壊しそうなトンネルに入るのをいやがるだろう。

もちろんあたしは、崩壊しかけのトンネルにまっすぐに駆けこむけれど。

よく見えないがれきの山のむこう側を滑りおりると、飛びちる石灰の粉のなかから思いがけず青白い人影が現れた。若い女性で、見覚えのある宮殿の召使の白い衣を着ていて、壁にとりつけられた鉄のレバーに片手をかけている。ネヴァフェルは叫ぶだけの間はあったが、よけきれずにいきおいよくぶつかった。

「ああごめんなさい！」ネヴァフェルがよろけて態勢を立て直そうとしていると、若い女がぎゅっと襟をつかんできた。「あの？」ささやくような声でいう。「ミス・ネヴァフェル？」

ネヴァフェルはなんで自分の正体がばれたのかわからなかったが、ここでこれ以上質問されてはたまらない。なんとか逃げだそうとしていると、女は短くうねるような口笛を吹き、鳥が問いかけるみたいにほんの少し音をあげた。数秒後、さらにふたりの召使が現れた。

「計画変更！」女はささやいた。「ブレスバイトの扉！」ネヴァフェルの抵抗をものともせずに、ふたりの男がわきの下をつかんでもちあげて運びだした。あたりの砂煙は落ちつきはじめている。女は先に立って歩いていき、壁のなかに隠されていた輪に指を通して引っぱった。寄木細工の壁のなかの、扉の形をした部分が大きく開いた。

ネヴァフェルがなにもできないうちに、男たちは彼女をなかに放りこみ扉を閉めた。ネヴァフェルは女とふたりだけで狭い通路に残された。

「シーッ！」連れの女はいった。「お友だちのアーストワイルから、あなたが逃げなきゃならないことを聞いています。静かにして。でないと、見つかってしまう」

アーストワイルの名前を聞いて、ネヴァフェルは落ちついた。まだ混乱はしているが、どうやら仲間といっしょにいるらしい。扉の外からは、叫び声、あわてて駆けまわる足音、馬の鋭いいななきが聞こえてくる。ときおり、大声で問いかける声もするが、言葉までは聞きとれない。あのなかの何人ぐらいが自分を探しているのだろうと、ネヴァフェルは不安になった。

「しばらくは、がれきの下にあなたがいないか探して時間をむだにするでしょう」召使の女はささやいた。「こちらへ！」

ネヴァフェルは小声で話す親切な女のあとをついて、足幅しかない通路を滑るように進んだ。厚いじゅうたんが敷かれ、壁はベルベットで覆われている。光といえば、色つきガラスをはめこんだ壁の小さな飾り穴からさしこんでくるだけだ。どこか夢のなかのようで、とりわけ、話もせずにするすると進んでいく先導役は現実のものとは思えない。

飾り穴からは、見慣れた中庭、噴水、タフタでできたシダがからまる秘密の壁龕《へきがん》が見えた。ここは宮殿のなかなんだ、とネヴァフェルは気がついた。だが、見えているのは、ごく限られた者しか入れない場所からの眺めだ。召使用の通路にちがいない。召使たちが気づかれずに宮殿に出入りし、聞かれたり見られたりすることなく聞いたり見たりするところだ。

宮殿は逃亡者にとって最悪の場所だ。暇な者、好奇心旺盛な者、噂に飢えている者、警戒する者たちの、何千もの目が光っている。審問所の本部も、新たな評議会の議事堂もあり、出入りがむずかしいという評判だった。ネヴァフェルがよく知られていて、ひと目で見つかってしまいそうな場所でもある。要するに、彼女がここに隠れているとはぜったいに思われない場所なのだ。

もちろんむずかしいのは、追手がここであたしを探しはじめたときに、ここを離れることだろう。ネヴァフェルは思った。だがいま頭の奥のほうで、子ギツネのように、ある計画がおずおずと姿を見せようとしていた。


一時間が過ぎるころ、トレブル審問官はばらばらと口頭であがってきた報告を把握し、ゴミをとり去って事実を見極めようとしていた。

宮殿の門の前で、顔を覆った若い娘がチルダーシン家の馬車から飛びおりて、とつぜんの落石で舞い散る砂煙のなかに姿を消した。以来、チルダーシン家と同盟者たちは必死になって通りを探しまわり、情報屋や迷子探しに金を払い、理由を明かさないまま検問や巡回を行っている。

　トレブル審問官は狩人気質の人間で、狩人的な粘り強さや勘をあわせもち、その力を重んじていた。知らせを受けると、レイヨウのサンドウィッチのにおいをかぎつける雌ライオンさながらに、空気のにおいをかいだ。

「あの娘だ。わたしにはわかる」宮殿の門に着くと、トレブルは小声でつぶやいた。「やつらの愚かな目撃者。よそ者の娘。つまりやつらのポーンが反乱を起こして、束縛を逃れたということか？　あの娘を見つけなければ。審問所の人間に市内を探させよ。とくに、チーズの匠《たくみ》グランディブルのトンネルにむかう道を」

「クレプトマンサーの捜索より優先ですか？」若い審問官のひとりが尋ねた。

「そうだ。なによりも優先する。あの娘は大長官の死の事件の鍵を握っている。ほかの手がかりからはなにもつかめなかった。死体解剖の茶番といったら！」毒の痕跡を探すよう命じられた医師たちは、できるかぎり丁寧《ていねい》に説明した。ねばつく水晶のような血液とバナナに似た形の心臓をもつ死体から「異常な症状」を見つけるのはむずかしかったと。

「働き手地区《ドラジャリー》で行われていた殺しの『予行演習』とやらから、なにかわかるかと期待したのだが」トレブルはぶつぶついった。「どれひとつとして、閣下の死にかたと似た例はなかった。犠牲者の死体に毒が使われた痕跡はなく、気がふれて自殺した証拠もなかった。ただ、下劣な殺人が脈絡なく何件も起きていただけで――犯人が自白している例もあった。

だがあの娘……チルダーシン家はお宝のクラレットのごとく鍵をかけてしまいこんでいたが、いまやあらゆる手を尽くして見つけだそうとしている。この機をとらえて、やつらより先にあの娘を見つけだすのだ。やめろ！　なにをしている？」

トレブルが遠くのほうに目をむけたちょうどそのとき、部下のひとりがマホガニー製の輿《こし》をいぶかしそうに調べて、扉のかんぬきをはずしているところだった。声をあげたときにはもう遅く、扉がいきおいよく開くと同時に、わずかなすきまから小さなほっそりした人影が現れた。細い顔は複眼のゴーグルとぼさぼさの黒髪で覆われ、命のない蝶を鋲でとめた六分儀を振り、ゴロゴロと喉を鳴らしてうなっている。トレブルが飛びかかって胸を強く押すと、その人影はうしろむきに輿のなかに倒れこんだ。トレブルはばたんとドアを閉めてかんぬきをかけてから、部下を振りかえった。

「愚か者め！　目が見えないのか？」輿のわきにとりつけられた砂時計を指さした。「地図つくり《カートグラファー》の乗り物を見ても気がつかないのか？」輿の前で担ぎ棒を支える手助けをしている白ずめの召使を振りかえる。「なぜここにカートグラファーがいる？」

「落石の調査です、審問官さま」召使は答えながら、輿をひっくり返すことなく深々とお辞儀をした。「この大通りと宮殿が安全かどうかの確認です」ほとんどの宮殿の召使の例に漏れず、この男も声を張ろうとしても申し訳なさそうな小声になって、括弧つきで話しているみたいに聞こえる。

「ああ、そうだろうとも。それでこの男は――女か――はなんといっていた？　この一帯は安全なのか?」

「はい、審問官さま。どうやら本物の崩落ではなく、大長官の昔の防御の仕掛けのひとつが誤って作動したようです。大長官は暴動が起きて門を襲撃された場合に、見せかけの落石を起こせればおもしろいし役にも立つだろうと考えておられたのです。反逆者がひとりふたり生き埋めになれば、残りは恐れて逃げだすだろうと」

「なるほど。よろしい、行け」また大長官の置き土産か。トレブルはそう思い、めったに見せない笑みを浮かべた。


輿のなかでネヴァフェルは息を殺していた。計画がうまくいったのが信じられない思いだった。召使が用意した黒の髪染めはまだ乾いていなくて、ときおり頰やうなじに筋となって垂れてくるのを拭わなくてはならなかった。ゴーグルのせいで視界がくもり、片目をつぶっていないと頭が痛くなってくる。膝には、宮殿の召使たちがもたせてくれた食糧の包みがのっていた。

トレブル審問官の会話を盗み聞きしたことで、ネヴァフェルはまだ頭がくらくらしていた。自分がいなくなったことは気づかれているだろうと思っていたが、まさかこれほどとは。チルダーシン一家は街じゅうを捜索しているというし、こんどは審問所もだろう。しかも、グランディブルの居住区への道で待ちぶせをするという。

長いあいだ、輿は小川に浮かんだコルクみたいにやさしく上下に揺れていた。こだましていたひづめの音や声がじょじょに消えていき、ごくたまにしか聞こえなくなった。

「人の群れからは離れました。もう話をしてもだいじょうぶでしょう」輿の前を担いでいた男の召使が小声でいった。

「ありがとう」ネヴァフェルはささやきかえした。「なにもかもありがとう。防御用の落石装置を動かしたのも、あなたたちなんでしょう?」女の召使が壁についた金属のレバーに手をかけていたのを思いだす。

「はい、わたしたちです。閣下が数多く用意した、機械仕掛けの罠のひとつです。閣下はあらゆる緊急事態に備えるのが好きで、ひそかにさまざまな装置や通路をつくらせていました。急に暗殺者を穴に落としたり、宮殿からこっそり抜けだしたり、上級裁判で追放されて《高位の間》から逃げざるを得なくなった場合に備えていたのです。そうした仕掛けについて聞いていたのはわれわれだけでしたので、手入れをしていつでも動くようにしていました」

「じっさいに起きたことだけには備えができてなかったみたいね」ネヴァフェルは気の毒で胸がうずいた。「グランディブル親方のトンネルにむかうのは安全ではなさそうよね?」

「はい、残念ながら。ほかに行けるところはありますか?」

ネヴァフェルは闇のなかで六分儀を抱きしめて体を揺すった。どうやらあたしは、先見の明のある賢い人たちに全方向から追われているようだ。でも、賢い人でもすべてを予測できるわけではない。筋の通ることしか予測できないはずだ。あの人たちは、ベッドの天蓋の上で眠るとか、ワインをテーブルにぶちまけるというようなことは思いつかない。

あたしは、ほかの人たちみたいに賢くないし、ちょっと頭がおかしい。だけど、ちょっと頭がおかしいことが役に立つかもしれない。

「ドラジャリーにおりる必要があるの。どこからがいいかしら?」

「マセルバンド近くにいくつか降り口があります。そこであなたをおろして、お友だちのアーストワイルに迎えに来てもらうよう連絡しましょう。ですが、ほんとうに行きたいのですか? ほかにもっと安全なところがあるのでは?」

「いまは、だれもあたしが行くとは思わないところがいちばん安全だと思う」ネヴァフェルは小声で答えながら、どうかこれが正解でありますようにと願った。少しのあいだ黙っていたが、たくさんの問いがふつふつと頭の上のほうに浮かびあがってきた。「きいてもいいかしら? あたしの枕の下に手紙を入れていたのはあなたたち?」

「そうです。お話しできなくてすみませんでした」

「ううん、いいの」宮殿の召使が秘密の守護者だと知っていたら、どこかを見るたびに顔に表れてしまっていただろう。ネヴァフェルは眉をひそめた。「あたしは友だちを危険な目にあわせてばかりみたい」

「わたしたちは危険に慣れています」顔の見えない語り手が安心させるようにいう。「わたしたちの仕事にはつきものですから。毎日、暴れ者の菓子や野蛮なチーズを運ぶんです。暗殺者が罠をしかけたかどうかたしかめながら通路を進み、上位の者の失敗の尻ぬぐいをし、宮廷の人たちのために命を懸けています。自分の身は自分で守ります。ほかのだれも気にかけてくれないですから。宮廷のなかで、わたしたちのために命を懸けようという人が何人いると思いますか？」

「いいえ。何人なの？」

「ひとりです」答えが返ってきた。「五百年間できっかりひとり」

輿の扉があいた。ネヴァフェルはゴーグルをはずして、静かな大通りから少し入ったところにある天井の低い小洞窟におりたった。壁には海の生き物の化石の渦巻きやひだの模様が刻まれている。ネヴァフェルは話をしていた毛皮のようなやわらかな声の持ち主を見て、それが、はじめての晩餐会で自分が助けた給仕係だったことに気がついた。

「どうかごぶじで」男はそういうと、同僚の召使とともに輿をもちあげて去っていった。彼らの足音は、天井からぬかるんだ土にときおり落ちてくる水滴の音よりも小さかった。


ネヴァフェルが召使たちにもたされたお弁当を食べはじめた、ちょうどそのとき、アーストワイルがキキーッと一輪車の音をたてて現れた。あわてたようすで、膝まで泥がはねている。アーストワイルが気がつかないので、ネヴァフェルは大声で名前を呼んで駆けよった。

「まったく、水たまりに入るみたいにやっかいごとに飛びこむんだな」それが挨拶だった。「どうしてそんなに墓穴を掘ってるんだ？　大長官の死に巻きこまれ、カヴェルナじゅうでネズミみたいに追われて――おれが目を光らせてなかったらどうなってたと思う？」

押し殺した声は怯えて怒っていたが、アーストワイルは危険をものともせずに来てくれたのだ。ネヴァフェルは抱きついて、彼の頬に髪染めをつけてしまった。

アーストワイルはネヴァフェルの逃亡にどうかかわったか、手短に説明した。彼は前から、だれが宮殿からネヴァフェルの手紙をもちだしているかを知っていた。「だから、最後の手紙を受けとってすぐに、おまえが逃げなきゃならないってことを伝えにいったんだ。彼らなら、馬車から飛びおりるよりましな案を考えてくれるだろうと思ってね」

ネヴァフェルの話はもう少し時間がかかり、アーストワイルがそれに対して思ったことを大声でまくしたててぜんぶ話しおわるまでに、また同じくらい時間がかかった。

「こんなやっかいな話、聞いたことがない！　どうやったら助けてやれるか、見当もつかないよ、ネヴ」

そこでネヴァフェルは、どうすればいいかを語ってきかせた。

「気でもちがったか」アーストワイルはショックをのみこんでいった。「ほんとうにどうかしてるぞ。マキシム・チルダーシンとやりあうなんてむりだ。やつは新しい評議会の長なんだぞ。事実上の大長官だ。おそらく、何年もかけてこの乗っとりを計画してたんだろう。それに対しておまえはどうだ、ピクニックを計画するだけで、布で自分の首を絞めちまうだろうよ。宮殿の給仕係がどれだけおまえをかわいがって守ってくれようとしたところで、チルダーシンにはむかうなんて、炉を前にした蛾のようなもんだよ。あきらめろ。どこかに身を潜めているんだな」

「できないよ。自分があの人みたいに賢くもなければ力も経験もないのはわかってる。だけど、あの人が困ることがひとつだけある――真実だよ。だから、みんなにあの人が大長官に毒を盛ったことをわかってもらわないと。

予行演習のことから調べよう。トレブル審問官は、結局ふつうの殺人事件だったと判断したらしい。その判断が正しいかどうか調べてみようよ」

27 いちばん近しいたいせつな人

グランディブルは息を切らしながら、とりわけやかましいウィンジング・ブルーペパーを回転させた。はさみつけられたチーズはふうふうあえいでくしゃみをして、不満そうに白っぽい青色の粉を吐きだした。ネヴァフェル考案のはさみしぼり回転機を使うたびに、グランディブルはトンネルのなかの静けさを強く意識する。いまはもう、そばをはねまわる赤毛の妖精はいない。かゆみみたいにわずらわしかったおしゃべりも。グランディブルの毎日を騒がしくしていたぺちゃくちゃ話は一掃されて、あとは厳しいほどに空っぽの日々が残った。

はじめてその顔を目にした瞬間から、ネヴァフェルがよそ者なのはわかっていた。宮廷の悪意に満ちた謀略にうんざりしていたグランディブルは、あの娘に会って、はじめて自分に嘘をつかない人間、信用できる人間を見た。そして娘を匿《かくま》い、カヴェルナのほかの人々から守ろうと心に決めた。あんな真っ正直な顔をした娘を都市の住人たちのあいだにおいたらどうなるか、ネコの巣にコガモを放つようなものではないか。

けれども、ネヴァフェルはチーズ・トンネルで幸せだったわけではない。あっというまに成長して、せわしなく動きまわるようになった子どもにとって、ここは狭すぎた。グランディブルはネヴァフェルに、彼女が外の世界から来たことを話さなかった。どうして、ぜったいに見られない空のことを教えて苦しめる必要がある？　そんな彼の苦悩にもかかわらず、忘れられた空はネヴァフェルを呼んでいて、グランディブルもそのことに気づいていた。自分が真実を告げていたら、事態は変わっていたのだろうか？

望みはとげのようなものだ。グランディブルはきつく自分にいい聞かせた。望みを抱いても、いいことはない。ただ肌に突き刺さり痛い思いをするだけだ。

グランディブルが静けさについて考えていたそのときに、それが破られた。玄関のベルが鳴ったかと思うと、二度めにはもっと激しい音が鳴り響いた。

グランディブルは重い鋲つきのモーニングスター（中世の武器。先端に鋲つきの球がついたこん棒）を鉤《かぎ》からはずすと、前かがみになって玄関まで歩いていった。小さなのぞき穴の蓋を引いて、先の通りを見おろす。外にはふたりの人物が立っていて、ふたりともわれ先にとのぞき穴に顔を見せようとしている。グランディブルには、怒りに燃えた目がひとつと、頑固そうなあごだけが見えた。

「なんの用だね？」

返ってきたのは怒りのデュエットで、どちらもひどくやかましくて、一部しか聞きとれない。

「……評議会のマキシム・チルダーシンの使いで……」

「……トレブル審問官からよろしくと……」

「……元徒弟のネヴァフェルの所在について、どんなことでも……」

「……チルダーシンの馬車から逃げて……」

「……身の安全を案じており、ぜひお話を……」

「……審問所本部で安全に話を……」

「あの子に逃げられたか？」グランディブルはさえぎった。「不注意だな。それであの子がわしのところにもどってくると、あんたらはそう考えたようだな。わしがあんたらのような輩にあの子をさしだすと思うか？　どちらかにでも？」

少しおいて、ふたたびデュエットがはじまった。さっきよりずっと冷静で形式ばった声だ。

「チーズの匠《たくみ》、グランディブル殿、わたしにゆだねられた権限によって、あなたに扉をあけ……」

「……令状があります、あなたの敷地内の捜索を……」

グランディブルの黄色いしみのついた太い指がスイッチを押すと、ふたりは急に咳きこみはじめた。ふたつの人影が鼻と濡れた目を押さえて、よろよろと離れていく。どちらも熟成しすぎたプリンクトン・ハマーバッドのにおいに耐えられなかったのだ。グランディブルはばたんとのぞき穴を閉めた。

ネヴァフェルが逃げた。理由は聞くまでもない。あの子が評議会と審問所両方から逃げだしたらしいとわかっただけでじゅうぶんだ。それに、あのふたりの使者は、ネヴァフェルがじっさいに親方のもとにたどりつき、このチーズ・トンネルに匿われていると信じこんでいることだろう。

そう思わせておけばいい。前から覚悟していたようにトンネルが封鎖されるだけだ。いつかそうなるだろうとわかっていた。準備はできている。それに、もし審問所と評議会両方が全力でこのトンネルの包囲にかかるなら、ネヴァフェルがどこにいようとも、時間を稼いでやれるのだ。

「グランディブルがなんだと?」トレブルはやけどをして強烈な臭気を漂わせる使者をまじまじと見た。「十中八九、あの娘はなかにいる。われわれの検問をどうやって回避したのか? 硬い岩を通りぬけられるのか? まあよい。捜索中の人員を割いて、傲慢なチーズ屋を包囲させよ。何人《なんぴと》であろうと審問所をそのように侮ってもらっては困る」

「グランディブルがなんですって?」マダム・アペリンは背筋をのばしてすわっていたが、黒く波打つ髪に連れがぼんやりと指をからめてきてはじめて力を抜いた。

「自分から閉じこもり、玄関に近づく者にはだれかれかまわず、スピッティング・ジェスの酸を噴射してくるそうだ。水道と配送をとめたそうだが、やつが備蓄をしてきたのはまちがいない。いかにもあの娘が匿われていそうにも聞こえるが……どうかな。やつは、人目と人員を自分にひきつけて、彼女のほんとうの隠れ場所を隠そうとしているのかもしれない。

わたしはグランディブルのトンネルを包囲するつもりはない——審問所がかわりにやってくれるからな。トレブルはそういうやつだ。わたしの部下には、ひきつづきあの娘の所在を探させる」

「あなたは約束してくれたわよね。あの子を自分の支配下においておくって」マダム・アペリンが責める。「危険はないっていったじゃないの、なにがあってもって——」

「これからもそうさ。きみの秘密は守りつづけるよ、ヴェスペルタ。信じてくれ」マキシム・チルダーシンがほほ笑んだ。

もう何千回めになるかわからなかったが、マダム・アペリンは胸のうちで自分を呪った。自分が手をかけてデザインしてやったマキシム・チルダーシンのほの暗いほほ笑みは、どれもこの男の顔と性格によく合っている。いまや彼女は世界じゅうのなによりもこれらの笑みに支配されていた。面細工師《フェイススミス》が自らつくりだしたものに囚われてしまうなんて、恥ずべきことだ。

「わたしが思うに」チルダーシンは考えこむようにいった。「グランディブルのトンネルが包囲されていると広くふれまわってはどうだろう。ほかのなによりも、あの子を隠れ場所からおびきだせるのではないかな。あの子の最大の弱点は、友人たちを守りたがるところだから……」

すばらしい案だったが、マダム・アペリンは心臓につけたひもをねじられたような痛みを覚えた。マキシム・チルダーシンが忠誠心を弱点と考えることは知っている。少なくとも、家族以外のものに対する忠誠心についてはそう見なしている。彼女はこの男が自分を第一に考えてくれているかどうかを知りたかった。彼が一族と過ごす時間のすべてが、彼が一族のことを、いやそれ以外のだれのことであっても考えて過ごす一瞬一瞬がねたましかった。ときおり、虫とりランタンのようにこの男をのみこんでしまいそうに感じることもある。ぜったいにだれにもなににも、たとえ光にも、この男を奪われることがないように。カヴェルナ支配へのマキシムの執着さえもが苦痛だった。カヴェルナという都市がひとりの女で、ライバルであるかのように思えるのだ。

ほかのときだったら、ネヴァフェルの地図つくり《カートグラファー》のいでたちは、マセルバンドから働き手地《ドラジャ》区《リー》まで長く曲がりくねったトンネルをおりていくあいだにもっと人目をひいていたことだろう。だが、最近のカートグラファーは落ちつきがないのを通りこして予測不能になっている。彼らがそこにいる理由がないような暴動にまで姿を現しては、転移や変化、ひねりやねじり、西の縦ずれ断層と南の横ずれ断層についてまくしたてている。どうしてもある場所に引き寄せられてしまうようで、集まっては壁を見つめるか、地面に耳を押しつけるかしていた。そのようなわけで、カートグラファーがふらふらしているのは見慣れた光景になりつつあって、ネヴァフェルも避けられはしても、驚かれはしなかった。

ドラジャリーに入ると、アーストワイルの案内で入り組んだ迷路のような「近道」をたどっていった。ほとんどはただの裂け目やすきまで、ネヴァフェルが通りぬけるのがやっとだった。そのうちに、石で研いだナイフみたいに、体が削がれて細くなったような気がしてきたほどだ。とうとう下層都市《アンダーシティ》の底にたどりついた。彼らが活動基地として選んだ場所だ。ネヴァフェルは、カートグラファーのふりをしてうろうろできる時間はごくわずかで、すぐだれかにつかまって箱に入れられてしまうだろうと覚悟していた。ところが、カヴェルナには、カートグラファーのほかにもうひとつ、ほとんどいつも仮面をつけて過ごす職業があった。

保育所の女所長は、ネヴァフェルの顔を間に合わせに覆った汚い包帯を見るからにあやしんでいたが、静かなやりとりののちに取引が成立した。卵七個とひきかえに木製の仮面が手渡された。

「いいでしょう」女所長は卵をエプロンのポケットにしまいこみながらささやいた。「ここに泊まりこんで保育係として働いてもらいましょう。ただ、もしこの件でなにかいかがわしいところがあったとしても、わたしはなにも知りませんからね。いいこと?」

採用が決まったばかりの若い娘はうなずいて、訓練用の木製の仮面を握りしめた。仮面を見ているうちに、みぞおちがぞわぞわしてくる。そこに丁寧に彫ってあるのは、どれもアーストワイルの表情なのだ。ずっとアーストワイルそのものと思ってきた表情なので、なめらかなぬくもりのないマツ材に刻まれているのはまちがっている感じがする。

ネヴァフェルは顔をあげて、立ちさろうとしているアーストワイルを見た。

「ここに隠れるのは悪くない案だな」アーストワイルはしぶしぶ認めた。「とにかくここでじっとしてろよ、目立たないようにな」

「あんたも気をつけて。あたしたちの予想があってて、最近の殺人が予行演習だとすれば、それについて聞きにくる人間を見張ってる人がいるかもしれないよね」

「ああ、まちがいない」アーストワイルは険しい口ぶりでつぶやいた。「トレブルばあさんがなんといおうと関係ない。おれはわかってる。おれに目と歯があるのと同じくらいたしかな話さ。それと、おれのことは心配するな」そういうと、さびついた一輪車にまたがって、トンネルをすいすいと行ってしまった。

岩でごつごつした奥行きのある保育所は、ぞっとするほど静まりかえっていた。何列も並んでいる小さなベッドから百の小さな顔が、まばたきもせずに見つめかえしてくる。スモモ色のくしゃくしゃの新生児もいれば、綿毛のような髪の毛の子も、すわれるくらいに大きい子もいる。だが、どの子もボタンが並んだみたいな顔をしている。おなかがすいた、暗い、甘えたい、という赤ん坊の泣き声は聞こえない。

聞こえてくるのは、赤ん坊たちのかすかな息遣いと、保育係が木製の仮面をつけてベッドのあいだを歩きまわるきびきびした足音だけだ。彼女たちがベッドに近づくと、赤ん坊は仮面を見あげ、小さな顔をくしゃくしゃにしてまねようとする。うまくできた子は保育係の手にした錫のびんから真っ先にミルクをもらい、うまくできなかった子はできるようになるまでおあずけにされる。ときどき、保育係は足をとめ、赤子をつついて顔のパーツを正しい位置に直してやる。まるで、やわらかな粘土をこねてでもいるかのように。

保育係のだれも、新入りが入ってきたのには反応しなかった。この新入りがほかの保育係より若く、太いおさげ髪が染めたてなのに気づいた者がいたとしたら、よほど鋭い目の持ち主だろう。

アーストワイルは一輪車にまたがり、ドラジャリーの小路を縫うようにすり抜けていった。一輪車は体の一部、脚も同然だ。一瞬にしてとまったり、狭いところで曲がったり、ムクドリのようにひょいと飛びのいたりできる。いまは、まわりでもほかの少年たちが同じように動いていた。使い走りの少年たちはスズメのようにさっと近づいてきては、すれちがいざまに声をかけあったり、口笛を吹いたり、背中をたたいたりする。

ドラジャリーには審問官が放たれていた。予想していたことだ。むしろ、もっといないのが不思議なくらいだった。前にネヴァフェルがクレプトマンサーに誘拐されたときには、審問所は総力を結集して、明らかに使命を帯びた者たちを送りこんできた。だが今回は、何か所か検問を設け、いくつか質問をし、高い懸賞金を出すといっているだけだ。

よし。猟犬どもはあいつがここにいるのは知らないんだな。けど、チルダーシンはべつで、サソリの群れみたいなもんだ。あの狡猾《こうかつ》な老犬がなにをするかわかったものではない。ここにもスパイを送りこんでくるだろう。働き手《ドラッジ》のスパイだ。ネヴァフェルに関する噂に耳をそばだて、おれがこれからきくような質問をする者がいないか聞き耳をたてているはずだ。

すいすいと走って、キキーッととまる。にやりと笑って、足踏み車の踏み手とおしゃべりをする。

「セブ・ブリンクの殺人事件？」踏み手はゆっくりと首を振る。その目は十二時間も足もとでまわりつづける木の板を見てきたせいで、灰色に曇っている。「いや、いや、謎でもなんでもないさ。きょうだいが殺したんだよ。グリープズ・ダウラーから水車用の水路につき落としたんだ。この目で見てたさ。おれとほかに二十人くらいが板を踏んでたときだよ。そりゃあ、びっくりしたさ。仲よさそうだったからな」

ひらひらと道を縫い、方向転換して、キキーッととまる。水ためで水を飲みながら、髪の汚れを洗い流している娘たちと噂話に興じる。

「ああ、ほんとうなのよ」ほっそりした少女が首を傾げて濡れた髪をしぼる。「ノック・パーレットが奥さんを殺したの。三十年もつれそったのに、つるはしで一発。あいつ、奥さんのそばで泣きながら自白してて、審問所に連れてかれたんだって」

急に道をそれ、頭を伏せて身をかわし、ゆっくりゆっくり、車輪からサビの粉をまきちらす。背中の曲がったおばあさんが荷車を引いて坂をあがるのを手伝っていると、おばあさんが虫よけ玉に包まれたウェディングドレスでも見せるみたいにおずおずと、とっておきの噂話を聞かせてくれた。

「ああ、ジョブ・リトルトードなら知っているとも。まさかあんなことになるなんてね。いつだって親思いの息子だったのに……そうだね、あの子は気が変になったんだと思うよ。だっておかしいじゃないか、あたしゃ、あの子があんなことをする一時間前に会ってるんだよ。そのときはおとなしいもんだったんだよ。だけど、自分がしたことは否定してないっていうからね」

そうやって、スズメがパンくずをついばむように、人ごみのあいだを縫って情報を集めてまわる。アーストワイルはつぎつぎと殺人の話を聞きつづけ、ネヴァフェルをおいてきた保育所にもどるころには、頭が血に浸かったような気分になっていた。

ひょいと一輪車をおりて肩にかついでなかに入っていくと、いままで聞いたこともないような怒りに燃えたささやき声で議論が交わされているところだった。仮面をつけた保育係が三人、さかんに手を動かしているところを見ると、必死に声を抑えて叫んでいるらしい。見るからに二対一でもめていて、所長と年長の保育係が、やせこけた黒髪の人物を攻撃している。両手をねじりあわせたしぐさから、すぐにネヴァフェルだとわかった。

「どうした？」アーストワイルはふつうの声で呼びかけたが、三人からそれぞれに黙るようにと合図をされて口をつぐんだ。三人が指をさした保育所の室内では、ほとんどの赤ん坊が眠っているようだ。

「なにもやっかいなことはないといったわよね？」所長がいらいらという。「それなのに、一日で――ほんの数時間で――この子は所内をこそこそ歩きまわって、子どものひとりに新しい《面《おも》》を教えようとしたのよ。ドラッジ用じゃない《面》を」

「恐ろしげな《面》もね」年長の保育係がつけ加える。「引きつった顔で目をぎょろぎょろさせて。あわてて仮面をつけてたけど、その前に見たんだから」

「二度とそんなことはさせません」アーストワイルはぴしゃりというと、ネヴァフェルの腕をつかんで隅に引っぱっていった。「なにを考えてるんだよ、ネヴ？　おれがいなかったのはたかだか三時間だぞ！　仮面をつけてすわってるだけでよかったんだ。なのに仮面をはずして赤ん坊を怖がらせたのか？　あの人たちはおまえがつくった《面》以外になにか見たのか？　だれだかばれたんじゃ？」

「ううん、それはないと思う」ネヴァフェルは小声で答えた。「ごめんなさい……でも……おとなしく見える顔だけを教えるのが耐えられなくて。新しい《面》をあげたかったんだ。怒ったときや困ったときに使えるようなのを。ただ、あたしは《面》をまとうってできないから、指で口の両端を引っぱって、目の下の皮膚をさげて……あの、そうすると、形の崩れたカエルみたいだけど、それでもなにかにはなるでしょ！　それに、すごくかんたんに教えられて覚えられる《面》なんだよ。フェイススミスや仮面がなくてもできるんだ。顔を引っぱるだけだから」

「千の顔をもつ恩着せがましい金持ち女かよ？」アーストワイルは意地悪くつぶやいた。ネヴァフェルの言葉に、自分がかぎられた《面》しかもっていないことを思いだしていらいらした。「おまえを生かしておくために、おれが危ない橋を渡ってるってことを覚えておいてくれよ！　こんないたずらをしてたら、おれたちどっちも殺されちまう。さあ、おとなしくして、おれが調べてきたことを聞いてくれ」

アーストワイルはもったいぶって、ドラジャリーでの殺人についてわかったことを話しはじめた。

「なんかにおうだろう。だけど、なにかがわからないんだ。一見、ただのドラッジによるドラッジ殺しにしか見えない。ふたりは自白してるし、ほかの多くは目撃者がいる。それに、どれも殺害方法はちがうんだ」

仮面をつけたネヴァフェルとむかいあっているのは、チーズ・トンネルにいた昔のようで、奇妙な感じがした。けれどもいまは、この木の仮面の内側で、ネヴァフェルが考えるのにつれて顔が万華鏡のように変化しているのを知っている。

「ああ！」ネヴァフェルが急に声をあげた。「それよ！　いいこと、アーストワイル――あたしたちずっとまちがった考えかたをしてたんだよ。トレブル審問官も同じ。あたしたち、毒を盛られて気がふれて自殺した被害者を探してたよね。大長官みたいな人。

だけど、毒を盛られたのは被害者じゃなかったんだよ、アーストワイル！　殺したほうだったんだ。急になんの理由もなく頭がおかしくなって、自分にとってたいせつな人を殺すようにしむける毒なんだ。だけど、大長官にとっていちばんたいせつな人は大長官だったでしょ。大長官はふたりいたから。それで、何者かに蛾のビスケットに毒を盛られたとき、大長官のふたつの半身両方とも気がふれて、おたがいに殺しあいをはじめだんだよ」

しばらくのあいだ、アーストワイルはなにもいわなかった。大長官のことなどどうでもよかった。頭のなかは、ドラッジのおかみさんたち、親たち、子どもたちの姿でいっぱいだった。彼らは家に帰ったとたん、だれよりたいせつに思っていた、だれより信頼していた人に襲われたのだ。

「最悪だな」ようやくいえたのはそれだけだった。「おれたちにはそれしかないのに、おたがいしか。肩をよせあって同じ車輪を踏みつづけてるんだよ。おれたちを殺すのも問題だが……おれたちを利用してたがいに殺しあうようにするなんて、そんな……」髪に指を走らせてくしゃくしゃにする。「気が変わった。おまえがいってた、マキシム・チルダーシンをやっつける話。その計画にちょっとでもおれがかかわれるところがあるんなら、やってやる。やつが世界をゴブレットのなかにおさめていようが知ったこっちゃない。やつの頭に大釘が打ちこまれるところが見たい。それと、賭けてもいい、ここには同じように思ってるやつがほかにもぜったいにいる」

「つまり、みんなにその話をしてくれるってこと？　それは安全なの？」

「おまえがだれかはいわないよ。毒の話をするだけだ。それと、答えはノーだ」アーストワイルは重々しく首を振った。「安全じゃない。だけど、おれたちには助けが必要だろう？　多少の危険を冒すのはしかたない」

少しすると、アーストワイルはネヴァフェルにためらうような視線を投げた。「そのカエル顔。それをおれに教えてくれないか？　怒った《面》ってのがあってもよさそうだ」

28　秘密の掘削

ひと目見ただけだと、働き手《ドラッジ》はだれもが同じに見える。彼らは苦労して、確実にそう見えるようにしてきたのだ。何世紀ものあいだ、リーダーや代表者になりそうな人はみな、審問所の独房へと消えていた。だから彼らは、顔のない群衆のひとりになる術を身につけたのだ。

だが、情報が人々のあいだを漂っていた。一滴のインクが水に溶けて薄まるように、ひっそりと。大長官の毒殺の噂と、むりやり殺しあいをさせられたドラッジたちの噂だった。怒りが積もりはじめた。気にしていない者の目にはわからなかったが、それは気づかれぬままに燃えあがっていった。ポタージュの最初のひとさじではわからなかったスパイスが、じょじょに舌を熱くしていくのに似ていた。

その最初の兆候は、ひらひらと飛びまわりこそこそとコインをかっさらう、使い走りの少年たちに現れたのかもしれない。鋭い目の持ち主なら、少年たちがいつもよりうるさく騒ぎがちで、そのくせ聞きなれない足音がしたとたんにペダルをこいで逃げていくのに気づいただろう。そこで少年たちに近づけた者なら、彼らが指で目の下の皮膚を引っぱって、見慣れない不気味な顔をつくっているのを見つけられたかもしれない。

けれども、カヴェルナの強者たちには、ドラッジの子どもたちのささやきを憂えるよりもだいじなことが山ほどあって、この現象もほかの多くの重要な変化とともに見過ごされてしまった。そうした子どもたちがいま、カヴェルナの重鎮たちの個人的な会話を盗み聞きしたり、伝言を読んだりしていると知っていたなら、感じかたもちがったことだろう。

「だから、宮廷の連中はたがいに攻撃しあってるんだってよ」砂色の髪の使い走りの少年が小さく肩をすくめた。「チルダーシンのじいさんは四回命を狙われたそうだけど、かすり傷ひとつ――手袋が破けることもなかったそうだ。かわりに、やつの敵はみんなハエみたいに死んでってる。ガンダーブラック家の話は聞いたか？　全員、ちっぽけなしずくになって消えたそうだ。醸造《じょうぞう》しようとしてた野生の黒ワインに体も魂ものみこまれたんじゃないかっていわれてる。残ってたのは服、髪、爪と、香りのする青い粉の小さな山だったとさ」

ネヴァフェルはうなずいて、頭のなかでふくらんでいくリストに情報をつけ加えた。ここ二、三日、使い走りの少年たちが三々五々とぎれることなく保育所に現れては、宮廷でのできごと、とくにマキシム・チルダーシンの動きについて報告していく。アーストワイルに雇われた少年たちだ。彼らはアーストワイルから、ネヴァフェルは調査の手助けをしてくれているわけありの知り合いだから、新しい情報をすべて伝えるようにと聞かされているのだ。

少年たちの報告から判断すると、チルダーシンは宮廷での地位を確立し、昔年の恨みを晴らしているらしい。ネヴァフェルは、ライオンの巣穴に暮らすズエルを思い胸が痛くなった。

「トレブル審問官はどう？　だれかが人食いパイで殺したという噂を聞いたけど」

「いんや、だれかががんばったんだけどな。大長官が死んで以来、審問官が殺されかけたのは十二回めだ。こんどので、一日は目が見えなくなって、髪が白くなったそうだよ。狙ったのは部下だっていわれてる。だれに雇われたかはわからなかった。だけど、審問官はまた立ちあがったし、たいして弱りもしなかったみたいだ。

もうひとつあるんだ。面細工師《フェイススミス》のアペリンのことをきいてたよな？　あのな、知り合いの知り合いで、その人のことを知ってる人がいたんだよ。ただ、やつは怯えきってる。あんたと直接話してもいいといってるが、卵二十五個とひきかえで、ぜったいに自分の名前は伏せてほしいそうだ」

ネヴァフェルの心臓は、揺れる小舟に乗った小ジカのように、不安そうにはねあがった。アーストワイルの忠告にしたがって、蓄えておいたわずかばかりの保存用卵を賄賂用にとりおき、かわりにほかのみんなと同じように大麦と蛾の幼虫でできた薄いおかゆを食べてきた。そんな食事のせいでおなかがすいて疲れがとれず、頭の回転も鈍くなっている。それでも、卵の蓄えはかなり減っていた。「そんなにたくさんは用意できない」あまりきつい口調にならないように気をつけていった。「でも、一週間くらいあればなんとかできるかも」

使い走りの少年は首を振った。「今日しかないんだ。そいつ、明日になったら未開のトンネルの穴掘りに出かけるんだよ」

ネヴァフェルは危険がどのくらいあるか考えてみたが、本能は危険を冒せとせっついてきた。「今日だと、一オンス分のノクテリックならあげられる。それなら、卵二十五個以上の価値があるでしょ」宮殿の召使に渡された荷物の底に、スパイスの小袋が入っていたのだ。どうしても必要な取引に使う貴重品として入れてくれたにちがいない。

少年は歯がみしたまま息を吸いこんだ。「ノクテリック？　盗品だったら足がつく。あいつがそれでいいっていうかわからないな」ためらいながら先をつづける。「そうだ、あんたがいっしょに来て直接やつと話すのがいいよ。おれは一日じゅう、あんたらの伝言をもって行ったり来たりしてられないからな」

ネヴァフェルがためらったのはほんの一瞬だった。

「わかった」

やがてふたりはドラッジの大通りに出て、仕事の交替で移動する人の波にまぎれこんだ。この案内役は、仮面に隠されたこの顔を見て、ネヴァフェルが四六時中くじけそうになっているのを知ったらどう思うだろう？　前に働き手地区《ドラジャリー》を訪れたときは、その光景にこぶしで殴られたような衝撃を覚え、傷ついて心を打ち砕かれた。そこで暮らしているいまは、追手のだれひとりとして、ネヴァフェルがこの下層都市《アンダーシティ》に逃げこんだとは思わない理由がわかる。

何千もの虫とりランタンがあるせいか、ドラジャリーの空気はこもっていて息がつまりそうになる。洗っていない皮膚のくすぶるようなにおい。いたるところから悪臭がする。カヴェルナのゴミが積みあげられて分別され流される騒がしい巨大な洞窟からも、干し草を食べるヤギと牛が緑の光のなかで身を震わせ、水がしたたる壁をぎらぎらした目で見つめている家畜の洞窟からも。

押しつぶされたような圧迫感に、ネヴァフェルは気が変になりそうだった。ドラッジの群れのほかの人々と同じく、ネヴァフェルも人の体のわきをすり抜けたり押しあったりしなくてはならず、自分がばらばらに散らばったウジの一部になったような気がした。

「こっちだ」ようやく案内役がそれとなく親指を上にむけたので、ネヴァフェルはおとなしくロープを伝って、天井の裂け目をあがっていった。そこを抜けると、握りこぶしの内側みたいな筋の入った小さな空洞になっていて、左右にはざらざらした岩棚があった。片側の岩棚に、灰色の顔に大きな鼻をした四十がらみのドラッジの男が膝を抱いてすわっていた。手は、クモの巣のような傷に覆われている。

ネヴァフェルは慎重に体をもちあげて、もう一方の岩棚に腰をおろした。これが罠だったとしたら——ネヴァフェルのなかの宮廷生活で思い知った部分がいう——ここでネズミみたいにつかまってしまう。男が自分と同じくらい不安そうなのを見ても、少しも安心できない。

交渉は短く、すぐにノクテリックで話がまとまった。

「明日、おれは掘削チームに入って未開のトンネルにむかう」男はぼそぼそと説明した。「家族になにかおいていってやりたくてな。おれがもどらなかったときに暮らしてけるように」

「ご家族に、売るときが来るまで、箱にしまっておくように伝えて」ネヴァフェルはささやいた。「それで——マダム・アペリンについてなにか知っているとか?」

掘削人はゆっくりうなずいた。「何年も前のことなんだ。おれがオクトパス地区の掘削チームにいたときのことだ。どこだか知ってるか?」

「ええ。ドルドラム地区の近くでしょ？」ネヴァフェルは興奮して、思わず両手で膝をぎゅっとつかんだ。謎のインフルエンザ大流行のころに、オクトパスとサムファイア地区の掘削が行われていたと、ズエルから聞いたのを思いだしたのだ。「七年くらい前？」

「そうだ――そのくらいだったと思う」掘削人はちょっと驚いたようだった。「おれたちはオクトパスの作業を早く終わらせるようせっつかれてた。ほかの地区とつなげて利用したかったんだろう。おれたちは荷車にがれきを積んでオクトパス地区から運びだす作業をつづけてて、馬までくたくたになるほどだった。とにかく、ぜんぶ上まで運びあげてからばらまいて捨てることになっていた。

ある日のこと、おれは空の荷車を引っぱってトヴェノックを通りすぎた。ドルドラム地区に入る曲がり角だったところだ。そしたら、くたびれたベルベットのケープをまとったやさしげな《面《おも》》のご婦人が、おれを手招きしたんだよ。その人のトンネルで落石があったけど、なんとかぶじに補強しなおせたから、報告はしたくないというんだ。そんなことをしたら、地図つくり《カートグラファー》がやってきて部屋じゅうを踏み荒らされるからな。ご婦人は、ただ岩をとりのぞきたいので、黙ってやってくれたら金を払うといったんだ。

おれは受けたよ」男は両手をぱたぱたと握りあわせたり離したりしている。「あの人がまとっていた《面》のせいじゃないかと思う。なんだか、ずっと前に亡くした娘がいて、その子に助けを求められたような気になったんだな。それで毎日、仕事が終わったあとで、荷車をもう一度押して、ドルドラムに行ったんだ。がれきが桶に入れてあって、それをおれが荷車に積んで、ほかのゴミのところに捨てにいった。一度もつかまらなかったよ」

「それがマダム・アペリンだったの？」

「そうだ。気前よく払ってくれたから、おれはなにもきかなかった。がれきが、ただの落石で出たものじゃないのはわかっていたけどな」

「たしかなの？」

「歯が歯だというくらいたしかだよ。落石で出た岩みたいにひび割れたり崩れたりしていなかったんだ。削られて割れていた。機械で削りとられたみたいにね。それに量も多すぎた。あの規模の落石があったら、そうだな、そりゃあ、おれたちは自分たちの作業の音で聞こえなかったかもしれないが、カートグラファーなら気づいたはずだ」

「それってつまり……掘削作業をしてたのが、あなたたちだけじゃなかったってことよね」ネヴァフェルはいった。口のなかがからからで、頭がぐるぐるまわっている。公式の許可なく掘ることは、カヴェルナではもっとも重大な罪になる。まちがった場所にまちがった通路を通せば、都市の大部分で倒壊、洪水、生き埋めを引き起こすかもしれないのだ。「それであなたは、この件にかかわりがあるのをだれにも知られたくないのね？」

「心配してるのは違法だからってだけじゃないんだ」掘削人はふたりのあいだの穴から下を見た。ブーツの下からこちらを見あげている顔を恐れるように。「最後の日、おれは残りの支払いを受けとりに行くはずだったんだが、肺がぜいぜいいいだして具合が悪くなって、かわりに義理のきょうだいに荷車を預けて行かせたんだ。そいつは帰ってこなかった。胸をつぶされて死んでいるのが見つかったんだ。荷馬車の車輪にひかれたんだとだれもが思ったし、じっさいそうだったのかもしれない。だけど、それだけじゃなかったと思うんだ。たいていの人はドラッジの区別がつかないだろう。その車輪はおれを狙ってたんだ、おれが知ってることを話さないようにするために。だからおれは口をつぐんで、未開の地の掘削人の仕事をやってきた。やつを殺した連中が、人ちがいにぜったい気づかないことを祈りながら」

ネヴァフェルはなにもいわなかったが、頭を左右の手で横からはさみこむように押さえた。そうしておかないと、なかにあるなにもかもがいつまでも動きまわっていそうだった。

「それはいつごろ起きたの？」ささやき声で尋ねた。「ドルドラムでインフルエンザがはやる前だった？」

「そうだ。流行のせいで、オクトパスでの作業がひどく遅れたんだ。たくさんのカートグラファーが命を落とした。連中がどんなふうに群がるか知ってるだろう？　ドルドラムにはカートグラファーをひきつけるなにかがあって、インフルエンザが流行したとき、真っ先に六人が死んだ」

「なんでドルドラムに集まるかはだれもいわなかったの？」興奮をのみこんで、ようやくこれだけいった。

「いってたかもしれない」掘削人は可能であれば「おどけた顔」を見せたのだろうとネヴァフェルは思った。「だけどおれは尋ねなかったし、話を聞きもしなかった。カートグラファーってやつはいつでも嬉々として、知ってることを洗いざらい話したがるだろう。なにもかもだ。

それが問題なんだよ」ここまで話すと、男はすわったまま不安そうに体を揺らしはじめた。「さてと、おれの話はおしまいだ。スパイスをくれるよな。いいだろう?」

「ええ」ネヴァフェルはぼんやりといった。「ええ、それでいい。それとあなたのいったとおりよ。生きてることをあの人たちに知られないほうがいい。あたし……もう行かないと。頭がぱんぱん」ネヴァフェルはノクテリックの入った小袋をあっさり男に手渡すと、裂け目を通って、案内役の少年が待つ下の通りにおりていった。

ネヴァフェルはぼおっとしたまま少年のあとをついていった。ドルドラムを掘りかえしていたなんて、何者かが秘密を守るためにたいへんな手間をかけてきたにちがいない。七年前の違法な掘削作業。

七年。いつでも七年だ。なにもかもが七年前に起きている。

コウモリの声で鳴く人たちが未発見の道について騒いでいた。ドルドラムでインフルエンザが流行した。マダム・アペリンが子どもの服を買っていた。匿名で巨大な懸賞金がクレプトマンサーの首にかけられた。そして、ネヴァフェル自身がとつぜんグランディブルのトンネルに現れた。なんの記憶ももたずに。どれも七年前のできごとだった。

もしこれらのできごとがすべて、ひとつの大きな秘密の一部だったとしたら? もし七年前にだれも知らないはずのなにかが起きていて、それがあたしに関係があるとしたら? あたしは知っているのかもしれない。だからだれかがあたしの記憶をすべて奪ったのかもしれない。だからだれかが審問所の檻であたしを殺そうとしたのかもしれない。あたしがなにか思いだしたら困るから。

頭のなかでドンドンと音がするようだった。まるで、意識の扉の背後から、忘れられた記憶が飛びだしてこようとしているみたいだ。

真実はあたしの頭のどこかに閉じこめられている。思いだされるくらいならあたしを殺してしまいたいとだれかが思うほど危険な秘密とは、いったいどんなものなのだろう？　そして、あたしを殺そうとしたのは、だれなのだろう？

七年間、ネヴァフェルはグランディブルのトンネルで守られてきた。隠れた敵は、ネヴァフェルがどこにいるか知らなかったのかもしれない。でなければ、単純に手出しができなかっただけかもしれない。それからネヴァフェルが隠れ家を飛びだして顔を見せてしまった。何者かはそれを見たか、十三歳くらいの赤毛のよそ者の少女の話を耳にして、正体に気づいたのだろう。

その何者かは、ネヴァフェルが審問所になにかを話してしまう前にと、檻のなかで殺そうとした。その企てが失敗した直後に……突如としてマキシム・チルダーシンがやってきて、ネヴァフェルを買いあげた。あれは偶然ではないだろう。チルダーシンがあんなことをしたのが、同情や、姪を救いたい気持ちからではなかったとしたら？　あたしを殺させようとしたのがあの人で、買うことに決めたのは、永遠に沈黙させる機会をうかがうためだったとしたら？

だけど、あの人はあたしを見た。そして、自分の計画に使えると気がついた。それからだ、あたしがなにか思いだせないかたしかめて、あたしを生かしておいても安全かどうか見極めようとしはじめたのは。

しじゅうチルダーシンにきかれたことを思いだす。審問所になにを話した？　グランディブルのトンネルに来る前のことをどのくらい覚えているのだ？

書斎で与えられた再現ワインは、テストだったにちがいない。チルダーシンは、ほかの人間がその種のワインを使ってあたしの記憶を呼びもどせるかどうかをたしかめたかったんだ。もしあの再現ワインであたしがなにかを思いだせていたら、生きてあの部屋を出られたのかどうか……。

だが、ほかにも筋の通らないことがいくつか残っている。チルダーシンは大長官の殺害に一役買わせるためにネヴァフェルを生かしておきたかったはずだ。それなのに、毒見係の居住区にいるあいだに、何者かがグリサーブラインドを使った殺し屋を送りこんできた。となると、あれはチルダーシンではない。べつべつの敵が複数いるということだろうか？　それとも、敵のチーム内で意思の疎通ができていない？

あたしにどうしても思いださせたくないことって、いったいなんなんだろう？　あたしが知っているのに知らないこと？

とつぜんネヴァフェルは、はっとして現実に引きもどされた。案内役のあとから、アーチのついた小路を抜けているところだったが、人の流れが急にとまって、前に引っぱられたかと思うとうしろに引きもどされたような感じがした。驚きと混乱の声があがっている。ネヴァフェルは気がつくと、人々のあいだで押しつぶされそうになっていて、さがろうとする人の背中に仮面をつけた顔が埋もれていた。

「カートグラファーだ！」声があがった。「カートグラファーが来る！　もどれ！　さがるんだ！」だが、事態に気づいていない人の群れがうしろから押しよせてきて、さがることはできない。恐怖が猟犬のように、喉めがけて飛びついてくる。

「伏せろ！」ほかのだれかが叫び、群衆はばらばらと膝をついて崩れ落ちた。腕で頭を覆ったり、できるだけ低く身を伏せた者もいた。つぎにネヴァフェルが気づいたのは、伏せた人たちを乗りこえるように、トンネルを這って抜けていこうとする人たちの姿だった。ブーツが踏みしめているのが岩だろうと顔だろうとおかまいなしだ。奇妙な機械を握りしめたり、出っ張ったメガネをつけたりした人たちが、べらべらとまくしたてたり舌打ちしたり口笛を吹いたりしながら進んでいく。一瞬だれかの膝がずっしりとネヴァフェルの肩にのってきて、ブーツの片方のつま先が耳をこすった。

痛いと思ったつぎの瞬間、気がふれたように這い進む人たちは、通路の先のほうに消えていた。カートグラファーに道をあけられなかったり、退却できなかったりした群衆が、身を伏して、頭の上を通してやったのだ。

人々は慎重に時間をかけて立ちあがり、見知らぬ者どうしで助けあいながら、また進みだした。ネヴァフェルもよろよろと立ちあがった。どういうわけか、投げだされて半分踏みつけにされた衝撃で、頭の働きがよくなっている。ほんの一瞬くらくらしながら、考えが行きづまるたびに自分で同じようにできたらいいのにと思った。

あちこちぶつかってあざをつくりながら保育所に帰りついたとたん、アーストワイルに腕をつかまれて、むりやり隅に引っぱっていかれた。

「このいかれたちびの蛾め！　どこに行ってた？　なにを考えてるんだよ、ドラジャリーをうろうろするなんて？　しかもおれにはなんのメモも残さずに！　もうちょっとで、ほんとにもうちょっとでおまえをあきらめ――」

「ごめんなさい、アーストワイル。ほんとうにごめんなさい！」ネヴァフェルは心からあやまっているのを示すために一瞬だけ仮面をはずした。「危険なのはわかってたけど、どうしてもつきとめておきたいことがあったの。なんだと思う？　わかったんだよ」ネヴァフェルは自分の寝床に行くと、わらのマットレスをもちあげて、下に隠してあったカートグラファーの変装用具を引っぱりだした。

「わかった？　それはいったいどういう意味だ？」

「なにかだいじなことが七年前に起きていて、あたしはそれがなにかを知っている。自分がどうやってカヴェルナに入ってきて、どうしてそれを思いだせないのか、どうしてドルドラムが封鎖されることになったのか、どうしてチルダーシン家がぜったいに時計脱を起こさないのかわかったと思う。

あたしの考えが正しければ、やらなきゃならないこともわかる。だけど、まずは自分が正しいことを確認したい。アーストワイル――いちばん近くの掘削現場はどこ？　ここからいちばん行きやすいところは？」

アーストワイルは歯を食いしばったまま息を吸いこんだ。話の方向が気に入らないという顔をしている。「ペリラス・ジャットのところかな。どうしてだ?」

ネヴァフェルはゴーグルをもちあげて、レンズに映った自分の小さな黄色い影をじっくりと見た。「どうやら」ゆっくりといった。「カートグラファーと話す必要があるみたい」

29　狂気のありか

　カヴェルナ人で、新たにトンネルが掘られているところに入っていきたがる者などいない。なんで、そんなことをする？　なんで、開いたばかりの裂け目から窒息性のガスや可燃性のガスが漏れてくるかもしれない場所に、わざわざ危険を冒して行く？　まだだれも足を踏み入れていない通路が崩壊するかもしれないのに。なんで、騒音やがれきや、踏みならされていない地面に耐える必要がある？　そして、最後になったがもうひとつだいじなのは、放浪中の地図《カート》つくり《グラファー》に遭遇するかもしれない場所にわざわざ踏みこむなんてありえない、ということだ。

　アーストワイルはそんな文句をぶつぶついいつづけ、辛辣《しんらつ》な言葉はどんどん独創的になっていったが、それでもいっしょに行くといいはったので、ネヴァフェルは驚いた。

　道中で行きあったのはほんの数人だったが、ネヴァフェルのカートグラファー風のいでたちと蝶をとめた六分儀を見ると、耳をふさいだり、うしろにさがったりした。掘削作業にとって、カートグラファーは必要悪だ。新しい立て坑がとつぜん崩壊したり、上を通る通路を弱体化させたりするかもしれないとか、思いがけなく地下の川と合流して人々をのみこむかもしれないとか、そうしたことがわかるのはカートグラファーだけなのだ。

　トンネルのようすはじょじょに変化していき、空気が冷たくなり、削られた壁の表面が明るくなり、しだいにつやが出てきた。やわらかにこだましていた大通りの物音が遠くなり、つるはしが岩にあたるトンカン、ガチャガチャという音がはっきり聞こえ、ときおり岩や石のゴロゴロという音も混じるようになった。

やがて、ネヴァフェルとアーストワイルは、岩が山と積まれた荷車をおとなしく引いている坑内用のポニーとすれちがった。御者はねじった布を耳につめているようだ。耳を守っているのが、やかましい音からなのか、カートグラファーの言葉からなのかはわからない。御者は、ゴーグルをつけて、いかれたかっこうをしているネヴァフェルにはちらりとしか目をくれなかったが、彼女のうしろを歩いているアーストワイルに興味をひかれたようすでしばらく見ていた。

「あんたは耳に布をつめたほうがよさそう」荷車がごろごろと通りすぎたあとで、ネヴァフェルはささやいた。「でないと、なんであたしといっしょに歩いてるのに、気がふれてないのか不思議に思われるでしょ」ふたりはぼろぼろになったネヴァフェルの袖を小さく切りとり、丸めて耳栓をつくった。「もうすぐ人と会うようになるけど――ぴくぴく、もじもじして、頭がおかしいふりをしたほうがいいのかな?」

アーストワイルは耳あての布をかんでやわらかくしながら、横目でネヴァフェルを見た。

「なにも変えなくていいだろう」それだけいった。

このあたりのトンネルの多くは、埃まみれだがわりと新しい木材に支えられていた。空気の流れを測るために音程を調節した風鈴がそこここにぶらさげてあり、壁には白墨で印がつけられ、地面にトンネルの名前が殴り書きされている。ようやくふたりは、横に長い坑道に出た。わきの通路からさまざまな働き手《ドラッジ》たちがせわしなく出てきては、削った岩を桶に入れて運びだしたり、たらいの白く濁った水を木製の水路に流したり、前方の岩盤の薄い色の層を調べたりしている。

ドラッジのひとりが新しくやってきたふたり連れに気がついて、アーストワイルに身振りで合図した。

「こっちじゃない！」男はおおげさに口を動かしていった。アーストワイルの耳栓に気がついたのだ。「あっちから連れていけ。左だ」

アーストワイルはうなずいてネヴァフェルの腕をつかむと、左のアーチをくぐってくだり坂になった小さな通路をたどっていった。やがて、にわかづくりのずれた扉の前に出た。砂時計がついている。

「カートグラファーを押しこめておくところね、きっと」ネヴァフェルがささやいた。「ここで待ってて。時間切れにならないように、ひとりが外で見張ってたほうがいい」

「いや、おれが入る」アーストワイルがいきなりいった。「おまえはすでに半分おかしい――あとちょっとでほんとうにおかしくなっちまう」

「だから、あたしのほうが失うものが少なくてすむでしょ」ネヴァフェルは深く息を吸いこむと、砂時計をさかさまにして、アーストワイルが反対する間を与えずに部屋のなかに入った。

ドアのむこうは小さな丸い部屋で、真ん中の木の椅子に男がひとり静かにすわっていた。五十歳くらいで、薄くなりかけた金灰色の髪をきれいにとかしつけてある。着ている厚手のコートには、湿ってさかだった灰色っぽい毛皮で縁どりがしてあった。背丈から判断するにドラッジではない。顔をあげたときにネヴァフェルにむけた明るく自信に満ちた笑顔もそうだ。教授が新しい学生の到着を喜んでいるみたいな笑みだった。

足ははだしで、汚れた長いつま先を石の床の上で何度も何度も曲げている。まるで、なにかをつまもうとしているかのようだ。

「ほお、ちょうどいいところに来た。子午線を計算しなおすのを手伝ってくれ。時計と反対まわりに揺れて、方位角がばらばらになってしまったんだ」

「あたし……」ネヴァフェルはつばをのみこみ、正直に話すことにした。「カートグラファーじゃないんです」

「わかってる」男はつま先を曲げながらいった。「きみの蝶の位置はまちがっている。でも、手伝ってもらうよ。糸のこっちの端をもって、ゆっくりと円を描くようにぼくのまわりを歩くんだ。ぼくから目を離さずに、ぼくがいちばん白く見えたら教えて」

「お願いです！」ネヴァフェルは五分間まるまる、ただまわりつづけて過ごしたくなかった。「ききたいことがあります。ドルドラムのことです。そこを出入りしていた通路のこと。七年前に起きたこと」

「ドルドラム。ドルルルドララーム」カートグラファーは最初ささやくようにいってから、こんどはゆっくりと息を吐いたので、「ドル」がベルのように響き、「ラ」がドラムロールのように連なった。「そんなことをきかれるのは久しぶりだな。あそこが封鎖されたのは残念だった。美しいツイスターだったのに」

「ツイスター？」ネヴァフェルは思わずきいていた。

男は、チョコレートアイスのつまった金の聖杯をさしだされたかのように、にっこりほほ笑んだ。「知りたいのか？」嬉々として尋ねる。「ほんとうに知りたいのか？」

ネヴァフェルは急に、知りたくない、と強く思った。

「ただのツイスターじゃないんだ、いいか」カートグラファーは話をつづけた。「あそこではほかにもなにかが起きていたんだ」

「違法の掘削ですよね」ネヴァフェルはここまでの会話がふつうに思えることに少しとまどいながら、それとなくいってみた。「おおぜいのカートグラファーが調べに行って、亡くなった。そうですよね？」

「そう、インフルエンザだ。そういわれてた」男はネヴァフェルをじっと観察している。そのまばたきのしかたには、どこかおかしなところがあった。ふつう、まばたきをするときにはぴったりと目をつぶらないものだが、この男はきっちりまぶたを閉じて、一瞬間をおいてから目をあける。目を閉じて、一拍おいて、目をあける。「きみは何者なのだ？」まだ笑みを浮かべたまま、急に脅すような疑うような声音でゆっくりときいた。「どうしてわれわれのようなかっこうをしている？　どうしてここにいて、ドルドラムについてきいているのだ？」

嘘をつくか立ちさるかして、これ以上なにもきかないのがまともな選択肢になるだろう。けれどもネヴァフェルは、衝動的にゆっくりとゴーグルをもちあげて、天井からひとつだけぶらさがっている虫とりランタンの明かりで顔が見えるようにした。

「ああ、きみか」カートグラファーは椅子にすわりなおした。目を閉じて、開く。「彼女はきみが気に入らないだろうな」

「え？　だれが？」ネヴァフェルは混乱してきいた。頭のなかに、呼んでもいないのにマダム・アペリンの姿がぱっと浮かんだ。

「まったく気に入らないだろう」カートグラファーは首を傾げて目をつぶった。つま先からの感覚に意識を集中しているのがわかる。「きみは……刺激する」

ネヴァフェルは、クレプトマンサーがカヴェルナについていっていた言葉を思いだし、「彼女」の正体について新たな疑惑を覚えた。

「刺激なんかしたくない」心からつぶやいた。「そもそも、街にいたくもない。だけど、ほかに行くところがないんだもの」

「どこでもないところに行きたいのなら、未発見の道が必要だ。どこでもない、無に通じている道だ。コウモリ鳴きたちは無に踏みこんでいったが、帰ってきたものはなにもなかった」

「ええ」ネヴァフェルは身をのりだしてささやいた。「未開の道を求めてるんです。それについてぜんぶ知りたいの。七年前に現れて、消えたんですよね？　それは、カートグラファーたちがドルドラムに群がりはじめたころでしょう？　あたしがいいたいのは、みんなが群がっていたのは、そこに未開の道があるのに気がついたからでは、ということなんです」

いまや、カートグラファーの意識は完全にネヴァフェルにむけられていた。ネヴァフェルは、なにかべつに男の気をそらすようなことが起こればいいのにと思いはじめた。それくらい、強いまなざしで見つめられている。その視線が編針のように額に突き刺さりそうに感じた、ちょうどそのとき、カートグラファーは立ちあがり、背後にあるドアのほうに歩いていくと、とりつけられた砂時計をひっくり返して、ドアのむこうに入っていった。砂時計自体は埃とつぶれた虫で汚れていて、ガラスにはかぎ爪の跡がついている。

「待って！　どこに行くの？」ネヴァフェルの声が小さな部屋に虚しくこだました。一瞬、彼女の正体を報告しにいったのではないかと恐ろしくなった。それから、たったいま目にしたことがわかってきた。男が通っていったドアにはそれ用のカートグラファーの砂時計がついている。ということは、だれか、あの男でさえも五分以上話をする危険は冒せない相手と話をしにいったのだ。相手は、ふつうのカートグラファーたちに恐れられているような、狂気と洞察力をもつカートグラファーなのだろう。

愚かなことだとわかっていても、ふたつめのドアに駆けよって耳を押しあててみずにはいられなかった。けれども聞こえるのは、押し殺したような会話だけだ。さっきまでここにいた男と、もうひとりべつの人物とが話をしている。そのもうひとりは、怒ったように舌打ちしながら話していて、その声をさっきの男の短く鋭い悲鳴がさえぎっている。間があいたかと思うと、ぱたぱたという足音と金属がきしむ音がして、またべつのドアが開いて閉まる音が聞こえた。

一拍おいて、怒ったような声と悲鳴がごくごくかすかに聞こえたような気がしたが、その声のむこうにすら、コウモリの鳴き声を思わせる甲高い声が混じっているようだった。

また、目には見えないドアが開いて閉まって、怒ったり叫んだりして説明しているらしい声が聞こえた。ネヴァフェルが目の前のドアから飛びのいた直後に、そのドアもあいて、さっき話をした背の低い男がふたたび入ってきた。

男はさっきよりずっとぎょっとするような姿になっていた。髪はアンテナみたいに好き勝手にはね、目はぎょろついて、額が汗でてかてかしている。額の上にすすけた手形がついていて、襟はかみ切られたように見える。

「美しい」というのが男の第一声だった。「欠点はもっとも美しいものだと思わないか？　宝石の小さなひび割れみたいに、光を受けると輝くのだ。形があることもある。完璧な目のなかの斑点《はんてん》みたいで、のぞきこむうちに甘く希望のないらせんを滑りおり、彼女はぜったいに許してくれないのに、ツイスターのところにもどっていく、ふたつの北がコルク抜きの輝きとともに出会うところまで……」

たわごととして聞き流せるのなら、ネヴァフェルはぶじでいられたのだろう。だが、その断片が意味を成し、ネヴァフェルの脳はそれにしがみついて引っぱられていった。疾走する馬からはずれて引きずられていくあぶみに、片足をのせた乗り手みたいに。それだけの価値はあった。長くしがみつけばつくほど、それはさらに意味を成し、自分を引っぱっているものがとつぜん、馬にしてはうろこだらけになり、頭もたくさんになり……。

ネヴァフェルは欠点の美を理解しはじめていた。上方向と下方向がひそかに議論をあきらめて手を握りあった場所、コンパスの針が踊り狂うようにふれ、空間そのものがしぼったフランネルのようにねじれている場所だ。カヴェルナのきらきらした笑顔のえくぼ、ささやかな弱点、しるし。それらを理解することは、ほほ笑みを、彼女の手にあるねじれたバラを、彼女の幾千もの歯がくわえた骨を盗むことだ。

ネヴァフェルの意識は、ずっと閉じこめられていたくだらない常識の頭蓋骨《ずがいこつ》からはじけて、飛んでいってしまったようだった。壊れた鳥のように激しく、スープのように形をなくして。目の前にツイスターが見える。曲がった針が地図を引っぱってゆがませている。ネヴァフェルはそこに意識を注ぎこみ、形をとって、ツイスターになりはじめた。そうだ、こうやってすべてがぴったり合わさっていったのだ。こうして自分の意識をたたんでみて、それがわかった。

それから一瞬、なにかほかに光るもの、なにかじらすようなものが見えた。ほんとうにわずかな瞬間、完璧に丸い洞穴の口のような裂け目が現れ、そこから光にあふれた立て坑がつづいているように見えた。未発見の道だ。それはネヴァフェルを手招きし、探索して地図にしてくれと頼んでいたのに……消えてしまった。カヴェルナじゅうのカートグラファーがその道を思いだしてついたため息が感じられる。あれはどこ？　どこにつながってるの？　そして、なぜ、どうして、みなが地図に記して崇めたてる前に消えてしまったの？

いま、あたしなら見つけられるかもしれない。あたしにはできる。でも、この体を捨ててしまったほうがずっとかんたんで早い。意識だけでトンネルをたどり、山の岩のなかに輝く宝石の川を泳いでいければ……。

……気がつくとネヴァフェルは、すりむいた膝をつき、喉は痛み、だれかに耳をひねりとられそうになっていた。

苦痛のあまり悲鳴をあげ、敵を払いのけようとして、それがアーストワイルだと気がついた。通路にもどっていたのだ。カートグラファーの部屋のドアはふたたび閉まっていて、砂時計の砂はすべて底に落ちていた。

「どうしたらいいかわからなかったんだよ！」少し息がつけるようになると、アーストワイルが叫んだ。「砂時計の砂がぜんぶ落ちたあと、おまえを引きずりださなきゃならなかった。揺すってみたけど、だめだったんだよ！　おまえはぶるぶる体を震わせて、黒土《ローム》の栄光について叫んでたんだ！」

「ありがとう」ネヴァフェルは弱々しく声をしぼりだした。頭はまだぼんやりしている。足もとを見ると、はだしになっていた。ゆっくりとつま先を曲げてみる。

「うまくいったのか？」アーストワイルが顔をのぞきこんで尋ねた。

「それはもう」ネヴァフェルは答えた。「ほんの少しのあいだだけど、すべてがどうやってひとつにまとまるのか、物事がほんとうはどうつながっているかが見えた……」目に見えないココナッツの半分ずつをくっつけようとしているみたいに、お手上げという身振りをしてみせる。「つまり……いまもそれは美しくって。残ってるのがピンク色みたいな色で、それを金色になるまで回転させたところを想像してみて、もう！　アーストワイル！　もう！　耳を放して！」

アーストワイルに断固として放すつもりはなく、ネヴァフェルを引きずってペリラス・ジャットを出るまで耳をつかんでいた。放したあとも、ネヴァフェルにカートグラファーの兆候がないかどうかたしかめていて、じっさい、彼女が壁は通りぬけられないのだということを何度も忘れていたので、少しも安心できないようだった。それでも、ようやく態度をやわらげて、話のつづきをうながした。

「それで？」

「あたしの考えはあたってた」ネヴァフェルはゆっくりと先をつづけた。「いまでははっきりわかる。あのカートグラファーにドルドラムについて尋ねたら、話してくれた……見せてくれた……ああ、うまく説明できない！　あの人がいってることがわかってきたと思ったら、言葉では追いつけなくなって、目に浮かぶようになったんだ。ドルドラムにはツイスターがあって……それっていうのは……」ネヴァフェルはそれがどういうものか探りだして言葉にしようとした。ところが、逆にそれが探りかえしてくるような感じがしはじめて、ネヴァフェルはぎょっとして縮みあがった。

「ギャー！　やめて！　それがなにかは気にしないで！　とにかく、地理が本来あるべき法則で働いてない場所なんだ。

だいじなのはここ。ドルドラムは一度も封鎖されたことはなかった。いまでも入口がある。それもふたつも。ひとつめは、マダム・アペリンの隠し部屋の裏手からつながっている。そこまではかんたんなの。正常な脳でも、現実にある物事から導きだせることだから。もうひとつの入口は、ほとんどの人が思いつかないと思う。

それは、チルダーシン邸から通じてるの。あの屋敷に入って、裏から出て、私設通路を進むと、その、ツイスターがなにかしてくれてドルドラムに行きつくってわけ。《朝の間》はドルドラムにあるんだよ」

「それだけか?」アーストワイルは心底つまらなそうにいった。「つまり、マダム・アペリンの居住区とマキシム・チルダーシンの家のあいだに秘密のトンネルがあるんだろ。あいつらが組んでるのはもうわかってることじゃないか。それがおまえの意識に溶けこんでて、出てきただけじゃないのか?」

「ちがう――そうじゃない。そういう意味じゃないんだって。すべて《朝の間》につながる話で――そうだ、物語にして話すね。そのほうがわかりやすいから」ネヴァフェルは髪の先を引っぱってから、それが赤くなくて黒いのを見てまたしてもぎょっとした。

「昔々あるところに、頭がきれて力のある男がいました。男は家族のためならどんなことでもしようと思っていました。住む場所はカヴェルナしかないという点ではほかの人と同じ意見でしたが、ほかのカヴェルナの有力者とはちがうところがありました。男はいつも、片目をはるかかなたの世界にむけていました。そして、自分たちの一族を宮廷のほかの人たちより優位に立たせてくれる、あるものを見つけたのです。それがあれば、自分たちはほかよりも賢く強くいられて、なににおいても上に立つことができます。けれどもそれは、地上世界にしか存在しないものでした。カヴェルナでは手に入れることができない――禁じられたものだったのです。そこで男は、それをひそかにもちこむための方法を探しもとめ、とうとう見つけたのです」

「なんなんだよ？」アーストワイルがきいた。「やつがひそかにもちこんだものって」

「考えてみて」ネヴァフェルはこぶしをかんだ。「カヴェルナにもちこむのがもっともむずかしいものはなに？　ぜったいに許されていないもの？」

アーストワイルは少しのあいだ考えていて、それから笑顔をとりもどした。「火薬だ！」

ネヴァフェルは首を振った。「日の光。日の光なんだよ。

あたしは未発見の道を見た。まあ、見たというか、あのカートグラファーが覚えてるとおりに、感じたものを見たのだけど。あの人たちは、出入口がひとつしかなかったといっていて――もう一方の口は無につながってると考えてる。だいじなのは、カートグラファーたちはみんなカヴェルナに恋をしてて、彼女の外のことはなにひとつ理解できてないってこと。

未発見の道の先にあるのは無じゃないんだよ、アーストワイル。そのずっと先につながってるのは地上世界なんだと思う。カヴェルナの外。そして、それはチルダーシン邸の《朝の間》からはじまってる。あの部屋の青い光は、虫とりランタンの光とは思えない。あれは本物の日の光なんだよ。

チルダーシンが家族に毎日、《朝の間》で朝食をとるようにいってるのは、あそこにすわって日の光を浴びるためだと思う。それに、ふつうの二十五時間時計じゃなくて地上世界の時計を使わせてるのは、あそこに行くときがいつも日中になるように、けっして夜にならないようにするためなんだ。

チルダーシン家の人たちはほかの家の人たちとちがうでしょ？　目立ってるの、宮廷にいても。あの人たちはほかの人たちとちがって、一度も時計脱になったことがないんだよ。頭もいいし、肌もつやつやしてるし、背だって高い。《珍品の棚》にある、地上世界人用につくられた衣類やよろいを見たことがある？　どれもすごく大きいんだよ。あれを着る人は背丈が六フィートはありそうなんだ。それに、あたしを見てみて。よそ者のあたしは、この年にしては背が高いよね。あのね、チルダーシン家の人たち、とくに若い人たちはみんな、あたしと同じで、年のわりに背が高いんだ。だからたぶん、太陽はただ人の肌を焼くだけじゃなくて、人を大きく強くするんじゃないかな」

「ってことは、その違法な掘削をしてたところが、未発見の道だったってことか？　日の光をとりこむために上に通じるトンネルだったと？」

「そう。マダム・アペリンはがれきを処分することで協力した。ただ、いまだにわからないのは、《悲劇の連作》がこの話のどこにどうかかわってるのかってことと、どうしてあたしはあの人と自分のあいだに絆があるように感じるのかってこと。

トンネルを掘りおえると、《朝の間》の端にガラスで蓋をして隠そうとしたけど、その前にふたつのことが起きた。ひとつめは、コウモリ鳴きの人たちの何人かが、通路が封じられる前にその存在を察知して、なかには場所までつきとめた人もいて、口封じで殺された」

「もうひとつは？」

「なにかが地上から立て坑に落ちてきた。あたしが」

30　のぼりとくだりが出合うところ

働き手地区《ドラジャリー》にもどる三十分のあいだに、ネヴァフェルはなにかがおかしいと思いはじめた。最初に気になったのはアーストワイルのようすだ。何度も頭をぴくっと動かしてはあたりをうかがっているのだが、その回数がどんどん増えている。ふとネヴァフェルは、来たときよりもずっと速くずっと楽に進めているのに気がついた。前ほど人の群れが押しよせてこない。ふたりだけが、薄い、手には触れない泡に包まれてでもいるみたいだ。ネヴァフェルがまだ地図つくり《カートグラファー》のいでたちでいたのなら、この状況もうなずけるが、いまはふつうの働き手《ドラッジ》の服にもどっていて、顔には仮面をつけている。

アーストワイルが手をのばしてひとりの少年の腕を引っぱったが、少年は一瞥もせずそのまま行ってしまった。

「どうしたの？」ネヴァフェルは小声できいた。

「おれたち」アーストワイルがささやきかえす。「おれたちのなにかがおかしいんだ。なにかはわからない。だけど、ほかのみんなはわかってる」自分の世界の流れから拒絶されていることにショックを受けているような声だった。「保育所にもどろう。それからおれが歩いてまわって、何人かと話をしてみて、なにがおかしいのかつきとめるよ」

ようやく前方に保育所の扉が見えてきたときには、ほっとして胸が高鳴った。ネヴァフェルはアーストワイルを連れて急いで中央の部屋に入ろうとして、足をとめた。

室内はすきまがないほど混みあっていた。赤ん坊が割れた莢からのぞいたマメみたいに顔を出しているベッドのあいだに、大人のドラッジが数十人集まっている。壁という壁の前に並び、テーブルに腰かけ、削れた壁のぎざぎざの出っ張りにちょこんとのっている。割れた爪の掘削人、足踏み車の踏み手、背中の曲がった配達屋。埃にまみれて灰色になったたくさんの顔には動きがなく、まるで彫像の群れとむきあっているような感じがする。

背後でカチャリという音がしてネヴァフェルが振りむくと、所長がなかからかんぬきをかけたところだった。所長は前に進みでてきて、ネヴァフェルの顔から仮面を引きはがした。ネヴァフェルは凍りついたが、身をすくめたりかがんだりはしなかった。もう手遅れだ。この人たちは知っている。みんな知っているのだ。

ほんの少しほっとしたのは、ほとんどの人がまばたきもせずにまっすぐ見つめているのが自分ではなく、アーストワイルだったからだ。

「だれもこの娘のことに気づかないと思っていたのか?」牛乳用の手押し車に腰かけている男のひとりがきいた。ネヴァフェルはすぐさま声の主のほうに視線を走らせたが、だれがしゃべったのかはわからない。目の前にいるドラッジたちはだれひとりとしてリーダーらしいふるまいはしていないし、群衆が無言でだれかに指示を求めているのでもない。ほとんどなりゆきまかせで、ひとりを選んで自分たちの思いを語らせているかのようだ。

「おれはただ……」アーストワイルの言葉はとぎれ、あたりを見まわしてから、自分の言葉がどこにも届いていないのに気づいたようだった。

「この子は例のよそ者だね」こんど口を開いたのは髪が薄くなりかけた女だった。「みんなが探してるよ。前にこの子がここをうろついてたときは、探しにきた審問所にドラジャリーの半分をひっかきまわされたんだ。なのにこんどは、あんたがこの子を連れてきたのかい」

「聞いてくれ！」アーストワイルはわずかに残った勇気の糸をかき集めようとした。「彼女を匿《かくま》っておかなきゃならないんだ。彼女はあることを知っている。大長官の死と、それと……」

アーストワイルの言葉は、驚きや非難のつぶやきにかき消された。人間の声というより、太鼓の音の残響みたいなやわらかな音だ。

「大長官の死だって？」鼻の折れた男がいった。「もっとまずいじゃないか。この子はおれらにとって危険でしかない。審問所にさしだせ、でなきゃ評議会に」

「やめて！」「やめろ！」ネヴァフェルとアーストワイルは同時に叫んだ。

「評議会のほうがたくさん報奨金をくれるらしい」部屋の奥から声がした。「それに、おれたちの扱いもいいだろう」べつの声がいう。「子どもたちの分まで卵を多めにくれる」

「聞け、聞いてくれ！」アーストワイルが甲高い声をあげた。「大長官だけじゃないんだ！大長官を殺した犯人はドラッジも殺してる！」

「ほんとうよ！」ネヴァフェルが加勢する。「最近の予行演習はやつらのしわざ。毒を使って人の気がふれるようにして、たいせつな人を殺すようにしむけたんだよ」

非難のつぶやきがぴたりとやんで、完全に静まりかえった。もしまなざしが音を発するものだったら、いままでに聞いたこともないほどうるさいまなざしだったろう。ふとネヴァフェルは思った。少なくとも、アーストワイルはひとつ勝利をあげたのだ。みなが耳を傾けている。

「マキシム・チルダーシンのしわざだ」アーストワイルは息も切れ切れにいった。「ワイン商だよ。評議会のリーダーの。あの男がすべて仕組んだんだ。そして、このままやつは逃げおおせるだろう、おれたちがとめないかぎりは。ここにいるネヴァフェルの助けがあれば、おれたちでとめることができる。ネヴァフェルとおれは、やつがしたことについて調べてきた。やつを失脚させられるような犯罪の数々だ。審問所はチルダーシンを憎んでる――連中はこの機会に飛びつくだろう。喜びいさんで話を聞きたがるはずだ」

チルダーシンが大長官を殺したのは証明できないが、やつはそれ以上のことをしている。秘密のトンネル、地上までつづくトンネルを掘らせたんだ。やつはそこを使って、ひそかに日の光をとりこんでいる」アーストワイルは調子をとりもどしてきて、いきおいづいている。「違法なトンネルだ。それがやつの朝食の部屋に通じてる。つまり、たくさんの法律を破ってるってことだ、そうだろう？　ネヴァフェルがつきとめてくれたんだ」

「ならば、その娘を審問所に渡せばいい」年配の片目の男がざらざらした声でいう。「その娘が大長官と秘密のトンネルについて審問所に話せばいいんだ」

「なんだって？　だめだ！」アーストワイルは叫んだ。「審問所には拷問する者、人殺しをする者がうじゃうじゃしてる。彼女をやつらの手に渡すわけにはいかない」

「審問所の連中がそんなにチルダーシンを憎んでるなら、その娘を生かしておく必要があるだろうよ」答えが返ってきた。「その娘は安全だ。だけど、われわれが連中を怒らせたら、生かしておいてもらえるわけがないじゃないか？」

「そんなのうまくいかない！」ネヴァフェルが声をあげた。「もしうまくいくと思ってたら、あたしはとっくに審問所に出むいてる。最初から思いきってすべてを話してた！　あたしが好きで走りまわって、みんなを危ない目にあわせてると思う？　そう、もしあたしが宮廷の聴聞会で話をする機会をもらえるなら、大長官の身にほんとうはなにが起きたのかみんなに説明できたら、ちがってくるのだろうけど。みんな、あたしが真実を話してるのはわかるだろうから。あたしは嘘がつけないから。

だけど、あたしが話をする機会はぜったいに来ない。チルダーシンとその仲間たちは、審問所にスパイをしのびこませてる。いまごろチルダーシンは、あたしがなにか知ってることに気づいてると思う。でなきゃ、あたしが逃げだすわけがないから。だから、もしあたしが審問所の手に落ちたら、チルダーシンはすぐにあたしを殺させる」

「やつはそういうこともできるんだ」アーストワイルがつけ加えた。「ネヴァフェルは審問所の独房でもう少しで殺されるところだった。彼女が多くを知りすぎていると思われたためだ」

「おれたちにはどうしようもない」うなるような声が応じた。室内のつぶやきがふたたび大きくなって、感情の波が煙になって見えてきそうだ。

「聞いて！」ネヴァフェルが声をはりあげた。「問題は、あたしとチルダーシンと審問所だけのことじゃない！　もしあたしをさしだしたら、あなたたちがどうなるかわからない？　たしかに、あたしは殺されたり、拷問を受けたりしたくない。だけど、あなたたちだって、あたしをさしださないほうがいいはずなんだよ。道の話をしたの聞いたでしょ？

　地上に通じる秘密の立て坑があるの。おそらく数百年ではじめてできたものだと思う。ほかに地上に通じてるのは、外界の商人がやってくる中央の門だけで、鍵とかんぬきがかけられて徹底的に監視されてる。だれもカヴェルナには入れないし、だれも出られないように。もしあたしたちが秘密の立て坑のことを審問所に話したら、彼らはそこに駆けつけて永遠に封鎖して、それで終わりになってしまう。わからない？　これはあたしたちがたとえ百年生きたところで、二度とお目にかかれないチャンスなんだよ。百年なんて生きないし。そのトンネルは——ただカヴェルナに日の光をとりこむだけじゃない。出口でもあるんだよ」

　またつぶやきが大きくなった。こんどは信じられないほど激しい口ぶりだ。ネヴァフェルはまたしても、人々が抱く戸外への恐怖を、燃える太陽への恐れを感じた。アーストワイルまでもが、びっくりしたようにネヴァフェルを見つめている。

「わかる、みんなが考えてることはわかる」騒ぎが大きくなりすぎて自分の声が通らなくなる前に、あわてていった。「カヴェルナの外の世界について聞かされてきた話はあたしも知ってる。でもね、あたしはそれがほんとうだとは思えない。あたしは昔そこにいたことがあるの、生まれてからの五年間ね。ほとんど覚えてないけど、日の光のことは思いだせるし、思いうかべても怖い感じはしないの。それは……顔に感じるはずのなにかみたいな。目が見えなくなって、見えるということがどんなかを思いだすみたいな」おおぜいの無表情で無関心なまなざしを前にして自信をなくしかけ、ネヴァフェルは口ごもった。

「つづけろ」アーストワイルが口を少しだけ動かしてつぶやいた。

「え？」

「おれを信じて。つづけろ。地上の話だ」

凍りついたような人の群れにアーストワイルはなにかを感じてるんだ、あたしには感じられないなにかを。ネヴァフェルは深く息を吸いこむと、忘却の闇に散った小さな星のような記憶に手をのばした。

つっかえつっかえ、切れ切れの説明だったが、ほかにどうしようもない。ネヴァフェルはスタックフォルター・スタートンを食べたあとに見た青い花の森の幻から話しはじめた。足で踏みつけてしまったつぼみや、シダの緑の歯のことを言葉で描きだそうとした。空気が激しく動きまわると、まわりのすべてが生きているかのように震えて顔が冷たくなるさまを説明する言葉を見つけようとした。朝露を、コケのにおいを伝えるいいまわしを探しもとめた。でも、うまくいかない。

「言葉が見つからない！」とうとう泣き叫んだ。「山のまわりにはぐるりと砂漠があって、焼け焦げそうに熱いのも知ってる。みんなが知ってることだよね。だけど、あそこにあるのはそれだけじゃない。砂漠は渡れるの。地上世界人はしじゅう渡ってて、べつの土地に行ける。ブドウがとれる場所。スパイスや木材や動物の干し草がとれる場所。それと鳥は……速いの……

とっても速くて目にもとまらないくらい。さえずりだけが聞こえる。それと空は、カヴェルナの何千倍も大きいの、何万倍も。

ああ、あたしじゃ、見せてあげられない！」じれったさに痛みを覚える。「彼女はあたしたちを抱えてる、あたしたちみんなを抱えこんでる、カヴェルナは。彼女はあたしたちを放したがらない。彼女がどんなか知ってる？　あたしたちをすっぽりなかに入れてる巨大な虫とりランタンみたいで、ゆっくりゆっくりじわじわとあたしたちを消化して、だれひとりとして逃がそうとしない。たぶん、最悪な形の牢獄も同然なのに――自分たちが牢獄に入れられてるのがわからない。わからなければ、逃げだそうと戦うこともない。

あたしたちはみんな、出ていくために戦うべきなんだよ。あたしたちみんなで。その子たちを出してあげるためにも戦わないと」ネヴァフェルはきっちり並んだ無言の赤ん坊たちにむけて、せわしなく手を振った。「だれもここにいるべきじゃない。ここにいなければ、脚や背中が曲がったりしてないし、時計脱なんかにもならないはずなんだよ。地上世界のこと、あたしはほんのちょっぴりしか思いだせないけど、そのわずかなかけらが何年ものあいだ、あたしにもどっておいでと呼びかけて引っぱってきた。二度とあそこを見られないかもしれないと思うと、頭がおかしくなりそう」

声がまたとぎれ、ネヴァフェルははじめて、言葉を優雅にあやつれるチルダーシンの頭脳と舌が自分にもあればよかったのにと思った。けれども、自分はただのネヴァフェルでしかない。ちょっと頭がおかしくて、そのうえちょっとカートグラファーっぽい。

だれからも侮蔑や不満のつぶやきが出てこないのに気がつくまでに、少し時間がかかった。前に出てきてネヴァフェルの腕をつかみ、審問所に引きずっていこうとする者はひとりもいない。

一拍あいてから、ドラッジたちは振りかえってささやきあいはじめた。同じ言葉が何度も何度も聞こえてくる。

「……彼女がここにいるだけで危険だ……」

「……子どもたち……」

「……砂漠を渡る……」

「……唯一のチャンス……」

「……危ない……」

「なにを話してるの？」ネヴァフェルはアーストワイルにささやいた。「なにが起きてるの？」

「シーッ！」アーストワイルがかすかに震えながらひそひそと返してきた。「おれたちの話を聞いてみんなが考えはじめたんだ。そういうことだよ」

とうとう部屋いっぱいに広がっていたささやきがおさまり、ドラッジの群れが振りかえってネヴァフェルを見つめた。

「わたしたちはどうやってこのトンネルから逃げられるの？　仮にわたしたちが逃げたかったとして？」話しだしたのは、保育所の所長だった。「チルダーシンの私設トンネルからつづいているという話だけど、どうやったらそこまで行けるのかしら？」

「あたしもまだわかりません。でも道はあるはずです」すべてがすごい速さで動いている。ネヴァフェルはまだそこまで考えていなかった。それでも、われながら驚くほどの確信を覚えてわくわくしている。「ええ、あたしが道を見つけます」

「おまえに一日やろう」答えが返ってきた。だれがしゃべったのか、ネヴァフェルは振りかえってみようとはしなかった。「明日の〇時までやるから、その道までどうやっていくか考えてくれ。なにも思いつかなかったら、すまないが、おれたちはおまえを審問所にさしださなくてはならない。隠しておくのは、それだけ危険なんだ」

「わかりました」ネヴァフェルはだれかひとりにではなく、全員にむかって答えた。てのひらにのせた氷のように、確信のわくわく感が溶けていく。いまはただ、時計の文字盤がネヴァフェルの心の目をじっと見おろしていた。

あと二十五時間ちょっとしかないのに、頭がまわらない。そばでアーストワイルがうろうろと小さな円を描いてまわっているけれど、彼の考えはさらに小さな円を描きはじめていてどうにもならない。とうとう円が小さくなりすぎて、アーストワイルはもうちょっとで自分の足首につまずきそうになった。

「おまえのおかげで少しは時間が稼げたよ、ネヴ。その顔のおかげかな。とりつかれたみたいに昔のことを思いつくままいってただけだけど、あいつらはおまえの話を聞いてたんじゃない。おまえを見てたんだ。それであいつらは揺さぶられた。おまえが思いだす地上のかけらがほんの少しだけ見えたんだろう。穴を通して入ってくる光みたいにな。だけどみんな怖がってる。それに、いってたことも本気だ。○時までにおれたちがなにも思いつかなかったら、あいつらはおまえをさしだす。

　計画なんてないんだろう？」アーストワイルはなじるようにいった。「出口を見つけるって、あれだけいってたけど、どうしたらいいか、わかってないんだろう？」

「それはただ……」ネヴァフェルは手を振りまわしながら、どうすればわかってもらえるだろうかと考えた。頭のなかにぽつぽつと小さな泡のように考えが浮かんでくるのに、まともな計画としてまとめられない。「ああ、考えられない！」

「もうどこにも逃げられないぞ」アーストワイルががなる。「未開の洞穴くらいしかない。だけど、そんなところに行ったら、食料が尽きるか、洞穴のイタチに食われるかだ。どこに行こうと、やつらはおれたちを見つける。だけど、おれたちは逃げるしかない。それしかないんだ。一日、逃げる時間がある」

「あんたは逃げなくていい」ネヴァフェルが小さな声でいった。

「は？」

「あたしがなにも思いつけなかったら」ネヴァフェルが不安そうにつづける。「あんたがその手であたしを審問所にさしだして。そうすれば、少なくとも報奨金をもらえるし、ドラジャリーの人たちもあたしをここに連れてきたことをあんたにとやかくいわないと思う」

「黙れよ！」アーストワイルは時間をかけて両手をあげ、ネヴァフェルに教わったカエル顔をつくって、本気で怒っているのを見せようとした。「おまえ、どうしたんだよ？　なんでいつも、すぐそばの釘の上に身を投げだそうとするんだ？」

「あんたのいうとおりよ」ネヴァフェルはぎゅっと頭を抱えた。「あんたのいうとおり。ごめんね、アーストワイル、いまはまともに考えられなくて」

「いまは？」アーストワイルが小声でぶつぶついう。皮肉のにじむ小さな声でつぶやかれた言葉に、ネヴァフェルの思考は停止した。それまでの思考の流れがわからなくなってあきらめると、それは野を越えて地図にないどこかの暗い峡谷へと消えていった。一瞬は、息をするのも忘れていた。

　あたしはまともに考えられない。なのに、どうしてまともにやろうとしてるんだろう？　ほかの人たちはみんな、まともに考えてる。だからだれも、あたしがめちゃくちゃな考えかたをするとは思いもしないんだ。あたしは自然にそうなっちゃうのに。

「アーストワイル」ネヴァフェルは考えのしっぽをつかまえて、それに引っぱられながらいった。「ちょっとのあいだ、あたしの仮面をかぶってもらいたいんだ」

「おまえの仮面？」

「そう、それと服も」

「なんだよ？　そんなことするもんか！」

「なんで、意味がわからない！　あんたはずっとあちこちであたしのために命を懸けてくれたよね？　気づいてないと思ってた？　いまさらあたしの服を着るくらい、どうってことないでしょ？　ほんの二、三時間でいい。ドラッジたちが見張ってるあいだに、本物のあたしがこっそり抜けだせればいいから」

「抜けだす？　どこに行くんだよ？」

「見張られてたらできないことをしにいく。計画といえる計画があるわけじゃないけど、計画を思いつくための計画を立てるのにどうしたらいいか、なんとなく計画があるにはあるの。いまはそのことを必死に考えられない。考えるとうまくいかなくなっちゃうから。お願い、あたしを信じて」

アーストワイルは手をぴくぴくさせている。新しく覚えた怒りの《面《おも》》をもう一度やってみようか考えているのだろう。

「おれがここの赤ん坊たちの面倒を見るなんて、やめといたほうがいいけどな」アーストワイルはぶつぶついった。

ネヴァフェルは保育所をふらふらと出ていった。ぼろぼろのショールを頭に巻きつけ、顔の前に乱れた髪を垂らし、腕とむきだしの脚に泥を塗りつけて。運がよければ、保育所に預けた弟か妹に会いにきたドラッジの少女に見えるかもしれない。見張りに残された人たちが、自分の制服と仮面をつけて中央の部屋にすわり、眠っている赤ん坊を見守っている人影にだまされてくれるのを祈るしかない。

ネヴァフェルはある音が聞こえないかと耳をすましていたが、ほどなくして聞こえてきた。

「カートグラファーだ！」あわてふためいて警告を呼びかける声があがる。

ネヴァフェルはさっきより広い通りに立っていた。天井から垂れさがる鍾乳石《しょうにゅうせき》と地面からはえた石筍《せきじゅん》がつながって、柱が何本も寄り集まったようになり、それがこの空間を支えている。悲鳴があがったとたん、ドラッジの流れは魔法のように真ん中で分かれ、みなが壁に張りついた。数秒後、三人の人影が飛びはねて、石灰岩の白い柱にぶつかりながら、そのあいだを駆けぬけていった。

またしても、カートグラファーたちが動きだしたのだ。なにかが起きたか変化したか現れたかして、消火栓が水を集めるようにカートグラファーを呼びよせている。いまこの瞬間にも、ドラジャリーじゅうのカートグラファーたちがぴくっと動き、顔をあげてじっと見つめ、ひきつける力を感じ、たがいに言葉を伝えあおうとしているのだろう。

真ん中でふたつに分かれた群衆がふたたびひとつになる前に、ネヴァフェルはさがっている人の群れから飛びだして、三人のカートグラファーを追いはじめた。彼らがなにに呼びよせられているかはどうでもいい。だいじなのは、それがカートグラファーみんなを呼んでいるということだ。

いまネヴァフェルは、カヴェルナでもっとももとらえどころのない人物と心から話がしたかった。クレプトマンサーがどこに新しい隠れ家を築いたかは知らないが、彼がかつてカートグラファーだったのはわかっている。ならば、今回の地理的な異常に、ドラジャリーじゅうのカートグラファー同様にひきつけられるかもしれないと期待していた。

ところが、カートグラファーを追うのは容易ではなかった。彼らは誤ってころんですり傷や切り傷や打ち身をつくりながらも、先を争ってめちゃくちゃに進んでいく。胸までの深さの水のなかを縫い、立て坑を這いあがったりおりたりするので、ネヴァフェルは自分がどこにいるのかわからなくなってきた。ようやく粗く削られた灰茶色の岩を通る、かなりありふれた感じのトンネルにたどりつくと、彼らはいきなり足をとめてじっと上を見あげた。

濡れそぼって冷えきったネヴァフェルは、暗い隅に腰をおろして、歯が大きな音をたてないように耐えていた。みなは夢中になってなにもないところを見あげ、ときおりメモをとったり、壁に白墨で印をつけたり、なにかの機械をいじったりするときだけ下をむいている。不気味な光景だった。

なにもない？　ネヴァフェルは何度も、みながうっとりと見つめる方向に視線をあげてみたい衝動に駆られたが、そのたびに奇妙な不安を覚えてぞくぞくした。ばかな。頭のなかできっぱりとした声がいう。見なくていい。ただの低い、でこぼこの天井があるだけだ。なにも見るものはない。

数分後、べつのカートグラファーが巨大な金属の水準器を引きずりながら現れた。水準器がぶつかると、岩の床から火花が散った。つぎの一時間で、カートグラファーの人数は九人までふくらんだ。それから、彼らは興味を失ったらしく、ひとりまたひとりと、なにもいわずにふらふらと去っていった。

とうとう残ったのはひとりだけになったが、その人までもがイーゼルを片づけて去っていこうとしているのに気がついて、ネヴァフェルはやけになった。勇気をかき集め、警戒心をかなぐり捨てて、男を追いかけて袖をつかんだ。

「あの――行かないで！　人を探してるんです。べつのカートグラファーの人で」ここに砂時計がないのには気づいていたし、ネヴァフェルがカートグラファー風になりかけたときに耳をひねってくれるアーストワイルはいない。

男は振りかえり、ネヴァフェルを見おろした。それほど年寄りではないが、目は使い古された飲み物用のグラスみたいに疲れきって汚れている。

「もしかしてぼくのことかな。ぼくもカートグラファーのひとりだよ」莢でつくった笛の音みたいに、奇妙な息切れのような音が混じる声だ。「ぼくではないカートグラファーがおおぜいいる」

男の言葉の意味がのみこめないうちに、ネヴァフェルはあわてて先をつづけた。「いいえ――特別な人なんです。カートグラファーであって、そうでないような人で。背丈がこのくらいで、ドラッジの顔だけど、もしかしたら着てるのは、大きな甲冑《かっちゅう》――」

「ああ、クレプトマンサーのことか」見知らぬ男はすぐさま答えた。

ネヴァフェルはのけぞった。「あの人のこと知ってるんですか？」

「みんな知ってるさ。だけど残念だが、やつはカートグラファーじゃないぞ。ほんとうの意味ではな。それに、もし『べつのカートグラファー』を探すなら、ほかをあたったほうがいい」

ネヴァフェルはきびすを返そうとして、男の言葉の意味に気がついた。

「それで……もしあたしが探してるのが『べつのカートグラファー』じゃなかったら？　そうじゃなくて、クレプトマンサーを探してるんだったら？」

「やつを探してるのか？」目の前の男が浮かべた笑みは二十年前だったら似合っていたかもしれないが、いまは脂じみたナイフがてらてら光っているようだった。「ああ、やつならあそこだ」

　男がまっすぐに天井を指さしたのを見て、ネヴァフェルは衝撃や憎しみや怒りの波に襲われた。

「嘘つき！　あたしをだまそうとしてるんでしょ！」顔がほてってきて、なぜかわからないまま、自分の声が甲高く鋭い悲鳴になっているのを聞いていた。「あれは天井でしょ！　ただの天井！　天井を見てほしいの？　あたしが……あたしが、ここから出ていかなきゃならなくなるように！」ネヴァフェルは自分の逆上ぶりに驚いてあえいだ。

　カートグラファーはまったく動じていないようすで、声を出さずに笑いながら震えている。体を揺らしてつま先に重心をかけると、じっとネヴァフェルの顔をのぞきこんだ。

「それは」口笛を吹く。「きみがそういうふうに考えたがってるだけさ。ほら、上を見て」

　そういうと、男は振りむいて歩きだした。混乱して幾千もの思いに引きもどされそうになりながら、ネヴァフェルはゆっくりと顔をあげて上を見た。

　さっき、ネヴァフェルの心の声は、ただ天井があるだけだといっていたが、それは嘘だった。天井はなかったのだ。ネヴァフェルが歩いていたのは低い屋根のある通路ではなく、三十フィートほどの高さの狭い渓谷の底だった。頭上十フィートほどにある岩壁の出っ張ったところに、眠ったコウモリがかたまってぶらさがっている。崖の中腹で、奇妙なことが起きていた。さらに上のほうにももっとたくさんのコウモリが眠っているが、下向きではなく、上をむいて張りついているのだ。

はるか上のほうに、クレプトマンサーが見えた。ドラッジの服を着て、顔は陰になっていてかろうじてそれとわかる。彼もさかさまになっていた。まるで床に立っているみたいに、かんたんそうに天井に立っているのだ。腕には、レバーが六個ついた風変わりな金属の弓を抱えていて、まっすぐネヴァフェルの頭にむけている。

「きみはだれだ？」クレプトマンサーはきいた。凪《な》いだ水のような声はまちがえようがない。今日はその水のなかにピラニアがいるかもしれない、とネヴァフェルは思った。

ネヴァフェルは自分の変装を思いだし、あわてて髪を払いのけて顔を出した。「あたし！覚えてない？　前は赤毛だった」口にした瞬間、最後にクレプトマンサーを見たのは彼の隠れ家で、彼のワイヤーを切って足止めしてから、盗んだスーツで逃げだしたのだと思いだした。

「弓をおろして！　話をしましょう！」

「よそ者の女の子か」クレプトマンサーが息をついた。「みんなが噂してる子だな。毒見係の逃亡者。どうしておれがだれだか知っているんだ？」警戒をゆるめるどころか、弓のレバーのひとつをクランクでまわしているようだ。

「あなたは大長官からの挑戦に応えて、あたしを盗んだでしょ――覚えてないの？」

クランクがとまり、クレプトマンサーはためらうようにレバーの上に手を浮かせている。

「おれが《珍品の棚》から盗んだ物がきみか?」驚きと混乱と疑いの混じった声だ。「だけどきみは、ラクダヒョウじゃない!」

「ちがう」ネヴァフェルはほかにどう答えていいかわからなかった。「うん……ちがう、でしょ?」いまになってようやく、クレプトマンサーがしじゅう記憶を消していて、自分と会ったときのことを忘れているかもしれないのだと思いあたった。

「ふむ。それなら……きみがおれの隠れ家から脱出したのも、ワイヤーを伝って川を越えて逃げたのも説明がつくな。自分のメモを読んだとき、そのことが不思議だったんだ。それで、なんでおれを追ってきた?」

ネヴァフェルには、弓の先端が星のように光っているのが見えた。あの星が消えたときは、あの人が矢を放ってあたしが死ぬってことだ。自分が消える前に、星が消えたのに気づくんだろうか?

「それは、助けが必要で、いままで会ったなかで、たぶんあなたがいちばん頭がいいから」ネヴァフェルは答えた。地面に落ちた魚みたいに心臓がぱたぱたしている。「あたしにすべてを説明してくれたのはあなただったから——きっちり計画を立てる人たちは、あなたやあたしみたいな筋の通らないことをする人には対応できないって。そういう人たちは、あたしたちを踏みつけるか管理するしかない。でないと、あたしたちがおかしなことや、彼らには予測のつかないことをするんじゃないかと、いつも心配してなきゃならなくなるから。

審問所と評議会はどっちも、あなたが好きなところに現れるのをすごく恐れてるけど、いまだけはおたがいをつぶしあうのに忙しくて、あなたを追いかけてる暇がなくなってる。でも、もしあたしが死んだりつかまったりしたら、どちらかが優位に立つ。つまり、そうなったら戦いは終わって、勝ったほうがあなたを追いかけられるようになる。

だからあなたも、まだあたしに矢を放たなかったんでしょ。あたしが生きたまま逃げまわってる時間が長ければ長いほど、ほかのみんなの目をそらすことができるから。じっさい、あなたはぜったいにあたしを射ることはしないんじゃないかしら」

クレプトマンサーがためらいながらレバーをいくつかはじくと、シュッと音をたてて弓の弦がゆるんだ。彼が弓をベルトの留め金にひっかけると、弓は上むきにぶらさがった。それからクレプトマンサーは腕に抱えていた大きなロープひと巻きをとりだして、片方の端を岩壁の杭に結びつけてから、巻いたままのロープをネヴァフェルのほうに投げようとした。最初の二回は途中まで落ちたところで反転して上にむかってもどり、上にいるクレプトマンサーの足もとにころがった。三度目にようやく半分の地点まで届き、そのまま落下してきてころがったので、ロープの端がネヴァフェルのすぐ前の地面をかすめた。

「しっかり縛りつけろ」クレプトマンサーが大声でいう。ネヴァフェルはロープを岩の出っ張りにまわしてきっちり結ぶと、上へとのぼりはじめた。

ロープにしがみついて這いすすむのは奇妙な体験だった。真ん中まで到達したところで上むきにあがっていかなくなり、突如として頭からまっさかさまに落ちはじめた。幸いなことに、頭をぶつける前にクレプトマンサーがつかまえてくれて、とつぜん地面に変わった石の天井に横たえられた。ネヴァフェルがロープから手足をはずして必死に体を起こすと、不穏なようすでじっと見つめるクレプトマンサーと目が合った。

「おれがきみを盗んだ」考えこむようにいう。「それ一度だけか？」

「そうだと思う。どうして？」

「ふむ。きみは前はもっと小さかったか？　このくらいの背丈で？」クレプトマンサーは、いまの地面に見えるところから三フィート半ほどの高さの位置に手を出した。

「ええと、はい？　あの……何年か前は」ネヴァフェルはそれ以上なにをいっていいかわからなかった。「それは……ふつうのことでしょ？　人は大きくなるものだから」

「そう、そうだろうな」クレプトマンサーはいまのネヴァフェルを透かしてのぞきこみ、なにかに焦点を合わせようとしているようだったが、やがてあきらめて首を振った。「気にするな。問題は、最近まできみがチルダーシンの持ち駒だったということだ。大長官を毒殺する計画の一部だった。それからきみは、やつから逃げだした。きみはおれに匿ってほしいんだな？」

「まさか！　あたしがチルダーシンを倒すのを助けてほしいの。たくさんの法を犯して、できるだけ多くの人にあたしを信じさせて、救うのを手助けしてほしい」もしかしたらカートグラフィーの発作が起きたのかもしれないし、さかさまに落下した後遺症かもしれないが、気がつくと気がふれたみたいににやにや笑っていた。「ただ助けを求めてるんじゃないのよ。あたしならあなたのために、これまでのカヴェルナでは見たこともないような最大のめくらましになってあげられる」

「チルダーシンを倒す？　きみが？」ネヴァフェルの目の錯覚かもしれないが、クレプトマンサーの信じられないという顔はおもしろがっているようにも見える。「きみでは、スコーンのタワーを倒すのだって、だれかにとめられてしまうだろう。ひとつなにかするたびに、顔に表れてしまう――」

「ねえ、それほんとうにきれいな弓ね」ネヴァフェルはとつぜん口をはさんだ。「自分でつくったの？」

「見つけて修理して、改良した」ぶっきらぼうな答えが返ってきた。

「あたし、機械は大好き」ネヴァフェルの理性的な部分が、なにをむだなおしゃべりをしているのだ、黙れ、といっている。けれども、この声はさっき天井があると嘘をついた。だからもう耳は貸さない。

「みんなが、あたしの大きな才能はガラスのような顔をもってることだっていう。でも、それって才能じゃないでしょ？　反対だよ。自分ではやめられないんだから。自分の考えが外に出てしまう。みんなに自分の計画が漏れてしまう。

でもちがう、あたしが得意なのは機械なの。機械って魔法みたいでしょ。長い時間をかけて計画を立てて、すべての歯車を配置して、バン！　レバーを引くと動きだす。すばらしいのは、レバーを引く人がその仕組みを理解してる必要はないってこと。なにが起きるかすら知らなくていい。

あたしは機械みたいな計画を立てたい。それってあなたの計画みたいじゃない？　だからあたしはここに来たの」

長い意味ありげな間をおいて、クレプトマンサーはふたたび話しはじめた。「いまが何日の何時かわかるか？」

「どうして？」ネヴァフェルはとまどったように目をみはった。

「きみはメモを書くんだ」クレプトマンサーはいった。「おれたちはこれから、とても重要な話をすることになる。きみはあとになって、それがいつ――きっちりいつからはじまったか知りたくなるだろう」

これは、敷石のあいだにはさまった硬貨のごとく、章と章のあいだに落ちた一片。旋律のあいだのひとかけらの沈黙。

ページが破りとられたあとの毛羽《けば》だった切れ端のごとく、ざらざら、ぎざぎざした箇所。なくなったページを探してもしかたない。すでに失われているのだ。

31　自分を信じて

「……効いてきたか？」

　顔の前で手がひらひらしている。目の前に迫るいくつもの顔と光のぼんやりとしたコラージュに驚いて、ネヴァフェルは強くまばたきをした。ランタンが顔に触れそうになり、とっさに手をのばして払いのける。表情のないいくつもの顔がほほ笑みも揺らめきもせずネヴァフェルを見ている。ランタンの明かりが、彼らの欠けた歯や肌のあばたや薄い色の斑点《はんてん》や殴り書きのような傷跡をちらちらと照らしだす。いくつかの手がネヴァフェルの肩と腕をつかんで押さえつけている。

「あなたたちはだれ？」ネヴァフェルはささやいた。彼らはたがいの顔を見やったが、表情はそよとも動かない。働き手《ドラッジ》の人たちだ、ネヴァフェルは思った。みんなドラッジだ。でも、だれ？

　それに、ここはどこ？　あたしはどうやってここに来たの？　たしか、クレプトマンサーと話していて……。

「やつらはもうここに来ている！」だれかが叫んだ。すぐ近くからなにかをたたきつけるようなすさまじい音がして、面会を求める声がとどろいた。

「おれたちは行かないと」ネヴァフェルの襟をつかんでいた男がぴしゃりといった。「さあ！」いきなり六本の手が放れ、ネヴァフェルはバランスを崩しかけた。彼女をつかまえていた見知らぬ人たちは、一団となって部屋の奥の小さなドアにむかって駆けだした。ふたりが振りかえってネヴァフェルを見たが、彼らは部屋を出てドアをばたんと閉めた。かんぬきが四本か五本、かけられる音がした。

ネヴァフェルがどうにもできずにいるうちに、二ヤードほど離れたところの大きなドアがいきおいよく開き、室内は武装した男たちでいっぱいになった。ネヴァフェルはうしろにさがり、もう少しで腰かけにつまずきそうになったが、逃げ隠れする場所はなかった。

「いたぞ！」新たに到着した一団のリーダーはネヴァフェルの腕をつかみ、顔のそばにランタンを掲げた。「ああ、見ろ！　あの娘だ。見つけたぞ。ようやくだ。周辺の警備をかためろ。ほかの連中を探してみてくれ。そっちのドアを壊して、どこに通じているかたしかめろ」

「その娘、手になにをもってるんだ？」

ネヴァフェルは下を見て、手に小さな木のカップを握っているのに気がついた。なかは黒っぽく汚れている。口のなかは、どこか覚えのある埃くさい味がする。

カップが手から奪われ、ひっくり返され、においをかがれた。

「くそっ！　なにか飲んだな。すぐに医師のところに運べ。毒だったら困る。彼女が必要だってときに死なれたりしたら、チルダーシンはわれわれの皮をはぐだろう」

チルダーシン。その一語が、もうろうとした意識に入りこんできた。この人たちはチルダーシンの手下なんだ。チルダーシンの手の者につかまってしまった。わかったことに呆然としているうちに、周囲の会話が切れ切れに聞こえてきた。

「連中は逃げたようです。なにもかももちだしています。あきらめて、結局彼女を見捨てたのでしょう」

「よし、全員出ろ！　目的のものは手に入れた」

全員が剣を握っている。逃げられるところはない。ネヴァフェルはわきの下をつかまれて部屋から引きずりだされ、通路から通路へと運ばれていった。

なんであたしはここにいるの？　思いだそうとしても、磨かれた大理石の壁をのぼろうとして落ちるネコみたいに、記憶のなかのなめらかな闇から滑りおちてしまう。手はいままで見たこともないほど汚くて、爪は割れ、肌はどこでつけたのか記憶にない切り傷、すり傷でいっぱいだ。髪は黒く染められたままだが、いまは腰に届きそうなほどの長さになっている。片方の手首に、より糸を編んだ腕輪がついている。

「急げ！　こいつをここから連れだすぞ。審問所がやってくる。われわれの手からやつらに奪われるのだけはごめんだ。行け！」

一行は働き手地区《ドラジャリー》の大通りに飛びだし、ネヴァフェルは遅ればせながら自由になろうと必死に抵抗した。吐き気がして、ふらふらする。まばたきをしようと目を閉じると、まぶたの裏の暗い背景に紫の渦がぐんぐんあがってくるのが見えた。

カートグラファーを運ぶのに似た輿《こし》に、無造作に乗せられ閉じこめられた。鍵がまわり鎖がガチャガチャいう音がして、いくら肩をぶつけて突破しようとしても、扉はびくともしない。

あたしはクレプトマンサーと話をしてた。ネヴァフェルは必死に思いだしていた。思いだせるのは会話の前半だけで、それ以降はきれいに記憶が消えている。覚えている部分にしても、やけにあっさりしている。自分がいったこと、したことはすべて思いだせたが、その理由は出てこない。

あたしが計画を思いついたんだ——それはわかってる。だから逃げだしてクレプトマンサーを見つけにいった。それで、計画のことを考えまいとしていて……いまではどんな計画だったかわからなくなっている。

どういう計画だったろう？　どうして、こんなまずいことになってしまったんだろう？

「ねえ！」ネヴァフェルは輿の内側の壁をたたいた。「ねえ！　審問官を呼んで！　あたしはネヴァフェル！　ここにいる！」かすれたざらざらした声しか出なくて、だれかに聞こえたとは思えない。審問所の手に落ちたら、自分にとっていいことなどないとわかっているのに、突如として、マキシム・チルダーシンをどうしても勝たせたくないという激しい思いに囚われていた。どんな手を使っても阻止したい。だが、だれも答えてはくれなかった。

あわただしく運ばれてひどく揺さぶられたので、胃になにか入っていたらもどしていたところだった。ようやく扉があいて、真っ白な部屋に引きずりだされた。壁の装飾には見覚えがあるので、宮殿のどこかだろう。

そこでネヴァフェルは、あわてふためいた医師たちに目、舌、耳を手荒く診察され、肌についていたノミのかみ跡に舌打ちされたあげく、感覚があるかどうかをたしかめるために針でそっとつつかれた。催吐剤を飲まされてひどく吐いたあと、こんどはむりやりじょうごで水を飲まされて、しまいには飛びちった水で着ていた物がぐっしょりになった。

ようやく息ができるようになってから、部屋にひとりの人物がいて、壁際の椅子からひっそりと見つめているのに気がついた。ネヴァフェルは顔にかかった水を拭い、髪をうしろに押しやり、なんとしてでも姿勢を正そうとした。打ちのめされて汚れきった廃人に見られたくない。顔を隠す時間は終わりだ。もう駆け引きはうんざりだった。

「きみに会えてうれしいよ、ネヴァフェル」マキシム・チルダーシンがいった。銀色がかった襟の高いコートのまばゆさに、ネヴァフェルは大長官を思いだした。「まさかきみに、あんなに愉快な追いかけっこをさせられるとはな。隠れ場所にドラジャリーを選ぶとは、さすがのわたしもすぐには思いつかなかったよ」

「どうやってあたしを見つけたの？」ネヴァフェルはしわがれた声を出した。

「ああ」マキシム・チルダーシンはポケットに手をつっこんで、何通かの手紙をとりだした。「それにはかんたんに答えられる」手紙の一通を開き、ネヴァフェルに見えるように掲げた。炭で殴り書きされた手紙だったが、まぎれもなくネヴァフェルの筆跡だった。

視線がページのいちばん上へと漂っていったとたん、心臓が底なしの井戸に落下したような心地がした。

親愛なるズエルへ　手紙はこういう書き出しではじまっていた。**もしあなたがそんなに危険な立場にあるのなら、逃げて、あたしたちといっしょに隠れよう。この手紙を気をつけて読んで、読みおえたら燃やして。あたしはフロットサム地区の虫つぶし所の倉庫に隠れてる……。**

ネヴァフェルはこの手紙を書いた覚えがなかったが、まちがいなく自分の筆跡だ。

「忠誠心だよ」マキシム・チルダーシンが静かにいった。「それがいつだってきみの最大の弱点だった。それと、何度でも友人を信じたいという奇妙な衝動が強いこともだ」チルダーシンは手紙をたたんでしまった。「だが、ズエルもまた忠誠心が強いということを理解しなくてはならない。最後には、一族への忠誠心がつねに勝つのだ」

この人は嘘をついている。ネヴァフェルは必死に思った。信じるもんか。ズエルはあたしをだまして居所を聞きだして、裏切ったりはしない。この人が手紙を盗んだんだ。嘘なんだ。

マキシム・チルダーシンは冷淡な表情にわずかに同情をにじませて、じっとネヴァフェルの顔を観察している。だけど。ネヴァフェルはふと思った。どうして前は、この人の同情を本物だと思ったんだろう？　あれもうひとつの嘘だった。この人が帽子みたいに身につけているものなのだ。

「気の毒だったな」チルダーシンはさも気の毒がっているようにいう。「だが、ズエルの友だちなら、あの子が生きていくうえで正しい決断をしたことを喜んでやってくれ。わたしは彼女を正式に後継者として指名した」獲物を求めてすきまから顔をのぞかせたウツボのように、口もとに小さな笑みが浮かんで消えていった。「だが、最後の最後までグランディブル親方がきみに忠実だったことは、いくらかの慰めになるだろう」

「最後の……最後まで？」ネヴァフェルはささやいた。

「ああ、きみならわかるだろう。グランディブルはできるかぎりのことをして、きみが自分のトンネルに隠れていると思わせようとしていた。自分に人目をひきつけてきみを守ろうとしたにちがいない。だれもが予想しなかったくらい長いあいだ、審問所の軍の攻撃にもちこたえ、ついに連中が押し入ったときにも、生きたままつかまろうとはしなかった。支柱を爆発させてトンネルを崩壊させるのに、どのチーズの組み合わせを使ったのかはわかっていない」ため息をつく。「審問所はまだがれきを掘り起こしている」

ネヴァフェルは喉が締めつけられるように感じて、こぶしをぎゅっと握った。グランディブル親方を守ろうとがんばったのに。結局あたしが親方を破滅させてしまった……。

「ああ」チルダーシンは時計を見た。「そんなに長く話してはいられないんだ。聴聞会の準備をするのに、もう一時間もないじゃないか」

「え？」

マキシム・チルダーシンのいう聴聞会とは、ネヴァフェルにはひとつしか思いつかない。それは、大長官の死が殺人によるものだったかどうかを最終的に決する聴聞会だ。だけど、あれは二か月も先だったはず――今日のはずがない。もし今日だとしたら……あたしは二か月間の記憶を失ったということだ。すべてを完全に忘れてしまっている。

「わたしは心から心配していたんだよ。きみが聴聞会が終わるまでわたしを避けつづけるんじゃないかとね。だが、どうやらきみは仲間に裏切られたらしい。集まっていたドラッジの仲間たちは最後の最後できみを見捨てた」

ネヴァフェルは歯を食いしばった。アーストワイルがあたしを見捨てるわけがない。なにがあったの？　どうかアーストワイルの身になにも起きていませんように……。

「もっと話をする時間があったらよかったのだが」チルダーシンは話しつづけている。「できれば知りたいことがたくさんある。三脚、水準器、それからいぶしたレンズのメガネを何ダースも発注しようとしたのはきみなのか？　クレプトマンサーと話をしているところを目撃されたのはほんとうなのか？　ついに……やつの死体が見つかったのだ。それについては耳にしているだろう？」

ネヴァフェルは自分が真っ青になったのを感じ、震えはじめた。

「おや、どうやら、聞いていなかったようだな。なるほど、きみはほんとうにやつと手を結ぼうとしていたのか？　それは感心したといわざるを得ないな。やつの死体に防腐処置を施して《珍品の棚》に置くように手配したといったら、少しは気持ちが楽になるかね？　あれだけの才能の持ち主だ、そのくらいは当然だろう」

「あたしに証言させようとしてもむだよ」急に気持ちが落ちつき、あたたかくなり、光があふれてきた。あまりにも激しい怒りに、恐怖が炉に投げこまれた毛糸のように溶けていく。「いまはむり」

「いや、させてやるとも。そうだろう？　きみはあの広間に入っていって宮廷じゅうの人の前に立ち、話をするのだ——心から信じきっているように——大長官の毒見係として働きながら、解毒剤を飲むことなどできるわけがないと。マダム・アペリンのところではいっさい飲んだり食べたりしていないと、眠っているあいだにだれかに薬を盛られるなどありえない、なぜなら部屋のなかから鍵をかけていたのだから、とみなに話すのだ。わたしがずっと話してきたことすべてがほんとうだと裏づけてもらう」

「それじゃ、あたしにワインを飲ませるってこと？」ネヴァフェルは力なくいった。自分の記憶を守るためにさんざん格闘してきたあげく、それが避けられないなんてひどく残酷な気がした。

「ああ、そうしなければならないようだ。きみは、大長官の死の日以降に起きたことをすべて忘れる。もちろん、そんな大きな記憶喪失には説明が必要になる。そうだな……きみをこの二か月間拘束していた誘拐犯たちは、自分たちの正体を明かされないように、その間のきみの記憶を消すことにした。ただ、連中はむりやり飲ませたワインの強さを甘く見ていた。救出されたとき、きみはショック状態にあり、ようやく気がついたのは聴聞会の直前だった……もっともらしく聞こえるじゃないか？」

たしかに。ネヴァフェルは口のなかはからからなのに、つばをのみこもうとした。

「ほんとうのことをいえば」チルダーシンは先をつづけた。「わたしはこんなことはしたくないんだ。比較的短い期間に、きみはかなり興味深い手ごわい若者へと成長した。いまワインが運ばれてきて、飲んでしまったら、またもとのかわいらしい、人を信じやすい、無力な人間にもどってしまう……まあ、きみも自分がどんなだったか覚えているだろう。いまのきみは存在しなくなってしまう。だから最後に立ち寄っておきたかったのだよ、お別れをいうためにね」

チルダーシンは悲しげにほほ笑んで、立ちさろうとした。

「そう」ネヴァフェルは胸が苦しくなった。「チルダーシンさま？」

チルダーシンは手袋を手にかけたまま、ドアにむかいかけた足をとめた。

「なんだね、ネヴァフェル？」

「あなたは勝てない、チルダーシンさま。あたしが勝たせないから」

「なんの計画もないんだろう」チルダーシンはとてもやさしげにいった。「仲間もいない。自由もない。そしてすぐに、なぜわたしのために面倒を起こそうとしたのかさえ、思いだせなくなるんだ」

「だけど、あたしはあなたをとめる」心臓が顔まであがってきそうだったが、いっしょに奇妙な力もわいてきていた。「なんとかしてみせる。あたしを見て、チルダーシンさま。あたしの顔を見て、はったりだといえる？」

チルダーシンは長いあいだ、ネヴァフェルを見つめていた。はったりだとはいわなかった。なにもいわなかった。最後にかすかに首を振ると、ひとこともいわずに去っていった。

チルダーシンと医師団が立ちさると、チルダーシン家のお仕着せを着た女性の召使の一団が入ってきた。陶製の浴槽、軟水の入った桶、ピンク色の葉に包まれたぽろぽろの石けんをもっている。ネヴァフェルはその人たちが自分の服をはいでいくのを、離れたところから眺めているような妙な感じがした。チルダーシン家にはじめて来たときとよく似ているのに、ひどくちがっている。あのときは、救われたと感じていた。いまは、なにが起きているかわかっている。チルダーシン一族は自分たちの道具を洗って磨いているのだ。じきにあたしは記憶まで洗い流されて、なにも知らず、雌鹿のような目でこの家の人々に感謝するネヴァフェルになる。

チルダーシン家の召使たちはネヴァフェルと目を合わせようとしなかった。たまたま視線の先が顔に触れると、身をすくめて目をそらす。きっといまのあたしの顔が痛々しすぎて見るに堪えないんだろう、とネヴァフェルは思った。はじめて審問所の檻に投げこまれたときと同じだ。

そんな虚《うつ》ろな思いに囚われていたので、ネヴァフェルはもう少しでひものようにねじった紙を見落とすところだった。細いおさげに編みこまれていて、濡れそぼったネズミのしっぽのような髪に半分隠れていた。せわしなく髪に櫛《くし》があてられているときに、そのこよりが引きはがされてぽとりと床に落ちた。ネヴァフェルは見おろして、文字に見えなくもない灰色の筋と形に気がついた。

だれも見ていない。ネヴァフェルはさっとかかとでそれを隠し、だれも見ていないのをたしかめてから、浴槽の脚のうしろに押しやった。

「さあ、早くしてくださいな」ネヴァフェルは浴槽に入れられて、石けんをつけてごしごしこすられ、水が紫色になるまで髪の染粉を洗い落とされた。そのあいだもネヴァフェルは、気がつくとこよりのことを考えていた。だれかが気づいて、はっと驚いた声をあげ、かがんで拾いあげるかもしれない。召使たちが必死にネヴァフェルの顔を見ないようにしていたのはありがたかった。もし一度でもちらりと顔を見られたら、なにかを隠していることがすぐにわかってしまっただろう。

手を借りて浴槽から出てタオルで体を拭かれているあいだに、ネヴァフェルはかがんでつま先をかくふりをして、こよりを拾いあげ手のなかに隠した。

体を拭かれ、服を着せられ、髪をとかされたあとで、ようやくほんの一瞬だけひとりきりの時間ができた。震える手で、灰色の紙きれを開き、ランタンに近づけて、うっすらと走り書きされた語を解読した。

ぜんぶうまくいく。自分を信じて。

筆跡はネヴァフェル自身のものだった。

すぐに、ネヴァフェルがひとりでいられる時間はなくなった。もう一度緑のドレスを着せられて緑のサテンの靴をはかされると、むりやり輿まで歩かされて、ふたたびなかに閉じこめられた。揺れて進む輿のなかで、ネヴァフェルは小さな伝言をひねったりほどいたりしていた。

ぜんぶうまくいく。自分を信じて。

どういう意味？　どうしたら、ぜんぶうまくいくの？　自分を信じてどうしろっていうの？

頭のなかでいくつもの筋書きを考えてみる。チルダーシン一族があたしにワインを与える。だれかの手からはたき落としたり、こぼしたりはできるかもしれない。でなきゃ、記憶がのみこまれる前に吐きだすか。

輿がとまった。「こちらでしたか、お嬢さん。彼女はなかです」

錠がはずされる音がして扉がわずかに開いたとたん、ネヴァフェルは体当たりした。いきおいよくあけて、自由を求めて逃げだそうと思ったのだ。だが外の護衛はそうした動きに備えていたらしく、ネヴァフェルをつかまえ、もみあって彼女の動きをとめた。サテンの靴で蹴ったところでどうにもならない。ネヴァフェルのぎらつく視線はすぐさま、数ヤード先に立っている少女をとらえた。

ズエル・チルダーシンの顔をのぞきこんだとたん、ネヴァフェルの信じたいという想いは崩れ落ちた。その顔は哀れんでもいなければ、青ざめてもいなくて、葛藤したようすはいっさい見られない。ただ、いつでもこの金髪の少女に似合っていた、自信に満ちた小さな笑みが浮かんでいるだけだ。ズエルは、コルク栓のついた小さなガラスびんを手にしている。

「あなたは彼女の口をあけておいて」ズエルはいった。「しっかり押さえていてよ。ワインを一滴でも緑の絹にこぼしたくないんだから」

ネヴァフェルは輿の側面に押さえつけられ、鼻をつままれてむりやり口をあけさせられた。

ズエルが、用心してすましたようすで一歩前に出た。おじと同じ、銀色がかった生地のドレスを着ている。

「ごめんなさい」ズエルはいった。まったく悪いとは思っていない声だ。鉄筋が奏でる旋律のように、ただただ冷たくて、うたうような音だった。「だけど、あなたはわたしを許す。二、三分したら、あなたはいっさいわたしを責めたりしなくなる」

ワインが舌の裏側へと注がれてネヴァフェルは抵抗したが、口をふさがれて飲みこむしかなくなった。


輿にもどされると、ネヴァフェルは体を折って咳きこんだが、いまさらワインを吐きだしても手遅れなのはわかっていた。舌の上で、百もの睡蓮《すいれん》が花開くように、味が開いて広がっていく。ネヴァフェルは記憶という記憶に火花が散るのを感じ、記憶が焼きはらわれていく一瞬一瞬を恐れた。

「名前は！」外からがなる声が問いただす。

「毒見係のネヴァフェルです、証言のために……」

「ああ、あの毒見係か！　もう会場に入っているはずだったのに、到着を待って進行がとまっている。早く、こちらから！」

忘れないで。ネヴァフェルは輿がぐらりと揺れて動きだす瞬間、必死に自分にいい聞かせていた。忘れないで。マキシム・チルダーシンは大長官を殺した。覚えていて。覚えていて。

扉がいきおいよく開き、宮殿の白い制服を着た従者がふたり、前かがみになってネヴァフェルを輿から引っぱりだすと、大廊下を大急ぎで進ませた。おかげでネヴァフェルの足は床につく間もないくらいだった。

もうちょっとだけもちこたえて。ネヴァフェルは自分に頼みこんだ。みんなに真実を話すまでがんばって。

前方のマホガニーの扉が待ちかまえていたようにするすると開き、ネヴァフェルは半ば運ばれるようにして、巨大な《高位の間》に通された。前にここに来たときよりも明るくて、はっきりとようすが見てとれる。円形劇場のような形で、四方に勾配をつけた階段席が配置されている。ネヴァフェルがいるのは、いちばん下のもっとも注目の集まる場所だった。明るく照らされた小さな石の台に立っていて、まわりを木の手すりでとり囲まれているので、檻に入ったような感じがする。

ぼんやりとした頭でも、宮廷じゅうの人々が自分を見るために来ているのがわかる。まわりは顔の海で、その半分はもちあげた双眼鏡やオペラグラスの陰に隠れている。焦がしたパプリックルとわかるかすかな香りがする。巨大な部屋の後方にすわる人たちが、ひとことも聞き漏らしたくなくて、聴力強化のスパイスを使ったのだろう。

震える手で手すりにもたれかかると、視界にもやがかかった。頭のなかが焼けつくようだ。ネヴァフェルはぎゅっと目をつぶったが、抵抗するすべはない。ワインが効きはじめ、頭のなかからなにかがはぎとられていく。

ふたたび目をあけたときには、なにもかもがちがって見えた。とつぜん、紫の渦も、葛藤も、疑念もなくなった。ネヴァフェルはきつく手すりを握りしめていた手をゆっくりゆるめながら、周囲を見まわした。左手にはイバラで飾られた黒い鉄製の台があり、トレブル審問官が立っている。顔は相変わらずブルドッグみたいだが、髪がはっとするほど白くなっている。ネヴァフェルの右手にある同じ台には、銀のコートを着たマキシム・チルダーシンがいた。明かりが暗いところに集まっている豪華ないでたちの人々に目をやると、濃紫色の一団が見てとれた。まぎれもなく、総出で出席しているチルダーシン一族だろう。

「よそ者のネヴァフェルよ」審問官が独特の調子で呼びかける。「証言の準備はよいか?」

「はい」ネヴァフェルは答えた。「準備はできています」

「よろしい」審問官は背筋をのばして前に身をのりだした。証言者のネヴァフェルに、その発言が炎と爆破による試練を受けるだろうことを知らしめようとする動きだ。

「二か月前、おまえは審問所に対して供述をした。大長官の毒見係として働いていたあいだ、解毒剤を盛られることはありえなかったと。合っているか?」

「はい」

「では、わたしからまず尋ねたいのは――」

「はい」ネヴァフェルはさえぎった。「たしかにそういいました。ですが、それはまちがいでした」

数秒のうちに、混乱したつぶやきがわきあがった。ざわめきが思いがけない騒音になり、円形劇場の後方で、パプリックルを摂取した人々が耳を覆っている。

「なんだと？」トレブルが仰天したように声をあげた。

「だまされてたんです。マキシム・チルダーシンとマダム・アペリンに。あのあと、ふたりがしたことを知り、それでわたしは逃げだしました。自分がどこまで知っているか、あのふたりに隠すことはできないと思ったからです」

やさしく励ますようだったマキシム・チルダーシンの《面》《おも》が凍りつき、そのまま忘れ去られた。チルダーシンは頭をめぐらせ、席についている一族を見た。群れのなかにズエルを探しているのだろう。だが、彼がどんなに探したところで、目立つ金髪のおさげ髪と銀色のドレスは見つからないはずだ。ズエルは、たいせつなワインを届けおえた直後に、姿を消しているだろう。

やわらかな鼓動が聞こえてきそうなほど心臓が激しく打っていたが、ネヴァフェルはこれほど自分が強く落ちついて感じられたことはなかった。記憶のなかで、ワインの影響がおよんだところは赤と金の火花を散らしているが、焼きはらわれはしなかった。さらに燃えあがって息づいている。あたしは忘れてない。覚えている。

目の前で記憶が花のように開いていく。それは、二、三週間前に輿のなかでズエルと交わした会話の記憶だった。

「じゃあ、本気でこれを進める気なの？」ズエルは真っ白な顔をして自分の手袋をひっかいている。「マキシムおじさまにつかまえさせるの？」

「それしかない。宮廷のみんなの前でいっきに話をしたいと思ったら、聴聞会しかないでしょ。あたしが生きて聴聞会にたどりつけるとしたら、あなたのおじさまが、あたしの証言は自分のためになると思ってる場合だけだよ。それに、おじさまにあたしたちの計画を感づかれるわけにはいかないから、ということはつまり、あたし自身が知ってちゃいけないってことになる。知ってたら、顔を読まれてばれちゃうでしょ。あたしは二か月分の記憶を消さないと。少なくともしばらくのあいだは」

ズエルはため息をついた。「わかった。わたしはわたしの役目を果たす。マキシムおじさまは、わたしがつくっているのが、あなたの記憶を消すワインだと思ってる。あなたがおじさまを疑っていたことを忘れさせるワインで、あなたをつかまえたら飲ませるつもりでいる。わたしなら、最後の瞬間に、証言するのに必要な記憶をよみがえらせる記憶再現ワインと入れ替えられるはず。でも、タイミングが重要よね。あなたには、証言する直前に計画を思いだしてもらいたい。だからあなたは、ぎりぎりのところまでつかまるわけにはいかない」

「ありがとう、ズエル」間。「ごめんね……ごめんね、もし記憶をなくしてるあいだに、あなたにひどいことをいっちゃったら。たぶんあたしは、あなたがおじさまのためにあたしを裏切ったと思うだろうから」

「ネヴァフェル？」ズエルは小さな声できいた。「わたしが裏切らないってどうしてわかるの？」

肩をすくめる。「ただわかるの」

まだぜんぶは思いだせていない。ネヴァフェルは思った。でも、それにはきっと理由があるはずだ。自分を信じよう。

それに、つぎになにをいわなければならないかは、しっかりわかっている。

32　ネコとハト

百戦錬磨のトレブル審問官といえども、衝撃を乗りこえるのにゆうに三秒はかかった。大長官の死以来、審問官はつぎつぎと挫折を味わってきた。思いがけず開けた驚くべき活路に、頭がくらくらした。

マキシム・チルダーシンの計画については、はっきりわかっていなかった。ただ、たったいま起きた展開が彼の計画したものでないことだけは、千パーセント確信できる。

「議事録をとめろ！」チルダーシンが叫んでいる。「この子どもは自分が話していることを信じているようだが、最近働き手《ドラッジ》に誘拐されてひどい目にあったばかりで……」トレブルはチルダーシンの片方の手が這いあがっていってボタンを直すのを見て、いっきに平静をとりもどした。悪意のないしぐさだったのかもしれないが、少女がこれ以上なにかしゃべる前に殺してしまえという殺し屋への合図のようにも見えた。チルダーシンはいま、道具にはむかわれ、排除しなければ切りつけられてしまう立場にある。

トレブルは手すりを二度とんとんとたたいて、自分の合図を出した。証人を守るために、いくつかの予防措置をとってあった。それがじゅうぶんだったかどうかがわかるだろう。

「証言者に話をさせよ！」

「……でも、すぐにはわからなかったんです。ボルカスというマダム・アペリンのパテ・ガールのひとりがあたしを探しに来て、トンネルのべつの場所でわたしの指ぬきを見つけたといいだすまでは。そのときに、靴のことではっきりわかりました。わたしが逃げて、調査をはじめると……」

ネヴァフェルは早口で話しつづけた。チルダーシンとトレブルがしじゅう意味もなくちょこちょこと手を動かしているのは無視しようとした。ふたりが無言でどんな争いをしているかは、わかりすぎるほどわかっていた。

目の前に、見るからに邪悪そうな野蛮なハチが現れ、針を曲げて攻撃をしかけてきたので、ネヴァフェルはたじろいだ。その一秒後には、大きなコウモリが振り子のように優雅な動きで舞い降りてきて、それが飛びさったあとには、ハチもいなくなっていた。

トレブルがもう一度合図をすると、聴衆の中心のどこかから、木のゴトンという音がして、そのあとにか細い悲しげな悲鳴があがった。

「つづけて」トレブルがぴしゃりといった。

「ええと、この二か月で、わたしはたくさんのことをつきとめました」ネヴァフェルは話をつづけた。頭のなかで、本のページが開くようにつぎつぎと記憶の扉が開いていく。「いちばんたいへんだったのは、毒のサンプルを追跡することでした。この毒を試されたドラッジたちは、暴れだしてたいせつな人を殺していたのですが、その人たちは死ぬか処刑されたかしていて、死体は残されていませんでした。でも、そのうちに、毒殺者が毒の残りを近くのゴミ捨て場に捨てていたのがわかったんです。わたしたちは、ゴミの山のなかで、ネズミがたがいに殺しあっている場所を探すだけですみました。審問官、あなたのために何匹か殺しあっていたネズミを助けておきましたよ。もっとも、死にかけてますけどね。それでも、いくらかは毒が見つかるんじゃないでしょうか。

だけど、それだけじゃないんです」ネヴァフェルは深く息を吸いこんで最後の攻撃に打って出た。ちょうどそのとき、毒矢が音をたてて耳のそばを通りすぎた。「わたしはチルダーシンの秘密を知っています。チルダーシンの一族がほかの人々より背が高く、強く、賢くなって、けっして時計脱を起こさないのには理由があります。チルダーシンは家族に特別な力をもつ、あるものを与えているのです。地上世界からこっそりもちこんだものです。そして彼はそのことをだれにも話しませんでした。だから彼の一族は、ほかのだれよりも優位に立つことができたのです。彼はその秘密を守るために、人を殺すことまでしました。

チルダーシン家はその特別なものを七年間摂取しつづけて、どんどん大きくなり優秀になりました。いっぽうでほかの人たちは、いっそう青白くなり、頭が働かなくなり、さらに時計脱を起こすようになっていました。チルダーシン家には秘密の黄金の薬があるのに、彼らは自分たちだけのものにしたがっているのです」

聴衆の混乱がどんどんこうじて大騒ぎになった。大長官が殺されたという証言は衝撃的で、みな同盟関係を考えなおさざるを得なくなった。だが、いまの証言はまたべつの問題で、彼らの個人的な怒り、嫉妬、復讐心をかきたてた。自分たちには隠されていた宝があったのだ。自分たちのものになったかもしれないものなのに。チルダーシン家の濃紫の一団はきれいな槍形に整列していちばん近くの出口に突進しようとして、四方を包囲されていた。

「この聴聞会は混乱に陥っている！　休会を要求する！」チルダーシンは叫び、だれも反応できないうちに外に出て扉をばたんと閉めた。

「衛兵！」トレブルががなった。「やつを追え！　拘留せよ！」それからネヴァフェルを振りかえる。「その密輸された薬について話をせよ。どこにある？」

「それについてはお話しできません」ネヴァフェルはおとなしくいった。「いま審問官が心を煩わすべきは、そのことではありません。いいですか、これからたいへんな騒ぎになります……」

またひとつ記憶が開きはじめた。

ネヴァフェルは暗い裂け目の上の狭い岩棚で、クレプトマンサーの隣にすわっていた。かきまぜたカップのなかのお茶の葉のように、コウモリがまわりを飛びかっている。

「あなたは宮廷のことをよく知っているでしょう？」ネヴァフェルはきいた。「盗みを働いたり、アリが動きまわるのを見ているうちに見つけた秘密。人々の企みや計画」

「なにが知りたい？」クレプトマンサーが答えた。

「いろいろなこと。なんでもいいの、だれも知らないようなことなら。大がかりなめくらましが必要でしょ？　騒ぎをいくつも起こさないと。宮廷には、あたしたちをとめる暇がないくらい、ごちゃごちゃ争いあっていてほしい。だから、たくさんのネコを、同じくらいたくさんのハトの群れに投げこみたいんだと思う」

　クレプトマンサーの表情は読めなかったが、胸のうちでほほ笑んでいるのだと思った。「ネコか」彼はつぶやいた。「そうだな、ネコならなんとかできそうだ」


「……ちょうどいま、ロスビゴス家は石けんに毒を混ぜてケルト家を殺そうと考えています」ネヴァフェルはいきおいこんで話した。「そしてケルト家はブリットルクラグ地区に侵攻する準備で忙しく、それに気づいていません。ブリットルクラブ地区には世間の人が思っているようなダイヤモンド層なんてないのに。あれはタルキン同盟が流したデマなんです。それから、いずれ軟膏《なんこう》づくりの人たちのあいだで大きな戦いが起きるでしょうね。トビアス老人が亡くなる前にミレニア・オイルを大量に隠した場所がわかったら。チズルピック交差点の大時計のなかにあるんですよ。ところで……」

　騒ぎは収拾がつかない混乱状態に陥った。休戦協定はすべて破棄された。

「静粛に！」トレブルが叫んだ。「おまえ、娘よ――その証言は今回の件とは関係がない。薬だ！　違法の薬について話せ！」

「申し訳ありません、審問官。でも、話せないんです。それに、今日ここで話そうと思っていたことはすべてお話ししました」

「われわれに隠し事ができる立場にはないのだぞ、娘よ！」

「審問官」ネヴァフェルはゆっくりいった。「今日、ここから出ていく方法がなかったとしたら、のこのこやってきたと思いますか？」

「なんだ？　どういう方法だ？」

「わかりません」ネヴァフェルはトレブル審問官にむかってにっこりほほ笑んだ。太陽のスフレみたいにまばゆく激しいほほ笑みだった。「びっくりさせられるのはお好きですか、審問官？　わたしは好きです。ほんとうに」

公平を期すならば、その後に起きたことには、部屋じゅうのだれもが、ネヴァフェルまでもが驚いた。

鍾乳石《しょうにゅうせき》が牙のようにたれさがり陰になっている天井のどこかで、落とし戸がぱたんと開き、暗くなった口が見えた。この暗がりからひと巻きのワイヤーがひっそりとおろされて、くるくるとほどけながら、ネヴァフェルが立っている台のそばまで落ちてきた。うたうような金属音とともに、きらきら光る金属のスーツにゴーグル姿のがっしりした人影が戸口からぽんと現れ、ワイヤーを滑りおりてきて、どさりとネヴァフェルのわきにおりたった。

「つかまえろ……」トレブルが口を開いた。

金属のうろこをまとった腕がネヴァフェルの体にまわされた。よろいの手がベルトについた二本のレバーをさっと動かす。

「……その……」

甲冑姿《かっちゅう》の人影がワイヤーをするするとあがりはじめ、抱えられたネヴァフェルはぐらりと浮きあがった。機械の音が悲鳴のように甲高くなる。台が遠ざかり、ネヴァフェルが見おろすと、上をむいて凍りついている人々の顔がどんどん小さくなっていった。

「……娘を！」審問官が耳をつんざくような声をあげたが、上昇していくふたりは戸口を通ってさらに上へと消えていった。落とし戸がぱたんと閉まり、ネヴァフェルの視界から《高位の間》が消えた。

気がつくと、埃っぽい木材が交差する、かびくさい狭い通路に立っていた。とつぜん現れた救出者はネヴァフェルの体にきつくまわしていた腕をゆるめ、ワイヤーからベルトのクリップをはずした。

「あなた！」ネヴァフェルは息ができるようになると声をあげた。「あなたよね？」

「どう答えりゃいいんだ？」ゴーグルつきの仮面のなかの声はくぐもってわんわん響いているが、まちがいなくクレプトマンサーの声だ。

「生きてたんだ！」

「きみときたら、的はずれなことばかりいうんだな」

「ここはどこ？」

「大長官がつくった通路のひとつです」耳もとで聞こえたやさしい声に、ネヴァフェルは飛びあがって振りかえった。宮殿の召使が三人そばにいて、ひとりが落とし戸にかんぬきをかけている。「前にお話ししたように、大長官は多くの防御設備をつくりました。大長官の座を追われて裁判にかけられるときに備えて用意した、《高位の間》からの秘密の逃走路もそのひとつです」

「おれはここにはいられない」クレプトマンサーは前に出てネヴァフェルの手を握った。「すべては予定どおりに動いている。きみがつくってくれためくらましを最大限に利用するなら、いまここを出て、自分の計画にしたがわなくてはならない。この反乱が成功するよう祈っているよ！」

「あの……ありが……ありがとう」ネヴァフェルはささやいた。クレプトマンサーがすぐそばの梁を飛びこえて闇のなかへと走り去ってから、彼の言葉の意味がわかってきた。「待って……反乱？　反乱ってなんのこと？」

「説明するには時間がかかります」いちばん近くの召使がつぶやいた。「これを飲んだほうがいいでしょう」

ネヴァフェルは、コルク栓のついた小さなびんを手渡された。なかで煙るようなワインが揺れている。手書きのラベルがついていた。


心配しないで。わたしを飲んで。

ネヴァフェルがワインを飲みほすと、一瞬世界が激しく震動した。それから新たな記憶が星のように飛びだしてきた。

「ああ、ああ、あの反乱」

トレブル審問官は紫ずくめの護衛にはさまれて、宮殿内の本部へと駆けもどった。わかっているかぎり、いま起きていることを把握してとめようとしているのは自分だけだ。

場内をあっといわせてネヴァフェルが消えたあと、《高位の間》はまたたくまに空《から》になった。どの派閥も一族もいっせいに飛びだしていった。仲間の怒りから逃れるための者もいれば、逃げた者を追う者、明らかにこの混乱に乗じて利を得ようとする者、私的な恨みを晴らそうとする者、さらにはすべてが終わるまで身を隠そうとする者などさまざまだった。

ネヴァフェルの一連の暴露は、聴衆に十数個の爆弾を投げこんだ以上の混乱を巻きおこしていた。ほかの人があああいう話をしたところで、これほどの影響力はなかっただろう。だが、あの娘の顔を見た者ならだれでも、彼女が真実を話しているのだとわかる……。

「あの娘はわざとやったのだ」トレブルはなじった。「そうにきまっている。だが、なぜだ？　なぜチルダーシンをさらし者にして、われわれがまともにやつを追跡できないほどの混乱を起こした？　あの男のことならわかっている。いまもやつは、このできごとを利用して逆転する方法を考えているだろう。みなの者――警戒を。チルダーシンはいまこの瞬間にも、わたしを暗殺しようとしているだろう――」

トレブル審問官の本能は正しかった。金属がこすれるようなかすかな音が耳をとらえた。ひとつは左に、ひとつは右に。それが剣を引きぬく音だとわかる前に、審問官はさっと床に伏せていた。顔をあげると、ふたりの護衛が一瞬前に審問官がいた場所を狙って、たがいを突き刺しあっていた。ふたりは床に崩れ落ち、そのうちひとりは死ぬ直前にわざわざ驚いた《面《おも》》をつくっていた。

「二度とあってはならぬ」トレブル審問官はやっとの思いで立ちあがった。「ぜったいにだ！ほんとうにわたしのために働いてくれている者はいるのか？」

審問官はひとりで歩を進め、耳のうしろと手首にほんの少し香水をつけた。宮廷で多くの者が使うやわらかなヘビの香りではない。人を恐れさせ、制圧しようとする香水だった。わたしの邪魔をするな。わたしは紫をまとった死。人を見透かし、その心にのたうつ嘘を見破る。リンゴに巣くう虫を見つけるように。

「トレブル審問官！」べつの審問官が駆けよってきたが、香りがわかるところまで来るとあわてはじめた。

「なんだ、メロウズ？」

「ドラッジたちです！」新たにやってきた審問官は口ごもった。

「ドラッジたち？　彼らがどうした？」

「蜂起しています。数百人が下層都市《アンダーシティ》から押しよせてきています。ペール・ポイント、ガメッツ・グルーブ、ウィッチウエイズとスクワームズを突破しました。最後の目撃では、スプーンズにむかって……」

「宮殿を目指しているのか」トレブルはつぶやいた。「そういうことか――だからあの娘はわわれわれがたがいの喉笛にかみつきあうようにしむけたのだ。われわれの目をほかにひきつけ、くさい石ころどもを蜂起させてはむかわせる機会を与えたのだな。宮殿の警備をかためよ！　すべての倉庫も！　真の名品をやつらに奪われてはならぬ。もし奪われたら、やつらは世界を制圧しようとするだろう」チルダーシンの追跡はあとまわしにするしかない。

宮殿に到着すると、聞いたばかりの話を裏づける知らせが大量に入ってきていた。長いあいだおとなしくしんぼう強く無気力だったドラッジたちが蜂起していた。大量の汚水のように、亀裂《きれつ》やシュートからわきだしてきたのだ。トレブルは宮殿内を歩きまわり、見つけられたかぎりの廷臣と衛兵たちを脅して常識と連帯を訴え、むりやり包囲攻撃に備えさせた。

だが、さらに悪い知らせが届いた。日ごろカヴェルナ全体を潤してきた水道管が空になったのだ。地表近くにある浄水部門から使者がやってきて説明をした。通常、アンダーシティ深くに流れる川から水をくみあげている回転ベルトがとまったのだという。ドラジャリーが宮廷への水の供給をとめたのだ。

ほどなくして、宮殿の門からも、押しよせてくるドラッジたちの波が見えるようになった。数千とまではいかず数百で、ドラジャリーの人口からすればほんのわずかだが、危険な規模の一団だ。みな、香水の影響を受けないように、布で鼻を覆っている。

トレブル審問官はこのときほど、カヴェルナで火薬の使用が許可されていたらと願ったことはなかった。もちろん禁止されている理由は理解しており、密輸された火薬を押収して処分するのに力を尽くしてきた。だが、ほんの一秒か二秒のあいだ、すぐさま煙と大音量を発する武器で一軍を撃退し、敵のなかに金属のミサイルを何十発と撃ちこめたらと夢想した。

それでも、せいぜい岩か仕事の道具程度の武器しかもたない敵に比べたら、審問官側はかなり有利だった。それなのに敵はいっさい恐れを見せておらず、望遠鏡をのぞいた審問官は、門の前に立つドラッジたちが全員顔におかしなことをしているのに気がついた。指を使って目の下の皮膚を引きさげ、口の端を横に引っぱっている。

ひとりひとりは奇怪でちょっとおかしくも見えるが、百もの顔がそんなふうにゆがんでいるのを見ると恐ろしさが募る。トレブル審問官の優秀な本能は、いま目にしているのが革命の《面》だと告げていた。

ならば、われわれは権威の《面》を見せてやろうではないか。連中がぜったいに忘れられないようなしかめっ面を。

「水がなくては、長い包囲戦をもちこたえることはできない」審問官は声をあげた。「早急にあの者たちの意志をくじかなければならない。どんな手を使ってでも追いはらい、追跡し、バリケードを設置せよ。やつらがドラジャリーに逃げ帰って、援軍や物資を集めることがないようにするのだ。未知のトンネルに連中を閉じこめ、水も食糧も与えるな。すぐに降伏するだろう。見よ！　来たぞ！」

ドラッジたちは雄たけびとともに門に押しよせ、石つぶてを投げてきた。だが、彼らの突進はすぐにとめられた。石弓の矢が雨あられと降りそそぎ、弩砲《どほう》で石が撃ちこまれ、熱した油が浴びせかけられた。攻撃がはじまったと思ったら終わったようなもので、ドラッジの群れは逃げだした。

「ペインテッド・パラデスに逃げこんでいる！　完璧だ！　背後の通路を封鎖せよ！　サムファイア地区とオクトパス地区に閉じこめよ！」

衛兵はスパイスの力を借りて突進し、トンネルがつぎつぎと木のバリケードで封鎖された。

「補給物資なしで孤立しているとわかったら、交渉に応じるだろう」トレブルはつぶやき、一瞬の間をおいて眉の汗を拭った。「数百人の人質をとられたとわかったら、ドラジャリーは援軍を送りこんでくるだろう」計画は成功したのだ。かんたんだった。トレブルは、つきまとってくる、かんたんすぎるのではないかという不安と闘っていた。「そこの者――召使たちに、宮殿の被害がどんな具合かきいてこい」

あとになってわかったのだが、これがかんたんではなかった。宮殿の召使には話をきけなかった、いや、そもそも召使が見つからなかったのだ。襲撃と潰走の混乱のさなかに、召使はひとり残らず姿を消していた。


チルダーシン一家はポニーが泡をふくほど馬車を急がせ、息をきらして帰ってきた。だれひとりとして、マキシム・チルダーシンを待とうといいだすものはいなかった。家長のマキシムならば、ひとりでも自分の知恵だけで生き延びることはできるだろう。

「入ったら扉をふさげ！」おじたちがいきおいよく入ってきて召使に命じる。「五分もしないところまで、騒がしい暴徒が迫っている！　包囲戦に備えなければ」

「承知いたしました！」ミス・ハウリックが声をあげた。「ミス・ズエルから、なにが起きたかをお聞きして、準備をしておりました」

「ズエルがここにもどったのか？」

「ええ、そうです。三十分前にもどられました」

一家はちらちらと目を見かわした。家族のだれも、ズエルがこの屋敷にもどってこようとは、ちらりとも思っていなかったのだ。ネヴァフェルがまちがったワインを与えられたこと、それがズエルの落ち度にちがいないことは、一族のだれにも一目瞭然だった。ズエルが故意に裏切ったと疑う者もいたが、残りの者は彼女がうっかりまちがったワインを使ってしまい、過ちに気がついて、家族に知られる前に逃げだしたのだと思っていた。もっとも、ズエルに対してやさしい感情をもつ者はひとりもいなかったのだが。

「いまどこに？」

「通路を通って実験室と《朝の間》のあるほうにむかわれたと思いますよ。やらなければならないことがあって、だれにも邪魔されたくないといっていました」

「いまさらそんなことを？」

チルダーシンのおじたちはすぐに一団となり足音をたてて通路を進みはじめた。話しあう必要などなかった。彼らは思ったのだ。もしマキシム・チルダーシンがひいきしているいまいましい小娘を排除するのなら、いまをおいてほかにはない、と。マキシム自身は不在だし、娘は大失態を演じた。彼女にしかるべき措置をとったところで、とがめられはしないだろう。ズエルの黄金の日々は終わったのだ。

「あの娘にいくらかでも分別があれば」ひとりがつぶやいた。「敵方のだれかのところに逃げこんだだろうにな。なにもトンネルの行きどまりに入っていって、どこにも行けなくなるような……」男の声がとぎれた。

彼らはちょうど角を曲がったところで、目の前には実験室の扉が並ぶトンネルがのびていた。扉がどれもあいている。廊下には樽が六個置いてあり、床には白墨で十字と結んだ線、謎めいた印と円とで複雑な模様が殴り描きされていた。

チルダーシン家の人々はワイン商の頭で目の前のことを理解しようと格闘していた。自分たちが手がけてきたプロジェクトがすべて、小さなもの、大きなもの、できの悪いものまで廊下にころがしてある。ワインというワインが目を覚まして暴れだし、けちな印ではとうてい抑えられない状態だ。ワインはたがいの存在を感じとり、怒りはじめていた。濃い空気が、紙のようにチルダーシン一族の頰をかすめる。うっかり危険地帯に足を踏み入れたら、すべてのワインがめちゃくちゃに暴れだすだろう。もし六種類の真のワインが争いはじめたら、ネコが紙袋にあけるみたいに現実に穴があいてしまう。

樽と揺れる光の幕のむこうに、ズエルがひざまずいてチョークで最後の仕上げをしている影が見てとれた。

「ズエル！」

ズエルは顔をあげると、立ちあがって走りだし、間一髪のところで石弓の矢を逃れた。矢は背後の壁をかすめてトンネルのほうに飛んでいった。

「ズエル！」

ズエルは走りつづけて、《朝の間》にたどりついた。扉をぴたりと閉め、少しのあいだに息を整える。

三十分は有効に使えたが、一族がもどってくるのにもう少し時間がかかればと願っていた。けれども、通路につくった仕掛けが、いまのところは一族を押しとどめてくれている。ただひとつ心配なのは、マキシムおじが審問所の手を逃れて屋敷にもどってくることだった。おじの手にかかれば、ズエルが与えた損害などないことにされ、ワインが手なずけられてしまう。

急いで、ネヴァフェル。ズエルは祈った。急いで。


同じころ、ネヴァフェルは大急ぎで大長官の秘密の逃走経路を進みながら、案内役たちの手を借りて記憶の欠けている部分を埋めていた。

「それで、グランディブル親方は生きているのね？」ネヴァフェルはほっとして、しゃべるのもやっとだった。

「はい」同行者のひとりがうけおった。「隠し出口を使って逃げました。あなたが見つけた出口だったと思いますよ」

「ウサギの穴」ネヴァフェルはささやいた。「ウサギのおかげだ！」

くねくねした道をたどり、とうとう埃をかぶった金襴《きんらん》の玉座を通りすぎると、その隣に巨大な水のびんと大金に相当する物資の入った櫃《ひつ》があった。明らかに、大長官がしばらく身を潜めなければならないときを想定して備えておいたものだろう。

そのそばには、フードつきのざっくりした地の外套とネヴァフェルのサイズの上等なブーツがあった。ネヴァフェルは受けとって、すばやく身につけた。

「これももっていってください」すぐ近くにいる召使が箱をあけ、小さな涙形の小びんを引っぱりだした。「香水です。急いでだれかを説得しなければならないときのために。どうしようもなくひきつけられてしまう香りです」

「あたしがなんで鼻をつまんでるか不思議に思われるんじゃないかな」ネヴァフェルはささやいたが、とりあえずポケットに入れた。

通路のつきあたりに出口があり、ネヴァフェルと三人の案内役がそこをくぐっておりると、人通りがさほど多くない通りに出た。でこぼこ道に落ちた馬の糞が干からびている。

「いまわたしたちがなにをしているか覚えていますか?」女性の召使がやさしくきいた。

「えーと……」ネヴァフェルは女性の名前を思いだそうと記憶を探り、覚えているのがわかってうれしくなった。「あなたはクラレルよね? ええ、覚えてる。ドルドラム地区に行くんでしょ。あそこの経路がドラッジたちが通れるようになってるかどうかをたしかめるために」

ありがたいことに、四人が裏道を急ぐあいだ、ほとんどだれにも出会わなかった。ただ、しじゅう曲がりくねったトンネルから争いあう音——悲鳴、金属がぶつかりあう音、落石のようにとどろく恐ろしげな音が聞こえてきた。あたしのせいだ。あたしのせいだよね? 自分でもどう感じていいのかわからない。ただ、一族の人たちを妨害しながら《朝の間》で待っているズエルと、ドルドラムの偵察役として自分をあてにしているみなのことを思った。

サムファイア地区を縫うように通りぬけ、オクトパス地区の縁を進むと、広い通りはとつぜん行きどまりになった。重い板石を積んだ堅固な壁が立ちふさがり、すきまは漆喰《しっくい》で埋められてわずかな空気も通らないようになっている。

「まちがいなく、ここね」ネヴァフェルは声に出していった。「ドルドラムに入る古い入口」唇をかんで壁を調べる。壁をたたき壊すとなるとひどい騒音が出るだろうが、仲間がマダム・アペリンの居住区を戦いながら抜けていくよりは、この方法がいいと思ったのだ。マダムのところを通るとなると、流血は避けられないが、そうでなくてもすでに多くの争いを招いてしまっている。

「だれか来ます」クラレルがつぶやいた。ネヴァフェルがフードをあげた、ちょうどそのとき、六人の女の子が角を曲がって走ってきた。質素な白いドレスを着て、髪をきっちりうしろで結わえている。マダム・アペリンのパテ・ガールだ。数秒後、クリーム色のお仕着せを着た男たちが角をまわって走ってきた。

「ああ、行かせてやれよ。見つけるようにいわれているのはアペリンだ。どうやら、彼女はもう逃げたようだな」男たちはきびすを返し、来た方向にもどっていった。

「あれは、メイナ姉妹の家のお仕着せです」案内役のひとりがささやいた。「面細工師《フェイススミス》の姉妹です。あなたが《高位の間》でマダム・アペリンを弾劾したあと、彼女を攻撃するかっこうの理由ができたと思ったのでしょう」さもありなんとネヴァフェルは思った。あのフェイススミスの姉妹がマダム・アペリンをあしざまに語っていたのを思いだしたのだ。

案内役たちにすばやく視線を投げてから、走っていった男たちに気づかれないくらいの距離をおいてあとを追いはじめた。案の定、彼らに導かれて到着したのは、マダム・アペリンの居住区の玄関前だった。

しかし、その扉は強い衝撃を受けて蝶番《ちょうつがい》がはずれていた。前に落ちている長い木材は、明らかに破城槌として使われたものだろう。外にはかなりの人がいたが、みんながみんなメイナ家のお仕着せを着ているわけではなかった。ただ、この群衆はすでに力を使いはたしたのか、三々五々離れていこうとしている。なかには石弓の矢を受けて傷を負っており、手を借りなければならない者もいた。マダム・アペリンの側が反撃したのだろう。

「フェイススミスは?」ひとりが叫んだ。

「いない」なかから声があがった。「どこもかしこも探した。ここにはいない」

「パテ・ガールにあの女の所在を吐かせろ!」

「もう遅い。全員逃げたあとだ」

勝ち誇った一団がとうとうその場を離れていくのを、ネヴァフェルは曲がり角から見ていた。見覚えのある家具を運んでいく者もいる。やがて、壊れた扉のむこうからは、まったく人の気配がなくなった。

「ミス・ネヴァフェル?」クラレルの声にネヴァフェルははっとした。「門の前の部隊のところまでもどって、道が通れるようになったと伝えてきます」

「そうね」ネヴァフェルはぼんやりと答えてから、自分が見ているものに気がついてはっとした。「そうよ！　予想していた以上に、楽に通れるようになった。ドルドラムに入るのにあの壁をたたき壊さなくていい。ここを通って、秘密の扉を抜けていけばいいんだ」

短い話しあいで、ネヴァフェルは壊れた入口のそばにとどまり、マダム・アペリンのトンネルを通る道がふさがれないよう見張ることになった。ふたりの召使はたどってきた通りをもどり、オクトパス地区にあるさまざまな合流地点に目を光らせて、もし敵の大群が宮殿の方向から近づいてきたら合図を出す。ネヴァフェルは壊れた扉のすぐ外側に陣どり、ふたりの召使は来た方向に消えていった。

扉のすぐそばに立っているのは、奇妙な感じがした。板の割れ目からのぞきこめるほど近くはなかったが、なかの虫とりランタンがだんだん暗くなり、ひとつひとつ消えていくのがわかる。生き物がじょじょに命の輝きを失って死んでいくのを見ているようだった。哀れみと恐怖で胸がいっぱいになり、ネヴァフェルは、廊下のいちばん奥でかすかにまたたく最後の明かりが消えて終わりますようにと願った。

気がつくと、いつのまにか扉に近づき、壊れた木の板に指までかけていた。廊下の先を見ると、応接間のドアの残骸が見え、その先にマダム・アペリンの小さな森の残骸も見えた。廊下のつきあたりと応接間は闇に沈んでいたが、じっと目を凝らしてからしばたたくと、森のあたりの闇が思ったほど濃くないように感じられた。

しだいに、その意味がわかってきた。この破壊されたトンネルの奥深くに、まだやわらかな光を放っている虫とりランタンがある。その意味するところはひとつしかない。だれかが息をしているのだ。

33　面をはずして

襲撃者たちがマダム・アペリンを見つけられなかったのは当然だ。あたしはなんて愚かだったんだろう。彼らはマダムが秘密の通路をもっているなんて知らなかった。マダムは隠し扉のむこうに隠れ、襲撃者が叫んだり荒らしまわったりするのをやめるまで待ってから、もどってきたのだ。

でも、廊下の奥のちっぽけな、ほとんどわからないような光のまたたきを見つめていると、不思議な感じがして、マキシム・チルダーシンと対峙していたときや、《高位の間》で証言をしたときとはちがう恐ろしさを感じた。ネヴァフェルはいまだにマダム・アペリンとの絆を感じていた。からみあった運命を。以前はそれが明るいロープに見えて、これならしがみつけるかもしれない、いや、そこをのぼって自分のいるべき場所にたどりつけるかもしれないとさえ思っていた。マダム・アペリンの裏切りを知ったいま、その絆は前方の暗い廊下へと自分を引き寄せる、呪われてねじれた黒い鎖のようだった。

ほんとうに引っぱられて、たぐり寄せられているかのようだ。ネヴァフェルはひたすら自分にいい聞かせた。ひとりで行くことはない。ここで見張りをしていれば援軍が来る、と。ところがそのとき、落ちてきたレンガがあたったみたいに、ある考えに襲われた。

ズエル。

もしマダム・アペリンがあの先の暗がりにいるとしたら、敵が送りこんできた暴徒に出くわしそうな通りに出ようとは思わないだろう。それよりも、遅かれ早かれ、親密な関係の秘密の同志、マキシム・チルダーシンのところに逃げこむはずだ。秘密の通路を急いで《朝の間》に行ったら、大きらいな娘に出くわす。《高位の間》で自分が告発される原因をつくった少女、ズエル・チルダーシンがひとりで、護衛もつけず、疑いもせずにそこにいるのだ。

もしかしたら、マダムはすでにひらめいて、いまこの瞬間にも、秘密の部屋から秘密の通路へとむかっているかもしれない……。

ネヴァフェルは汗ばんだてのひらを服で拭って、廊下に足を踏みだした。ほかの召使を探しにいっていたら貴重な時間がむだになるし、一帯の警戒がおろそかになる。目に見えない黒い鎖がネヴァフェルを引っぱる。一歩、また一歩。

前に進むと、わずかに残っていた虫とりが光りだし、蹂躙《じゅうりん》の跡が浮かびあがった。応接間のテーブルがひっくり返され、床は壊れた陶器の破片でザクザク音がする。ネヴァフェルはかがんで虫とりランタンをひとつ拾いあげた。

前は美しい森だった場所の光景に、胸が締めつけられる。千年も昔からある水晶の木々のほとんどが粉々に砕け、割れた牙のようになった幹が万華鏡に似た光を放ち、コケのじゅうたんに散らばったかけらが輝いている。ネヴァフェルはかがんで、長いかけらをひとつ拾いあげた。くすんだクリーム色とバラ色が高級菓子のような縞模様を描いている。細長くて鋭くて冷たい。

これを手にして、安心したのか不安になったのかわからない。

もうひとつ壊れたドアを通りすぎると、そこからマダム・アペリンの貴重な展示室のひとつが垣間見えた。雪花石膏《アラバスター》の仮面の半分はまだ高いところに浮いて並んでいたが、残りは九柱戯《スキトルズ》(ボウリングに似た競技)のピンのように床に倒れている。

ネヴァフェルはさらに進んでいった。仮面の列のいちばん奥で、青白い顔がためていた息をふっと吐いて、静かに列から離れたのには気づかなかった。

階段は、外枠が細いクモの糸のように繊細《せんさい》なつくりになっていて、なかなか見つけられなかったが、手にしたランタンの光が、ようやくツタに似た渦巻き模様を照らしだした。心臓が口から飛びだしそうになりながら、ネヴァフェルはらせん階段をあがっていった。足もとでかすかに金属の音がする。そのときになって、あの裏切られた日の、ほんとうは夢ではなかった夢のなかでの動きをもう一度たどっているのに気がついた。

ネヴァフェルには聞こえていなかったが、背後の割れた森のなかをもうひと組の足が、水晶の破片を踏みつけないように慎重に進んでいた。

ネヴァフェルが階段のいちばん上にたどりつくと、弱くなっていた光が大きくなった。回廊に足を踏みだしてみると、そこは洞穴の天井から六フィートほど下に位置する、壁につくりつけの金属製のバルコニーだった。回廊、天井、壁の上部には、ネヴァフェルが見たこともないほど大きな虫とりランタンが集まっている。ひとつは幅が九フィートもあり、硬い外皮が光ると、淡い色の輪とハチミツ色の点々が見えた。どうりで、森の上の偽物の空があれほど明るく輝いていたわけだ。ここのランタンを輝かせるために、パテ・ガールたちが必死に息を吹きかけていたのもうなずける。

ネヴァフェルの夢のなかでは、サルが秘密の扉へと導いてくれた。いまは、よみがえってきた記憶の弱々しい幻影に引っぱられている。細心の注意を払って、いちばん大きなランタンのそばを通りぬけた。ランタンはかすかに揺れて、大きなあごが夢を狩る獣みたいに開き、また閉じた。ネヴァフェルは指先で壁面のなめらかなタイルをたどり、隠された扉の掛け金を探りあてて引っぱった。扉が大きく開いた。

前にこの部屋に入ったとき、あたしは気が変になった。ズエルが押しとどめてくれたんだ。ランタンをぎゅっと握りしめて、部屋に入る。

そこは小さな部屋で、なかには何百もの顔があった。粘土でかたどったもの、石膏で成型したものもあったが、大半は絵だ。色つきのパステルやチャコールですばやく、だが詳細に描かれたスケッチだった。どれも同じ女性の姿で、ネヴァフェルはひと目見て衝撃を覚えた。どの表情も《悲劇の連作》で見た覚えがある。

女性はマダム・アペリンではない。肌には斑点《はんてん》があり、髪は長く赤い。大きな目は灰緑色だ。やせこけた顔は苦しげで、とてつもなく豊かな表情をしている。絵はなんらかの順番に並べられているようだった。扉の左手の絵の女性はただ細いだけだが、ネヴァフェルが部屋じゅうの絵を必死に見わたしていると、女性がどんどん弱ってやつれていくのが見てとれた。目の前で、女性が死にゆこうとしている。そうして扉の右手側に、デスマスクと思われるものがあった。

頬がこけ、口もとの表情がなくなっている。

奥の壁にもうひとつ小さな扉があったが、ネヴァフェルはすぐ上の壁画に目を奪われていてほとんど見ていなかった。壁画は、パステルとテンペラで壁の漆喰《しっくい》に直接描かれていた。女性の全身像で、脚にかけられた枷が見える。彼女の腕から、赤毛の子どもが引き離されようとしていて、女性と子どもの顔はどちらもただただ苦しげで、どの絵よりも細部まで事細かに描かれている。

ネヴァフェルの足もとには、割れた粘土の仮面の残骸が落ちていた。かけらからすると、子どもの顔を表したもので、悲しみと怒りにひどくゆがんでいて、いまにも悲鳴が聞こえてきそうだ。見ているうちに、ネヴァフェルの手と腕が傷を思いだしてうずきはじめた。

部屋が激しく揺れだして、ネヴァフェルは自分のランタンをもつ手が震えているのに気がついた。背後の羽根が震えるような音に、さっと振りかえる。

やはり室内にはマダム・アペリンの顔があった。回廊に出る扉とネヴァフェルのあいだにあって、仮面ではない。

ネヴァフェルがさっとうしろに飛びのいたと同時に、マダム・アペリンが腕を振りおろしてきた。顔を狙っていた短剣が、わずかにはずれた。

「あたしの母親はあなたじゃない」ネヴァフェルは息も切れ切れにいった。「この人だった」水晶の破片をもった手を振りまわして、何十枚もある赤毛の女性の絵を指ししめす。「あなたがこの人を殺したんだ」

「ここに来たときには病気だったの」マダム・アペリンのハート形の顔には《悲劇の連作》のやさしげな《面《おも》》がつぎつぎと浮かんだが、本物を見たいまとなっては、残酷なまがいものでしかない。「わたくしはただ、そのまま死なせただけ」

「どうして?」ネヴァフェルは叫んだ。「ただ表情を描きうつすだけのために? 《面》として使うために?」

「ただ? ただ、といった? わたくしのスケッチブックの前で衰えていった彼女は、それまでの人生でもっとも役に立つことをしたのよ。《悲劇の連作》の前は、《面》は見せかけだけのものだった。それをわたくしが真の芸術にしたの」

この言葉を聞いて、ネヴァフェルのなかでなにかがはじけた。心からの苦しみと怒りからしわがれた声をあげ、水晶のかけらを手にマダム・アペリンに襲いかかった。だが、最後の瞬間に腕の筋肉の力が抜けた。目の前の肉と骨は残忍で計算高い敵のものなのに、その表情は絵のなかの赤毛の女性、ネヴァフェルの母のものなのだ。盗まれた《面》であっても、ネヴァフェルにその顔は殴れないし、マダム・アペリンはそれを承知していた。

「あなたなんか……」マダムが毒をにじませていう。「あなたなんかいらなかった」

わたくしは完璧に有利な立場にいた。マキシム・チルダーシンは地上に出る秘密の立て坑をつくりたがっていた。自分の屋敷の背後にあるツイスターを抜けて到達できる立て坑を。あの人には、ドルドラムにいる人間の手助けが必要だった。わたくしのトンネルは理想的な位置にあったから、あの人が近づいてきた。

わたくしは条件を出した。とくに表情豊かな顔をもつよそ者がほしい、と。わたくしが選んだ究極の状況で観察できる顔がほしかった。できれば緑の目が望ましかった。それならわたくしの顔によく似合うだろうから。だから、よそ者をひとりと頼んだ。

地上にいるチルダーシンの代理人が、完璧な標本を見つけてきた。カヴェルナには病気を治す油があると話すと、彼女はこの都市にもぐりこむために全財産を支払った。ただ、彼女は子どもをおいてくる気はなかった。立て坑をおりてきたとき、彼女の腕にはあなたがいた」

「あなたはあたしを憎んでるんだ」ネヴァフェルはフェイススミスの凍りつくようなきつい声が理解できなかった。

「ずっと憎んできた。はじめて見たときから、あなたの顔には……もちろんあなたの使い道を見つけたわ。あなたの母親は自分の腕からわが子がもぎとられるとき、最高の《面》を見せてくれた。でもあなたの顔は——あんなに怒った、執念深そうな顔の子どもなんているわけないのに。血が凍りついたわ」

半分忘れていた記憶の断片が渦をまいてひとつにまとまった。ワインを飲んだときに見た幻の光景がよみがえってきた。こんどははっきりと。

毎日同じことのくりかえし。母の腕のなかにいる三十分間はあたたかいが、とても短い。時計が乾いた音をたてて〇時を告げると、力強い腕がネヴァフェルを引き離そうとする。叫んで叫んで、またしても愛しい人の手を離れ、物置部屋に放りこまれる……。

「あなたの血はいつだって冷たかったじゃないの」ネヴァフェルは声を震わせた。

「わたくしには感情があるの！」マダム・アペリンがぴしゃりという。「あなたがそれを傷つけ、粉々にした。母親が死んだあと、あなたの顔はわたくしにとってとげのようだった。それでチルダーシンがワインをくれて、あなたにすべてを忘れさせたの。わたくしはあなたに最高級のぜいたくをさせて、反応をスケッチし、表情を引きたたせるために何十枚もドレスを買ってあげた。でも、いつでも復讐に燃えた心がそこに埋もれているのを感じていた。チャンスをうかがっているのだと。そうしたらある日、あなたがわたくしのトンネルから消えた。完全に消えてしまった。いまいましいクレプトマンサーのせいよ！」

パズルのピースがまたふたつ。五歳のネヴァフェルを連れさって、グランディブルのトンネルの長く忘れられていた巻き上げ機に置いていったのは、クレプトマンサーだったのだ。そして、大泥棒が盗んだものを見つけた者に報奨金を出すといいだしたのは、マダム・アペリンだった。どうしても、知りすぎていた子どもをとりもどしたかったのだ。

「あなたのことを忘れたことはなかった」マダム・アペリンは先をつづけた。「子どもの顔があれだけの怒りを、あれだけの抵抗を見せるなんて……ありえないことに思えた。わたくしは何千もの《面》をつくってきたけれど、いつでもほかの表情を突き抜けてあなたのあの表情が現れてきそうで恐ろしかった。幽霊を見ているみたいだった。

記憶を奪ったことを責めているんでしょうね？　わたくしはあなたをまっさらなままにしておいた。幽霊をすべてとりのぞいた。ずっととりつかれていたのはわたくしのほう。あなたにとりつかれていたの」

マダム・アペリンはふいをついて突進してきたが、ネヴァフェルは片手で顔をかばいながらわきによけた。短剣の先が手の甲に線を描き、痛みが走った。突いてよけての攻防で、ふたりはむきあってぐるぐるまわりだし、やがてネヴァフェルが扉を背にして追いつめられた。

「そしてある日、あなたを見つけた」マダム・アペリンが怒りをにじませる。「実物がこのトンネルに現れた。見てすぐにわかったわ。マキシムは、あなたに脅かされることがないようにすると約束してくれたけど、彼の殺し屋はあなたを溺れさせるのに失敗した。それで、彼は審問所にあなたを買いとりに行ったときに、計画を変更してあなたを生かしておくことにしたのよ。でも、わたくしにはわかっていた――あなたには死んでもらうしかないって。あの殺し屋の飼育係《ズーキーパー》が、支払っただけの仕事をちゃんとしてくれてさえいれば！」

「あなたはあたしの母の《面》を盗んだ」ネヴァフェルはささやいた。「盗んで売って、自分でもまとって歩きまわり、人々を自分の意のままに動かした。あなたは母の《面》をあたしにも使った。母を殺したも同然だったくせに。ずっとあたしを殺そうとしてたくせに」

「見ないで！　その《面》で見るのはやめて！」マダム・アペリンは頭からつま先まで震えていて、髪につけた羽根飾りが昆虫の触覚のように震えている。「五歳の子どもだったときとおんなじ顔。やっぱりあのときに始末しておけばよかった」

マダム・アペリンはまた一歩切りつけてきたが、ネヴァフェルはまたしてもうしろに飛びのき、そのまま扉を抜けて回廊に出た。まわりじゅうで虫とりがするすると光りはじめる。激しい動きと荒い呼吸の流れを察知しているのだ。やみくもに口をあけたものもあり、毛皮の房のように細くて薄い色の牙をのぞかせている。

マダム・アペリンは昆虫をしとめようとする巨人のように、何度も何度も短剣を振りだしてくる。ネヴァフェルはよけてよけてよけつづけた。そのあいだにも、手には水晶のかけらが握られ、目の前の殺人者の顔には母のやさしいまなざしが貼りついていた。

あなたはお母さんじゃない。

あなたはお母さんじゃない。

あなたはお母さんじゃない。

「あなたはお母さんじゃない!」ネヴァフェルはいきおいよく飛びかかった。傷つけようとしているのか、攻撃をかわそうとしているのかわからない。「お母さんの《面》をはずして!」破片が上むきに斜めの線を描いたが、狙いはわずかにはずれた。けれども、ほんの先端がマダム・アペリンのたいせつなアラバスターの顔のあごをわずかにひっかき、小さな真珠《しんじゅ》粒ほどの血が噴きだした。マダムは怯えきったうめき声をあげ、ぱっとあごに手をあててうしろに飛びのいた。

飛んだ先がまちがった方向で、しかも遠くまで飛びすぎた。マダム・アペリンのすぐうしろでは、いちばん大きな虫とりランタンが怪獣のような口をぱっくりあけていた。一瞬、マダムが手足を広げて開いた口に落ちていくところが見えたかと思うと、虫とりの上あごがおりてきて、上下の細い歯が二本の櫛《くし》のようにぴったりとかみあった。

不気味な沈黙がおりた。これまでのことにもかかわらず、ネヴァフェルは良心の呵責に駆られ、あごをこじあけようとしたがどうにもならなかった。長年虫を食べてきた虫とりはその口に見合う餌食を得て、がんとして動こうとはせず、マダムがいままでにつくってきたどんな笑みよりも大きく笑っている。なかから命の気配は感じられなくなっていた。

ネヴァフェルはのろのろと隠し部屋にもどり、何百枚もあるスケッチを見まわした。苦痛が描かれているが、同時に強さ、やさしさ、忍耐、愛も伝わってくる。

この人はあたしを見てる。この顔に浮かんでいる愛情は……ぜんぶあたしにむけられている。

ネヴァフェルは母の絵を一枚おろして、丁寧にポケットにしまった。

マダム・アペリンの壊れた玄関そばの立ち位置にあわててもどったネヴァフェルは、やってきた働き手軍《ドラッジ》の先頭集団と合流した。うれしいことに、アーストワイルがいる。ネヴァフェルはふたつに折れそうなくらいぎゅっと抱きしめたが、アーストワイルは不機嫌そうだ。

「うまくいった」ぶっきらぼうにそれだけいった。

ネヴァフェルは思いだした。計画のなかでも、もっとも熱く議論が交わされた部分だったのだ。数百人のドラッジを人目につかずにドルドラムまで連れてくるのは、どう考えてもむりな相談だった。たとえ宮廷が混乱していたとしてもだ。最終的にまとまった計画は、とてつもなく大胆なものだった。働き手地区《ドラジャリー》からこっそりしのびこむのではなく、ドラッジの大群が蜂起して宮殿を攻撃するふりをする。それからわざと「潰走」させられて……ドルドラム目指して「逃げる」。そもそも最初から行きたかった方向にむかうのだ。

「やつらはまんまとひっかかったよ」アーストワイルが得意そうにいった。「宮廷の半分――いまぼろぼろになってない半分――は宮殿にたてこもって隠れてる。おれたちが逃走したとき、やつらは自分たちが勝ったと思って、だれもとめようとしなかった。おれたちがいなくなってから、バリケードを立ててたくらいだ。だからいまになっておれたちを追いたいと思ったら、まずはバリケードを抜けてこなきゃならない」

「だれか……」ネヴァフェルはこの問いを口にしたくなかった。「だれかけがをした?」

アーストワイルはまた無表情になり、ネヴァフェルの肩をちょっと痛いくらいに短くパンチした。「これは戦争なんだよ、ネヴ。危険があることはみんなわかってる。それにおれたちが失ったのは、四百人のうちふたりだけだ。おまえのかけがえのない空を見せてくれたら、それで報われる」

四百人のドラッジとその子どもたちが、みんなあたしを頼りにしている。ネヴァフェルはそんなにおおぜいいることにひるんでいいのか、それしかいないことを悲しんでいいのかわからなかった。ドラジャリーの人口の十分の一にもならないのだ。ほかの人たちは反乱には同意したものの、カヴェルナをあとにして未知の地上世界への冒険に出る気はなかった。いまの生活がどんなにひどいものだとしても、自分たちがこれまでに経験してきたすべてを捨てるのは耐えられなかったのだろう。

隠し部屋のむこうの通路はくねくねと曲がりくねったあげくにとつぜんとぎれ、屋根にはめこまれた落とし戸の前に出た。ネヴァフェルが戸を押しあげると、そこは《朝の間》の朝食のテーブルの下だった。

「ズエル！」ネヴァフェルは駆けよって、友だちに腕をまわした。「ここにいたんだ！　やったんだね！」

「ネヴァフェル！」ズエルもネヴァフェルを抱きしめた。「なかなか来ないから、つかまったのかと思った。うちの一族はまだ、わたしが廊下にしかけた罠を抜けてきていないけど、もう時間の問題よ。間にあうことを祈ろう」

大きさも年齢もさまざまなドラッジたちが朝食のテーブルの下から出てきて、部屋を眺めまわしている。けれども、白いテーブルクロスや純銀の食器や水晶の皿はちらりと見ただけだ。すぐに全員の視線が、テーブルのすぐ上の天井に集まった。

ズエルは天井にぴったりはめてあった、大きな半球形の青いガラスをはずして、テーブルにのせていた。ガラスがあったところには幅三フィートほどの丸い穴が見え、そこからネズミ色の光線が注がれている。

ネヴァフェルはよろよろとテーブルによじのぼり、穴を見あげた。立て坑は上へ上へとのびていて、かすかにきらめいていることから壁が鏡でできているのがわかる。穴ははるか遠くの、小さなコインのように見える鈍い光のところまでつづいている。

空だ。空が見える。

ネヴァフェルの心がハトの群れのように舞いあがり、ほんとうにハトが白い羽をはばたかせ、鈍い光を目指してくるくるとあがっていくのが見えるような気がした。安堵感があまりにも大きくて、いまにも倒れこみそうになる。そのときになってようやく、自分がすべてまちがっていたらとひそかに恐れていたことに気がついた。じっさいに見あげてみたらマダム・アペリンの小さな森の上にあったみたいな、虫とりランタンの集まりかもしれない、と心配していたのだ。

仲間たちを見わたすと、みな息をひそめて待っていたようだ。

「こっちよ」ネヴァフェルはかすれた声でいった。「あいてる。太陽はまだのぼってないと思うけど……空は見える。ほら！　自分の目で見てみて！」

たちまち、ネヴァフェルのまわりに人々が押しよせ、首をのばして立て坑を見あげた。

「あのにおいはなんだ？」ひとりがささやいた。

「地上のにおい」顔じゅうに笑みが広がるのがわかる。「自由よ」

「ネヴ——急がないと！」アーストワイルは、三人のドラッジが床の入口から運びだした機械を指ししめした。三脚と石弓と、鉤縄《かぎなわ》をかけあわせたような代物だ。「ほんとうにこの仕掛けが役に立つのか？」

「わからない」ネヴァフェルはじっとその装置を見つめた。「これはなに？」

「覚えていないの？　もう一杯再現ワインが必要ね」ズエルはもう一本ワインの小びんを手渡した。「飲んで——これで解決するはず」

ワインを飲みほすと、ネヴァフェルはそうだったというようにうれしそうに装置を見つめた。

「ああ！　あたしがこれをつくったんだ！　へへへへ！」

「そんなんじゃ、まったく安心できないよ、ネヴ」アーストワイルが文句をいった。

「ううん、だいじょうぶ」ネヴァフェルは装置をつかむと、天井の穴の真下の位置にくるように、テーブルの上に三脚部分を立てはじめた。「ああ……たぶん。立て坑が思ってたよりちょっと幅が広いけど、うーん、鉤の爪の長さはたぶん足りてる。ぜんぶつり合いがとれるようにすればいいんだよね」ネヴァフェルははめこんである水準器を調べ、三脚の一本の脚の下にボロ布をあててから、もう一度立て坑を見あげた。「ロープはもってきた？　よかった。それをその装置に結びつけて。さあ、行こう！」

ネヴァフェルが留め金を引くと、六本の鉄線が音をたてていっせいにゆるんだ。真ん中のボルトが上にむけて飛びだし、四股の爪が広がりながら、ロープを引っぱってあがっていく。爪の先が鏡の壁にこすれて悲鳴のような音がする。その音がやむと、一拍おいて、ガチャガチャとぶつかる音が聞こえてきた。ロープを何度かぐいっと引っぱっても、鉤は落ちてこない。

「うまくいったと思う。いちばん上の口にひっかかったんだよ」

アーストワイルがテーブルによじのぼってロープをつかんだ。

「もしおれが落ちてきたら、ひっかかってないってことだ」つぶやくと、ロープを伝ってのぼりはじめた。

永遠とも思える長い時間がたってから、ロープが短く三度引っぱられた。縄ばしごをロープの端に結びつけると、一瞬ののちに姿の見えないアーストワイルがはしごを引きあげはじめた。

さらに三度、はしごが引っぱられた。アーストワイルがはしごをしっかりととりつけたのだ。

「みんな——列をつくって順番にのぼって」ズエルが声をかけた。「どれくらい時間があるかわからないから」

マキシム・チルダーシンの不自然なほど長い人生においても、この日は記憶にないくらいいらだたしい一日だった。

はじまりから最悪だった。審問所が聴聞会の時間として、一家のふつうの起床時間よりかなり早い時間を押しつけてきたのだ。おかげで彼のスケジュール全体が混乱に陥った。チルダーシンはトレブルがわざとそうしたのだと疑っていた。あの女はわたしにいやがらせをするために、その力のおよぶ範囲でできることはすべてしているようだ。何度襲っても殺されてくれないだけにとどまらない。

朝食をとりながらいつもどおりに朝の光を摂取できなかったことは腹立たしかったが、その後のできごとでなにもかもかき消されてしまった。どんなに考えても、聴聞会があれほどの大惨事に終わったことが、どうしても理解できなかった。チェスであとふたつコマを動かせばチェックメイトだったのに、とつぜんボードの真ん中に子ネコが落ちてきて、すべてを台無しにされたような気分だった。

形勢をいっきに逆転するなんらかの手立てがあるはずだ。チルダーシンは剣を磨いて鞘におさめながら自分にいい聞かせた。ここから態勢を立て直す方法がきっとある。あるのはわかっている。ほとんどの負けは、気持ちの問題なのだ。

《高位の間》から逃げるときに出会った同志たちの大半が、まちがいなく気持ちで負けていた。彼らを結集させるのには、マキシムのカリスマ性に加えて、ひそかに香水の力を借りなければならなかった。いまは同志たちもどうにか落ちつきをとりもどしたようで、マキシムはどんどん危険が増していく大通りを、相当数の儀仗兵を連れて歩いていた。チルダーシンを逮捕しようとした審問官の一団はすさまじい反撃を受けた。

計画の変更が必要だというだけだ。おそらく、もっと多くの血が流れるだろうが、いたしかたない。われわれはもはや失敗が許されないところにきている。同志の残りを集めなければ。彼らが地上に行かないように。あるいは裁きを逃れるために卑劣な取引をしないように。まずはわが一族を集めなければならない。そうしないと、彼らは野望に駆られて、共倒れになってしまうにちがいない。

屋敷をとり囲んでいる暴徒が思ったほどの数でなくて、マキシムはほっとしていた。強大な審問所軍の気配はない。おそらく、全体の大混乱に対処するのに忙しいのだろう。屋敷を包囲していた暴徒たちは、背後から強力な一軍に攻撃されて、ひどくあわてふためいた。その軍を率いていたのは、彼らが邸内でくさっていると思いこんでいた男だった。

戦闘が終わるころには、小さな通りはのどかな場所ではなくなっていた。漆喰がひび割れ、ブランコの腰かけが割れ、砂糖のように輝く屋敷の正面には血しぶきのしみがついていた。チルダーシンはポーチに点々とうつ伏せになっている人々を踏みこえ、暗号を使って扉をたたいた。

一族はマキシムの姿を見て衝撃を受けた。報告することが山ほどあった。だが、ズエルが屋敷内にいるという知らせを聞いて、マキシムは実験室と《朝の間》につづく通路を大股で急ぎはじめた。

廊下でズエルがつくった仕掛けを見たとたん、マキシムは強烈な誇らしさと激しい落胆で胸がいっぱいになった。長く願ってきたとおり、若き後継者は巧妙な策略に長けた、大胆不敵なワイン商になりうる兆しを見せている。だが、姪は最後の最後で、彼がもっとも重んじているものを示すことができなかった。一族への忠誠心だ。

ワインは落ちつかせるより、怒らせるほうがかんたんだ。整然とさせるより、騒ぎを起こさせるほうがたやすい。だがマキシム・チルダーシンは何世紀も生きてきており、ズエルの知識はすべて彼がしこんだものだった。

鎮めの呪文を唱えながら、一度に少しずつそっと前に進んでいく。一族の者たちはおとなしくなった樽にひとつひとつ鎖をかけてころがしながら、彼のあとにつづいた。マキシムは早急にひいきの姪と語りあう必要があった。

ドラッジたちはとぎれることなく床の入口から出てきて、縄ばしごを伝って立て坑をあがっていった。時間が足りるかどうかが問題だったので、ひとりが上までたどりつくのを待ってからつぎがのぼりはじめる、というわけにはいかなかった。はしごがきしむたびに、ネヴァフェルの心臓がぐらりと揺れる。見つけられるかぎりでいちばん強力なはしごだったが、こんなにおおぜいのドラッジたちがいちどきにのぼるのに耐えられるかどうかはわからない。

のぼっていくのは全員がドラッジというわけではなかった。きっちりとしていまにも給仕をしそうな《面》をまとったままの宮殿の召使たちが、集団で静かに現れて列に並び、はしごのむこうに消えていった。チーズの匠《たくみ》グランディブルが現れたときには、ネヴァフェルは心からほっとした。親方は明るい光に眉をひそめ、いちばんだいじにしているチーズを小さな子どものようにそっと抱えている。

あたしはまだこの人に腹を立てているんだろうか？　ううん、これまでのできごとのなかで、怒りはどこかに消え去っていた。ポケットから落ちてころがったコインみたいに。だが、親方のいかめしいまなざしが自分を見つけたとたん、ネヴァフェルは頬が熱くなるのを感じた。

「うん、わかってる」きかれないうちに答えていた。説明している時間はない。「そうなの、あたしの顔はだめになっちゃった」

グランディブルのあごが震えだし、しわが寄った。それからネヴァフェルが覚えているかぎりではじめて、見たこともない顔に変わった。ほかのだれよりも猛々しく恐ろしげなしかめっ面だ。

「そんなことをいった不埒なやつは何者だ？」グランディブルはがなった。「だめになった？　そいつらをわしがだめにしてやる」ネヴァフェルのあごをつかんでじっと顔をのぞきこむ。

「前より少しばかり悲しげかもしれん。少しばかり賢そうでもある。だが、なにも壊れてはおらんぞ。おまえはただ、ようやく自分の外皮を破って成長しただけだ。いまもいいチーズだ」

目が潤んで、ネヴァフェルはチーズの匠グランディブルがはしごの上に消えていくところはほとんど見ていられなかった。

「やだ！」ズエルがチルダーシン邸につづく扉に耳を押しあてた。「マキシムおじさまの足音がする。審問所に逮捕されたと思ったのに！　どうしてここにいるの？　わたしがしかけた障害物はほかの人たちはとめられても、マキシムおじさまには通用しない。みんな、急いでのぼって！」

「これ以上急げないよ！」ネヴァフェルが反論した。かばんや背負い袋に赤ん坊や幼児を入れて運んでいる者も多く、体の悪い人や年寄りをおぶってのぼっている者もいた。

ネヴァフェルがそういったのとほぼ時を同じくして、床の入口の下のトンネルから騒がしい物音が聞こえてきた。慎重に入口からあがってきていたドラッジたちが、突如として見るからにあわてふためいたようすで這いあがってくるようになった。

「なに？」ネヴァフェルは使い走りの少年たちのひとりをつかまえてきいた。「なにがあったの？」

「地図オタクが」少年はあえいだ。「地図にいかれた連中がぼくたちのうしろをつけてきてるんだ。どっから来たのかわからない。二十人くらいいる。うたってなにか振りまわしながら、練り歩いてくる。邪魔をしようと思って家具を積みあげてきたけど、それでもついてくるんだ……」

「ああ」ネヴァフェルは口を両手で押さえた。「ああ、やだ！　どうして思いつかなかったんだろう?」視線が、立て坑の入口を覆っていた半球形の青いガラスへとさまよっていく。「未発見の道! 蓋をはずしてしまったから、コウモリ鳴きたちにかぎつけられてしまったんだ! もうあの人たちは道がどこにあるか知ってるし、ほかのみんなにもいってしまったってこと……ああ、ここにカヴェルナじゅうの地図つくり《カートグラファー》が集まってしまう!」

「なにか彼らの動きを遅らせる方法はないの?」ズエルが扉に耳を押しあてたままできいた。

「もしかしたら、あたしが帰るように説得できるかもしれない!」ネヴァフェルが声をあげる。

「宮殿の召使がくれた香水がある。それを使うと……ああ。あたしが人をひきつけるようになるって」

「それはよかった、ネヴァフェル」ズエルが冷静に答えた。「だけどいまは、それと正反対の効果が必要よ」

ドラッジたちがなだれこんできて、またたくまに部屋じゅういっぱいになった。

「わたしが最後よ」とうとう、ひ弱そうな女がそう叫びながら、這いだしてきた。「戸を閉めて! やつらが来る!」

戸は閉められてかんぬきがかけられ、数十人で力を合わせて朝食のテーブルをひっくり返し、戸口を押さえるように置いた。化粧台が引きずりだされて、チルダーシン家のトンネルにつづく扉の前に置かれた。

「のぼって! のぼって!」

二十人がのぼる順番を待っている。十五人、十人、ふたり。

ひっくり返したテーブルの下の落とし戸ががたがたしだして、テーブルも少しはねあがった。一秒もしないうちに、チルダーシン邸につづく扉の木枠が揺れだした。だれかが肩からぶつかっているかのようだ。

「行って!」ズエルがネヴァフェルをはしごのほうに押した。「のぼって、ネヴァフェル!」いい争っている暇はない。ネヴァフェルははしごをつかむと、立て坑をよじのぼりはじめた。

こうして、家具が倒れて扉が内側にいきおいよく開いたとき、《朝の間》にいたのはズエルひとりだけだった。クリスタルのゴブレットが割れ、銀の皿が部屋をころがり、戸口にマキシムを先頭にチルダーシン一族が現れた。

にわかづくりのバリケードの残骸を押しのけてくるマキシムおじの《面》は、ズエルがそれまでに見たこともないものだった。これは一族の敵用にとってあったものだろう。ズエルは本能的に悟り、悪さをした五歳児のようにその場に凍りついた。でも、じっさいには五歳ではなく、若いからといって見逃してもらえるわけでもない。

わたしは偉大なチェスの名人を気どって失敗したのだ。そうなのだ。自分も仲間たちもはしごから引きずりおろされる。地上の砂漠に到達した人たちも、おじさまに送りこまれた男たちに殺される。こんどばかりはやりすぎた、身の丈にあわない勝負を挑んでしまった。

ズエルがそんなことを考えていたとき、テーブルと床板が何枚かがたがた揺れて、破片が飛びちり、ぎざぎざにあいた穴からカートグラファーたちが飛びだしてきた。目をぎらつかせ、髪はおがくずにまみれている。

　チルダーシン一族は剣と短剣で武装している。カートグラファーは武器ももたずにふいをついただけだったが、それがとんでもない衝撃を与えた。チルダーシン一族はこの決定的な瞬間、カートグラファーたちの突撃を受けて遅れをとった。カートグラファーたちは騒がしく声をあげながら突進してきた。手にした観測機器が薄暗い光を受けて光っている。

「切り捨てろ！」マキシム・チルダーシンが鋭く叫ぶ。「話をさせるな！」おじが近づいてくるカートグラファーを剣で切りつけたときに、ようやくズエルはどうやって動けばいいかを思いだし、はしごをつかんでのぼりはじめた。

　一段また一段と手ではしごを伝っていきながら、いまこの瞬間にも脚を切りつけられるか、足首をつかまれるかもしれないと身構える。握りしめたはしごが大きく揺れて、はじめて下を見た。十五フィート下で、べつの人物がはしごをのぼりはじめていた。敬愛する師匠であり保護者でもあるマキシムおじさま。ズエルはこれ以上速くは進めなかった。上に、先にのぼりはじめた人たちが連なっているのだ。はしごの縄は太すぎて、ポケットに隠しもっている短剣では切り落とせない。

「ネヴァフェル！　香水を！　こっちに落として」

　見あげると、ネヴァフェルが一瞬とまどった顔で下を見てから、ポケットを探りだした。小びんが赤毛の少女の手からものすごい速さで落ちてきて、雨のしずくのように光った。ズエルはバランスを崩しかけながら、空中でそれをつかまえた。

「ズエル」チルダーシンが小さな声でなじるように呼びかける。「わたしの意志がそんなに弱いと思うのか？　たとえ香水を使ったところでおまえが説得できるのか？」

「いいえ」ズエルは震える手で栓を引きぬくと、中身が自分にではなく下に降りそそぐようにびんをさかさまにした。「でも、カートグラファーにはきくと思う」

香水はマキシム・チルダーシンの頭と肩に降りかかった。ほんのわずかな間をおいて、とっくみあうような動きがはじまった。ほかの人影がきーきー、ぺちゃくちゃいいながら、立て坑の下に現れた。ゴーグルをつけて手さぐりで進んでいる。彼らはマキシム・チルダーシンのあとからはしごをよじのぼってくると、彼の足首やコートの裾をつかんで引きずりおろした。

ズエルは、師匠が両手で立て坑の壁面の鏡をばたばたたたきながらもつかまりそこねて、カートグラファーの山の下になって消えていくのを眺めていた。心臓が激しく打っている。汗で滑りやすくなった手でふたたびのぼりはじめながら、ズエルは考えた。マキシムおじはこの立て坑を隠すためにどれだけのカートグラファーを殺してきたのだろう？　下にいる人たちはそのことを知っているのだろうか？

たったいま、おじに何人か殺されたのを目にしたはずだが、はたしてあの人たちは気にするのかどうか。カートグラファーは頭のなかに恨みや復讐にあてる余地がない。彼らはおじを憎みもしないし、傷つけようともしないだろう。

彼らはただ、話をしたいだけなのだ。

カヴェルナが崩れ落ちていく。

トレブル審問官は全身の神経と細胞でそれを感じていた。曲がりくねったトンネルを通って飛んでくるありとあらゆる混沌のこだまにも、それが感じられる。遠くで最重量の兵器によって戦闘の火ぶたが切って落とされ、敗走がはじまったことを伝える地面の振動にも。その気配はぼろぼろになった旗の切れ端みたいに、審問官のもとに流れてくる報告書のすべてにまとわりついていた。それでもトレブルは攻撃し叫び混沌と戦い、完全な崩壊の瞬間を遅らせようとしていた。部下たちに、あと少しのあいだだけでも、降りかかってくる無政府状態より自分のほうが恐ろしいのだと思わせようとした。

「どうして反乱軍全体を見失うようなことになったのだ?」

だれも答えない。事実を報告することしかできないのだ。ドラッジの軍団を宮殿の門から追いだすことに成功しました。予定どおり、都市の中間部の通路に閉じこめることに成功しました。ドラジャリーにもどる経路の遮断にも成功しました。それから一時間もしないうちに、四百人全員が姿を消しました。

「では——斥候を送れ! 人を集めて……」トレブルの言葉がとぎれた。ドラッジの走り屋をトンネルに送りこんで、状況を報告させよ、といおうとしたのだ。ドラッジが問題になっている状況でなければ、いい考えだったのだが。

トレブルは過ぎていく時間とともに、カヴェルナの社会を動かしていた多くのことが、どれだけドラッジたちの沈黙の労働によって支えられていたかを思い知らされていった。かんたんなことを手配しようとして、伝令やがれきの片づけを指示しようとして、鉱山から石を運んできてバリケードを築くよう、糧食を運んでくるよう指令を出そうとして、そのたびにもうドラッジを自由に使うことはできないのだということを思いだした。手足をなくしてしまったのに、なくなった腕を無意識のうちにのばそうとしているような感じがした。

カヴェルナの目に見えない機械だったドラッジたちは、音をたてて動きをとめた。戦闘の残骸を片づけたり、水をくんできたりする者はいない。虫を集めてランタンに与える者もいないため、すでに暗くなってちかちかしだしたランタンもある。息がつまりそうな闇が訪れても、宮廷内の派閥はいまも、けんかをするフェレットみたいにたがいに争いあっている。

「自分でそこまで行け。部下をふたり連れて。ドラッジはチョコレートのように溶けて消えはしない。三十分以内に報告を！」

部下が出発したが、トレブルは彼らが宮殿を出たいまこの瞬間にも寝返ることを考えているのだろうと思った。それどころか、すでにだれかべつの人間に雇われているのかもしれない。ふと、ひとりになりたくなった。少しのあいだでいいから、恐怖が煙のように空気をいぶしていない部屋で頭を空っぽにしたい。たどりついた大長官の謁見の間には警備がついていなかった。トレブルは扉を押しあけた。

四方の壁では、ランタンがいまにも消えそうにちろちろとまたたき、白い壁と柱が霊廟のようにかすかに光っている。大長官の霊廟、そしておそらくはカヴェルナの墓場でもあるのだろう。

あのかたはどうやっていたのだろう？　どうやって何世紀ものあいだ、無数の糸、策略、パターン、陰謀を把握しつづけていたのだろう？　もしかするとわたしは愚かだったのかもしれない。大長官の死後、自分がこの都市を束ねることができると考えていたなんて。

なにか動くものが目にとまった。玉座の防御用に設置された鋭い振り子がやわらかな音をたてて部屋を横切って揺れている。大長官が死んだ日と同じだ。部屋の奥から、だれかが注意深くこらえていた息をゆっくりと吐きだす気配がした。遠くのランタンがぱっと光りだし、玉座にすわっている人影を照らしだす。男は頭から足の先までうろこのついた甲冑《かっちゅう》をまとっていて、顔はゴーグルつきの仮面に隠れている。クレプトマンサーが、奇妙な弓を掲げてトレブルの胸にまっすぐ狙いを定めていた。

「遅かれ早かれ、ここに来るだろうとわかっていた」侵入者の声はグラスのなかの凪《な》いだ水のように、まったく揺らぎがない。「主人の墓で吠える年寄りの猟犬と同じだな」

数多くの殺し屋の刃をよけつづけてきたトレブルは、丸腰でふいをつかれるような状況を招いた自分自身を呪った。卑屈になるな。自分を奮いたたせる。わたしはわが道を突きすすんできた。ここも切りぬけてみせる。

「泥棒や殺し屋と話をしている暇はない」トレブルはいった。「殺すか、降伏するかどちらかにしろ」

「おれには三つめの選択肢がある」クレプトマンサーがいう。「あなたがカヴェルナを救う手助けをしたい。彼女が死に際の悲鳴をあげているのが聞こえるだろう。おれにも聞こえるんだ」

「それで、おまえになにができる？」現状への絶望感が舞い降りてきて、暗い翼に包みこまれたような気がした。「弓をもった変人、自分の名前すら覚えていない人間に」

「秩序を保とうとしているのはあなただけだ」泥棒は答えた。「だが、あなたはすべて逆の手を打った。ドラッジたちの反乱に立ちむかい、彼らを制圧し脅して服従させようとした。宮廷の混乱に対して、廷臣たちを説得してもとどおりにしようとした。

カヴェルナに残っているドラッジたちは反乱の味を知り、失うものといえば、悲惨なだけの暮らししかない。もういくら脅しても通用しない。彼らと取引をするしかないんだ。廷臣たちは強欲と敵対心に囚われてしまっている。説得は通用しない。彼らにこそ脅しを使わなければ」

「どうやって？」審問官は、泥棒が主《あるじ》の玉座を汚しているのを見るのが耐えられなかったが、彼の言葉には、気のふれた者のたわごとと片づけられない落ちつきがあった。「どうやってわたしがドラッジたちと取引するのだ？」

「手はじめに話をするのがいいだろう。なるべく早く、彼らの要求を聞くのだ」

「それで、どうやって宮廷を脅せばいい？」悲しいほどに審問所の人数が減ってしまったことを認めるのは、トレブルの自尊心が許さなかった。

「ドラッジの蜂起以上に恐ろしく、廷臣たちそれぞれの敵以上に危険で、チルダーシンや未来の専制君主以上に残忍な存在があるといって脅すのだ。おれのことだ。

審問官、いまのおれには、この都市のだれもを滅ぼせるだけの方法が二十以上ある。おれは十年かけて、ひとつひとつかけらを組みたててきた。意味のない盗みと見かけ倒しの見世物のあいだにね。いま、水のくみ上げベルトはまわらない。おれがとめたからだ。おれが修理をすると決めないかぎり、動かない。死んだ大長官が設置した秘密の装置についてはすべて、宮殿の召使からひそかに教えてもらってある。なかにいる者を破壊する装置も含めてだ。さらに、おれは火薬はもっていないかもしれないが、真のチーズがあればそんなものは必要ない。いま、岩壁の深いところに何切れかスタックフォルター・スタートンをしまってある。もしそこでチーズが爆発したら、あたり一帯に毒ガスが充満し、地下河川からの水があふれるだろう」

「おまえがそんなことするものか」トレブル審問官は激しい怒りに駆られて、弓で狙われていることも振り子が揺れていることにもかまわずに、玉座の人物の方向に足を踏みだした。「もしカヴェルナを破壊したら、おまえ自身も、おまえの故郷であるドラジャリーも吹き飛ぶのだぞ!」

「トレブル審問官、おれはあなたが呼んだとおり、頭のおかしな男だ。そのことはよく知られている。宮廷の連中は、ほかのだれよりおれからのそういう脅しを信じるだろう。いったとおり、ドラジャリーは失うものはなにもなく、得るものばかりだ。いま都市で起きていることで、あなたには見えていないことを話そう。だれがだれと争っているか、どうやったらとめられるか。あなたの伝言をおれが彼らに届けてもいい。われわれの最後通告をつきつけたら、やつらは崩壊する」

「われわれの……最後通告?」トレブル審問官は揺れる振り子の直前で足をとめた。振り子が通りすぎたときの風が顔にあたる。足もとに狂気の深い穴が広がっていくが、ほかに通れる道がない。

「そう、われわれのだ。大長官が殺されたのは、彼が目立っていたからだ。おれは人前に出るつもりはない。この玉座にすわるのも、直接命令をくだすのも、いまかぎりだ。つまり、おれにかわっておれの都市を動かし、おれの命令を実行する人物が必要になる。あなたがおれの顔になり、声になり、手になるのだ」

「なぜわたしが?」

「なぜなら審問官、あなたは多少なりとも正直で、それでいてまだ殺されていないからだ。この部屋に入ってきたとき、玉座にすわってみようとはしなかったからだ。希望がなくなっても、戦いつづけるだろうからだ。それに、あなたのことなら予測ができるからでもある。そういうわけで、あなたがこれからおれをおいて部屋にもどり、おれが用意しておいた命令書を読むだろうことはわかっている」

トレブルはクレプトマンサーの予測を覆してやりたいところだったが、内心はほっとして胸がいっぱいになっていた。いまになってわかる。この部屋に入ってきたときには、もう一度自分の命に形を与えてくれる命令を受けとりたいと、絶望的な望みを抱いていた。それがいま与えられたのだ。

トレブルが立ちさると、クレプトマンサーはしばらくのあいだ玉座にすわったまま、状況を慎重に考えた。

「そうだ」ようやくひとりつぶやいた。「そうだ、どうなるかはわかっている。すべて安心だ。おれの新しい猟犬は優秀だから、ウサギをぜんぶ地上に連れていってくれるだろう」

ということは、終わったのだ。いちばん最近の目的は達成した。とうとう、自分自身にあてて残しておいたもう一通の手紙を開封できる。クレプトマンサーは手紙をポケットから引っぱりだすと、封を切って読みはじめた。


これを読んでいるということは、カヴェルナを盗むのに成功したのだな。大計画がついに実現したのだ。成功のほうびを楽しむがいい。ちなみに、正気は損なわれているだろうから、今後は一生、真のワインは飲まないことだ。


クレプトマンサーは秘密の追伸はないかと調べ、明かりにかざしたり、振ってみたり、封印に目を凝らしたりしたが、なにも情報は得られなかった。彼は長い長いあいだ、じっと手紙を見つめてすわっていた。

ということは、これがおれの大計画だったのか?

思いがけないことに、自分の策謀の終わりの地点にいる。見るともなく手のなかの紙を眺めるうちに、バラの花が開くように、胸のうちに実感が広がりはじめた。

そうだとも。このためにおれは大泥棒になったのだ。盗みのなかの盗み、最高峰の盗みを成し遂げるために。ずっと、魅惑的で恐ろしいカヴェルナが目的だった。ほかのカートグラファーたちがカヴェルナの不実な美しさを虚しく追い求めてため息をついているあいだに、おれは謀略と脅迫を使って彼女を勝ちとろうと決意したのだ。

カヴェルナはずっと敵であり目的だったが、カヴェルナは一瞬たりとも疑いを抱くことはなかった。おれは彼女をだまし、彼女と戦い、打ち負かした。まちがいなく彼女は怒り狂い、おれを憎み非難し、おれを破壊する方法を探るだろう。だがおれは、彼女をだしぬいたのだ。もう、おれのやりかたでやっていくしかない。これまでの彼女の寵臣とはちがって、おれは彼女の主なのだ。飽きたからといって捨て去られるおもちゃではない。

それなのに、十年来はじめて、クレプトマンサーは途方に暮れていた。

おれは成功した。勝った。おれがこの都市を支配する。

それで、おれはこの都市をどうするつもりだったのだろう?


のぼるにつれて、真珠色の光がどんどん明るくなってきた。ネヴァフェルはまだ上を見ないようにしていたが、汚れたこぶしのしわが見えるようになっている。虫とりの明かりではこんなにはっきり見えないはずだ。空気は冷たくさわやかで、歌が聞こえる。

外へ。心臓が鼓動する。外へ、外へ、外へ。

「虫とりが……」上のほうでだれかが驚いている。「虫とりがない……」もちろん、ガラスのような立て坑に虫とりはない。

「いらないの!」ネヴァフェルが上にむかって叫ぶと、声がちりちりとこだました。「もうあたしたちにはいらないの！　気がつかなかった？　みんな息をしてるんだよ！　息をしてる！」自分の肺を何度も何度もふくらませては、ふっと息を吐きだすと、心地よい空気が胸のなかを、顔の皮膚をかすめた。

上のほうで奇妙な音が反響している。澄んだ金属の弦が奏でるような調べで、最後は不思議な口笛のような音が尾をひいて終わった。

「あの音はなに？」ささやき声が上へと伝わり、怯えたようにあえぐ声も聞こえた。ネヴァフエルの頬になにかあたたかなものが伝っている。涙だ。

「鳥よ」ネヴァフェルはささやいた。「鳥。野生の鳥がうたってる」

上のどこかで、巨人がため息をついてあくびをし、それからうなりだした。立て坑にいるドラッジたちは恐ろしくなってどよめいた。

「あれは風」ネヴァフェルはひたすら地上が恋しくて、早く見たくてたまらなかった。上をのぼる人たちを追い越していかないようにするのがやっとだった。「さあ！　みんなに見せてあげる。あたしがみんなに見せてあげる！」

やがて鈍い灰色の光がどんどん明るくなって、はしごがなくなり、ネヴァフェルは岩が出っ張ったような口から、石がころがる平地へと這いだした。頭上に屋根はない。上へ上へと見ても、どこまでも屋根はなく、うれしくて叫びだしたくなった。上には大きな鉛色と銀色の空が煙のようにゆったりとうねり、たくさんの山々が連なるようにどこまでもつづいている。そのなかに、切った爪みたいな明るい銀色のかけらが光に照らされてぶらさがっている。あれは月だ。まわりでは、奇妙な形の岩々が、逃げてきた者たちをもっとよく見ようとでもするかのように、傾いたり曲がったりしている。柱のように立っている石もあればまぐさのように横になっている石もある。ずっと昔、岩壁が崩れ落ちたときにとり残されてすり減ってできたものだろう。片側に巨大な黒い山がそびえ、空のかなりの部分を切りとっている。

「見て！　あれ……あれ……見て！」

ネヴァフェルは、空を吸いこもうとする植物のように腕を大きく広げた。気がつくと、まわりではみなが地面にしゃがみこみ、生まれたばかりのウサギみたいにあたりを見まわしていた。だれも空を見あげてはいない。だれも十フィート以上遠くを見ようともしていない。みな、地面をじっと見つめている。

「ネヴァフェル……」ズエルがそばにうずくまり、袖をつかんできた。やはり地面だけを見ている。「これが……これがあなたの地上なの？」

ネヴァフェルはうれしくてたまらなくて、いまにも笑いだしそうになっていたのをのみこんだ。仲間たちと同じ目でこの暗い恐ろしげな風景を眺めてみると、急に悲しくなってきた。仲間たちはわけのわからない風と冷たい月のまなざしを受けて身をすくませている。

「ううん――これはほんの一部、はじまりなの。どんどんよくなるから」声をあげて呼びかけた。「ついてきて。丘をくだるの。こっち。早く行かないと。カヴェルナでなにが起きているか、だれが上に立ったかもわからないけど、だれかがあたしたちを追ってくる。逃げるのをとめようとする」

進みは遅かった。ドラッジたちは仲間を見まわしながら、たがいにしがみついている。なかには方向転換して、深い地下都市にもどろうとする者もいた。彼らをとめることはできない。カラスの荒々しい鳴き声やノスリの羽音、ごつごつした岩のあいだでたびたび聞こえる謎めいた摩擦音や口笛のような音を耳にして、恐ろしくなってしまったのだ。

周囲の光が明るくなってくると、ネヴァフェルの胸のなかでなにかがふくらみはじめ、風船みたいに浮きあがってしまいそうな気がしてきた。踏みしめると音をたてて崩れる足もとの石が色づきはじめた。前方の空は琥珀《こはく》色の光を帯び、雲の下に明るく輝くかけらが見える。

「みんな！　自分のメガネをかけて！」荷物をごそごそ探る音がして、数百人のドラッジと宮殿の召使たちは丸くて黒いレンズのメガネをかけた。亡命者たち全員に用意されたものだった。なにしろ、洞穴暮らしの弱い目で本物の日の光を見たらどうなるかわからないのだ。

やがて最初の日の光がぎざぎざの地平線の上に顔を出した。逃げたりかがんだりする者はひとりもいない。東の空がじわじわと明るく桃色に染まっていき、縁飾りのような白い雲はかき消され、風はしつこくうなるのをやめて新たな目的を見いだした。暗く不気味に見えていた岩がゆっくりと、紫色、深紅、くすんだ金色、青灰色に色づいていく。鳥は黒い弾丸のようで、速すぎてよく見えない。空気はおおらかで荒っぽく、どこかにむかって急いでいる。埃が焼け、朝露が乾いていく香り、世界が目覚めた熱くて冷たいにおいがする。

一行の前に坂道がのびている。並んだ歯のようにぎざぎざの道は丘のふもとへとおりていき、青と金色の砂丘につづいている。そのむこうでは、木々が揺れ、小川が流れ、海が岸を少しずつ食んでいた。

ネヴァフェルはくだり坂を駆けおりた。滑ってつまずいてころんで立ちあがり駆けて飛んでいっても、さえぎる壁はなく、頭をぶつける屋根もない。頭上の空は薄い青から人魚の目のようなくっきりとした青へと変わっていく。風がともに走り、そのうなりが息使いのようにはっきりと聞こえていた。

エピローグ

カスプ山の西のオアシスのそばで、若いヤギ飼いのペルランは、奇妙な巡礼者の一行に出会った。ひと目見たとたん、山の下に住む小さな人たちだとわかった。というのも、小さくて、青白く、人形のような顔をしていたからだ。みんなが目に丸い黒っぽいガラスをつけ、棒につけた布を頭の上に広げて日をよけている。彼らだけの奇妙な言葉しか話せなかったが、ヤギ飼いはとげのあるナシの実を切って分けてやり、自分が敵ではないことを伝えようとした。小さな人々はやわらかなピンク色の果実を味わい、無表情のままで涙を流す者もいた。彼にはわけがわからなかった。

ペルランは人々を自分の村に連れていった。すると、妖精のような人々のなかでほかの者より背の高い金色の髪をした少女が、身ぶり手ぶりで、珍しいワインの小びんとひきかえに、数頭のラクダ、水、外套と砂漠を越えるときの案内役がほしいと申しでた。そこでペルラン自身がこの人々とともに草が生い茂る平原まで旅をした。

そのときには、だれを案内しているのかわかっていなかったが、のちに、多くの人々がワイン商のズエルとチーズの匠《たくみ》グランディブルの名を口にするようになった。ふたりは、小さな人とともに故郷をあとにしてきたはじめての職人で、魔法のような匠の技を地上にもたらし、ほかの人々にも習得させた。この妖精たちは、ごくふつうのことにひどく魅了されていた。何時間でも一匹の蝶にうっとりと見とれ、手にすくった小川の水をきらめく宝石のように見つめていた。

なにより不思議だったのは、妖精の一行のなかに赤い髪をした人間の少女がいたことだった。少女は小さい人々と楽しげにおしゃべりをしていたが、人間の言葉はまったく知らないようだった。幼いときに妖精にさらわれて、妖精のひとりとして育てられたのだろう。

砂漠の端の分かれ道に出ると、少女は礼をいっているようだったが、ペルランには理解できない言葉だった。少女は美しくはないが、顔に心がはっきり表れていて、だれが見てもその気持ちがわかった。むきだしのつま先で草を踏みしめている少女の笑顔は、どこまでもつづく青い空に浮かぶ太陽のようだった。

謝辞

チーズづくりコースや洞窟研究につきあってくれ、サルや光る食虫植物についての私の支離滅裂なつぶやきを辛抱強く聞いてくれたマーティン。貴重なフィードバックをくれた、リアノン、ディアドレ、ラルフ、ルーベン。自分でも頭がおかしいと思うような本を書かせてくれた編集者のルースとマクミラン社のみなさま。エージェントのナンシー。睡眠と不眠症について大量の情報を提供し、《朝の間》にまつわるアイデアを思いついてくれたキャスリーン・マクグラス。睡眠、青い光、体内時計について専門的な見解をくれたクリス・イジコフスキー教授。脳葉について質問させてくれたダン。「クレプトマニア」という語をまちがって発音して、登場人物を思いつくきっかけをくれたリズ・ウーッテン。ヤーナー・トラスト・チーズづくりコースのフェリックス。チェダー・ゴージの洞窟とチーズづくりの実演。リアル・メアリー・キングス・クロースの地下通路。チズルハースト洞窟。レガレイラ宮殿の洞窟。ヘルファイア洞窟。ランキン洞窟。ヴェトナムのクチ・トンネル。マトマタの地下住居。シアトルのアンダーグラウンド・ツアー。心ゆくまでワイトモの地下河川を漂い、光虫を眺め、滝から飛びおりた、ブラック・ウォーター・ラフティング・カンパニー。

訳者あとがき

フランシス・ハーディングの『ガラスの顔』をお届けします。

英国のファンタジィ作家ハーディングの邦訳は本作で四作目になりますが、原作 *A Face Like Glass* が刊行されたのは既訳の三作よりさらに前の二〇一二年で、著者にとっては五作目の作品にあたります。ハーディングの作品はデビュー作からさまざまな賞の候補にあがってきましたが、本作も英国の優れた児童文学に贈られるカーネギー賞の候補に選ばれたほか、英語圏のSF・ファンタジー文学を対象としたローカス賞の二〇一二年YA部門推薦作品にもなりました。じつは、訳者がはじめてハーディング作品に出会ったのが、この *A Face Like Glass* でした。英国で出版された翌年の二〇一三年に、おもしろそうな作家の注目作ということで、東京創元社の編集担当さんから紹介されたのがきっかけです。この作品とデビュー作のシリーズ *Fly by Night*（二〇〇五年刊）、*Twilight Robbery*（二〇一一年刊）三作をいっきに読み、その作品世界にひきこまれすっかり魅了されてしまいました。出会ってから八年の時を経て、このたび、大好きな作品を日本の読者のみなさまにご紹介できることになり、心からうれしく思っています。

これまでの邦訳三作は、『嘘の木』が十九世紀のヴィクトリア朝時代、『カッコーの歌』が第一次世界大戦後、『影を呑んだ少女』が十七世紀のピューリタン革命の時代と、じっさいにあった過去の時代を舞台にした歴史ファンタジーでしたが、本作は完全な異世界ファンタジーとなっている点が大きな特徴といえるでしょう。じつはハーディングが現実世界の過去の時代を舞台に描いたのは邦訳が出ている三作のみです。現実の世界を舞台にしていても物語世界が緻密に構築されているのがこの作家の大きな特色のひとつですが、異世界設定の作品ではその特徴がより際立っています。

舞台は、洞窟が迷宮のように入り組んだ地下都市カヴェルナ。四方八方に広がるトンネル、洞窟を利用した家々、宮殿。トンネル内を移動する馬車や輿。日がささず夜も昼もない世界で二十五時間の時計にしたがって暮らす人々。細かく描写された光景だけでも想像をかきたてられますが、さらにそこの人々が生まれつき表情をもたず、訓練を受けて《面》《おも》と呼ばれる表情を身につけなければならないという設定に驚かされます。また、匠《たくみ》という最高級の職人たちがつくりだす特殊な品々——記憶をあやつるワイン、幻を見せるチーズ、さまざまな効果をもたらす香水やスパイスなど——が登場し、物語に大きくかかわっていきます。

主人公ネヴァフェルは、五歳くらいのときにそれまでの記憶をなくした状態で、チーズの匠グランディブルのトンネルに突然姿を現します。どこからどうやって来たのかは謎に包まれたままでしたが、グランディブルはある特徴からこの子どもの素性を察し、自分の弟子として育てることにしました。外界から遮断されたトンネルのなかでチーズをつくりながら七年が過ぎ、好奇心旺盛な少女に育ったネヴァフェルがちょっとしたきっかけでトンネルの外に出たことから、雪崩のように次々とたくさんのできごとが起きはじめます。陰謀渦巻くカヴェルナの宮廷に入ったネヴァフェルは、独裁者の大長官とかかわり、世間を騒がす大泥棒クレプトマンサーに出会い……さまざまなことを経て、自分自身も変わり、周囲にも変化をもたらしていくのです。どんなことが起きてどうなっていくかは、本編をお読みいただきたいと思いますが、とにかく次から次へとこれでもかというくらい驚くようなことが起き、ひとつひとつのエピソードが歯車のように、あるいはパズルのピースのように、大きな物語の流れのなかで確実に役割を果たしていくという、緻密な構成になっています。最後の最後まで目が離せない展開がつづきますので、ぜひお楽しみください。

さて、著者のハーディングはいったいどのようにしてこの不思議な物語を着想し、書き上げたのでしょうか? あるインタビューでは、嘘つきだらけの都市のなかでただひとり嘘がつけない少女の話を書いてみたかった、と語っています。そこから出発して、表情をもたない人々と、生まれつき表情があるネヴァフェル、陰謀や暗殺が横行する宮廷、魔法のような効果をもたらす品々を思いつき、閉塞感《へいそくかん》と不気味さが漂う舞台として完全な地下世界を選んだそうです。
洞窟がつらなる地下都市のようすが細かく描かれていますが、どのようにこの世界を構築していったのかをお伺いしたところ、長年のあいだに世界各地の洞窟、地下洞を訪れてきて、具体的なイメージをふくらませていったというお返事をいただきました。とくに、ニュージーランドにあるワイトモ洞窟がイメージに近いとのこと。ワイトモ洞窟は大きな鍾乳洞《しょうにゅうどう》で、土ボタルといわれるヒカリキノコバエの幼虫が光を放つ、幻想的な世界が広がっています。公式サイト https://www.waitomo.com/ のほか、検索するとさまざまな画像や映像をご覧いただけます。ハーディングさんがじっさいに訪れたほかの洞窟についても謝辞に名前があがっていますので、ご興味のある方はそちらもあわせてご覧ください。

　独創的な設定に目を奪われがちな作品ですが、訳者は、少女の自分探しと友情の物語としても堪能しました。舞台は異世界でも、種々の特殊事情があったとしても、ネヴァフェルが自分自身についての真実を知ろうと格闘し、過去とむきあい成長していくところは、これまでの邦訳作品の主人公たちと同じです。ネヴァフェルはカヴェルナのほかの人々とは大きく異なる特徴をもっていますが、それはファンタジイ世界でありがちな便利な魔法のようなものではなく、かえって邪魔になるような性質のもの。それでもネヴァフェルは、その不利な特質を嘆きながらも利用して、ここぞというところでは得意の機械工作の腕を発揮して、降りかかる難題に立ち向かっていきます。支えてくれる仲間たちも魅力的で、気がつくと心のなかでそんな彼女たちに声援を送っていました。

　ハーディングさんは先述のインタビューで、作品のテーマのひとつとして、無垢であることについて考えたかったとも語っています。最初はなにも知らなかった純真無垢なネヴァフェルが、暗い汚い世界を目の当たりにしてどう変わっていくのか？　無知のままならば無垢でいられますが、仮に真実を知ってしまっても、精神を崩壊させることなく、心を汚すことなくいられるのか？　人を信じることの恐ろしさを知ったあとで、なお自分の価値観を守り、信じつづけることができるのか？　ネヴァフェルの物語にはそのような問いかけもこめられているようです。

カヴェルナには、ネヴァフェルが現実を知って一時は表情を壊してしまうほどにたくさんの問題があふれています。大長官による独裁、宮廷の腐敗、階級格差、差別、不平等といった社会の闇が描きこまれているのです。異世界らしく、異様さがかなり誇張されていますが、そのほとんどは現実世界にも通じる問題です。

こうした複雑な社会問題といい、無垢のありかたを探る問いかけといい、多くの重要かつ難しいテーマが盛り込まれている作品ですが、ハーディングは自らをストーリーテラーと称し、作品のなかでいくつかのテーマを探ってはいても、読者にメッセージを押しつけたり、そのテーマについて考えるようにいうつもりはないと語っています。まずは物語を楽しんでほしい、そこからなにかを見つけたら考えてみてほしい、と願っているのではないでしょうか。

訳者も読者のみなさまに、まずはこの奇想天外な世界で繰り広げられる波乱万丈の物語を味わっていただきたいと思います。そしてさまざまなことを思いながら最後までたどりついたときに、どこか満ち足りた思いを感じていただけたのなら幸いです。訳者はラストの場面がとにかく好きで、（これからお読みになる方もいらっしゃるかもしれませんので、詳細は省きますが）これでもかとつづいた冒険の果てに、まさかこんなラストが待っていたとは！　やられた！　と脱帽しました。物語の先へと思いを飛ばすことのできる、夢のあるラストです。
最後になりましたが、訳者の質問に丁寧に答えてくださった作者のフランシス・ハーディングさん、原文とのつきあわせをしてくださった中村久里子さん、編集を担当してくださった小林甘奈さんに、心から感謝いたします。

二〇二一年九月

本書は二〇二一年、小社より刊行されたものの文庫化である。

検 印
廃 止

訳者紹介 東京都生まれ。国際基督教大学教養学部社会科学部卒。英米文学翻訳家。主な訳書にハーディング『カッコーの歌』『影を呑んだ少女』『ガラスの顔』『呪いを解く者』、共訳に『ネイサン・チェン自伝』などがある。

ガラスの顔

2024年5月31日 初版

著 者 フランシス・ハーディング
訳 者 児 玉 敦 子

発行所 (株) 東 京 創 元 社
代表者 渋 谷 健 太 郎

162-0814/東京都新宿区新小川町1-5
電 話 03・3268・8231-営業部
03・3268・8204-編集部
URL http://www.tsogen.co.jp
DTP キ ャ ッ プ ス
晩 印 刷・本 間 製 本

乱丁・落丁本は、ご面倒ですが小社までご送付ください。送料小社負担にてお取替えいたします。

ISBN978-4-488-15110-2 C0197

The People in the Castle: Selected Strange Stories Joan Aiken

ガーディアン賞、エドガー賞受賞の名手の短編集第2弾

ルビーが詰まった脚

ジョーン・エイキン　三辺律子＝訳

四六判上製

中には、見たこともないような鳥がいた。羽根はすべて純金で、目はろうそくの炎のようだ。「わが不死鳥だ」と、獣医は言った。「あまり近づかないようにな。凶暴なのだ」……「ルビーが詰まった脚」。
競売で手に入れた書類箱には目に見えない仔犬の幽霊が入っていた。可愛い幽霊犬をめぐる心温まる話……「ハンブルパピー」。
ガーディアン賞、エドガー賞を受賞した著者による不気味で可愛い作品10編を収めた短編集。